LES

AUTEURS LATINS

EXPLIQUÉS D'APRÈS UNE MÉTHODE NOUVELLE

PAR DEUX TRADUCTIONS FRANÇAISES

Ces livres ont été expliqués littéralement, annotés et revus pour la traduction française par M. Materne, inspecteur honoraire d'Académie.

14780 — Imprimerie A. Lahure, rue de Fleurus, 9, à Paris.

LES
AUTEURS LATINS

EXPLIQUÉS D'APRÈS UNE MÉTHODE NOUVELLE

PAR DEUX TRADUCTIONS FRANÇAISES

L'UNE LITTÉRALE ET JUXTALINÉAIRE PRÉSENTANT LE MOT A MOT FRANÇAIS
EN REGARD DES MOTS LATINS CORRESPONDANTS
L'AUTRE CORRECTE ET PRÉCÉDÉE DU TEXTE LATIN

avec des arguments et des notes

PAR UNE SOCIÉTÉ DE PROFESSEURS

ET DE LATINISTES

TACITE

LIVRES I, II ET III DES ANNALES

PARIS

LIBRAIRIE HACHETTE ET Cⁱᵉ

79, BOULEVARD SAINT-GERMAIN, 79

—

1887

AVIS

RELATIF A LA TRADUCTION JUXTALINÉAIRE

On a réuni par des traits les mots français qui traduisent un seul mot latin.

On a imprimé en *italique* les mots qu'il était nécessaire d'ajouter pour rendre intelligible la traduction littérale, et qui n'ont pas leur équivalent dans le latin.

Enfin, les mots placés entre parenthèses, dans le français, doivent être considérés comme une seconde explication, plus intelligible que la version littérale.

ARGUMENT ANALYTIQUE

DU PREMIER LIVRE DES ANNALES.

I-V. Phases diverses du gouvernement de Rome jusqu'à Auguste. — Auguste empereur : ses dernières mesures, sa mort.

VI-XV. Avénement de Tibère. — Ses feintes irrésolutions. Il cède enfin aux prières du sénat. — Jeux Augustaux.

XVI-XXX. Révolte dans l'armée de Pannonie. — Drusus, envoyé par Tibère, la fait rentrer dans le devoir.

XXXI-XLIX. Les légions de Germanie se révoltent : Germanicus les apaise par quelques concessions. — La sédition se rallume ; Agrippine s'éloigne du camp ; les soldats, rentrés dans le devoir, désignent et punissent eux-mêmes les instigateurs de la révolte. — Plaintes à Rome contre Tibère.

L-LXX. Diverses expéditions en Germanie. — Joie et inquiétude de Tibère. — Mort de Julie, fille d'Auguste. — On crée un collége de prêtres en l'honneur d'Auguste. — Incursion chez les Cattes. — Arminius et Ségeste. — Germanicus rend les derniers devoirs aux restes de Varus et de ses légions. L'armée romaine, attaquée par les Germains au milieu des marais, finit par remporter une victoire complète. — Deux légions sont surprises et presque submergées par une marée d'équinoxe.

LXXI-LXXV. Rétablissement de la loi de majesté. — Falanius, Rubrius et Granius Marcellus accusés en vertu de cette loi. — Quelques traits de générosité de Tibère.

LXXVI-LXXXI. Débordement du Tibre. — Désordres au théâtre ; décrets du sénat pour les réprimer. — Temples érigés à Auguste dans les provinces. — Délibération du sénat sur le projet de détourner les affluents du Tibre. — Tibère tient pour la première fois les comices consulaires.

Ce livre renferme l'espace de deux ans :

Ans de Rome.	Ans de J. C.	Consuls.
767	14	Sextus Pompéius, Sextus Apuléius.
768	15	Drusus César, C. Norbanus Flaccus.

C. C. TACITI

ANNALIUM

LIBER I.

I. Urbem Romam a principio reges habuere. Libertatem et consulatum L. Brutus instituit. Dictaturæ ad tempus [1] sumebantur; neque decemviralis potestas ultra biennium [2], neque tribunorum militum consulare jus diu valuit. Non Cinnæ, non Sullæ longa dominatio; et Pompeii Crassique potentia cito in Cæsarem, Lepidi atque Antonii arma in Augustum cessere; qui cuncta discordiis civilibus fessa, nomine principis [3], sub imperium accepit. Sed veteris populi romani prospera vel adversa claris scriptoribus memorata sunt; temporibusque Augusti dicendis non defuere decora ingenia, donec gliscente

I. Rome fut d'abord gouvernée par des rois. L. Brutus y établit la liberté et le consulat. Les dictatures n'étaient que passagères; le pouvoir décemviral ne dura pas plus de deux ans, et les tribuns militaires ne se maintinrent pas longtemps. La domination de Cinna, celle de Sylla furent courtes; et la puissance de Pompée et de Crassus passa bientôt aux mains de César, les armes de Lépide et d'Antoine aux mains d'Auguste qui, profitant de la lassitude des discordes civiles, se fit accepter pour maître sous le nom de prince. Les prospérités et les revers de l'ancien peuple romain ont été transmis à la mémoire par de grands écrivains; le siècle d'Auguste n'a pas manqué non plus d'historiens célèbres, jusqu'à ce que les progrès de l'adulation eussent gâté les plus beaux génies. Pour les règnes

C. C. TACITE.

ANNALES.

LIVRE I.

I. Reges habuere	I. Des rois eurent (gouvernèrent)
urbem Romam	la ville *de* Rome
a principio.	dès le commencement.
L. Brutus instituit	L. Brutus établit
libertatem et consulatum.	la liberté et le consulat.
Dictaturæ sumebantur	Les dictatures étaient prises
ad tempus ;	pour un temps *fixé ;*
neque potestas	ni le pouvoir
decemviralis	décemviral
valuit ultra biennium ,	n'eut-de-force au-delà de deux-ans ,
neque jus consulare	ni le droit consulaire
tribunorum militum	des tribuns des soldats
diu.	*n'eut de force* longtemps.
Dominatio Cinnæ	La domination de Cinna
non longa ,	ne *fut* pas longue ,
non Sullæ ;	ni *celle* de Sylla ;
et potentia Pompeii	et la puissance de Pompée
Crassique	et de Crassus
cito in Cæsarem ;	*passa* vite à César ;
arma Lepidi atque Antonii	les armes de Lépide et d'Antoine
cessere in Augustum ;	passèrent *vite* à Auguste ;
qui accepit sub imperium ,	qui reçut sous *son* empire ,
nomine principis ,	avec le nom de prince ,
cuncta fessa	tout *l'Etat* fatigué
discordiis civilibus.	des discordes civiles.
Sed prospera vel adversa	Mais les *faits* heureux ou **malheureux**
veteris populi romani	de l'ancien peuple romain
sunt memorata	ont été transmis-à-la-mémoire
claris scriptoribus ;	par d'illustres écrivains :
decoraque ingenia	et de beaux talents
non defuere	n'ont pas manqué
temporibus Augusti	aux temps d'Auguste
dicendis	devant être racontés ,
donec detererentur	jusqu'à ce qu'ils fussent **gâtés**

adulatione detererentur [1]. Tiberii, Caiique, et Claudii, ac Neronis res, florentibus ipsis, ob metum falsæ; postquam occi-
derant, recentibus odiis compositæ sunt. Inde consilium mihi
pauca de Augusto, et extrema tradere : mox Tiberii principa-
tum, et cetera [2], sine ira et studio, quorum causas procul
habeo.

II. Postquam, Bruto et Cassio cæsis, nulla jam publica
arma, Pompeius apud Siciliam oppressus [3]; exutoque Lepido [4],
interfecto Antonio [5], ne Julianis quidem partibus nisi Cæsar
dux reliquus : posito triumviri nomine, consulem se ferens, et
ad tuendam plebem tribunitio jure contentum [6]; ubi militem
donis, populum annona, cunctos dulcedine otii pellexit, in-
surgere paulatim, munia senatus, magistratuum, legum in se
trahere, nullo adversante; quum ferocissimi per acies aut
proscriptione cecidissent; ceteri nobilium, quanto quis servitio

de Tibère, de Caius, de Claude et de Néron, la crainte pendant leur
vie, après leur mort des haines récentes ont altéré les faits. C'est
pourquoi je me propose de tracer rapidement les derniers moments
d'Auguste; ensuite j'écrirai l'histoire de Tibère et des autres princes, sans animosité comme sans flatterie : les motifs en sont loin
de moi.

II. Lorsque la défaite de Cassius et de Brutus eut anéanti le parti
de la république, que Pompée eut succombé en Sicile, que l'abaissement de Lépide et la mort d'Antoine n'eurent plus laissé, même
au parti de César, d'autre chef qu'Auguste, celui-ci, renonçant au
titre de triumvir, se présenta comme simple consul, et se contenta,
pour protéger le peuple, de la puissance tribunitienne. Bientôt après,
ayant gagné les soldats par ses largesses, le peuple par des distri-
butions de blé, tous les ordres de l'Etat par les douceurs de la paix,
on le vit s'enhardir, et attirer insensiblement à lui seul tous les pouvoirs, ceux du sénat, des magistrats, des lois; rien ne lui résista.
Les plus fiers citoyens avaient péri dans les combats ou par la proscription; le reste des nobles, voyant les richesses et les honneurs

adulatione gliscente. | par l'adulation croissante.
Res Tiberii, | Les actes de Tibère,
Caiique, | et de Caius *Caligula*
et Claudii, ac Neronis, | et de Claude, et de Néron,
ipsis florentibus, | eux-mêmes *étant* florissants,
falsæ ob metum; | *ont été* falsifiés par la crainte;
postquam occiderant, | après qu'ils furent morts,
sunt compositæ | ils ont été arrangés
odiis recentibus. | *au gré de* haines récentes.
Inde consilium mihi | De là dessein *est* à moi
tradere pauca, et extrema | de transmettre peu de *faits*, et les derniers
de Augusto : | sur Auguste :
mox principatum Tiberii, | puis le principat de Tibère,
et cetera, | et le reste (les trois autres règnes),
sine ira et studio, | sans ressentiment et (ni) faveur,
quorum habeo procul | desquels j'ai loin *de moi*
causas. | les motifs.

II. Postquam jam, | II. Après que enfin,
Bruto et Cassio cæsis, | Brutus et Cassius étant défaits,
arma publica nulla, | les armes publiques *furent* nulles,
Pompeius oppressus | *que* Pompée *eut été* abattu
apud Siciliam ; | en Sicile ;
Lepidoque exuto, | et *que* Lépide ayant été dépouillé,
Antonio interfecto, | Antoine avant été tué,
ne partibus quidem | pas même au parti
Julianis | de-Jules (César)
dux reliquus, | un chef ne fut de-reste,
nisi Cæsar : | sinon César *Auguste* ·
nomine triumviri posito, | le nom de triumvir étant déposé,
se ferens consulem, | se portant *comme* consul,
et contentum | et *comme* content
jure tribunitio | du droit tribunitien
ad plebem tuendam; | pour le peuple devant être défendu ;
ubi pellexit | dès qu'il eut gagné
militem donis, | le soldat par des présents,
populum annona, | le peuple par des denrées,
cunctos dulcedine otii, | tous par la douceur du repos,
insurgere paulatim, | *il se mit* à s'élever peu à peu,
trahere in se | à attirer à lui
munia senatus, | les pouvoirs du sénat,
magistratuum, legum, | des magistrats, des lois,
nullo adversante; | nul ne s'opposant ;
quum ferocissimi | alors que les plus fiers
cecidissent per acies | étaient tombés dans les batailles
aut proscriptione; | ou par la proscription:
ceteri nobilium | *que* les autres (le reste) des nobles
extollerentur | étaient élevés

promptior, opibus et honoribus extollerentur; ac, novis ex rebus aucti, tuta et præsentia, quam vetera et periculosa, mallent. Neque provinciæ illum rerum statum abnuebant, suspecto senatus populique imperio ob certamina potentium et avaritiam magistratuum; invalido legum auxilio, quæ vi, ambitu, postremo pecunia turbabantur.

III. Ceterum Augustus subsidia dominationi Claudium Marcellum [1], sororis filium, admodum adolescentem, pontificatu et curuli ædilitate; M. Agrippam, ignobilem loco, bonum militia et victoriæ socium, geminatis consulatibus extulit; mox defuncto Marcello, generum sumpsit [2] : Tiberium Neronem et Claudium Drusum, privignos, imperatoriis nominibus auxit, integra etiam tum domo sua. Nam genitos Agrippa, Caium ac Lucium, in familiam Cæsarum induxerat; necdum posita puerili prætexta, Principes juventutis [3] appellari, destinari con-

payer leur empressement pour la servitude, et trouvant leur avantage dans la révolution, préféraient leur sûreté avec le présent à des périls avec le passé. Ces changements ne déplaisaient pas non plus aux provinces, le gouvernement du sénat et du peuple faisant toujours craindre les divisions des grands et la cupidité des magistrats, qui n'était contenue que par des lois faibles, impuissantes contre la violence, la brigue et l'argent.

III. Cependant Auguste, pour affermir sa domination, donna à Marcellus, fils de sa sœur, malgré sa grande jeunesse, le pontificat et l'édilité curule; et, malgré l'obscure naissance d'Agrippa, il honora ce brave guerrier, compagnon de sa victoire, de deux consulats successifs; après la mort de Marcellus, il le choisit pour gendre; il décora du titre d'*imperator* les deux fils de sa femme, Tibère et Drusus, quoiqu'il eût encore alors tous les appuis de sa famille; car il avait adopté les fils d'Agrippa, Caius et Lucius, qui, même avant d'avoir quitté la robe de l'enfance, furent nommés Princes de la jeu-

opibus et honoribus,
en richesses et en honneurs

quanto quis
d'autant plus que chacun

promptior servitio ;
était plus empressé à la servitude,

ac, aucti
et *que*, grandis

ex rebus novis,
par suite des choses nouvelles

mallent
ils aimaient-mieux

tuta et præsentia,
des choses sûres et présentes

quam vetera et periculosa.
que des choses anciennes et dangereuses.

Neque provinciæ
Et les provinces

abnuebant
ne refusaient pas

illum statum rerum,
cet état de choses,

imperio senatus populique
l'autorité du sénat et du peuple

suspecto
étant suspecte

ob certamina potentium
à cause des rivalités des puissants

et avaritiam
et de l'avidité

magistratuum ;
des magistrats ;

auxilio legum invalido,
le secours des lois *étant* impuissant,

quæ turbabantur vi,
lois qui étaient troublées par la violence,

ambitu, postremo pecunia.
par la brigue, *et* enfin par l'argent.

III. Ceterum Augustus
III. Au reste Auguste

extulit subsidia
éleva *comme* soutiens

dominationi
à (de) *sa* domination

Claudium Marcellum,
Claudius Marcellus,

filium sororis,
fils de *sa* sœur,

admodum adolescentem,
tout à fait jeune-homme,

pontificatu
par le pontificat

et ædilitate curuli ;
et l'édilité curule ;

M. Agrippam,
M. Agrippa,

ignobilem loco,
obscur d'extraction,

bonum militia
mais distingué par le service-militaire

et socium victoriæ,
et compagnon de *sa* victoire,

consulatibus geminatis ;
par des consulats redoublés (deux de suite);

mox, Marcello defuncto,
bientôt, Marcellus étant mort,

sumpsit generum :
il *le* prit *pour* gendre :

auxit privignos,
il décora *ses* fils-d'un-premier-lit,

Tiberium Neronem
Tibère Néron

et Claudium Drusum,
et Claude Drusus,

nominibus imperatoriis,
des noms d'-impérator,

ua domo
sa famille

etiam tum integra.
étant encore alors entière

Nam induxerat
Car il avait fait-entrer

in familiam Cæsarum
dans la famille des Césars

Caium ac Lucium,
Caius et Lucius,

genitos Agrippa ;
nés d'Agrippa ;

specie recusantis,
avec l'apparence de *quelqu'un* qui refuse,

cupiverat flagrantissime
il avait désiré très-ardemment

appellari
eux être appelés

sules, specie recusantis, flagrantissime cupiverat. Ut Agrippa
vita concessit [1], L. Cæsarem euntem ad hispanienses exercitus, Caium remeantem Armenia, et vulnere invalidum, mors
fato propera, vel novercæ Liviæ dolus abstulit [2]; Drusoque pridem exstincto [3], Nero solus e privignis erat : illuc cuncta vergere : filius, collega imperii, consors tribunitiæ potestatis adsumitur [4], omnesque per exercitus ostentatur : non obscuris, ut
antea, matris artibus, sed palam hortatu. Nam senem Augustum devinxerat adeo, uti nepotem unicum, Agrippam Postumum, in insulam Planasiam [5] projiceret, rudem sane bonarum
artium, et robore corporis stolide ferocem, nullius tamen flagitii compertum. At hercule Germanicum, Druso ortum, octo
apud Rhenum legionibus imposuit, adscirique per adoptionem
a Tiberio jussit, quanquam esset in domo Tiberii filius juve-

nesse, et désignés consuls, distinctions que, malgré ses refus appa-
rents, il avait ardemment désirées pour eux. Lorsqu'il eut perdu
Agrippa, que Lucius, en se rendant à l'armée d'Espagne, Caius, en
revenant de l'Arménie, malade d'une blessure, lui eurent été enlevés,
soit naturellement, soit par le crime de leur marâtre Livie, et qu'enfin la mort de Drusus ne lui eut plus laissé de beau-fils que Tibère,
tout reflua vers ce dernier. Il est nommé fils d'Auguste, associé à
l'empire et à la puissance tribunitienne, présenté en pompe à toutes
les armées : sa mère ne se bornait plus, comme autrefois, à d'obscures intrigues; ses sollicitations étaient publiques. Elle avait tellement captivé la vieillesse d'Auguste, qu'elle lui fit reléguer igno-
minieusement dans l'île de Planasie son unique petit-fils Agrippa
Postume, jeune homme, il est vrai, d'une ignorance grossière et stupidement enorgueilli de sa force prodigieuse, mais à qui toutefois
on n'avait aucun crime à reprocher. Cependant il mit Germanicus,
fils de Drusus, à la tête de huit légions sur le Rhin; et, quoique
Tibère eût un fils déjà sorti de l'adolescence, il lui ordonna de

Principes juventutis,
destinari consules,
prætexta puerili
necdum posita.
Ut Agrippa concessit vita,
mors propera fato,
vel dolus novercæ Liviæ
abstulit L. Cæsarem
euntem
ad exercitus hispanienses,
Caium remeantem Armenia,
et invalidum vulnere;
Drusoque
exstincto pridem,
Nero erat solus
e privignis :
cuncta vergere illuc :
adsumitur filius,
collega imperii,
consors
potestatis tribunitiæ,
ostentaturque
per omnes exercitus :
artibus matris
non obscuris, ut antea,
sed hortatu palam.
Nam devinxerat adeo
Augustum senem,
uti projiceret
in insulam Planasiam
unicum nepotem,
Agrippam Postumum,
rudem sane
artium bonarum,
et stolide ferocem
robore corporis,
tamen compertum
nullius flagitii.
At Hercule,
imposuit octo legionibus
apud Rhenum
Germanicum,
ortum Druso,
jussitque adsciri
per adoptionem a Tiberio,
quanquam filius juvenis
esset in domo Tiberii;

Princes de la jeunesse,
être désignés consuls,
la prétexte de-l'enfance
n'étant pas encore déposée *par eux*.
Dès qu'Agrippa eut quitté la vie,
une mort hâtée par le destin,
ou un piége de *leur* marâtre Livie
enleva L. César
qui allait
aux armées d'-Espagne,
et Caius qui revenait d'Arménie,
et *qui était* languissant d'une blessure;
et Drusus
étant mort depuis longtemps,
Néron (Tibère) était le seul
de *ses* fils-d'un-premier-lit :
tout *commença* à se tourner là (**vers lui**) :
il est adopté *comme* fils *d'Auguste*,
comme collègue de l'empire,
comme associé
de (à) la puissance tribunitienne,
et il est montré-souvent
dans toutes les armées :
les intrigues de *sa* mère
n'*étant* pas obscures, comme auparavant,
mais *ses* prières *ayant lieu* ouvertement.
Car elle avait enchaîné tellement
Auguste *devenu* vieux,
qu'il fit-jeter
dans l'île *de* Planasie
son unique petit-fils,
Agrippa Postume,
ignorant sans doute
des arts libéraux,
et stupidement fier
de *sa* force de corps,
cependant n'étant convaincu
d'aucune infamie.
Mais par Hercule,
il mit-à-la-tête-de huit légions
sur le Rhin
Germanicus,
issu (fils) de Drusus,
et il ordonna *lui* être reçu
par adoption par Tibère,
quoique un fils jeune
fût dans la maison de Tibère;

nis; sed quo pluribus munimentis insisteret. Bellum ea tempestate nullum, nisi adversus Germanos, supererat; abolendæ
magis infamiæ ob amissum cum Quinctilio Varo [1] exercitum,
quam cupidine proferendi imperii, aut dignum ob præmium.
Domi res tranquillæ, eadem magistratuum vocabula, juniores
post Actiacam victoriam, etiam senes plerique inter bella civium nati : quotus quisque reliquus qui rempublicam vidisset?

IV. Igitur, verso civitatis statu, nihil usquam prisci et integri moris; omnes, exuta æqualitate, jussa principis adspectare : nulla in præsens formidine, dum Augustus, ætate validus, seque, et domum, et pacem sustentavit. Postquam provecta
jam senectus ægro et corpore fatigabatur, aderatque finis, et
spes novæ; pauci bona libertatis incassum disserere, plures
bellum pavescere, alii cupere, pars multo maxima imminentes
dominos variis rumoribus differebant : « Trucem Agrippam et

l'adopter, voulant multiplier les soutiens de sa puissance. On n'avait
plus de guerre alors, excepté contre les Germains, pour venger notre
opprobre et la perte de l'armée de Varus, plutôt que par envie de
s'agrandir, ou pour l'importance de la conquête. Au dedans tout
était tranquille : les magistratures conservaient les mêmes noms; la
jeunesse romaine était née depuis la bataille d'Actium, la plupart des
vieillards au milieu des guerres civiles : combien peu en restait-il
qui eussent vu la république?

IV. Aussi, depuis le bouleversement de la constitution, il n'exi-
stait plus de traces des anciennes mœurs, des anciennes vertus; renonçant à l'égalité, tous attendaient les ordres du prince, tranquil-
les pour le moment, tant que la vigueur et la santé d'Auguste surent
maintenir son autorité, sa famille et la paix. Mais, sur le déclin de
sa vie, lorsque les infirmités aggravèrent le poids de sa vieillesse, et
que sa fin prochaine fit naître de nouvelles espérances, on vit se ré-
veiller dans quelques-uns des regrets infructueux sur la perte de la
liberté; dans d'autres, le désir; dans un plus grand nombre, la
crainte de la guerre; dans presque tous, des inquiétudes sur les maîtres dont Rome était menacée. D'un côté, l'on craignait « dans

sed quo insisteret
pluribus munimentis.
Nullum bellum supererat
ea tempestate,
nisi adversus Germanos ;
magis cupidine
infamiæ abolendæ
ob exercitum amissum
cum Quinctilio Varo,
quam proferendi imperii,
aut ob præmium dignum.
Domi res tranquillæ,
vocabula magistratuum
eadem ,
juniores nati
post victoriam Actiacam,
plerique senes etiam
inter bella civium :
quotus quisque reliquus
qui vidisset rempublicam ?
IV. Igitur,
statu civitatis verso,
nihil usquam
moris prisci et integri;
omnes, æqualitate exuta,
adspectare jussa principis :
nulla formidine
in præsens,
dum Augustus,
validus ætate,
sustentavit seque,
et domum, et pacem.
Postquam senectus
jam provecta
fatigabatur et
corpore ægro,
finisque aderat,
et spes novæ;
pauci disserere incassum
bona libertatis,
plures
pavescere bellum,
alii cupere,
pars multo maxima
afferebant
variis rumoribus
dominos imminentes :

mais afin qu'il s'appuyât
de plus de remparts.
Aucune guerre ne restait
en ce temps-*là*,
si ce n'est contre les Germains ;
plus par le désir
de l'infamie devant être effacée
à cause de l'armée perdue
avec Quinctilius Varus,
que *par le désir* d'étendre l'empire,
ou pour un prix digne *de la peine*.
A l'intérieur les affaires *étaient* calmes,
les noms des magistratures
étaient les mêmes,
les plus jeunes *étaient* nés
après la victoire d'-Actium,
la plupart des vieillards même
durant les guerres des citoyens (civiles) :
combien *étaient* de-reste
qui eussent vu la république ?
IV. Donc,
la situation de l'État étant changée,
rien *n'était* nulle-part
des mœurs anciennes et intègres;
tous, l'égalité étant dépouillée,
d'attendre les ordres du prince :
nulle crainte *n'étant*
pour le *moment* présent,
tant qu'Auguste,
vigoureux d'âge,
soutint et soi,
et *sa* famille, et la paix.
Depuis que *sa* vieillesse
déjà avancée
était fatiguée aussi
par un corps malade,
et *que sa* fin approchait,
et *aussi* des espérances nouvelles;
quelques-uns de discuter en-vain
sur les avantages de la liberté,
un plus-grand-nombre
de craindre la guerre,
d'autres de *la* désirer,
une partie de beaucoup la plus grande
diffamaient
par différents propos
les maîtres qui menaçaient :

ignominia accensum, non ætate neque rerum experientia tantæ
moli parem. Tiberium Neronem maturum annis, spectatum
bello, sed vetere atque insita Claudiæ familiæ superbia; multaque indicia sævitiæ, quanquam premantur, erumpere. Hunc
et prima ab infantia eductum in domo regnatrice; congestos
juveni consulatus, triumphos; ne iis quidem annis, quibus
Rhodi specie secessus exsulem egerit [1], aliquid quam iram et
simulationem et secretas libidines meditatum. Accedere matrem muliebri impotentia : serviendum feminæ duobusque in-
super adolescentibus, qui rempublicam interim premant, quandoque distrahant. »

V. Hæc atque talia agitantibus, gravescere valetudo Augusti. Et quidam scelus uxoris suspectabant [2] : quippe rumor
incesserat, paucos ante menses, Augustum, electis consciis,
et comite uno Fabio Maximo, Planasiam vectum ad visendum

Agrippa sa férocité naturelle, irritée par l'ignominie, sa jeunesse,
son inexpérience, inhabile à porter le fardeau d'un si vaste empire;
d'un autre côté, on observait dans Tibère, avec la maturité des années
et l'expérience des armes, l'orgueil héréditaire invétéré des Claudes,
et plusieurs indices d'une cruauté qui perçait à travers le voile dont
il l'enveloppait. On l'avait vu, dès sa première enfance, élevé dans
une famille insatiable de domination; jeune, on avait entassé sur sa
tête les consulats et les triomphes; tout le temps même de sa retraite
de Rhodes, quoiqu'elle couvrît un véritable exil, avait été marqué
par de la colère, par de la dissimulation, par des débauches secrètes.
Ne faudrait-il pas encore essuyer dans la mère l'humeur impérieuse
de son sexe; se voir asservi à une femme, puis à deux jeunes gens,
qui opprimeraient l'État, en attendant qu'ils le démembrassent un
jour? »

V. Tandis qu'on se livrait à ces réflexions, la santé d'Auguste s'ag-
grava, ce que quelques-uns attribuaient à un crime de sa femme. Le
bruit avait couru que, peu de mois auparavant, Auguste, ayant mis
dans sa confidence quelques amis, s'était rendu avec Fabius seule-

« Agrippam trucem
  t accensum ignominia,
non parem tantæ moli
ætate
neque experientia rerum.
Tiberium Neronem
maturum annis,
spectatum bello,
sed superbia vetere
atque insita
familiæ Claudiæ ;
multaque indicia sævitiæ
erumpere,
quanquam premantur.
Hunc et ab prima infantia
eductum
in domo regnatrice ;
consulatus, triumphos
congestos juveni ;
ne quidem iis annis,
quibus egerit exsulem
Rhodi specie secessus,
meditatum
aliquid quam iram
et simulationem
et libidines secretas.
Accedere matrem
impotentia muliebri :
serviendum feminæ
insuperque
duobus adolescentibus,
qui premant rempublicam
interim,
quandoque distrahant. »
    V. Agitantibus
hæc atque talia,
valetudo Augusti
gravescere.
Et quidam suspectabant
scelus uxoris :
quippe rumor incesserat
Augustum,
paucos menses ante,
consciis electis,
et uno comite
Fabio Maximo,
vectum Planasiam

« Agrippa *être* féroce
et irrité par l'ignominie,
non égal à un si grand fardeau
ni par l'âge
ni par l'expérience des affaires.
Tibère Néron
être mûr d'années,
distingué par la guerre,
mais d'un orgueil ancien
et inné
dans la famille Claudia ;
et plusieurs indices de cruauté
percer,
quoiqu'ils soient étouffés.
Celui-ci même dès la première enfance
avoir été élevé
dans une famille dominatrice ;
consulats, triomphes
avoir été accumulés sur *lui* jeune ;
pas même dans ces années,
dans lesquelles il fit l'exilé (fut exilé)
à Rhodes avec l'apparence d'une retraite,
lui n'avoir médité
quelque *autre* chose que colère
et dissimulation
et débauches secrètes.
A cela se joindre *sa* mère
avec l'emportement d'-une-femme :
falloir être asservi à une femme
et de plus
à deux jeunes-gens,
qui opprimeraient l'Etat
en-attendant,
un jour *le* démembreraient. »
    V. *Les Romains* agitant
ces *pensées* et de telles,
la *mauvaise* santé d'Auguste
de s'aggraver.
Et certains soupçonnaient
un crime de *son* épouse :
car le bruit s'était répandu
Auguste,
peu de mois avant,
des confidents ayant été choisis,
et un-seul compagnon
Fabius Maximus,
s'être transporté à Planasie

Agrippam ; multas illic utrinque lacrimas et signa caritatis , spemque ex eo, fore ut juvenis penatibus avi redderetur : quod Maximum [1] uxori Marciæ aperuisse, illam Liviæ ; gnarum id Cæsari ; neque multo post exstincto Maximo (dubium an quæsita morte), auditos in funere ejus Marciæ gemitus, semet in cusantis quod causa exitii marito fuisset. Utcunque se ea re habuit, vixdum ingressus Illyricum Tiberius, properis matri-litteris accitur : neque satis compertum est, spirantem adhuc Augustum apud urbem Nolam , an exanimem repererit. Acribus namque custodiis domum et vias sepserat Livia : lætique interdum nuntii vulgabantur; donec, provisis quæ tempus monebat, simul excessisse Augustum et rerum potiri Neronem fama eadem tulit.

VI. Primum facinus novi principatus fuit Postumi Agrippæ cædes ; quem ignarum inermumque , quamvis firmatus animo,

ment, à Planasie , pour y voir son petit-fils, et qu'il y avait eu de part et d'autre beaucoup de larmes , et des marques de tendresse qui faisaient croire que le jeune Agrippa reverrait le palais de son aïeul. On ajouta que Fabius instruisit de ce fait sa femme Marcie, qui le répéta à Livie ; que Tibère en fut informé, et que, peu de temps après, aux funérailles de Fabius, dont la mort fut soupçonnée de n'être point naturelle, on entendit Marcie qui s'accusait en pleurant d'avoir été la cause de la perte de son époux. Quoi qu'il en soit, Tibère entrait à peine dans l'Illyrie, lorsque des lettres pressantes de sa mère le rappelèrent à Nole. On ne sait s'il y trouva Auguste encore en vie, ou déjà mort ; car Livie avait distribué autour du palais des gardes qui en fermaient avec soin toutes les avenues. De temps en temps on rassurait le peuple sur la santé du prince, et lorsqu'enfin on eut pris toutes les mesures que les circonstances exigeaient, un même bruit vint apprendre à la fois qu'Auguste n'était plus, et que Tibère succédait à son pouvoir.

VI. Le premier acte du nouveau *principat* fut le meurtre de Postume Agrippa. Quoique surpris sans armes et attaqué par un cen-

ad visendum Agrippam ;	pour visiter Agrippa,
illic utrinque	là de part et d'autre
multas lacrimas	*avoir eu lieu* beaucoup de larmes
et signa caritatis,	et de marques de tendresse,
spemque ex eo,	et espoir *être résulté* de cela
fore ut juvenis	qu'il arriverait que le jeune-homme
redderetur penatibus avi :	serait rendu aux pénates de *son* aïeul :
quod Maximum	laquelle chose Maximus
aperuisse uxori Marciæ,	*avoir dévoilée* à *son* épouse Marcie,
illam Liviæ ;	celle-ci à Livie ;
id gnarum Cæsari ;	cela *avoir été* connu à César (Tibère);
neque multo post	et non beaucoup après
Maximo exstincto,	Maximus étant mort,
dubium an	*il était* incertain si *c'était*
morte quæsita,	par une mort cherchée (volontaire),
auditos in funere ejus	*avoir été* entendus aux funérailles de lui
gemitus Marciæ,	les gémissements de Marcie,
semet incusantis	qui s'accusait
quod fuisset causa	de ce qu'elle avait été cause
exitii marito.	de perte à *son* mari.
Utcunque ea res	De quelque manière que cette chose
se habuit,	se soit passée,
Tiberius vixdum ingressus	Tibère à peine entré
Illyricum ,	en Illyrie,
accitur	est mandé
litteris properis matris :	par des lettres pressées de *sa* mère :
neque est satis compertum,	et il n'est pas assez su
repererit Augustum	s'il trouva Auguste
spirantem adhuc	respirant encore
apud urbem Nolam ,	dans la ville *de* Nole,
an exanimem.	ou sans-vie.
Namque Livia sepserat	Car Livie avait entouré
domum et vias	le palais et les routes
custodiis acribus :	de gardes sévères :
interdumque læti nuntii	et de temps en temps de bonnes nouvelles
vulgabantur ;	étaient publiées ;
donec provisis	jusqu'à ce que *les mesures* ayant été prises
quæ tempus monebat,	lesquelles la circonstance recommandait,
eadem fama tulit simul	la même renommée porta à la fois
Augustum excessisse	Auguste être mort
et Neronem potiri rerum.	et Néron (Tibère) être-maître des affaires.
VI. Primum facinus	VI. Le premier acte
novi principatus	du nouveau principat
fuit cædes	fut le meurtre
Postumi Agrippæ ;	de Postume Agrippa ;
quem ignarum	lequel ignorant *du danger*
inermumque,	et sans-armes,

centurio ægre confecit. Nihil de ea re Tiberius apud senatum
disseruit. Patris jussa simulabat, quibus præscripsisset, tribuno custodiæ apposito, ne cunctaretur Agrippam morte afficere, quandoque ipse supremum diem explevisset. Multa sine
dubio sævaque Augustus de moribus adolescentis questus, ut
exsilium ejus senatusconsulto sanciretur perfecerat; ceterum
in nullius unquam suorum necem duravit; neque mortem nepoti pro securitate privigni illatam credibile erat. Propius vero, Tiberium ac Liviam, illum metu, hanc novercalibus odiis,
suspecti et invisi juvenis cædem festinavisse. Nuntianti centurioni, ut mos militiæ, factum esse quod imperasset, neque
imperasse sese, et rationem facti reddendam apud senatum,
respondit. Quod postquam Sallustius Crispus [1], particeps secretorum (is ad tribunum miserat codicillos), comperit, metuens ne reus subderetur, juxta periculoso ficta seu vera
promeret, monuit Liviam, « ne arcana domus, ne consilia

turion intrépide, Postume disputa longtemps 'sa vie. Tibère ne parla
nullement de cette mort au sénat. Il feignait qu'elle était le résultat
des ordres de son père, et qu'il était enjoint au tribun, préposé à la
garde du jeune homme, de lui donner la mort sans balancer, aussitôt que l'empereur aurait rendu le dernier soupir. Il est vrai qu'Auguste éclata souvent en reproches violents contre Postume, dont il
fit même confirmer l'exil par un senatus-consulte; mais il respecta
toujours le sang de ses proches; et il n'est point à croire que, pour
la sûreté du fils de sa femme, il eût ordonné la mort de son petit-
fils. Il est plus probable que Tibère et Livie, l'un par crainte, l'autre par haine de marâtre, précipitèrent la mort d'un rival odieux et
suspect. Lorsque le centurion vint, suivant les formes militaires,
annoncer à l'empereur qu'on avait exécuté ses ordres, celui-ci se défendit d'en avoir donné, et déclara qu'il faudrait rendre compte au
sénat de cet événement. A cette nouvelle, Sallustius Crispus, qui
était du complot, car lui-même avait écrit le billet au tribun, craignant d'être impliqué dans une affaire où il serait également dangereux pour lui de dissimuler ou d'avouer la vérité, courut chez

centurio confecit ægre,
quamvis firmatus animo.
Tiberius disseruit nihil
de ea re apud senatum.
Simulabat jussa patris,
quibus præscripsisset
tribuno apposito
custodiæ,
ne cunctaretur
afficere morte Agrippam,
quandoque ipse explevisset
supremum diem.
Sine dubio Augustus
questus
multa sævaque
de moribus adolescentis,
perfecerat ut exsilium ejus
sanciretur
senatusconsulto;
ceterum duravit unquam
in necem nullius suorum;
neque erat credibile
mortem illatam nepoti
pro securitate privigni.
Propius vero,
Tiberium ac Liviam,
illum metu,
hanc odiis novercalibus,
festinavisse cædem
juvenis suspecti et invisi.
Centurioni nuntianti,
ut mos militiæ,
quod imperasset
esse factum,
respondit
neque sese imperasse,
et rationem facti
reddendam apud senatum.
Quod postquam comperit
Sallustius Crispus,
particeps secretorum
(is miserat codicillos
ad tribunum),
metuens ne subderetur
reus,
juxta periculoso
promeret ficta seu vera,

un centurion acheva avec-peine,
quoique affermi de cœur.
Tibère ne dit rien
de cette affaire au sénat.
Il feignait des ordres de *son* père,
par lesquels *celui-ci* aurait prescrit
au tribun préposé
à la garde *du jeune homme*,
qu'il n'hésitât pas
à frapper de mort Agrippa,
dès que lui-même aurait accompli
son dernier jour.
Sans doute Auguste
ayant fait-des-plaintes
nombreuses et violentes
sur les mœurs du jeune-homme,
avait obtenu que l'exil de lui
fût sanctionné
par un sénatus-consulte;
au reste il ne s'endurcit jamais
jusqu'au meurtre d'aucun des siens;
et il n'était pas croyable
la mort *avoir été* donnée à *son* petit-fils
pour la sécurité d'un fils-de-premier-lit.
Mais *il est* plus près *de la vérité*,
Tibère et Livie,
celui-là par crainte,
celle-ci par des haines de-marâtre,
avoir hâté le meurtre
d'un jeune-homme suspect et odieux.
Au centurion qui annonçait,
comme *c'est* la coutume du service,
ce qu'avait commandé *l'empereur*
être fait,
il (Tibère) répondit
et lui n'avoir pas commandé *cela*,
et compte du fait
devoir être rendu au sénat.
Laquelle chose lorsqu'eut connue
Sallustius Crispus,
confident du secret
(*c'était* lui *qui* avait envoyé le **billet**
au tribun),
craignant qu'il ne fût cité
comme accusé,
étant également dangereux
qu'il révélât des choses feintes ou **vraies**,

amicorum, ministeria militum vulgarentur; neve Tiberius
vim principatus resolveret, cuncta ad senatum vocando. Eam
conditionem esse imperandi, ut non aliter ratio constet, quam
si uni reddatur. »

VII. At Romæ ruere in servitium consules, patres, eques;
quanto quis illustrior, tanto magis falsi ac festinantes; vultuque composito, ne læti excessu principis, neu tristiores primordio, lacrimas, gaudium, questus, adulationem miscebant.
Sext. Pompeius et Sext. Apuleius, consules, primi in verba
Tiberii Cæsaris juravere [1]; apudque eos Seius Strabo [2], et
C. Turranius, ille prætoriarum cohortium præfectus, hic annonæ; mox senatus milesque et populus. Nam Tiberius cuncta
per consules incipiebat, tanquam vetere republica, et ambiguus imperandi. Ne edictum quidem, quo patres in curiam
vocabat, nisi tribunitiæ potestatis præscriptione posuit, sub

Livie, et lui fit sentir l'importance « de ne point divulguer les mystères du palais, les délibérations intimes, les exécutions militaires;
qu'en évoquant tout au sénat, Tibère énerverait la puissance impériale; que c'était le privilége du commandement, qu'on ne rendît
compte qu'à un seul. »

VII. Cependant à Rome, consuls, sénateurs, chevaliers se
précipitent dans la servitude; plus on était d'un rang illustre, plus
on montrait d'empressement et de fausseté : se composant le visage
pour ne laisser voir ni trop de contentement à la mort d'un prince,
ni trop de tristesse à l'avénement d'un autre, tous mêlaient les larmes, la joie, les regrets, l'adulation. Les consuls Sext. Pompéius
et Sext. Apuléius prononcèrent les premiers le serment d'obéissance
absolue à Tibère. Séius Strabon, préfet du prétoire, et C. Turranius,
préfet des vivres, le répétèrent après eux; puis le sénat, les soldats
et le peuple. Car Tibère mettait les consuls en tête de tous es actes,
comme dans l'ancienne république, et comme s'il eût encore douté
d'être empereur. Dans l'édit même par lequel il convoquai le sénat,
il ne s'autorisait que de la puissance tribunitienne, qu'il tenait

monuit Liviam,
« ne arcana domus,
ne consilia amicorum,
ministeria militum
vulgarentur ;
neve Tiberius resolveret
vim principatus,
vocando cuncta
ad senatum.
Conditionem imperandi
esse eam,
ut ratio non constet aliter,
quam si reddatur uni. »
   VII. At Romæ
consules, patres, eques
ruere in servitium;
tanto magis falsi
ac festinantes,
quanto quis illustrior;
vultuque composito,
ne læti
excessu principis,
neu tristiores
primordio,
miscebant lacrimas,
gaudium, questus,
adulationem.
Consules, Sext. Pompeius
et Sext. Apuleius,
juravere primi
in verba Tiberii Cæsaris;
apudque eos Seius Strabo,
et Caius Turranius,
ille præfectus
cohortium prætoriarum,
hic annouæ ;
mox senatus
milesque et populus.
Nam Tiberius incipiebat
uncta per consules,
anquam vetere republica,
et ambiguus imperandi.
Ne posuit quidem edictum,
quo vocabat
patres in curiam,
nisi præscriptione
potestatis tribunitiæ,

il avertit Livie,
« pour que les secrets du palais,
pour que les délibérations des amis,
les commissions des soldats
ne fussent pas divulgués;
et pour que Tibère ne détruisît pas
la force du principat,
en évoquant tout
au sénat.
La condition d'être-empereur
être celle-ci,   [ment,
qu'un compte ne soit-pas-en-règle autre-
que s'il est rendu à un-seul.
   VII. Mais à Rome
consuls, sénateurs, chevalier
de se précipiter dans la servitude;
d'autant plus faux
et empressés,
que chacun *était* plus illustre;
et le visage composé,
de peur qu'*ils ne parussent* joyeux
à la mort d'un prince,
ou *qu'ils ne parussent* trop tristes
à l'avénement *d'un autre,*
ils mêlaient les larmes,
la joie, les plaintes,
l'adulation.
Les consuls, Sext. Pompéius
et Sext. Apuléius,
jurèrent les premiers
sur les paroles (ordres) de Tibère César;
et auprès d'eux (ensuite) Séius Strabon,
et Caius Turranius,
celui-là préfet
des cohortes prétoriennes,
celui-ci *préfet* des vivres;
puis le sénat
et le soldat et le peuple.
Car Tibère commençait
tous *ses actes* par les consuls,
comme sous l'ancienne république,
et *comme* incertain d'être-empereur.
Il ne proposa pas même l'édit,
par lequel il convoquait
les sénateurs à la curie,
si ce n'est avec l'inscription
de la puissance tribunitienne,

Augusto acceptæ. Verba edicti fuere pauca, et sensu permodesto : « de honoribus parentis consulturum ; neque abscedere
a corpore, idque unum ex publicis muneribus usurpare. » Sed,
defuncto Augusto, signum prætoriis cohortibus, ut imperator,
dederat ; excubiæ, arma, cetera aulæ ; miles in forum, miles
in curiam comitabatur ; litteras ad exercitus tanquam adepto
principatu misit, nusquam cunctabundus, nisi quum in senatu
loqueretur. Causa præcipua ex formidine, ne Germanicus, in
cujus manu tot legiones, immensa sociorum auxilia, mirus
apud populum favor, habere imperium quam exspectare mallet. Dabat et famæ, ut vocatus electusque potius a republica
videretur, quam per uxorium ambitum et senili adoptione irrepsisse. Postea cognitum est ad introspiciendas etiam procerum voluntates inductam dubitationem ; nam verba, vultus, in
crimen detorquens recondebat.

   VIII. Nihil primo senatus die agi passus, nisi de supremis

d'Auguste. L'édit était court et singulièrement réservé. Il y deman
dait conseil sur les honneurs dus à Auguste ; il ne se séparerait point
du corps de son père : c'était, des fonctions publiques, la seule qu'il
s'attribuât. Mais aussitôt après la mort d'Auguste, il avait donné
l'ordre, comme empereur, aux cohortes prétoriennes ; il avait pris
des gardes et tout l'appareil de la dignité impériale ; des soldats
l'accompagnaient au forum, l'accompagnaient au sénat ; il avait
écrit aux armées comme étant déjà souverain ; il n'hésitait que dans
ses discours au sénat. Son principal motif fut la crainte que Germanicus, qui avait dans sa main tant de légions, qui commandait
une armée immense d'auxiliaires, qui etait adoré du peuple, n'aimât
mieux garder le pouvoir que l'attendre. D'ailleurs il voulait donner
à la réputation de paraître avoir été élevé à l'empire par les suffrages
de la république plutôt que s'y être glissé par les intrigues d'une
femme et l'adoption d'un vieillard. La suite fit voir qu'il s'était encore ménagé cette irrésolution pour démêler les dispositions des
grands ; épiant les discours, les visages, il marquait au fond de son
cœur ses ennemis.

   VIII. Tibère exigea que la première séance du sénat fût consacrée

acceptæ sub Augusto.
Verba edicti fuere pauca,
et sensu permodesto :
« consulturum
de honoribus parentis ;
neque abscedere a corpore,
usurpareque id unum
ex muneribus publicis. »
Sed, Augusto defuncto,
dederat signum,
ut imperator,
cohortibus prætoriis ;
excubiæ, arma,
cetera aulæ ;
miles
comitabatur in forum,
miles in curiam ;
misit litteras ad exercitus
tanquam principatu
adepto,
cunctabundus nusquam,
nisi
quum loqueretur in senatu.
Causa præcipua
ex formidine,
ne Germanicus,
in manu cujus tot legiones,
immensa auxilia sociorum,
mirus favor apud populum,
mallet habere imperium
quam exspectare.
Dabat et famæ,
ut videretur potius
vocatus electusque
a republica,
quam irrepsisse
per ambitum uxorium
et adoptione senili.
Postea est cognitum
dubitationem inductam
ad introspiciendas etiam
voluntates procerum ;
nam detorquens in crimen
verba, vultus,
recondebat.
VIII. Passus nihil agi
primo die senatus,

reçue *par lui* sous Auguste.
Les mots de l'édit furent peu ·nombreux
et d'un sens très-modeste :
« *lui* devoir délibérer
sur les honneurs de *son* père ;
et ne pas s'éloigner de *son* corps,
et s'attribuer cette *fonction* seule
des fonctions publiques. »
Mais, Auguste étant mort,
il avait donné l'ordre,
comme empereur,
aux cohortes prétoriennes ;
des gardes, des armes,
les autres *marques* d'une cour *l'entouraient;*
un soldat (des soldats)
*l'*accompagnait au forum,
un soldat (des soldats) à la curie;
il envoya des lettres aux armées
comme le principat
ayant été obtenu,
n'hésitant nulle part,
sinon
lorsqu'il parlait au sénat.
La cause principale
venait de la crainte,
que Germanicus,
dans la main duquel *étaient* tant de légions,
d'immenses renforts d'alliés,
une singulière faveur auprès du peuple,
n'aimât-mieux avoir l'empire
que *l'*attendre.
Il donnait aussi à la renommée,
qu'il parût plutôt
appelé et élu
par la république
que s'être glissé *au tróne*
par l'intrigue d'-une-épouse
et par l'adoption d'-un-vieillard.
Dans la suite il fut connu
cette hésitation *avoir été* imaginée
pour sonder aussi
les dispositions des grands ;
car tournant en crime
les paroles, les visages,
il *les* cachait *dans son esprit.*
VIII. Il ne souffrit rien être traité
le premier jour *de séance* du sénat,

Augusti, cujus testamentum [1], illatum per virgines Vestæ, Tiberium et Liviam heredes habuit. Livia in familiam Juliam nomenque Augustæ assumebatur : in spem secundam , nepotes
pronepotesque [2]; tertio gradu primores civitatis scripserat,
plerosque invisos sibi, sed jactantia gloriaque ad posteros. Le
gata non ultra civilem modum, nisi quod populo et plebi qua
dringenties tricies quinquies [3], prætoriarum cohortium militi
bus singula nummum millia, legionariis aut cohortibus civiu
romanorum trecenos nummos viritim dedit. Tum consultatum
de honoribus, ex quis maxime insignes visi : « ut porta trium
phali duceretur funus, » Gallus Asinius; « ut legum latarun
tituli, victarum ab eo gentium vocabula anteferrentur, » L. Ar
runtius censuere. Addebat Messala Valerius renovandum pe
annos sacramentum in nomen Tiberii ; interrogatusque a Tibe

entièrement à Auguste. Son testament fut apporté par les Vestales
Auguste y nommait Tibère et Livie ses héritiers; Livie était ado
ptée dans la famille des Jules , et recevait le nom d'Augusta. Aprè
eux, il appelait ses petits-fils et arrière-petits-fils; et à leur défaut
les grands de Rome, la plupart haïs de lui, mais par vaine gloire
et pour se faire un mérite auprès de la postérité. Les legs n'excé
daient pas ceux qu'auraient pu faire de simples citoyens, si l'o
excepte quarante-trois millions cinq cent mille sesterces qu'il lais
sait à l'État et au peuple , mille à chaque soldat des cohortes préto
riennes , et trois cents a chaque légionnaire. Ensuite on délibéra s
les honneurs funèbres , dont voici les plus remarquables : Asini
Gallus proposa « de faire passer le convoi par la porte triomphale ;
L. Arruntius « de porter devant le corps d'Auguste les titres d
lois qu'il avait promulguées, les noms des nations qu'il avait vain
cues ; » à quoi Messala Valérius ajouta de renouveler tous les an
à l'empereur le serment d'obéissance absolue ; et comme Tibère 1

nisi de supremis Augusti, | sinon des dernières *volontés* d'Auguste,
cujus testamentum, | dont le testament,
illatum per virgines Vestæ, | apporté par les vierges de Vesta,
habuit heredes | eut *pour* héritiers
Tiberium et Liviam. | Tibère et Livie.
Livia assumebatur | Livie était admise
in familiam Juliam | dans la famille Julia
nomenque Augustæ : | et au nom d'Augusta :
scripserat, | il (Auguste) avait inscrit,
in spem secundam, | pour un espoir secondaire,
nepotes pronepotesque ; | *ses* petits-fils et *ses* arrière-petits-fils;
tertio gradu | au troisième degré
primores civitatis, | les principaux de l'État,
plerosque invisos sibi, | la plupart odieux à lui,
sed jactantia gloriaque | mais par jactance et *vaine* gloire
ad posteros. | auprès des descendants.
Legata non ultra | Les legs n'*allaient* pas au-delà
modum civilem, | de la mesure d'un-*simple*-citoyen,
nisi quod dedit | si ce n'est qu'il donna
populo et plebi | au peuple et à la populace
quadringenties tricies | quatre-cent-fois trente-fois
quinquies, | cinq-fois *cent mille sesterces*,
militibus | aux soldats
cohortium prætoriarum | des cohortes prétoriennes
singula millia nummum, | un millier de sesterces *par tête*,
legionariis aut cohortibus | aux légionnaires ou aux cohortes
civium romanorum | de citoyens romains
trecenos nummos viritim. | trois-cents sesterces par-tête.
Tum consultatum | Alors *il fut* délibéré
de honoribus, | sur les honneurs *funèbres*,
ex quis | desquels
maxime insignes visi : | les plus remarquables parurent *tels* :
Gallus Asinius, | Gallus Asinius,
L. Arruntius | L. Arruntius
censuere : | furent-d'avis :
« ut funus duceretur | *l'un*, « que le convoi fût conduit
porta triumphali; » | par la porte triomphale, »
« ut tituli | *l'autre*, « que les titres
legum latarum, | des lois portées *par lui*,
vocabula gentium | les noms des nations
victarum ab eo | vaincues par lui
anteferrentur. » | fussent portés-devant. »
Messala Valerius addebat | Messala Valérius ajoutait
sacramentum renovandum | le serment devoir être renouvelé
per annos | *année* par année
in nomen Tiberii ; | sur le nom de Tibère;
interrogatusque a Tiberio, | et interrogé par Tibère.

rio, num, se mandante, eam sententiam prompsisset, « sponte
dixisse, » respondit, « neque in iis quæ ad rempublicam pertinerent consilio nisi suo usurum, vel cum periculo offensio-
nis. » Ea sola species adulandi supererat. Conclamant patres
corpus ad rogum humeris senatorum ferendum. Remisit [1] Cæsar
arroganti moderatione, populumque edicto monuit, « ne, ut
quondam nimiis studiis funus divi Julii turbassent, ita Augustum in foro potius, quam in campo Martis, sede destinata,
cremari vellent. » Die funeris, milites velut præsidio stetere,
multum irridentibus qui ipsi viderant, quique a parentibus
acceperant diem illum crudi adhuc servitii et libertatis improspere repetitæ, quum occisus dictator Cæsar aliis pessi-
mum, aliis pulcherrimum facinus videretur. « Nunc senem
principem, longa potentia, provisis etiam heredum in rempu-

demanda s'il l'avait chargé d'ouvrir cet avis, Valérius répondit que
non ; « mais que, dans tout ce qui concernerait le bien de l'État,
il ne prendrait conseil que de lui seul, au risque même de déplaire. »
C'était la seule tournure de flatterie qui fût encore neuve. Les sénateurs s'écrièrent tout d'une voix qu'ils porteraient le corps au bûcher
sur leurs épaules. Tibère y souscrivit avec une docilité insultante ;
et, dans un édit, il recommanda au peuple « de ne point troubler
par un excès de zèle les funérailles d'Auguste, comme autrefois celles
de César, et de ne point exiger que le corps fût brûlé au forum plutôt qu'au Champ de Mars, lieu fixé pour sa sépulture. » Le jour
des obsèques, les soldats parurent en bataille, comme pour prêter
main-forte. Aussi, tous ceux qui avaient vu ou qui avaient entendu
rappeler à leurs pères ce jour où, d'une servitude encore toute récente, on avait passé brusquement à une liberté si malheureusement
recouvrée ; où les uns regardaient le meurtre de César comme une
action héroïque, les autres comme un forfait exécrable ; et qui alors
comparaient à ce meurtre du dictateur la mort paisible d'un vieux
prince, après une longue puissance, après avoir assuré contre la
république la fortune de ses héritiers, rirent beaucoup de cet appa-

num prompsisset	s'il avait énoncé
eam sententiam,	cet avis,
se mandante,	lui (Tibère) *l'en* chargeant,
respondit, « dixisse sponte,	il répondit, « *l'*avoir dit de-plein gré,
neque usurum consilio	et ne devoir user de conseil
nisi suo,	si ce n'est du sien,
vel cum periculo offensionis,	même avec risque d'offense,
in iis quæ pertinerent	dans les choses qui avaient-rapport
ad rempublicam. »	à la république. »
Ea sola species adulandi	Cette seule forme de flatter (de flatterie)
supererat.	restait.
Patres conclamant	Les sénateurs s'écrient-ensemble
corpus ferendum ad rogum	le corps devoir être porté au bûcher
humeris senatorum.	sur les épaules des sénateurs.
Cæsar remisit	César (Tibère) *l'*accorda
moderatione arroganti,	avec une modération arrogante,
monuitque populum	et il avertit le peuple
edicto,	par un édit,
« ne, ut quondam	« que, comme autrefois
turbassent nimiis studiis	ils avaient troublé par trop de zèle
funus divi Julii,	les funérailles du divin Jules,
ita vellent	ainsi ils *ne* voulussent *pas*
Augustum cremari	Auguste être brûlé
potius in foro,	plutôt dans le forum
quam in campo Martis,	que dans le champ de Mars,
sede destinata. »	lieu réservé *à sa sépulture.* »
Die funeris,	Le jour des funérailles,
milites stetere	les soldats se tinrent *rangés*
velut præsidio,	comme pour renfort,
irridentibus multum	*ceux-là* se moquant beaucoup
qui ipsi viderant,	qui eux-mêmes avaient vu
quique acceperant	et qui avaient appris
a parentibus	de *leurs* pères
illum diem	ce jour
servitii adhuc crudi	d'une servitude encore récente
et libertatis repetitæ	et d'une liberté recouvrée
improspere,	malheureusement,
quum	lorsque
dictator Cæsar occisus	le dictateur César tué
videretur aliis	paraissait aux uns
pessimum facinus,	le plus méchant acte,
aliis pulcherrimum.	aux autres le plus beau.
« Nunc senem principem	« Maintenant un vieux prince.
longa potentia,	d'une longue puissance,
opibus etiam heredum	la fortune *même de ses* héritiers
provisis in rempublicam,	ayant été assurée contre la république.
tuendum scilicet	devoir être protégé sans-doute

blicam opibus, auxilio scilicet militari tuendum, ut se pultura ejus quieta foret. »

IX. Multus hinc ipso de Augusto sermo, plerisque vana mirantibus, « quod idem dies accepti quondam imperii princeps et vitæ supremus; quod Nolæ in domo et cubiculo in quo pater ejus Octavius, vitam finivisset. » Numerus etiam consulatuum celebrabatur, « quo Valerium Corvum et C. Marium simul æquaverat, continuata per septem et triginta annos tribunitia potestas, nomen imperatoris semel atque vicies partum, aliaque honorum multiplicata aut nova[1]. » At apud prudentes vita ejus varie extollebatur arguebaturve. Hi, « pietate erga parentem, et necessitudine reipublicæ, in qua nullus tunc legibus locus, ad arma civilia actum, quæ neque parari possent, neque haberi per bonas artes; multa Antonio, dum interfectores patris ulcisceretur, multa Lepido concessisse; postquam hic socordia senuerit, ille per libidines pessum datus

reil menaçant, cru si nécessaire pour la tranquillité de ses funérailles.

IX. De là mille discours sur Auguste. La multitude remarqua beaucoup de circonstances frivoles : « Sa mort à pareil jour de son élévation à l'empire, et à Nole, dans la même maison et dans la même chambre que son père Octave. On vantait le nombre de ses consulats, égal à ceux de Valérius Corvinus et de C. Marius réunis; sa puissance tribunitienne prorogée trente-sept ans; le titre d'*imperator* obtenu vingt et une fois, et tant d'autres honneurs créés ou multiplié pour lui. » Mais, parmi les hommes sensés, sa vie trouvait des panégyristes et des censeurs. Les uns disaient « que la piété filiale et l malheur d'un État où les lois étaient alors sans pouvoir, l'avaien seuls entraîné dans des guerres civiles qu'on ne peut entreprendr ni soutenir par des voies légitimes. Ils rejetaient sur le désir de puni les meurtriers de son père, ses complaisances pour Lépide et po Antoine; et ses entreprises contre eux sur le mépris qu'excitèren

auxilio militari ,
ut sepultura ejus
foret quieta. »

IX. Hinc multus sermo
de Augusto ipso,
plerisque mirantibus vana,
« quod idem dies
princeps imperii
accepti quondam
et supremus vitæ ;
quod finivisset vitam Nolæ
in domo et cubiculo
in quo
pater ejus Octavius. »
Numerus etiam
consulatuum
celebrabatur ,
« quo æquaverat simul
Valerium Corvum
et C. Marium,
potestas tribunitia
continuata
per
triginta et septem annos,
nomen imperatoris partum
vicies atque semel,
aliaque honorum
multiplicata aut nova. »
At apud prudentes
vita ejus extollebatur
arguebaturve varie.
Hi, « pietate
erga parentem,
et necessitudine reipublicæ,
in qua tunc nullus locus
legibus,
actum ad arma civilia ,
quæ possent neque parari,
neque haberi
per bonas artes;
concessisse multa Antonio,
multa Lepido,
dum ulcisceretur
interfectores patris;
postquam hic
senuerit socordia,
ille sit pessum datus

d'un secours militaire,
pour que la sépulture de lui
fût tranquille. »

IX. De là beaucoup de propos
sur Auguste lui-même ,
la plupart admirant des choses frivoles,
« que le même jour
avait été le premier de l'empire
reçu *par lui* autrefois
et le dernier de *sa* vie :
qu'il avait fini *sa* vie à Nole
dans la maison et *dans* la chambre
dans laquelle
le père de lui Octave *avait fini la sienne.*»
Le nombre aussi
de *ses* consulats
était célébré ,
« par lequel il avait égalé à la fois
Valérius Corvus
et C. Marius ,
la puissance tribunitienne
continuée
pendant
trente-sept ans ,
le nom d'*impérator* obtenu
vingt-fois et une-fois,
et d'autres *titres* d'honneurs
multipliés ou nouveaux. »
Mais parmi les *gens* sensés
la vie de lui était exaltée
ou était accusée diversement.
Ceux-ci *disaient*, « *lui* par piété
envers *son* père,
et par la nécessité de la république,
dans laquelle alors aucune place
n'était aux lois,
avoir été poussé aux armes civiles,
qui ne pouvaient ni être prises ,
ni être gardées
par de bons moyens ;
lui avoir accordé beaucoup à Antoine,
beaucoup à Lépide ,
pourvu qu'il se vengeât
des meurtriers de *son* père :
après que celui-ci
eut vieilli par *son* indolence,
et que celui-là se fut perdu

sit, non aliud discordantis patriæ remedium fuisse, quam ut ab uno regeretur. Non regno tamen, neque dictatura, sed principis nomine constitutam rempublicam ; mari oceano aut amnibus longinquis septum imperium ; legiones, provincias, classes, cuncta inter se connexa ; jus apud cives, modestiam apud socios ; Urbem ipsam magnifico ornatu; pauca admodum vi tractata, quo ceteris quies esset. »

X. Dicebatur contra, « pietatem erga parentem et tempora reipublicæ obtentui sumpta; ceterum cupidine dominandi concitos per largitionem veteranos, paratum ab adolescente privato exercitum, corruptas consulis legiones[1], simulatam Pompeianarum gratiam partium ; mox ubi decreto patrum fasces et jus prætoris invaserit, cæsis Hirtio et Pansa (sive hostis illos [2], seu Pansam venenum vulneri affusum, sui milites Hirtjum, et machinator doli Cæsar abstulerat), utriusque copias

l'imbécillité de l'un, les débauches de l'autre, et sur la nécessité d'un seul maitre pour la paix de tous. D'ailleurs ils le louaient d'avoir préféré au titre de roi et de dictateur, celui de prince ; d'avoir donné pour barrière à l'empire l'Océan ou des fleuves éloignés ; réuni par un lien commun les légions, les flottes, les provinces. Ils vantaient sa justice pour les citoyens, sa douceur pour les alliés, sa magnificence même dans les embellissements de Rome ; ils pardonnaient quelques actes de violence qui avaient assuré le repos général. »

X. On disait d'un autre côté « que sa tendresse pour son père et les désordres de la république n'étaient que le prétexte dont il avait coloré son ambition. Du reste, on l'avait vu, jeune et sans emploi, lever une armée, séduire les vétérans par des largesses, corrompre les légions d'un consul, et enfin surprendre, par un zèle dissimulé pour le parti de Pompée, un décret du sénat, les faisceaux et la dignité de préteur. Depuis, à la mort des consuls Hirtius et Pansa (soit qu'ils eussent péri tous deux par le fer de l'ennemi, ou celui-ci par le poison versé sur sa plaie, et l'autre de la main de ses propres soldats excités par Octave), il s'était emparé de leur armée, il avait

per libidines,
non aliud remedium fuisse
patriæ discordantis,
quam ut regeretur ab uno.
Rempublicam tamen
non constitutam regno,
neque dictatura,
sed nomine principis;
imperium septum
mari oceano
aut amnibus longinquis;
legiones, provincias,
classes,
cuncta connexa inter se;
jus apud cives,
modestiam apud socios;
Urbem ipsam
ornatu magnifico;
admodum pauca
tractata vi,
quo quies esset ceteris. »

pas ses débauches,
pas un autre remède n'avoir été
de pour) la patrie divisée,
que d'être gouvernée par un-seul
L'Etat cependant
n'avoir pas été constitué en royauté,
ni en dictature,
mais avec le nom de prince;
l'empire avoir été fermé
par la mer océanique
ou par des fleuves lointains;
légions, provinces,
flottes,
toutes choses avoir été unies entre elles;
le droit avoir régné chez les citoyens,
la modération chez les alliés;
la ville Rome) elle-même avoir été dotée
d'un embellissement magnifique;
extrêmement peu de choses
avoir été traitées par la violence,
afin que le repos fût aux autres. »

X. Dicebatur contra,
« pietatem erga parentem
et tempora reipublicæ
sumpta obtentui;
ceterum
cupidine dominandi
veteranos concitos
per largitionem,
exercitum paratum
ab adolescente privato,
legiones consulis corruptas,
gratiam
partium Pompeianarum
simulatam;
mox ubi
decreto patrum
invaserit fasces
et jus prætoris,
Hirtio et Pansa cæsis
(sive hostis abstulerat illos,
seu
venenum affusum vulneri
Pansam,
sui milites Hirtium,
et Cæsar
machinator doli),

X. Il était dit d'autre part,
« la piété envers son père
et les intérêts de la république
avoir été pris à (pour) prétexte;
du reste
par le désir de dominer
les vétérans avoir été excités
au moyen de largesses,
une armée levée
par lui jeune-homme sans-emploi,
les légions d'un consul corrompues,
le zèle
pour le parti de-Pompée
simulé;
bientôt dès que
par un décret des sénateurs
il eut surpris les faisceaux
et le droit de préteur,
Hirtius et Pansa ayant été tués
(soit que l'ennemi eût détruit eux,
soit que
du poison versé sur sa blessure
eût enlevé Pansa,
et que ses soldats eussent tué Hirtius
et que César (Octave)
eût été machinateur de la ruse),

occupavisse ; extortum invito senatu consulatum, armaque quæ in Antonium acceperit, contra rempublicam versa ; proscriptionem civium, divisiones agrorum, ne ipsis quidem qui fecere laudatas. Sane Cassii et Brutorum exitus[1] paternis inimicitiis datos (quanquam fas sit privata odia publicis utilitatibus remittere) : sed Pompeium imagine pacis, sed Lepidum specie amicitiæ deceptos ; post, Antonium, Tarentino Brundisinoque fœdere[2] et nuptiis sororis illectum, subdolæ affinitatis pœnas morte exsolvisse. Pacem sine dubio posthæc, verum cruentam : Lollianas Varianasque clades[3] ; interfectos Romæ Varrones, Egnatios, Iulos[4]. » Nec domesticis abstinebatur : « Abducta Neroni uxor; et consulti per ludibrium pontifices, an concepto, necdum edito partu, rite nuberet ; Q. Tedii et Vedii Pollionis luxus[5] ; postremo Livia, gravis in rempublicam mater, gravior domui Cæsarum noverca. Nihil deorum honori-

---

extorqué le consulat en dépit du sénat et tourné contre la république les armes qu'elle lui avait remises pour combattre Antoine ; puis la proscription, le partage des terres, condamnés même par ceux qu'ils enrichirent. On convenait qu'il devait peut-être à la mémoire de son père la mort de Cassius et des Brutus, quoiqu'il eût bien pu, sans crime, sacrifier à l'intérêt public ses ressentiments particuliers. Mais comment le justifier d'avoir abusé Sextus par des apparences de paix, Lépide sous le voile de l'amitié, et depuis, Antoine, qu'il éblouit par les traités de Tarente et de Brindes et l'hymen de sa sœur, et auquel il fit payer de sa vie une alliance insidieuse ? La paix sans doute vint ensuite, mais quelle paix ! Au dehors, les défaites de Lollius et de Varus ; au dedans, le meurtre des Varron, des Egnatius, des Jule. » On ne l'épargnait pas même dans sa vie privée. « Il avait enlevé à Néron sa femme, et s'était joué des pontifes, en les consultant sur la légitimité de son mariage avec une femme enceinte d'un autre. On lui imputait le luxe de Q. Tédius et de Védius Pollion ; les déportements de Livie, mère fatale à la république, marâtre plus fatale aux Césars. Il n'avait laissé aux dieux

occupavisse copias	*lui* s'être emparé des troupes
utriusque ;	de-l'un-et-de-l'autre ;
consulatum extortum	le consulat *avoir été* extorqué
invito senatu ,	malgré le sénat,
armaque	et les armes
quæ acceperit in Antonium,	qu'il reçut contre Antoine
versa contra rempublicam;	*avoir été* tournées contre la république ;
proscriptionem civium ,	*puis* la proscription des citoyens,
divisiones agrorum,	des distributions de terres ,
ne laudatas quidem	*qui ne furent* pas louées même
ipsis qui fecere.	de ceux-mêmes qui *les* firent.
Sane exitus	Sans doute les morts
Cassii et Brutorum	de Cassius et des Brutus
datos inimicitiis paternis	*avoir été* données aux haines paternelles
(quanquam sit fas	(quoiqu'il soit permis
remittere odia privata	de sacrifier des haines privées
utilitatibus publicis) :	aux intérêts publics);
sed Pompeium,	mais Pompée ,
sed Lepidum deceptos	mais Lépide *avoir été* trompés
imagine pacis,	*le premier* par des dehors de paix,
specie amicitiæ ;	*l'autre* par une apparence d'amitié;
post, Antonium ,	après *cela*, Antoine,
illectum fœdere	séduit par le traité
Tarentino Brundisinoque	de-Tarente et de-Brindes
et nuptiis sororis ,	et par le mariage de *sa* sœur ,
exsolvisse morte	avoir payé de *sa* mort
pœnas affinitatis subdolæ.	les peines d'une alliance perfide.
Post hæc sine dubio	Après cela sans doute
pacem, verum cruentam :	la paix *être venue*, mais sanglante :
clades Lollianas	les désastres de-Lollius
Varianasque ; .	et de-Varus ;
Romæ Varrones, Egnatios,	à Rome les Varron , les Egnatius,
Iulos interfectos. »	les Jule mis-à-mort. »
Nec abstinebatur	Et l'on ne s'abstenait pas
domesticis :	des *faits* domestiques :
« Uxor abducta Neroni ;	« L'épouse enlevée à Néron (Tibère);
et pontifices consulti	et les pontifes consultés
per ludibrium ,	par dérision ,
an nuberet rite	si elle se mariait légitimement
partu concepto ,	un fruit étant conçu,
necdum edito;	et non encore enfanté ;
luxus Q. Tedii	le luxe de Q. Tédius
et Vedii Pollionis;	et de Védius Pollion ;
postremo Livia, mater	enfin Livie, mère
gravis in rempublicam,	fatale à la république,
noverca gravior	marâtre plus fatale
domui Cæsarum.	à la maison des Césars.

bus relictum , quum se templis et effigie numinum , per flamines et sacerdotes, coli vellet. Ne Tiberium quidem carita te aut
reipublicæ cura successorem adscitum; sed, quoniam arrogantiam sævitiamque ejus introspexerit, comparatione deterrima sibi gloriam quæsivisse [1]. » Etenim Augustus, paucis ante
annis, quum Tiberio tribunitiam potestatem a patribus rursum postularet, quanquam honora oratione, quædam de habitu cultuque [2] et institutis ejus jecerat, quæ velut excusando
exprobraret.

XI. Ceterum , sepultura more perfecta, templum et cœlestes
religiones decernuntur. Versæ inde ad Tiberium preces : et
ille varie disserebat, de magnitudine imperii, sua modestia [3] :
« Solam divi Augusti mentem tantæ molis capacem; se, in
partem curarum ab illo vocatum, experiendo didicisse quam
arduum, quam subjectum fortunæ regendi cuncta onus; proinde, in civitate tot illustribus viris subnixa, non ad unum

aucune prérogative, exigeant, comme eux , des temples et des statues, des flamines, des prêtres. Enfin Tibère même, on prétendait
qu'il ne l'avait choisi pour successeur ni par tendresse pour lui
ni par intérêt pour l'État, mais par la connaissance secrète qu'il
avait de son arrogance, de sa cruauté, et dans la vue de rehausser
sa gloire par le plus effrayant contraste. » En effet Auguste, quelques années auparavant, demandant une seconde fois au sénat la
puissance tribunitienne pour Tibère, avait, dans un discours destiné
à le louer, jeté sur son extérieur, sur sa figure et sur ses mœurs ,
quelques traits qui , sous un air d'apologie, cachaient une satire.

XI. Les solennités de la sépulture achevées, on décerne à Auguste
un temple et les honneurs divins. Ensuite toutes les prières s'adressent à Tibère. Mais lui se répandait en discours vagues sur la grandeur de l'empire, sur son incapacité. « Le génie d'Auguste, disait-il,
pouvait seul embrasser cette immensité de détails ; appelé par lui à
partager les soins du gouvernement, il savait par expérience combien la charge entière avait de difficultés et de danger; dans un État
qui avait pour soutien tant d'hommes distingués, il ne fallait ar-

Nihil relictum
honoribus deorum,
quum vellet se coli
templis et effigie numinum,
per flamines et sacerdotes.
Ne quidem Tiberium
adscitum successorem
caritate
aut cura reipublicæ;
sed, quoniam introspexerit
arrogantiam
sævitiamque ejus,
quæsivisse sibi gloriam
deterrima comparatione. »
Etenim Augustus,
paucis annis ante,
quum postularet rursum
a patribus Tiberio
potestatem tribunitiam,
quanquam oratione honora,
jecerat quædam de habitu
cultuque et institutis ejus,
quæ exprobraret
velut excusando.

XI. Ceterum, sepultura
perfecta more,
templum
et religiones cœlestes
decernuntur
Inde preces versæ
ad Tiberium :
et ille disserebat varie,
de magnitudine imperii.
sua modestia :
« Mentem
divi Augusti solam
capacem tantæ molis
se, vocatum ab illo
in partem curarum,
didicisse experiendo
quam arduum,
quam subjectum fortunæ
onus regendi cuncta;
proinde, in civitate
subnixa
tot viris illustribus,
non deferrent omnia

Rien n'avait été laissé
aux honneurs des dieux,
puisqu'il avait voulu lui être honoré
par des temples et une image de divinités,
au moyen de flamines et de prêtres.
Pas même Tibère
n'avoir été appelé comme successeur
par tendresse
ou par soin de la république;
mais, parce qu'il reconnut
l'arrogance
et la cruauté de lui,
avoir cherché pour soi de la gloire
par le pire contraste. »
En effet Auguste,
peu d'années auparavant,
comme il demandait une-seconde-fois
aux sénateurs pour Tibère
la puissance tribunitienne,
quoique dans un discours d'-éloge,
avait jeté certains traits sur le maintien
et l'extérieur et les mœurs de lui,
qu'il blâmait
comme en les excusant.

XI. Du reste, les funérailles
terminées selon la coutume,
un temple
et les honneurs divins
sont décernés à Auguste.
De là les prières furent tournées
vers Tibère :
et celui-ci discourait diversement,
sur la grandeur de l'empire,
sur sa propre médiocrité:
« L'âme
du divin Auguste seule
avoir été capable d'un si grand fardeau;
lui appelé par celui-ci
en partage de ses soins,
avoir appris en l'éprouvant
combien est difficile,
combien soumis à la fortune
le fardeau de gouverner tout,
d'ailleurs, que dans un Etat
appuyé
sur tant d'hommes illustres,
ils ne déférassent pas tont

omnia deferrent; plures facilius munia reipublicæ, sociatis laboribus, exsecuturos. » Plus in oratione tali dignitatis quam
fidei erat; Tiberioque, etiam in rebus quas non occuleret, seu
natura, sive assuetudine, suspensa semper et obscura verba:
tunc vero, nitenti ut sensus suos penitus abderet, in incertum
et ambiguum magis implicabantur. At patres, quibus unus
metus si intelligere viderentur, in questus, lacrimas, vota ef-
fundi; ad deos, ad effigiem Augusti, ad genua ipsius manus
tendere, quum proferri libellum [1] recitarique jussit. Opes publicæ continebantur : quantum civium sociorumque in armis;
quot classes, regna, provinciæ; tributa aut vectigalia, et necessitates ac largitiones; quæ cuncta sua manu perscripserat
Augustus, addideratque consilium coercendi intra terminos
imperii; incertum metu, an per invidiam [2].

XII. Inter quæ, senatu ad infimas obtestationes procum-

abandonner tout à un seul ; en répartissant les travaux sur plusieurs
têtes, la république serait mieux servie. » Il y avait dans ce discours plus d'ostentation que de bonne foi. D'ailleurs Tibère, qui,
lors même qu'il ne dissimulait pas, laissait toujours dans sa phrase,
soit par caractère, soit par habitude, je ne sais quoi d'obscur et
d'incertain, maintenant qu'il redoublait d'efforts pour cacher profondément ses pensées, enveloppait encore plus son discours de
nuages et d'ambiguïtés. Aussi les sénateurs, qui n'avaient d'autre
crainte que de paraître le pénétrer, s'épuisaient en vœux, en lamentations, en larmes, embrassaient les statues des dieux, l'image d'Au
guste, les genoux même de Tibère. Alors il fit apporter un registre,
dont il ordonna la lecture : c'était un état des forces de l'empire,
des citoyens et des alliés sous les armes, des flottes, des provinces,
des royaumes, des tributs et des impôts, des dépenses nécessaires et
des gratifications. Auguste avait écrit le tout de sa propre main ; il
y avait ajouté le conseil de ne plus étendre les bornes de l'empire;
on ignore si c'était prudence ou jalousie.

XII Sur ces entrefaites, le sénat s'abaissant aux plus viles sup-

ad unum ;	à un-seul ;
plures exsecuturos facilius	plusieurs devoir remplir plus facilemer
munia reipublicæ.	les charges de l'Etat,
laboribus sociatis. »	*leurs* travaux étant associés. »
In tali oratione	Dans un tel discours
erat plus dignitatis	était plus de dignité
quam fidei ;	que de bonne-foi ;
Tiberioque, etiam in rebus	et à Tibère, même dans les choses
quas non occuleret,	qu'il ne cachait pas,
seu natura,	soit par caractère,
sive assuetudine,	soit par habitude,
verba semper	les mots toujours
suspensa et obscura ;	*étaient* douteux et obscurs ;
tunc vero, nitenti	mais alors, à *lui* s'efforçant
ut abderet penitus	pour qu'il cachât à fond
suos sensus,	ses sentiments,
implicabantur magis	*les mots* s'embarrassaient plus
in incertum et ambiguum.	dans l'incertitude et l'ambiguité.
At patres,	Cependant les sénateurs,
quibus unus metus	à qui une-seule crainte *était*
si viderentur intelligere,	s'ils semblaient comprendre,
effundi in questus,	de se répandre en plaintes,
lacrimas, vota ;	*en* larmes, *en* vœux ;
tendere manus ad deos,	de tendre les mains vers les dieux,
ad effigiem Augusti,	vers l'image d'Auguste,
ad genua ipsius,	vers les genoux de *Tibère* lui-même
quum jussit libellum	lorsqu'il ordonna un registre
proferri recitarique.	être apporté et être lu.
Opes publicæ	Les ressources publiques
continebantur :	y étaient contenues :
quantum civium	combien de citoyens
sociorumque in armis ;	et d'alliés en armes ;
quot classes, regna,	combien de flottes, de royaumes,
provinciæ ;	de provinces ;
tributa aut vectigalia,	les tributs ou les impôts,
et necessitates	et les nécessités
ac largitiones ;	et les largesses ;
cuncta quæ Augustus	toutes choses qu'Auguste
perscripserat sua manu,	avait écrites-entièrement de sa main,
addideratque consilium	et il avait ajouté le conseil
coercendi imperii	de contenir l'empire
intra terminos ;	dans *ses* bornes ;
incertum metu,	*il est* incertain *si c'était* par crainte,
an per invidiam.	ou par jalousie.
XII. Inter quæ,	XII. Sur ces *entrefaites*,
senatu procumbente	le sénat s'abaissant
ad obtestationes infimas,	aux supplications les plus basses,

bente, dixit forte Tiberius , « se, ut non toti reipublicæ parem,
ita, quæcunque pars sibi mandaretur, ejus tutelam susceptu-
rum. » Tum Asinius Gallus : « Interrogo, » inquit, « Cæsar,
quam partem reipublicæ mandari tibi velis. » Perculsus improvisa interrogatione, paulum reticuit; dein, collecto animo, respondit, « nequaquam decorum pudori suo legere aliquid aut
evitare ex eo cui in universum excusari mallet. » Rursum
Gallus (etenim vultu offensionem conjectaverat), « non idcirco
interrogatum , » ait, « ut divideret quæ separari nequirent;
sed ut sua confessione argueretur, unum esse reipublicæ corpus , atque unius animo regendum.» Addidit laudem de Augusto, Tiberiumque ipsum victoriarum suarum, quæque in
toga per tot annos egregie fecisset, admonuit. Nec ideo iram
ejus lenivit, pridem invisus, tanquam, ducta in matrimonium

plications, il échappe à Tibère de dire « qu'il ne pouvait suffire seul
à toute la république ; que cependant, si l'on en détachait quelque
portion , il consentirait à s'en charger. — Dis-nous donc, César, lui
demande aussitôt Asinius Gallus, quelle partie tu veux qu'on te
confie. » Surpris par cette question imprévue, Tibère garde un moment le silence ; puis, se remettant, il répond « que la bienséance
ne lui permet pas de choisir ou de rejeter en partie, lorsque principalement il aimerait mieux qu'on le dispensât de tout. » Gallus, qui
lit sur le visage du prince son mécontentement, réplique que, « s'il
vient de hasarder cette question, ce n'est point pour qu'on sépare ce
qui ne peut être séparé, mais pour le convaincre, par son propre
aveu, que l'État, ne formant qu'un corps, doit être gouverné par une
seule tête. » Il s'étend ensuite sur l'éloge d'Auguste ; il rappelle aussi
a Tibère ses victoires et les détails glorieux de sa longue administration. Mais il ne peut adoucir le ressentiment de ce prince, qui le
haïssait depuis longtemps, parce qu'en épousant Vipsanie, fille de

Tiberius dixit forte,	Tibère dit par hasard,
« se, ut non parem	« lui, comme non égal
reipublicæ toti,	à l'Etat tout-entier,
ita, quæcunque pars	ainsi, quelque partie qui
mandaretur sibi,	fût confiée à lui,
suscepturum tutelam ejus. »	lui devoir prendre la tutelle d'elle. »
Tum Asinius Gallus :	Alors Asinius Gallus :
« Interrogo, » inquit,	« Je te demande, » dit-il,
« Cæsar,	« César,
quam partem reipublicæ	quelle partie de l'État
velis mandari tibi. »	tu veux être confiée à toi. »
Perculsus	Troublé
interrogatione improvisa,	par cette question imprévue,
reticuit paulum ;	Tibère se tut un peu de temps ;
dein, animo collecto,	puis, ses esprits recueillis,
respondit,	il répondit,
« nequaquam decorum	« n'être point convenable
suo pudori	à sa modestie
legere aut evitare	de choisir ou d'éviter
aliquid ex eo cui	quelque chose de ce pour quoi
mallet excusari	il aimerait-mieux être excusé
in universum. »	entièrement. »
Rursum Gallus ait	De nouveau Gallus dit
(etenim conjectaverat	(en effet il avait conjecturé
offensionem vultu),	l'offense sur le visage de Tibère),
« non interrogatum	« le prince n'avoir pas été interrogé
idcirco, ut divideret	pour cela, pour qu'il séparât
quæ nequirent separari :	des choses qui ne-pouvaient être séparées ;
sed ut sua confessione	mais pour que par son aveu
argueretur	il fût convaincu
corpus reipublicæ	le corps de l'Etat
esse unum,	être un,
atque regendum	et devant être régi
animo unius. »	par l'âme d'un-seul. »
Addidit laudem	Il ajouta des éloges
de Augusto,	sur Auguste,
admonuitque	et fit-souvenir
Tiberium ipsum	Tibère lui-même
suarum victoriarum,	de ses propres victoires,
quæque fecisset egregie	et de ce qu'il avait fait avec-distinction
in toga per tot annos.	sous la toge pendant tant d'années.
Nec ideo lenivit	Et pour cela il n'adoucit pas
iram ejus,	la colère de lui,
pridem invisus	depuis longtemps haï,
tanquam,	comme si,
Vipsania,	Vipsanie,
filia M. Agrippæ,	fille de M. Agrippa,

Vipsania, M. Agrippæ filia, quæ quondam Tiberii uxor fuerat, plus quam civilia agitaret, Pollionisque Asinii patris ferociam retineret.

XIII. Post quæ, L. Arruntius, haud multum discrepans a Galli oratione, perinde offendit. Quanquam Tiberio nulla vetus in Arruntium ira, sed divitem, promptum, artibus egregiis, et pari fama publice, suspectabat. Quippe Augustus, supremis sermonibus quum tractaret, quinam adipisci principem locum suffecturi abnuerent, aut impares vellent, vel iidem possent cuperentque, « M. Lepidum [1] » dixerat « capacem, sed adspernantem; Gallum Asinium avidum et minorem; L. Arruntium non indignum, et, si casus daretur, ausurum. » De prioribus consentitur; pro Arruntio quidam Cn. Pisonem [2] tradidere; omnesque, præter Lepidum, variis mox criminibus, struente Tiberio, circumventi sunt [3]. Etiam Q. Haterius [1] et Mamercus Scaurus suspicacem animum perstrinxere : Hate-

M. Agrippa, et d'abord femme de Tibère, Gallus avait annoncé des projets au-dessus d'un simple citoyen, et que de plus il conservait l'âpreté de Pollion, son père.

XIII. L. Arruntius parla ensuite, à peu près dans le même sens que Gallus; il déplut également. Ce n'est pas que Tibère eût contre lui d'anciens ressentiments; mais Arruntius était riche, actif, joignait à de grands talents une grande réputation, et tout cela le rendait suspect. En effet Auguste, dans ses derniers entretiens, recherchant ceux des Romains qui auraient à la fois le talent et le désir de régner, et ceux qui auraient l'un sans l'autre, dit « qu'il voyait dans Lépide de la capacité sans ambition, dans Gallus de l'ambition sans capacité; mais qu'Arruntius n'était pas indigne du trône et oserait y aspirer, si l'occasion s'en présentait. » On s'accorde sur les deux premiers : quelques-uns nomment Cn. Pison au lieu d'Arruntius; et, à l'exception de Lépide, tous furent par la suite enveloppés dans différentes accusations que suscita Tibère. Q. Hatérius et Mamercus Scaurus blessèrent encore cet esprit soupçonneux; le premier, pour

quæ quondam
fuerat uxor Tiberii,
duceta in matrimonium,
agitaret
plus quam civilia,
retineretque ferociam
patris Asinii Pollionis.

XIII. Post quæ,
L. Arruntius,
haud discrepans multum
ab oratione Galli,
offendit perinde.
Quanquam nulla vetus ira
Tiberio in Arruntium,
sed suspectabat divitem,
promptum,
artibus egregiis,
et fama pari publice.
Quippe Augustus,
quum supremis sermonibus
tractaret,
quinam suffecturi
abnuerent adipisci
principem locum,
aut impares vellent,
vel iidem
possent cuperentque,
dixerat : « M. Lepidum
capacem,
sed adspernantem ;
Gallum Asinium avidum
et minorem ;
L. Arruntium
non indignum,
et, si casus daretur,
ausurum. »
Consentitur de prioribus ;
pro Arruntio quidam
tradidere Cn. Pisonem ;
omnesque,
præter Lepidum,
mox sunt circumventi
variis criminibus,
Tiberio struente.
Q. Haterius etiam
et Mamercus Scaurus
perstrinxere

laquelle autrefois
avait été épouse de Tibère,
ayant été prise en mariage,
il méditait *des projets*
plus que de-*simple*-citoyen,
et gardait la fierté
de *son* père Asinius Pollion.

XIII. Après quoi,
L. Arruntius,
ne s'écartant pas beaucoup
du discours de Gallus,
offensa *Tibère* également.
Quoique aucun ancien ressentiment
ne fût à Tibère contre Arruntius,
mais il suspectait un *homme* riche,
résolu,
de qualités éminentes,
et d'une renommée égale dans-le-public.
En effet Auguste,
comme dans *ses* derniers entretiens
il traitait *ce point, savoir*
quels *hommes* devant *y* suffire
refuseraient d'obtenir
la première place,
ou insuffisants *le* voudraient,
ou les mêmes (à la fois)
le pourraient et *le* désireraient,
avait dit : « M. Lépide
être capable,
mais *le* dédaignant ;
Gallus Asinius avide
et inférieur (incapable) ;
L. Arruntius
non indigne,
et, si la chance *lui* était donnée,
devoir oser. »
On s'accorde sur les *deux* premiers ;
au lieu d'Arruntius quelques-uns
ont cité Cn. Pison ;
et tous,
excepté Lépide,
bientôt furent assaillis
de différentes accusations,
Tibère *les* ourdissant.
Q. Hatérius aussi
et Mamercus Scaurus
blessèrent

-ius quum dixisset : « Quousque patieris, Cæsar, non adesse caput reipublicæ ? » Scaurus quia dixerat : « Spem esse ex eo, non irritas fore senatus preces, quod relationi consulum jure tribunitiæ potestatis non intercessisset. » In Haterium statim invectus est ; Scaurum, cui implacabilius irascebatur, silentio tramisit; fessusque clamore omnium, expostulatione singulorum, flexit paulatim, non ut fateretur suscipi a se imperium, sed ut negare et rogari desineret. Constat Haterium, quum deprecandi causa palatium introisset, ambulantisque Tiberii genua advolveretur, prope a militibus interfectum, quia Tiberius, casu, an manibus ejus impeditus, prociderat; neque tamen periculo talis viri mitigatus est, donec Haterius Augustam oraret, ejusque curatissimis precibus protegeretur.

XIV. Multa patrum et in Augustam adulatio. Alii Parentem [1], alii Matrem patriæ appellandam ; plerique, ut nomini

avoir dit : « Jusques à quand, César, laisseras-tu la république sans chef? » et l'autre, « qu'on devait espérer que les prières du sénat ne seraient pas inutiles auprès de celui qui n'avait point usé des droits de la puissance tribunitienne pour s'opposer à la délibération des consuls. » Tibère éclata sur-le-champ contre Hatérius; mais, quant à Scaurus, comme il lui gardait une haine plus implacable, il se renferma dans le silence. Enfin, las des instances de chacun, des clameurs de tous, il céda peu à peu, cessant de refuser et de se faire prier, sans avouer encore qu'il acceptât. Il est constant qu'Hatérius, étant entré au palais pour solliciter sa grâce, et s'étant jeté aux genoux de Tibère qui était debout et marchait, pensa être massacré par les soldats, parce que le prince fit une chute, soit par hasard, soit embarrassé dans les mains du suppliant. Toutefois le péril qu'avait couru un homme si distingué ne désarma point Tibère : il fallut qu'Hatérius eût recours à Augusta, dont les instantes prières purent seules le sauver.

XIV. Les sénateurs n'épargnèrent pas non plus l'adulation à Livie. Les uns voulaient qu'on lui donnât le titre de *Mère*, d'autre

animum suspicacem :
Haterius quum dixisset :
« Quousque, Cæsar,
patieris,
caput non adesse
reipublicæ? »
Scaurus quia dixerat,
« Spem esse preces senatus
non fore irritas,
ex eo quod
non intercessisset
relationi consulum
jure potestatis tribunitiæ.»
Est invectus statim
in Haterium ;
tramisit silentio Scaurum,
cui irascebatur
implacabilius ;
fessusque clamore omnium,
expostulatione
singulorum,
flexit paulatim,
non ut fateretur
imperium suscipi a se,
sed ut desineret
negare et rogari.
Constat Haterium,
quum introisset palatium
causa deprecandi,
advolvereturque genua
Tiberii ambulantis,
prope interfectum
a militibus,
quia Tiberius, casu,
an impeditus
manibus ejus,
prociderat ;
neque tamen est mitigatus
periculo talis viri,
donec Haterius
oraret Augustam,
protegereturque
precibus curatissimis ejus.
XIV. Multa et adulatio
patrum in Augustam.
Alii censebant
appellandam Parentem,

cet esprit soupçonneux :
Hatérius lorsqu'il eut dit :
« Jusques a quand, César,
souffriras-tu
une tête ne pas être
à la république ? »
Scaurus parce qu'il avait dit,
« Espoir être les prières du senat
ne pas devoir être vaines,
par cela que
il ne s'était point opposé
au rapport des consuls
du droit de la puissance tribunitienne
Il s'emporta aussitôt
contre Hatérius ;
il passa sous silence Scaurus,
contre qui il était irrité
plus implacablement ;
et fatigué des clameurs de tous,
des instances
de chacun,
il fléchit peu à peu,
non au point qu'il avouât
l'empire être accepté par lui,
mais au point qu'il cessât
de refuser et d'être prié.
Il est-constant Hatérius,
comme il était entré au palais
pour demander-grâce,
et comme il se roulait aux genoux
de Tibère se promenant,
avoir été presque tué
par les soldats,
parce que Tibère, par hasard,
ou embarrassé
dans les mains de lui,
était tombé ;
et cependant il ne fut pas adouci
par le danger d'un tel homme,
jusqu'à ce qu'Hatérius
priât Augusta,
et fût protegé
par les prières très-instantes d'elle.
XIV. Grande aussi fut l'adulation
des sénateurs envers Augusta.
Les uns étaient-d'-avis
elle devoir être appelée Mère,

Cæsaris adscriberetur « Juliæ filius, » censebant. Ille « mode-
randos feminarum honores » dictitans, « eademque se temperantia usurum in iis quæ sibi tribuerentur; » ceterum anxius
invidia, et muliebre fastigium in deminutionem sui accipiens,
ne lictorem quidem ei decerni passus est; aramque adoptionis
et alia hujuscemodi prohibuit. At Germanico Cæsari proconsulare imperium petivit, missique legati qui deferrent, simul
mœstitiam ejus ob excessum Augusti solarentur : quominus
idem pro Druso postularetur, ea causa, quod designatus consul Drusus præsensque erat. Candidatos præturæ duodecim
nominavit, numerum ab Augusto traditum; et, hortante senatu ut augeret, jurejurando obstrinxit se non excessurum.

XV. Tum primum e Campo comitia ad patres translata
sunt [1]; nam ad eam diem, etsi potissima arbitrio principis,

qu'on l'appelât *Mère de la patrie;* la plupart, qu'on ajoutât au nom
de Tibère, celui de *fils de Julie.* Mais lui, répétant « qu'on ne devait
point prodiguer au sexe des honneurs sur lesquels il se montrerait
lui-même très-réservé, » ne cédant au fond qu'à l'inquiète jalousie
qui lui montrait son abaissement dans l'élévation d'une femme, ne
souffrit même pas qu'on donnât un licteur à sa mère, s'opposa à
l'érection d'un autel de l'adoption et à d'autres distinctions pareilles.
Cependant il demanda le proconsulat pour Germanicus; et une députation fut nommée pour lui porter ce décret et en même temps le
complimenter sur la mort d'Auguste. S'il ne fit pas la même demande pour Drusus, c'est que Drusus était présent et désigné consul.
Tibère nomma douze candidats pour la préture (c'était le nombre
fixé par Auguste); et, loin de se rendre au vœu du sénat, qui le
pressait d'ajouter à ce nombre. il s'engagea par serment à ne jamais l'excéder.

XV. Alors, pour la première fois, les comices passèrent du
Champ de Mars au sénat; car, jusqu'à ce jour, quoique le prince

? lii Matrem patriæ ;	d'autres Mère de la patrie ·
plerique,	la plupart,
ut nomini Cæsaris	qu'au nom de César
adscriberetur	fût ajouté
« filius Juliæ. »	« fils de Julie. »
Ille dictitans :	Celui-ci (Tibère) répétant :
« Honores feminarum	« Les honneurs des femmes
moderandos,	devoir être modérés,
seque usurum	et lui-même devoir user
eadem temperantia	de la même modération
in iis	dans ceux
quæ tribuerentur sibi ; »	qui seraient accordés à lui-même ; »
ceterum anxius invidia,	du reste inquiet par jalousie,
et accipiens fastigium	et prenant l'élévation
muliebre	d'-une-femme
in deminutionem sui,	en diminution de la sienne,
ne est quidem passus	ne souffrit même pas
lictorem decerni ei ;	un licteur être voté à elle ;
prohibuitque	et il empêcha
aram adoptionis	un autel d'adoption
et alia hujuscemodi.	et autres choses de-cette-sorte.
At petivit	Mais il demanda
Germanico Cæsari	pour Germanicus César
imperium proconsulare,	le pouvoir proconsulaire,
legatique missi	et des députés *furent* envoyés
qui deferrent,	qui *le lui* portassent,
simul solarentur	*et* en même temps consolassent
mœstitiam ejus	la tristesse de lui
ob excessum Augusti :	à cause de la mort d'Auguste :
causa, quominus idem	la cause, pourquoi la même chose
postularetur pro Druso,	ne fut pas demandée pour Drusus,
ea, quod Drusus erat	*est* celle-ci, parce que Drusus était
consul designatus	consul désigné
præsensque.	et présent.
Nominavit præturæ,	Il nomma pour la préture,
duodecim candidatos,	douze candidats,
numerum traditum	nombre légué
ab Augusto ;	par Auguste ;
et, senatu hortante	et, le sénat *le* pressant
ut augeret,	pour qu'il *l'*augmentât,
se obstrinxit jurejurando	il s'engagea par serment
non excessurum.	à ne pas *le* dépasser.
XV. Tum primum	XV. Alors pour-la-première-fois
comitia sunt translata	les comices furent transférés
e Campo ad patres ;	du Champ *de Mars* aux sénateurs ;
nam ad eam diem,	car jusqu'à ce jour,
etsi potissima	quoique les choses les plus importantes

quædam tamen studiis tribuum fiebant. Neque populus adem-
ptum jus questus est, nisi inani rumore ; et senatus, largitio-
nibus ac precibus sordidis exsolutus, libens tenuit, moderante
Tiberio, ne plures quam quatuor candidatos commendaret,
sine repulsa et ambitu designandos. Inter quæ, tribuni plebei
petivere, ut proprio sumptu ederent ludos, qui de nomine
Augusti, fastis additi, Augustales vocarentur ¹ ; sed decreta
pecunia ex ærario, utque per circum triumphali veste uteren-
tur : curru vehi haud permissum. Mox celebratio annuum ad
prætorem translata, cui inter cives et peregrinos jurisdictio
evenisset.

XVI. Hic rerum urbanarum status erat, quum pannonicas
legiones seditio incessit ; nullis novis causis, nisi quod muta-
tus princeps licentiam turbarum, et, ex civili bello, spem
præmiorum ostendebat. Castris æstivis tres simul legiones ha-

décidât des élections importantes, il y en avait d'autres néanmoins
où l'on consultait le vœu des tribus. Le peuple, dépouillé de son
droit, ne marqua son mecontentement que par de vains murmures ;
et le sénat, dispensé d'acheter ou de mendier bassement les voix, se
réjouit de cette innovation, Tibere se bornant d'ailleurs à ne jamais
recommander que quatre candidats qui devaient être élus sans opposition, sans avoir besoin de sollicitations. Dans le même temps les
tribuns du peuple demandèrent à faire eux-mêmes la dépense des
jeux qu'on venait d'ajouter aux fastes, et qui du nom d'Auguste
s'appelleraient Augustaux. Mais on assigna pour cet objet des fonds
sur le trésor : on permit aux tribuns de paraître dans le cirque avec
la robe des triomphateurs ; on leur défendit de s'y faire porter sur
un char. Bientôt après, la célébration de ces jeux annuels fut attri-
buée au préteur qui juge les contestations entre les citoyens et les
étrangers.

XVI. Tel était à Rome l'état des choses, lorsque les legions de
Pannonie se portèrent à la révolte, sans autre motif que la facilité
d'exciter des troubles sous un nouveau prince et l'espoir de s'enrichir
dans une guerre civile. Trois légions étaient réunies dans le même

fiebant arbitrio principis,	se fissent au gré du prince,
quædam tamen	quelques-unes cependant
studiis tribuum.	se faisaient par les passions des tribus.
Neque populus questus est	Et le peuple ne se plaignit pas
jus ademptum,	de ce droit enlevé,
nisi inani rumore ;	si ce n'est par une vaine rumeur ;
et senatus,	et le sénat,
exsolutus largitionibus	délivré de largesses
ac precibus sordidis,	et de prières humiliantes,
tenuit libens,	s'en saisit volontiers,
Tibero moderante,	Tibère se retenant,
ne commendaret	au point qu'il ne recommandât pas
plures quam	plus que
quatuor candidatos,	quatre candidats,
designandos	qui devaient être désignés
sine repulsa et ambitu.	sans refus et sans brigue.
Inter quæ,	Dans lesquelles circonstances,
tribuni plebei petivere,	les tribuns du-peuple demandèrent,
ut ederent proprio sumptu	qu'ils donnassent à leurs propres frais
ludos, qui, additi fastis,	des jeux, qui, ajoutés aux fastes,
vocarentur Augustales	seraient appelés Augustaux
de nomine Augusti ;	du nom d'Auguste ;
sed pecunia decreta	mais de l'argent fut voté
ex ærario,	sur le trésor,
utque uterentur	et pour qu'ils se servissent
veste triumphali	de la robe triomphale
per circum :	dans le cirque :
haud permissum	il ne leur fut pas permis
vehi curru.	de se-faire-porter en char.
Mox celebratio	Bientôt la célébration de ces jeux
translata	fut transportée
ad prætorem annuum,	au préteur annuel,
cui evenisset jurisdictio	auquel serait échu la juridiction
inter cives et peregrinos.	entre les citoyens et les étrangers.
XVI. Status rerum	XVI. L'état des choses
urbanarum	de-la-ville
erat hic,	était celui-ci,
quum seditio incessit	lorsque l'esprit de sédition s'empara
legiones pannonicas ;	des légions de-Pannonie ;
nullis novis causis,	pour aucun nouveau motif,
nisi quod princeps mutatus	si ce n'est que le prince changé
ostendebat licentiam	leur montrait licence
turbarum,	de troubles,
et, ex bello civili,	et, par suite d'une guerre civile,
spem præmiorum.	espoir de récompenses.
Tres legiones simul	Trois légions ensemble
habebantur castris æstivis,	étaient tenues dans les quartiers d'-été,

bebantur, præsidente Junio Blæso ; qui , fine Augusti et initiis
Tiberii auditis, ob justitium aut gaudium , intermiserat solita
munia. Eo principio lascivire miles, discordare, pessimi cu-
 usque sermonibus præbere aures , denique luxum et otium
cupere, disciplinam et laborem adspernari. Erat in castris
Percennius quidam , dux olim theatralium operarum [1] , dein
gregarius miles , procax lingua , et miscere cœtus histrionali
studio doctus. Is imperitos animos, et quænam post Augustum militiæ conditio ambigentes , impellere paulatim
nocturnis colloquiis, aut, flexo in vesperam die et dilapsis me-
lioribus, deterrimum quemque congregare. Postremo , promptis jam et aliis seditionis ministris, velut concionabundus
interrogabat :

XVII. « Cur paucis centurionibus, paucioribus tribunis, in
modum servorum obedirent? quando ausuros exposcere reme-
dia , nisi novum et nutantem adhuc principem precibus vel

camp d'été, sous le commandement de Junius Blésus. Ce général,
ayant appris la mort d'Auguste et l'avénement de Tibère , avait , en
signe de deuil ou de réjouissance , interrompu les exercices accoutumés. Ce fut là la source du mal. Le désœuvrement produisit la
licence et la discorde. Le soldat prête l'oreille aux discours des séditieux, soupire après la mollesse et le repos, se dégoûte de la discipline et du travail. Il y avait dans le camp un certain Percennius,
autrefois chef d'entreprises théâtrales, depuis, simple soldat, discou-
reur effronté , que toutes ces rivalités d'histrions avaient formé à la
faction et à l'intrigue. Remarquant dans ces hommes simples de
l'inquiétude sur le sort des soldats après la mort d'Auguste, il les
anime insensiblement dans des conférences secrètes ; il choisissait la
nuit ou le soir, et, lorsque les plus sages s'étaient retirés, il attrou-
pait, tous les pervers. Enfin, sûr de nouveaux artisans de sédition, il
prend le ton d'un général qui harangue ; il demandait publiquement
XVII. « Pourquoi ils souffraient qu'un petit nombre de centurions,
moins encore de tribuns, les menassent comme des esclaves? Quand
donc oseraient-ils demander du soulagement, s'ils ne pressaient par
leurs prières ou par leurs armes un prince nouveau , chancelant en-

Junio Blæso præsidente ; | Junius Blésus *les* commandant;
qui, nne Augusti | lequel, la fin d'Auguste
et initiis Tiberii auditis, | et l'avénement de Tibère étant appris,
intermiserat | avait interrompu
munia solita, | les exercices accoutumés,
ob justitum aut gaudium. | en signe de deuil-public ou de joie.
Eo principio | De ce principe (de là,
miles lascivire, | le soldat de se relâcher,
discordare, | de se-mettre en-discorde,
præbere aures sermonibus | de prêter l'oreille aux propos
cujusque pessimi, | de chaque plus mauvais,
denique cupere | enfin de désirer
luxum et otium, | la mollesse et le repos,
adspernari | de prendre-en-dégoût
discipinam et laborem. | la discipline et le travail.
In castris erat | Dans le camp était
quidam Percennius, | un certain Percennius,
olim dux | autrefois chef
operarum theatralium, | d'entreprises théâtrales,
dein gregarius miles, | puis simple soldat,
procax lingua, | audacieux de langue,
et doctus studio histrionali | et instruit par les cabales des-histrions
miscere cœtus. | à former des conciliabules.
Is impellere paulatim | Celui-ci d'ébranler peu à peu
colloquiis nocturnis | par des entretiens nocturnes
animos imperitos, | *ces* esprits simples,
et ambigentes | et qui-étaient-en-peine
quænam conditio militiæ | quelle *serait* la condition de la milice
post Augustum, | après Auguste.
aut, die flexo in vesperam | ou *bien*, le jour ayant penché vers le soir
et melioribus dilapsis, | et les meilleurs s'étant retirés,
congregare | d'assembler
quemque deterrimum. | chaque plus mauvais.
Postremo, jam et | Enfin, déjà aussi
aliis ministris seditionis | d'autres ministres de sédition
promptis, | étant prêts,
velut concionabundus | comme *un homme* qui-harangue
interrogabat : | il *les* interrogeait :
XVII. « Cur obedirent | XVII. « Pourquoi ils obéissaient
in modum servorum | à la manière d'esclaves
paucis centurionibus. | à un-petit-nombre-de centurions,
paucioribus tribunis? | à un-plus-petit-nombre-de-tribuns ?
quando ausuros | quand *eux* devoir oser
exposcere remedia, | réclamer du soulagement,
nisi adirent | s'ils n'allaient-trouver
precibus vel armis | avec des prières ou avec des armes
principem novum | un prince nouveau

armis adirent? Satis per tot annos ignavia peccatum, quod tricena aut quadragena stipendia senes, et plerique truncato ex vulneribus corpore, tolerent; ne dimissis quidem finem esse militiæ, sed apud vexillum retentos, alio vocabulo, eosdem labores perferre; ac, si quis tot casus vita superaverit, trahi adhuc diversas in terras, ubi, per nomen agrorum, uligines paludum vel inculta montium accipiant. Enimvero militiam ipsam gravem, infructuosam : denis in diem assibus [1] animam et corpus æstimari ; hinc vestem, arma, tentoria, hinc sævitiam centurionum et vacationes munerum redimi. At hercule verbera et vulnera, duram hiemem, exercitas æstates, bellum atrox aut sterilem pacem, sempiterna. Nec aliud levamentum quam si certis sub legibus militia iniretur; ut singulos denarios mererent ; sextus decimus stipendii annus finem afferret[2]; ne ultra sub vexillis tenerentur, sed iisdem in castris

core sur son trône? C'était déjà une assez grande lâcheté d'avoir souffert si longtemps qu'on exigeât de vieillards, mutilés presque tous par des blessures, trente ou quarante ans de service. Leur congé même n'était pas un terme à leurs misères : enchaînés à l'étendard, ils enduraient, sous un autre nom, les mêmes travaux ; et encore, s'il leur arrivait de survivre à tant de périls, on les traînait dans des régions éloignées, où on leur assignait pour terres des marais impraticables ou des roches incultes. Le service par lui-même était dur, infructueux : on évaluait dix as par jour l'âme et le corps d'un citoyen ; sur quoi il fallait payer ses habits, ses armes, ses tentes, la pitié des centurions et les exemptions de service. Mais les châtiments et les blessures, les rigueurs de l'hiver, les fatigues de l'été, une guerre sanglante ou une paix infructueuse, à cela point de fin. L'unique remède était de fixer eux-mêmes les conditions : un denier par jour; après seize ans la retraite; plus d'étendard pour les vétérans; et, dans le camp même, leur récompense payée en ar-

et nutantem adhuc.	et chancelant encore.
Satis peccatum ignavia	*Avoir été* assez péché par lâcheté
per tot annos,	pendant tant d'années,
quod senes,	puisque vieux,
et plerique corpore	et la plupart le corps
truncato ex vulneribus,	mutilé par des blessures,
tolerent tricena	ils supportent trente
aut quadragena stipendia;	ou quarante années-de-service;
finem militiæ	la fin du service
ne esse quidem dimissis,	n'être pas même à *eux* congédiés,
sed retentos apud vexillum,	mais *eux* retenus auprès du drapeau,
perferre eosdem labores,	continuer-à-subir les mêmes fatigues,
alio vocabulo;	sous un autre nom;
ac, si vita quis	et, si la vie à quelques-uns
superaverit tot casus,	a surmonté tant de hasards,
trahi adhuc	*eux* être traînés encore
in terras diversas,	dans des terres lointaines,
ubi accipiant,	où ils reçoivent,
per nomen agrorum,	sous le nom de domaines,
uligines paludum	des humidités de marais
vel inculta montium.	ou des *terrains* incultes de montagnes.
Enimvero militiam ipsam	Mais certes le service lui-même
gravem, infructuosam:	*être* pénible, infructueux:
animam et corpus æstimari	l'âme et le corps *du soldat* être estimés
denis assibus in diem;	dix as par jour;
hinc redimi	avec cela être achetés
vestem, arma, tentoria,	habit, armes, tentes,
hinc	avec cela
sævitiam centurionum	la cruauté des centurions
et vacationes munerum.	et les exemptions de charges.
At hercule	Mais par Hercule
verbera et vulnera,	coups-de-fouet et blessures,
duram hiemem,	dur hiver,
æstates exercitas,	étés laborieux,
bellum atrox	guerre terrible
aut pacem sterilem,	ou paix stérile,
sempiterna.	*tout cela être* éternel.
Nec aliud levamentum	Et pas d'autre soulagement *n'être*
quam si militia iniretur	que si le service-militaire était entrepris
sub legibus certis;	sous des lois fixes;
ut mererent	*à condition* qu'ils gagnassent
singulos denarios;	un denier *par jour;*
sextus decimus annus	*que* la seizième année
afferret finem stipendii;	amenât la fin du service;
ne tenerentur ultra	qu'ils ne fussent pas retenus au-delà
sub vexillis,	sous les drapeaux,
sed in iisdem castris	mais *que* dans le même camp

præmium pecunia solveretur. An prætorias cohortes, quæ binos denarios acciperent[1], quæ post sexdecim annos penatibus
suis reddantur, plus periculorum suscipere? Non obtrectari a
se urbanas excubias : sibi tamen apud horridas gentes e contuberniis hostem adspici. »

XVIII. Adstrepebat vulgus diversis incitamentis : hi verberum notas, illi canitiem, plurimi detrita tegmina et nudum
corpus exprobrantes. Postremo eo furoris venere, ut tres legiones miscere in unam agitaverint : depulsi æmulatione, quia
suæ quisque legioni eum honorem quærebant, alio vertunt,
atque una tres aquilas et signa cohortium locant; simul congerunt cespites, exstruunt tribunal, quo magis conspicua
sedes foret. Properantibus, Blæsus advenit, increpabatque ac
retinebat singulos, clamitans : « Mea potius cæde imbuite manus; leviore flagitio legatum interficietis, quam ab imperatore

gent. Les cohortes prétoriennes, qui recevaient deux deniers par
jour, qui, après seize ans, revoyaient leurs pénates, couraient-elles
plus de hasards ? Il n'avait garde de déprécier par envie leur service
efféminé ; mais lui cependant, campé au milieu de nations barbares,
de sa tente, il voyait l'ennemi. »

XVIII. Ce discours excite un frémissement général. Chacun raconte ses griefs; l'un montre les marques des coups de verges, l'autre
ses cheveux blancs, ceux-ci leurs vêtements en lambeaux et leurs
corps à moitié nus. Enfin, dans l'excès de leur emportement, ils
agitent de réunir les trois légions en une seule. Dégoûtés de ce projet par l'impossibilité de concilier tous les soldats, qui réclamaient
cet honneur chacun pour sa légion, ils prennent un autre parti : ils
lacent dans le même lieu les trois aigles et les enseignes des cohortes; ils entassent des gazons, ils forment une éminence pour y
placer un tribunal qui puissent s'apercevoir de plus loin. Tandis qu'ils
se hâtent, Blésus arrive; il réprimande, il saisit les travailleurs
l'un après l'autre, il leur crie : « Versez plutôt mon sang : ce sera
un moindre crime de tuer votre lieutenant que de trahir votre empe-

pecunia præmium
solveretur.
An cohortes prætorias,
quæ acciperent
binos denarios,
quæ reddantur
suis penatibus
post sexdecim annos,
suscipere plus periculorum?
Excubias urbanas
non obtrectari a se :
sibi tamen hostem adspici
e contuberniis
apud gentes horridas. »
   XVIII. Vulgus
adstrepebat
diversis incitamentis :
hi exprobrantes
notas verberum,
illi canitiem,
plurimi tegmina detrita
et corpus nudum.
Postremo venere
eo furoris,
ut agitaverint miscere
tres legiones in unam :
depulsi æmulatione,
quia quærebant
eum honorem
quisque suæ legioni,
vertunt alio,
atque locant una
tres aquilas
et signa cohortium ;
simul congerunt cespites,
exstruunt tribunal,
quo sedes
foret magis conspicua
Properantibus,
Blæsus advenit,
increpabatque
ac retinebat singulos,
clamitans :
« Imbuite potius manus
mea cæde ;
interficietis legatum
leviore flagitio,

de l'argent *pour* récompense
leur fût payé.
Est-ce que les cohortes prétoriennes
qui recevaient
deux deniers *par jour*,
qui étaient rendues
à leurs pénates
après seize ans,
prenaient-sur *elles* plus de dangers ?
Les veilles-des-gardes de-la-ville
n'être pas dépréciées par lui :
par lui cependant l'ennemi être vu
des tentes
chez des nations sauvages. »
   XVIII. La foule
applaudissait
par divers motifs :
ceux-ci montrant-avec-reproche
les marques des coups-de-fouet,
ceux-là *leurs* cheveux-blancs,
la plupart *leurs* vêtements usés
et *leur* corps nu.
Enfin ils *en* vinrent
à ce *point* de fureur,
qu'ils agitèrent (parlèrent) de mêler
les trois légions en une :
détournés *de ce dessein* par la rivalité,
parce qu'ils recherchaient
cet honneur
chacun pour sa légion,
ils se tournent ailleurs,
et placent ensemble
les trois aigles
et les enseignes des cohortes ;
en même temps ils entassent du gazon,
élèvent un tribunal,
afin que le siége
fût plus en-vue.
Pendant-qu'ils-se-hâtaient,
Blésus arriva,
et il gourmandait
et arrêtait chacun,
s'écriant-sans-cesse :
« Trempez plutôt *vos* mains
de mon meurtre (dans mon sang) ;
vous tuerez *votre* lieutenant
avec un moindre crime,

desciscitis. Aut incolumis fidem legionum retinebo, aut jugulatus pœnitentiam accelerabo. »

XIX. Aggerebatur nihilominus cespes, jamque pectori usque
accreverat, quum tandem pervicacia victi inceptum omisere.
Blæsus multa dicendi arte : « Non per seditionem et turbas desideria militum ad Cæsarem ferenda, » ait, « neque veteres
ab imperatoribus priscis, neque ipsos a divo Augusto tam
nova petivisse; et parum in tempore incipientes principis
curas onerari. Si tamen tenderent in pace tentare quæ ne civilium quidem bellorum victores expostulaverint, cur contra
morem obsequii, contra fas disciplinæ, vim meditentur?
decernerent legatos. seque coram mandata darent. » Acclamavere « ut filius Blæsi tribunus legatione ea fungeretur, peteretque militibus missionem ab sexdecim annis; cetera mandaturos, ubi prima provenissent. » Profecto juvene, modicum
otium; sed superbire miles, quod filius legati, orator pu-

reur. Ou ma vie conservera la fidélité de mes légions, ou ma mort
accélérera leur repentir. »

XIX. Cependant l'ouvrage n'en avançait pas moins; déjà même
on l'avait élevé jusqu'à la hauteur de la poitrine; toutefois ils l'aban-
donnent, vaincus par l'opiniâtreté de leur lieutenant. Alors Blésus,
avec de l'insinuation et de l'adresse, leur représente « que ce n'était
point par la révolte que les soldats devaient expliquer leurs désirs à
César; que leurs ancêtres, sous les anciens généraux, ni eux-mêmes
sous Auguste, n'avaient jamais formé de pareilles demandes, et qu'il
était peu convenable de surcharger de nouveaux soins les embarras
d'un nouveau règne. S'ils voulaient cependant essayer, s'ils persistaient à exiger en pleine paix ce que ne demandèrent jamais dans
les guerres civiles, les vainqueurs les plus intraitables; pourquoi,
au mépris de la subordination et de la discipline. employer la violence? ils n'avaient qu'à choisir des députés, et à expliquer leurs
intentions en sa présence. » Aussitôt ils nomment par acclamation
le fils de Blésus, déjà tribun, et le chargent de demander pour les
soldats le congé au bout de seize ans, remettant à s'expliquer sur
le reste, lorsqu'ils auraient obtenu ce premier point. Le départ du
député rétablit la paix pour un moment, mais il accrut l'insolence
du soldat, qui, voyant le fils de son lieutenant devenu l'orateur de

quam desciscitis
ab imperatore.
Aut incolumis
retinebo fidem legionum,
aut jugulatus
accelerabo pœnitentiam. »
  XIX. Nihilominus
cespes aggerebatur,
jamque accreverat
usque pectori,
quum tandem victi
pervicacia
omisere inceptum.
Blæsus multa arte dicendi,
ait : « Desideria militum
non ferenda ad Cæsarem
per seditionem et turbas,
neque veteres petivisse
tam nova
ab priscis imperatoribus,
neque ipsos a divo Augusto;
et curas incipientes
principis
onerari parum in tempore.
Si tamen tenderent
tentare in pace quæ
ne expostulaverint quidem
victores bellorum civilium,
cur meditentur vim
contra morem obsequii,
contra fas disciplinæ?
decernerent legatos,
darentque mandata
coram se. »
Acclamavere
« ut filius Blæsi tribunus
fungeretur ea legatione,
peteretque militibus
missionem
ab sexdecim annis ;
mandaturos cetera,
ubi prima provenissent. »
Juvene profecto,
otium modicum ;
sed miles superbire,
quod filius legati,
orator causæ publicæ,

que vous *ne* vous séparez
de l'empereur.
Ou sain et-sauf
je maintiendrai la foi des légions,
ou égorgé
je hâterai *leur* repentir. »
  XIX. Néanmoins
le gazon s'amoncelait,
et déjà il s'était élevé
jusqu'à *hauteur de* poitrine,
lorsque enfin vaincus
par l'opiniâtreté *de Blésus*
ils abandonnèrent l'entreprise.
Blésus avec beaucoup d'art de parler
dit : « Les vœux des soldats
ne devoir pas être portés à César
par la sédition et les troubles,
ni les anciens avoir demandé
des choses si nouvelles
aux anciens généraux,
ni eux-mêmes au divin Auguste ;
et les soucis commençant
d'un prince
être surchargés peu à propos.
Si pourtant ils désiraient
essayer dans la paix ce que
ne demandèrent pas même
les vainqueurs des guerres civiles,
pourquoi méditaient-ils de la violence
contre la coutume de l'obéissance,
contre la loi de la discipline?
qu'ils nommassent des députés,
et qu'ils *leur* donnassent des instructions
en présence de lui. »
Ils s'écrièrent
« que le fils de Blésus tribun
s'acquittât de cette députation,
et demandât pour les soldats
le congé
à partir de seize ans ;
eux devoir donner les autres *instructions*,
dès que les premières auraient réussi. »
Le jeune-homme parti,
un calme passable *eut lieu* ;
mais le soldat de s'enorgueillir,
de ce que le fils de *son* lieutenant,
devenu orateur de la cause publique,

blicæ causæ, satis ostenderet necessitate expressa quæ per modestiam non obtinuissent.

XX. Interea manipuli, ante cœptam seditionem Nauportum [1] missi, ob itinera et pontes, et alios usus, postquam turbatum in castris accepere, vexilla convellunt; direptisque proximis vicis ipsoque Nauporto, quod municipii instar erat, retinentes centuriones irrisu et contumeliis, postremo verberibus, insectantur : præcipua in Aufidienum Rufum, præfectum castrorum [2], ira ; quem, dereptum vehiculo, sarcinis gravant, aguntque primo in agmine, per ludibrium rogitantes, « an tam immensa onera, tam longa itinera libenter ferret. » Quippe Rufus, diu manipularis, dein centurio, mox castris præfectus, antiquam duramque militiam revocabat, vetus operis ac laboris, et eo immitior, quia toleraverat.

XXI. Horum adventu redintegratur seditio, et vagi circumjecta populabantur. Blæsus paucos, maxime præda onustos, ad terrorem ceterorum, affici verberibus, claudi carcere ju

la cause publique, sentit que les menaces avaient arraché ce que la soumission n'eût jamais obtenu.

XX. Avant l'émeute, on avait envoyé quelques compagnies à Nauport, pour des chemins, des ponts et autres besoins de l'armée. Elles n'eurent pas plutôt appris les troubles qui s'étaient élevés, qu'elles décampèrent précipitamment. Les bourgs voisins, Nauport même, qui etait une sorte de ville municipale, furent pillés. Les centurions veulent les retenir; on les accable de huées et d'outrages; on en vient jusqu'à les charger de coups. Ce fut surtout contre le préfet de camp, Aufidiénus Rufus, qu'éclata leur ressentiment. Ils l'arrachent de son chariot, le chargent de leurs bagages, et le font marcher à pied à la tête de la troupe, lui demandant avec une amère ironie « s'il supportait avec plaisir des charges si pesantes et de si longues marches. » Ce Rufus, longtemps simple soldat, puis centurion, enfin préfet de camp, voulait ramener le service a son ancienne austérité. Il avait vieilli dans la peine et le travail, et il exigeait d'autant plus qu'il avait plus souffert.

XXI. L'arrivée de ces mutins rallume la sédition : ils se répandent dans les campagnes environnantes, qu'ils dévastent. Blésus, pour intimider les autres, fait arrêter quelques-uns de ceux qu'il

ostenderet satis | montrait assez
quæ non obtinuissent | les choses qu'ils n'eussent pas obtenues
per modestiam | par la modération
expressa necessitate. | avoir été arrachées par la nécessité.

XX. Interea manipuli, | XX. Cependant des manipules,
missi Nauportum | envoyés à Nauport
ante seditionem cœptam, | avant la sédition commencée,
ob itinera et pontes, | pour des chemins et des ponts,
et alios usus, | et d'autres besoins,
postquam accepere | après qu'ils eurent appris
turbatum in castris, | des-troubles-avoir-eu-lieu au camp,
convellunt signa; | arrachent les enseignes (partent);
proximisque vicis direptis | et les plus proches villages pillés
Nauportoque ipso, | ainsi que Nauport lui-même,
quod erat instar municipii, | qui était comme un municipe,
insectantur | il poursuivent
irrisu et contumeliis, | de huées et d'outrages,
postremo verberibus, | enfin de coups,
centuriones retinentes: | les centurions qui les retenaient:
præcipua ira | la principale colère
in Aufidienum Rufum, | était contre Aufidiénus Rufus,
præfectum castrorum; | préfet de camp;
quem, dereptum vehiculo, | lequel, arraché de son chariot,
gravant sarcinis, | ils chargent de bagages,
aguntque in primo agmine, | et poussent aux premiers rangs,
rogitantes per ludibrium, | lui demandant-sans-cesse par dérision,
« an ferret libenter | « s'il supportait volontiers
tam immensa onera, | de si énormes fardeaux,
tam longa itinera. » | de si longues routes. »
Quippe Rufus, | En effet Rufus,
diu manipularis, | longtemps simple-soldat,
dein centurio, | puis centurion,
mox præfectus castris. | bientôt préposé à un camp,
revocabat militiam | ramenait le service
antiquam duramque, | ancien et rigoureux,
vetus operis ac laboris, | homme vieux de peine et de travail,
et immitior eo, | et plus dur par cela,
quia toleraverat. | parce qu'il avait souffert.

XXI. Adventu horum | XXI. Par l'arrivée de ces hommes
seditio redintegratur, | la sédition est ranimée,
et vagi populabantur | et courant-çà-et-là ils ravageaient
circumjecta. | les alentours.
Blæsus jubet paucos, | Blésus ordonne quelques-uns,
maxime onustos præda, | les plus chargés de butin,
affici verberibus, | être accablés de coups-de-fouet,
claudi carcere, | être renfermés en prison,
ad terrorem ceterorum; | pour l'effroi des autres;

bet; nam etiam tum legato a centurionibus et optimo quoque
manipularium parebatur. Illi obniti trahentibus, prensare circumstantium genua, ciere modo nomina singulorum, modo
centuriam quisque cujus manipularis erat, cohortem, legionem, eadem omnibus imminere clamitantes; simul probra in
legatum cumulant, cœlum ac deos obtestantur, nihil reliqui
faciunt quominus invidiam, misericordiam, metum, et iras
permoverent. Accurritur ab universis, et, carcere effracto,
solvunt vincula, desertoresque ac rerum capitalium damnatos
sibi jam miscent.

XXII. Flagrantior inde vis, plures seditioni duces; et Vibulenus quidam, gregarius miles, ante tribunal Blæsi adle-
vatus circumstantium humeris, apud turbatos et quid pararet
intentos : « Vos quidem, » inquit, « his innocentibus et miser-
rimis lucem et spiritum reddidistis; sed quis fratri meo vitam,
quis fratrem mihi reddit? quem, missum ad vos a germanico

voit le plus chargés de butin, et ordonne de les battre de verges et
de les mener en prison. Jusqu'alors les centurions et tous les bons
soldats obéissaient encore au lieutenant. Ils saisissent les coupables et
les entraînent. Ceux-ci résistent, s'attachent aux genoux de tous ceux
qu'ils rencontrent, appellent chaque soldat par son nom, invoquent
leur centurie, leur cohorte, leur légion, crient à chacun qu'il est
menacé du même sort, accumulent les imprécations contre le lieutenant, attestent le ciel et les dieux, n'omettent rien pour exciter la
crainte, la pitié, la colère, l'indignation. On accourt de tous côtés,
on enfonce la prison, on délivre tous les déserteurs, tous les mal-
faiteurs condamnés à mort, qui aussitôt se joignent aux autres.

XXII. Alors le désordre augmente; la sédition trouve de nouveaux chefs. Un d'eux, nommé Vibulénus, simple légionnaire, se
fait élever sur les épaules de quelques soldats devant le tribunal de
Blésus, et, en présence de cette multitude ameutée, qui observait
avec attention ce mouvement : « Soldats, s'écrie-t-il, vous avez
rendu la lumière et la vie à ces innocentes victimes; mais qui rendra
le jour à mon frère? qui rendra mon frère à ma tendresse? L'infortuné, député vers vous par les légions de Germanie, pour nos

nam etiam tum parebatur | car même alors il était obéi
legato a centurionibus | au lieutenant par les centurions
et quoque optimo | et par chaque meilleur
manipularium. | des simples-soldats.
Illi obniti | Ceux-là de résister
trahentibus, | à ceux qui les entraînent,
prensare genua | de prendre les genoux
circumstantium, | de ceux qui-étaient-autour,
ciere modo nomina | d'appeler tantôt les noms
singulorum, | de chacun,
modo centuriam cujus | tantôt la centurie de laquelle
quisque manipularis erat, | chaque simple-soldat était,
cohortem, legionem, | la cohorte, la légion de chacun,
clamitantes eadem | criant-sans-cesse les mêmes maux
imminere omnibus ; | les menacer tous ;
simul cumulant | en même temps ils accumulent
probra in legatum, | les injures sur le lieutenant,
obtestantur cœlum ac deos, | attestent le ciel et les dieux,
faciunt nihil reliqui | ne font (laissent) rien de-reste
quominus permoverent | pour qu'ils excitent-entièrement
invidiam, misericordiam, | la haine, la pitié,
metum, et iras. | la crainte, et la colère.
Accurritur ab universis, | Il est accouru par tous (ils accourent tous),
et, carcere effracto, | et, la prison étant forcée,
solvunt vincula, | ils délient leurs liens,
miscentque jam sibi | et mêlent déjà à eux
desertores ac damnatos | les déserteurs et les condamnés
rerum capitalium. | pour faits (crimes) capitaux.
XXII. Inde | XXII. De là
vis flagrantior, | violence plus ardente,
plures duces seditioni ; | plus de chefs à la sédition ;
et quidam Vibulenus, | et un certain Vibulénus,
gregarius miles, | simple soldat,
adlevatus humeris | soulevé sur les épaules
circumstantium | de ceux qui l'entourent
ante tribunal Blæsi, | devant le tribunal de Blésus,
apud turbatos et intentos | au milieu d'hommes émus et attentifs
quid pararet, | à ce qu'il préparait,
« Vos quidem, » inquit, | « Vous certes, » dit-il,
« reddidistis lucem | « vous avez rendu la lumière
et spiritum | et le souffle
his innocentibus | à ces hommes innocents
et miserrimis ; | et très-malheureux ;
sed quis reddit | mais qui rend (rendra)
meo fratri vitam, | à mon frère la vie,
quis mihi fratrem ? | qui rendra à moi mon frère ?
quem, missum ad vos | lui que, envoyé vers vous

exercitu de communibus commodis, nocte proxima jugulavit
per gladiatores suos[1], quos in exitium militum habet atque
armat. Responde, Blæse, ubi cadaver abjeceris; ne hostes
quidem sepulturæ invident[2]. Quum osculis, quum lacrimis
dolorem meum implevero, me quoque trucidari jube; dum
interfectos, nullum ob scelus, sed quia utilitati legionum con-
sulebamus, hi sepeliant. »

XXIII. Incendebat hæc fletu, et pectus atque os manibus
verberans; mox, disjectis quorum per humeros sustinebatur,
præceps et singulorum pedibus advolutus, tantum consterna-
tionis invidiæque concivit, ut pars militum gladiatores qui e
servitio Blæsi erant, pars ceteram ejusdem familiam vincirent,
alii ad quærendum corpus effunderentur. Ac ni propere, neque corpus ullum reperiri, et servos, adhibitis cruciatibus,
abnuere cædem, neque illi fuisse unquam fratrem, perno-
tuisset, haud multum ab exitio legati aberant. Tribunos tamen

intérêts communs, a été assassiné la nuit dernière par les gladiateurs
que Blésus tient armés près de lui pour la destruction des soldats
Réponds, Blésus, où as-tu jeté le corps de mon frère? l'ennemi
même n'envie point la sépulture aux morts. Laisse-moi exha'er ma
douleur par mes baisers, par mes larmes; puis, égorge-moi, j'y
consens, pourvu que ces braves amis, touchés du sort de deux malheureux dont tout le crime est d'avoir cherché le bien des légions,
ne refusent point à notre cendre les derniers honneurs. »

XXIII Ce discours véhément, Vibulénus l'animait encore par ses
larmes, se frappant le visage et la poitrine; puis, écartant ceux qui
le portaient, il se précipite, il se roule aux pieds de chaque soldat,
il excite un transport si universel de pitié et de vengeance. qu'une
partie des soldats met aux fers les gladiateurs de Blésus, tandis qu
les autres enchaînent ses esclaves, et se répandent de tous côté
pour chercher le cadavre; et si l'on n'eût su promptement que 1
corps ne se trouvait nulle part, que les esclaves appliqués à la question niaient l'assassinat, et que Vibulénus n'avait jamais eu de frère,
c'en était fait peut-être du lieutenant. Cependant ils chassent les

ab exercitu Germanico	par l'armée de-Germanie
de commodis communibus,	pour *nos* intérêts communs.
jugulavit nocte proxima	il (Blésus) a egorgé la nuit dernière
per suos gladiatores,	par ses gladiateurs,
quos habet atque armat	lesquels il a et il arme
in exitium militum.	pour la perte des soldats.
Responde, Blæse,	Réponds, Blésus,
ubi abjeceris cadaver	où tu as jeté le cadavre :
ne quidem hostes	pas même les ennemis
invident sepulturæ.	n'envient (ne refusent) la sépulture.
Quum implevero	Lorsque j'aurai satisfait
meum dolorem osculis,	ma douleur par des baisers,
quum lacrimis,	lorsque *je l'aurai satisfaite* par des larmes,
jube me quoque trucidari ;	ordonne moi aussi être massacre ;
dum hi sepeliant	pourvu que ceux-ci ensevelissent
interfectos,	*nous* tués,
ob nullum scelus,	pour aucun crime,
sed quia consulebamus	mais parce que nous consultions
utilitati legionum. »	l'intérêt des légions. »
XXIII. Incendebat hæc	XXIII. Il animait ces *paroles*
fletu, et verberans manibus	par des pleurs, et frappant de *ses* mains
pectus atque os ;	*sa* poitrine et *son* visage ;
mox, disjectis	bientôt étant écartés
per humeros quorum	*ceux* par les épaules desquels
sustinebatur,	il était soutenu,
præceps et advolutus	se précipitant et se roulant
pedibus singulorum,	aux pieds de chacun,
concivit	il excita
tantum consternationis	tant de soulèvement
invidiæque.	et de haine,
ut pars militum	qu'une partie des soldats
vincirent gladiatores	enchaînait les gladiateurs
qui erant	qui étaient
e servitio Blæsi,	de la troupe-d'esclaves de Blésus.
pars ceteram familiam	une partie le reste des gens
ejusdem,	du même *homme,*
alii effunderentur	les autres se répandaient *çà et là*
ad quærendum corpus.	pour rechercher le corps.
Ac ni propere pernotuisset,	Et si promptement il n'eût été connu,
neque ullum corpus	et aucun corps
reperiri,	n'être trouvé,
et, cruciatibus adhibitis,	et, les tortures n'ayant été employées,
servos abnuere cædem	les esclaves nier le meurtre,
neque unquam fratrem	et jamais frère
fuisse illi,	n'avoir été à celui-là (Vibulénus)
haud multum aberant	ils n'étaient-pas-bien-loin
ab exitio legati	de la mort (du meurtre) du lieutenant.

ac præfectum castrorum extrusere. Sarcinæ fugientium direptæ, et centurio Lucillius interficitur, cui militaribus facetiis
vocabulum « Cedo alteram » indiderant ; quia, fracta vite in
tergo militis [1], alteram clara voce ac rursus aliam poscebat :
ceteros latebræ texere, uno retento Clemente Julio, qui perferendis militum mandatis habebatur idoneus, ob promptum
ingenium. Quin ipsæ inter se legiones octava et quintadecima
ferrum parabant, dum centurionem, cognomento Sirpicum [2],
illa morti deposcit, quintadecumani tuentur ; ni miles nonanus
preces, et, adversum adspernantes, minas interjecisset.

XXIV. Hæc audita, quanquam abstrusum et tristissima
quæque maxime occultantem, Tiberium perpulere, ut Drusum
filium, cum primoribus civitatis duabusque prætoriis cohortibus [3], mitteret, nullis satis certis mandatis, ex re consulturum. Et cohortes delecto milite supra solitum firmatæ. Additur

---

tribuns et le préfet de camp, pillent leurs bagages, massacrent le centurion Lucillius, qu'ils nommaient par dérision « Encore une, » parce
que toutes les fois qu'il rompait une verge de sarment sur le dos
d'un soldat, il en demandait une autre à haute voix, et encore une
autre. Le reste des centurions fut réduit à se cacher. Ils ne retinrent
que Julius Clémens, qui, par la vivacité de son esprit, leur parut
propre à porter la parole pour eux. Enfin la dissension éclate entre
les légions elles-mêmes, la huitième demandant, la quinzième refusant la mort d'un centurion surnommé Sirpicus ; et le sang allait
couler, si la neuvième n'eût interposé ses prières, et, en cas de refus,
ses menaces.

XXIV. A ces nouvelles, Tibère, quoique impénétrable, et accoutumé à couvrir du plus profond secret les plus fâcheux événements,
se détermina à faire partir son fils Drusus avec les premiers de Rome
et deux cohortes prétoriennes. Les instructions n'avaient rien de
précis : les circonstances devaient régler leur conduite. Les cohortes
furent renforcées de surnuméraires choisis. On y ajouta une grande

Extrusere tamen tribunos
ac præfectum castrorum.
Sarcinæ fugientium
direptæ,
et centurio Lucillius
interficitur,
cui facetiis militaribus
indiderant vocabulum
« Cedo alteram ; »
quia, vite
fracta in tergo militis,
poscebat voce clara
alteram ac rursus aliam :
latebræ texere ceteros,
Julio Clemente uno
retento,
qui habebatur idoneus
perferendis
mandatis militum,
ob ingenium promptum.
Quin legiones ipsæ
octava et quintadecima
parabant ferrum inter se,
dum illa deposcit morti
centurionem,
Sirpicum cognomento,
quintadecumani tuentur ;
ni miles nonanus
interjecisset preces,
et, adversum adspernantes,
minas.
XXIV. Hæc audita
perpulere Tiberium,
quanquam abstrusum
et occultantem maxime
quæque tristissima,
ut mitteret filium Drusum,
cum primoribus civitatis
duabusque cohortibus
prætoriis,
nullis mandatis satis certis,
consulturum ex re.
Et cohortes firmatæ
milite delecto
supra solitum.
Magna pars
equitis prætoriani

Ils chassèrent cependant les tribuns
et le prefet de camp.
Les bagages de *ceux-ci* fuyant
sont pillés,
et le centurion Lucillius
est tué,
auquel par plaisanterie militaire
ils avaient donné *ce* nom
« Donne-*m'en* une autre : »
parce que, *sa* verge-de-sarment
étant brisée sur le dos d'un soldat,
il *en* demandait d'une voix claire
une autre et de nouveau une autre :
des refuges cachèrent les autres *centurions*,
Jules Clémens seul
ayant été retenu,
lequel passait-pour propre
à porter
les instructions des soldats
à cause de *son* esprit facile.
De plus les légions elles-mêmes
la huitième et la quinzième
se préparaient *à tirer* le fer entre elles,
lorsque celle-là demande pour la mort
un centurion,
Sirpicus de surnom,
et que ceux-de-la-quinzième *le* défendent ;
si le soldat de-la-neuvieme
n'eût interposé *ses* prières
et, contre *ceux* qui *les* rejetaient,
ses menaces.
XXIV. Ces *nouvelles* apprises
décidèrent Tibère,
quoique profondément-dissimulé
et cachant surtout
toutes les choses les plus tristes,
à ce qu'il envoyât *son* fils Drusus,
avec les premiers de l'Etat
et deux cohortes
prétoriennes,
sans aucunes instructions assez certaines,
devant aviser selon la circonstance.
Les cohortes aussi *furent* renforcées
de soldats choisis
au-dela du *nombre* accoutumé.
Une grande partie
des cavaliers prétoriens

magna pars prætoriani equitis, et robora Germanorum, qui
tum custodes imperatori [1] aderant : simul prætorii præfectus,
Ælius Sejanus, collega Straboni, patri suo, datus, magna
apud Tiberium auctoritate, rector juveni, et ceteris periculorum præmiorumque ostentator. Druso propinquanti, quasi per
officium, obviæ fuere legiones, non lætæ, ut assolet, neque
insignibus fulgentes, sed illuvie deformi, et vultu, quanquam
mœstitiam imitarentur, contumaciæ propiores.

XXV. Postquam vallum introiit, portas stationibus firmant,
globos armatorum certis castrorum locis opperiri jubent; ceteri
tribunal ingenti agmine circumveniunt. Stabat Drusus, silentium manu poscens. Illi, quoties oculos ad multitudinem
retulerant, vocibus truculentis strepere; rursum, viso Cæsare,
trepidare : murmur incertum, atrox clamor, et repente quies :
diversis animorum motibus, pavebant, terrebantque. Tandem,

partie de la cavalerie prétorienne et l'élite des Germains, qui alors
composaient la garde de l'empereur. Élius Séjanus, préfet du prétoire, accompagnait Drusus. Il avait été nommé collègue de son
père Strabon, et jouissait déjà d'un grand crédit auprès de Tibère,
qui, dans ce moment, lui confia son fils et ses pouvoirs pour récompenser ou pour punir. A l'approche de Drusus, les légions, par un
reste d'égards, allèrent à sa rencontre, mais sans faire éclater de
transports suivant l'usage, sans étaler leurs décorations. avec un
extérieur négligé, hideux, et d'un air qui, en affectant la tristesse.
approchait de la révolte.

XXV. Lorsqu'il fut entré dans les retranchements, elles s'assurent
des portes et placent des détachements dans différents quartiers du
camp ; le reste en foule se range autour du tribunal. Drusus était
debout, faisant signe de la main qu'on l'écoutât. Les soldats,
toutes les fois qu'ils considéraient leur nombre, éclataient en menaces effrayantes ; puis, quand ils reportaient les yeux sur César,
ils s'intimidaient ; tour à tour se succedaient un murmure sourd,
des cris horribles, un calme soudain ; et, suivant les divers mouvements de leurs âmes, ils tremblaient ou faisaient trembler. Enfin,

additur,	y est ajoutée,
et robora Germanorum,	et les forces (l'élite) des Germains,
qui tum aderant	qui alors se trouvaient
custodes imperatori :	gardes à (de) l'empereur :
simul præfectus prætorii,	en même temps le préfet du prétoire,
Ælius Sejanus,	Elius Séjanus,
datus collega	donné *pour* collègue
Straboni, suo patri,	à Strabon, son père,
magna auctoritate	*jouissant* d'une grande autorité
apud Tiberium,	auprès de Tibère,
rector juveni,	*est choisi pour* guide au jeune *prince*,
et ostentator ceteris	et *pour* indicateur aux autres
periculorum	des dangers
præmiorumque.	et des recompenses.
Legiones fuere obviæ	Les légions se trouvèrent sur-le-passage,
Druso propinquanti,	à (de) Drusus approchant,
quasi per officium,	comme par devoir,
non lætæ, ut assolet,	non joyeuses, comme c'est-la-coutume,
neque fulgentes insignibus,	ni brillantes de *leurs* insignes,
sed illuvie deformi,	mais avec une malpropreté hideuse,
et vultu,	et par le visage,
quanquam imitarentur	quoiqu'elles imitassent
mœstitiam,	la tristesse,
propiores contumaciæ	*paraissant* plus près de la résistance.
XXV. Postquam introiit	XXV. Après qu'il fut entré-dans
vallum,	le retranchement,
firmant portas stationibus,	elles renforcent les portes par des postes,
jubent globos armatorum	ordonnent des pelotons d'*hommes* armés
opperiri	attendre
certis locis castrorum ;	a de certains endroits du camp ;
ceteri circumveniunt	les autres environnent
tribunal ingenti agmine.	le tribunal d'une grande troupe.
Drusus stabat,	Drusus était-debout,
poscens manu silentium.	demandant de la main le silence.
Illi, quoties retulerant	Eux, toutes les fois qu'ils avaient reporté
oculos ad multitudinem,	les yeux sur *leur* multitude,
strepere	de murmurer
vocibus truculentis ;	avec des voix menaçantes ;
rursum, Cæsare viso,	d'un autre côté, César étant regardé,
trepidare :	de trembler :
murmur incertum,	*c'était* un murmure confus,
clamor atrox,	une clameur horrible,
et repente quies :	et tout à coup du calme :
motibus diversis	par des mouvements divers
animorum,	d'esprits,
pavebant, terrebantque.	ils s'effrayaient, et ils effrayaient.
Tandem,	Enfin,

interrupto tumuitu, litteras patris recitat, in quis perscriptum
erat, « præcipuam ipsi fortissimarum legionum curam, quibuscum plurima bella toleravisset; ubi primum a luctu requiesset animus, acturum apud patres de postulatis eorum;
misisse interim filium, ut sine cunctatione concederet quæ
statim tribui possent; cetera senatui servanda, quem neque
gratiæ, neque severitatis expertem haberi par esset. »

XXVI. Responsum est a concione, mandata Clementi centurioni quæ perferret. Is orditur « de missione a sexdecim
annis; de præmiis finitæ militiæ; ut denarius diurnum stipendium foret; ne veterani sub vexillo haberentur. » Ad ea
Drusus, quum arbitrium senatus et patris obtenderet, clamore
turbatur : « Cur venisset, neque augendis militum stipendiis,
neque allevandis laboribus, denique nulla benefaciendi licentia? at hercule verbera et necem cunctis permitti. Tiberium
olim nomine Augusti desideria legionum frustrari solitum;

dans un intervalle de tranquillité, Drusus lit la lettre de son père.
Tibère marquait aux soldats « qu'il n'avait rien de plus cher que ses
braves légions, qui l'avaient si bien servi dans ses guerres; que,
dans les premiers moments de repos que lui laisserait sa douleur, il
communiquerait au sénat leurs demandes; qu'en attendant, il envoyait son fils, dont ils obtiendraient sur-le-champ ce qui pouvait
s'accorder sans délai; qu'il fallait réserver le reste à la décision du
sénat, sans la participation duquel il ne convenait point de décerner
des peines ou des grâces. »

XXVI. Les soldats répondirent que le centurion Clémens était
chargé de s'expliquer pour tous. Celui-ci, prenant la parole, demande le congé au bout de seize ans, des récompenses à la fin du
service, un denier de paye par jour, et la promesse de ne plus retenir les vétérans sous le drapeau. Sur cela, Drusus les renvoyant à la
décision du sénat et de son père, on l'interrompt par un cri : « Pourquoi venir, s'il n'augmente point leur solde, s'il ne soulage point
leurs maux, enfin s'il n'a aucun pouvoir pour faire du bien? Pour
tant chacun a le pouvoir de les battre et de les égorger. Jadis
Tibère se couvrait toujours du nom d'Auguste pour éluder le vœu

tumultu interrupto,
recitat litteras patris,
in quis erat perscriptum,
« præcipuam curam ipsi
legionum fortissimarum,
quibuscum toleravisset
plurima bella ;
ubi primum animus
requiesset a luctu,
acturum apud patres
de postulatis eorum ;
interim misisse filium,
ut concederet
sine cunctatione
quæ possent tribuni statim ;
cetera servanda senatui,
quem esset par
haberi expertem
neque gratiæ,
neque severitatis. »

le tumulte étant interrompu,
Drusus lit une lettre de *son* père,
dans laquelle il était écrit,
« le principal soin à lui-même
être pour des légions très-courageuses
avec lesquelles il avait soutenu
de nombreuses guerres ;
aussitôt que *son* esprit
se serait reposé du deuil,
devoir s'occuper auprès des sénateurs
des demandes d'eux ;
en-attendant avoir envoyé *son* fils,
pour qu'il accordât
sans délai *les choses*
qui pourraient être accordées aussitôt ;
le reste devoir être réservé au sénat,
lequel il était convenable
n'être tenu en-dehors
ni de la faveur,
ni de la sévérité. »

XXVI. Est responsum
a concione,
quæ perferret
mandata
centurioni Clementi.
Is orditur
« de missione
a sexdecim annis ;
de præmiis militiæ finitæ ;
ut denarius foret
stipendium diurnum ;
ne veterani haberentur
sub vexillo. »
Ad ea Drusus,
quum obtenderet
arbitrium senatus et patris,
turbatur clamore :
« Cur venisset,
neque augendis
stipendiis militum,
neque allevandis laboribus,
denique nulla licentia
benefaciendi ?
at hercule verbera et necem
permitti cunctis.
Tiberium olim solitum
frustrari desideria

XXVI. Il fut répondu
par l'assemblée,
des instructions qu'il soutiendrait (dont il
avoir été confiées   [devait s'acquitter)
au centurion Clémens
Celui-ci commence
parlant « du congé
au bout de seize ans ;
des récompenses du service fini ;
demandant qu'un denier fût
la paie journalière ;
que les vétérans ne fussent pas tenus
sous le drapeau. »
A cela Drusus,
comme il opposait
la décision du sénat et de *son* père,
est interrompu par des cris :
« Pourquoi était-il venu,
ni pour augmenter
les payes des soldats,
ni pour alléger *leurs* travaux,
enfin sans aucun pouvoir
de faire-le-bien ?
mais par Hercule les coups et la mort
être permis à tous.
Tibère autrefois avoir eu-coutume
de frustrer les vœux

aasdem artes Drusum retu*l*isse : nunquamne ad se nisi filios
familiarum venturos? Novum id plane, quod imperator sola
militis commoda ad senatum rejiciat : eumdem ergo senatum
consulendum quoties supplicia aut prælia indicantur; an præmia sub dominis, pœnas sine arbitro esse ? »

XXVII. Postremo deserunt tribunal, ut quis prætorianorum
militum amicorumve Cæsaris occurreret, manus intentantes,
causam discordiæ et initium armorum, maxime infensi Cn.
Lentulo, quod is ante alios ætate et gloria belli, firmare
Drusum credebatur, et illa militiæ flagitia primus adspernari
Nec multo post, digredientem cum Cæsare, ac provisu periculi
hiberna castra repetentem, circumsistunt, rogitantes « quo
pergeret : ad imperatorem, an ad patres, ut illic quoque
commodis legionum adversaretur? » Simul ingruunt, saxa

des légions : maintenant Drusus renouvelle les mêmes artifices. Ne
leur enverra t-on jamais que des enfants en tutelle? C'est une chose
étrange que les intérêts des troupes soient le seul objet que l'empereur renvoie à l'autorité du sénat : qu'on le consulte donc, ce même
sénat, toutes les fois qu'on les mène au combat ou au supplice. Re
connaissait-on une autorité supérieure pour les récompenser, et point
pour les punir? »

XXVII. Enfin ils quittent le tribunal, menaçant du geste tous les
prétoriens et tous les amis de Drusus qu'ils rencontrent, ne cher
chant qu'un prétexte pour commencer la querelle et le combat. Ils
en voulaient surtout à Cn. Lentulus, le plus distingué de tous par
son âge et sa gloire militaire, et, à ce titre, soupçonné d'affermir
Drusus et de mépriser tout le premier ces attentats contre la discipline. Aussi, peu de temps après, comme il se retirait avec César.
et qu'averti du péril il cherchait à regagner le camp d'hiver, ils
l'entourent, en lui demandant « où il va; si c'est vers le sénat ou vers
l'empereur, afin d'y combattre encore les intérêts des légions. » En
même temps, ils fondent sur lui à coups de pierres; déjà son sang

legionum	des légions
nomine Augusti;	sous le nom d'Auguste;
Drusum retulisse	Drusus avoir rapporté
easdem artes :	les mêmes artifices :
nunquamne venturos ad se	est-ce que jamais ne devoir venir à elle
nisi filios familiarum ?	d'autres si ce n'est des fils de famille ?
Id plane novum,	Cela être tout à fait nouveau,
quod imperator	que l'empereur
rejiciat ad senatum	renvoie au sénat
sola commoda militis :	les seuls avantages du soldat :
ergo eumdem senatum	donc le même sénat
consulendum, quoties	devoir être consulté, toutes les fois que
supplicia aut prælia	des supplices ou des combats
indicantur;	leur sont imposés ;
an præmia	est-ce que les récompenses
esse sub dominis,	être sous des maîtres,
pœnas sine arbitro? »	les châtiments sans arbitre ? »
XXVII. Postremo	XXVII. Enfin
deserunt tribunal,	ils quittent le tribunal,
ut quis militum	selon que quelqu'un des soldats
prætorianorum	prétoriens
amicorumve Cæsaris	ou des amis de César (Drusus)
occurreret,	se rencontrait,
intentantes manus,	tendant-vers-lui-avec-menace les mains .
causam discordiæ	cause de discorde
et initium armorum :	et prélude d'armes (de combat) :
maxime infensi	surtout hostiles
Cn. Lentulo,	à Cn. Lentulus,
quod is ante alios	parce que celui-ci étant avant les autres
ætate et gloria belli,	par l'âge et la gloire de guerre,
credebatur firmare	était cru affermir
Drusum,	Drusus,
et adspernari primus	et mépriser le premier
illa flagitia militiæ.	ces désordres de la milice.
Nec multo post,	Et non beaucoup après,
circumsistunt	ils entourent
digredientem cum Cæsare,	lui qui se retirait avec César (Drusus)
ac repetentem castra	et qui regagnait le camp
hiberna	d'-hiver
provisu periculi,	par prévision du danger,
rogitantes « quo pergeret :	lui demandant-souvent « où il allait :
ad imperatorem,	vers l'empereur.
an ad patres,	ou vers les sénateurs,
ut illic quoque	pour que là aussi
adversaretur	il s'opposât
commodis legionum ? »	aux intérêts des légions? »
Simul ingruunt,	En même temps ils fondent sur lui,

ȷaciunt : jamque ɪapɪdis ictu cruentus et exitii ᴄertus, accursu multitudinis quæ cum Druso advenerat, protectus est.

XXVIII. Noctem minacem et in scelus erupturam fors lenivit, nam luna claro repente cœlo visa languescere. Id miles, rationis ignarus, omen præsentium accepit, ac suis laboribus defectionem sideris adsimilans, prospereque cessura quæ pergerent [1], si fulgor et claritudo deæ redderetur. Igitur æris sono [2], tubarum cornuumque concentu strepere; prout splendidior obscuriorve, lætari aut mœrere; et postquam ortæ nubes offecere visui, creditumque conditam tenebris, ut sunt mobiles ad superstitionem perculsæ semel mentes, sibi æternum laborem portendi, sua facinora aversari deos lamentantur. Utendum inclinatione ea Cæsar, et quæ casus obtulerat in sapientiam vertenda ratus, circumiri tentoria jubet. Accitur

coulait, et sa perte était infaillible, lorsque la troupe qui accompa gnait Drusus accourut pour le dégager.

XXVIII. La nuit était menaçante et aurait amené les plus grands crimes, si le hasard n'eût tout calmé. Au milieu d'un ciel serein, on vit tout à coup la lune pâlir. Le soldat, ignorant la cause de ce phénomène, y cherche un rapport avec sa situation présente, croit voir dans l'éclipse de cet astre un emblème de ses malheurs, et se flatte du succès de son entreprise, si la déesse recouvre sa lumière et son éclat Ils font donc retentir l'air du bruit de l'airain, du son des clairons et des trompettes; suivant qu'elle est plus brillante ou plus obscure, on les voit s'affliger ou se réjouir; enfin, quand des nuages qui s'amassèrent l'eurent dérobée à leur vue, et qu'ils la crurent en- sevelie dans les ténèbres, comme l'esprit une fois frappé penche na- turellement à la superstition, ils s'écrient tout éplorés que le ciel leur annonce d'éternelles infortunes, et a leurs forfaits en horreur. Drusus, pensant qu'il fallait user de cette disposition et mettre sage- ment à profit ce qu'offrait le hasard, envoie des émissaires dans les tentes. Il mande le centurion Clémens et tous ceux qui, par des

jaciunt saxa : | lui jettent des pierres :
jamque cruentus | et déjà *tout* sanglant
ictu lapidis | d'un coup de pierre
et certus exitii, | et sûr de *sa* perte,
est protectus | il fut protégé
accursu multitudinis, | par le concours de la multitude,
quæ advenerat cum Druso. | qui était arrrivée avec Drusus.

XXVIII. Fors lenivit | XXVIII. Le hasard calma
noctem minacem | la nuit menaçante
et erupturam in scelus ; | et près-d'éclater en crime ;
nam luna repente | car la lune tout à coup
visa languescere | parut faiblir
cœlo claro. | dans un ciel serein.
Miles, ignarus rationis, | Le soldat, ignorant de la raison *du fait*,
accepit id omen | reçut cela *comme* présage
præsentium, | des choses présentes,
ac adsimilans | et assimilant
suis laboribus | à ses *propres* souffrances
defectionem sideris, | l'éclipse de l'astre,
cessuraque prospere | et *croyant* devoir aller heureusement
quæ pergerent, | les choses qu'ils poursuivaient,
si fulgor et claritudo | si l'éclat et la clarté
redderetur deæ. | étaient rendus à la déesse.
Igitur strepere | Donc de faire-du-bruit
sono æris, | avec le son de l'airain,
concentu tubarum | avec l'accord des trompettes
cornuumque ; | et des clairons ;
lætari aut mœrere, | de se réjouir ou de s'affliger,
prout splendidior | selon que *la lune était* plus brillante
obscuriorve ; | ou plus obscure ;
et postquam nubes ortæ | et après que des nuages s'étant élevés
offecere visui, | se-furent-mis-devant *leur* vue,
creditumque conditam | et *qu'il fut* cru *elle être* cachée
tenebris, | dans les ténèbres,
ut mentes semel perculsæ | comme les esprits une fois frappés
sunt mobiles | sont prompts
ad superstitionem, | à la superstition,
lamentantur | ils se lamentent
laborem æternum | *disant* une souffrance éternelle
portendi sibi, | être présagée à eux,
deos aversari sua facinora. | les dieux avoir-en-horreur leurs forfaits.
Cæsar ratus utendum | César persuadé falloir user
ea inclinatione, | de cette disposition,
et quæ casus obtulerat | et ce que le hasard *lui* avait offert
vertenda in sapientiam, | devoir être tourné à sagesse,
ubet tentoria circumiri. | ordonne les tentes être parcourues.
Centurio Clemens accitur, | Le centurion Clémens est mandé,

centurio Clemens, et si alii bonis artibus grati in vulgus : ii
vigiliis, stationibus, custodiis portarum se inserunt, spem
offerunt, metum intendunt : « Quousque filium imperatoris
obsidebimus? quis certaminum finis? Percennione et Vibuleno
sacramentum dicturi sumus? Percennius et Vibulenus stipendia
militibus, agros emeritis largientur? denique, pro Neronibus
et Drusis, imperium populi romani capessent? Quin potius,
ut novissimi in culpam, ita primi ad pœnitentiam sumus?
Tarda sunt quæ in commune expostulantur : privatam gratiam
statim mereare, statim recipias. » Commotis per hæc mentibus
et inter se suspectis, tironem a veterano, legionem a legione
dissociant. Tum redire paulatim amor obsequii : omittunt
portas; signa, unum in locum principio seditionis congregata,
suas in sedes referunt.

XXIX. Drusus, orto die, et vocata concione, quanquam
rudis dicendi, nobilitate ingenita, incusat priora, probat

---

moyens honnêtes, s'étaient rendus agréables à la multitude. Ceux-ci
se mêlent parmi les sentinelles, dans les corps-de-garde, au milieu
des détachements, présentent des espérances, inspirent de la crainte :
« Jusques à quand assiégerons-nous le fils de notre empereur? quel
sera le terme de nos dissensions? prêterons-nous serment à Percennius et à Vibulénus? Sans doute Percennius et Vibulénus donneront
au soldat sa paye, des terres aux vétérans! Enfin, au lieu des Néron
et des Drusus, ils règneront sur le peuple romain! Pourquoi ne pas
être plutôt les premiers à nous repentir, ayant été les derniers à
faillir? On obtient toujours tard ce qu'on demande en commun :
une faveur particulière est obtenue aussitôt que méritée. » Ces discours ébranlent les esprits, y jettent de la défiance; les jeunes soldats
se détachent des vieux, une légion d'une autre. Peu à peu la subordination renaît : ils laissent les portes libres; les enseignes qui, au
commencement de la sédition, avaient été réunies dans le même
lieu, sont reportées chacune à sa place.

XXIX. Drusus, au lever du jour, ayant convoqué les soldats, avec
une dignité naturelle qui supplée en lui à l'éloquence se plaint du

et si alii artibus bonis / et si d'autres par des moyens honnêtes
grati in vulgus : / *sont* agréables à la multitude :
ii se inserunt vigiliis, / ceux-ci se mêlent aux sentinelles,
stationibus, / aux postes,
custodiis portarum, / aux gardes des portes ;
offerunt spem, / offrent l'espérance,
intendunt metum : / présentent la crainte :
« Quousque obsidebimus / « Jusques à quand assiégerons-nous
filium imperatoris? / le fils de *notre* empereur ?
quis finis certaminum ? / quelle *sera* la fin de *nos* combats ?
Sumusne dicturi / Sommes-nous prêts-à-prêter
sacramentum / serment
Percennio et Vibuleno ? / à Percennius et à Vibulénus ?
Percennius et Vibulenus / Percennius et Vibulénus
largientur / donneront-ils
stipendia militibus, / la paye aux soldats,
agros emeritis? / des terres à *ceux* qui-ont-fait-*leur*-temps ?
denique, / enfin,
pro Neronibus et Drusis, / au lieu des Néron et des Drusus,
capessent imperium / prendront-ils le commandement
populi romani? / du peuple romain ?
Quin sumus potius, / Que ne sommes-nous plutôt,
ut novissimi in culpam, / comme les derniers pour la faute,
ita primi ad pœnitentiam ? / ainsi les premiers pour le repentir ?
Tarda sunt quæ / Tardives sont les choses qui
expostulantur in commune: / sont demandées en commun :
gratiam privatam / une faveur privée
mereare statim, / vous *la* mériteriez aussitôt,
recipias statim. » / vous *la* recevriez aussitôt. »
Mentibus commotis per hæc / Les esprits étant ébranlés par ces *paroles*
et suspectis inter se, / et *devenant* défiants entre eux,
dissociant tironem / ils détachent le jeune-soldat
a veterano, / du vétéran,
legionem a legione. / une légion d'une légion.
Tum amor obsequii / Alors l'amour de l'obéissance
redire paulatim : / de revenir peu à peu :
omittunt portas; / ils laissent les portes ;
referunt in suas sedes / ils reportent *chacune* à sa place
signa, / les enseignes,
congregata in unum locum / réunies en un-seul lieu
principio seditionis. / au commencement de la sédition
XXIX. Die orto, / XXIX. Le jour levé,
et concione vocata, / et l'assemblée convoquée,
Drusus, / Drusus,
quanquam rudis dicendi, / quoique inhabile à parler,
nobilitate ingenita, / *cependant* avec une noblesse naturelle,
incusat priora, / se plaint des premiers *actes*;

præsentia : negat « se terrore et minis vinci; flexos ad modestiam si videat, si supplices audiat, scripturum patri, ut
placatus legionum preces exciperet. » Orantibus, rursum idem
Blæsus et L. Apronius, eqves romanus e cohorte Drusi,
Justusque Catonius, primi ordinis centurio[1], ad Tiberium
mittuntur. Certatum inde sententiis, quum alii « opperiendos
legatos, atque interim comitate permulcendum militem » censerent; alii, « fortioribus remediis agendum : nihil in vulgo
modicum; terrere, ni paveant; ubi pertimuerint, impune
contemni : dum superstitio urgeat, adjiciendos ex duce metus,
sublatis seditionis auctoribus. » Promptum ad asperiora ingenium Druso erat : vocatos Vibulenum et Percennium interfici
jubet. Tradunt plerique intra tabernaculum ducis obrutos,
alii corpora extra vallum abjecta ostentui.

XXX. Tum, ut quisque præcipuus turbator, conquisiti : et
pars, extra castra palantes, a centurionibus aut prætoriarum

passé, se loue du présent, leur déclare « que les menaces et la terreur
ne peuvent le fléchir, mais que, les voyant respectueux et suppliants,
il écrira à son père d'oublier leurs fautes et de condescendre à leurs
vœux. » Sur leur prière, on députa une seconde fois vers l'empereur
le fils de Blésus avec L. Apronius, chevalier romain de la suite de
Drusus, et Justus Catonius, centurion d'une première compagnie.
Les avis étaient partagés : les uns voulaient qu'on attendît les députés, et que, dans l'intervalle, on achevât de ramener les soldats par
la douceur; d'autres opinaient pour des remèdes plus violents, disant
« que la multitude est toujours extrême; qu'elle menace, si elle ne
tremble; qu'une fois intimidée, on la brave impunément; qu'aux
terreurs religieuses il fallait ajouter la crainte de l'autorité, et se
défaire des chefs de la révolte. » Les partis rigoureux flattaient le
penchant de Drusus. Il mande Percennius et Vibulénus, et les fait
tuer. Plusieurs rapportent qu'on les enterra secrètement dans la
tente du général; d'autres, que leurs corps furent exposés hors des
retranchements, à la vue des soldats.

XXX. On recherche ensuite les principaux artisans des troubles.
Une partie errait hors du camp; ils furent massacrés par les centu-

probat præsentia :
approuve *ceux* du-moment :

negat « se vinci
il nie « lui être vaincu

terrore et minis;
par la terreur et les menaces;

si videat
mais s'il voit *eux*

flexos ad modestiam,
tournés à la modération,

si audiat supplices,
s'il entend *eux* suppliants,

scripturum patri,
il dit lui devoir écrire à *son* père,

ut exciperet placatus
pour qu'il accueillît apaisé

preces legionum. »
les prières des légions. »

Orantibus, idem Blæsus
Eux priant, le même Blésus

et L. Apronius,
et L. Apronius,

eques romanus
chevalier romain

e cohorte Drusi,
de la cohorte de Drusus,

Justusque Catonius,
et Justus Catonius,

centurio primi ordinis,
centurion d'une première compagnie,

mittuntur rursum
sont envoyés une-seconde-fois

ad Tiberium.
vers Tibère.

Inde certatum sententiis,
Ensuite on lutta (se partagea) d'avis,

quum alii censerent
tandis que les uns opinaient

« legatos opperiendos,
« les députés devoir être attendus,

atque interim militem
et en-attendant le soldat

permulcendum comitate; »
devoir être gagné par la douceur;

alii, « agendum,
les autres, « falloir agir

remediis fortioribus :
par des remèdes plus violents :

nihil modicum in vulgo;
rien de moyen dans la multitude;

terrere, ni paveant;
elle effrayer, si elle ne tremble;

ubi pertimuerint,
dès qu'elle a eu-peur,

contemni impune :
elle être méprisée impunément :

dum superstitio urgeat,
pendant que la superstition presse *eux,*

metus ex duce adjiciendos,
les craintes du chef devoir être ajoutées,

auctoribus seditionis
les auteurs de la sédition

sublatis. »
étant exterminés. »

Ingenium erat Druso
Un caractère était à Drusus

promptum ad asperiora :
prompt aux *partis* plus violents :

jubet
il ordonne

Vibulenum et Percennium
Vibulénus et Percennius

vocatos interfici.
étant appelés être tués.

Plerique tradunt obrutos
La plupart rapportent *eux avoir été* enfouis

intra tabernaculum ducis,
dans la tente du général,

alii corpora abjecta
d'autres *leurs* corps *avoir été* jetés

extra vallum ostentui.
hors du retranchement en spectacle.

XXX. Tum conquisiti
XXX. Alors *furent* recherchés *les autres,*

ut quisque
selon que chacun

præcipuus turbator :
avait été le principal moteur-du-trouble :

et pars,
et une partie,

palantes extra castra,
errant hors du camp,

cæsi a centurionibus
furent massacrés par les centurions

cohortium militibus cæsi ; quosdam ipsi manipuli, documentum
fidei, tradidere. Auxerat militum curas præmatura hiems,
imbribus continuis adeoque sævis, ut non egredi tentoria,
congregari inter se, vix tutari signa possent, quæ turbine
atque unda raptabantur : durabat et formido cœlestis iræ :
« nec frustra adversus impios hebescere sidera, ruere tem
pestates ; non aliud malorum levamentum, quam si linqueren'
castra infausta temerataque, et, soluti piaculo, suis quisque
hibernis redderentur. » Primum octava, dein quintadecima
legio, rediere. Nonanus opperiendas Tiberii epistolas clami-
taverat : mox, desolatus aliorum discessione, imminentem
necessitatem sponte prævenit : et Drusus, non exspectato
legatorum regressu, quia præsentia satis consederant, in
Urbem rediit.

XXXI. Iisdem ferme diebus, iisdem causis, germanicæ
legiones turbatæ, quanto plures, tanto violentius ; et magna

rions ou par les prétoriens. Les légionnaires eux mêmes, pour preuve
de leur fidélité, en livrèrent quelques-uns. Cette année, l'hiver fut
prématuré ; des pluies continuelles, impétueuses, empêchaient les
soldats de sortir de leurs tentes, de se rassembler ; à peine pouvaient
ils défendre leurs enseignes contre la violence des ouragans et des
torrents : tout cela redoublait leurs alarmes. Encore frappés de la
crainte du courroux céleste, ils se disaient « que nécessairement des
impies faisaient pâlir les astres, attiraient les tempêtes ; que l'unique
remède était d'abandonner un camp sinistre, souillé par tant de forfaits, et, après les avoir expiés, de regagner chacun leurs quartiers
d'hiver. » La huitième légion partit d'abord, puis la quinzième. La
neuvième insistait pour qu'on attendît la réponse de Tibère ; mais,
privée d'appui par le départ des autres, elle prévint d'elle-même
une nécessité inévitable ; et Drusus, voyant la tranquillité rétablie,
reprit le chemin de Rome sans attendre le retour des députés.

XXXI. Presque dans le même temps et pour les mêmes causes, les
légions de Germanie s'agitèrent plus violemment encore, étant plus

aut militibus	ou *par* les soldats
cohortium prætoriarum ;	des cohortes prétoriennes ;
manipuli ipsi	les manipules eux-mêmes
tradidere quosdam ,	*en* livrèrent quelques-uns,
documentum fidei.	*comme* gage de *leur* fidélité.
Hiems præmatura	Un hiver prématuré
auxerat curas militum ,	avait augmenté les alarmes des soldats
imbribus continuis	par des pluies continuelles
adeoque sævis ,	et tellement affreuses,
ut non possent	qu'ils ne pouvaient
egredi tentoria ,	sortir des tentes,
congregari inter se,	se rassembler entre eux,
vix tutari signa,	à peine préserver les enseignes,
quæ raptabantur	qui étaient emportées
turbine atque unda :	par les tourbillons et par l'eau :
et formido iræ cœlestis	et la crainte de la colère céleste
durabat :	durait *encore* :
« nec sidera hebescere ,	*ils pensaient* « ni les astres s'obscurcir,
tempestates ruere	*ni* les tempêtes se déchaîner
frustra adversus impios;	en vain contre des impies ;
non aliud levamentum	pas d'autre soulagement *n'être*
malorum ,	de (à) *leurs* maux ,
quam si linquerent castra	que s'ils quittaient un camp
infausta temerataque ,	funeste et souillé,
et, soluti piaculo,	et *si*, délivrés d'un crime-à-expier.
redderentur quisque	ils étaient rendus chacun
suis hibernis. »	à son quartier-d'hiver. »
Primum octava legio,	D'abord la huitième légion ,
dein quintadecima, rediere.	puis la quinzieme, revinrent.
Nonanus clamitaverat	Le soldat-de-la-neuvième avait répété
epistolas Tiberii	des lettres de Tibère
opperiendas :	devoir être attendues ;
mox , desolatus	bientôt , laissé-seul ,
discessione aliorum ,	par le départ des autres ,
prævenit sponte	il prévint de *son propre* gré
necessitatem imminentem:	la nécessité qui *le* menaçait :
et Drusus ,	et Drusus ,
regressu legatorum	le retour des députés
non exspectato ,	n'étant point attendu,
quia præsentia	parce que les *circonstances* présentes
consederant satis	s'étaient calmées assez,
rediit in Urbem.	revint à la ville (à Rome).
XXXI. Ferme	XXXI. Presque
iisdem diebus ,	dans les mêmes jours,
iisdem causis ,	par les mêmes causes,
legiones Germanicæ	les légions de-Germanie
turbatæ	*furent* troublées

spe, fore ut Germanicus Cæsar imperium alterius pati ne-
quiret, daretque se legionibus vi sua cuncta tracturis. Duo
apud ripam Rheni exercitus erant : cui nomen superiori, sub
C. Silio legato; inferiorem A. Cæcina curabat. Regimen
summæ rei penes Germanicum, agendo Galliarum censui tum
intentum. Sed, quibus Silius moderabatur, mente ambigua
fortunam seditionis alienæ speculabantur; inferioris exercitus
miles in rabiem prolapsus est, orto ab unaetvicesimanis quin-
tanisque initio, et tractis prima quoque ac vicesima legionibus;
nam iisdem æstivis, in finibus Ubiorum, habebantur per
otium aut levia munia. Igitur, audito fine Augusti, vernacula
multitudo[1], nuper acto in Urbe delectu, lasciviæ sueta, laborum
intolerans, implere ceterorum rudes animos[2]. «Venisse tempus, quo veterani maturam missionem, juvenes largiora

nombreuses. Elles se flattaient d'ailleurs que Germanicus, trop fier
pour souffrir un maître. se donnerait aux légions, qui par leur force
entraîneraient tout l'empire. Deux armées étaient sur le Rhin : l'une,
appelée supérieure, avait pour chef C. Silius ; l'autre, l'inférieure,
obéissait à A. Cécina. Le commandement général appartenait à Germanicus, qu'occupait alors la répartition du tribut des Gaules. L'armée de Silius, encore irrésolue, attendait l'événement; mais, dans
l'autre, le soldat poussa l'emportement jusqu'à la rage. La vingt
et unième et la cinquième légion éclatèrent d'abord, et entraînèrent
la première et la vingtième. Toutes les quatre étaient campées sur les
frontières des Ubiens, désœuvrées ou trop faiblement occupées. Sitôt qu'on eut appris la mort d'Auguste, une foule de gens du peuple,
enrôlés depuis peu dans Rome, et qui, accoutumée à la licence d'une
grande ville, ne pouvait supporter le travail, se mit à remplir de
vaines prétentions l'esprit grossier et crédule du soldat. « Le temps
était venu, pour les vétérans, de hâter leur congé; pour les jeunes

tanto violentius,	d'autant plus violemment,
quanto plures ;	qu'elles *étaient* plus nombreuses ;
et magna spe, fore ut	et par le grand espoir, devoir arriver que
Germanicus Cæsar	Germanicus César
nequiret pati	ne-pourrait subir
imperium alterius,	l'autorité d'un autre,
seque daret legionibus	et se donnerait aux légions
tracturis cuncta sua vi.	qui entraîneraient tout par leur force.
Duo exercitus erant	Deux armées étaient
apud ripam Rheni :	sur la rive du Rhin :
cui nomen superiori,	*celle* à qui *était* le nom *de* supérieure,
sub legato C. Silio ;	sous le lieutenant C. Silius :
A. Cæcina curabat	A. Cécina commandait
inferiorem.	*celle dite* inférieure. [semble
Regimen rei summæ	La direction des opérations dans-leur-en-
penes Germanicum,	*était* au pouvoir de Germanicus,
tum intentum	alors occupé
agendo censui Galliarum.	de faire le recensement des Gaules.
Sed, quibus	Mais, *ceux* que
Silius moderabatur,	Silius dirigeait,
speculabantur	observaient
mente ambigua	d'un esprit irrésolu
fortunam seditionis alienæ;	la fortune de la sédition des-autres :
miles exercitus inferioris	*quant au* soldat de l'armée inférieure
prolapsus est in rabiem,	il se-laissa-aller à la rage,
initio orto	le commencement étant venu
ab unaetvicesimanis	de ceux-de-la-vingt-unième
quintanisque,	et de ceux-de-la-cinquième,
et prima quoque	et la première aussi
ac vicesima legionibus	et la vingtième légion
tractis ;	ayant été entraînées ;
nam habebantur	car elles étaient tenues *toutes*
iisdem æstivis,	dans le même *camp* d'-été,
in finibus Ubiorum,	sur les frontières des Ubiens,
per otium	dans l'oisiveté
aut munia levia.	ou dans un service peu-important.
Igitur, fine Augusti	Donc, la mort d'Auguste
audito,	étant apprise,
multitudo vernacula,	une multitude de-gens-du-peuple,
delectu acto nuper	*provenant* d'une levée faite naguère
in Urbe,	dans la ville (à Rome),
sueta lasciviæ,	accoutumée à la licence,
intolerans laborum,	incapable-de-supporter les travaux,
implere	*se mit* à remplir (exciter)
animos rudes ceterorum.	les esprits grossiers des autres.
« Tempus venisse,	« Le temps être venu,
quo veterani exposcerent	où les vétérans devaient demander

stipendia, cuncti modum miseriarum exposcerent, sævitiamque
centurionum ulciscerentur. » Non unus hæc, ut pannonicas
inter legiones Percennius, nec apud trepidas militum aures,
alios validiores exercitus respicientium, sed multa seditionis
ora vocesque : « Sua in manu sitam rem romanam, suis
victoriis augeri rempublicam, in suum cognomentum adscisci
imperatores. »

XXXII. Nec legatus obviam ibat; quippe plurium vecordia
constantiam exemerat. Repente lymphati, destrictis gladiis,
in centuriones invadunt : ea vetustissima militaribus odiis
materies, et sæviendi principium : prostratos verberibus
mulctant, sexageni singulos, ut numerum centurionum
adæquarent. Tum convulsos laniatosque, et partim exanimos,
ante vallum aut in amnem Rhenum projiciunt. Septimius,
quum perfugisset ad tribunal pedibusque Cæcinæ advolveretur, eo usque flagitatus est, donec ad exitium dederetur.
Cassius Chærea, mox cæde C. Cæsaris memoriam apud

soldats, d'exiger une plus forte paye; pour tous, d'obtenir un terme
à leur misère et de punir la cruauté des centurions. » Et ces discours,
ce n'était point un seul homme qui les débitait, comme Percennius
parmi les légions de Pannonie, à des oreilles craintives, au milieu
d'une armée qui en voyait derrière elle de plus puissantes : ici la
sédition avait mille bouches, mille voix, qui répétaient « que les
légions germaniques faisaient seules le destin de l'empire, que leurs
victoires en reculaient les bornes, que les généraux empruntaient
d'elles leur surnom. »

XXXII. Et le lieutenant ne s'opposait à rien; car leur nombre et
leur rage lui ôtaient toute sa fermeté. Tout à coup ces furieux se jettent, l'épée à la main, sur les centurions, de tout temps l'objet de la
haine du soldat et ses premières victimes, ils les renversent, les
chargent de coups, se réunissant soixante contre un seul, parce qu'il
y avait soixante centurions par légion; puis ils les déchirent, les
mettent en pièces, et les jettent, morts la plupart, devant les retranchements ou dans le Rhin. Septimius s'était réfugié dans le tribunal, et s'y roulait aux pieds de Cécina; les soldats l'y poursuivent
avec tant d'acharnement, que le lieutenant fut obligé de le livrer à
leur rage. L'intrépide Chéréa, si célèbre depuis dans la postérité

missionem maturam, — un congé prompt,
juvenes stipendia largiora, — les jeunes des payes plus abondantes,
cuncti modum miseriarum, — tous une mesure de (à) *leurs* misères
ulciscerenturque — et devaient se venger
sævitiam centurionum. » — de la cruauté des centurions. »
Non unus hæc, — *Ce n'était* pas un-seul *qui disait* cela,
ut Percennius — comme Percennius
inter legiones pannonicas, — parmi les légions de-Pannonie,
nec apud aures trepidas — ni aux oreilles craintives
militum, respicientium — de soldats, qui-voyaient-derrière *eux*
alios exercitus validiores, — d'autres armées plus fortes,
sed multa ora — mais nombreuses *étaient* les bouches
vocesque seditionis : — et les voix de la sédition :
« In sua manu sitam — « Dans leur main *être* placé
rem romanam, — l'empire romain,
suis victoriis augeri — par leurs victoires être agrandie
rempublicam, — la république,
in cognomentum suum — à un surnom tiré-d'eux
adscisci imperatores. » — être admis les généraux. »
  XXXII. Nec legatus —   XXXII. Et le lieutenant
ibat obviam ; — n'allait pas contre ;
quippe vecordia plurium — car la fureur du plus-grand-nombre
exemerat constantiam. — *lui* avait ôté la fermeté.
Repente lymphati, — Tout à coup furieux,
gladiis districtis, — les glaives tirés,
invadunt in centuriones : — ils se jettent sur les centurions :
ea vetustissima materies — *c'était* la plus ancienne matière
odiis militaribus, — pour les haines des-soldats,
et principium sæviendi : — et le commencement d'être furieux :
mulctant verberibus — ils frappent de coups
prostratos, — *eux* terrassés,
sexageni singulos, — soixante *en frappent* un,
ut adæquarent — afin qu'ils égalassent
numerum centurionum. — le nombre des centurions.
Tum projiciunt ante vallum — Alors ils jettent devant le retranchement
aut in amnem Rhenum — ou dans le fleuve *du* Rhin
convulsos laniatosque, — *eux* tiraillés et déchirés,
et partim exanimos. — et en partie sans-vie.
Quum Septimius — Comme Septimius
perfugisset ad tribunal — s'était réfugié vers le tribunal
advolvereturque — et *qu'il* se roulait
pedibus Cæcinæ, — aux pieds de Cécina,
est flagitatus usque eo, — il fut réclamé jusqu'à ce *point*,
donec dederetur — jusqu'à ce qu'il fût livré
ad exitium. — pour la mort.
Cassius Chærea, — Cassius Chéréa,
adeptus mox memoriam — qui acquit bientôt un souvenir

posteros adeptus, tum adolescens [1] et animi ferox, inte
obstantes et armatos ferro viam patefecit. Non tribunus ultra,
non castrorum præfectus jus obtinuit : vigilias, stationes, et si
qua alia præsens usus indixerat, ipsi partiebantur. Id militares
animos altius conjectantibus præcipuum indicium magni atque
implacabilis motus, quod neque disjecti, nec paucorum instinctu [2], sed pariter ardescerent, pariter silerent; tanta æqualitate et constantia, ut regi crederes.

XXXIII. Interea Germanico per Gallias, ut diximus, census
accipienti, excessisse Augustum affertur. Neptem ejus Agrippinam in matrimonio, pluresque ex ea liberos habebat. Ipse
Druso, fratre Tiberii, genitus, Augustæ nepos; sed anxius
occultis in se patrui aviæque odiis, quorum causæ acriores,
quia iniquæ [3] : quippe Drusi magna apud populum romanum
memoria, credebaturque, si rerum potitus foret, libertatem

par le meurtre de C. César, mais jeune alors, se fit jour avec le fer
au milieu des glaives de ces forcenés. Dès ce moment, ils ne recon-
naissent plus ni tribun ni préfet de camp; ils assignent eux-mêmes
tous les postes, placent les sentinelles, et se partagent tous les soins
que leur sûreté demande. Il y avait surtout, pour qui connaissait
mieux l'esprit du soldat, un indice que l'orage serait violent et du
rable, c'est qu'au lieu de s'agiter en désordre et à la voix de quelques factieux, tous éclataient, tous se taisaient à la fois, avec un
accord si parfait, si constant, qu'on l'eût cru commandé.

XXXIII. Cependant Germanicus, occupé, comme nous l'avons dit,
à recueillir le tribut des Gaules, reçoit la nouvelle de la mort d'Au
guste. Il avait épousé sa petite-fille Agrippine, dont il avait plusieurs
enfants. Il était fils de Drusus, neveu de Tibère, et petit-fils d'Augusta; mais ces titres ne le rassuraient pas contre la haine secrète
de son oncle et de son aïeule, haine d'autant plus ardente qu'elle
était injuste. La mémoire de Drusus était grande auprès des Romains,
et l'on croyait que, s'il fût parvenu à l'empire, il eût rétabli la li-

apud posteros	chez les descendants
cæde C. Cæsaris,	par le meurtre de C. César (Caligula),
tum adolescens	alors jeune
et ferox animi,	et brave de cœur,
patefecit viam ferro	s'ouvrit un chemin par le fer
inter obstantes et armatos.	au milieu d'eux s'opposant et armés.
Non tribunus,	Ni tribun,
non præfectus castrorum	ni préfet de camp
obtinuit jus ultra :	ne posseda (n'exerça) son droit au delà:
partiebantur ipsi	ils distribuaient eux-mêmes
vigilias, stationes,	les sentinelles, les postes,
et si usus præsens	et si le besoin du-moment
indixerat qua alia.	avait prescrit quelques autres mesures.
Conjectantibus altius	Pour ceux qui devinent plus profondément
animos militares	les esprits des-soldats
id præcipuum indicium	cela était le principal indice
motus	d'un mouvement
magni atque implacabilis,	grand et implacable,
quod neque disjecti,	que ni dispersés,
nec instinctu paucorum,	ni à l'instigation d'un-petit-nombre,
sed pariter ardescerent,	mais tous à la fois s'échauffaient,
silerent pariter ;	se taisaient à la fois,
tanta æqualitate	avec tant d'uniformité
et constantia,	et de constance,
ut crederes regi.	que vous eussiez cru eux être dirigés.
XXXIII. Interea	XXXIII. Cependant
Germanico accipienti	à Germanicus qui recevait
census per Gallias,	les impôts dans les Gaules,
ut diximus,	comme nous avons dit,
affertur	est apportée la nouvelle
Augustum excessisse.	Auguste être mort.
Habebat in matrimonio	Il avait en mariage
Agrippinam neptem ejus,	Agrippine petite-fille de lui,
pluresque liberos ex ea.	et plusieurs enfants nés d'elle.
Ipse genitus Druso,	Lui-même était né de Drusus,
fratre Tiberii,	frère de Tibère,
nepos Augustæ ;	et petit-fils d'Augusta ;
sed anxius odiis occultis	mais inquiet par les haines secrètes
patrui aviæque in se,	de son oncle et de son aïeule contre lui,
quorum causæ acriores,	dont les causes étaient plus actives,
quia iniquæ :	parce qu'elles étaient injustes :
quippe memoria Drusi	en effet la mémoire de Drusus
magna	était grande
apud populum romanum,	dans le peuple romain,
credebaturque,	et il était cru,
si foret potitus rerum,	s'il eût été-maître des affaires,
redditurus libertatem ;	avoir dû rendre la liberté :

redditurus; unde in Germanicum favor, et spes eadem. Nam
juveni civile ingenium, mira comitas, et diversa a Tiberii
sermone, vultu, arrogantibus et obscuris. Accedebant muliebres offensiones, novercalibus Liviæ in Agrippinam stimulis;
atque ipsa Agrippina paulo commotior : nisi quod castitate
et mariti amore, quamvis indomitum, animum in bonum
vertebat.

XXXIV. Sed Germanicus, quanto summæ spei propior,
tanto impensius pro Tiberio niti. Sequanos proximos et Belgarum civitates [1] in verba ejus adigit. Dehinc, audito legionum
tumultu, raptim profectus, obvias extra castra habuit, dejectis in terram oculis, velut pœnitentia. Postquam vallum iniit,
dissoni questus audiri cœpere : et quidam, prensa manu ejus
per speciem osculandi [2], inseruerunt digitos, ut vacua dentibus ora contingeret; alii curvata senio membra ostendebant.
Assistentem concionem, quia permixta videbatur, « discedere

berté. De là leur affection pour Germanicus, qui donnait les mêmes
espérances. En effet le jeune César avait l'esprit populaire et des
manières affables qui contrastaient merveilleusement avec l'air et le
langage de Tibère, si hautains et si mystérieux. A cela se joignaient encore quelques ressentiments de femmes, produits par les
animosités de la marâtre Livie contre Agrippine; et Agrippine elle-
même n'était point exempte d'emportements; mais sa chasteté et son
amour pour son mari donnaient à ce caractère indomptable une heureuse direction.

XXXIV. Mais plus Germanicus pouvait prétendre au rang suprême, plus il s'efforçait d'y affermir Tibère Il lui fit d'abord prêter
serment par les cités les plus voisines, celles des Séquanes et des
Belges. Puis, apprenant la révolte des légions, il part en diligence.
Il rencontre à quelque distance du camp les soldats, dont les regards
baissés vers la terre semblaient annoncer le repentir. Dès qu'il est
entré dans l'enceinte, des murmures confus commencent à s'élever;
quelques-uns lui prennent la main comme pour la baiser, et, mettant ses doigts dans leur bouche, lui font toucher leurs gencives
dépouillées de leurs dents; d'autres lui montrent leurs corps courbés
par la vieillesse. Tout le monde était assemblé pêle-mêle : il leur

unde favor, et eadem spes
in Germanicum.
Nam juveni
ingenium civile,
comitas mira,
et diversa a sermone,
vultu Tiberii,
arrogantibus et obscuris.
Accedebant
offensiones muliebres,
stimulis novercalibus
Liviæ in Agrippinam;
atque Agrippina ipsa
paulo commotior :
nisi quod castitate
et amore mariti
vertebat in bonum
animum,
quamvis indomitum.
XXXIV. Sed Germanicus
niti pro Tiberio
tanto impensius,
quanto propior
summæ spei.
Adigit in verba ejus
Sequanos proximos
et civitates Belgarum.
Dehinc profectus raptim,
tumultu legionum audito,
habuit obvias
extra castra,
oculis dejectis in terram,
velut pœnitentia.
Postquam iniit vallum,
questus dissoni
cœpere audiri :
et quidam,
manu ejus prensa
per speciem osculandi,
inscruerunt digitos,
ut contingeret ora
vacua dentibus ;
alii ostendebant membra
curvata senio.
Jubet concionem
assistentem,
quia videbatur permixta,

d'où *même* faveur, et même espérance
à l'égard de Germanicus.
Car à *ce* jeune *prince*
était un esprit populaire,
une affabilité merveilleuse,
et *bien* différente du langage,
de l'air de Tibère,
qui étaient arrogants et mystérieux.
Se joignaient *à cela*
des ressentiments de-femme,
par suite des animosités de-marâtre
de Livie contre Agrippine ;
et Agrippine elle-même
était un peu trop emportée :
si ce n'est que par *sa* chasteté
et par *son* amour pour *son* mari
elle tournait à bien
ce caractère,
quoique indomptable.
XXXIV. Mais Germanicus
de s'efforcer pour Tibère
avec-d'autant-plus-d'ardeur,
qu'*il était* plus près
des plus grandes espérances.
Il contraint au serment de lui (Tibère)
les Séquanes *qui étaient* les plus proches
et les cités des Belges.
Puis parti en hâte,
la révolte des légions étant apprise,
il *les* eut (trouva) sur-*son*-passage
hors du camp,
les yeux baissés vers la terre,
comme par repentir.
Quand il fut entré-dans le retranchement
des plaintes discordantes
commencèrent à être entendues :
et certains,
la main de lui étant prise
sous prétexte de *la* baiser,
introduisirent *ses* doigts *dans leurs bouches*
afin qu'il touchât *leurs* bouches
vides de dents ;
d'autres *lui* montraient *leurs* membres
courbés par la vieillesse.
Il ordonne l'assemblée
qui-était-là,
parce qu'elle paraissait confuse,

in manipulos » jubet, « sic melius audituros responsum ; vexilla
præferri [1], ut id saltem discerneret cohortes : » tarde obtemperavere. Tunc, a veneratione Augusti orsus, flexit ad victorias
triumphosque Tiberii, præcipuis laudibus celebrans quæ apud
Germanias, illis cum legionibus, pulcherrima fecisset. Italiæ
inde consensum, Galliarum fidem extollit ; nil usquam turbidum aut discors.

XXXV. Silentio hæc, vel murmure modico audita sunt : ut
seditionem attigit, ubi modestia militaris, ubi veteris disciplinæ decus, quonam tribunos, quo centuriones exegissent,
rogitans, nudant universi corpora, cicatrices ex vulneribus,
verberum notas exprobrant ; mox, indiscretis vocibus, pretia
vacationum, angustias stipendii, duritiam operum, ac propriis
nominibus incusant vallum, fossas, pabuli, materiæ, lignorum aggestus, et si qua alia ex necessitate aut adversus otium

ordonne « de se former par compagnies ; qu'ils entendront mieux sa
réponse ; de prendre les drapeaux, qu'au moins il distinguera les
cohortes. » On obéit, mais lentement. Alors, commençant par
l'éloge d'Auguste, il passe aux victoires et aux triomphes de Tibère ; il exalte surtout les belles campagnes de son oncle dans cette
même Germanie, avec ces mêmes légions ; il leur peint l'Italie
unanime, les Gaules fidèles, partout la concorde ou la soumission.

XXXV. Ces paroles furent entendues en silence, ou tout au plus
avec un faible murmure. Mais lorsque, venant à la sédition, il leur
demanda ce qu'était devenue la subordination militaire, où était
l'honneur de l'ancienne discipline, ce qu'ils avaient fait de leurs
tribuns, de leurs centurions ; alors, se dépouillant tous à la fois, ils
lui montrent les cicatrices de leurs blessures, les traces des coups
de verges : puis, avec des clameurs confuses, ils se plaignent de la
cherté des exemptions, de la modicité de la solde, de la dureté des
travaux, les spécifiant tous par leur nom : fossés, retranchements,
transports de fourrage, de bois et de matériaux, enfin tous les ouvrages qu'on ordonne pour les besoins du service ou contre l'oisiveté

« discedere in manipulos,
sie audituros melius
responsum ;
vexilla præferri,
ut id saltem
discerneret cohortes : »
obtemperavere tarde.
Tunc, orsus
a veneratione Augusti,
flexit ad victorias
triumphosque Tiberii,
celebrans
præcipuis laudibus
quæ fecisset pulcherrima
apud Germanias,
cum illis legionibus.
Inde extollit
consensum Italiæ,
fidem Galliarum ;
usquam nil turbidum
aut discors.
XXXV. Hæc sunt audita
silentio,
vel modico murmure :
ut attigit seditionem,
rogitans,
ubi modestia militaris,
ubi decus veteris disciplinæ,
quonam exegissent
tribunos,
quo centuriones,
universi nudant corpora,
exprobrant
cicatrices ex vulneribus,
notas verberum ;
mox, vocibus indiscretis,
incusant pretia
vacationum,
angustias stipendii,
duritiam operum,
ac propriis nominibus
vallum, fossas,
aggestus pabuli,
materiæ, lignorum,
et si qua alia quæruntur
ex necessitate
ut adversus otium

« se séparer en compagnies,
eux ainsi devoir entendre mieux
sa réponse ;
les enseignes être portées-en-avant,
afin que cela du moins
distinguât les cohortes : »
ils obéirent lentement.
Alors, ayant commencé
par un hommage de (à) Auguste,
il passa aux victoires
et aux triomphes de Tibère,
célébrant
par les principales louanges
les choses qu'il avait faites les plus belles
dans les Germanies,
avec ces légions-là.
Ensuite il exalte
l'accord de l'Italie,
la fidélité des Gaules ;
nulle part rien de troublé
ou de désuni.
XXXV. Ces paroles sont écoutées
en silence,
ou avec un léger murmure :
dès qu'il eut touché à la sédition,
demandant-avec-instance,
où était la retenue militaire,
où l'honneur de l'ancienne discipline,
ou donc ils avaient jeté
les tribuns,
où les centurions,
tous-ensemble mettent-à-nu leurs corps,
montrent-avec-reproches
les cicatrices de leurs blessures,
les marques des verges ;
bientôt, avec des voix confuses
ils accusent les prix
des exemptions,
l'insuffisance de la solde,
la dureté des travaux,
et par leurs propres noms
le retranchement, les fossés,
les transports de fourrage,
de matériaux, de bois,
et si quelques autres choses sont exigées
par suite de la nécessité
ou contre l'oisiveté

castrorum quæruntur. Atrocissimus veteranorum clamor oriebatur, qui, tricena aut supra stipendia numerantes, « mede-
retur fessis, neu mortem in iisdem laboribus, sed finem tam
exercitæ militiæ, neque inopem requiem, » orabant : fuere
etiam qui legatam a divo Augusto pecuniam reposcerent, fau-
stis in Germanicum ominibus ; et, si vellet imperium, promptos ostentavere[1]. Tum vero, quasi scelere contaminaretur,
præceps tribunali desiluit ; opposuerunt abeunti arma, mini-
tantes ni regrederetur. At ille, moriturum potius quam fidem
exueret clamitans, ferrum a latere deripuit, elatumque defe-
rebat in pectus, ni proximi prensam dextram vi attinuissent :
extrema et conglobata inter se pars concionis, ac, vix credibile dictu, quidam singuli propius incedentes, feriret horta-
bantur ; et miles, nomine Calusidius, strictum obtulit gladium,
addito acutiorem esse. Sævum id malique moris, etiam furen-

des camps. Les vétérans surtout, ceux qui comptaient trente ans de
service ou au delà, criaient avec le plus d'emportement, qu'on sou-
lageât leurs maux ; que la mort ne fût point le terme de travaux
aussi pénibles ; qu'ils obtinssent du moins pour leurs derniers jours
le repos et la subsistance. Il y en eut aussi qui réclamèrent le legs
d'Auguste, en ajoutant des vœux pour Germanicus, et l'offre de
leurs bras, s'il voulait l'empire. A ce mot, comme s'il se fût cru
souillé d'un crime, Germanicus s'élance de son tribunal, et veut
s'éloigner. Les soldats lui présentent la pointe de leurs armes et le
menacent s'il ne remonte ; mais lui, criant qu'il mourra plutôt que
de trahir sa foi, tire son épée, et il allait se l'enfoncer dans la poitrine, si ceux qui l'entouraient n'eussent saisi sa main avec force.
Des séditieux qui se pressaient à l'extrémité de l'assemblée, et dont
plusieurs, chose à peine croyable, s'avancèrent exprès hors de la
foule, l'exhortaient à frapper ; et un soldat nommé Calusidius lui
offrit son épée nue, en ajoutant qu'elle était mieux affilée. Le trait

castrorum.	des camps.
Clamor veteranorum	La clameur des vétérans
oriebatur atrocissimus,	s'élevait la plus terrible,
qui, numerantes	*eux* qui, comptant
tricena stipendia	*leurs* trente années-de-service
aut supra,	ou au-delà,
orabant « mederetur fessis,	*le* priaient « qu'il soulageât *eux* fatigués,
neu mortem	et ne pas *venir à eux* la mort
in iisdem laboribus,	dans les mêmes travaux,
sed finem militiæ	mais la fin d'une milice
tam exercitæ,	si laborieuse,
neque requiem inopem : »	et non un repos dénué-de-ressources : »
fuere etiam	il y *en* eut même
qui reposcerent pecuniam	qui réclamaient l'argent
legatam a divo Augusto,	légué par le divin Auguste,
ominibus faustis	avec des présages favorables
in Germanicum;	pour Germanicus;
et ostentavere promptos,	et ils *se* montrèrent prêts *à l'appuyer,*
si vellet imperium.	s'il voulait l'empire.
Tum vero, quasi	Mais alors, comme si
contaminaretur scelere,	il était souillé d'un crime,
desiluit præceps tribunali;	il s'élança précipitamment du tribunal;
opposuerunt arma	ils opposèrent *leurs* armes
abeunti,	à *lui* s'en allant,
minitantes	*le* menaçant
ni regrederetur.	s'il ne rebroussait-chemin.
At ille, clamitans	Mais celui-ci, s'écriant-avec-force
moriturum potius	*lui* devoir mourir plutôt
quam exueret fidem,	qu'il ne trahît *sa* foi,
deripuit ferrum a latere,	saisit-vivement le fer *pendu à son* côté
deferebatque elatum	et il *le* portait élevé
in pectus,	contre *sa* poitrine,
ni proximi	si les plus proches *de lui*
attinuissent vi	n'eussent retenu de force
dextram prensam :	*sa main* droite saisie :
pars concionis, extrema	une partie de l'assemblée, la plus éloigné
et conglobata inter se,	et *tout* amoncelée entre soi,
ac, vix credibile dictu,	et, chose à peine croyable à être dite,
quidam incedentes propius	quelques-uns s'avançant plus près
singuli, hortabantur,	un-à-un, *l'*exhortaient
feriret;	à ce qu'il *se* frappât;
et milos,	et un soldat,
Calusidius nomine,	Calusidius de nom,
btulit gladium strictum,	*lui* offrit *son* épée tirée,
addito	*cela* étant ajouté :
esse acutiorem.	*elle* être plus acérée.
Id visum sævum	Ceci parut cruel

tibus, visum ; ac spatium fuit quo Cæsar ab amicis in tabernaculum raperetur.

XXXVI. Consultatum ibi de remedio : etenim nuntiabatur
« parari legatos, qui superiorem exercitum ad causam eamdem
traherent ; destinatum excidio Ubiorum oppidum [1], imbutasque
præda manus in direptionem Galliarum erupturas. » Augebat
metum gnarus romanæ seditionis, et, si omitteretur ripa, invasurus hostis ; at, si auxilia et socii adversum abscedentes
legiones armarentur, civile bellum suscipi : periculosa severitas, flagitiosa largitio ; seu nihil militi, seu omnia concederentur [2], in ancipiti respublica. Igitur, volutatis inter se rationibus, placitum ut epistolæ nomine principis scriberentur :
« Missionem dari vicena stipendia meritis, exauctorari qui
senadena fecissent, ac retineri sub vexillo, ceterorum immunes, nisi propulsandi hostis ; legata quæ petiverant exsolvi
duplicarique. »

parut cruel et révoltant, même aux plus furieux, et il y eut un moment de relâche dont les amis de Germanicus profitèrent pour l'entraîner dans sa tente.

XXXVI. Là on tint conseil sur le choix des remèdes : on annon
çait en effet « que les séditieux préparaient une députation pour atti
rer dans leur parti l'armée du Haut-Rhin, qu'ils projetaient de sac
cager la ville des Ubiens, et que, les mains une fois souillées de
cette proie, ils se jetteraient sur les Gaules et y porteraient le ra
vage. » Pour surcroît d'alarmes, l'ennemi, instruit de nos discordes,
menaçait d'une invasion . si l'on abandonnait la rive. D'un autre
côté, en armant les auxiliaires et les alliés contre les légions rebelles,
on allumait la guerre civile. La rigueur était dangereuse, la condescendance honteuse : qu'on accordât ou qu'on refusât tout, l'empire
était également compromis. Enfin, après avoir balancé toutes les
raisons, on prit le parti de supposer une lettre de Tibère, laquelle
« accordait aux soldats le congé absolu après vingt ans, la vétérance
après seize, à condition de rester sous le drapeau, sans autre devoir
que de repousser l'ennemi ; quant au legs d'Auguste, qu'ils avaient
réclamé, il serait payé et porté au double. »

malique moris,
etiam furentibus;
ac fuit spatium
quo Cæsar raperetur
ab amicis in tabernaculum.
   XXXVI. Ibi consultatum
de remedio :
etenim nuntiabatur
« legatos parari,
qui traherent
ad eamdem causam
exercitum superiorem;
oppidum Ubiorum
destinatum excidio,
manusque imbutas præda
erupturas
in direptionem
Galliarum. »
Hostis gnarus
seditionis romanæ,
et invasurus,
si ripa omitteretur,
augebat metum;
at, si auxilia et socii
armarentur
adversum legiones
abscedentes,
bellum civile suscipi :
severitas periculosa,
largitio flagitiosa;
seu nihil, seu omnia
concederentur militi,
respublica in ancipiti.
Igitur, rationibus
volutatis inter se,
placitum ut epistolæ
scriberentur
nomine principis :
« Missionem dari
meritis vicena stipendia,
exauctorari
qui fecissent senadena,
ac retineri sub vexillo,
immunes ceterorum,
nisi propulsandi hostis;
legata quæ petiverant
exsolvi duplicarique. »

et de méchant caractère,
même à ces furieux,
et il y eut un intervalle de temps
dans lequel César fut entraîné
par ses amis dans sa tente.
   XXXVI. Là il fut délibéré
sur le remède à apporter :
en effet il était annoncé
« des députés être préparés,
qui entraîneraient
à la même cause
l'armée supérieure;
la ville des Ubiens
avoir été réservée à la ruine,
et ces bandes souillées de butin
devoir déborder
pour le pillage
des Gaules. »
L'ennemi instruit
de la sédition romaine,
et prêt à-envahir,
si la rive était abandonnée,
augmentait la crainte;
mais, si les auxiliaires et les alliés
étaient armés
contre les légions
qui se séparaient,
la guerre civile être entreprise :
la sévérité était périlleuse,
la concession ignominieuse;
soit que rien, soit que tout
fût accordé au soldat,
la république était dans un état critique.
Donc, les raisons
balancées entr'elles,
il plut (on fut d'avis) qu'une lettre
serait écrite
au nom du prince :
« Congé être donné
à ceux ayant servi vingt années-de-service,
ceux-là être réformés
qui en auraient fait seize,
et être retenus sous le drapeau
exempts de toutes les autres charges,
sinon de repousser l'ennemi;
les legs qu'ils avaient demandés
être acquittés et doublés. »

XXXVII. Sensit miles in tempus conficta, statimque flagitavit. Missio per tribunos maturatur; largitio differebatur in hiberna cujusque. Non abscessere quintani unaetvicesimanique, donec, iisdem in æstivis, contracta ex viatico amicorum ipsiusque Cæsaris pecunia persolveretur. Primam ac vicesimam legiones Cæcina legatus in civitatem Ubiorum reduxit, turpi agmine, quum fisci de imperatore rapti inter signa interque aquilas veherentur. Germanicus, superiorem ad exercitum profectus, secundam et tertiamdecimam et sextamdecimam legiones, nihil cunctatas, sacramento adigit. Quartadecumani paulum dubitaverant : pecunia et missio, quamvis non flagitantibus, oblata est.

XXXVIII. At in Chaucis cœptavere seditionem præsidium agitantes vexillarii discordium legionum [1], et præsenti duorum militum supplicio paulum repressi sunt. Jusserat id Mennius, castrorum præfectus, bono magis exemplo, quam concesso

XXXVII. Le soldat comprit que c'était une ruse pour gagner du temps, et demanda à être satisfait sur-le-champ. Les tribuns se hâtent de donner les congés; pour les largesses, on les remettait aux quartiers d'hiver. Mais la cinquième légion et la vingt et unième ne se retirèrent qu'après avoir été payées, dans ce même camp d'été, avec l'argent que César et ses amis avaient apporté pour leurs besoins personnels de voyage. Cécina ramena dans la ville des Ubiens la première légion et la vingtième : marche honteuse, où l'on portait, au milieu des enseignes et des aigles romaines, le trésor enlevé au général. Germanicus se rendit à l'armée supérieure pour recevoir son serment. La seconde légion, la treizième et la seizième le prêtèrent sans balancer. La quatorzième hésita quelque temps ; on lui offrit de l'argent et des congés, quoiqu'elle n'en eût pas demandé.

XXXVIII. Il y eut un commencement de sédition chez les Chauques, où les vexillaires des légions rebelles étaient en garnison. Le préfet de camp Mennius la réprima pour le moment, en faisant exécuter sur-le champ deux soldats. La nécessité d'un exemple,

XXXVII. Miles sensit conficta in tempus, flagitavitque statim. Missio maturatur per tribunos; largitio differebatur in hiberna cujusque. Quintani unaetvicesimanique non abscessere, donec, in iisdem æstivis, persolveretur pecunia contracta ex viatico amicorum Cæsarisque ipsius. Legatus Cæcina reduxit in civitatem Ubiorum primam ac vicesimam legiones; agmine turpi, quum fisci rapti de imperatore veherentur inter signa interque aquilas. Germanicus, profectus ad exercitum superiorem, adigit sacramento secundam et tertiamdecimam etsextamdecimam legiones, cunctatas nihil. Quartadecumani dubitaverant paulum : pecunia et missio est oblata, quamvis non flagitantibus.

XXXVII. Le soldat s'aperçut cela être imaginé pour le moment, et il exigea sur-le-champ. Le congé est donné-en-hâte par les tribuns; la gratification était différée jusqu'aux quartiers-d'hiver de chacun. Ceux-de-la-cinquième et ceux-de-la-vingt-et-unième ne se retirèrent pas, jusqu'à ce que, dans les mêmes quartiers-d'été, fût acquitté l'argent qui fut rassemblé sur la bourse-de-voyage des amis de César et de César lui-même. Le lieutenant Cécina ramena dans la cité des Ubiens la première et la vingtième légion; la marche étant honteuse, alors que les trésors enlevés sur le général étaient traînés au milieu des enseignes et au milieu des aigles. Germanicus, étant parti pour l'armée supérieure, astreint au serment la seconde et la treizième et la seizième légion, qui n'hésitèrent en rien. Ceux-de-la-quatorzième avaient balancé un peu : l'argent et le congé furent offerts à eux, quoique ne le demandant pas.

XXXVIII. At in Chaucis vexillarii legionum discordium agitantes præsidium captavere seditionem, et sunt repressi paulum supplicio præsenti duorum militum. Præfectus castrorum, Mennius jusserat id, magis bono exemplo,

XXXVIII. Mais chez les Chauques les vexillaires des légions rebelles tenant garnison commencèrent une sédition, et furent réprimés un peu par le supplice immédiat de deux soldats. Le préfet de camp, Mennius avait ordonné cela, plus pour le bon exemple,

jure : deinde, intumescente motu, profugus repertusque, postquam intutæ latebræ, præsidium ab audacia mutuatur : « Non
præfectum ab iis, sed Germanicum ducem, sed Tiberium imperatorem violari ; » simul, exterritis qui obstiterant, raptum
vexillum ad ripam vertit ; et, si quis agmine decessisset, pro
desertore fore clamitans, reduxit in hiberna turbidos, et nihil
ausos.

XXXIX. Interea legati ab senatu regressum jam apud Aram
Ubiorum [1] Germanicum adeunt. Duæ ibi legiones, prima atque vicesima, veteranique nuper missi sub vexillo biemabant.
Pavidos et conscientia vecordes intrat metus, venisse patrum
jussu, qui irrita facerent quæ per seditionem expresserant ;
utque mos vulgo quamvis falsis reum subdere, Munatium
Plancum, consulatu functum, principem legationis, auctorem
senatusconsulti incusant ; et, nocte concubia, vexillum in
domo Germanici situm flagitare occipiunt ; concursuque ad

plus que le pouvoir de sa place, l'y autorisait. Bientôt, l'orage grossissant, il s'enfuit et se cache ; mais, se voyant découvert, il cherche
son salut dans l'audace. « Ce n'est pas, leur dit-il, un préfet qu'ils
attaquent, c'est Germanicus leur général, c'est Tibère leur empereur. » Intimidant ceux qui lui résistent, il saisit l'étendard, le tourne
vers le fleuve, et, menaçant de traiter comme déserteur quiconque
s'écartera des rangs, il les ramène à leurs quartiers d'hiver, encore,
tout animés, mais n'ayant rien osé.

XXXIX. Cependant les envoyés du sénat trouvèrent Germanicus
déjà revenu à l'Autel des Ubiens. Deux légions, la première et la
vingtième, y étaient en quartier d'hiver, avec les soldats à qui on
venait d'accorder la vétérance. L'inquiétude naturelle à la mauvaise
conscience leur persuade que le sénat n'envoie ces députés que pour
révoquer les grâces qu'ils avaient extorquées par la sédition ; et
comme c'est la coutume de la multitude de fixer sur quelqu'un ses
soupçons, même mal fondés, ils accusent le consulaire Munatius
Plancus, chef de la députation, d'être l'auteur du sénatus-consulte.
Vers le milieu de la nuit, ils demandent à grands cris le drapeau
qu'on gardait dans la maison de Germanicus ; ils s'attroupent à sa

quam jure concesso : que par un droit accordé :
deinde, motu intumescente, ensuite, le mouvement grossissant,
profugus repertusque, fugitif et trouvé,
postquam latebræ intutæ, lorsque les retraites *sont* sans-sûreté,
mutuatur præsidium il emprunte du secours
ab audacia : à l'audace :
« Non præfectum *disant* « Non un préfet
violari ab iis, être outragé par eux,
sed ducem Germanicum, mais le général Germanicus,
sed mais
imperatorem Tiberium ; » l'empereur Tibère ; »
simul vertit ad ripam en même temps il tourne vers la rive
vexillum raptum, le drapeau saisi *par lui*,
qui obstiterant exterritis ; *ceux* qui avaient résisté ayant été effrayés ;
et clamitans, si quis et s'écriant, si quelqu'un
decessisset agmine, avait abandonné la troupe,
fore pro desertore, *celui-là* devoir être *pris* pour déserteur,
reduxit in hiberna il ramena dans *leurs* quartiers-d'hiver
turbidos, et ausos nihil. *eux* qui-avaient-peur et qui n'osèrent rien.
XXXIX. Interea XXXIX. Cependant
legati ab senatu les députés du sénat
adeunt Germanicum arrivent-auprès-de Germanicus
jam regressum déjà de-retour
apud Aram Ubiorum. auprès de l'Autel des Ubiens.
Ibi hiemabant Là hivernaient
duæ legiones, deux légions,
prima atque vicesima, la première et la vingtième,
veteranique nuper missi et les vétérans récemment congédiés
sub vexillo. *et qui restaient* sous le drapeau.
Metus intrat pavidos La crainte s'empare d'*eux* tremblants
et vecordes conscientia, et manquant-de-cœur par remords,
venisse jussu patrum être venus par l'ordre des sénateurs
qui facerent irrita *des gens* qui rendissent vain
quæ expresserant ce qu'ils avaient arraché
per seditionem ; par sédition ;
atque mos vulgo et comme *c'est* la coutume à la multitude
subdere reum de supposer un accusé
quamvis falsis, quoique pour des choses fausses,
incusant auctorem ils accusent *d'être* l'auteur
senatusconsulti du sénatus-consulte,
Munatium Plancum, Munatius Plancus,
functum consulatu, qui avait exercé le consulat,
principem legationis ; *et qui était* chef de l'ambassade ;
et, nocte concubia, et, la nuit étant avancée,
ccipiunt ils se mettent
agitare vexillum à demander le drapeau
'tum in domo Germanici · placé dans la maison de Germanicus ;

januam facto, moliuntur fores; extractum cubili Cæsarem tradere vexillum, intento mortis metu, subigunt. Mox, vagi per
vias, obvios habuere legatos, audita consternatione, ad Germanicum tendentes. Ingerunt contumelias; cædem parant,
Planco maxime, quem dignitas fuga impediverat; neque aliud
periclitanti subsidium quam castra primæ legionis. Illic, signa
et aquilam amplexus, religione sese tutabatur; ac. ni aquili-
fer Calpurnius vim extremam arcuisset, rarum etiam inter
hostes, legatus populi romani, romanis in castris, sanguine
suo altaria deum commaculavisset. Luce demum, postquam
dux et miles, et facta noscebantur, ingressus castra Germanicus, perduci ad se Plancum imperat, recipitque[1] in tribunal.
Tum fatalem increpans rabiem, neque militum, sed deum ira
resurgere, cur venerint legati aperit; jus legationis, atque

porte, l'enfoncent, arrachent Germanicus de son lit, et le forcent,
sous peine de la vie, de leur livrer ce drapeau. Ils se répandent ensuite dans les rues, rencontrent les députés qui, au premier bruit
du tumulte, étaient accourus vers Germanicus; ils les insultent et
veulent les massacrer. Plancus surtout, à qui sa dignité n'avait pas
permis de fuir, court le plus grand danger; il n'a de refuge que le
camp de la première légion. Il s'y jette sur l'aigle et sur les enseignes, qu'il tient embrassées, cherchant un vain appui dans la religion; et sans l'aquilifère Calpurnius, qui empêcha les dernières vio
lences, on eût vu, ce qui est rare même entre ennemis, dans un
camp romain, un ambassadeur du peuple romain souiller de son
sang les autels des dieux. Lorsque enfin le jour eut mis le général et
les soldats sous les yeux l'un de l'autre, et toutes les actions en vue,
Germanicus entre dans le camp; il se fait amener Plancus, et le reçoit à son tribunal. Là, déplorant le retour de cette rage fatale, dont
il accuse la colère des dieux bien plus que celle des soldats, il leur
apprend le sujet de la députation; il retrace avec une éloquence tou-
chante les priviléges des ambassadeurs, l'injustice et l'indignité du

concursuque facto	et un attroupement s'étant fait
ad januam,	à la porte,
moliuntur fores;	ils tâchent-d'enfoncer les portes;
subigunt Cæsarem	ils forcent César
extractum cubili	arraché du lit
tradere vexillum,	à livrer le drapeau,
metu mortis intento.	la crainte de la mort mise-devant *lui*.
Mox, vagi per vias,	Bientôt, errant par les rues,
habuere obvios legatos,	ils eurent à-*leur*-rencontre les députés,
tendentes ad Germanicum,	qui se rendaient vers Germanicus,
consternatione audita.	le tumulte ayant été entendu.
Ingerunt contumelias;	Ils lancent-sur *eux* des outrages;
parant cædem,	ils préparent le meurtre,
maxime Planco,	surtout contre Plancus,
quem dignitas	que *sa* dignité
impediverat fuga;	avait embarrassé dans *sa* fuite;
neque aliud subsidium	et pas d'autre refuge
periclitanti	*ne fut* à *lui* étant-en danger
quam castra	que le camp
primæ legionis.	de la première légion.
Illic, amplexus	Là, ayant embrassé
signa et aquilam,	les enseignes et l'aigle,
sese tutabatur religione:	il se protégea·t par la religion;
ac, ni aquilifer Calpurnius	et, si le porte-aigle Calpurnius
arcuisset extremam vim,	n'eût écarté *de lui* l'extrême violence,
rarum etiam inter hostes,	chose rare même parmi des ennemis,
legatus populi romani,	un député du peuple romain,
in castris romanis,	dans un camp romain,
commaculavisset	eût souillé
suo sanguine	de son sang
altaria deum.	les autels des dieux.
Luce demum,	Au jour seulement,
postquam dux et miles,	après que chef et soldat,
et facta noscebantur,	et actes se pouvaient connaître,
Germanicus	Germanicus
ingressus castra	étant entré-dans le camp
imperat Plancum	commande Plancus
perduci ad se,	être amené vers lui,
recipitque in tribunal.	et *le* reçoit sur *son* tribunal.
Tum increpans	Alors gourmandant
rabiem fatalem,	*cette* rage fatale,
neque resurgere	et *disant elle* ne pas se rallumer
ira militum, sed deum,	par la colère des soldats, mais des dieux,
aperit	il (Germanicus) découvre
cur legati venerint;	pourquoi les députés sont venus;
miseratur facunde	il déplore éloquemment
jus legationis	le droit de l'ambassade,

ipsius Planci gravem et immeritum casum, simul quantum dedecoris adierit legio, facunde miseratur; attonitaque magis
quam quieta concione, legatos præsidio auxiliarium equitum
dimittit.

XL. Eo in metu arguere Germanicum omnes, « quod non ad
superiorem exercitum pergeret, ubi obsequia, et contra rebelles auxilium. Satis superque missione et pecunia, et mollibus
consultis peccatum ; vel, si vilis ipsi salus, cur filium parvulum, cur gravidam conjugem, inter furentes et omnis humani
juris violatores, haberet? illos saltem avo et reipublicæ redderet. » Diu cunctatus, adspernantem uxorem, quum se divo
Augusto ortam, neque degenerem ad pericula testaretur, postremo, uterum ejus et communem filium multo cum fletu
complexus, ut abiret perpulit. Incedebat muliebre et miserabile agmen, profuga ducis uxor parvulum sinu filium gerens ;
lamentantes circum amicorum conjuges, quæ simul trahebant-
tur ; nec minus tristes qui manebant

traitement que vient d'essuyer Plancus, l'opprobre dont la légion
s'est couverte ; et, profitant du calme, ou plutôt de la stupeur générale, il renvoie les députés avec une escorte de cavalerie auxiliaire

XL. En ces moments critiques, tout le monde blâmait Germanicus
« de ne point se rendre à l'armée supérieure, où il trouverait de
l'obéissance et du secours contre les rebelles. Les largesses, les
congés, sa molle condescendance, n'avaient, disait-on, que trop
enhardi leur audace. S'il méprisait le soin de sa vie, pourquoi laisser
sa femme enceinte, son fils en bas âge, à la merci d'une troupe de
furieux, qui violaient les droits les plus saints ? Qu'il les rendît au
moins à son aïeul, à l'État. » Germanicus balança longtemps.
Agrippine repoussait l'idée de fuir, protestant qu'aucun péril n'était
capable d'étonner une petite-fille d'Auguste. Enfin, après bien de
larmes, après mille embrassements donnés a sa femme et à son fils
Germanicus la décide à partir. On vit alors un spectacle digne de
pitié : l'épouse d'un général, fugitive et emportant son enfant dans
ses bras, autour d'elle les femmes éplorées de leurs amis qu'elle
entraînait dans sa fuite, et ceux qui restaient non moins tristes que
les autres.

atque casum gravem
et immeritum
Planci ipsius,
simul quantum dedecoris
legio adierit;
concioneque attonita
magis quam quieta,
dimittit legatos præsidio
equitum auxiliarium.

et l'accident grave
et immérité
de Plaucus lui-même,
en même temps combien de déshonneur
la légion a encouru;
et l'assemblée étant stupéfaite
plus que calmée,
il renvoie les députés avec une escorte
de cavaliers auxiliaires.

XL. Omnes in eo metu
arguere Germanicum,
« quod non pergeret
ad exercitum superiorem,
ubi obsequia,
et auxilium contra rebelles.
Satis superque peccatum •
missione et pecunia,
et mollibus consultis;
vel, si salus vilis ipsi,
cur haberet
filium parvulum,
cur conjugem gravidam,
inter furentes et violatores
omnis juris humani?
redderet illos saltem
avo et reipublicæ. »
Cunctatus diu,
postremo complexus
cum multo fletu
uterum ejus
et filium communem,
perpulit ut abiret
uxorem adspernantem,
quum testaretur
se ortam divo Augusto,
neque degenerem
ad pericula.
Agmen muliebre
et miserabile incedebat,
uxor profuga ducis
erens sinu
'lium parvulum;
conjuges amicorum
amentantes circum,
uæ trahebantur simul;
ec minus tristes
ui manebant.

XL. Tous dans cette crainte
d'accuser Germanicus,
« de ce qu'il ne continuait pas *sa route*
vers l'armée supérieure,
où *il trouverait* de l'obéissance
et du secours contre les rebelles.
Assez et trop *avoir été* péché
par le congé et l'argent,
et par de molles mesures;
ou, si la vie *était* de-peu-de-prix pour lui,
pourquoi avait-il
son fils en-bas-âge,
pourquoi *son* épouse enceinte,
parmi des furieux et des profanateurs
de tout droit humain?
qu'il rendît ceux-là du moins
à *son* aïeul et à l'Etat. »
Ayant hésité longtemps,
à la fin ayant embrassé
avec beaucoup de larmes
le sein d'elle
et *leur* fils commun,
il détermina à ce qu'elle partît
son épouse qui rejetait *cette idée*,
tandis qu'elle protestait
elle *être* issue du divin Auguste,
et non dégénérée
pour les dangers.
Une troupe de-femmes
et digne-de-piété s'avançait,
l'épouse fugitive d'un général
portant sur *son* sein
son fils tout-petit;
les épouses de *ses* amis
se lamentant autour d'*elle*,
lesquelles étaient entraînées ensemble;
et non moins tristes *étaient*
ceux qui restaient.

XLI. Non florentis Cæsaris, neque suis in castr.s, sed velut in urbe victa, facies gemitusque ac planctus, etiam militum aures oraque advertere. Progrediuntur contuberniis : « Quis ille flebilis sonus? quod tam triste? feminas illustres, non centurionem ad tutelam, non militem, nihil imperatoriæ uxoris, aut comitatus soliti, pergere ad Treveros, et externæ fidei. » Pudor inde et miseratio, et patris Agrippæ, Augusti avi memoria; socer Drusus; ipsa insigni fecunditate, præclara pudicitia; jam infans in castris genitus [1], in contubernio legionum eductus, quem militari vocabulo Caligulam appellabant, quia plerumque, ad concilianda vulgi studia, eo tegmine pedum [2] induebatur. Sed nihil æque flexit, quam invidia in Treveros: orant, obsistunt rediret, maneret; pars Agrippinæ occursantes, plurimi ad Germanicum regressi. Isque, ut erat recens dolore et ira, apud circumfusos ita cœpit :

XLI. Cet aspect d'un César dépouillé de sa splendeur, non plus dans son camp, mais pour ainsi dire dans une ville prise ; ces pleurs, ces gémissements frappent les yeux et les oreilles des soldats eux-mêmes. Ils sortent de leurs tentes. « Quels sont ces cris lamentables ? quel malheur est-il donc arrivé? Des femmes d'un si haut rang, et pas un centurion, pas un soldat pour les défendre! La femme de leur général sans suite, sans aucune des marques de sa grandeur ! et c'est à Treves qu'elle se réfugie, chez des étrangers! » Alors la honte, la pitié, le souvenir de son père Agrippa, de son aïeul Auguste, de son beau-père Drusus, l'heureuse fécondité d'Agrippine elle-même et son admirable chasteté, cet enfant né sous la tente, élevé au milieu des légions, qui lui avaient donné le surnom militaire de Caligula, parce que, afin de le rendre agréable aux soldats, on lui faisait souvent porter leur chaussure, tout cela les émeut. Mais rien ne les ramène comme la jalousie qu'ils conçoivent contre les Trévères. Ils courent après Agrippine, ils l'arrêtent, ils la supplient de revenir, de rester parmi eux. Une partie demeure auprès d'elle; les autres retournent auprès de Germanicus. Lui, encore plein de douleur et de colère, parle ainsi à ceux qui l'environnent :

XLI. Facies Cæsaris
non florentis,
neque in suis castris,
sed velut in urbe victa,
gemitusque ac planctus
advertere aures oraque
etiam militum.
Progrediuntur
contuberniis :
« Quis ille sonus flebilis?
quod tam triste ?
feminas illustres,
non centurionem
ad tutelam, non militem ,
nihil uxoris imperatoriæ,
aut comitatus soliti,
pergere ad Treveros,
et fidei externæ. »
Inde pudor et miseratio,
et memoria patris Agrippæ,
avi Augusti;
socer Drusus ;
ipsa fecunditate insigni,
præclara pudicitia;
jam infans
genitus in castris ,
eductus in contubernio
legionum,
quem vocabulo militari
appellabant Caligulam,
quia plerumque,
ad concilianda studia vulgi,
induebatur
eo tegmine pedum.
Sed nihil flexit æque.
quam invidia
in Treveros :
orant, obsistunt
rediret, maneret ;
pars occursantes
Agrippinæ,
plurimi regressi
ad Germanicum.
Isque, ut erat recens
dolore et ira,
cœpit ita
apud circumfusos :

XLI. L'aspect d'un César
non florissant,
et n'étant pas dans son camp,
mais comme dans une ville vaincue,
et ces gémissements et ces lamentations
attirèrent les oreilles et les regards
même des soldats.
Ils s'avancent
hors des tentes :
« Quel est ce bruit lamentable ?
quelle chose si triste est arrivée?
des femmes illustres ,
pas un centurion
pour garde , pas un soldat,
rien de digne de l'épouse d'un-général,
ou du cortége accoutumé ,
se diriger vers les Trévères,
et se confier à une foi étrangère. »
De là honte et compassion,
et souvenir de son père Agrippa,
de son aïeul Auguste;
on se rappelle son beau-père Drusus;
elle-même avec sa fécondité remarquable,
avec sa noble pudeur ;
enfin cet enfant
né dans le camp,
élevé dans la tente
des légions ,
lequel par un surnom militaire
ils appelaient Caligula,
parceque le plus souvent ,
pour gagner l'affection de la masse ,
il était chaussé
de cette enveloppe de pieds (chaussure .
Mais rien ne les émut autant ,
que leur envie
contre les Trévères :
ils la supplient, se-mettent-devant elle
pour qu'elle revînt, qu'elle restât ;
une partie courant-au-devant
d'Agrippine,
la plupart étant revenus
vers Germanicus.
Et celui-ci, comme il était nouveau
de douleur et de colère,
commença (parla) ainsi
devant eux répandus-autour-de lui :

XLII. « Non mihi uxor aut filius patre et republica cariores sunt; sed illum quidem sua majestas, imperium romanum ceteri exercitus defendent : conjugem et liberos meos, quos pro gloria vestra libens ad exitium offerrem, nunc procul a furentibus sommoveo, ut quidquid istuc sceleris imminet, meo tantum sanguine pietur, neve occisus Augusti pronepos, interfecta Tiberii nurus, nocentiores vos faciat. Quid enim per hos dies inausum intemeratumve vobis? quod nomen huic cœtui dabo[1]? militesne appellem, qui filium imperatoris vestri vallo et armis circumsedistis? an cives, quibus tam projecta senatus auctoritas? Hostium quoque jus, et sacra legationis, et fas gentium rupistis. Divus Julius seditionem exercitus verbo uno compescuit[2], Quirites vocando qui sacramentum ejus detrectabant. Divus Augustus vultu et adspectu Actiacas legiones exterruit :

XLII. « Mon épouse et mon fils ne me sont pas plus chers que mon père et la république; mais mon père a pour le défendre sa propre majesté; l'empire, d'autres armées. Sans doute j'immolerais pour votre gloire et ma femme et mon fils; mais je les soustrais aujourd'hui à votre fureur, afin que mon sang seul expie tous les crimes que vous préparez, afin que vous n'ajoutiez pas à vos forfaits le meurtre de l'arrière-petit-fils d'Auguste, et l'assassinat de la bru de Tibère. En effet, que n'avez-vous point osé dans ces derniers jours? que n'avez-vous point violé? quel nom donner à cette foule qui m'entoure? Vous appellerai-je soldats, vous qui avez assiégé dans son camp le fils de votre empereur? citoyens? vous qui foulez aux pieds l'autorité du sénat? Les lois mêmes de la guerre, le caractère sacré d'ambassadeur, le droit des gens, vous avez tout méconnu. Jules César, d'un seul mot, apaisa la sédition de son armée, en appelant *Quirites* des hommes qui lui retiraient leur serment Auguste, d'un seul de ses regards, intimida les légions d'Actium. Et moi, le

XLII. « Uxor aut filius	XLII. « Une épouse ou un fils
non sunt cariores mihi	ne sont pas plus chers à moi
patre et republica ;	qu'un père et que la république ;
sed illum quidem	mais lui certes
sua majestas,	sa majesté *le défendra*,
imperium romanum	l'empire romain
ceteri exercitus defendent :	les autres armées *le* défendront :
conjugem et meos liberos,	*quant à mon* épouse et *à* mes enfants,
quos libens	lesquels volontiers
offerrem ad exitium	j'offrirais à la mort
pro vestra gloria,	pour votre gloire,
nunc summoveo	maintenant je *les* éloigne
procul a furentibus,	loin de furieux,
ut quidquid imminet	afin que tout ce qui menace
sceleris istuc,	de crime ici
pietur tantum	soit expié seulement
meo sanguine ;	par mon sang ;
neve pronepos Augusti occisus,	et pour que l'arrière-petit-fils d'Auguste étant tué
nurus Tiberii interfecta,	la bru de Tibère étant massacrée,
faciat vos nocentiores.	ne fassent pas vous plus coupables.
Quid enim per hos dies inausum	Quoi en effet pendant ces jours-*ci a été* non-osé
intemeratumve vobis ?	ou non-souillé par vous ?
quod nomen dabo	quel nom donnerai-je
huic cœtui ?	à cette réunion ?
ppellemne milites,	*vous* appellerai-je soldats
ui circumsedistis	*vous* qui avez entouré
allo et armis	d'un retranchement et d'armes
'um vestri imperatoris ?	le fils de votre empereur ?
n cives,	ou *vous appellerai-je* citoyens,
uibus auctoritas senatus	*vous* par qui l'autorité du sénat
m projecta ?	*a été* si méprisée ?
upistis quoque jus ostium,	Vous avez violé aussi le droit des ennemis,
sacra legationis,	et les *caractères* sacrés d'une ambassade,
fas gentium.	et le droit des nations.
ivus Julius	Le divin Jules (César)
mpescuit uno verbo	réprima d'un-seul mot
ditionem exercitus,	une sédition de *son* armée,
ando Quirites,	en appelant Quirites,
i detrectabant	ceux qui rétractaient
ramentum ejus.	le serment de (juré à) lui.
vus Augustus exterruit	Le divin Auguste effraya
tu et adspectu	du visage et du regard
iones Actiacas :	les légions d'-Actium :
s ortos ex illis,	nous issus de ces *grands hommes*,

nos, ut nondum eosdem, ita ex illis ortos, si Hispaniæ Syriæve
miles adspernaretur, tamen mirum et indignum erat : primane
et vicesima legiones, illa signis a Tiberio acceptis, tu tot præ-
liorum socia, tot præmiis aucta, egregiam duci vestro gratiam
refertis? Hunc ego nuntium patri, læta omnia aliis a provinciis
audienti, feram, ipsius tirones, ipsius veteranos, non missione,
non pecunia satiatos; hic tantum interfici centuriones, ejici tribunos, includi legatos; infecta sanguine castra, flumina; me-
que precariam animam inter infensos trahere?

XLIII. « Cur enim, primo concionis die, ferrum illud, quod
pectori meo infigere parabam, detraxistis, o improvidi amici?
melius et amantius ille qui gladium offerebat : cecidissem certe
nondum tot flagitiorum exercitui meo conscius; legissetis ducem, qui meam quidem mortem impunitam sineret, Vari tamen et trium legionum ulcisceretur. Neque enim dii sinant, ut

descendant du moins, sinon l'égal de ces héros, me verrait-on sans
étonnement, sans indignation, exposé aux mépris du soldat d'Espagne ou de Syrie? Et vous, première légion, qui devez vos enseignes
à Tibère; vous, vingtième légion, qui l'avez suivi dans tant de combats, qu'il a enrichie par tant de victoires, est-ce là l'insigne recon
naissance dont vous payez votre général? Tandis que les autres pro
vinces ne donnent à mon père que des sujets de joie, irai-je lu
apprendre, moi, que ses propres soldats, nouveaux ou anciens, n
se rassasient ni de congés, ni d'argent; qu'ici seulement on tue le
centurions, on chasse les tribuns, on emprisonne les ambassadeurs
que les camps, que les fleuves sont inondés de sang, et que mo'
même je traîne une vie précaire au milieu de furieux?

XLIII. « Ah! pourquoi donc, le premier jour de l'assemblé
m'arrachiez-vous le fer que je voulais m'enfoncer dans le sein, tr
aveugles amis? Il me servait, il m'aimait bien plus que vous, cel
qui m'offrait son épée. J'aurais péri du moins avant d'avoir vu
honte de mon armée. Vous auriez choisi un autre chef qui sans do
eût laissé ma mort impunie, mais qui eût vengé le massacre de
rus et de ses trois légions. Car fassent les dieux que jamais les Belg

ita ut nondum	ainsi comme n'*étant* pas encore
eosdem ,	les mêmes (leurs égaux),
si miles Hispaniæ Syriæve	si le soldat d'Espagne ou de Syrie
adspernaretur,	*nous* méprisait,
tamen erat	cependant c'était (ce serait)
mirum et indignum :	étonnant et indigne :
prima et vicesima legiones,	première et vingtième légion,
illa signis acceptis	celle-là *ses* enseignes ayant été reçues
a Tiberio,	de Tibère,
tu socia tot præliorum,	toi compagne de tant de combats,
aucta tot præmiis,	enrichie de tant de récompenses,
refertisne vestro duci	rendez-vous à votre chef
egregiam gratiam ?	*cette* noble reconnaissance ?
Ego feram patri,	Moi porterai-je à *mon* père
audienti omnia læta	qui apprend toutes choses favorables
ab aliis provinciis,	des autres provinces,
hunc nuntium,	cette nouvelle,
tirones ipsius,	les jeunes-soldats de lui-même,
veteranos ipsius,	les vétérans de lui-même,
non satiatos missione,	n'*avoir* pas *été* rassasiés de congés,
non pecunia ;	ne *l'avoir* pas *été* d'argent ;
hic tantum	ici seulement
centuriones interfici,	les centurions être tués,
tribunos ejici,	les tribuns être chassés,
legatos includi;	les députés être enfermés ;
castra, flumina,	les camps, les fleuves,
infecta sanguine;	*être* souillés de sang ;
meque trahere	et moi traîner
animam precariam	une vie précaire
inter infensos ?	parmi des *ennemis* acharnés ?
XLIII. « Cur enim,	XLIII. « Car pourquoi,
primo die concionis,	le premier jour de l'assemblée,
detraxistis illud ferrum,	arrachâtes-vous ce fer,
quod parabam infigere	que je *me* préparais à enfoncer
meo pectori,	dans ma poitrine,
o amici improvidi ?	ô amis imprévoyants ?
ille qui offerebat gladium	celui-là qui m'offrait *son* épée
melius et amantius :	*agissait* mieux et avec-plus-d'affection :
cecidissem certe	je serais tombé du moins
nondum conscius	non encore témoin
tot flagitiorum	de tant d'opprobres
meo exercitui ;	à (de) mon armée ;
legissetis ducem,	vous auriez choisi un chef,
qui sineret quidem	qui laisserait sans doute
meam mortem impunitam,	ma mort impunie,
ulcisceretur tamen	*mais qui* vengerait cependant
Vari et legionum.	*celle* de Varus et de *ses* légions.

Belgarum [1], quanquam offerentium, decus istud et claritudo
sit, subvenisse romano nomini, compressisse Germaniæ populos. Tua, dive Auguste, cœlo recepta mens; tua, pater Druse,
imago, tui memoria, iisdem istis cum militibus, quos jam pudor et gloria intrat, eluant hanc maculam, irasque civiles in
exitium hostibus vertant! Vos quoque, quorum alia nunc ora,
alia pectora contueor, si legatos senatui, obsequium imperatori, si mihi conjugem et filium redditis, discedite a contactu,
ac dividite turbidos : id stabile ad pœnitentiam, id fidei vinculum erit. »

XLIV. Supplices ad hæc, et vera exprobrari fatentes,
orabant, « puniret noxios, ignosceret lapsis, et duceret in
hostem; revocaretur conjux, rediret legionum alumnus, neve
obses Gallis traderetur. » Reditum Agrippinæ excusavit, ob
imminentem partum et hiemem : venturum filium; cetera ipsi
exsequerentur. Discurrunt mutati, et seditiosissimum quem-

---

malgré leurs offres, n'acquièrent l'honneur éclatant d'avoir relevé
la gloire du nom romain et dompté les peuples de la Germanie! Ame
du grand Auguste, reçue au séjour des immortels, image de mon
père Drusus, toujours présente à nos yeux, venez avec ces mêmes
soldats, sur qui l'honneur et la vertu reprennent leurs premiers
droits, venez effacer la honte des Romains et tourner contre l'ennemi
les fureurs qui les armaient contre eux-mêmes. Et vous, dont les
visages m'annoncent le changement de vos cœurs, si vous voulez
rendre au sénat ses députés, à l'empereur ses soldats, à moi ma
femme et mon fils, fuyez la contagion, séparez-vous des séditieux :
ce sera le garant de votre repentir, le gage de votre fidélité. »

XLIV. Ce discours les fait tomber à ses pieds; ils conviennent de
la vérité de ses reproches, et le conjurent « de punir les coupables,
de pardonner aux faibles, de les mener à l'ennemi, de rappeler sa
femme et le nourrisson des légions, de ne point livrer aux Gaulois
un otage si précieux. » Germanicus allégua contre le retour d'Agrippine l'hiver et sa grossesse trop avancée, promit son fils, remettant
le reste entre leurs mains : devenus d'autres hommes, ils courent
arrêter les plus séditieux, et les traînent enchaînés devant C. Cétro-

Neque enim dii sinant,
ut istud decus et claritudo
sit Belgarum,
quanquam offerentium,
subvenisse nomini romano,
compressisse
populos Germaniæ.
Tua mens, dive Auguste,
recepta cœlo,
tua imago, Druse pater,
memoria tui,
eluant hanc maculam
cum istis iisdem militibus,
quos intrat jam pudor
et gloria,
vertantque iras civiles
in exitium hostibus!
Vos quoque, quorum nunc
contueor alia ora,
alia pectora,
si redditis senatui legatos,
imperatori obsequium,
si mihi conjugem et filium,
discedite a contactu,
ac dividite turbidos :
id erit stabile
ad pœnitentiam,
id vinculum fidei. »
    XLIV. Ad hæc supplices,
et fatentes vera
exprobrari, orabant,
« puniret noxios,
ignosceret lapsis,
et duceret in hostem ;
conjux revocaretur,
alumnus legionum rediret,
neve traderetur
obses Gallis. »
Excusavit
reditum Agrippinæ,
ob partum imminentem
et hiemem :
filium venturum ;
ipsi exsequerentur cetera.
Discurrunt mutati,
et trahunt vinctos
quemque seditiosissimum

Et en effet que les dieux ne permettent pas,
que cet honneur et cette gloire
soit des (aux) Belges,
quoique s'offrant,
d'avoir soutenu le nom romain.
d'avoir comprimé
les peuples de la Germanie.
Que ton âme, divin Auguste,
reçue dans le ciel,
que ton image, Drusus mon père,
que la mémoire de toi,
lavent cette tache
avec ces mêmes soldats,
lesquels pénètrent déjà la honte
et la gloire,
et tournent ces colères domestiques
en ruine aux ennemis !
Vous aussi, dont maintenant
j'aperçois d'autres visages,
d'autres cœurs,
si vous rendez au sénat ses députés,
à l'empereur l'obéissance,
si vous me rendez mon épouse et mon fils
retirez-vous de la contagion,
et séparez de vous les turbulents :
ce sera un gage durable
pour le repentir,
ce sera le lien de votre fidélité. »
    XLIV. A ces paroles suppliants
et avouant des choses vraies
leur être reprochées, ils le priaient
« qu'il punît les coupables,
qu'il pardonnât à eux qui avaient failli,
et qu'il les menât à l'ennemi ;
que son épouse fut rappelée,
que le nourrisson des légions revînt,
et ne fût pas livré
en otage aux Gaulois. »
Il s'excusa
le (du) retour d'Agrippine
à cause d'un accouchement imminent
et de l'hiver :
mais son fils devoir revenir,
qu'eux-mêmes exécutassent le reste
Ils courent-çà-et-là tout changés,
et traînent enchaînés
tous les plus séditieux

que vinctos trahunt ad legatum legionis primæ[1], C. Cetronium, qui judicium et pœnas de singulis in hunc modum exercuit. Stabant pro concione legiones, destrictis gladiis: reus in suggestu per tribunum ostendebatur : si nocentem adclamaverant, præceps datus trucidabatur. Et gaudebat cædibus miles, tanquam semet absolveret : nec Cæsar arcebat, quando, nullo ipsius jussu, penes eosdem sævitia facti, et invidia erat. Secuti exemplum veterani, haud multo post in Rhætiam mittuntur, specie defendendæ provinciæ ob imminentes Suevos; ceterum ut avellerentur castris, trucibus adhuc non minus asperitate remedii quam sceleris memoria. Centurionatum[2] inde egit : citatus ab imperatore nomen, ordinem, patriam, numerum stipendiorum, quæ strenue in præliis fecisset, et cui erant dona militaria, edebat : si tribuni, si legio, industriam innocentiamque approbaverant,

nius, lieutenant de la première légion, qui les fit juger et punir de cette manière. Les légions, l'épée nue, entouraient le tribunal; chaque prisonnier y montait successivement; un tribun le montrait aux soldats; s'ils le déclaraient coupable, on le précipitait en bas, où il était massacré. Les légionnaires versaient ce sang avec joie, croyant par là s'absoudre eux-mêmes, et Germanicus ne s'y opposait point, satisfait qu'on ne pût lui imputer une rigueur dont tout l'odieux retombait sur le soldat. Les vétérans suivirent cet exemple. Peu de temps après, on les fit partir pour la Rhétie, sous prétexte de défendre la province menacée par les Suèves, mais dans le fond pour les arracher d'un camp non moins exécrable par la violence du remède que par l'atrocité du crime. On fit ensuite la revue des centurions. Chacun d'eux, cité par le général, déclarait son nom, sa compagnie, son pays, ses années de service, les belles actions qu'il avait faites, les récompenses militaires qu'il avait reçues. Si les tribuns et la légion attestaient son mérite et sa probité, on lui conservait sa com-

ad C. Cetronium ,	vers C. Cétronius ,
legatum primæ legionis,	lieutenant de la première légion,
qui exercuit de singulis	qui exerça (tira) de chacun
judicium et pœnas	jugement et châtiment
in hunc modum.	de cette manière.
Legiones stabant	Les légions se tenaient
pro concione,	devant le tribunal ,
gladiis destrictis:	les épées tirées :
reus ostendebatur	*chaque* accusé était montré
per tribunum in suggestu :	par un tribun sur l'estrade :
si adclamaverant	si *les soldats* avaient crié
nocentem ,	*lui être* coupable,
datus præceps	*celui-ci* donné (poussé) en-bas
trucidabatur.	était massacré.
Et miles gaudebat	Et le soldat se réjouissait
cædibus,	de *ces* meurtres,
tanquam absolveret semet:	comme s'il *s'*absolvait lui-même :
nec Cæsar arcebat,	et César (Germanicus) n'empêchait pas,
quando,	puisque,
nullo jussu ipsius,	sans aucun ordre de lui-même,
sævitia facti, et invidia	la cruauté de l'acte , et l'odieux
erat penes eosdem.	était aux mêmes *soldats*.
Veterani secuti exemplum,	Les vétérans ayant suivi *cet* exemple,
mittuntur in Rhætiam	sont envoyés en Rhétie
haud multo post,	non beaucoup après,
specie	sous prétexte
defendendæ provinciæ	de défendre la province
ob Suevos imminentes ;	à cause des Suèves qui *la* menaçaient;
ceterum	*mais* d'ailleurs
ut avellerentur castris,	pour qu'ils fussent arrachés d'un camp,
trucibus non minus adhuc	horrible non moins encore
asperitate remedii	par la rigueur du remède
quam memoria sceleris.	que par le souvenir du crime.
Inde egit centurionatum :	Ensuite il fit la revue-des-centurions:
citatus ab imperatore	*chacun* appelé par le général
edebat nomen,	déclarait *son* nom ,
ordinem, patriam,	*sa* compagnie, sa patrie,
numerum stipendiorum,	le nombre de *ses* années-de-service,
quæ fecisset strenue	les choses qu'il avait faites vaillamment
in præliis ,	dans les combats,
et cui	et *celui* à qui
erant dona militaria :	étaient des dons militaires *le disait* :
si tribuni,	si les tribuns,
si legio ,	si la légion ,
approbaverant industriam	avaient approuvé *son* mérite
innocentiamque,	et *sa* probité,
retinebat ordinem ;	il conservait *sa* compagnie :

retinebat ordinem; ubi avaritiam aut crudelitatem consensu
objectavissent, solvebatur militia.

XLV. Sic compositis præsentibus, haud minor moles supererat, ob ferociam quintæ et unaetvicesimæ legionum, sexa-
gesimum apud lapidem (loco *Vetera* nomen est) hibernantium :
nam primi seditionem cœptaverant : atrocissimum quodque
facinus horum manibus patratum : nec pœna commilitonum
exterriti, nec pœnitentia conversi, iras retinebant. Igitur
Cæsar arma, classem, socios demittere Rheno parat, si imperium detrectetur, bello certaturus.

XLVI. At Romæ, nondum cognito qui fuisset exitus in Illyrico, et legionum germanicarum motu audito, trepida civitas
incusare Tiberium, « quod, dum patres et plebem, invalida
et inermia, cunctatione ficta ludificetur, dissideat interim
miles, neque duorum adolescentium nondum adulta auctori-

pagnie; on le cassait, si le cri public l'accusait de cruauté ou d'avarice.

XLV. L'ordre ainsi rétabli de ce côté, restait un autre péril aussi
grand dans l'obstination de la cinquième et de la vingt et unième
légion, en quartier d'hiver à soixante milles de là, dans un lieu
nommé Vétéra. Par elles en effet avait commencé la révolte, par elles
s'étaient commis les plus grands excès : et dans ce moment même,
loin d'être intimidées par le supplice, ou touchées par le repentir des
autres légions, elles persistaient dans leurs fureurs. Germanicus se
prépare donc à descendre le Rhin avec une flotte chargée d'armes et
de troupes alliées, résolu, si l'on méconnaissait son autorité, de recourir à la force.

XLVI. Cependant à Rome, où l'on ignorait encore l'issue des troubles d'Illyrie, et où l'on apprit le soulèvement des légions germaniques, les habitants, s'abandonnant aux alarmes, accusaient Tibère
« de ce qu'avec ses feintes irrésolutions, il ne s'occupait qu'à jouer
un sénat et un peuple sans pouvoir et sans armes, tandis que le soldat se révoltait, sans que l'autorité trop jeune encore de deux ado-

ubi objectavissent	dès qu'ils *lui* avaient reproché
consensu	d'un *commun* accord
avaritiam	*son* avarice
aut crudelitatem,	ou *sa* cruauté,
solvebatur militia.	il était cassé du service.
XLV. Præsentibus	XLV. Les *affaires* présentes
sic compositis,	étant ainsi arrangées,
haud minor moles	une non moindre charge
supererat,	restait,
ob ferociam quintæ	à cause de l'obstination de la cinquième
et unaetvicesimæ	et de la vingt-et-unième
legionum,	légion,
hibernantium	qui hivernaient
apud sexagesimum lapidem	vers la soixantième pierre
(Vetera	(Vétéra
est nomen loco) :	est *le* nom à *ce* lieu) :
nam primi cœptaverant	car les premiers ils avaient commencé
seditionem :	la sédition :
quodque facinus	tous les actes
atrocissimum	les plus violents
patratum manibus horum :	*avaient été* commis par les mains d'eux :
nec exterriti pœna	n'étant ni effrayés du châtiment
commilitonum,	de *leurs* compagnons-d'armes,
nec conversi pœnitentia,	ni changés par le repentir,
retinebant iras.	ils gardaient *leurs* emportements.
Igitur Cæsar parat	Donc César *se* prépare
demittere Rheno	à faire-descendre par le Rhin
arma, classem, socios,	des armes, une flotte, des alliés,
certaturus bello,	prêt-à-lutter par la guerre,
si imperium detrectetur.	si *son* autorité est méconnue.
XLVI. At Romæ,	XLVI. Mais à Rome,
nondum cognito	n'étant pas encore connu
qui fuisset exitus	quelle avait été l'issue
in Illyrico,	en Illyrie,
et motu	et le mouvement
legionum germanicarum	des légions de-Germanie
audito,	ayant été appris,
civitas trepida	la cité alarmée
incusare Tiberium,	*se met* à accuser Tibère,
« quod, dum ludificetur	« de ce que, pendant qu'il amuse
cunctatione ficta	par une irrésolution feinte
patres et plebem,	les sénateurs et le peuple,
invalida et inermia,	*corps* sans-force et sans-armes,
miles interim dissideat,	le soldat pendant ce temps se révol e,
neque queat comprimi	et ne peut être comprimé
auctoritate nondum adulta	par l'autorité non encore mûrie
duorum adolescentium :	de deux jeunes-gens :

tate comprimi queat : ire ipsum et opponere majestatem
imperatoriam debuisse, cessuris, ubi principem longa experientia, eumdemque severitatis et munificentiæ summum
vidissent. An Augustum fessa ætate toties in Germanias commeare potuisse, Tiberium, vigentem annis, sedere in senatu,
verba patrum cavillantem? Satis prospectum urbanæ servituti; militaribus animis adhibenda fomenta, ut ferre pacem
velint. »

XLVII. Immotum adversus eos sermones fixumque Tiberio
fuit, non omittere caput rerum, neque se remque publicam in
casum dare. Multa quippe et diversa angebant : « Validior per
Germaniam exercitus; propior apud Pannoniam : ille Galliarum opibus subnixus, hic Italiæ imminens : quos igitur anteferret? ac, ne postpositi contumelia incenderentur. At per
filios pariter adiri, majestate salva; cui major e longinquo
reverentia; simul adolescentibus excusatum quædam ad patrem rejicere : resistentesque Germanico aut Druso posse a se

lescents pût le réprimer. Ne devait-il pas se montrer lui-même, et
opposer la majesté impériale à des rebelles qui ne soutiendraient
pas l'ascendant de sa longue expérience et les regards du suprême
arbitre des châtiments et des grâces? Quelle honte qu'Auguste,
affaibli par les années, eût fait tant de voyages en Germanie ; et que
Tibère, dans la vigueur de l'âge, se tînt renfermé au sénat pour s'y
railler des paroles de quelques sénateurs! On avait assez pourvu à
l'esclavage de Rome : il fallait remédier à l'indocilité du soldat, et
lui apprendre à supporter la paix. »

XLVII. Tibère, malgré ces rumeurs, persista dans la ferme résolution de ne point s'éloigner du centre des affaires, et de ne point
mettre au hasard l'État et lui. En effet mille considérations diverses
le tenaient en suspens. « L'armée de Germanie était plus forte, celle
d'Illyrie plus proche : l'une s'appuyait sur toutes les forces des
Gaules, l'autre menaçait l'Italie. Laquelle préférer? et comment leur
orgueil supporterait-il l'affront d'une préférence? Par ses enfants
au contraire, il pouvait les visiter toutes deux à la fois, sans compromettre la majesté suprême, qui de loin impose plus de respect. D'ailleurs on pardonnerait à des jeunes gens de n'oser tout décider sans
leur père; et, si l'on résistait à Germanicus ou à Drusus, il pourrait

debuisse ire ipsum
et opponere
majestatem imperatoriam.
cessuris,
ubi vidissent principem
longa experientia,
eumdemque summum
severitatis et munificentiæ.
An Augustum ætate fessa
potuisse toties
commeare in Germanias,
Tiberium,
vigentem annis,
sedere in senatu,
cavillantem verba patrum?
Satis prospectum
servituti urbanæ;
fomenta adhibenda
animis militaribus,
ut velint ferre pacem. »

XLVII. Fuit immotum
fixumque Tiberio
adversus eos sermones,
non omittere caput rerum,
neque dare in casum
se remque publicam.
Quippe multa et diversa
angebant :
« Exercitus validior
per Germaniam;
apud Pannoniam propior :
ille subnixus
opibus Galliarum,
hic imminens Italiæ :
quos igitur anteferret?
ac, ne postpositi
incenderentur contumelia.
At per filios
adiri pariter,
majestate salva;
cui major reverentia
e longinquo;
simul excusatum
adolescentibus
rejicere quædam
ad patrem :
resistentesque

lui avoir dû aller lui-même
et opposer
la majesté impériale
à des soldats qui auraient cédé,
dès qu'ils auraient vu un prince
d'une longue expérience,
et le même *arbitre* souverain
de la sévérité et de la munificence.
Est-ce que Auguste dans un âge fatigué
avoir pu tant de fois
passer dans les Germanies,
tandis que Tibère,
qui-est-dans-la-vigueur des années,
rester dans le sénat,
raillant les paroles des sénateurs?
Assez *avoir été* pourvu
à l'esclavage de-la-ville;
des calmants devoir être employés
pour l'esprit des-soldats,
afin qu'ils veuillent supporter la paix. »

XLVII. *La résolution* fut inébranlable
et fixe à Tibère
contre ces propos,
de ne pas quitter la capitale de l'empire,
et de ne pas livrer au hasard
lui et la chose publique.
En effet de nombreuses et diverses *pensées*
le tourmentaient :
« L'armée *était* plus forte
dans la Germanie;
en Pannonie *elle était* plus proche :
celle-là *était* appuyée
sur les forces des Gaules,
celle-ci *était* menaçant l'Italie :
lesquels donc préférerait-il?
et, *il craignait* que *ceux* mis-après
ne fussent irrités de *cet* affront.
Mais par *ses* fils
elles pouvaient être visitées à la fois,
la majesté *suprême étant* sauve :
à laquelle un plus grand respect
est de loin;
en même temps *il serait* excusable
pour des jeunes-gens
de renvoyer certaines choses
à *leur* père :
et *ceux* qui résistaient

mitigari vel infringi : quod aliud subsidium , si imperatorem sprevissent? » Ceterum , ut jam jamque iturus, legit comites, conquisivit impedimenta, adornavit naves; mox hiemem aut negotia varie causatus, primo prudentes, dein vulgum, diutissime provincias fefellit.

XLVIII. At Germanicus, quanquam contracto exercitu, et parata in defectores ultione, dandum adhuc spatium ratus, si recenti exemplo sibi ipsi consulerent, præmittit litteras ad Cæcinam, venire se valida manu, ac, ni supplicium in malos præsumant, usurum promiscua cæde. Eas Cæcina aquiliferis signiferisque , et quod maxime castrorum sincerum erat, occulte recitat, utque cunctos infamiæ , se ipsos morti eximant, hortatur : « nam in pace causas et merita spectari; ubi bellum ingruat, innocentes ac noxios juxta cadere. » Illi, tentatis

encore, lui, apaiser les rebelles ou les réduire : mais quelle ressource resterait-il, s'ils avaient une fois méprisé l'empereur ? » Au reste, comme s'il eût dû partir à chaque instant, il choisit sa suite, fit rassembler des bagages, équiper des vaisseaux ; puis, prétextant tour à tour la saison et les affaires, il trompa d'abord jusqu'aux plus politiques, ensuite la multitude, et très-longtemps les provinces. »

XLVIII. Germanicus avait déjà rassemblé son armée, et tout était prêt pour le châtiment des rebelles. Voulant toutefois leur donner le temps d'imiter un exemple récent et de prendre eux-mêmes leur parti, il écrit à Cécina qu'il arrive avec des forces imposantes, e que , si l'on ne prévient sa justice par le supplice des coupables, il n'épargnera personne. Cécina rassemble secrètement les aquiliferes , les porte-enseignes , tous ceux qui faisaient la portion la plus saine des légions; il leur lit la lettre et les exhorte à sauver l'armée de l'infamie, à se sauver eux-mêmes de la mort : « Car en paix, leur dit-il, on pèse les motifs et les mérites; une fois la guerre allumée, l'innocent et le coupable périssent également. » Ceux-ci, ayant sondé

Germanico aut Druso	à Germanicus ou à Drusus
posse mitigari	pouvoir être apaisés
vel infringi a se :	ou être brisés par lui :
quod aliud subsidium,	quelle autre ressource,
si sprevissent	s'ils avaient méprisé
imperatorem? »	l'empereur? »
Ceterum,	D'ailleurs,
ut iturus jam jamque,	comme devant partir incessamment,
legit comites,	il choisit des compagnons,
conquisivit impedimenta,	rassembla des bagages,
adornavit naves;	équipa des vaisseaux;
mox causatus varie	bientôt ayant prétexté diversement
hiemem aut negotia,	l'hiver ou les affaires,
fefellit primo prudentes,	il trompa d'abord les clairvoyants,
dein vulgum,	puis la multitude,
diutissime provincias.	très-longtemps les provinces.
XLVIII. At Germanicus,	XLVIII. Mais Germanicus,
quanquam exercitu	quoique *son* armée
contracto,	étant rassemblée,
et ultione parata	et la vengeance prête
in defectores,	contre les rebelles,
ratus spatium	persuadé un espace *de temps*
dandum adhuc,	devoir *leur* être donné encore,
si exemplo recenti	si par l'exemple récent
ipsi consulerent sibi,	eux-mêmes prenaient-parti pour eux,
præmittit	il envoie-en-avant
litteras ad Cæcinam,	une lettre à Cécina,
se venire manu valida,	qu'il vient avec une troupe forte,
ac, ni præsumant	et que, s'ils n'anticipent
supplicium in malos,	le supplice contre les coupables,
usurum cæde promiscua.	il usera d'un massacre sans-distinction.
Cæcina recitat eas occulte	Cécina lit cette *lettre* secrètement
aquiliferis signiferisque,	aux porte-aigles et aux porte-enseignes,
et quod erat	et à ce qui était
maxime sincerum	le plus pur
castrorum,	du camp,
hortaturque ut eximant	et il *les* exhorte à ce qu'ils arrachent
cunctos infamiæ,	tous à l'infamie,
se ipsos morti :	eux-mêmes à la mort :
« Nam in pace	« Car dans la paix
causas et merita	les raisons et les services
spectari;	être regardés (appréciés);
ubi bellum ingruat,	dès que la guerre fond (s'allume),
innocentes ac noxios	innocents et coupables
cadere juxta. »	tomber pareillement. »
Illi, tentatis	Eux, *ceux-là* ayant été sondés
quos rebantur idoneos,	lesquels ils pensaient propres à *éder*,

quos idoneos rebantur, postquam majorem legionum partem in officio vident, de sententia legati, statuunt tempus quo fœdissimum quemque et seditioni promptum ferro invadant. Tunc, signo inter se dato, irrumpunt contubernia[1], trucidant ignaros : nullo, nisi consciis, noscente quod cædis initium, quis finis.

XLIX. Diversa omnium, quæ unquam accidere, civilium armorum facies. Non prælio, non adversis e castris, sed iisdem e cubilibus, quos simul vescentes dies, simul quietos nox habuerat, discedunt in partes, ingerunt tela : clamor, vulnera, sanguis palam : causa in occulto. Cetera fors regit; et quidam bonorum cæsi, postquam, intellecto in quos sæviretur, pessimi quoque arma rapuerant : neque legatus aut tribunus moderator adfuit; permissa vulgo licentia atque ultio et satietas. Mox ingressus castra Germanicus, non medicinam illud, plurimis cum lacrimis, sed cladem appellans, cremari

prudemment les esprits, et voyant la plus grande partie des légions rangée à son devoir, fixent un jour avec le lieutenant, pour fondre, l'épée à la main, sur les pervers, toujours prêts à souffler la sédition. Le jour arrivé, au signal convenu, ils se jettent dans les tentes, surprennent leurs victimes, les égorgent sans peine; tous, excepté ceux qui étaient dans le secret, ignorent comment le massacre a commencé, et quand il finira.

XLIX. De toutes les guerres civiles, aucune n'offrit un spectacle pareil. Ce n'était point ici une bataille entre deux armées opposées. Dans les mêmes tentes, des amis qui, la veille, la nuit même, s'étaient vus réunis à la même table et dans le même lit, se séparent pour s'égorger. Les traits volent, on entend les cris, on voit le sang et les blessures; la cause, on l'ignore. Le hasard conduit le reste, et il y eut des innocents qui périrent, parce qu'à la fin les coupables, comprenant que c'était eux qu'on voulait punir, prirent les armes. Ni lieutenant, ni tribun n'intervint pour modérer le carnage; on permit, sans restriction, à la multitude d'assouvir sa vengeance jusqu'à la satiété. Germanicus arriva bientôt après. En revoyant son camp, ses yeux se remplissent de larmes; il s'écrie que ce n'est point là un remède au mal, mais un véritable désastre, et ordonne de brûler les morts. La férocité

postquam vident in officio	lorsqu'ils voient dans le devoir
majorem partem legionum,	la majeure partie des légions,
de sententia legati,	sur l'avis du lieutenant,
statuunt tempus	ils fixent un temps
quo invadant ferro	dans lequel ils se jetteront avec le fer
quemque fœdissimum	sur tous les plus souillés
et promptum seditioni.	et prêts à la sédition.
Tunc, signo dato inter se,	Alors, le signal étant donné entre eux,
irrumpunt contubernia,	ils envahissent les tentes,
trucidant ignaros :	massacrent *ceux-ci* ignorant *leur dessein* :
nullo, nisi consciis,	aucun, sinon les complices,
noscente	ne connaissant
quod initium cædis,	quel *était* le commencement du massacre.
quis finis.	quelle *en serait* la fin.
XLIX. Facies	XLIX. Le spectacle
armorum civilium	de *cette* guerre civile
diversa omnium,	*fut* différent de toutes *celles*,
quæ unquam accidere.	qui jamais arrivèrent.
Non prælio,	Non par un combat,
non e castris adversis,	non de camps opposés,
sed ex iisdem cubilibus,	mais des mêmes lits,
quos dies habuerat	*des hommes* que le jour avait eus (vus)
vescentes simul,	mangeant ensemble,
nox quietos simul,	la nuit en-repos ensemble,
discedunt in partes,	se séparent en *deux* partis,
ingerunt tela :	*se* lancent des traits :
clamor, vulnera,	*ce sont* des cris, des blessures,
sanguis palam :	du sang ouvertement :
causa in occulto.	la cause *en est* dans le secret.
Fors regit cetera ;	Le hasard conduit le reste ;
et quidam bonorum cæsi,	et quelques-uns des bons *furent* massacrés,
postquam pessimi quoque	après que les plus mauvais aussi
rapuerant arma,	eurent pris les armes,
intellecto	*cela* étant compris
in quos sæviretur :	contre qui on sévissait :
neque legatus aut tribunus	et pas un lieutenant ou un tribun
adfuit moderator ;	n'intervint *comme* modérateur ;
licentia atque ultio	la licence et la vengeance,
et satietas	et la satiété
permissa vulgo.	*furent* permises à la masse.
Mox Germanicus	Bientôt Germanicus
ingressus castra,	étant entré-dans le camp,
appellans illud	appelant cela
non medicinam,	non un remède,
sed cladem,	mais un désastre,
cum plurimis lacrimis,	avec beaucoup de larmes,
jubet corpora cremari.	ordonne les corps *morts* être brûlés.

corpora jubet. Truces etiam tum animos cupido involat eundi in hostem, piaculum furoris; nec aliter posse placari commilitonum manes, quam si pectoribus impiis honesta vulnera accepissent. Sequitur ardorem militum Cæsar, junctoque ponte tramittit duodecim millia e legionibus, sex et viginti socias cohortes, octo equitum alas, quarum ea seditione intemerata modestia fuit.

L. Læti neque procul Germani agitabant, dum justitio ob amissum Augustum, post discordiis attinemur. At Romanus agmine propero silvam Cæsiam [1] limitemque a Tiberio cœptum [2] scindit; castra in limite locat, frontem ac tergum vallo, latera concædibus munitus. Inde saltus obscuros permeat, consultatque, ex duobus itineribus, breve et solitum sequatur, an impeditius et intentatum, eoque hostibus incautum. Delecta longiore via, cetera accelerantur : etenim attulerant

des soldats change alors d'objet; ils veulent tous marcher à l'ennemi pour expier leur fureur, pour apaiser les mânes de leurs camarades, en offrant leur sein sacrilége à de glorieuses blessures. Germanicus profite de cette ardeur; il jette un pont sur le Rhin, et passe le fleuve avec douze mille légionnaires, vingt-six cohortes alliées, et huit ailes de cavalerie, qui, dans cette sédition, étaient restées soumises et irréprochables.

L. Non loin de nous, les Germains avaient passé dans les réjouissances tout le temps que le deuil d'Auguste, et, depuis, nos discordes nous retinrent dans l'inaction. L'armée romaine, après une marche rapide, perce la forêt Césia, ouvre le rempart construit par Tibère, et campe sur ce rempart même, couverte en avant et en arrière par des retranchements, et sur les deux flancs par des abatis d'arbres. De là elle s'avance à travers des bois épais. On délibère si, de deux routes, on prendra la plus courte et la plus fréquentée, ou l'autre plus difficile, non frayée, et que par cette raison l'ennemi ne surveillait point. On choisit le chemin le plus long, mais on redoubla de célérité; car les éclaireurs avaient rapporté que

Cupido eundi in hostem ,	Le désir d'aller à l'ennemi ,
piaculum furoris ,	*comme* expiation de *leur* fureur,
involat animos	s'empare de *ces* cœurs
etiam tum truces ;	même alors farouches ;
nec manes commilitonum	et *ils disent* les mânes de *leurs* compagnons
posse placari aliter,	ne pouvoir être apaisés autrement,
quam si accepissent	que s'ils avaient reçu
pectoribus impiis	dans *leurs* poitrines impies
honesta vulnera.	d'honorables blessures.
Cæsar sequitur	César (Germanicus) suit
ardorem militum ,	l'ardeur des soldats ,
ponteque juncto	et un pont étant formé
tramittit duodecim millia	il fait-passer douze mille *hommes*
e legionibus ,	des légions ,
viginti et sex cohortes	vingt-six cohortes
socias ,	alliées ,
octo alas equitum ,	huit ailes de cavaliers ,
quarum modestia	desquelles la modération
fuit intemerata	fut inviolable
ea seditione.	dans cette sédition.
L. Germani agitabant	L. Les Germains demeuraient
læti neque procul,	joyeux et non loin ,
dum attinemur	pendant que nous étions retenus
justitio	par le deuil-public
ob Augustum amissum,	à cause d'Auguste perdu ,
post discordiis.	*et* ensuite par les discordes.
At Romanus	Mais le Romain
agmine propero	par une marche rapide
scindit silvam Cæsiam	perce la forêt Césia
limitemque	et le rempart
cœptum a Tiberio ;	commencé par Tibère ,
locat castra in limite,	il place *son* camp sur *ce* rempart ,
munitus vallo	défendu par un retranchement
frontem ac tergum ,	de front et par derrière,
concædibus latera.	*et* d'abatis – d'arbres sur les flancs.
Inde permeat	De là il traverse
saltus obscuros,	des bois obscurs ,
consultatque ,	et délibère ,
ex duobus itineribus,	de deux chemins,
sequatur breve et solitum ,	s'il suivra le court et ordinaire ,
an impeditius	ou le plus difficile
et intentatum,	et non-frayé ,
eoque incautum hostibus.	et pour cela non-gardé par les ennemis.
Via longiore delecta ,	La route la plus longue étant choisie ,
cetera accelerantur :	le reste est accéléré :
etenim exploratores	en effet les éclaireurs
attulerant eam noctem	avaient rapporté cette nuit-*là*

exploratores festam eam Germanis noctem, ac solennibus
epulis ludicram. Cæcina cum expeditis cohortibus præire, et
obstantia silvarum amoliri jubetur : legiones modico intervallo
sequuntur. Juvit nox sideribus illustris ; ventumque ad vicos
Marsorum, et circumdatæ stationes, stratis etiam tum per
cubilia propterque mensas, nullo metu, non antepositis vigiliis : adeo cuncta incuria disjecta erant ; neque belli timor ; ac
ne pax quidem, nisi languida et soluta, inter temulentos.

LI. Cæsar avidas legiones, quo latior populatio foret,
quatuor in cuneos dispertit : quinquaginta millium spatium
ferro flammisque pervastat. Non sexus, non ætas miserationem
attulit ; profana simul et sacra, et celeberrimum illis gentibus
templum quod Tanfanæ vocabant[1], solo æquantur. Sine vulnere milites, qui semisomnos, inermos aut palantes cecide-
rant. Excivit ea cædes Bructeros, Tubantes, Usipetes[2] ;
saltusque, per quos exercitui regressus, insedere : quod gna-

---

la nuit suivante était pour les Germains une nuit de fête, qu'ils célébraient par des festins solennels. Cécina prend les devants avec des
troupes légères, pour aplanir tous les obstacles dans la forêt : les
légions suivent à peu de distance. La clarté des astres, pendant la
nuit, favorisa la marche. On arriva aux villages des Marses, et l'on
investit tous les postes. Les Barbares étaient encore étendus sur leurs
lits ou autour des tables ; nulles précautions, nulles gardes avancées ;
une sécurité profonde, un abandon général ; ils ne songeaient point
à la guerre, et ils jouissaient moins de la paix que de cette languis
sante inertie qui est le propre de l'ivresse.

LI. César, pour donner à ses légions impatientes plus de pays à
ravager, les partage en quatre corps. Il met à feu et à sang un
espace de cinquante milles. Ni le sexe ni l'âge ne trouvent de pitié ;
on n'épargne ni le sacré ni le profane, et le temple le plus célèbre
de ces contrées, celui de Tanfana, est entièrement détruit : les Romains revinrent sans blessures ; ils n'avaient eu qu'à égorger des
hommes à moitié endormis, sans armes ou dispersés. Ce massacre
réveilla les Bructères, les Tubantes, les Usipètes ; ils occupèrent les

festam Germanis,	*être* de-fête pour les Germains,
ac ludicram	et égayée
epulis solennibus.	par des repas solennels.
Cæcina jubetur præire	Cécina est commandé-pour aller-en-avan
cum cohortibus expeditis,	avec les cohortes légères,
et amoliri	et pour détruire
obstantia silvarum :	les obstacles des forêts :
legiones sequuntur	les légions suivent
modico intervallo.	à un faible intervalle.
Nox illustris sideribus	Une nuit brillante d'astres
juvit ;	aida *la marche*,
ventumque	et on arriva
ad vicos Marsorum,	aux villages des Marses,
et stationes circumdatæ,	*et* les postes *furent* enveloppés,
stratis etiam tum	*ceux-ci* étant étendus encore alors
per cubilia	sur les lits
propterque mensas,	et près des tables,
nullo metu,	sans aucune crainte,
vigiliis non antepositis :	des gardes n'ayant pas été posées-en-avant:
adeo cuncta erant disjecta	tellement tout était épars
incuria :	par *leur* négligence :
neque timor belli ;	et nulle crainte de guerre *n'était à eux*;
ac ne pax quidem,	et *ce n'était* pas même la paix ;
nisi languida et soluta	sinon *la paix* languissante et désordonnée
inter temulentos.	*qui a lieu* entre *gens* ivres.
LI. Cæsar dispertit	LI. César (Germanicus) partage
legiones avidas	*ses* légions avides
in quatuor cuneos.	en quatre coins (colonnes),
quo populatio foret latior :	afin que le ravage fût plus étendu :
pervastat spatium	il dévaste-complétement un espace
quinquaginta millium	de cinquante milles
ferro flammisque.	avec le fer et la flamme.
Non sexus, non ætas	Ni le sexe, ni l'âge
attulit miserationem ;	n'apporta (inspira) de la pitié ;
profana et sacra simul,	*édifices* profanes et sacrés tout-ensemble,
et templum celeberrimum	et le temple le plus célèbre
illis gentibus,	chez ces nations,
quod vocabant Tanfanæ.	lequel ils appelaient *temple* de Tanfana.
æquantur solo.	sont mis-au-niveau du sol.
Milites sine vulnere,	Les soldats *étaient* sans blessure,
qui ceciderant	*eux* qui avaient égorgé
semisomnos,	des *gens* à-demi-endormis,
inermos aut palantes.	désarmés ou épars.
Ea cædes excivit Bructeros,	Ce carnage excita les Bructères,
Tubantes, Usipetes ;	les Tubantes, les Usipètes ;
insedereque saltus,	et ils se postèrent dans les bois,
per quos	par lesquels *était*

rum duci ; incessitque itineri et prælio. Pars equitum et auxi-
liariæ cohortes ducebant; mox prima legio ; et, mediis impe-
dimentis, sinistrum latus unaetvicesimani, dextrum quintani
clausere; vicesima legio terga firmavit, post ceteri sociorum.
Sed hostes, donec agmen per saltus porrigeretur, immoti;
dein, latera et frontem modice adsultantes, tota vi novissimos
incurrere. Turbabanturque densis Germanorum catervis leves
cohortes, quum Cæsar, advectus ad vicesimanos, voce magna,
« hoc illud tempus obliterandæ seditionis » clamitabat : « pergerent, properarent culpam in decus vertere. » Exarsere
animis, unoque impetu perruptum hostem redigunt in aperta
cæduntque; simul primi agminis copiæ evasere silvas, castraque communivere. Quietum inde iter; fidensque recentibus ac
priorum oblitus, miles in hibernis locatur.

bois par où l'armée devait repasser. Germanicus, instruit de leur
dessein, dispose tout pour la marche et pour le combat. Une partie
de la cavalerie et les cohortes auxiliaires formaient l'avant-garde ;
ensuite venait la première légion : au centre, il mit les bagages, à
l'aile gauche la vingt et unième légion, la cinquième à la droite; la
vingtième, avec le reste des alliés, protégeait l'arrière-garde. Les
ennemis restèrent immobiles, jusqu'à ce que l'armée fût engagée dans
le bois; alors, harcelant légèrement la tête et les ailes, ils tombent
avec toutes leurs forces sur l'arrière-garde, où leurs bataillons serrés
mirent en désordre nos troupes légères. Mais Germanicus, accourant
vers la vingtième légion, lui cria d'une voix forte, « que le temps
était venu d'effacer la mémoire de la sédition ; qu'elle marchât donc,
et qu'elle se hâtât de changer sa faute en gloire. » Ces mots enflamment les courages : l'ennemi, enfoncé d'un choc, est rejeté dans
la plaine et taillé en pièces. En même temps, la tête de l'armée,
déjà sortie du bois, commençait à se retrancher. Dès lors la marche
fut tranquille, et le soldat, rassuré par ce qu'il venait de faire, ou-
bliant le passé, reprend ses quartiers d'hiver.

regressus exercitui :	le retour à l'armée :
quod gnarum duci ;	ce qui *fut* connu du général :
incessitque itineri	et il s'avança pour la marche
et prælio.	et pour le combat.
Pars equitum	Une partie des cavaliers
et cohortes auxiliariæ	et les cohortes auxiliaires
ducebant ;	menaient *la marche* ;
mox prima legio ;	puis *venait* la première légion ;
et, impedimentis mediis,	et, les bagages *étant* au-milieu,
unaetvicesimani	ceux-de-la-vingt-et-unième
clausere latus sinistrum,	fermèrent le flanc gauche,
quintani dextrum ;	ceux-de-la-cinquième le *flanc* droit ;
vicesima legio	la vingtième légion
firmavit terga,	fortifia les derrières,
post ceteri sociorum.	après *elle venait* le reste des alliés.
Sed hostes immoti,	Mais les ennemis *furent* immobiles,
donec agmen	jusqu'à ce que l'armée
porrigeretur per saltus ;	se déployât à travers les bois ;
dein, adsultantes modice	puis, assaillant légèrement
latera et frontem,	*ses* flancs et *son* front,
incurrere tota vi	ils coururent de toute *leur* force
novissimos.	sur les derniers.
Cohortesque leves	Et les cohortes légères
turbabantur	étaient mises-en-désordre
densis catervis	par les épais bataillons
Germanorum,	des Germains,
quum Cæsar, advectus	quand César (Germanicus), s'étant porté
ad vicesimanos,	vers ceux-de-la-vingtième,
clamitabat voce magna :	s'écriait-vivement d'une voix forte :
« Hoc tempus illud	« Ce moment *être* celui
seditionis obliterandæ :	de la sédition devant être effacée :
pergerent,	qu'ils continuassent,
properarent	qu'ils se hâtassent
vertere culpam in decus. »	de tourner *leur* faute en gloire. »
Exarsere animis,	*Ceux-ci* s'enflammèrent de courage,
rediguntque in aperta	et ils rejettent dans les *lieux* découverts
cæduntque hostem	et ils taillent-en-pièces l'ennemi
perruptum uno impetu ;	rompu d'un seul choc ;
copiæ primi agminis	les troupes du premier corps
evasere silvas	sortirent des forêts
simul,	en même temps,
communivereque castra.	et fortifièrent un camp.
Inde iter quietum ;	De là la route *fut* tranquille ;
milesque,	et le soldat,
fidens recentibus	confiant par les *faits* récents
ac oblitus priorum,	et ayant oublié les *faits* antérieurs,
locatur in hibernis.	s'établit dans *ses* quartiers-d'hiver.

LII. Nuntiata ea Tiberium lætitia curaque affecere : gaudebat oppressam seditionem; sed, quod largiendis pecuniis et
missione festinata favorem militum quæsivisset, bellica quoque
Germanici gloria, angebatur. Retulit tamen ad senatum de
rebus gestis, multaque de virtute ejus memoravit, magis in
speciem verbis adornata, quam ut penitus sentire crederetur.
Paucioribus Drusum et finem Illyrici motus laudavit; sed intentior, et fida oratione : cunctaque quæ Germanicus indulserat servavit, etiam apud pannonicos exercitus.

LIII. Eodem anno Julia supremum diem obiit, ob impudicitiam olim a patre Augusto Pandateria insula [1], mox oppido
Rheginorum, qui Siculum fretum accolunt, clausa. Fuerat in
matrimonio Tiberii, florentibus Caio et Lucio Cæsaribus, spreveratque ut imparem; nec alia tam intima Tiberio causa, cur

LII. Ces nouvelles donnèrent à Tibère de la joie et de l'inquiétude.
Il voyait avec plaisir la sédition apaisée, mais avec peine les gratifications et les congés anticipés, qui avaient acquis à Germanicus la faveur des soldats. La gloire militaire du jeune César le
troublait aussi. Cependant il rendit compte au sénat de ses services,
et fit de son courage beaucoup d'éloges, mais en termes trop magnifiques pour qu'ils parussent l'expression d'un sentiment vrai. Il
loua Drusus, le pacificateur de l'Illyrie, en moins de mots, mais
mieux, d'une manière plus franche, et il étendit aux légions de
Pannonie les concessions de Germanicus.

LIII. Cette même année mourut Julie, fille d'Auguste, que son
père avait enfermée jadis pour ses débauches, d'abord dans l'île de
Pandatère, et ensuite à Rhégium, sur les bords du détroit de Sicile. Dans le temps où florissaient les Césars Lucius et Caius, on
lui avait fait épouser Tibère, qu'elle méprisait comme indigne de
son rang ; et ce fut même la vraie raison qui le décida pour lors à

LII. Ea nuntiata
affecere Tiberium
lætitia curaque :
gaudebat seditionem
oppressam ;
sed angebatur,
quod quæsivisset
favorem militum
largiendis pecuniis
et missione festinata,
quoque gloria bellica
Germanici.
Tamen retulit ad senatum
de rebus gestis,
memoravitque
de virtute ejus
multa,
magis adornata verbis
in speciem,
quam ut crederetur
sentire penitus.
Laudavit paucioribus
Drusum et finem
motus Illyrici ;
sed intentior,
et oratione fida :
servavitque cuncta
quæ Germanicus
indulserat,
etiam apud exercitus
pannonicos.

LIII. Eodem anno Julia
obiit supremum diem,
clausa olim
a patre Augusto
ob impudicitiam
insula Pandateria,
mox oppido Rheginorum,
qui accolunt
fretum Siculum.
Fuerat
in matrimonio Tiberii,
Caio et Lucio Cæsaribus
florentibus,
spreveratque ut imparem ;
nec alia causa tam intima
Tiberio,

LII. Ces choses annoncées
affectèrent Tibere
de joie et d'inquiétude :
il se réjouissait la sédition
avoir été étouffée ;
mais il était tourmenté,
de ce qu'il avait recherché
la faveur des soldats
en donnant de l'argent
et par le congé avancé,
et aussi par la gloire guerrière
de Germanicus.
Cependant il fit-un-rapport au sénat
sur les choses faites,
et il rappela
sur le courage de lui
beaucoup de choses,
plus ornées de mots
pour l'apparence,
qu'*il n'eût fallu* pour qu'il fût cru
penser *ainsi* intérieurement.
Il loua en moins de *termes*
Drusus et la fin
du trouble d'-Illyrie ;
mais avec-plus-d'énergie,
et par un discours franc :
et il maintint toutes les choses
que Germanicus
avait accordées,
même dans les armées
de-Pannonie.

LIII. La même année Julie
passa *son* dernier jour,
elle qui avait été enfermée autrefois
par *son* père Auguste
pour impudicité
dans l'île *de* Pandatère,
puis dans la ville des Rhéginiens,
qui habitent-auprès
du détroit de-Sicile.
Elle avait été
dans le mariage de (mariée à) Tibère,
Caius *César* et Lucius César
étant florissants,
et elle *l'*avait méprisé comme inégal *à elle* ;
et *il n'y eut* pas d'autre cause si profonde
pour Tibère,

Rhodum abscederet : imperium adeptus, extorrem, infamem, et, post interfectum Postumum Agrippam, omnis spei egenam, inopia ac tabe longa peremit, obscuram fore necem longinquitate exsilii ratus. Par causa sævitiæ in Sempronium Gracchum, qui familia nobili, solers ingenio, et prave facundus, eamdem Juliam in matrimonio M. Agrippæ temeraverat. Nec is libidini finis : traditam Tiberio, pervicax adulter contumacia et odiis in maritum accendebat; litteræque, quas Julia patri Augusto cum insectatione Tiberii scripsit, a Graccho compositæ credebantur. Igitur amotus Cercinam [1], Africi maris insulam, quatuordecim annis exsilium toleravit. Tunc milites ad cædem missi invenere in prominenti littoris, nihil lætum opperientem : quorum adventu breve tempus petivit, ut suprema mandata uxori Alliariæ per litteras daret; cervicemque percussoribus obtulit, constantia mortis haud indignus Sem-

se retirer à Rhodes. Depuis, Tibère parvint à l'empire, et Julie fut bannie, déshonorée; la mort de son fils Postume Agrippa lui enlevait ses dernières espérances ; enfin Tibère la fit périr lentement de misère et de faim, se flattant qu'à la suite d'un si long exil sa mort ne serait point remarquée. De semblables motifs armèrent sa cruauté contre Sempronius Gracchus. Cet homme, d'un grand nom, d'un esprit délié, doué d'une éloquence dont il usait pour le mal, avait souillé le premier mariage de cette même Julie avec M. Agrippa. L'adultère ne cessa pas avec cette union, son amour opiniâtre la suivit dans la maison de Tibère, et il aigrissait contre ce nouvel époux son orgueil et sa haine. Il passa même pour l'auteur d'une lettre emportée que Julie écrivit à Auguste contre Tibère ; ce qui fit reléguer Sempronius dans l'île de Cercine, sur les côtes d'Afrique. Là, depuis quatorze ans, il souffrait les rigueurs de l'exil. Il vit, d'une pointe de l'île, arriver les soldats qu'on envoyait pour le tuer; il pressentit son malheur, demanda un moment pour écrire ses dernières volontés à sa femme Alliaria, puis il offrit sa tête aux

cur absceederet Rhodum :	pour qu'il se retirât à Rhodes :
adeptus imperium ,	ayant obtenu l'empire ;
peremit inopia	il fit-périr de misère
ac longa tabe	et de lente langueur
extorrem , infamem ,	*elle* bannie , déshonorée ,
et egenam omnis spei ,	et dénuée de toute espérance ,
post Postumum Agrippam	après Postumus Agrippa
interfectum ,	mis-à-mort ,
ratus necem fore obscuram	persuadé *sa* mort devoir être obscure
longinquitate exsilii.	par la longueur de *son* exil.
Par causa sævitiæ	Semblable *fut* le motif de *sa* cruauté
in Sempronium Gracchum,	envers Sempronius Gracchus,
qui familia nobili ,	qui d'une famille noble ,
solers ingenio ,	subtil d'esprit ,
et facundus prave ,	et éloquent avec-dépravation ,
temeraverat	avait souillé
eamdem Juliam	*cette* même Julie
in matrimonio M. Agrippæ.	dans le mariage de (mariée à) M. Agrippa.
Nec is finis	Et ce ne *fut* pas la fin
libidini :	à (de) *leur* passion-criminelle :
adulter pervicax ,	adultère opiniâtre ,
accendebat in maritum	il enflammait contre *son* mari
contumacia et odiis	par l'orgueil et la haine
traditam Tiberio ;	*elle* livrée (mariée) à Tibère ;
litteræque ,	et les lettres ,
quas Julia scripsit	que Julie écrivit
patri Augusto	à *son* père Auguste
cum insectatione Tiberii ,	avec médisance de (contre) Tibère ,
credebantur compositæ	étaient crues *avoir été* composées
a Graccho.	par Gracchus.
Igitur amotus Cercinam ,	Donc relégué à Cercine ,
insulam maris Africi ,	île de la mer d'-Afrique ,
toleravit exsilium	il supporta l'exil
quatuordecim annis.	pendant quatorze ans.
Tunc milites	Alors les soldats
missi ad cædem	envoyés pour le meurtre
invenere	trouvèrent
in prominenti littoris ,	sur la *partie* proéminente du rivage ,
opperientem nihil lætum :	*lui* qui n'attendait rien d'agréable :
adventu quorum petivit	à l'arrivée desquels il demanda
tempus breve ,	un temps court ,
ut daret per litteras	pour qu'il donnât par lettres
suprema mandata	*ses* dernières volontés
uxori Alliariæ ;	à *son* épouse Alliaria ;
obtulitque cervicem	et il tendit le cou
percussoribus ,	aux meurtriers ,
haud indignus	non indigne

pronio nomine : vita degeneraverat. Quidam non Roma eos milites, sed ab L. Asprenate, proconsule Africæ, missos tra-didere, auctore Tiberio, qui famam cædis posse in Asprena-tem verti frustra speraverat.

LIV. Idem annus novas cærimonias accepit, addito sodalium Augustalium sacerdotio ; ut quondam T. Tatius, retinendis Sabinorum sacris, sodales Titios instituerat. Sorte ducti e pri-moribus civitatis unus et viginti : Tiberius Drususque, et Claudius et Germanicus adjiciuntur. Ludos Augustales tunc primum cœpta turbavit discordia, ex certamine histrionum. Indulserat ei ludicro Augustus, dum Mæcenati obtemperat, effuso in amorem Bathylli; neque ipse abhorrebat talibus studiis, et civile rebatur misceri voluptatibus vulgi. Alia Tiberio morum via; sed populum, per tot annos molliter habitum, nondum audebat ad duriora vertere.

meurtriers, assez digne, par la fermeté de sa mort, du nom de Sempronius, que démentit toute sa vie. Quelques-uns rapportent que les soldats ne vinrent point de Rome, que ce fut L. Asprénas, proconsul d'Afrique, qui les envoya par l'ordre de Tibère, lequel s'était en vain flatté de détourner les soupçons sur le proconsul.

LIV. On créa la même année une nouvelle institution religieuse, le collége des prêtres d'Auguste, comme jadis Titus Tatius, pour conserver le culte des Sabins, avait créé les prêtres Titiens. On tira au sort parmi les grands de Rome vingt et un pontifes, aux-quels on adjoignit Tibère, Drusus, Claude et Germanicus. Les jeux Augustaux furent troublés par le premier désordre auquel aient donné lieu les rivalités des histrions. Auguste avait toléré ce genre de spectacle, par complaisance pour Mécène, épris d'un violent amour pour Bathylle. D'ailleurs il ne haïssait pas lui-même ces sortes d'amusements, et il croyait de bonne politique de se mêler souvent aux plaisirs du peuple. Telle n'était point la conduite de Tibère; mais il n'osait pas encore effaroucher par des rigueurs un peuple longtemps accoutumé à un régime plus doux.

nomine Sempronio / du nom de-Sempronius
constantia mortis : / par la fermeté de sa mort :
degeneraverat vita. / il avait dégénéré par sa vie.
Quidam tradidere / Quelques-uns ont rapporté
eos milites missos / ces soldats avoir été envoyés
non Roma, / non de Rome,
sed ab L. Asprenate, / mais par L. Asprénas,
proconsule Africæ, / proconsul d'Afrique,
Tiberio auctore, / Tibère étant l'auteur de l'ordre,
qui speraverat frustra / lui qui avait espéré en vain
famam cædis / la renommée du meurtre
posse verti / pouvoir être détournée
in Asprenatem. / sur Asprénas.

LIV. Idem annus / LIV. La même année
accepit novas cærimonias, / reçut de nouvelles cérémonies,
sacerdotio / le sacerdoce
sodalium Augustalium / des confrères Augustaux
addito ; / ayant été ajouté ;
ut quondam T. Tatius / comme autrefois T. Tatius
instituerat sodales Titios, / avait institué des confrères Titiens,
retinendis / pour conserver
sacris Sabinorum. / les rites sacrés des Sabins.
Viginti et unus / Vingt et un
e primoribus civitatis / des premiers citoyens de la ville
ducti sorte : / furent tirés au sort :
Tiberius Drususque, / Tibère et Drusus,
et Claudius et Germanicus / et Claude et Germanicus
adjiciuntur. / sont ajoutés.
Discordia cœpta / Une dissension commencée
tunc primum / alors pour-la-première-fois
turbavit ludos Augustales, / troubla les jeux Augustaux,
ex certamine histrionum. / par suite d'une rivalité d'histrions.
Augustus indulserat / Auguste avait toléré
ei ludicro, / ce divertissement,   [pour) Mécène,
dum obtemperat Mæcenati, / pendant qu'il cède à (par complaisance
effuso in amorem Bathylli ; / éperdu d'amour de (pour) Bathylle ;
neque ipse abhorrebat / et lui-même ne répugnait pas
talibus studiis, / à de tels goûts,
et rebatur civile / et jugeait politique
misceri voluptatibus vulgi. / de se mêler aux plaisirs de la foule.
Alia via morum / Un autre système de morale
Tiberio ; / était à Tibère ;
sed audebat nondum / mais il n'osait pas encore
vertere ad duriora / tourner vers des habitudes plus sévères
populum, / le peuple,
habitum molliter / gouverné doucement
per tot annos. / pendant tant d'années.

LV. Druso Cæsare, C. Norbano consulibus, decernitur Germanico triumphus, manente bello; quod, quanquam in æstatem summa ope parabat, initio veris et repentino in Cattos excursu præcepit. Nam spes incesserat dissidere hostem in Arminium ac Segestem, insignem utrumque perfidia in nos aut fide. Arminius turbator Germaniæ, Segestes parári rebellionem sæpe alias, et supremo convivio, post quod in arma itum, aperuit, suasitque Varo « ut se et Arminium et ceteros proceres vinciret; nihil ausuram plebem, principibus amotis; atque ipsi tempus fore quo crimina et innoxios discerneret. » Sed Varus fato et vi Arminii cecidit. Segestes, quanquam consensu gentis in bellum tractus, discors manebat, auctis privatim odiis, quod Arminius filiam ejus, alii pactam, rapuerat, gener invisus inimici soceri;

LV. Sous le consulat de Drusus César et de C. Norbanus, on décerna le triomphe à Germanicus, quoique la guerre ne fût pas terminée. Il se disposait à la pousser vigoureusement pendant l'été, ce qui ne l'empêcha pas de faire par avance, dès les premiers jours du printemps, une soudaine incursion chez les Cattes. Il fondait de grandes espérances sur les querelles de Ségeste et d'Arminius, qui partageaient la Germanie. Ces deux hommes avaient signalé, l'un sa fidélité envers nous, l'autre sa perfidie. Arminius avait soulevé les Germains; Ségeste, au contraire, nous avertit souvent de la révolte qu'on tramait, et notamment au dernier festin qui précéda les hostilités. Il avait même conseillé à Varus de le faire arrêter, lui, Arminius et les principaux capitaines. La nation n'eût rien entrepris, ayant perdu ses chefs, et Varus eût ensuite à loisir discerné les amis et les traîtres; mais sa destinée et l'ascendant d'Arminius poussèrent Varus à sa perte. Ségeste, entraîné à la guerre par l'impulsion générale, n'en resta pas moins l'ennemi d'Arminius. Des haines personnelles l'aigrissaient encore contre cet homme, qui lui avait enlevé sa fille, promise à un autre. Gendre et beau-père, ils ne s'en détestaient que plus; et ce qui resserre l'union.

LV. Druso Cæsare,
C. Norbano consulibus,
triumphus decernitur
Germanico,
bello manente;
quod præcepit
initio veris
et excursu repentino
in Cattos,
quanquam parabat
in æstatem
summa ope.
Nam spes incesserat
hostem dissidere
in Arminium
ac Segestem,
utrumque insignem
perfidia aut fide in nos.
Arminius
turbator Germaniæ,
Segestes aperuit
rebellionem parari
sæpe alias,
et supremo convivio,
post quod itum in arma;
suasitque Varo
« ut vinciret se
et Arminium
et ceteros proceres;
plebem ausuram nihil,
principibus amotis;
atque ipsi tempus fore
quo discerneret
crimina et innoxios. »
Sed Varus cecidit
fato et vi Arminii.
Segestes,
quanquam tractus
in bellum
consensu gentis,
manebat discors,
odiis auctis privatim,
quod Arminius
apuerat filiam ejus,
pactam alii,
gener invisus
soceri inimici;

LV. Drusus César
et C. Norbanus étant consuls,
le triomphe est décerné
à Germanicus,
la guerre durant encore;
laquelle il anticipa
au commencement du printemps
et par une excursion soudaine
chez les Cattes,
quoiqu'il la préparât
pour l'été
avec les plus grandes ressources.
Car l'espoir lui était venu
l'ennemi être-partagé
entre Arminius
et Ségeste,
l'un-et-l'autre signalé
par sa perfidie ou sa fidélité envers nous.
Arminius
était l'agitateur de la Germanie,
Ségeste nous découvrit
une révolte se préparer
souvent d'autres-fois,
et dans le dernier festin,
après lequel on alla (on courut) aux armes;
et il conseilla à Varus
« qu'il enchaînât lui
et Arminius
et les autres grands:
la multitude ne devoir oser rien,
une fois les chefs écartés;
et à lui-même (Varus) du temps devoir être
pendant lequel il discernerait
les griefs et les innocents. »
Mais Varus tomba
par le destin et la force d'Arminius
Ségeste,
quoique entraîné
à la guerre
par l'unanimité de la nation,
restait en-dissentiment,
sa haine étant augmentée en-particulier,
parce que Arminius
avait enlevé la fille de lui,
promise à un autre,
gendre odieux
d'un beau-père ennemi;

quæque apud concordes vincula caritatis, incitamenta irarum apud infensos erant.

LVI. Igitur Germanicus quatuor legiones, quinque auxiliarium millia, et tumultuarias catervas Germanorum cis Rhenum colentium Cæcinæ tradit : totidem legiones, duplicem sociorum numerum ipse ducit; positoque castello super vestigia paterni præsidii in monte Tauno, expeditum exercitum in Cattos rapit, L. Apronio ad munitiones viarum et fluminum relicto. Nam, rarum illi cœlo, siccitate et amnibus modicis inoffensum iter properaverat; imbresque et fluminum auctus regredienti metuebantur [1]. Sed Cattis adeo improvisus advenit, ut, quod imbecillum ætate ac sexu, statim captum aut trucidatum sit. Juventus flumen Adranam nando tramiserat [2], Romanosque pontem cœptantes arcebant : dein tormentis sagittisque pulsi, tentatis frustra conditionibus pacis, quum quidam ad Germani-

quand on s'aime, n'était pour ces cœurs divisés par la haine qu'un aiguillon de colère.

LVI. Germanicus donne donc à Cécina quatre légions, cinq mille auxiliaires, et les milices germaines levées à la hâte en deçà du Rhin. Il prend pour lui le même nombre de légions et le double d'alliés, relève un ancien fort que son père avait bâti sur le mont Taunus, et avec ses troupes les plus lestes, fond sur les Cattes. Il avait laissé L. Apronius pour travailler aux digues et aux chemins. Le printemps étant sec et les rivières basses, ce qui est rare en ce climat, rien n'avait arrêté sa marche; mais il craignait au retour les pluies et les débordements. Les Cattes ne s'attendaient nullement à cette irruption. Tous ceux que leur sexe ou leur âge laissait sans défense furent pris aussitôt, ou massacrés. Les jeunes guerriers avaient passé l'Eder à la nage, et ils voulaient empêcher les Romains d'y jeter un pont. Repoussés par nos machines et nos flèches, ils entament sans fruit une négociation; quelques-uns se rendent à

quæque vincula caritatis	et ce qui *est* un lien d'amitié
apud concordes,	pour des *cœurs* unis,
erant incitamenta irarum	était un aiguillon de colère
apud infensos.	pour des *cœurs* hostiles.
LVI. Igitur Germanicus	LVI. Donc Germanicus
tradit Cæcinæ	remet à Cécina
quatuor legiones,	quatre légions,
quinque millia	cinq milliers
auxiliarium,	d'auxiliaires,
et catervas tumultuarias	et les bandes levées-à-la-hâte
Germanorum colentium	des Germains qui habitent
cis Rhenum :	en-deçà du Rhin :
ipse ducit totidem legiones,	lui-même conduit tout-autant de légions.
numerum duplicem	un nombre double
sociorum :	d'alliés :
castelloque posito	et un fort ayant été élevé
super vestigia	sur les traces
præsidii paterni	d'un poste de-*son*-père
in monte Tauno,	sur le mont Taunus,
rapit in Cattos	il entraîne contre les Cattes
exercitum expeditum,	*son* armée sans-bagages,
L. Apronio relicto	L. Apronius ayant été laissé
ad munitiones	pour les travaux
viarum et fluminum.	des routes et des fleuves.
Nam, rarum illi cœlo,	Car, chose rare pour ce climat,
properaverat	il avait accéléré
iter inoffensum	*sa* marche non-gênée
siccitate	grâce à la sécheresse
et amnibus modicis ;	et aux rivières basses ;
imbresque	et les pluies
et auctus fluminum	et les crues des fleuves
metuebantur regredienti.	étaient-à-craindre pour *lui* revenant.
Sed advenit	Mais il arriva
adeo improvisus Cattis,	tellement inattendu pour les Cattes,
ut, quod imbecillum	que *tout* ce qui *était* faible
ætate ac sexu,	d'âge et de sexe,
sit statim captum	fut aussitôt pris
aut trucidatum.	ou massacré.
Juventus tramiserat nando	La jeunesse avait traversé en nageant
flumen Adranam,	le fleuve *de* l'Éder,
arcebantque Romanos	et ils écartaient les Romains
cœptantes pontem :	qui commençaient un pont :
dein pulsi tormentis	ensuite repoussés par *nos* machines
sagittisque,	et par *nos* flèches,
conditionibus pacis	des conditions de paix
tentatis frustra,	ayant été tentées en vain,
quum quidam perfugissent	lorsque quelques-uns se furent réfugiés

cum perfugissent, reliqui, omissis pagis vicisque, in silvas disperguntur. Cæsar, incenso Mattio (id genti caput), aperta populatus, vertit ad Rhenum : non auso hoste terga abeuntium lacessere , quod illi moris, quoties astu magis quam per formidinem cessit. Fuerat animus Cheruscis juvare Cattos ; sed exterruit Cæcina huc illuc ferens arma ; et Marsos, congredi ausos, prospero prælio cohibuit.

LVII. Neque multo post legati a Segeste venerunt, auxilium orantes adversus vim popularium, a quis circumsedebatur; validiore apud eos Arminio, quando bellum suadebat : nam barbaris, quanto quis audacia promptus, tanto magis fidus; rebusque motis potior habetur. Addiderat Segestes legatis filium, nomine Segimundum ; sed juvenis conscientia cunctabatur : quippe, anno quo Germaniæ descivere , sacerdos apud Aram Ubiorum creatus, ruperat vittas, profugus ad rebelles. Addu-

Germanicus ; le reste, abandonnant leurs bourgades et leurs villages, se disperse dans les bois. César, après avoir brûlé Mattium, capitale de ces peuples, et ravagé le plat pays, tourna vers le Rhin ; l'ennemi intimidé n'osa point inquiéter sa retraite; ce qu'il faisait toutes les fois que sa fuite était un artifice, et non pas, comme alors, l'effet de la peur. Les Chérusques avaient voulu secourir les Cattes ; mais Cécina, en menaçant plusieurs lieux à la fois , les alarma pour , eux-mêmes. Les Marses osèrent l'attaquer; une victoire les réprima.

LVII. Bientôt après, il arriva des députés de la part de Ségeste pour implorer notre secours contre la violence de ses propres concitoyens qui le tenaient assiégé. Arminius avait pris l'ascendant, parce qu'il conseillait la guerre; car, chez les Barbares , plus on a d'audace et de résolution , plus on obtient de confiance ; et ceux qui bouleversent tout, sont préférés. Ségeste avait adjoint aux députés Ségimond , son fils; mais une conscience inquiète arrêtait ce jeune homme : l'année où les Germains se révoltèrent, nommé prêtre à l'Autel des Ubiens, il avait rompu ses bandelettes sacrées pour aller se joindre aux rebelles. Toutefois , enhardi par l'espoir de la clé-

ad Germanicum,	auprès de Germanicus,
reliqui,	le reste,
pagis vicisque omissis,	bourgs et villages étant abandonnés,
disperguntur in silvas.	se disperse dans les forêts.
Cæsar,	César (Germanicus),
Mattio incenso	Mattium ayant été incendié
(id caput genti),	(c'était la capitale à (de) cette nation),
populatus aperta,	ayant ravagé les lieux découverts,
vertit ad Rhenum :	tourna vers le Rhin :
hoste non auso lacessere	l'ennemi n'ayant pas osé attaquer
terga abeuntium,	les derrières d'eux se retirant,
quod moris illi,	ce qui est d'habitude à lui,
quoties cessit astu	toutes les fois qu'il s'est retiré par ruse
magis quam	plus que
per formidinem.	par crainte.
Animus fuerat Cheruscis	L'intention avait été aux Chérusques
juvare Cattos;	d'aider les Cattes;
sed Cæcina exterruit	mais Cécina les effraya
ferens arma huc illuc;	portant ses armes çà et là;
et prælio prospero	et par un combat heureux
cohibuit Marsos,	il contint les Marses,
ausos congredi.	qui avaient osé en-venir-aux-mains.
LVII. Neque multo post	LVII. Et non beaucoup après
legati venerunt a Segeste,	des députés vinrent de la part de Ségeste,
orantes auxilium	implorant du secours
adversus vim popularium,	contre la violence de ses compatriotes
a quis circumsedebatur;	par lesquels il était assiégé;
Arminio validiore apud eos,	Arminius étant plus puissant auprès d'eux,
quando suadebat bellum :	puisqu'il conseillait la guerre :
nam barbaris,	car chez les barbares,
tanto magis fidus,	on est d'autant plus digne-de-confiance,
quanto quis promptus	qu'on est plus prompt
audacia;	par l'audace :
habeturque potior	et on passe-pour préférable
rebus motis.	les affaires étant bouleversées.
Segestes addiderat legatis	Ségeste avait joint aux députés
filium,	son fils,
nomine Segimundum;	de nom Ségimond;
sed juvenis cunctabatur	mais le jeune-homme hésitait
conscientia :	par remords :
quippe, anno quo	en effet, l'année où
Germaniæ descivere,	les Germanies se révoltèrent
creatus sacerdos	créé prêtre
apud Aram Ubiorum,	à l'Autel des Ubiens,
ruperat vittas,	il avait rompu ses bandelettes,
profugus ad rebelles.	fuyant vers les rebelles.
Tamen adductus in spem	Cependant amené à l'espoir

ctus tamen in spem clementiæ romanæ, pertulit patris mandata,
benigneque exceptus, cum præsidio gallicam in ripam missus
est. Germanico pretium fuit convertere agmen; pugnatumque
in obsidentes, et ereptus Segestes magna cum propinquorum
et clientium manu. Inerant feminæ nobiles; inter quas uxor
Arminii, eademque filia Segestis, mariti magis quam parentis
animo, neque victa in lacrimas, neque voce supplex, compressis
intra sinum manibus, gravidum uterum intuens. Ferebantur et
spolia Varianæ cladis, plerisque eorum qui tum in deditionem
veniebant prædæ data. Simul Segestes ipse, ingens visu, et memoria bonæ societatis impavidus. Verba ejus in hunc modum fuere :

LVIII. « Non hic mihi primus erga populum romanum fidei
et constantiæ dies. Ex quo a divo Augusto civitate donatus
sum, amicos inimicosque ex vestris utilitatibus delegi; neque
odio patriæ (quippe proditores, etiam iis quos anteponunt,

mence des Romains, il ne refusa point le message de son père. On
l'accueillit favorablement, et on l'envoya, avec une escorte, de l'autre côté du Rhin. Germanicus sentit l'importance de revenir sur ses
pas : on combattit les assiégeants, on délivra Ségeste avec une troupe
nombreuse de ses parents et de ses clients. Il s'y trouvait des femmes
de la plus haute naissance, entre autres, l'épouse d'Arminius. Quoique fille de Ségeste, elle avait l'esprit de son époux bien plus que
celui de son père; elle marchait sans verser une larme, sans se permettre une prière, les mains jointes sur son sein, les yeux fixés sur
le fruit qu'elle portait. Venaient ensuite les dépouilles de l'armée de
Varus, échues dans le partage du butin à la plupart de ceux qui se
livraient alors à nous. Au milieu d'eux, on distinguait Ségeste à sa
taille gigantesque et à l'air d'assurance que lui donnait le souvenir
de sa fidèle amitié. Il parla en ces termes :

LVIII. « Ce n'est point d'aujourd'hui que j'ai manifesté mon attachement et ma fidélité au peuple romain : depuis qu'Auguste m'a
mis au nombre de vos citoyens, je n'ai connu d'amis et d'ennemis
que ceux de Rome. Et ce n'est point par haine contre ma patrie, car
les traîtres sont odieux à ceux mêmes qu'ils servent ; mais les intérêts

clementiæ romanæ,
de la clémence romaine,

pertulit mandata patris,
il apporta les commissions de son père,

exceptusque benigne,
et reçu avec-bonté,

est missus cum præsidio
il fut envoyé avec une escorte

in ripam Gallicam.
sur la rive gauloise du Rhin.

Fuit pretium Germanico
Il y eut de l'importance pour Germanicus

convertere agmen;
à changer sa marche;

pugnatumque
et on combattit

in obsidentes,
contre les assiégeants,

et Segestes ereptus
et Ségeste fut enlevé

cum magna manu
avec une grande troupe

propinquorum
de ses proches

et clientium.
et de ses clients.

Feminæ nobiles inerant;
Des femmes nobles s'y-trouvaient;

inter quas uxor Arminii,
parmi lesquelles l'épouse d'Arminius,

eademque filia Segestis,
et la même fille de Ségeste,

animo mariti
animée du cœur de son mari

magis quam parentis,
plus que de celui de son père;

neque victa in lacrimas,
ni vaincue jusqu'aux larmes,

neque supplex voce,
ni suppliante de voix,

manibus compressis
les mains serrées

intra sinum,
sur son sein,

intuens uterum gravidum.
regardant son ventre gros.

Ferebantur et spolia
Étaient portées aussi les dépouilles

cladis Varianæ,
de la défaite de-Varus,

data prædæ
données en proie

plerisque eorum
à la plupart de ceux

qui veniebant tum
qui venaient alors

in deditionem.
à soumission.

Simul Segestes ipse,
En même temps Ségeste lui-même

ingens visu,
grand d'aspect,

et impavidus
et sans-peur

memoria bonæ societatis.
par le souvenir d'une bonne alliance.

Verba ejus
Les paroles de lui

fuere in hunc modum:
furent de cette sorte:

LVIII. « Hic dies
LVIII. « Ce jour

non mihi primus
n'est pas pour moi le premier

fidei et constantiæ
de fidélité et de constance

erga populum romanum.
envers le peuple romain.

Ex quo sum donatus
Depuis que je fus gratifié

civitate a divo Augusto,
du droit-de-cité par le divin Auguste,

delegi amicos inimicosque
j'ai choisi amis et ennemis

ex vestris utilitatibus;
d'après vos intérêts;

neque odio patriæ
et non par haine de ma patrie

(quippe proditores
(car les traîtres

sunt invisi, iis etiam
sont odieux, à ceux même

quos anteponunt),
qu'ils préfèrent),

invisi sunt), verum quia Romanis Germanisque idem condu-
cere, et pacem quam bellum probabam[1]. Ergo raptorem filiæ
meæ, violatorem fœderis vestri Arminium, apud Varum, qui
tum exercitui præsidebat, reum feci. Dilatus segnitia ducis,
quia parum præsidii in legibus erat, ut me et Arminium et
conscios vinciret flagitavi : testis illa nox[2], mihi utinam potius
novissima ! Quæ secuta sunt, defleri magis quam defendi pos-
sunt : ceterum et injeci catenas Arminio, et a factione ejus
injectas perpessus sum. Atque, ubi primum tui copia, vetera
novis, et quieta turbidis antehabeo : neque ob præmium, sed
ut me perfidia exsolvam; simul genti Germanorum idoneus
conciliator, si pœnitentiam quam perniciem maluerit. Pro juventa et errore filii veniam precor; filiam necessitate huc ad-
ductam fateor : tuum erit consultare, utrum prævaleat, quod
ex Arminio concepit, an quod ex me genita est. » Cæsar clementi responso liberis propinquisque ejus incolumitatem, ipsi

de Rome et ceux de la Germanie m'ont paru inséparables, et la paix
préférable à la guerre. Aussi, le ravisseur de ma fille, l'infracteur
de vos traités, Arminius fut-il dénoncé par moi-même à ce Varus
qui commandait alors votre armée. Rebuté des lenteurs de votre chef,
et n'espérant rien de la faiblesse des lois, je le pressai de nous en-
chaîner tous, Arminius, ses complices et moi-même. J'en atteste
cette nuit fatale, et plût aux dieux qu'elle eût été la dernière de ma
vie! Ce qui s'est passé depuis, je le déplore plus que je ne le justifie.
Toutefois, j'ai donné des fers à Arminius, et sa faction m'en a donné
à son tour. Enfin, dès qu'il m'a été donné de vous voir, j'ai préféré
l'ancien état de choses au nouveau, la tranquillité au trouble; non
en vue d'aucune récompense, mais afin de me laver du soupçon de
perfidie, et en même temps pour ménager une médiation aux Germains, s'ils veulent prévenir leur perte par le repentir. Je demande
grâce pour la jeunesse et l'erreur de mon fils. Je conviens que la nécessité seule amène ici ma fille : c'est à vous de juger si vous devez
voir en elle la femme d'Arminius plutôt que la fille de Ségeste. »
Germanicus lui répondit avec douceur, promit toute sûreté à ses enfants et à ses proches, et à lui-même un établissement dans une de

verum quia probabam	mais parce que je reconnaissais
idem conducere	la même chose convenir
Romanis Germanisque,	aux Romains et aux Germains,
et pacem quam bellum.	et la paix *valoir mieux* que la guerre.
Ergo feci Arminium,	Donc je fis Arminius,
raptorem meæ filiæ,	ravisseur de ma fille,
violatorem vestri fœderis,	infracteur de votre traité,
reum apud Varum,	accusé auprès de Varus,
qui tum præerat exercitui.	qui alors commandait *votre* armée.
Dilatus segnitia ducis,	Retardé par la lenteur de *ce* chef,
quia parum præsidii	parce que peu d'appui
erat in legibus,	était dans les lois,
flagitavi ut vinciret me	je *le* suppliai qu'il enchaînât moi
et Arminium et conscios :	et Arminius et *ses* complices :
illa nox testis,	cette nuit *est* témoin,
utinam potius	plût-aux-dieux-que plutôt
novissima mihi !	*elle eût été* la dernière pour moi !
Quæ secuta sunt,	Les choses qui suivirent
possunt defleri	peuvent être déplorées
magis quam defendi :	plus qu'être défendues :
ceterum et injeci	d'ailleurs et j'ai mis
catenas Arminio,	des fers à Arminius,
et perpessus sum injectas	et j'en ai enduré mis-sur *moi*
a factione ejus.	par la faction de lui.
Atque antehabeo,	Et je préfère,
ubi primum copia tui,	dès que liberté de *voir* toi *est à moi*,
vetera novis,	les choses anciennes aux nouvelles,
et quieta turbidis :	et le repos au trouble :
neque ob præmium,	et non pour une récompense,
sed ut exsolvam me	mais pour que j'absolve moi
perfidia ;	*du reproche* de perfidie ;
simul conciliator idoneus	et aussi *pour être* un médiateur utile
genti Germanorum,	à la nation des Germains,
si maluerit pœnitentiam	si elle aime-mieux le repentir
quam perniciem.	que la ruine.
Precor veniam	Je *te* prie *d'accorder* grâce
pro juventa et errore filii ;	pour la jeunesse et l'erreur de *mon* fils ;
fateor filiam	j'avoue *ma* fille
adductam huc necessitate :	*avoir été* conduite ici par la nécessité.
erit tuum consultare,	*ce* sera à-toi de délibérer
utrum prævaleat,	lequel-des-deux doit prévaloir,
quod concepit ex Arminio,	qu'elle a conçu *du fait* d'Arminius,
an quod est genita ex me. »	ou qu'elle est née de moi. »
Cæsar responso clementi	César (Germanicus) par une réponse douce
pollicetur incolumitatem	promet sûreté
liberis propinquisque ejus,	aux enfants et aux proches de lui,
ipsi sedem	à lui-même un établissement

sedem vetere in provincia ¹ pollicetur. Exercitum reduxit,
nomenque imperatoris, auctore Tiberio, accepit. Arminii uxor
virilis sexus stirpem edidit : educatus Ravennæ puer, quo mox
ludibrio conflictatus sit, in tempore memorabo².

LIX. Fama dediti benigneque excepti Segestis vulgata, ut
quibusque bellum invitis ³ aut cupientibus erat, spe vel dolore
accipitur. Arminium , super insitam violentiam, rapta uxor,
subjectus servitio uxoris uterus, vecordem agebant : volitabatque per Cheruscos, arma in Segestem, arma in Cæsarem poscens ; neque probris temperabat : «Egregium patrem! magnum
imperatorem! fortem exercitum! quorum tot manus unam mulierculam avexerint. Sibi tres legiones, totidem legatos procu
buisse. Non enim se proditione, neque adversus feminas gravidas, sed palam, adversus armatos bellum tractare : cerni
adhuc Germanorum in lucis signa romana, quæ diis patriis

nos anciennes provinces. Il ramena son armée, et reçut, par ordre
de Tibère , le titre d'*imperator*. La femme d'Arminius mit au monde
un fils, qui fut élevé à Ravenne. Je dirai en son temps comment la
fortune se joua de la destinée de cet enfant.

LIX. La nouvelle de la soumission de Ségeste et du favorable accueil qui lui avait été fait, se répand bientôt chez les Barbares , et ,
suivant qu'ils redoutaient ou désiraient la guerre, elle excita l'espoir
ou l'indignation. Arminius surtout, naturellement violent, furieux
de l'enlèvement de sa femme et de l'esclavage anticipé de son enfant,
se livre aux plus terribles emportements. Il vole chez les Chérusques,
il demande de tous côtés des secours contre Ségeste, et n'épargne pas
les invectives : « Le tendre père! dit-il, le grand général! l'intrépide armée! tant de bras réunis pour enlever une faible femme! Lui,
du moins, il a fait mordre la poussière à trois légions, à trois généraux. Ses armes n'étaient point la trahison, ses ennemis des femmes
enceintes : il ne faisait la guerre qu'à des guerriers, et ouvertement.
On voit encore dans les forêts de la Germanie les enseignes romaines

in vetere provincia.
dans une ancienne province.

Reduxit exercitum,
Il ramena *son* armée,

acceptque nomen
et reçut le nom

imperatoris,
d'impérator,

Tiberio auctore.
Tibère *étant* auteur *de ce titre.*

Uxor Arminii
L'épouse d'Arminius

edidit stirpem sexus virilis:
mit-au-jour un rejeton du sexe masculin

memorabo in tempore,
je rapporterai en *son* temps,

quo ludibrio mox
par quel jeu *du sort* bientôt

sit conflictatus puer
fut tourmenté *cet* enfant

educatus Ravennæ.
élevé à Ravenne.

LIX. Fama Segestis
LIX. La renommée de Ségeste

dediti exceptique benigne
s'étant rendu et ayant été reçu avec-faveur

vulgata
s'étant divulguée

accipitur spe vel dolore,
est accueillie avec espoir ou douleur,

ut bellum erat quibusque
selon que la guerre était à chacun

invitis aut cupientibus.
y répugnant ou *la* désirant.

Arminium,
Quant à Arminius,

super violentiam insitam,
outre sa violence naturelle,

uxor rapta,
son épouse enlevée,

uterus uxoris
le sein de *son* épouse

subjectus servitio,
soumis à l'esclavage,

agebant vecordem :
*l'*excitaient *comme un* furieux :

volitabatque per Cheruscos,
et il volait parmi les Chérusques,

poscens arma in Segestem,
demandant des armes contre Ségeste,

arma in Cæsarem ;
des armes contre César (Germanicus) ;

neque temperabat probris :
et il ne ménageait pas les invectives :

« Egregium patrem !
« L'excellent père !

magnum imperatorem !
le grand général !

fortem exercitum !
la vaillante armée !

quorum tot manus
desquels tant de mains

avexerint
avaient emmené

unam mulierculam.
une seule faible-femme.

Sibi procubuisse
Sous lui (Arminius) être tombées

tres legiones,
trois légions,

totidem legatos.
tout-autant de lieutenants.

e enim tractare bellum
Car lui faire la guerre

on proditione,
non par la trahison,

neque adversus
ni contre

feminas gravidas,
des femmes grosses,

ed palam,
mais ouvertement,

dversus armatos :
contre des *hommes* armés :

erni adhuc
se voir encore

n lucis Germanorum
dans les bois des Germains

igna romana,
les enseignes romaines

uæ suspenderit
qu'il a suspendues *en offrande*

iis patriis.
aux dieux de-la-patrie.

suspenderit. Coleret Segestes victam ripam; redderet filio sacerdotium : homines Germanos nunquam satis excusaturos, quod
inter Albim et Rhenum virgas et secures et togam viderint.
Aliis gentibus, ignorantia imperii Romani, inexperta esse supplicia, nescia tributa [1] : quæ quando exuerint, irritusque dis
cesserit ille inter numina dicatus Augustus, ille delectus Tiberius, ne imperitum adolescentulum, ne seditiosum exercitum
pavescerent. Si patriam, parentes, antiqua mallent, quam
dominos et colonias novas, Arminium potius, gloriæ ac libertatis, quam Segestem, flagitiosæ servitutis ducem, sequerentur.»

LX. Conciti per hæc non modo Cherusci, sed conterminæ
gentes; tractusque in partes Inguiomerus, Arminii patruus,
veteri apud Romanos auctoritate : unde major Cæsari metus.
Et, ne bellum mole una ingrueret, Cæcinam cum quadraginta
cohortibus romanis, distrahendo hosti, per Bructeros ad flu-

qu'il a vouées aux dieux de la patrie. Que Ségeste habite la rive de
l'esclavage, qu'il rende à son fils un vil sacerdoce : jamais des Germains ne lui pardonneront d'avoir vu, entre l'Elbe et le Rhin, les
verges, les haches et la toge. Les autres nations, qui ne connaissent
point la domination romaine, n'endurent ni supplices ni tributs :
pour eux, puisqu'ils s'en sont affranchis, et qu'ils ont su résister à
cet Auguste, devenu dieu, à ce Tibère, élu empereur, que peuvent-
ils craindre d'un enfant sans expérience et d'une armée séditieuse ?
S'ils préfèrent une patrie, une famille, l'antique indépendance à des
maîtres et à des colonies nouvelles, qu'ils suivent Arminius, qui les
mène à la gloire et à la liberté, plutôt que Ségeste, qui les conduit
à une honteuse servitude. »

LX. Il souleva par ces discours, non-seulement les Chérusques,
mais toutes les nations voisines, et entraîna dans la ligue son oncle
Inguiomer, général depuis longtemps en grande réputation chez les
Romains, ce qui redoubla les craintes de Germanicus. Celui-ci,
pour empêcher du moins que tout le poids de la guerre ne tombât
d'un seul côté, et afin de diviser l'ennemi, détache Cécina avec quarante cohortes romaines, et l'envoie par le pays des Bructères, du

Segestes coleret	Que Ségeste habitât
ripam victam ;	une rive vaincue ;
redderet sacerdotium filio :	qu'il rendit le sacerdoce à *son* fils :
homines Germanos	des hommes Germains
nunquam excusaturos satis,	jamais ne devoir *lui* pardonner assez.
quod viderint	de ce qu'ils ont vu
inter Albim et Rhenum	entre l'Elbe et le Rhin
virgas et secures et togam.	les verges et les haches et la toge.
Aliis gentibus,	A d'autres nations,
ignorantia imperii romani,	par ignorance de l'empire romain,
supplicia esse inexperta,	les supplices être inusités,
tributa nescia :	les tributs inconnus :
quæ quando exuerint,	lesquels puisqu'ils ont secoués,
discesseritque irritus	et *qu'il* s'est retiré sans-succès
ille Augustus	cet Auguste
dicatus inter numina,	consacré parmi les divinités,
ille Tiberius delectus,	ce Tibère choisi *après lui*,
ne pavescerent	qu'ils ne craignissent pas
adolescentulum	un tout-jeune-homme
imperitum,	inexpérimenté,
ne	qu'*ils* ne *craignissent* pas
exercitum seditiosum.	une armée séditieuse.
Si mallent patriam,	S'ils aimaient-mieux une patrie,
parentes, antiqua,	des parents, des *coutumes* antiques
quam dominos	que des maîtres
et colonias novas,	et des colonies nouvelles,
sequerentur Arminium,	qu'ils suivissent Arminius,
ducem gloriæ ac libertatis,	guide de gloire et de liberté,
potius quam Segestem,	plutôt que Ségeste,
servitutis flagitiosæ. »	*guide* d'une servitude ignominieuse. »
LX. Per hæc conciti	LX. Par ces *mots furent* soulevés
non modo Cherusci,	non-seulement les Chérusques,
sed gentes conterminæ ;	mais *encore* les nations voisines ;
tractusque in partes	et *fut* entraîné dans la ligue
Inguiomerus,	Inguiomer,
patruus Arminii,	oncle d'Arminius,
veteri auctoritate	*jouissant* d'une ancienne autorité
apud Romanos :	auprès des Romains :
unde metus major Cæsari.	d'où crainte plus grande à César.
Et, ne bellum	Et, de peur que la guerre
ingrueret una mole,	ne tombât-sur *lui* d'une-seule masse,
distrahendo hosti,	pour diviser l'ennemi,
mittit Cæcinam	il envoie Cécina
cum quadraginta	avec quarante
cohortibus romanis	cohortes romaines
per Bructeros	à travers les Bructères
ad flumen Amisiam ;	vers le fleuve *de* l'Ems ;

men Amisiam mittit; equitem Pedo præfectus finibus Frisiorum ducit, ipse impositas navibus quatuor legiones per lacus vexit[1]; simulque pedes, eques, classis, apud prædictum
amnem convenere. Chauci, quum auxilia pollicerentur, in commilitium adsciti sunt. Bructeros, sua urentes, expedita cum
manu L. Stertinius, missu Germanici, fudit; interque cædem
et prædam reperit undevicesimæ legionis aquilam, cum Varo
amissam. Ductum inde agmen ad ultimos Bructerorum : quantumque Amisiam et Luppiam amnes inter, vastatum; haud
procul Teutoburgiensi saltu[2], in quo reliquiæ Vari legionumque insepultæ dicebantur.

LXI. Igitur cupido Cæsarem invadit solvendi suprema militibus ducique; permoto ad miserationem omni qui aderat exercitu, ob propinquos, amicos, denique ob casus bellorum et
sortem hominum. Præmisso Cæcina, ut occulta saltuum scrutaretur, pontesque et aggeres humido paludum et fallacibus cam-

---

côté de l'Ems. Pédon, préfet de camp, conduisit la cavalerie par les
frontières de la Frise; Germanicus lui-même s'embarqua sur les lacs
avec quatre légions; ainsi l'infanterie, la cavalerie, la flotte se trouvèrent à la fois réunies vers le fleuve indiqué. Les Chauques offrirent
des troupes qui furent acceptées. Les Bructères dévastaient leur propre territoire : Germanicus fit marcher contre eux, avec des troupes
légères, L. Stertinius, qui les mit en fuite. Parmi les dépouilles, on
retrouva l'aigle de la dix-neuvième légion, perdue avec Varus. On
pénétra jusqu'aux extrémités de leur pays, et tout l'espace entre
l'Ems et la Lippe fut ravagé. Non loin de là se trouvaient les bois
de Teutberg, où l'on disait que Varus et ses légions étaient restés
sans sépulture.

LXI. Germanicus se sentit pressé du désir de rendre les derniers
devoirs au chef et aux soldats, et toute l'armée était émue de compassion en songeant à des amis, à des proches, aux hasards de la
guerre et au sort de l'humanité. Cécina fut envoyé devant, pour
sonder les profondeurs des forêts, pour établir des ponts et des chaussées sur les terrains marécageux et mouvants; puis l'on s'enfonça

Pedo præfectus
ducit equitem
finibus Frisiorum ;
ipse vexit per lacus
quatuor legiones
impositas navibus ;
pedesque, eques, classis,
convenere simul
apud amnem prædictum.
Quum pollicerentur
auxilia,
Chauci sunt adsciti
in commilitium.
L. Stertinius,
missu Germanici,
fudit cum manu expedita
Bructeros, urentes sua ;
interque cædem et prædam
reperit aquilam
undevicesimæ legionis,
amissam cum Varo.
Inde agmen ductum
ad ultimos Bructerorum :
quantumque
inter amnes Amisiam
et Luppiam,
vastatum ;
haud procul saltu
Teutoburgiensi,
in quo reliquiæ
Vari legionumque
dicebantur insepultæ.
LXI. Igitur cupido
solvendi suprema
militibus ducique
invadit Cæsarem ;
omni exercitu qui aderat
permoto ad miserationem
ob propinquos, amicos,
denique ob casus bellorum
et sortem hominum.
Cæcina præmisso,
ut scrutaretur
occulta saltuum,
imponeretque
pontes et aggeres
humido paludum

Pédon préfet *de camp*
conduit le cavalier (les cavaliers)
par les frontières des Frisons ;
lui-même mena par les lacs
quatre légions
mises-sur des navires ;
et le fantassin, le cavalier, la flotte
se réunirent ensemble
vers le fleuve indiqué-d'avance.
Comme ils promettaient
des secours,
les Chauques furent admis
au nombre-de-*nos*-compagnons d'armes.
L. Stertinius,
par mission de Germanicus,
mit-en-fuite avec une troupe légère
les Bructères, qui brûlaient leur *pays* ;
et parmi le carnage et le butin
il retrouva l'aigle
de la dix-neuvième légion,
qui avait été perdue avec Varus.
De là la troupe *fut* conduite
jusqu'aux derniers *confins* des Bructères,
et autant *de pays* qu'*il y en a*
entre les fleuves *de* l'Ems
et *de* la Lippe.
fut ravagé ;
non loin du bois
de-Teutberg,
dans lequel les débris
de Varus et de *ses* légions
étaient dits *être restés* sans-sépulture.
LXI. Donc le désir
de rendre les derniers *devoirs*
aux soldats et au chef
s'empare de César (Germanicus) ;
toute l'armée qui était-là
étant émue de compassion
pour des proches, des amis,
enfin pour les hasards des guerres
et le sort des hommes.
Cécina ayant été envoyé-en-avant,
pour qu'il sondât
les *parties* cachées des bois
et qu'il établît
des ponts et des chaussées
sur l'humidité des marais

pis imponeret, incedunt mœstos locos, visuque ac memoria
deformes. Prima Vari castra, lato ambitu et dimensis principiis, trium legionum manus ostentabant; dein, semiruto vallo,
humili fossa, accisæ jam reliquiæ consedisse intelligebantur;
medio campi albentia ossa, ut fugerant, ut restiterant, disjecta
vel aggerata. Adjacebant fragmina telorum equorumque artus,
simul truncis arborum antefixa ora; lucis propinquis barbaræ
aræ, apud quas tribunos ac primorum ordinum centuriones
mactaverant. Et cladis ejus superstites, pugnam aut vincula
elapsi, referebant, « hic cecidisse legatos; illic raptas aquilas;
primum ubi vulnus Varo adactum; ubi infelici dextra et suo
ictu mortem invenerit; quo tribunali concionatus Arminius;
quot patibula captivis, quæ scrobes; utque signis et aquilis
per superbiam illuserit. »

dans ces bois sinistres, qui offraient un coup d'œil et des souvenirs
affreux. Le premier camp de Varus, à sa vaste enceinte, aux di-
mensions de sa place d'armes, annonçait le travail des trois légions.
On comprenait, à ses faibles retranchements, à son fossé peu profond, que le second avait servi de retraite à leurs débris. Au milieu
de la plaine, des ossements blanchis, épars ou entassés, selon qu'on
avait fui ou combattu, jonchaient la terre pêle-mêle, avec des
membres de chevaux et des armes brisées : des têtes humaines pen-
daient à des troncs d'arbres; et dans les bois voisins, on voyait les autels barbares sur lesquels furent égorgés les tribuns et les centurions
des premières compagnies. Quelques témoins de cette fatale journée,
échappés au carnage ou aux fers, montraient les lieux où périrent
les lieutenants; ceux où les aigles furent prises; celui où Varus reçut sa première blessure; celui où ce chef infortuné s'acheva de ses
propres mains; le tribunal d'où Arminius harangua; ce qu'il y eut
de gibets, ce qu'il y eut de fosses pour les prisonniers; tous les outrages dont son orgueil accabla les enseignes et les aigles romaines.

campis fallacibus,	et sur les plaines trompeuses,
incedunt locos mœstos,	ils s'avancent dans ces lieux tristes,
deformesque visu	et affreux par la vue
ac memoria.	et par le souvenir.
Prima castra Vari,	Le premier camp de Varus,
lato ambitu	par sa large enceinte
et principiis dimensis,	et ses places-d'armes proportionnées.
ostentabant manus	indiquaient les mains (l'ouvrage)
trium legionum ;	de trois légions ;
dein,	puis,
vallo semiruto,	par un retranchement à-demi-ruiné,
humili fossa,	par un humble fossé,
reliquiæ intelligebantur	leurs débris étaient compris
consedisse jam accisæ ;	s'être arrêtés déjà taillés-en-pièces ;
medio campi	au milieu de la plaine
ossa albentia	étaient des ossements blanchis
disjecta vel aggerata,	épars ou amoncelés,
ut fugerant,	selon qu'ils avaient fui,
ut restiterant.	selon qu'ils avaient résisté.
Adjacebant	Gisaient-auprès
fragmina telorum	des fragments de traits
artusque equorum,	et des membres de chevaux,
simul ora	en même temps des têtes
antefixa truncis arborum ;	fixées à des troncs d'arbres ;
lucis propinquis	dans les bois voisins
aræ barbaræ,	s'élevaient les autels barbares,
apud quas mactaverant	sur lesquels ils avaient immolé
tribunos ac centuriones	les tribuns et les centurions
primorum ordinum.	des premières compagnies.
Et superstites ejus cladis,	Et les survivants de cette défaite,
elapsi pugnam	échappés au combat
aut vincula,	ou aux fers,
referebant,	rapportaient,
« hic cecidisse legatos ;	« ici être tombés les lieutenants ;
illic aquilas raptas ;	là les aigles avoir été enlevées ;
ubi primum vulnus	où la première blessure
adactum Varo ;	fut portée à Varus,
ubi invenerit mortem	où il trouva la mort
dextra infelici	d'une main droite malheureuse
et suo ictu ;	et par son propre coup ;
quo tribunali	de quel tribunal
Arminius concionatus ;	Arminius harangua les siens ;
quot patibula captivis,	combien de gibets pour les captifs,
quæ scrobes ;	quelles fosses creusées pour eux ;
utque illuserit	et comme il insulta
per superbiam	avec orgueil
signis et aquilis. »	aux enseignes et aux aigles. »

LXII. Igitur romanus qui aderat exercitus, sextum post cladis annum, trium legionum ossa, nullo noscente alienas reliquias an suorum humo tegeret, omnes ut conjunctos, ut consanguineos, aucta in hostem ira mœsti simul et infensi, condebant. Primum exstruendo tumulo cespitem Cæsar posuit, gratissimo munere in defunctos, et præsentibus doloris socius. Quod Tiberio haud probatum, seu cuncta Germanici in deterius trahenti, sive exercitum imagine cæsorum insepultorumque tardatum ad prælia et formidolosiorem hostium credebat; neque imperatorem, auguratu et vetustissimis cærimoniis præditum, attrectare feralia debuisse.

LXIII. Sed Germanicus, cedentem in avia Arminium secutus, ubi primum copia fuit, evehi equites, campumque quem hostis insederat eripi jubet. Arminius colligi suos, et propinquare silvis monitos, vertit repente; mox signum pro-

LXII. Ainsi donc, six ans après le massacre de trois légions, une autre armée romaine venait donner la sépulture à leurs ossements délaissés. Incertain s'il renfermait dans la terre la dépouille d'un proche ou d'un étranger, chacun s'intéressait à ces tristes restes, comme à ceux d'un parent ou d'un frère, et, sentant redoubler sa rage contre l'ennemi, les ensevelissait avec une douleur mêlée d'indignation. Germanicus posa le premier gazon du tombeau, honorant les morts par ce devoir pieux, et s'associant à l'affliction des vivants. Tout cela fut blâmé par Tibère, soit qu'il ne pût rien approuver dans Germanicus, soit que le spectacle de tant de milliers d'hommes massacrés et sans sépulture lui parût propre à refroidir l'ardeur du soldat pour la guerre, et à lui inspirer la crainte de l'ennemi, soit enfin qu'il crût la dignité de général, la sainteté de l'augurat et des rites les plus antiques, incompatibles avec ces fonctions funéraires.

LXIII. Cependant Germanicus poursuivait Arminius, qui s'enfonçait dans des lieux impraticables. Dès qu'il put le joindre, il fit marcher la cavalerie pour le chasser d'une plaine qu'il occupait. Arminius avait averti les siens de se replier et de se rapprocher des

LXII. Igitur
exercitus romanus
qui aderat,
condebant ossa
trium legionum,
post sextum annum cladis,
nullo noscente
tegeret humo reliquias
alienas an suorum,
omnes ut conjunctos,
ut consanguineos,
ira in hostem aucta,
mœsti simul et infensi.
Cæsar, munere
gratissimo in defunctos,
et socius doloris
præsentibus,
posuit primum cespitem
tumulo exstruendo.
Quod haud probatum
Tiberio,
seu trahenti in deterius
cuncta Germanici,
sive credebat exercitum
tardatum ad prælia
et formidolosiorem
hostium
imagine cæsorum
insepultorumque ;
neque imperatorem,
præditum auguratu
et cærimoniis
vetustissimis,
debuisse attrectare
feralia.
LXIII. Sed Germanicus,
secutus Arminium
cedentem in avia,
ubi primum copia fuit,
jubet equites evehi,
campumque eripi
quem hostis insederat.
Arminius vertit repente
suos monitos colligi,
et propinquare silvis ;
mox dedit signum
prorumpendi

LXII. Ainsi
l'armée romaine
qui était-là,
couvrait les ossements
de trois légions,
après la sixième année du désastre,
nul ne sachant
s'il couvrait de terre les restes
d'-étrangers ou des siens,
tous comme unis-à-*eux*,
comme *étant* de-même-sang,
leur colère contre l'ennemi s'augmentant,
tristes tout-ensemble et indignés.
César (Germanicus), par un devoir
très-honorable envers les morts,
et s'-associant à la douleur
de *ceux* qui-étaient-présents,
posa le premier gazon
sur le tombeau devant être élevé.
Ce qui ne *fut* pas approuvé
par Tibère,
soit tournant à mal
tous les *actes* de Germanicus,
soit qu'il crût l'armée
avoir été retardée pour les combats
et *rendue* plus-accessible-à-la crainte
des ennemis
par l'image d'*hommes* massacrés
et laissés-sans-sépulture ;
et un général,
orné par l'augurat
et par les cérémonies
les plus antiques,
n'avoir pas dû toucher
des *objets* funèbres.
LXIII. Mais Germanicus,
ayant suivi Arminius
fuyant dans des *lieux* impraticables,
aussitôt que possibilité fut *à lui*,
ordonne les cavaliers se-porter-en-avant,
et la plaine être enlevée
laquelle l'ennemi avait occupée.
Arminius fait-retourner tout à coup
les siens avertis de se replier,
et de s'approcher des forêts ;
bientôt il donna le signal
de s'élancer-en-avant

rumpendi dedit iis quos per saltus occultaverat. Tunc nova
acie turbatus eques, missæque subsidiariæ cohortes, et fugientium agmine impulsæ, auxerant consternationem; trudeban
turque in paludem gnaram vincentibus, iniquam nesciis, ni
Cæsar productas legiones instruxisset : inde hostibus terror,
fiducia militi ; et manibus æquis abscessum. Mox, reducto ad
Amisiam exercitu, legiones classe, ut advexerat, reportat :
pars equitum littore Oceani petere Rhenum jussa : Cæcina, qui
suum militem ducebat, monitus, quanquam notis itineribus re
grederetur, Pontes longos ¹ quam maturrime superare. Angustus is trames, vastas inter paludes, et quondam a L. Domitio ²
aggeratus : cetera limosa, tenacia gravi cœno, aut rivis incerta erant. Circum silvæ paulatim acclives; quas tum Arminius implevit, compendiis viarum et cito agmine, onustum
sarcinis armisque militem quum antevenisset. Cæcinæ dubi-

forêts. Là il les fait tourner brusquement, et donne le signal de l'attaque à ceux qu'il avait cachés dans les bois. La vue d'une nouvelle armée trouble la cavalerie, qui se renverse sur les cohortes
envoyées pour la soutenir, et les entraîne dans sa fuite. Le désordre
devenait général ; ils allaient être poussés dans un marais connu du
vainqueur, dangereux pour des étrangers, lorsque Germanicus fit
avancer les légions en ordre de bataille. Ce mouvement intimide
l'ennemi, rassure nos troupes, et l'on se sépare avec un avantage
égal. Germanicus ramena bientôt ses légions vers l'Ems, et les rem-
barqua sur les vaisseaux qui les avaient apportées. Une partie de la
cavalerie eut ordre de gagner le Rhin, en côtoyant l'Océan. Cécina
conduisit son corps séparément ; et, quoique la route qu'il prit lui fût
connue, on lui recommanda de faire la plus grande diligence pour repasser les longs Ponts : on appelait ainsi une chaussée étroite entre
de vastes marais, anciennement construite par L. Domitius. Des
deux côtés était une fange épaisse, visqueuse ou mouvante par les
sources qui l'entrecoupaient : tout autour s'élevaient des bois en
pente douce. Arminius, avec des troupes plus lestes, avait, par des
chemins plus courts, prévenu nos soldats, chargés d'armes et de
bagages, et s'était posté dans ces bois. Cécina, doutant de pouvoir

lis quos occultaverat
per saltus.
Tunc eques turbatus
nova acie,
cohortesque missæ
subsidiariæ,
et impulsæ agmine
fugientium,
auxerant consternationem;
trudebanturque in paludem
gnaram vincentibus,
iniquam nesciis,
ni Cæsar instruxisset
legiones productas :
inde terror hostibus,
fiducia militi;
et abscessum
manibus æquis.
Mox, exercitu
reducto ad Amisiam,
reportat legiones classe,
ut advexerat :
pars equitum jussa
petere Rhenum
littore Oceani :
Cæcina, qui ducebat
suum militem,
monitus,
quanquam regrederetur
itineribus notis,
superare longos Pontes
quam maturrime.
Is trames angustus,
inter vastas paludes,
et aggeratus quondam
a L. Domitio :
cetera erant limosa,
tenacia cœno gravi,
aut incerta rivis.
Circum silvæ
paulatim acclives;
quas Arminius implevit,
tum quum antevenisset,
mpendiis viarum
t cito agmine,
ilitem onustum
arcinis armisque.

à ceux qu'il avait cachés
dans les bois.
Alors le cavalier *est* troublé
par *cette* nouvelle armée,
et les cohortes *qui avaient été* envoyées
comme auxiliaires,
et *qui furent* entraînées par la troupe
des fuyards,
avaient augmenté le désordre;
et ils étaient jetés dans un marais
connu des vainqueurs,
défavorable à *eux* ne-*le*-connaissant pas
si César (Germanicus) n'eût rangé
les légions amenées-en-avant :
de là terreur pour les ennemis,
confiance pour le soldat;
et on se sépara
à mains égales.
Bientôt, l'armée
ayant été ramenée vers l'Ems,
il rembarque *ses* légions sur la flotte,
comme il *les* avait fait-venir :
une partie des cavaliers reçut-l'ordre
de gagner le Rhin
par le rivage de l'Océan :
Cécina, qui conduisait
son soldat (ses soldats) *séparément*,
fut averti,
quoiqu'il revînt
par des chemins connus,
de passer les longs Ponts
le plus tôt possible.
C'est une chaussée étroite,
entre de vastes marais,
et construite autrefois
par L. Domitius :
les autres *chemins* étaient fangeux.
visqueux par une vase épaisse,
ou mouvants par des ruisseaux.
Tout autour des forêts
insensiblement en-pente;
lesquelles Arminius remplit,
alors qu'il avait prévenu,
par des épargnes de chemins
et par une prompte marche,
un soldat chargé
de bagages et d'armes.

tanti quonam modo ruptos vetustate pontes reponeret, simulque propulsaret hostem, castra metari in loco placuit; ut opus, et alii prælium inciperent.

LXIV. Barbari perfringere stationes, seque inferre munitoribus nisi, lacessunt, circumgrediuntur, occursant; miscetur operantium bellantiumque clamor : et cuncta pariter Romanis adversa; locus uligine profunda, idem ad gradum instabilis, procedentibus lubricus; corpora gravia loricis; neque librare pila inter undas poterant. Contra Cheruscis sueta apud paludes prælia; procera membra; hastæ ingentes ad vulnera facienda quamvis procul. Nox demum inclinantes tum legiones adversæ pugnæ exemit. Germani ob prospera indefessi, ne tum quidem sumpta quiete, quantum aquarum circumsurgentibus jugis oritur, vertere in subjecta : mersaque humo, et obruto

rétablir les ponts que le temps avait rompus, et repousser en même temps l'ennemi, jugea convenable de camper dans cet endroit : il disposa une partie de ses troupes pour l'ouvrage, et l'autre pour le combat.

LXIV. Les Barbares s'efforcent de rompre les corps avancés, afin de percer jusqu'aux travailleurs; ils nous harcellent, nous inquiètent sur les flancs, nous attaquent de front. Le cri des ouvriers se mêle au cri des combattants. Tous les désavantages étaient pour les Romains, embarrassés dans cette fange profonde, où l'on enfonçait en s'arrêtant, où l'on glissait en marchant; leurs lourdes cuirasses les gênaient; ils ne pouvaient ajuster leurs traits au milieu de l'eau; tandis que tout favorisait les Chérusques, et l'habitude de combattre dans les marais, et leur haute stature, et leurs longues lances, qui atteignaient de loin. Nos légions commençaient à plier. Enfin la nuit les dégagea d'un combat inégal. Les Germains, que le succès rendai infatigables, loin de prendre du repos, travaillèrent à détourner toute les eaux qui coulent des hauteurs environnantes, les versèrent dan la vallée, qui en fut submergée, et, noyant tous les ouvrages faits, doublèrent le travail du soldat. C'était la quarantième campagn

Placuit Cæcinæ
dubitanti quonam modo
reponeret pontes
ruptos vetustate,
simulque
propulsaret hostem,
metari castra in loco;
ut inciperent opus,
et alii prælium.

LXIV. Barbari nisi
perfringere stationes,
seque inferre munitoribus,
lacessunt,
circumgrediuntur,
occursant;
clamor operantium
bellantiumque
miscetur :
et cuncta pariter
adversa Romanis;
idem locus
uligine profunda
instabilis ad gradum,
lubricus procedentibus;
corpora
gravia loricis;
neque poterant
librare pila inter undas.
Contra prælia apud paludes
sueta Cheruscis;
membra procera;
hastæ ingentes
ad facienda vulnera
quamvis procul.
Nox demum
exemit pugnæ adversæ
legiones inclinantes tum.
Germani indefessi
ob prospera,
quiete
ne tum quidem sumpta,
vertere in subjecta
quantum oritur aquarum
jugis circumsurgentibus :
humoque mersa,
et quod effectum operis
obruto,

Il plut à Cécina
qui doutait de quelle manière
il rétablirait les ponts
rompus par la vétusté,
et en même temps
repousserait l'ennemi,
de tracer *son* camp dans *ce* lieu ;
pour que *les uns* commençassent le travail,
et les autres le combat.

LXIV. Les barbares s'étant efforcés
de rompre les postes,
et de se porter-contre les travailleurs,
les attaquent,
les entourent,
se-présentent-de-front ;
le cri des travailleurs
et des combattants
se mêle :
et tout également
est désavantageux aux Romains ;
le même lieu
par une humidité profonde
est sans-solidité pour le pas,
glissant pour *ceux* qui s'avancent ;
leurs corps
sont rendus pesants par des cuirasses :
et ils ne pouvaient
brandir *leurs* traits au milieu des eaux.
Au contraire les combats dans les marais
étaient habituels aux Chérusques ;
leurs membres *étaient* grands ;
leurs lances longues
pour faire des blessures
quoique de loin.
La nuit enfin
arracha à un combat désavantageux
nos légions qui pliaient alors.
Les Germains infatigables
à cause de *leurs* succès,
du repos
pas même alors n'étant pris,
détournèrent sur les *lieux* bas
autant qu'il sort d'eaux
des hauteurs qui-s'élevaient-tout-autour :
et la terre étant submergée,
et ce qui *avait été* fait d'ouvrage
étant englouti,

quod effectum operis, duplicatus militi labor. Quadragesimum id stipendium Cæcina parendi aut imperitandi habebat, secundarum ambiguarumque rerum sciens, eoque interritus. Igitur, futura volvens, non aliud reperit, quam ut hostem silvis coerceret, donec saucii, quantumque gravioris agminis anteirent. Nam medio montium et paludum porrigebatur planities, quæ tenuem aciem pateretur. Deliguntur legiones, quinta dextro lateri, unaetvicesima in lævum, primani ducendum ad agmen, vicesimanus adversum secuturos.

LXV. Nox per diversa inquies : quum barbari festis epulis, læto cantu, aut truci sonore subjecta vallium ac resultantes saltus complerent; apud Romanos invalidi ignes, interruptæ voces, atque ipsi passim adjacerent vallo, oberrarent tentoriis, insomnes magis quam pervigiles. Ducemque terruit dira quies;

que faisait Cécina, soit comme chef, soit comme subalterne. Il connaissait les succès et les disgrâces de la guerre; aussi rien ne l'étonnait. Combinant donc sa position, il ne trouva d'autre expédient que d'occuper une petite plaine qui s'étendait entre les montagnes et les marais, et où l'on pouvait ranger quelques troupes en bataille; de là il contiendrait l'ennemi dans les bois, jusqu'à ce qu'il eût fait passer les blessés avec les gros bagages. Il fait un choix des légions; il place la cinquième à la droite, la dix-neuvième à la gauche; il réserve la première pour conduire la marche, la vingtième pour protéger la retraite.

LXV. La nuit, de part et d'autre, fut sans repos; mais quelle différence dans les deux camps! Chez les Barbares, des festins, des chants d'allégresse, ou des cris menaçants que l'écho des bois renvoyait au fond des vallées; chez les Romains, quelques feux languissants, des mots entrecoupés, un accablement général dans les soldats, étendus le long des palissades, errant autour des tentes, moins éveillés qu'incapables de dormir. Leur chef fut tourmenté d'un songe affreux : il crut voir et entendre Quinctilius Varus, tout

labor duplicatus militi.	le travail *fut* doublé au soldat.
Cæcina habebat	Cécina avait (faisait)
id stipendium	cette campagne
quadragesimum	la quarantième
parendi aut imperitandi,	d'obéissance ou de commandement,
sciens rerum secundarum	connaissant les choses favorables
ambiguarumque,	et les *choses* douteuses,
eoque interritus.	et par là sans-peur.
Igitur, volvens futura,	Roulant donc les *chances* à venir,
non reperit aliud,	il ne trouva pas autre chose,
quam ut coerceret	que de contenir
hostem silvis,	l'ennemi dans les forêts,
donec saucii,	tandis que les blessés,
quantumque	et autant qu'*il y avait*
agminis gravioris	de troupes plus pesantes
anteirent.	iraient-en-avant.
Nam medio	Car au milieu (dans l'intervalle)
montium et paludum	des montagnes et des marais
porrigebatur planities,	s'étendait une plaine,
quæ pateretur	qui souffrait (permettait)
tenuem aciem.	une mince ligne-de-bataille.
Legiones deliguntur,	Des légions sont choisies,
quinta lateri dextro,	la cinquième pour le flanc droit,
unaetvicesima in lævum,	la vingt-et-unième pour le *flanc* gauche,
primani	ceux-de-la-première
ad ducendum agmen,	pour conduire la marche,
vicesimanus	celui (ceux)-de-la-vingtième
adversum secuturos.	contre *ceux* qui poursuivraient.
LXV. Nox inquies	LXV. La nuit *fut* sans-repos
per diversa :	par des *causes* diverses :
quum barbari complerent	puisque les barbares remplissaient
subjecta vallium	les *lieux* bas des vallées
ac saltus resultantes	et les bois retentissants
epulis festis, cantu læto,	de repas de-fête, d'un chant joyeux,
aut sonore truci ;	ou d'accents sauvages ;
apud Romanos	*et que* chez les Romains
ignes invalidi,	*c'étaient* des feux languissants,
voces interruptæ,	des voix interrompues,
atque ipsi passim	et *qu'*eux-mêmes çà et là
adjacerent vallo,	étaient-couchés-auprès du retranchement,
oberrarent tentoriis,	erraient-autour des tentes,
magis insomnes	plutôt sans-sommeil
quam pervigiles.	que veillant.
Quiesque dira	Et un sommeil affreux
terruit ducem ;	effraya le général ;
nam visus est	car il parut (il crut)
cernere et audire	voir et entendre

nam Quinctilium Varum, sanguine oblitum et paludibus emersum, cernere et audire visus est, velut vocantem, non tamen
obsecutus, et manum intendentis repulisse. Cœpta luce, missæ
in latera legiones, metu an contumacia, locum deseruere, capto
propere campo, humentia ultra. Neque tamen Arminius, quanquam libero incursu, statim prorupit; sed, ut hæsere cœno fossisque impedimenta, turbati circum milites, incertus signorum
ordo, utque tali in tempore, sibi quisque properus et lentæ adversum imperia aures, irrumpere Germanos jubet, clamitans :
« En Varus [1], et eodem iterum fato victæ legiones ! » Simul hæc,
et cum delectis scindit agmen, equisque maxime vulnera inge-
rit : illi sanguine suo et lubrico paludum lapsantes, excussis
rectoribus, disjicere obvios, proterere jacentes. Plurimus circa
aquilas labor, quæ neque adversum ferri ingruentia tela, neque
figi limosa humo poterant. Cæcina, dum sustentat aciem,

souillé de sang, qui se levait du fond de ces marais, qui l'appelait,
qui étendait ses mains vers lui pour l'entraîner : il est vrai qu'il refusait de le suivre, et le repoussait. Au point du jour, les légions envoyées sur les ailes, soit frayeur, soit mutinerie, quittèrent leur
place et se postèrent à la hâte dans un champ au delà du marais.
Cependant, libre de fondre sur nous, Arminius ne voulut point encore attaquer; mais, dès qu'il vit nos bagages embarrassés dans la
vase et dans les fossés, tout autour les soldats en désordre, les rangs
mal gardés; alors, profitant de la confusion inséparable de ces moments où chacun, ne songeant qu'à soi, n'écoute plus le comman
dement, il fait sonner la charge, en criant : « Voilà Varus! voilà
ses légions que le même destin nous livre une seconde fois! » En
même temps, suivi de l'élite des siens, il enfonce nos bataillons, et
s'attache surtout à blesser les chevaux, qui, glissant sur leur sang
et sur la glaise des marais, renversent leurs cavaliers, dispersent tout
devant eux, écrasent ceux qui sont tombés. Le plus grand désordre
fut autour des aigles, qu'on ne pouvait ni porter à travers une grêle
de traits, ni assujettir dans une terre limoneuse. Cécina, s'efforçant

Quinctilium Varum,
oblitum sanguine
et emersum paludibus,
velut vocantem,
non obsecutus tamen,
et repulisse manum
intendentis.
Luce cœpta,
legiones missæ in latera
deseruere locum,
metu an contumacia,
campo capto propere,
ultra humentia.
Neque tamen Arminius
prorupit statim,
quanquam incursu
libero;
sed, ut impedimenta
hæsere cœno
fossisque,
milites circum turbati,
ordo signorum incertus,
utque in tali tempore,
quisque properus sibi
et aures lentæ
adversum imperia,
jubet Germanos
irrumpere,
clamitans : « En Varus,
et legiones victæ iterum
eodem fato ! »
Simul hæc,
et scindit agmen
cum delectis,
ingeritque vulnera
maxime equis :
illi lapsantes suo sanguine
et lubrico paludum,
rectoribus excussis,
disjicere obvios,
proterere jacentes.
Plurimus labor
circa aquilas,
quæ poterant neque ferri
adversum tela ingruentia,
neque figi humo limosa.
Cæcina,

Quinctilius Varus,
tout-couvert de sang
et se levant des marais,
comme *l'*appelant,
n'ayant pas obéi cependant,
et avoir repoussé la main
de Varus qui-tendait-vers *lui la* sienne.
La lumière (le jour) commencée,
les légions envoyées sur les flancs
quittèrent *leur* place,
par crainte ou par révolte,
une plaine étant prise *par elles* à la hâte
au delà des *lieux* humides.
Et cependant Arminius
ne s'élança point aussitôt,
quoique une charge
étant libre *à lui;*
mais, comme les bagages
s'embarrassèrent dans la boue
et dans les fossés,
que les soldats *tout* autour *étaient* troublés,
que l'ordre des enseignes *était* incertain,
et comme dans une telle circonstance,
chacun *était* pressé pour soi
et *que* les oreilles *étaient* lentes
à l'encontre des commandements,
il ordonne les Germains
s'élancer,
s'écriant : « Voici Varus,
et les légions vaincues une-seconde-fois
par le même destin ! »
En même temps *il dit* ces *mots,*
et il perce *notre* troupe
avec des *hommes* choisis,
et il porte des blessures
surtout aux chevaux :
ceux-ci s'affaissant sur leur sang
et sur le *sol* glissant des marais,
leurs cavaliers étant renversés,
se mettent à disperser ceux-devant *eux,*
à écraser *ceux* qui-étaient-à-terre.
Le plus de peine
fut autour des aigles,
qui ne pouvaient ni être portées
contre les traits qui pleuvaient,
ni être plantées sur une terre fangeuse.
Cécina,

suffosso equo delapsus, circumveniebatur, ni prima legio sese
opposuisset. Juvit hostium aviditas, omissa cæde, prædam
sectantium; enisæque legiones, vesperascente die, in aperta et
solida. Neque is miseriarum finis : struendum vallum, petendus
agger [1] : amissa magna ex parte per quæ egeritur humus [2] aut
exciditur cespes ; non tentoria manipulis, non fomenta sauciis;
infectos cœno aut cruore cibos dividentes, funestas tenebras,
et tot hominum millibus unum jam reliquum diem, lamenta-
bantur.

LXVI. Forte equus, abruptis vinculis vagus et clamore territus, quosdam occurrentium obturbavit. Tanta inde consterna-
tio irrupisse Germanos credentium, ut cuncti ruerent ad portas,
quarum decumana maxime petebatur [3], aversa hosti et fugientibus tutior. Cæcina, comperto vanam esse formidinem, quum
tamen neque auctoritate, neque precibus, ne manu quidem ob-

de soutenir le choc, eut son cheval tué sous lui; il tomba, et allait
être enveloppé, sans les efforts de la première légion. L'avidité des
ennemis, plus occupés du butin que du carnage, nous sauva ; et, vers
le soir, les légions parvinrent à gagner un terrain découvert et so-
lide. Mais leurs maux n'étaient point à leur terme. Il fallut construire
un rempart, chercher des matériaux. On avait perdu la plupart des
outils nécessaires pour creuser la terre et couper le gazon. On n'avait
point de tentes pour les soldats, point de médicaments pour les
blessés : en se partageant quelques vivres souillés de boue et de sang,
on se lamentait sur cette nuit funeste et sur le lendemain, qui devait être le dernier jour de tant de milliers d'hommes.

LXVI. Dans ce moment, un cheval échappé, effrayé par les cris,
renversa quelques hommes sur son passage. Aussitôt ce fut une con
sternation générale; on crut que les Germains avaient pénétré dans
le camp. Tous les soldats se précipitent vers les portes ; la plupart
courent à la porte décumane, qui, étant la plus éloignée de l'ennemi,
paraissait plus sûre. Cécina, instruit que c'était une fausse alarme, ne
pouvait retenir les fuyards ni par autorité, ni par prières, ni par

dum sustentat aciem,	pendant qu'il soutient l'armée,
delapsus equo	tombé de *son* cheval
suffosso,	*qui avait été* tué-sous *lui,*
circumveniebatur,	était enveloppé,
ni prima legio	si la première légion
sese opposuisset.	ne se fût mise-devant.
Aviditas hostium	L'avidité des ennemis
sectantium prædam,	qui recherchaient le butin,
cæde omissa,	le carnage étant laissé-de-côté,
juvit;	aida *les Romains;*
dieque vesperascente,	et le jour inclinant-vers-le-soir,
legiones enisæ	les légions parvinrent-péniblement
in aperta et solida.	dans des *lieux* découverts et solides.
Neque is finis miseriarum :	Et ce ne *fut* pas la fin de *leurs* misères :
struendum vallum,	il fallait élever un retranchement,
petendus agger :	il fallait chercher des matériaux :
per quæ humus egeritur	*les outils* par lesquels la terre se-tire
aut cespes exciditur	ou le gazon se coupe
amissa ex magna parte;	*avaient été* perdus en grande partie ;
non tentoria manipulis,	point de tentes pour les compagnies,
non fomenta sauciis;	point de médicaments pour les blessés :
dividentes cibos	*se* partageant des vivres
infectos cœno aut cruore,	souillés de boue ou de sang,
lamentabantur	ils déploraient
tenebras funestas,	des ténèbres funestes
et unum diem	et le seul jour
reliquum jam	qui-restait enfin
tot millibus hominum.	à tant de milliers d'hommes.
LXVI. Forte equus,	LXVI. Par hasard un cheval,
vagus vinculis abruptis	errant *ses* liens étant rompus
et territus clamore,	et effrayé par les cris,
obturbavit quosdam	jeta-le-désordre-parmi quelques-uns
occurrentium.	de *ceux* qui-se-trouvaient-au-passage.
Inde consternatio tanta	De là la consternation *fut* si grande
credentium Germanos	d'*eux* qui croyaient les Germains
irrupisse,	avoir fait-irruption,
ut cuncti	que tous
ruerent ad portas,	se précipitaient vers les portes,
quarum decumana	desquelles la décumane
petebatur maxime,	était gagnée surtout,
aversa hosti	étant tournée-du-côté-opposé à l'ennemi
et tutior fugientibus.	et plus sûre pour *eux* fuyant.
Cæcina, comperto	Cécina, *cela* étant reconnu,
formidinem esse vanam,	la terreur être vaine,
quum tamen	comme cependant
quiret obsistere,	il ne pouvait résister,
aut retinere militem	ou (ni) retenir le soldat

sistere, aut retinere militem quiret, projectus in limine portæ, miseratione demum, quia per corpus legati eundum erat, clausit viam ; simul tribuni et centuriones falsum pavorem docuerunt.

LXVII. Tunc, contractos in principia , jussosque dicta cum silentio accipere, temporis ac necessitatis monet : « Unam in armis salutem ; sed ea consilio temperanda , manendumque intra vallum, donec expugnandi hostes spe propius succederent : mox undique erumpendum ; illa eruptione ad Rhenum perveniri ; quod si fugerent, plures silvas, profundas magis paludes , sævitiam hostium superesse ; at victoribus decus, gloriam. » Quæ domi cara, quæ in castris honesta, memorat : reticuit de adversis. Equos dehinc, orsus a suis, legatorum tribunorumque, nulla ambitione , fortissimo cuique bellatori tradit, ut hi, mox pedes, in hostem invaderent.

force. Enfin , il se jette tout étendu sur le seuil de la porte, fermant le passage avec son corps; et les soldats, émus enfin de pitié, eurent honte de fouler aux pieds leur général. En même temps les tribuns et les centurions les détrompèrent sur le sujet de leur frayeur.

LXVII. Alors Cécina les rassemble sur la place d'armes, et, leur ayant recommandé le silence, il leur représente la situation de l'armée: « Qu'ils n'ont de ressource que dans leur courage, mais qu'il faut le tempérer par la prudence ; qu'il faut rester dans les retranchements jusqu'à ce que l'ennemi s'avance dans l'espoir de les forcer ; qu'alors ils sortiront brusquement de tous côtés ; que cette sortie les mène au Rhin ; qu'ils trouveront, s'ils fuient, plus de forêts, des marais plus profonds, des ennemis cruels ; que, vainqueurs, au contraire, l'honneur et les distinctions les attendent. » Il leur rappelle ce qu'ils ont de cher dans leurs foyers, de glorieux dans le camp ; il se tait sur le reste. Puis il fait amener les chevaux des tribuns et des centurions , en commençant par les siens, et, sans rien consulter que le mérite, il les donne aux plus braves. Ceux-ci devaient charger d'abord, ensuite l'infanterie.

neque auctoritate,
ni par autorité,

neque precibus,
ni par prières,

ne manu quidem,
pas même par la main (par force),

projectus in limine portæ,
s'étant couché sur le seuil de la porte,

clausit viam
ferma le chemin

demum miseratione,
seulement par la pitié,

quia erat eundum
parce qu'il fallait marcher

per corpus legati;
sur le corps du lieutenant;

simul tribuni
en même temps les tribuns

et centuriones
et les centurions

docuerunt pavorem falsum.
montrèrent la terreur *être* fausse.

LXVII. Tunc monet
LXVII. Alors il instruit

temporis ac necessitatis
du temps et de la nécessité

contractos in principia,
eux rassemblés sur la place-d'armes,

jussosque accipere dicta
et commandés de recevoir *ses* paroles

cum silentio :
en silence :

« Unam salutem in armis;
« L'unique salut *être* dans les armes;

sed ea temperanda
mais elles devoir être réglées

consilio,
par la prudence,

manendumque
et falloir rester

intra vallum
dans le retranchement,

donec hostes
jusqu'à ce que les ennemis

succederent propius
s'avançassent plus près

spe expugnandi :
dans l'espoir de *le* forcer :

mox erumpendum
bientôt (alors) falloir sortir

undique;
de tous côtés;

illa eruptione
par cette sortie-*là*

perveniri ad Rhenum;
être possible de parvenir jusqu'au Rhin;

quod si fugerent,
que s'ils fuyaient,

plures silvas,
plus de forêts,

paludes magis profundas,
des marais plus profonds,

sævitiam hostium
la cruauté des ennemis

superesse;
rester (les attendre);

at victoribus
mais à *eux* vainqueurs

decus, gloriam. »
l'honneur, la gloire. »

Memorat
Il *leur* rappelle

quæ cara domi,
ce qu'*ils ont* de cher dans *leurs* foyers,

quæ honesta in castris :
ce qu'*ils ont* de glorieux dans le camp :

reticuit de adversis.
il se tut sur les revers.

Dehinc tradit equos
Ensuite il remet les chevaux

legatorum tribunorumque,
des lieutenants et des tribuns,

orsus a suis,
ayant commencé par les siens,

cuique bellatori
à chaque guerrier

fortissimo,
le plus vaillant,

nulla ambitione,
sans aucune brigue (distinction),

ut hi, mox pedes,
afin que ceux-ci *d'abord*, puis le fantassin,

invaderent in hostem.
chargeassent l'ennemi.

LXVIII. Haud minus inquies Germanus spe , cupidine , et diversis ducum sententiis agebat : Arminio, « sinerent egredi, egressosque rursum per humida et impedita circumvenirent ,» suadente : atrociora Inguiomero, et læta barbaris, ut vallum armis ambirent; « promptam expugnationem, plures captivos, incorruptam prædam fore. » Igitur, orta die, proruunt fossas[1], injiciunt crates, summa valli prensant , raro super milite et quasi ob metum defixo. Postquam hæsere munimentis, datur cohortibus signum, cornuaque ac tubæ concinuere : exin clamore et impetu tergis Germanorum circumfunduntur, exprobrantes, « non hic silvas, nec paludes, sed æquis locis æquos deos. » Hosti , facilo excidium et paucos ac semiermos cogitanti, sonus tubarum, fulgor armorum, quanto inopina, tanto

LXVIII. L'espérance, l'avidité du pillage , la lutte des opinions entre les chefs ne tenaient pas les Germains moins éveillés. Arminius conseillait de laisser décamper les Romains, pour les envelopper de nouveau , lorsqu'ils seraient engagés dans des lieux humides et difficiles. Inguiomer voulait , au contraire , qu'on attaquât les retranchements, promettant un prompt succès , plus de prisonniers, un meilleur butin. Cet avis plus hardi plut aux Barbares. Dès le matin , ils remplissent les fossés , jettent des claies, cherchent à saisir le haut des palissades. Nos soldats se montrent sur le rempart, clair semés et comme transis de frayeur. Dès que Cécina voit les Germains embarrassés dans les retranchements, il donne le signal à ses troupes ; tous les clairons , toutes les trompettes sonnent à la fois ; les Romains sortent brusquement, enveloppent les Barbares de leurs cris et de leurs armes, leur reprochant leur lâcheté : « Ce ne sont point ici des forêts, des marais; mais un terrain égal et des dieux équitables. » L'ennemi comptait sur une destruction facile ; il nous croyait en petit nombre et mal armés. Le bruit des trompettes et l'éclat des armes venant à le saisir tout à coup, la surprise ajoute encore à son effroi :

LXVIII. Germanus
agebat
haud minus inquies
spe, cupidine,
et diversis sententiis
ducum :
Arminio suadente,
« sinerent egredi,
rursumque
circumvenirent egressos
per humida et impedita :
Inguiomero
atrociora,
et læta barbaris,
ut ambirent armis
vallum ;
« expugnationem
fore promptam,
captivos plures,
prædam incorruptam. »
Igitur, die orta,
proruunt fossas,
injiciunt crates,
prensant summa valli,
milite raro super
et quasi defixo ob metum.
Postquam hæsere
munimentis,
signum datur cohortibus,
cornuaque ac tubæ
concinuere :
exin clamore et impetu
circumfunduntur
tergis Germanorum,
exprobrantes,
« non hic silvas,
nec paludes,
sed locis æquis
deos æquos. »
Sonus tubarum,
fulgor armorum
tanto majora,
quanto inopina,
offunduntur hosti
cogitanti excidium facile
et paucos
ac semiermos ;

LXVIII. Le Germain
passait *le temps*
non moins agité
par l'espoir, l'avidité,
et les différents avis
des chefs :
Arminius conseillant,
« qu'ils laissassent sortir *les Romains*,
et que de nouveau
ils enveloppassent *eux* sortis
à travers des *lieux* humides et difficiles : »
Inguiomer *conseillant*
des choses plus violentes
et agréables aux barbares, *savoir*,
qu'ils assiégeassent en armes
le retranchement ;
« la prise-d'assaut
devoir être prompte,
les prisonniers plus nombreux,
le butin non-gâté »
Donc, le jour étant levé,
ils comblent les fossés,
jettent-dessus des claies,
saisissent le haut du retranchement,
le soldat *étant* rare dessus
et comme immobile de frayeur.
Lorsqu'ils s'accrochèrent
aux remparts,
le signal est donné aux cohortes,
et les clairons et les trompettes
sonnèrent-ensemble :
puis avec un cri et un élan
les Romains enveloppent
les derrières des Germains,
en *les* invectivant,
« n'*y avoir* point ici de forêts,
ni de marais,
mais dans les lieux égaux (unis)
des dieux égaux (impartiaux). »
Le son des trompettes,
l'éclat des armes
d'autant plus puissants,
qu'*ils étaient* inattendus,
se-répandent-sur l'ennemi
qui rêvait une ruine facile
et des *gens* peu-nombreux
et à-demi-armés ;

majora offunduntur ; cadebantque, ut rebus secundis avidi, ita
adversis incauti. Arminius integer, Inguiomerus post grave
vulnus, pugnam deseruere : vulgus trucidatum est, donec ira
et dies permansit. Nocte demum reversæ legiones, quamvis
plus vulnerum, eadem ciborum egestas fatigaret, vim, sanitatem, copias, cuncta in victoria habuere.

LXIX. Pervaserat interim circumventi exercitus fama, et infesto Germanorum agmine Gallias peti : ac, ni Agrippina impositum Rheno pontem solvi prohibuisset, erant qui id flagitium formidine auderent. Sed femina, ingens animi, munia
ducis per eos dies induit, militibusque, ut quis inops aut saucius, vestem et fomenta dilargita est. Tradit C. Plinius[1], germanicorum bellorum scriptor, stetisse apud principium pontis,
laudes et grates reversis legionibus habentem. Id Tiberii animum altius penetravit : « Non enim simplices eas curas, nec
adversus externos militem quæri : nihil relictum imperatori-

il se laisse tuer, aussi déconcerté dans le malheur que présomptueux
dans le succès. Arminius et Inguiomer quittent le combat, l'un sain
et sauf, l'autre grièvement blessé. La multitude est massacrée, tant
que dure le jour et la colère du soldat. La nuit enfin ramena les légions
avec plus de blessures et la même disette de vivres, mais elles retrou-
vèrent tout, la force, la santé, l'abondance dans la victoire.

LXIX. Cependant le bruit s'était répandu que les Germains avaient
enveloppé l'armée, et que leurs troupes victorieuses menaçaient les
Gaules : et si Agrippine n'eût empêché de rompre le pont jeté sur le
Rhin, il y en avait que la terreur eût portés à cette lâcheté. Cette
femme magnanime fit alors les fonctions de général, et elle distribua
des habits, des secours et des médicaments à tous les soldats pauvres
ou blessés. L'historien des guerres de Germanie, Pline, rapporte
qu'elle se tint à la tête du pont, complimentant à leur passage et
remerciant les légions. Cette action s'imprima profondément dans
l'âme de Tibère. « De tels soins, selon lui, cachaient des vues secrètes, et ce n'était pas contre l'étranger qu'on cherchait à gagner
le soldat. Il ne restait plus rien à faire aux empereurs, dès qu'une

cadebantque,
ita incauti rebus adversis,
ut avidi secundis.
Arminius integer,
Inguiomerus
post vulnus grave,
deseruere pugnam :
vulgus est trucidatum,
donec ira et dies permansit.
Nocte demum
legiones reversæ,
quamvis plus vulnerum,
eadem egestas ciborum
fatigaret,
habuere cuncta in victoria,
vim, sanitatem, copias.
   LXIX. Interim fama
exercitus circumventi
pervaserat,
et Gallias peti
agmine infesto
Germanorum :
ac, ni Agrippina
prohibuisset pontem
impositum Rheno
solvi,
erant qui formidine
auderent id flagitium.
Sed femina, ingens animi,
induit per eos dies
munia ducis,
dilargitaque est militibus
vestem et fomenta,
ut quis inops aut saucius.
C. Plinius, scriptor
bellorum Germanicorum,
tradit stetisse
apud principium pontis,
habentem laudes et grates
legionibus reversis.
Id penetravit altius
animum Tiberii :
« Eas enim curas
non simplices,
nec militem quæri
adversus externos :
  ihil relictum

et ils tombaient, [contraires,
ainsi déconcertés dans les circonstances
comme avides dans les *circonstances* heu-
Arminius non-blessé, [reuses.
Inguiomer
après une blessure grave,
quittèrent le combat :
la multitude fut massacrée,
tant que la colère et le jour durèrent.
A la nuit seulement
les légions revenues,
quoique plus de blessures,
et la même disette de vivres
les fatiguassent,
eurent (trouvèrent) tout dans la victoire,
force, santé, abondance.
   LXIX. Cependant la renommée
de l'armée enveloppée
s'était répandue,
et les Gaules être menacées
par les troupes hostiles
des Germains :
et, si Agrippine
n'eût empêché le pont
placé-sur le Rhin
être rompu,
il y avait *des soldats* qui par frayeur
eussent osé cette infamie.
Mais *cette* femme, grande d'âme,
revêtit pendant ces jours-*là*
les fonctions du général,
et distribua aux soldats
habits et médicaments,
selon que chacun *était* pauvre ou blessé.
C. Pline, écrivain
des guerres de-Germanie,
rapporte *elle* s'être tenue
à la tête du pont,
ayant des louanges et des remercîments
pour les légions revenues.
Cela pénétra plus profondément
le cœur de Tibère :
« Car ces soins-*là*
n'*être* pas naturels,
et le soldat n'être pas recherché
contre les étrangers :
rien n'*être* laissé

bus, ubi femina manipulos intervisat, signa adeat, largitionem tentet; tanquam parum ambitiose filium ducis gregali habitu circumferat, Cæsaremque Caligulam appellari velit. Potiorem jam apud exercitus Agrippinam, quam legatos, quam duces: compressam a muliere seditionem, cui nomen principis obsi·stere non quiverit. » Accendebat hæc onerabatque Sejanus, peritia morum Tiberii odia in longum jaciens, quæ reconderet, auctaque promeret.

LXX. At Germanicus legionum, quas navibus vexerat, secundam et quartamdecimam itinere terrestri P. Vitellio ducendas tradit, quo levior classis vadoso mari innaret, vel reciproco sideret. Vitellius primum iter sicca humo, aut modice allabente æstu, quietum habuit : mox, impulsu aquilonis, simul sidere æquinoctii quo maxime tumescit Oceanus, rapi agique agmen : et opplebantur terræ : eadem freto, littori, campis facies ; neque discerni poterant incerta ab solidis, brevia a pro-

femme passait en revue les centuries, se mêlait au milieu des enseignes, essayait les largesses : comme si c'était montrer peu d'ambition que de promener partout, en habit de soldat, le fils d'un général, de donner à un César le nom de Caligula. Agrippine déjà l'emportait à l'armée sur les lieutenants, sur les généraux. Une femme avait étouffé une sédition que le nom du prince n'avait pu arrêter. » Séjan envenimait encore et aggravait ces soupçons : connaissant le cœur de Tibère, il y semait de bonne heure des haines qui, nourries en silence, devaient éclater un jour plus terribles.

LXX. Cependant Germanicus, pour alléger ses vaisseaux sur une mer pleine de bas-fonds, ou pour s'échouer plus doucement à l'instant du reflux, détache deux de ses légions, la seconde et la quatorzième, et charge Vitellius de les conduire par terre. La marche d'abord fut heureuse, sur un terrain sec, ou que le flux mouillait faiblement. Bientôt le vent du nord se joignant aux grandes marées de l'équinoxe refoula les vagues sur nos bataillons : les eaux couvraient la terre. Déjà l'on ne distinguait plus la mer, le rivage, les campagnes, les fonds solides ou mouvants, les gués ou les préci-

imperatoribus,	aux empereurs,
ubi femina	*là* où une femme
intervisat manipulos,	visite les troupes,
adeat signa,	approche des enseignes,
tentet largitionem ;	essaye les largesses ;
tanquam circumferat	comme si elle promenait
parum ambitiose	peu ambitieusement
filium ducis	le fils du général
habitu gregali,	en habit de-simple-soldat.
velitque Cæsarem	et voulait un César
appellari Caligulam.	être appelé Caligula.
Agrippinam jam potiorem	Agrippine déjà *être* plus puissante
apud exercitus,	auprès des armées,
quam legatos,	que des lieutenants,
quam duces :	que des généraux :
seditionem,	une sédition,
cui nomen principis	à laquelle le nom du prince
non quiverit obsistere,	n'a pu s'opposer,
compressam a muliere. »	*avoir été* étouffée par une femme. »
Sejanus accendebat	Séjan irritait
onerabatque hæc,	et aggravait ces *soupçons*,
jaciens in longum	jetant pour un long *temps*
peritia morum Tiberii	par expérience du caractère de Tibère
odia, quæ reconderet,	des haines, que *celui-ci* cachât,
promeretque aucta.	et fît-éclater *une fois* augmentées.
LXX. At Germanicus	LXX. Mais Germanicus
tradit P. Vitellio	remet à P. Vitellius
ducendas itinere terrestri	pour être conduites par la route de-terre
secundam legionum	la seconde des légions
et quartamdecimam,	et la quatorzième,
quas vexerat navibus,	qu'il avait amenées sur des navires,
quo classis levior	afin que la flotte plus légère
innaret mari vadoso,	voguât sur une mer pleine-de-bas-fonds,
vel sideret reciproco.	ou s'échouât au reflux.
Vitellius habuit primum	Vitellius eut d'abord
iter quietum humo sicca,	un chemin paisible sur un terrain sec
aut æstu allabente modice :	ou le flux y venant à peine :
mox, impulsu aquilonis,	bientôt, par l'impulsion de l'aquilon,
simul sidere æquinoctii	*et* aussi par l'influence de l'équinoxe,
quo Oceanus	par laquelle l'Océan
tumescit maxime,	s'enfle le plus,
agmen rapi agique :	la troupe d'être entraînée et emportée :
et terræ opplebantur :	et les terres se couvraient :
eadem facies	le même aspect *était*
freto, littori, campis ;	à la mer, au rivage, aux campagnes ;
neque incerta poterant	et les *terrains* mouvants ne pouvaient
discerni ab solidis.	être distingués des solides,

fundis : sternuntur fluctibus, hauriuntur gurgitibus; jumenta,
sarcinæ, corpora exanima, interfluunt, occursant : permiscentur
inter se manipuli, modo pectore, modo ore tenus exstantes,
aliquando, subtracto solo, disjecti aut obruti. Non vox et mutui
hortatus juvabant, adversante unda : nihil strenuus ab ignavo,
sapiens ab imprudenti, consilia a casu differre : cuncta pari
violentia involvebantur. Tandem Vitellius, in editiora eni-
sus, eodem agmen subduxit. Pernoctavere sine utensilibus.
sine igne, magna pars nudo aut mulcato corpore, haud
minus miserabiles quam quos hostis circumsidet; quippe
illis etiam honestæ mortis usus, his inglorium exitium. Lux red-
didit terram; penetratumque ad amnem Unsingin [1], quo Cæsar
classe contenderat. Impositæ deinde legiones, vagante fama
submersas; nec fides salutis, antequam Cæsarem exercitum-
que reducem videre.

pices. Culbutés par les flots, submergés dans les abîmes, les Romains
étaient encore embarrassés par le choc continuel des chevaux, des
bagages, des corps morts flottant de tous côtés. Les compagnies se
confondent; les soldats sont dans l'eau, tantôt jusqu'à la poitrine,
tantôt jusqu'au visage; quelquefois la terre leur manque, ils dispa-
raissent. Ni la voix du chef, ni leurs exhortations mutuelles ne pouvaient rien contre l'impétuosité des vagues; le brave n'avait au cun
avantage sur le lâche, le prudent sur le téméraire, la réflexion sur le
hasard : tous étaient également emportés par la violence des eaux.
Enfin Vitellius parvient à gagner une hauteur : il y retire son armée.
Ils passèrent la nuit sans feu, sans provisions, la plupart nus ou
meurtris de coups, non moins à plaindre que ceux que l'ennemi tient
assiégés de toutes parts: au moins un trépas honorable s'offre à ceux-
ci; eux, ils n'attendaient qu'une mort sans gloire. Heureusement la
terre reparut avec le jour, et l'on atteignit les bords de l'Hunsing, où
Germanicus avait conduit sa flotte. Les légions y furent rembar-
quées. Le bruit courut qu'elles avaient été submergées, et l'on ne
fut détrompé sur leur sort qu'en revoyant Germanicus et son armée
de retour.

brevia a profundis :	les gués des abîmes ;
sternuntur fluctibus ,	*les soldats* sont renversés par les flots ,
hauriuntur gurgitibus ;	sont engloutis dans les goι ffres ;
jumenta , sarcinæ ,	chevaux , bagages ,
corpora exanima ,	corps privés-de-vie ,
interfluunt, occursant :	flottent-entre *les rangs* , se heurtent :
manipuli	les manipules
permiscentur inter se ,	se confondent entre eux ,
exstantes	s'elevant-hors *de l'eau*
modo pectore tenus ,	tantôt jusqu'à la poitrine ,
modo ore ,	tantôt *jusqu'à* la figure .
aliquando disjecti	quelquefois dispersés
aut obruti ,	ou engloutis ,
solo subtracto.	le sol se-dérobant-sous *eux*.
Vox et hortatus mutui	La voix et les encouragements mutuels
non juvabant ,	ne *les* aidaient pas ,
unda adversante :	l'onde luttant-contre *eux*:
strenuus differre nihil	le brave ne différer *en* rien
ab ignavo ,	du lâche ,
sapiens ab imprudenti ,	le sage de l'imprudent ,
consilia a casu :	le conseil du hasard :
cuncta involvebantur	tout était entraîné
pari violentia.	avec une égale violence.
Tandem Vitellius ,	Enfin Vitellius ,
enisus in editiora ,	parvenu-avec-effort à des *lieux* plus hauts,
subduxit agmen eodem.	amena l'armée au même endroit.
Pernoctavere	Ils y passèrent-toute-la-nuit
sine utensilibus, sine igne,	sans ustensiles , sans feu ,
magna pars	une grande partie
corpore nudo aut mulcato ,	le corps nu ou meurtri ,
haud minus miserabiles	non moins dignes-de-pitié
quam quos	que *ceux* que
hostis circumsidet ;	l'ennemi entoure ;
quippe illis etiam	car à ceux-là encore
usus mortis honestæ ,	*est* la ressource d'une mort honorable ,
his exitium inglorium.	*mais* à ceux-ci le trépas *est* sans gloire.
Lux reddidit terram ;	Le jour *leur* rendit la terre ;
penetratumque	et on pénétra
ad amnem Unsingin ,	jusqu'au fleuve Hunsing,
quo Cæsar (Germanicus)	où César (Germanicus)
contenderat classe.	s'était dirigé avec *sa* flotte.
Deinde legiones impositæ,	Ensuite les légions *furent* embarquées
fama vagante submersas ;	le bruit se répandant *elles* submergées ;
nec fides salutis,	et la croyance à *leur* salut ne *s'établit* pas,
antequam videre	avant qu'on eût vu
Cæsarem exercitumque	César (Germanicus) et *son* armée
reducem.	de-retour.

LXXI. Jam Stertinius, ad accipiendum in deditionem Segimerum, fratrem Segestis, præmissus, ipsum et filium ejus in
civitatem Ubiorum perduxerat. Data utrique venia, facile Segimero, cunctantius filio; quia Quinctilii Vari corpus illusisse
dicebatur. Ceterum, ad supplenda exercitus damna certavere
Galliæ, Hispaniæ, Italia, quod cuique promptum, arma, equos
aurum offerentes. Quorum laudato studio Germanicus, armis
modo et equis ad bellum sumptis, propria pecunia militem juvit;
utque cladis memoriam etiam comitate leniret, circumire saucios, facta singulorum extollere : vulnera intuens, alium spe,
alium gloria, cunctos alloquio et cura, sibique et prælio firmabat.

LXXII. Decreta eo anno triumphalia insignia [1] A. Cæcinæ,
L. Apronio, C. Silio, ob res cum Germanico gestas. Nomen
Patris patriæ Tiberius, a populo sæpius ingestum, repudiavit:
neque in acta sua jurari [2], quanquam censente senatu, per-

LXXI. Déjà Stertinius, détaché pour recevoir à discrétion Ségimer, frère de Ségeste, l'avait amené, lui et son fils, dans la cité
des Ubiens. On pardonna facilement au père, plus difficilement au
fils, qu'on disait avoir insulté le cadavre de Varus. Les Gaules, les
Espagnes, l'Italie rivalisèrent de zèle pour réparer les pertes de l'armée; chacun offrit ce qu'il avait, des chevaux, des armes ou de
l'or. Germanicus loua leur empressement, et n'accepta que des armes
et des chevaux pour la guerre : il secourut les soldats de sa bourse,
et, par des soins plus touchants encore, cherchant à leur faire oublier leurs maux, il visitait les blessés, vantait leurs belles actions,
examinait leurs plaies. Enfin, encourageant les uns par l'espérance
les autres par la gloire, parlant à tous, s'intéressant à tous, il le
attachait à la guerre et à sa personne.

LXXII. On décerna cette année les ornements du triomphe à Cécina, à L. Apronius et à C. Silius, pour la part qu'ils avaient eue
aux succès de Germanicus. Tibère refusa le nom de Père de la patrie, malgré les instances réitérées du peuple; et, quoique le sénat
l'eût décrété, il ne voulut point souffrir qu'on jurât sur ses actes.

LXXI. Jam Stertinius
præmissus
ad Segimerum,
fratrem Segestis,
accipiendum in deditionem,
perduxerat ipsum
et filium ejus
in civitatem Ubiorum.
Venia data utrique,
facile Segimero,
cunctantius filio;
qui dicebatur illusisse
corpus Quinctilii Vari.
Ceterum Galliæ,
Hispaniæ, Italia certavere
ad supplenda
damna exercitus,
offerentes
quod promptum cuique,
arma, equos, aurum.
Quorum studio laudato,
armis modo et equis
sumptis ad bellum,
Germanicus juvit militem
propria pecunia;
utque leniret
etiam comitate
memoriam cladis,
circumire saucios,
extollere facta singulorum:
intuens vulnera,
firmabat sibique et prælio
alium spe, alium gloria,
cunctos alloquio et cura.
LXXII. Eo anno
insignia triumphalia
decreta A. Cæcinæ,
L. Apronio, C. Silio,
ob res gestas
cum Germanico.
Tiberius repudiavit
nomen Patris patriæ,
ingestum sæpius a populo:
neque permisit jurari
in sua acta,
quanquam senatu censente,
dictitans, « incerta

LXXI. Déjà Stertinius
envoyé-en-avant
pour Ségimer,
frère de Ségeste,
devant être reçu à merci
l'avait amené lui-même
et le fils de lui
dans la cité des Ubiens.
Grâce fut accordée à l'un-et-à-l'autre,
facilement à Ségimer,
avec-plus-d'hésitation à son fils;
parce qu'il était dit avoir insulté
le corps de Quinctilius Varus.
Au reste les Gaules,
les Espagnes, l'Italie rivalisèrent
pour réparer
les pertes de l'armée,
offrant
ce qui était à-la-disposition à chacun,
des armes, des chevaux, de l'or.
Desquels le zèle étant loué,
des armes seulement et des chevaux
ayant été pris pour la guerre,
Germanicus aida le soldat
de son propre argent;
et afin qu'il adoucît
encore par son affabilité
le souvenir du désastre,
il se mit à visiter les blessés,
à exalter les faits de chacun :
regardant les blessures,
il affermissait et pour lui et pour le combat
l'un par l'espérance, l'autre par la gloire,
tous par une allocution et par du soin.
LXXII. Cette année
les ornements triomphaux
furent décernés à A. Cécina,
à L. Apronius, à C. Silius,
à cause des choses faites
avec Germanicus.
Tibère refusa
le nom de Père de la patrie,
qui lui fut offert souvent par le peuple :
et il ne permit pas être juré
sur ses actes,
quoique le sénat en étant-d'avis,
répétant, « être incertaines

misit, « cuncta mortalium incerta, quantoque plus adeptus foret, tanto se magis in lubrico » dictitans. Non tamen ideo faciebat fidem civilis animi, nam legem majestatis reduxerat ; cui nomen apud veteres idem , sed alia in judicium veniebant : si quis proditione exercitum, aut plebem seditionibus , denique male gesta republica majestatem populi romani minuisset. Facta arguebantur, dicta impune erant : primus Augustus cognitionem de famosis libellis, specie legis ejus tractavit, commotus Cassii Severi libidine, qua viros feminasque illustres procacibus scriptis diffamaverat. Mox Tiberius, consultante Pompeio Macro , prætore , an judicia majestatis redderentur, exercendas leges esse respondit. Hunc quoque asperavere carmina, incertis auctoribus, vulgata ¹, in sævitiam superbiamque ejus, et discordem cum matre animum.

LXXIII. Haud pigebit referre in Falanio et Rubrio, modicis equitibus romanis, prætentata crimina ; ut quibus initiis, quanta

répétant sans cesse « que rien n'était stable ici-bas , et qu'avec plus de pouvoir il serait moins affermi. » Toutefois on était loin de lui croire l'esprit républicain ; car il venait de renouveler la loi de majesté ; loi qui , chez les anciens, avec le même nom , embrassait des objets tout différents , trahisons à l'armée, séditions dans Rome , toute atteinte en un mot portée par un magistrat prévaricateur à la majesté du peuple romain. Elle punissait les actions , jamais les paroles. Auguste , outré de la licence de Cassius Sévérus, qui , dans des écrits insolents , avait diffamé ce que Rome renfermait de plus illustre dans les deux sexes , appliqua le premier cette loi aux libelles injurieux. Depuis, Tibère , consulté par le préteur Pompéius Macer, si l'on recevrait les accusations de lèse-majesté, répondit que les lois étaient faites pour être exécutées. Ce qui l'aigrit encore , ce furent des vers anonymes qui coururent alors sur sa cruauté, son orgueil et ses querelles avec sa mère.

LXXIII. Il ne sera pas inutile de rapporter comment on essaya d'abord ces sortes d'accusations sur deux simples chevaliers romains, Falanius et Rubrius. On connaîtra par là la marche de

cuncta mortalium,	toutes les choses des mortels,
seque	et lui *être*
tanto magis in lubrico,	d'autant plus sur un *terrain* glissant.
quanto adeptus foret plus. »	qu'il avait obtenu plus. »
Tamen ideo	Cependant pour cela
non faciebat fidem	il ne faisait pas *qu'on donnât* créance
animi civilis,	de (à) *son* esprit populaire,
nam reduxerat	car il avait ressuscité
legem majestatis ;	la loi de majesté ;
cui nomen idem	à laquelle le nom *était* le même
apud veteres,	chez les anciens,
sed alia	mais d'autres *actes*
veniebant in judicium :	venaient en jugement :
si quis minuisset	si quelqu'un avait porté-atteinte
exercitum proditione,	à l'armée par trahison,
aut plebem seditionibus,	ou au peuple par des séditions,
denique majestatem	enfin à la majesté
populi romani	du peuple romain
republica male gesta.	par la république mal administrée.
Facta arguebantur,	Les actes étaient incriminés,
dicta erant impune :	les paroles étaient *dites* impunément :
Augustus primus,	Auguste le premier,
specie ejus legis,	sous prétexte d'*observer* cette loi,
tractavit cognitionem	fit-faire une instruction
de libellis famosis,	sur les libelles scandaleux,
commotus libidine	excité par le déréglement
Cassii Severi,	de Cassius Sévérus,
qua diffamaverat	par lequel *celui-ci* avait diffamé
scriptis procacibus	dans des écrits insolents
viros feminasque illustres.	des hommes et des femmes illustres.
Mox Tiberius,	Bientôt Tibere,
Pompeio Macro, prætore,	Pompéius Macer, préteur,
consultante,	*le* consultant *pour savoir*,
an judicia majestatis	si des jugements de *lèse*-majesté
redderentur,	seraient rendus,
respondit leges	répondit les lois
esse exercendas.	devoir être exécutées.
Carmina vulgata,	Des vers publiés,
auctoribus incertis,	les auteurs *en restant* incertains,
in sævitiam superbiamque,	contre la cruauté et l'orgueil,
et animum ejus	et l'esprit de lui
discordem cum matre,	en-mésintelligence avec *sa* mère,
asperavere hunc quoque.	exaspérèrent lui aussi.
LXXIII. Haud pigebit	LXXIII. Je ne *me* repentirai pas
referre	de rapporter
crimina prætentata	les accusations essayées-d'abord
in Falanio et Rubrio,	sur Falanius et Rubrius,

Tiberii arte, gravissimum exitium irrepserit, dein repressum sit, postremo arserit cunctaque corripuerit, noscatur. Falanio objiciebat accusator, quod inter cultores Augusti [1], qui per omnes domos in modum collegiorum habebantur, Cassium quemdam, mimum, corpore infamem, adscivisset; quodque, venditis hortis, statuam Augusti simul mancipasset. Rubrio crimini dabatur violatum perjurio nomen Augusti [2]. Quæ ubi Tiberio notuere, scripsit consulibus : « Non ideo decretum patri suo cœlum, ut in perniciem civium is honor verteretur. Cassium histrionem solitum, inter alios ejusdem artis, interesse ludis quos mater sua in memoriam Augusti sacrasset. Nec contra religiones fieri, quod effigies ejus, ut alia numinum simulacra, venditionibus hortorum et domuum accedant. Jusjurandum perinde æstimandum, quam si Jovem fefellisset : deorum injurias diis curæ. »

Tibère, avec quel art il introduisit les premiers germes de ce mal exécrable qui, arrêté un moment, s'est ranimé depuis avec plus de fureur, pour tout dévorer. L'accusateur reprochait à Falanius d'avoir admis un pantomime de mœurs infâmes, nommé Cassius, dans une de ces confréries qui alors étaient établies dans toutes les maisons en l'honneur d'Auguste : et ensuite d'avoir vendu avec ses jardins une statue d'Auguste. Pour Rubrius, on lui faisait un crime d'avoir profané le nom d'Auguste par un faux serment. Dès que Tibère fut instruit de ces accusations, il écrivit aux consuls « qu'on n'avait point placé son père au rang des dieux pour que cet honneur causât la perte des citoyens · que l'histrion Cassius, et d'autres de sa profession, avaient assisté souvent aux jeux que Livie célébrait en mémoire d'Auguste; que la statue de ce prince, ainsi que celles des autres dieux, pouvait, sans que la religion en fût blessée, être comprise dans la vente d'une maison ou d'un jardin; qu'à l'égard du parjure, il fallait le juger comme adressé à Jupiter, mais que c'était aux dieux à venger leurs injures. »

modicis equitibus romanis;	modestes chevaliers romains;
ut noscatur	afin qu'il soit connu
quibus initiis,	par quels commencements,
quanta arte Tiberii,	par quel grand art de Tibère,
exitium gravissimum	le fléau le plus terrible
irrepserit,	se glissa *dans l'empire*,
dein sit repressum,	puis fut réprimé,
postremo arserit	enfin se ranima
corripueritque cuncta.	et saisit tout.
Accusator objiciebat	L'accusateur reprochait
Falanio,	à Falanius,
quod adscivisset	qu'il avait admis
quemdam Cassium,	un certain Cassius,
mimum, infamem corpore,	mime, infâme de corps,
inter cultores Augusti,	parmi les adorateurs d'Auguste,
qui habebantur	qui étaient établis
per omnes domos	dans toutes les maisons
in modum collegiorum;	en espèce de collèges;
quodque, hortis venditis,	et que, des jardins étant vendus,
mancipasset simul	il avait aliéné en même temps
statuam Augusti.	une statue d'Auguste.
Nomen Augusti	Le nom d'Auguste
violatum perjurio	profané par un parjure
dabatur crimini Rubrio.	était imputé à crime à Rubrius.
Quæ ubi	Dès que ces choses
notuere Tiberio,	furent connues de Tibère,
scripsit consulibus:	il écrivit aux consuls:
« Cœlum non decretum	« Le ciel n'*avoir* pas *été* décerné
suo patri ideo,	à son père pour cela,
ut is honor verteretur	pour que cet honneur fût tourné
in perniciem civium.	à la perte des citoyens.
Histrionem Cassium,	L'histrion Cassius
inter alios ejusdem artis,	parmi d'autres de la même profession,
solitum interesse ludis	avoir eu-coutume d'assister aux jeux
quos sua mater sacrasset	que sa mère avait consacrés
in memoriam Augusti.	en mémoire d'Auguste.
Nec fieri contra religiones,	Et *cela* ne pas se faire contre la religion,
quod effigies ejus,	que les images de lui,
ut alia simulacra	comme d'autres simulacres
numinum,	de divinités,
accedant venditionibus	s'ajoutent à des ventes
hortorum et domuum.	de jardins et de maisons.
Jusjurandum æstimandum	Le serment devoir être apprécié
perinde, quam si	de même, que si
fefellisset Jovem:	il eût trompé Jupiter:
injurias deorum	les injures des dieux
curæ diis. »	*être* à soin aux dieux. »

LXXIV. Nec multo post, Granium Marcellum, prætorem
Bithyniæ, quæstor ipsius, Cæpio Crispinus, majestatis postulavit, subscribente Romano Hispone : qui formam vitæ iniit [1]
quam postea celebrem miseriæ temporum et audaciæ hominum
fecerunt. Nam egens, ignotus, inquies, dum occultis libellis
sævitiæ principis adrepit, mox clarissimo cuique periculum
facessit, potentiam apud unum, odium apud omnes adeptus,
dedit exemplum quod secuti, ex pauperibus divites, ex con-
temptis metuendi, perniciem aliis ac postremum sibi invenere.
Sed Marcellum insimulabat sinistros de Tiberio sermones
habuisse : inevitabile crimen, quum ex moribus principis
fœdissima quæque deligeret accusator objectaretque reo ; nam,
quia vera erant, etiam dicta credebantur. Addidit Hispo.
« statuam Marcelli altius quam Cæsarum sitam ; et, alia in
statua, amputato capite Augusti, effigiem Tiberii inditam. »

LXXIV. Peu de temps après, Granius Marcellus, gouverneur de
Bithynie, fut recherché pour ce même crime de lèse-majesté par son
questeur Cépio Crispinus, auquel se joignit Romanus Hispo. Ce
Crispinus créa une profession que, depuis, le malheur des temps et
l'effronterie des hommes n'ont rendue que trop commune. Né pauvre, obscur, ennemi du repos, il s'eleva à force d'intrigues et de
souplesse, servant la cruauté du prince, d'abord par des mémoires
secrets, bientôt par des délations publiques, inquiétant les plus
illustres citoyens, bravant l'exécration de tous pour gagner la faveur d'un seul ; il laissa après lui une foule d'imitateurs, qui d'in-
digents devenus riches, de méprisés, redoutables, causèrent la perte
des autres et finirent par se perdre eux-mêmes. Crispinus accusait
Marcellus d'avoir tenu sur Tibère des propos injurieux ; accusation
impossible à combattre, alors que le délateur choisissait les traits
les plus infâmes de la vie de Tibère pour les mettre dans la bouche de
l'accusé ; car la vérité des faits rendait les discours vraisemblables.
Hispo ajoutait, « que Marcellus avait une statue plus élevée que
celles des Césars, et qu'à une autre il avait ôté la tête d'Auguste,
pour y substituer celle de Tibère. » A ce récit, Tibère rompt le

LXXIV. Nec multo post,	LXXIV. Et non beaucoup après,
Cæpio Crispinus,	Cépio Crispinus,
quæstor ipsius,	questeur de *Granius* lui-même,
postulavit majestatis	recherccha *pour crime* de *lese*-majesté
Granium Marcellum,	Granius Marcellus,
prætorem Bithyniæ,	préteur de Bithynie,
Romano Hispone	Romanus Hispo
subscribente :	y souscrivant :
qui iniit	lequel *Crispinus* commença
formam vitæ quam postea	un genre de vie que dans la suite
miseriæ temporum	les misères des temps
et audaciæ hominum	et l'audace des hommes
fecerunt celebrem.	rendirent commun.
Nam egens,	En effet pauvre,
ignotus, inquies,	obscur, intrigant,
dum libellis occultis	pendant que par des libelles secrets
adrepit sævitiæ principis,	il s'insinue dans la cruauté du prince,
facessit mox periculum	il suscite bientôt du danger
cuique clarissimo,	à chaque *citoyen* le pius illustre,
adeptus potentiam	*et* ayant acquis de la puissance
apud unum,	auprès d'un-seul,
odium apud omnes,	de la haine auprès de tous,
dedit exemplum	il donna un exemple
quod secuti,	qu'ayant suivi,
divites ex pauperibus,	*des hommes devenus* riches de pauvres,
metuendi ex contemptis,	redoutables de méprisés,
invenere perniciem aliis	trouvèrent la perte pour d'autres
ac postremum sibi.	et enfin pour eux-mêmes.
Sed insimulabat Marcellum	Mais il accusait Marcellus
habuisse sermones sinistros	d'avoir tenu des propos funestes
de Tiberio :	sur Tibère :
crimen inevitabile,	accusation inévitable,
quum accusator	puisque l'accusateur
deligeret quæque	choisissait tout ce qu'*il y avait*
fœdissima	de plus honteux
ex moribus principis	dans les mœurs du prince
objectaretque reo ;	et *le* mettait-dans-la-bouche de l'accusé ;
nam, quia erant vera,	car, parce que les choses étaient **vraies**,
credebantur etiam dicta.	elles étaient crues aussi *avoir été* dites.
Hispo addidit :	Hispo ajouta :
« Statuam Marcelli	« La statue de Marcellus
sitam altius	*être* placée plus haut
quam Cæsarum ;	que *celles* des Césars ;
et, in alia statua,	et, dans une autre statue,
capite Augusti amputato,	la tête d'Auguste étant coupée,
effigiem Tiberii inditam. »	l'image de Tibère *être* mise-à-sa-place. »
Ad quod exarsit adeo	Sur quo¹ *Tibère* s'enflamma tellement

Ad quod exarsit adeo ut, rupta taciturnitate, proclamaret,
« se quoque in ea causa laturum sententiam, palam et jura-
tum; » quo ceteris eadem necessitas fieret. Manebant etiam
tum vestigia morientis libertatis. Igitur Cn. Piso : « Quo,
inquit, loco censebis Cæsar? si primus, habebo quod sequar;
si post omnes, vereor ne imprudens dissentiam. » Permotus
his, quantoque incautius efferverat, pœnitentia patiens, tulit
absolvi reum criminibus majestatis : de pecuniis repetundis ad
reciperatores itum est[1].

LXXV. Nec patrum cognitionibus satiatus, judiciis assidebat
in cornu tribunalis, ne prætorem curuli depelleret; multaque,
eo coram, adversus ambitum et potentium preces constituta :
sed dum veritati consulitur, libertas corrumpebatur. Inter quæ
Pius Aurelius, senator, questus mole[2] publicæ viæ ductuque
aquarum labefactas ædes suas, auxilium patrum invocabat.
Resistentibus ærarii prætoribus, subvenit Cæsar, pretiumque

---

silence, il éclate et s'écrie « que dans cette affaire il opinera aussi
lui-même à haute voix, et avec la formule du serment. » C'était
obliger les autres à en faire autant. La liberté mourante jetait encore
quelques lueurs. « Dans quel rang opineras-tu donc, César, lui dit
Cn. Pison? si tu parles le premier, j'aurai un exemple à suivre; si tu
ne parles qu'après nous, je crains, sans le savoir, d'être d'un autre
avis que toi. » Déconcerté par cette question, Tibère, patient à
regret, et d'autant plus qu'il s'était emporté trop imprudemment
souffrit que l'accusé fût absous du crime de lèse-majesté. Quant à
celui de concussion, il fut renvoyé aux récipérateurs.

LXXV. Non content d'épier les jugements du sénat, Tibère assistait à ceux du préteur; mais dans un coin de son tribunal, pour
ne point le déplacer de sa chaise curule; et la présence du prince
arrêta souvent la brigue et les sollicitations des grands; mais, en
soutenant la justice, il détruisait la liberté. Un sénateur, Pius Aurélius, s'était plaint que la construction d'un grand chemin et celle d'un
aqueduc avaient fait écrouler sa maison; il demandait au sénat une
indemnité que les préteurs de l'épargne lui refusaient. Tibère vint à

ut, taciturnitate rupta, | que, le silence étant rompu,
proclamaret, « se quoque | il s'écria, « lui aussi
in ea causa | dans cette cause
laturum sententiam, | devoir donner *son* avis,
palam et juratum ; » | ouvertement et ayant juré ; »
quo eadem necessitas | afin que la même nécessité
fieret ceteris. | fût aux autres.
Etiam tum manebant | Encore alors subsistaient
vestigia | des vestiges
libertatis morientis. | de la liberté mourante.
Igitur Cn. Piso : | Donc Cn. Pison :
« Quo loco, inquit, Cæsar, | « A quelle place, dit-il, César,
censebis ? | opineras-tu ?
si primus, | si *tu opines* le premier,
habebo quod sequar ; | j'aurai *un exemple* que je puisse **suivre ;**
si post omnes, | si après tous,
vereor ne imprudens | je crains que sans-*le-savoir*
dissentiam » | je ne diffère-d'avis *avec toi.* »
Permotus his, | Ebranlé par ces *mots*,
patiensque pœnitentia, | et patient par repentir,
quanto efferverat | *d'autant plus* qu'il s'était échauffé
incautius, | plus imprudemment,
tulit reum absolvi | il souffrit l'accusé être absous
criminibus majestatis : | des accusations de *lèse*-majesté :
itum est ad reciperatores | on alla vers les récipérateurs
de pecuniis repetundis. | pour l'argent à-réclamer (les concussions).

LXXV. Nec satiatus | LXXV. Et n'étant pas rassasié
cognitionibus patrum, | des procédures des sénateurs,
assidebat judiciis | il assistait aux jugements
in cornu tribunalis, | dans un coin du tribunal,
ne depelleret prætorem | de peur qu'il ne chassât le préteur
curuli ; | de *sa chaise* curule ;
multaque constituta, | et beaucoup de *règles furent* établies,
coram eo, | en présence de lui,
adversus ambitum | contre la brigue
et preces potentium : | et les prières des puissants :
sed dum consulitur veritati. | mais tandis qu'on pourvoit à la vérité,
libertas corrumpebatur. | la liberté était altérée.
Inter quæ Pius Aurelius, | Sur ces *entrefaites* Pius Aurélius,
senator, questus | sénateur, s'étant plaint
suas ædes labefactas | sa maison *avoir été* ébranlée
mole viæ publicæ | par la construction d'un chemin public
ductuque aquarum, | et par une conduite d'eau (un aqueduc),
invocabat auxilium | invoquait le secours
patrum. | des sénateurs.
Prætoribus ærarii | Les préteurs du trésor
resistentibus, | s'opposant,

ædium Aurelio tribuit, erogandæ per honesta pecuniæ cupiens ;
quam virtutem diu retinuit, quum ceteras exueret. Propertio
Celeri, prætorio, veniam ordinis ob paupertatem petenti,
decies sestertium ¹ largitus est, satis comperto paternas ei
angustias esse. Tentantes eadem alios, probare causam senatui
jussit, cupidine severitatis, in his etiam quæ rite faceret, acerbus ; unde ceteri silentium et paupertatem confessioni et beneficio præposuere.

LXXVI. Eodem anno, continuis imbribus auctus, Tiberis
plana Urbis stagnaverat : relabentem secuta est ædificiorum et
hominum strages. Igitur censuit Asinius Gallus ut libri sibyllini adirentur. Renuit Tiberius, perinde divina humanaque
obtegens. Sed remedium coercendi fluminis Ateïo Capitoni et
L. Arruntio mandatum. Achaiam ac Macedoniam, onera deprecantes, levari in præsens proconsulari imperio tradique Cæsari ²

son secours, et lui fit payer le prix de ses bâtiments, aimant les
libéralités qui avaient un motif honorable ; et, cette vertu, il la conserva longtemps, après s'être dépouillé des autres. Propertius Céler,
ancien préteur, demandait à se retirer du sénat à cause de sa pauvreté ; Tibère, instruit qu'il était né sans fortune, lui donna un
million de sesterces. D'autres sollicitèrent la même grâce ; il les
somma de motiver leur pauvreté au sénat, par une affectation de
sévérité qui rendait fâcheuse même sa bienfaisance. Aussi la plupart
préférèrent l'indigence et le secret à un bienfait et à un aveu.

LXXVI. Cette même année le Tibre, grossi par des pluies continuelles, inonda les quartiers les plus bas de Rome ; quand les eaux
se furent retirées, il y eut de grandes pertes en hommes et en édifices.
A cette occasion Asinius Gallus proposa de consulter les livres
sibyllins : Tibère ne le permit point, également mystérieux sur la
religion et sur le gouvernement ; mais il chargea L. Arruntius et
Atéius Capito de chercher un remède contre les débordements du
fleuve. L'Achaïe et la Macédoine se plaignant d'être opprimées, on
prit le parti, pour les soulager, de les rendre momentanément provinces impériales, de proconsulaires qu'elles étaient. Drusus donna,

Cæsar subvenit,
tribuitque Aurelio
pretium ædium,
cupiens erogandæ pecuniæ
per honesta;
quam virtutem retinuit diu,
quum exueret ceteras.
Largitus est
decies sestertium
Propertio Celeri, prætorio,
petenti veniam ordinis
ob paupertatem,
satis comperto
angustias ei esse paternas.
Jussit alios
tentantes eadem,
probare causam senatui,
acerbus
cupidine severitatis,
in his etiam
quæ faceret rite;
unde ceteri præposuere
silentium et paupertatem
confessioni et beneficio.
LXXVI. Eodem anno,
Tiberis,
auctus imbribus continuis,
stagnaverat plana Urbis :
strages ædificiorum
et hominum
secuta est relabentem.
Igitur Asinius Gallus
censuit ut libri sibyllini
adirentur.
Tiberius renuit,
obtegens perinde
divina humanaque.
Sed remedium
fluminis coercendi
mandatum Ateio Capitoni
et L. Arruntio.
Placuit
Achaiam ac Macedoniam,
deprecantes onera,
levari in præsens
imperio proconsulari
tradique Cæsari.

César (Tibère) y pourvut,
et accorda à Aurélius
le prix de *sa* maison,
désireux *qu'il était* de distribuer de l'argent
par des *moyens* honorables;
laquelle vertu il conserva longtemps,
lorsqu'il se dépouillait des autres.
Il donna
dix-fois *cent mille* sesterces
à Propertius Céler, ancien-préteur,
demandant congé de (à quitter) *son* rang
à cause de *sa* pauvreté,
cela étant assez reconnu
l'indigence à lui être du-fait-de-*son*-père.
Il ordonna d'autres
qui essayaient les mêmes *demandes*,
prouver *leur* cause au senat,
se montrant amer,
par désir de sévérité,
dans ces choses même
qu'il faisait bien;
d'où (aussi) les autres préférèrent
le silence et la pauvreté
à un aveu et à un bienfait.
LXXVI. La même année,
le Tibre,
accru par des pluies continuelles,
avait inondé les *lieux* bas de la ville :
une jonchée d'édifices
et d'hommes
suivit *le fleuve* se retirant.
C'est pourquoi Asinius Gallus
fut-d'avis que les livres sibyllins
fussent consultés.
Tibère refusa,
tenant-cachées également
les choses divines et humaines.
Mais le remède
du fleuve à-contenir
fut confié à Atéius Capito
et à L. Arruntius.
Il plut (on décida)
l'Achaïe et la Macédoine,
qui se plaignaient de *leurs* charges,
être allégées pour le *moment* présent
du gouvernement proconsulaire
et être remises à César (à l'empereur):

placuit. Edendis gladiatoribus, quos Germanici fratris ac suo nomine obtulerat, Drusus præsedit, quanquam vili sanguine nimis gaudens ; quod in vulgus formidolosum, et pater arguisse dicebatur. Cur abstinuerit spectaculo ipse, varie trahebant : alii tædio cœtus, quidam tristitia ingenii, et metu comparationis, quia Augustus comiter interfuisset. Non crediderim ad ostentandam sævitiam, movendasque populi offensiones, concessam filio materiem : quanquam id quoque dictum est.

LXXVII. At theatri licentia, proximo priore anno[1] cœpta, gravius tum erupit, occisis non modo e plebe, sed militibus et centurione, vulnerato tribuno prætoriæ cohortis, dum probra in magistratus et dissensionem vulgi prohibent. Actum de ea seditione apud pa'.es ; dicebanturque sententiæ, ut prætoribus jus virgarum in histriones esset. Intercessit Haterius Agrippa, tribunus plebei, increpitusque est Asinii Galli oratione, silente

au nom de Germanicus et au sien, des combats de gladiateurs auxquels il présida. Sa joie, à la vue du sang, fut remarquée, et, quoique ce fût un sang vil, le peuple s'en alarma : on dit même que son père lui en fit des reproches. Quant à Tibère lui-même, pourquoi ne parut-il point à ce spectacle? On en donnait diverses interprétations : quelques-uns l'attribuaient à son dégoût pour les assemblées nombreuses; d'autres à la tristesse de son humeur et à la crainte du parallèle, parce qu'Auguste montrait dans ces fêtes beaucoup d'affabilité. Je ne saurais croire qu'il eût voulu fournir à Drusus cette occasion de marquer sa cruauté et d'indisposer le peuple; cependant cela fut dit aussi.

LXXVII. Les troubles du théâtre, qui avaient commencé dès l'année précédente, éclatèrent alors d'une manière plus grave. Outre des hommes du peuple, un centurion, plusieurs soldats furent tués, et un tribun prétorien blessé, en voulant réprimer les dissensions de la multitude et les invectives contre les magistrats. Un rapport fut fait au sénat sur cette sédition, et l'on proposait de donner aux préteurs le droit de faire battre de verges les histrions. Hatérius, tribun du peuple, s'y opposa et fut vivement combattu par Asinius Gallus

Drusus præsedit
gladiatoribus edendis,
quos obtulerat nomine
fratris Germanici ac suo,
gaudens nimis sanguine
quanquam vili ;
quod formidolosum
in vulgus,
et pater dicebatur
arguisse.
Trahebant varie
cur ipse abstinuerit
spectaculo :
alii tædio cœtus,
quidam tristitia ingenii,
et metu comparationis,
quia Augustus
interfuisset comiter.
Non crediderim
materiem concessam filio
ad ostentandam sævitiam,
movendasque
offensiones populi :
quanquam id quoque
est dictum.
LXXVII. At licentia
theatri, cœpta
anno priore proximo,
erupit tum gravius,
non modo e plebe,
sed militibus et centurione
occisis,
tribuno cohortis prætoriæ
vulnerato,
dum prohibent
probra in magistratus
et dissensionem vulgi.
Actum de ea seditione
apud patres ;
sententiæque dicebantur,
ut jus virgarum
esset prætoribus
in histriones.
Haterius Agrippa,
tribunus plebei,
intercessit,
estque increpitus

Drusus présida
à des *combats de* gladiateurs à-donner,
lesquels il avait offerts au nom
de *son* frère Germanicus et au sien,
se réjouissant trop d'un sang *versé*
quoique vil ;
ce qui *fut* alarmant
pour le peuple,
et *son* père était dit
le lui avoir reproché.
On interprétait diversement
pourquoi lui-même s'abstint
de *ce* spectacle :
les uns *disaient* par ennui de la foule,
certains par tristesse de caractère,
et par crainte d'une comparaison,
parce qu'Auguste
avait assisté *à ces jeux* avec-affabilité.
Je ne saurais croire
une occasion *avoir été* donnée à *son* fils
pour montrer *sa* cruauté,
et *pour* exciter
la haine du peuple :
quoique cela aussi
ait été dit.
LXXVII. Mais la licence
du théâtre, ayant commencé
l'année précédente la plus proche,
éclata alors avec-plus-de-gravité,
non-seulement *des gens* du peuple,
mais *encore* des soldats et un centurion
ayant été tués,
et un tribun de cohorte prétorienne
ayant été blessé,
pendant qu'ils empêchent (empêchaient)
les invectives contre les magistrats
et les dissensions de la multitude.
On s'occupa de cette sédition
devant les sénateurs ;
et des avis étaient émis,
pour que le droit des verges
fût *donné* aux préteurs
contre les histrions.
Hatérius Agrippa,
tribun du peuple,
s'y opposa,
et fut combattu

Tiberio, qui ea simulacra libertatis senatui præbebat. Valuit tamen intercessio, quia divus Augustus immunes verberum histriones quondam responderat, neque fas Tiberio infringere dicta ejus. De modo lucaris[1], et adversus lasciviam fautorum, multa decernuntur : ex quis maxime insignia, ne domos pantomimorum senator introiret ; ne egredientes in publicum equites romani cingerent, aut alibi quam in theatro spectarentur, et spectantium immodestiam exsilio mulctandi potestas prætoribus fieret.

LXXVIII. Templum ut in colonia Tarraconensi strueretur Augusto, petentibus Hispanis permissum ; datumque in omnes provincias exemplum. Centesimam rerum venalium, post bella civilia institutam, deprecante populo, edixit Tiberius militare ærarium eo subsidio niti ; simul imparem oneri rempublicam, nisi vicesimo militiæ anno veterani dimitterentur. Ita proximæ

Tibère gardait le silence, laissant au sénat ce fantôme de liberté. Cependant l'opposition prévalut, parce qu'une ancienne décision d'Auguste mettait les histrions à l'abri des verges, et que les paroles d'Auguste étaient pour Tibère des lois qu'il ne pouvait enfreindre. On fit plusieurs règlements pour borner le salaire des pantomimes, et pour prévenir la licence de leurs partisans ; les plus remarquables furent ceux-ci : qu'un sénateur n'entrerait jamais dans les maisons des histrions ; que les chevaliers romains ne les accompagneraient point en public ; qu'eux-mêmes ne donneraient point de représentations ailleurs qu'au théâtre ; enfin, que les préteurs auraient le droit de punir de l'exil la turbulence des spectateurs.

LXXVIII. Les Espagnols obtinrent la permission d'élever un temple à Auguste dans la colonie de Tarragone, et bientôt cet exemple fut suivi par toutes les provinces. Le peuple demandait la suppression du centième qu'on levait, depuis les guerres civiles, sur toutes les ventes. Tibère déclara par un édit que le trésor militaire n'avait pas d'autres fonds que cet impôt, lequel même serait insuffisant, si l'on donnait la vétérance avant vingt ans de service. Ainsi les règlements inconsidérés qu'on avait arrachés dans la der-

oratione Asinii Galli ,
Tiberio silente,
qui præbebat senatui
ea simulacra libertatis.
Tamen intercessio valuit ,
quia divus Augustus
responderat quondam
histriones immunes
verberum ,
neque fas Tiberio
infringere dicta ejus.
Multa decernuntur
de modo lucaris
et adversus lasciviam
fautorum :
ex quis maxime insignia ,
ne senator introiret
domos pantomimorum ;
ne equites romani
cingerent egredientes
in publicum ,
aut spectarentur
alibi quam in theatro ,
et potestas fieret prætoribus
mulctandi exsilio
immodestiam spectantium.
LXXVIII. Permissum
Hispanis petentibus ,
ut templum strueretur
Augusto
in colonia Tarraconensi ;
exemplumque datum
in omnes provincias.
Populo deprecante
centesimam rerum
venalium ,
institutam
post bella civilia ,
Tiberius edixit
ærarium militare
niti eo subsidio ;
simul rempublicam
imparem oneri ,
nisi veterani dimitterentur
vicesimo anno militiæ.
Ita abolita in posterum
male consulta

par un discours d'Asinius Gallus,
Tibère se taisant ,
lequel offrait au sénat
ces simulacres de liberté.
Cependant l'opposition prévalut ,
parce que le divin Auguste
avait répondu autrefois
les histrions *être* exempts
de coups-de-verges ,
et *qu'il n'était* pas permis à Tibère
d'enfreindre les paroles de lui.
Plusieurs *règlements* sont votés
sur la mesure de la rétribution-des-acteurs
et contre la licence
de *leurs* partisans :
desquels les plus remarquables *furent*,
qu'un sénateur n'entrât point
dans les maisons des pantomimes ;
que des chevaliers romains
n'entourassent point *eux* sortant
en public ,
ou (ni) *que les acteurs* ne fussent pas vus
ailleurs qu'au théâtre ,
et *que* pouvoir fût *donné* aux préteurs
de punir de l'exil
tout excès des spectateurs.
LXXVIII. *Il fut* permis
aux Espagnols qui *le* demandaient ,
qu'un temple fût élevé
à Auguste
dans la colonie de-Tarragone ;
et *cet* exemple *fut* donné
à toutes les provinces.
Le peuple demandant-la-suppression
du centième des choses
mises-en-vente ,
établi
après les guerres civiles ,
Tibère déclara-par-édit
le trésor militaire
s'appuyer sur ce subside ;
en même temps l'Etat
être incapable de *porter ce* fardeau ,
si les vétérans n'étaient congédiés
seulement à la vingtième année de service.
Ainsi *furent* abolis à l'avenir
les *règlements* mal calculés

seditionis male consulta, quibus sexdecim stipendiorum finem expresserant, abolita in posterum.

LXXIX. Actum deinde in senatu ab Arruntio et Ateio, an, ob moderandas Tiberis exundationes, verterentur flumina et lacus per quos augescit. Auditæque municipiorum et coloniarum legationes : orantibus Florentinis, ne Clanis[1], solito alveo demotus, in amnem Arnum transferretur, idque ipsis perniciem afferret. Congruentia his Interamnates[2] disseruere : « Pessum ituros fecundissimos Italiæ campos, si amnis Nar » (id enim parabatur) « in rivos diductus superstagnavisset. » Nec Reatini silebant Velinum lacum, qua in Narem effunditur, obstrui recusantes ; « quippe in adjacentia erupturum : optime rebus mortalium consuluisse naturam, quæ sua ora fluminibus, suos cursus, utque originem, ita fines dederit : spectandas etiam religiones sociorum, qui sacra et lucos et aras patriis amnibus dicaverint; quin ipsum Tiberim nolle prorsus, accolis fluviis

nière sédition, et qui fixaient à seize ans le congé, furent abolis pour l'avenir.

LXXIX. Le sénat examina ensuite, sur le rapport d'Arruntius et d'Atéius, si, pour diminuer les inondations du Tibre, on détournerait les lacs et les rivières qui le grossissent. On entendit les députés des municipes et des colonies. Les Florentins demandaient qu'on ne détournât pas le cours du Clain pour le rejeter dans l'Arno, ce qui ruinerait leur pays. Les Interamnates objectaient également « que le projet de couper le Nar en petits ruisseaux changerait en marais stagnants les plus fertiles plaines de l'Italie. » Les Réatins ne se taisaient pas de leur côté sur le danger d'ôter au lac Vélin sa communication avec le Nar ; « car il se déborderait sur les terres voisines. La nature, en fixant aux fleuves leurs routes et leurs embouchures, le commencement et la fin de leurs cours, avait ménagé sagement les intérêts des mortels. Il fallait aussi respecter la religion des alliés, qui avaient consacré des fêtes, des bois et des autels aux fleuves de leur patrie. Enfin le Tibre lui-même ne voulait point se priver du

proximæ seditionis,
quibus expresserant finem
sexdecim stipendiorum.

de la dernière sédition,
par lesquels on avait extorqué le terme
de seize années-de-service.

LXXIX. Deinde actum
in senatu
ab Arruntio et Ateio,
an, ob moderandas
exundationes Tiberis,
flumina et lacus
per quos augescit
verterentur.
Legationesque
municipiorum
et coloniarum auditæ :
Florentinis orantibus,
ne Clanis transferretur,
demotus alveo solito,
in amnem Arnum,
idque afferret ipsis
perniciem.
Interamnates disseruere
congruentia his :
« Fecundissimos campos
Italiæ ituros pessum,
si amnis Nar
diductus in rivos »
(id enim parabatur)
« superstagnavisset. »
Nec Reatini silebant
recusantes lacum Velinum
obstrui, qua
effunditur in Narem ;
« quippe erupturum
in adjacentia :
naturam
consuluisse optime
rebus mortalium,
quæ dederit fluminibus
sua ora, suos cursus,
utque originem,
ita finem :
relig.ones sociorum
specta.das etiam,
qui dicaverint
amnibus patriis
sacra et lucos et aras ;
quin Tiberim ipsum

LXXIX. Ensuite ceci fut traité
dans le sénat
par Arruntius et Atéius,
si, pour modérer
les inondations du Tibre,
les fleuves et les lacs
par lesquels il grossit
seraient détournés.
Et des députations
de municipes
et de colonies furent entendues :
les Florentins suppliant,
que le Clain ne fût pas transféré,
détourné de son lit accoutumé,
dans le fleuve de l'Arno,
et que cela n'apportât pas à eux-mêmes
la ruine.
Les Intéramnates exposèrent
des idées semblables à celles-là :
« Les plus fécondes plaines
de l'Italie devoir aller en bas (être ruinées),
si la rivière du Nar
coupée en ruisseaux »
(car cela se préparait)
« les couvrait-d'eaux-stagnantes. »
Et les Réatins ne se taisaient pas
refusant le lac Vélin
être obstrué, à l'endroit par où
il se répand dans le Nar ;
« en effet ce lac devoir déborder
sur les terres voisines :
la nature
avoir pourvu le mieux possible
aux choses des mortels,
elle qui a donné aux fleuves
leurs embouchures, leurs cours,
et comme leur origine,
ainsi leur terme :
la religion des alliés
devoir être considérée aussi,
lesquels ont consacré
aux fleuves de-leur-patrie
des fêtes et des bois et des autels ;
enfin le Tibre lui-même

orbatum, minore gloria fluere. » Seu preces coloniarum, seu
difficultas operum, sive superstitio, valuit, ut in sententiam
Pisonis concederetur, qui nil mutandum censuerat.

LXXX. Prorogatur Poppæo Sabino[1] provincia Mœsia, additis Achaia ac Macedonia. Id quoque morum Tiberii fuit,
continuare imperia, ac plerosque ad finem vitæ in iisdem
exercitibus aut jurisdictionibus habere. Causæ variæ traduntur :
alii, tædio novæ curæ, semel placita pro æternis servavisse ;
quidam invidia, ne plures fruerentur. Sunt qui existiment, ut
callidum ejus ingenium, ita anxium judicium. Neque enim eminentes virtutes sectabatur, et rursum vitia oderat ; ex optimis
periculum sibi, a pessimis dedecus publicum metuebat. Qua
hæsitatione postremo eo provectus est, ut mandaverit quibusdam provincias, quos egredi Urbe non erat passurus.

LXXXI. De comitiis consularibus, quæ tum primum illo

tribut des rivières voisines, et couler avec moins de gloire. » Soit
égard aux représentations des colonies, soit difficulté de l'entreprise,
soit superstition, on suivit l'avis de Pison, qui avait conseillé de ne
rien changer.

LXXX. Poppéus Sabinus fut continué dans le gouvernement de la
Mésie, auquel on joignit l'Achaïe et la Macédoine. Il entrait dans la
politique de Tibère de laisser jusqu'à la mort dans leurs emplois la
plupart des généraux et des gouverneurs. On varie sur ses motifs.
Les uns pensent qu'il perpétua ses premiers choix par paresse, pour
s'en épargner de nouveaux ; d'autres, par envie, pour ne point multiplier les heureux ; plusieurs l'attribuent à la finesse de son esprit,
qui causait les perplexités de son jugement. En effet il ne recherchait
pas les vertus éminentes, et il haïssait le vice ; il redoutait les bons
pour sa tranquillité, et les méchants pour la gloire de l'État. Ces
irrésolutions de son esprit allèrent enfin si loin, qu'il nomma quel_
quefois des gouverneurs de provinces, auxquels il ne permettait pas
de sortir de Rome.

LXXXI. Il tint alors pour la première fois les comices consulaires

nolle prorsus
fluere minore gloria,
orbatum fluviis accolis. »
Seu preces coloniarum,
seu difficultas operum,
sive superstitio,
valuit, ut concederetur
in sententiam Pisonis,
qui censuerat
nil mutandum.

ne-vouloir-pas absolument
couler avec une moindre gloire,
privé des fleuves voisins. »
Soit prières des colonies,
soit difficulté des travaux,
soit superstition,
il prévalut, que l'on se rangerait
à l'avis de Pison,
qui avait opiné
rien ne devoir être changé.

LXXX. Provincia
Mœsia prorogatur
Poppæo Sabino,
Achaia ac Macedonia
additis.
Id quoque fuit
morum Tiberii,
continuare imperia,
ac habere plerosque
ad finem vitæ
in iisdem exercitibus
aut jurisdictionibus.
Causæ variæ traduntur :
alii servavisse
pro æternis
placita semel,
tædio novæ curæ ;
quidam invidia,
ne plures fruerentur.
Sunt qui existiment
judicium ejus ita anxium,
ut ingenium callidum.
Neque enim sectabatur
virtutes eminentes,
et rursum oderat vitia;
metuebat ex optimis
periculum sibi,
a pessimis
dedecus publicum.
Qua hæsitatione
postremo est provectus eo,
ut mandaverit provincias
quibusdam,
quos non erat passurus
egredi Urbe.

LXXX. La province
de Mésie est prorogée
à Poppéus Sabinus,
l'Achaïe et la Macédoine
y étant ajoutées.
Cela aussi fut *le propre*
du caractère de Tibère,
de continuer les commandements
et de maintenir la plupart *des gens*
jusqu'à la fin de *leur* vie
dans les mêmes armées
ou *dans les mêmes* juridictions.
Des motifs différents *en* sont donnés :
les uns *pensent lui* avoir maintenu
comme éternelles
les choses qui *lui* avaient plu une-fois,
par ennui d'un nouveau soin ;
certains *pensent que c'était* par envie,
de peur que trop *de gens* ne jouissent.
Il *en* est qui pensent
le jugement de lui *avoir été* ainsi perplexe,
comme *son* esprit *était* fin.
En effet d'une part il ne recherchait point
les vertus éminentes,
et d'autre part il haïssait les vices ;
il craignait *de la part* des meilleurs
du danger pour lui-même,
de la part des plus mauvais
de la honte pour-l'Etat.
Par laquelle hésitation
à la fin il fut poussé si loin,
qu'il confia des provinces
à certains,
qu'il ne devait pas laisser
sortir de la ville (de Rome).

LXXXI. De comitiis
consularibus

LXXXI. Sur les comices
consulaires,

principe ac deinceps fuere , vix quidquam firmare ausim; adeo
diversa non modo apud auctores , sed in ipsius orationibus re-
periuntur. Modo, subtractis candidatorum nominibus, originem
cujusque et vitam et stipendia descripsit , ut qui forent intelli-
geretur ; aliquando, ea quoque significatione subtracta , candidatos hortatus ne ambitu comitia turbarent, suam ad id
curam pollicitus est. Plerumque eos tantum apud se professos
disseruit, quorum nomina consulibus edidisset; posse et alios
profiteri , si gratiæ aut meritis confiderent : speciosa verbis , re
inania aut subdola ; quantoque majore libertatis imagine tege-
bantur, tanto eruptura ad infensius servitium.

Je n'oserais rien affirmer sur la forme qu'on y observa et dans ce
moment, et dans la suite de son principat , tant je trouve de varia-
tions dans les historiens et jusque dans les discours qui nous sont
restés de lui. Tantôt, sans dire le nom des candidats, il les dési-
gnait par leur naissance, par des traits de leur vie, par le nombre de
leurs campagnes, de façon à les faire reconnaître; quelquefois, sup-
primant toute indication , il exhortait les candidats à ne point troubler
l'élection par des brigues, et leur promettait de solliciter pour eux ;
le plus souvent il déclara qu'il ne s'était présenté à lui de candidats
que ceux dont il avait remis les noms aux consuls ; mais que d'autres
pouvaient se présenter encore, s'ils comptaient sur leur crédit ou sur
leurs services : spécieuses paroles, qui restaient sans effet, ou qui
couvraient un piége ; et plus elles faisaient reluire aux yeux des
Romains l'image de la liberté, plus elles leur préparaient un dangereux esclavage.

quæ fuere illo principe	qui eurent-lieu sous ce prince
tum primum ac deinceps,	alors pour-la-première-fois et désormais,
ausim vix	j'oserais à peine
firmare quidquam;	affirmer quelque chose;
adeo diversa reperiuntur	des choses si diverses se trouvent
non modo apud auctores,	non-seulement chez les auteurs,
sed in orationibus ipsius.	mais dans les discours de lui-même.
Modo descripsit,	Tantôt il décrivit,
nominibus candidatorum	les noms des candidats
subtractis,	étant supprimés,
originem et vitam	l'origine et la vie
et stipendia cujusque,	et les campagnes de chacun,
ut intelligeretur	de manière à ce qu'on reconnût
qui forent;	*ceux* qui étaient *candidats;*
aliquando,	quelquefois,
ea significatione quoque	cette désignation même
subtracta,	étant supprimée,
hortatus candidatos	ayant exhorté les candidats
ne turbarent comitia	à ce qu'ils ne troublassent pas les comices
ambitu,	par des brigues,
pollicitus est	il promit
suam curam ad id.	ses soins pour cela.
Plerumque disseruit	Le plus souvent il exposa
eos tantum	ceux-là seulement
professos apud se,	avoir fait-une-déclaration auprès de lui,
quorum edidisset nomina	desquels il avait donné les noms
consulibus;	aux consuls;
et alios posse profiteri,	d'autres aussi pouvoir se déclarer,
si confiderent gratiæ	s'ils avaient-confiance en *leur* crédit
aut meritis :	ou en *leurs* services :
speciosa verbis,	*promesses* spécieuses par les mots,
inania aut subdola re;	vaines ou trompeuses par le fait;
erupturaque ad servitium	et devant aboutir à une servitude
tanto infensius,	d'autant plus violente,
quanto tegebantur	qu'elles se cachaient
jore imagine libertatis.	sous une plus grande image de liberté.

NOTES

Page 2 : 1. *Ad tempus.* La durée légale de cette magistrature fut d'abord de six mois.

— 2. *Ultra biennium.* Il est question de l'autorité légale des décemvirs. Ce fut sans droit qu'ils la conservèrent plus longtemps.

— 3. *Nomine principis. Princeps,* expression abrégée pour *princeps senatus.* Dion dit positivement la même chose : Προκριτος της γερουσιας ωσπερ εν τη ακριβει δημοκρατια ενενομιστο (LII, 42). De là le mot *principatus* dont Tacite se sert pour caractériser la nouvelle constitution de Rome à partir d'Auguste.

Page 4 : 1. *Detererentur* au lieu de *deterrerentur.* Dureau de Lamalle suit cette dernière leçon ; nous avons préféré la première avec M. Burnouf.

— 2. *Et cetera.* C'est-à-dire les règnes de Caligula, de Claude et de Néron.

— 3. *Pompeius apud Siciliam oppressus.* « Sextus Pompée tenait la Sicile et la Sardaigne ; il était maître de la mer, et il avait avec lui une infinité de fugitifs et de proscrits qui combattaient pour leurs dernières espérances. Octave lui fit deux guerres très-laborieuses ; et, après bien des mauvais succès, il le vainquit par l'habileté d'Agrippa.» (Montesquieu, *Gr. et Décad. des Romains,* ch. XIII.)

— 4. *Exutoque Lepido.* Octave, après avoir gagné les soldats de Lépide, le réduisit à la condition privée. Il lui laissa cependant la dignité de grand pontife, qui était inamovible.

— 5. *Interfecto Antonio.* Suétone (*Aug.,* XVII) est encore plus explicite : *Et Antonium quidem, seras conditiones pacis tentantem, ad mortem adegit.* Voy. Plutarque, *Vie d'Antoine,* et Dion, LI, VIII sqq.

— 6. *Tribunitio jure contentum.* Ce droit tribunitien, devenu, depuis Auguste, inséparable de la puissance impériale, n'était point temporaire comme le pouvoir des tribuns ordinaires. Du reste, Auguste laissa nommer des tribuns du peuple, pendant tout son règne, comme au temps de la république. Suétone (*Aug.*, **XXVII**) : *Tribunitiam potestatem perpetuam recepit ; in qua semel atque iterum per singula lustra collegam sibi cooptavit.* Voy. Dion, LI, 19, et LIII, 17.

Page 6 : 1. *Claudium Marcellum.* C'est ce Marcellus illustré à jamais par les vers de Virgile. (*Énéide,* VI, 860 sqq.)

— 2. *Generum sumpsit.* Agrippa avait été marié deux fois ; d'abord à Attica, fille de Pomponius Atticus, puis à Marcella, l'une des filles d'Octavie. Il eut de son mariage avec Julie, Agrippine, femme de Germanicus, la seconde Julie, les Césars Caius et Lucius, et enfin Postumus, qui naquit après la mort de son père.

— 3. *Principes juventutis.* Les princes de la jeunesse marchaient en tête de l'ordre équestre le jour que les chevaliers romains passaient leur revue. Depuis Auguste, ce titre devint une des décorations de ceux qu'on destinait à l'empire.

Page 8 : 1. *Ut Agrippa vita concessit.* Il mourut en 742, dans la Campanie, à l'âge de cinquante et un ans.

— 2. *L. Cæsarem.... abstulit.* Ces deux jeunes princes moururent dans l'espace de dix-huit mois. Lucius, le premier, à Marseille, après une courte maladie ; Caius, en Lycie, des suites d'une blessure reçue dans une conférence avec le commandant d'une ville ennemie.

— 3. *Drusoque pridem exstincto.* En 745, au retour d'une expédition sur les bords de l'Elbe.

— 4. *Filius.... adsumitur.* Tibère était déjà gendre d'Auguste, ayant épousé Julie, veuve de Marcellus et d'Agrippa. L'adoption se fit au Forum par une loi curiate.

— 5. *In insulam Planasiam.* Petite île de la mer Tyrrhénienne, aujourd'hui *Pianosa.*

Page 10 : 1. *Ob amissum cum Quinctilio Varo exercitum.* En 762 de Rome, 9 de J. C., cinq ans avant la mort d'Auguste.

Page 12 : 1. *Exsulem egerit.* Cet exil dura sept ans. Voy., pour les motifs, Dion, LV, 9, et Crevier, *Hist. des Emp.,* liv. II, § 2.

— 2. *Scelus uxoris suspectabant.* Dion rapporte que Livie empoisonna des figues sur l'arbre même où Auguste se faisait un plaisir de les aller cueillir. Ce crime n'est pas invraisemblable ; cependant, comme Auguste mourut à soixante-seize ans, on n'est pas obligé, pour expliquer cette mort de recourir à des causes extraordinaires.

Page 14 : 1 *Quod Maximum*, *etc.* Voyez le même fait dans Plutarque, πιρι Ἀδολεσχίας.

Page 16 : 1. *Sallustius Crispus.* Neveu et fils adoptif de l'historien Salluste. *Ratio constet.* Expression familière empruntée à la tenue des livres de compte.

Page 18 : 1. *In verba.... juravere.* On prêtait, sous la république, un pareil serment aux généraux. La seule différence qu'il y eût, c'est que, sous la république, le nom du sénat et du peuple était énoncé formellement ainsi que celui du général ; tandis que, sous l'empire, il n'y avait plus que le nom de l'empereur. Il ne faut pas confondre ce serment *in verba* avec le serment *in acta.* Le premier regardait ce que faisaient les empereurs comme généralissimes ; le second, ce qu'ils faisaient en vertu de leurs autres pouvoirs. (*Mémoires de l'Académie des Inscriptions,* tome XXXI, in-12.)

— 2. *Seius Strabo.* Père de Séjan.

Page 22 : 1. *Cujus testamentum.* Suétone (*Aug.*, CI ; *Tib.*, XXIII) et Dion (LVI, XXXII) s'expriment sur ce testament d'une manière un peu différente.

— 2. *Nepotes pronepotesque.* Ce sont d'abord Drusus, fils de Tibère, et Germanicus, ensuite les trois fils de ce dernier.

— 3. *Populo et plebi quadringenties tricies quinquies.* Les mêmes sommes sont énoncées, mais séparément, par Suétone : *Legavit populo romano* CCCC, *tribubus* XXXV *sestertium.* A l'époque d'Auguste, quatre sesterces, ou un denier, valaient 79 centimes et une fraction ; quarante millions de sesterces, 7,951,910 fr. Voy. le mémoire de M Letronne sur les Monnaies grecques et romaines. Paris, 1817.

Page 24 : 1. *Remisit.* Même sens que *permisit.*

Page 26 : 1. *Aliaque honorum.... nova.* Il faut entendre par là la surveillance des mœurs, qui équivalait à la censure, le pouvoir consulaire à vie, le nom de Père de la patrie, et beaucoup d'autres distinctions. Voy. Suétone, *Aug.*, LVII sqq.

Page 28 : 1. *Corruptas consulis legiones.* Les légions de Brutus, qu'Octave gagna et fit passer dans son camp au siège de Modène.

— 2. *Sive hostis illos, etc.* Voy. Suétone, *Aug.*, XI, pour plus de détails.

Page 30 : 1. *Brutorum exitus.* Les deux Brutus, Décimus et Marcus. Le premier, abandonné de ses troupes, fut livré par un chef gaulois à un officier d'Antoine, qui le fit assassiner. Le second se tua l'année suivante, après la bataille de Philippes.

— 2. *Tarentino Brundisinoque fœdere* Le traité de Brindes est de l'an de Rome 714 ; celui de Tarente, de 717.

— 3 *Lollianas Varianasque clades.* Lollius fut défait par les Sicambres, l'an de Rome 736. Il y eut dans cette affaire plus d'ignominie que de perte. L'aigle de la cinquième légion tomba au pouvoir de l'ennemi. Le désastre de Varus eut lieu vingt-quatre ans plus tard. Voy. la note Page 10 : 1.

— 4. *Varrones, Egnatios, Iulos.* Il est question ici de Varro Muréna, d'Égnatius Rufus et de Iulus Antonius. Les deux premiers périrent pour crime de conspiration contre la vie d'Auguste ; le dernier, fils du triumvir Antoine et de Fulvie, comme complice des débordements de Julie, pendant qu'elle était femme de Tibere.

— 5. *Q. Tedii et Vedii Pollionis luxus.* Il n'est fait nulle part aucune autre mention de ce Q. Tédius. Quant à Védius Pollion, c'est cet affranchi, devenu chevalier romain, qui, pour la plus légère faute, faisait jeter ses esclaves dans ses viviers. C'est de lui que Sénèque a dit (*de Ira*, III, XL) qu'il engraissait ses murènes avec du sang humain.

Page 32 : 1. *Comparatione deterrima sibi gloriam quæsivisse.* Ce passage a fait accuser Tacite de voir partout le mal, et de calomnier la nature humaine. Mais Suétone (*Tib.* XXI) et Dion (LVI, XLV) disent précisément la même chose.

— 2. *De habitu cultuque.* Suétone (*Tib.*, LXVIII) : *Incedebat cervice rigida et obstipa : adducto fere vultu, plerumque tacitus.... Quæ omnia ingrata, atque arrogantiæ plena, et animadvertit Augustus in eo, et excusare tentavit sæpe apud senatum ac populum.*

— 3. *Sua modestia.* Ici, « médiocrité, insuffisance.» Muret explique ainsi : *Modestiam dicit non virtutem animi nihil de se, nisi moderatum, sentientis ; sed modicas et exiguas vires suas, opponiturque hoc sensu modestia magnitudini.* Ernesti l'entend de la même manière. Selon Dion (LVII, 11), Tibère allégua aussi son âge et la faiblesse de sa vue.

Page 34 : 1. *Proferri libellum.* Ce *libellus*, dont parle Tacite, est appelé, dans Suétone, *breviarium totius imperii*, ou *rationarium imperii.*

— 2. *Incertum metu, an per invidiam.* « Comme, du temps de la république, on eut pour principe de faire continuellement la guerre ; ainsi, sous les empereurs, la maxime fut d'entretenir la paix : les victoires ne furent regardées que comme des sujets d'inquiétude, avec des armées qui pouvaient mettre leurs services à trop haut prix. » (Montesquieu , *Gr. et Décad.*, XIII.)

Page 38 : 1. *M. Lepidum*. Le même dont Tacite fait l'éloge, *Ann.*, IV, XX, et dont il raconte la mort, *Ann.*, VI, XXIX.

— 2. *Cn. Pisonem*. Celui qu'on accusa d'avoir empoisonné Germanicus.

— 3. *Circumventi sunt*. Tacite parle de la mort de ces trois personnes, *Ann.*, III, XV ; VI, XXIII, XLVIII.

— 4. *Q. Haterius*. Voy. Tacite, *Ann.*, III, LVII.

Page 40 : 1. *Alii Parentem, etc.* Il fallait qu'il y eût entre ces deux expressions une nuance délicate que nous ne pouvons plus apprécier. Suétone (*Tib.*, L) ne se sert que de l'un des deux noms : *Quare non Parentem patriæ appellari.... passus est.* Dion (LVII, XII) calque Tacite : Πολλοὶ μὲν μητέρα αὐτὴν τῆς πατρίδος, πολλοὶ δὲ καὶ γονέα προσαγορεύεσθαι γνώμην ἔδωκαν.

Page 42 : 1. *E Campo comitia ad patres translata sunt.* Voy. à ce sujet Montesquieu, *Gr. et Décad.*, XIV.

Page 44 : 1. *Ludos, qui.... Augustales vocarentur.* Ces fêtes avaient été instituées, dès l'an de Rome 735, pour célébrer le jour où Auguste était revenu d'un grand voyage en Orient.

Page 46 : 1. *Dux olim theatralium operarum.* Selon les uns, chef des cabales du théâtre ; selon d'autres, chef des acteurs, celui qui venait sur la scène réciter un prologue ; enfin, selon Muret, un de ces hommes qui dirigeaient dans le théâtre les travaux des ouvriers qu'on louait pour la représentation des pièces. C'est ce dernier sens que nous avons adopté.

Page 48 : 1. *Denis in diem assibus.* C'est-à-dire les cinq huitièmes du denier d'argent. Percennius demande le denier complet. Voy. le Mémoire de M. Letronne sur les monnaies grecques et romaines. (Paris, 1817), p. 27 et 28.

— 2. *Sextus decimus stipendii annus finem afferret.* L'an de Rome 741, Auguste avait fixé le service des prétoriens à douze ans, celui des légionnaires à seize. En 758, quand il eut affermi son pouvoir, il étendit à seize ans le service des prétoriens, à vingt celui des légionnaires.

Page 50 : 1. *Acciperent.* Correction, au lieu d'*acceperint*.

Page 54 : 1. *Nauportum.* Oberlaybach (?), dans la Carnicle, à quelques lieues de Laybach.

— 2. *Præfectum castrorum.* « Le préfet de camp choisissait la position des camps, faisait elever le rempart et creuser le fossé. Les tentes ou les cabanes du soldat étaient confiées à ses soins avec tous les bagages, il surveillait les chambrées des malades, les médecins qui les soignaient, les voitures de transport, les bêtes de somme, et tous les instruments dont on faisait usage. Il veillait à ce que toutes les machines de guerre fussent en bon état. » (Végèce, II, x.)

Page 58 : 1. *Per gladiatores suos.* Voy. *Ann.*, XIII, xxxi.

— 2. *Ne hostes quidem sepulturæ invident.* D'autres lisent *sepultura,* d'après le manuscrit, et cet ablatif ne serait pas sans exemple. *Invidet igne rogi miseris.* (Lucain , VII , 798.) L'accusatif n'est pas moins latin. *Honorem jure mihi invideat quivis.* (Horace, *Sat.* I, vi, 49.) Ernesti adopte *sepulturam.* Nous avons suivi le plus grand nombre des éditions.

Page 60 : 1. *Fracta vite in tergo militis.* Le cep de vigne était la marque distinctive des centurions, et l'on n'en frappait que le soldat romain ; on frappait d'un simple bâton les auxiliaires. Voy. Pline, XIV, 3 ; Suétone, *Cés.,* lxxxvi ; *Aug.,* xlix ; Dion , LVI, xxiii.

— 2. *Sirpicum.* De *sirpus* ou *scirpus,* jonc.

— 3. *Duabusque prætoriis cohortibus.* Souvent, sous la république, les généraux se composaient, pour la décoration de leur place et la sûreté de leur personne, une troupe choisie, absolument distincte des cohortes légionnaires, et qu'on appelait la *cohorte prétorienne.* C'est sur ce modèle qu'Auguste forma dix cohortes de ce nom : elles étaient de mille hommes chacune.

Page 62 : 1. *Qui tum custodes imperatori.* Cette institution d'une garde étrangère remontait à Jules César. Auguste avait eu dans sa garde des Espagnols et des Germains, ces derniers jusqu'au désastre de Varus, après lequel il les renvoya. Tibère en appela de nouveaux.

Page 68 : 1. *Pergerent.* Au pluriel par syllepse, *miles* désignant la totalité des soldats.

— 2. *Igitur æris sono, etc.* « Les peuples imputaient autrefois à des enchantements les éclipses de la lune, et venaient à son secours en faisant un bruit discordant.» (Pline, II, ix, 12.)

Page 72 : 1. *Primi ordinis centurio. Ordo* est ici synonyme de *centuria.* « La légion, composée de six mille hommes depuis Marius jusqu'à Adrien, était partagée en dix cohortes de six cents hommes chacune ; la cohorte était subdivisée en six centuries. La distinction des centurions se tirait du rang de la cohorte dans la légion, et au rang de la centurie dans la cohorte. La première cohorte et la première centurie étaient les plus honorables. » (Mémoires de Le Beau sur la légion romaine.)

Page 76 : 1. *Vernacula multitudo.* C'est ce que Dion appelle ἀστικός ὄχλος. — *Vernacula* est ici synonyme de *domestica.* Voy. Suétone, *Aug.*, XXV ; Dion, LVI, XXIII.

— 2. *Implere ceterorum rudes animos.* D'autres lisent *impellere* mal à propos. Silius Italicus emploie le verbe *implere* dans le même sens :

Attollitque animos hortando et talibus implet.
(*Punic.* I, 105.)
Nunc hos, nunc illos adit, atque hortatibus implet.
(*Ibid.* V, 150.)
Affatur voce et blandis hortatibus implet.
(*Ibid.* VIII, 29.)

Page 80 : 1. *Tum adolescens.* Il pouvait avoir un peu plus de trente ans.

— 2. *Neque disjecti, nec paucorum instinctu. Nec,* conjecture de Grotius, généralement adoptée. D'autres lisent *vel,* également clair. Le manuscrit donne *nil,* qu'il est difficile de justifier.

— 3. *Acriores, quia iniquæ, etc.* Sénèque, *de Ira*, III. 29 : *Pertinaciores nos facit iniquitas iræ.*

Page 82 : 1. *Sequanos.... et Belgarum civitates.* La capitale des Séquanes était *Vesontio* (Besançon. — La Belgique atteignait alors d'un côté la Marne et la Seine, et de l'autre la Moselle, qu'elle dépassait même, puisqu'elle comprenait les Trévères.

— 2. *Osculandi.* Le manuscrit porte *exosculandi.*

Page 84 : 1. *Vexilla præferri. l'exillum,* enseigne de la cohorte ; *aquila,* enseigne de la légion.

Page 86 : 1. *Promptos ostentavere.* Ellipse de *se,* très-fréquente dans Tacite.

Page 88 : 1. *Ubiorum oppidum.* Cologne (*Colonia Agrippinæ*).

— 2. *Concederentur.* D'autres *concedentur,* qui peut se justifier.

Page 90 : 1. *Vexillarii discordium legionum.* Qu'était-ce que les vexillaires ? Autant de savants, autant d'opinions différentes. Selon Juste Lipse, c'étaient les vétérans qui, après le congé, restaient sous le drapeau ; suivant Ernesti, les nouvelles recrues, *tirones,* suivant l'abbé Brotier, les uns et les autres. D'autres ont prétendu que c'étaient simplement des détachements de la légion. M. Dureau de

Lamalle applique ce nom aux soldats de la première centurie de chaque cohorte, au milieu desquels était placé le *vexillum*, et qui étaient à peu près ce que sont chez nous les grenadiers.

Page 92 : 1. *Aram Ubiorum*. Bonn, ou Cologne, ou un lieu voisin. Gotsberg, d'après d'Anville (*Not. de la Gaule*).

Page 94 : 1. *Reciputque*. D'autres *recepit* d'après le manuscrit.

Page 98 : 1. *Infans in castris genitus*. Caius Caligula, né le 31 août 765. Voy. Suétone, *Calig* , VIII

• — 2. *Eo tegmine pedum*. Cette chaussure s'appelait *caliga*.

Page 100 : 1. *Quod nomen huic cœtui dabo?* Imitation du discours de Scipion à ses soldats séditieux. Voy. Tite Live, XXVIII, XXVII.

— 2. *Verbo uno compescuit*. Voy. Plutarque, *Vie de César*, LI ; Dion, XLII , LIII ; Suétone , *Cés.*, LXX ; enfin Lucain , v. 357 :

> .... *Discedite castris ;*
> *Tradite nostra viris , ignavi , signa , Quirites.*

Page 104 : 1. *Ut Belgarum*, etc. César appelle les Belges *omnium Gallorum fortissimi*, et Tacite, dans ses *Histoires* (IV, LXXVI), *Gallorum robur*.

Page 106 : 1. *Legatum legionis primæ*. Auguste avait établi dix *legati*, lieutenants, par légion. On les prenait ordinairement parmi les ex-préteurs : de là leur nom de lieutenants prétoriens. Il y avait aussi des lieutenants consulaires , mais ceux-ci commandaient toute l'armée.

— 2. *Centurionatum*. Ce mot ne se trouve dans aucun autre auteur latin.

Page 114 : 1. *Contubernia*. Chambrée de dix hommes, sous le commandement d'un *decanus*.

Page 116 : 1. *Silvam Cæsiam*. La forêt qu'on appelle aujourd'hui *Heserwald*. dans le duché de Clèves, selon Juste Lipse, qui était tenté de lire *Hesiam* au lieu de *Cæsiam*.

— 2. *Limitemque a Tiberio cœptum*. Tout le long des frontières des Barbares, lorsque les Romains n'avaient pas de fortifications naturelles, ils y suppléaient par des pieux énormes, bien serrés, bien enfoncés , bien entrelacés , dont ils formaient une sorte de mur appelé *limes*.

Page 118 : 1. *Templum quod Tanfanæ vocabant*. Ce mot *templum* semble au premier abord en contradiction avec ce que dit Tacite dans la *Germanie* (IX). Toutefois *templum*, ayant une signification fort étendue, pourrait désigner ici le bois où l'on révérait la divinité nommée Tanfana. Sur Tanfana , voy. la note de M. Burnouf (t. I, p. 432).

— 2. *Bructeros*, *Tubantes*, *Usipetes*. Voy. pour les premiers, *Germ.*, XXXIII ; pour les seconds, *Ann.*, XIII, LV sqq. Quant aux derniers, Tacite les nomme ailleurs *Usipii*.

Page 122 : 1. *Pandateria insula*. Ailleurs *Pandataria* (*Ann.*, XIV LXIII ; et dans Pline, III , XII, 6). Ile voisine de la Campanie.

Page 124 : 1. *Amotus Cercinam*. Ile voisine de la petite Syrte ; aujourd'hui Kerkeni.

Page 130 : 1. *Metuebantur*. D'autres, *metuebatur*.

— 2. *Tramiserat*. Les plus anciennes éditions donnent *tramiserit*, que l'on fait dépendre de *ut*.

Page 136 :   *Pacem quam bellum probabam*. Sous-entendu *magis*

— 2. *Test illa nox*. La nuit du festin dont il est parlé au ch. LV

Page 138 : 1. *Vetere in provincia*. Peut-être par opposition à la partie de la Germanie qui n'était pas encore soumise. Le manuscrit porte, dit-on, *vaera*, dont on a fait d'abord *veterem*, puis *Vetera*, nom d'un camp mentionné au ch. XLV

— 2. *In tempore memorabo*. On ne possède pas la partie des *Annales* où Tacite parlait du fils d'Arminius. Cet enfant, au dire de Strabon (VII, 1 , § 4 , s'appelait Thumelicus , et sa mère Thusnelda.

— 3. *Ut quibusque bellum invitis*, etc. C'est-à-dire, *prout quisque bellum aut nolebat aut cupiebat*. Hellénisme qu'on retrouve dans Tacite (*Hist.*, III , XLIII, et *Agr.*, XVIII '.

Page 140 : 1. *Nescia tributa*. *Nescia* est pris passivement pour *ignota*. Tacite a déjà dit (*Ann.*, I , V) *gnarum* pour *cognitum*. Voy. d'autres exemples (*Ann.*, II , VIII , III , LXIX).

Page 142 : 1. *Per lacus vexit*. La réunion de ces lacs a formé le Zuiderzée.

— 2. *Teutoburgiensi saltu*. Dans le voisinage de la petite ville de Horn , en Westphalie. Aujourd'hui *der Lippische Wald*, la forêt de la Lippe.

Page 148 : 1. *Pontes longos*. Selon les uns , entre les villes de Lingen , sur l'Emps , et de Cœwerden , province de Drenthe ; selon d'autres , sur le chemin d'Aliso à Herford.

— 2. *A L. Domitio*. L'aïeul de Néron.

Page 154 : 1. *En Varus*, etc., au lieu de : *En Varus, et eodemque iterum fato vinctæ legiones*, que porte le manuscrit.

Page 156 : 1. *Petendus agger. Agger* comprend ici tous les matériaux qui entrent dans la construction d'une chaussée.

— 2. *Per quæ egeritur humus.* D'autres *per quæ geritur.*

— 3. *Quarum decumana maxime petebatur.* Il y avait quatre portes dans un camp romain, une à chaque face du carré. La porte en tête, vis à-vis de la tente du général, s'appelait la porte pretorienne. La décumane était la porte opposée.

Page 160 : 1. *Proruunt fossas.* Comme s'il y avait : *proruunt humum in fossas.*

Page 162 : 1. *C. Plinius.* Pline l'ancien.

Page 166 : 1. *Ad amnem Unsingin.* La Hunse ou Hunsing passe à Groningue. *Visurgin* dans les anciennes éditions, mais a tort.

Page 168 : 1. *Triumphalia insignia.* Voy. Montesquieu, *Gr. et Décad.*, ch. XIII.

— 2. *In acta sua jurari.* Voy. page 18, note 1.

Page 170 : 1. *Carmina, incertis auctoribus, vulgata.* Voici ces vers, conservés par Suétone (*Tib.* LIX) :

> *Asper et immitis, breviter vis omnia dicam ?*
> *Dispeream, si te mater amare potest.*
> *Non es eques. Quare? non sunt tibi millia centum :*
> *Omnia si quæras, et Rhodos exsilium est.*
> *Aurea mutasti Saturni secula, Cæsar.*
> *Incolumi nam te ferrea semper erunt.*
> *Fastidit vinum, quia jam sitit iste cruorem :*
> *Tam bibit hunc avide, quam bibit ante merum.*
> *Aspice felicem sibi, non tibi, Romule, Sullam.*
> *Et Marium, si vis, aspice, sed reducem;*
> *Nec non Antoni, civilia bella moventis,*
> *Nec semel infectas aspice cæde manus:*
> *Et dic, Roma perit : regnabit sanguine multo*
> *Ad regnum quisquis venit ab exsilio.*

Page 172 : 1. *Cultores Augusti.* Ne pas confondre ces adorateurs d'Auguste avec les *sodales Augustales* du ch. LIV.

— 2. *Violatum perjurio nomen Augusti* D'autres lisent *numen* au lieu de *nomen.*

Page 174 : 1. *Qui formam vitæ iniit.* Il s'agit ici du métier de délateur. Ce Crispinus est cité comme un délateur fameux : *Ecce iterum Crispinus, etc.* (Sat. IV, 13).

Page 176 : 1. *Ad reciperatores itum est.* Commissaires donnés aux parties par le préteur ou par le senat pour estimer en argent une ré paration d'injure ou une restitution de deniers.

— 2. *Mole*. Même sens que *molitione*.

Page 178 : 1. *Decies sestertium.* Quand on trouve devant *sestertium* un adverbe de nombre, comme *decies*, *vicies*, *centies*, ou autres de même espèce, il faut sous-entendre *centena millia nummum sestertium*. Ici donc c'est un million de sesterces, ce qui équivaut à 198,798 fr. de notre monnaie.

— 2. *Levari.... proconsulari imperio tradique Cæsari*. Auguste avait partagé toutes les provinces de l'empire entre le senat et lui, abandonnant au sénat les riches et paisibles provinces de l'interieur, qui etaient dégarnies de troupes, et se réservant les provinces frontieres, ou etaient les armées. Voici la liste des unes et des autres : *Pro vinces senatoriales* : l'Afrique et la Numidie, l'Asie, l'Achaie, l'Epire, la Dalmatie, la Macedoine, la Sicile, la Crete et la Libye Cyrénaïque, la Bithynie et le Pont, la Sardaigne, la Betique. — *Provinces impériales* : l'Espagne Tarraconaise et la Lusitanie, la Gaule et les deux Germanies, la Célesyrie, la Phénicie, la Cilicie, Chypre, l'Égypte, la Mesie, la Pannonie, etc.

Page 180 : 1. *Proximo priore anno*. L'année qui précédait immédiatement.

Page 182 : 1. *De modo lucaris*. Le salaire des comédiens était pris sur le produit des bois sacrés, lequel etait appelé *lucar*. Voy. Plu tarque, *Quæst. rom.*

Page 184 : 1. *Clanis*. Le Clain, ou la Chiana, rivière de Toscane, qui se jette dans le Tibre. — *Arnum*. L'Arno, fleuve du même pays, qui a son embouchure dans la mer.

— 2. *Interamnates*. Terni, dans l'Ombrie, sur le Nar, aujourd'hui la Néra.

— 3. *Reatini*. Rieti, au pays des Sabins, près du *lacus Velinus*.

Page 186 : 1. *Poppæo Sabino*. Aieul maternel de la fameuse Poppée, qui devint la femme de Néron.

ARGUMENT ANALYTIQUE

DU DEUXIÈME LIVRE DES ANNALES.

————

I-II. Mouvements en Orient

III-IV. Vonon, roi des Parthes, détrôné par Artaban, se réfugie en Arménie, où il est élevé sur le trône : mais les menaces d'Artaban l'en font bientôt descendre.

V-XXV. Tibère, sous prétexte d'apaiser les troubles de l'Orient, éloigne Germanicus des légions de Germanie. Le prince obéit, mais lentement. Il entre en Germanie et remporte une victoire signalée sur les Chérusques et sur Arminius. Sa flotte est dispersée par une tempête ; il répare ce malheur par le succès de son expédition contre les Marses.

XXVI-XXXVIII. Libon Drusus est accusé de complots contre l'État. Requête de M. Hortalus durement rejetée.

XXXIX-XL. Troubles qu'excite Clémens sous le nom de Postume Agrippa. Le fourbe est arrêté par l'adresse de Sallustius Crispus, et conduit à Rome.

XLI. Germanicus triomphe des Cattes, des Chérusques et des autres nations jusqu'à l'Elbe.

XLII. Archélaüs, roi de Cappadoce, est attiré à Rome par des lettres perfides. Mauvais traitements qu'il y reçoit ; il meurt. Son royaume est réduit en province romaine.

XLIII. L'Orient est placé sous les ordres de Germanicus, et la

Syrie sous ceux de Pison, mais, à ce qu'on croit, avec des instructions secrètes contre ce prince.

XLIV. Envoi de Drusus contre les Germains, dont les dissensions permettent aux Romains de respirer.

XLV-XLVI. Les Chérusques, commandés par Arminius, gagnent une bataille sanglante contre Maroboduus, monarque dont la puissance paraissait affermie par un long règne.

XLVII-XLIX. Un tremblement de terre renverse douze villes d'Asie ; munificence de Tibère.

L-LI. La loi concernant le crime de lèse-majesté prend vigueur de jour en jour.

LII. Tacfarinas lève en Afrique l'étendard de la révolte ; mais il est aussitôt réprimé par A. Furius Camillus.

LIII-LXI. Germanicus, consul pour la seconde fois, arrive en Arménie, détrône Vonon, et donne Zénon pour roi aux Arméniens qui le désirent ; ensuite il part pour l'Égypte.

LXII-LXIII. Drusus sème la division parmi les Germains. Maroboduus, chassé de son royaume par Catualda, se réfugie en Italie, et passe à Ravenne les dix-huit dernières années de sa vie. Catualda éprouve bientôt le même sort, et il est envoyé à Fréjus.

LXIV-LXVII. Rhescuporis, roi de Thrace, est fait prisonnier par Pomponius Flaccus, et conduit à Rome.

LVIII. Meurtre de Vonon.

LXIX-LXXIII. A son retour d'Égypte, Germanicus trouve que Pison a annulé toutes les mesures qu'il avait prises, ou a donné des ordres contraires ; la mésintelligence éclate entre eux. Peu de temps après, Germanicus tombe malade et meurt à Antioche. Sa mort cause un deuil universel.

LXXIV-LXXXII. Pison, soupçonné de l'avoir empoisonné, est repoussé, lorsqu'il veut reprendre le gouvernement de la Syrie.

LXXXIII-LXXXIV. Honneurs décernés à Germanicus après sa mort.

LXXXV. Lois contre l'incontinence des femmes.

LXXXVI. Choix d'une vestale.

LXXXVII-LXXXVIII. Arminius est tué en trahison par les Germains.

Ce livre renferme l'espace de quatre années.

Ans de Rome.	Ans de J. C.	Consuls.
769	16	T. Statilius Sisenna Taurus ; L. Scribonius Libon.
770	17	C Cécilius Rufus ; L. Pomponius Flaccus Grécinus.
771	18	Tibère César Auguste, pour la troisième fois ; Germanicus César, pour la deuxième fois.
772	19	M. Julius Silanus ; L. Norbanus Flaccus.

ANNALIUM

LIBER II.

I. Sisenna Statilio Tauro, L. Libone consulibus, mota Orientis regna provinciæque Romanæ, initio apud Parthos orto [1], qui petitum Roma acceptumque regem, quamvis gentis Arsacidarum, ut externum aspernabantur. Is fuit Vonones [2], obses Augusto datus a Phraate. Nam Phraates [3], quanquam depulisset [4] exercitus ducesque Romanos, cuncta venerantium officia [5] ad Augustum verterat, partemque prolis [6] firmandæ amicitiæ miserat, haud perinde nostri metu quam fidei popularium diffisus.

II. Post finem Phraatis et sequentium regum [7], ob internas cædes, venere in Urbem legati a primoribus Parthis, qui Vononem, vetustissimum liberorum ejus, accirent. Magnificum

I. Sous le consulat de Sisenna Statilius Taurus et de L. Libon, les royaumes de l'Orient et nos provinces furent en fermentation. Le premier mouvement vint des Parthes, qui, après avoir demandé à Rome un roi, et l'avoir reconnu, le méprisèrent comme étranger, quoiqu'il fût du sang des Arsacides. Ce roi était Vonon, donné en otage à Auguste par Phraate; car Phraate, bien qu'il eût chassé nos soldats et nos généraux, avait prodigué à Auguste toutes les marques de respect, et, pour mieux s'assurer son amitié, lui avait envoyé une partie de ses enfants, moins, il est vrai, par crainte de nos armes que par défiance de ses sujets.

II. Après la mort de Phraate et des rois ses successeurs, les grands du royaume, pour mettre fin aux massacres qui désolaient leur pays, firent redemander par des ambassadeurs Vonon, l'aîné de ses en-

ANNALES.

LIVRE II.

———

I. Sisenna Statilio Tauro L. Libone consulibus, regna Orientis mota, provinciæque Romanæ, initio orto apud Parthos, qui aspernabantur ut externum, [rum, quamvis gentis Arsacida- regem petitum Roma acceptumque. Is fuit Vonones, datus obses Augusto a Phraate. Nam Phraates, quanquam depulisset exercitus ducesque Romanos, verterat ad Augustum omnia officia venerantium, miseratque partem prolis firmandæ amicitiæ, haud perinde metu nostri quam diffisus fidei popularium.

II. Post finem Phraatis regumque sequentium, ob cædes internas, legati venere in Urbem a primoribus Parthis, qui accirent Vononem, vetustissimum liberorum ejus.

I. Sisenna Statilius Taurus *et* L. Libon *étant* consuls, les royaumes de l'Orient *furent* agités, et (ainsi que) les provinces romaines, le commencement *de l'agitation* s'étant élevé chez les Parthes, qui méprisaient comme étranger, bien que de la famille des Arsacides, le roi demandé à Rome et reçu *par eux*. Celui-ci fut Vonon, donné *comme* otage à Auguste par Phraate. Car Phraate, quoiqu'il eût repoussé les armées et les généraux de-Rome, avait tourné vers Auguste [mage, tous les devoirs de ceux qui font-hom- et avait envoyé une partie de *sa* progé- *en vue* d'affermir *son* amitié, [niture non tant par crainte de nous que s'étant défié de la foi de ceux-de-sa-nation.

II. Après la fin de Phraate et des rois suivants, à cause de massacres intérieurs, des députés vinrent dans la ville (à Rome) de-la-part des principaux Parthes, lesquels appelassent Vonon, le plus âgé des enfants de lui.

id sibi credidit Cæsar, auxitque opibus [1]. Et accepere barbari
lætantes, ut ferme ad nova imperia. Mox subit pudor, « degeneravisse Parthos, petitum alio ex orbe regem hostium artibus
infectum ; jam inter provincias Romanas solium Arsacidarum
haberi darique. Ubi illam gloriam trucidantium Crassum, exturbantium Antonium, si mancipium Cæsaris, tot per annos
servitutem perpessum, Parthis imperitet? » Accendebat dedignantes et ipse, diversus a majorum institutis, raro venatu,
segni equorum cura [2]; quoties per urbes incederet, lecticæ
gestamine, fastuque erga patrias epulas [3]. Irridebantur et
Græci comites, ac vilissima utensilium [4] annulo clausa; sed
prompti aditus, obvia comitas, ignotæ Parthis virtutes, nova
vitia : et, quia ipsorum moribus aliena, perinde odium pravis
et honestis.

III. Igitur Artabanus, Arsacidarum e sanguine [5], apud Dahas [6]
adultus, excitur, primoque congressu fusus reparat vires,

fants. Cette démarche flatta l'orgueil d'Auguste, qui renvoya ce
prince comblé de présents. Les Barbares le reçurent avec les transports qui accueillent presque toujours un nouveau maître ; mais
bientôt, se croyant degradés, ils rougirent d'avoir été prendre dans
un autre monde un roi infecté des mœurs de leurs ennemis. Rome,
disaient-ils, disposait donc déjà du trône des Arsacides comme
d'une de ses provinces. Où était la gloire d'avoir immolé Crassus,
d'avoir fait fuir Antoine, si, vieilli dans les fers, un esclave de César.
commandait aux Parthes? Vonon, de son côté, enflammait leur indignation par son éloignement pour les usages du pays, chassant
peu, n'aimant point les chevaux, ne se promenant dans les villes
qu'en litière, et dédaignant les repas publics. Son cortége de Grecs,
et le soin qu'il avait d'apposer son cachet sur les choses les plus
viles, excitaient encore leur risée. Son abord facile, son affabilité
prévenante, qualités inconnues aux Parthes, leur semblaient des
vices nouveaux; et le bien comme le mal, étranger à leurs mœurs,
excitait leur haine.

III. Ils mettent donc à leur tête Artaban, prince arsacide, élevé
chez les Dahes. Celui-ci, battu d'abord, revient avec de nouvelles

Cæsar credidit id
magnificum sibi,
auxitque opibus.
Et barbari
accepere lætantes,
ut ferme
ad nova imperia.
Mox pudor subit,
« Parthos degeneravisse,
regem petitum ex alio orbe,
infectum artibus hostium ;
jam solium Arsacidarum
haberi darique
inter provincias Romanas.
Ubi illam gloriam
trucidantium Crassum,
exturbantium Antonium,
si mancipium Cæsaris,
perpessum servitutem
per tot annos,
imperitet Parthis ? »
Et ipse accendebat
dedignantes,
diversus
ab institutis majorum,
venatu raro,
cura equorum segni ;
gestamine lecticæ,
quoties incederet per urbes,
fastuque
erga epulas patrias.
Et Græci comites,
ac vilissima utensilium
clausa annulo,
irridebantur ;
sed aditus prompti,
comitas obvia,
virtutes ignotæ Parthis,
vitia nova :
et odium perinde
pravis et honestis,
quia aliena
moribus ipsorum.
 III. Igitur Artabanus,
e sanguine Arsacidarum,
adultus apud Dahas,
excitur, fususque

César (Auguste) crut cela
glorieux pour lui-même,
et combla *Vonon* de richesses.
Et les barbares
le reçurent joyeux,
comme presque-toujours
pour de nouveaux règnes.
Bientôt la honte se glisse *en eux*,
ils disent « les Parthes avoir degénéré,
un roi *avoir été* demandé à un autre monde
roi infecté des habitudes de *leurs* ennemis ;
déjà le trône des Arsacides
être tenu (compté) et être donné
parmi les provinces (comme une province)
Où *être allée* cette gloire   [de-Rome.
de ceux qui immolaient Crassus,
qui faisaient-fuir Antoine,
si un esclave de César,
ayant souffert la servitude
pendant tant-d'années,
commandait aux Parthes ? »   [pérer)
Et lui-même enflammait (achevait d'exas-
les Parthes qui *le* dédaignaient,
s'écartant
des habitudes de *ses* ancêtres,
par une chasse rare,
par un soin des chevaux négligent ;
par le moyen-de-transport d'une litière,
toutes les fois qu'il s'avançait à travers
et par *son* dédain   [les villes,
à-l'égard-des repas du-pays.
Les Grecs aussi *ses* compagnons,
et les plus viles des provisions
fermées (scellées) de *son* anneau,
étaient moqués ;
d'autre-part *ses* abords faciles,
son affabilité prévenante,
vertus inconnues aux Parthes,
étaient pour eux des vices nouveaux :
et *leur* haine s'*attachait* également
aux choses mauvaises et aux choses hon-
parce qu'elles *étaient* étrangères [nêtes,
aux mœurs d'eux-mêmes.
 III. Donc Artaban,
du sang des Arsacides,
ayant grandi chez les Dahes,
est appelé, et mis-en-déroute

regnoque potitur. Victo Vononi perfugium Armenia fuit, vacua tunc interque Parthorum et Romanas opes infida , ob scelus Antonii[1], qui Artavasden , regem Armeniorum , specie
amicitiæ illectum, dein catenis oneratum, postremo interfecerat. Ejus filius Artaxias [2], memoria patris nobis infensus,
Arsacidarum vi seque regnumque tutatus est. Occiso Ar-
taxia per dolum propinquorum , datus a Cæsare Armeniis
Tigranes [3], deductusque in regnum a Tiberio Nerone. Nec
Tigrani diuturnum imperium fuit , neque liberis ejus , quanquam sociatis more externo in matrimonium regnumque.
Dein jussu Augusti impositus Artavasdes , et non sine clade
nostra dejectus.

IV. Tum C. Cæsar [4] componendæ Armeniæ deligitur. Is
Ariobarzanem, origine Medum, ob insignem corporis for-
mam et præclarum animum , volentibus Armeniis præfecit.
Ariobarzane morte fortuita absumpto , stirpem ejus haud

forces, et s'empare du trône. Vonon vaincu cherche un asile en Arménie. Ce pays était alors sans maître, toujours flottant entre les
Parthes et les Romains, depuis le crime d'Antoine, qui, après avoir
attiré près de lui, par des offres d'amitié, Artavasde, roi d'Arménie,
l'avait chargé de fers et enfin mis à mort. La fin tragique du père
nous fit un ennemi irréconciliable de son fils Artaxias, qui, secouru
par les Arsacides, sut défendre sa personne et ses États ; mais, ce
prince ayant péri par la trahison de ses proches, Auguste donna
l'Arménie à Tigrane, que Tibère Néron mit en possession du trône.
Tigrane ne jouit pas longtemps de sa puissance, non plus que ses
enfants, quoique, selon la coutume barbare, le frère et la sœur se
fussent épousés pour régner ensemble. Enfin Auguste leur substi-
tua un autre Artavasde, dépossédé bientôt, non sans perte pour les
Romains.

IV. Alors Caïus César, choisi pour pacifier l'Arménie, lui donna
pour roi Ariobarzane, que son courage et sa beauté firent agréer,
quoique Mède d'origine. Ce prince ayant péri par une mort fortuite,

primo congressu	à la première rencontre
reparat vires,	il répare *ses* forces,
potiturque regno.	et s'empare du royaume.
Armenia fuit perfugium	L'Arménie fut un asile
Vononi victo,	pour Vonon vaincu,
tunc vacua, infidaque	*contrée* alors vacante, et infidèle
inter opes Parthorum	entre la fortune des Parthes
et Romanas,	et *celle* des-Romains,
ob scelus Antonii,	à cause du crime d'Antoine,
qui postremo interfecerat	qui à la fin avait tué
Artavasden,	Artavasde,
regem Armeniorum,	roi des Arméniens,
illectum specie amicitiæ,	attiré par une apparence d'amitié,
dein oneratum catenis.	puis chargé de chaînes.
Artaxias filius ejus,	Artaxias fils de lui,
infensus nobis	hostile à nous
memoria patris,	par le souvenir de *son* père,
tutatus est	défendit
seque regnumque	et lui-même et *son* royaume
vi Arsacidarum.	avec la force des Arsacides.
Artaxia occiso	Artaxias ayant été tué
per dolum propinquorum,	par la ruse de *ses* proches,
Tigranes datus	Tigrane *fut* donné
a Cæsare Armeniis,	par César (Auguste) aux Arméniens,
deductusque in regnum	et conduit dans *son* royaume
a Tiberio Nerone.	par Tibère Néron.
Nec imperium	Et l'empire
fuit diuturnum Tigrani,	ne fut pas de-longue-durée à Tigrane,
neque liberis ejus,	ni aux enfants de lui,
quanquam sociatis	quoique unis
more externo [que.	selon la coutume étrangère
in matrimonium regnum-	en mariage et en royauté.
Dein, jussu Augusti,	Ensuite, par ordre d'Auguste,
Artavasdes impositus,	Artavasde *fut* imposé,
et dejectus	et renversé
non sine clade nobis.	non sans perte pour nous.
IV. Tum C. Cæsar	IV. Alors C. César
deligitur	est choisi
componendæ Armeniæ.	pour pacifier l'Arménie.
Is præfecit Ariobarzanem,	Celui-ci préposa Ariobarzane,
Medum origine,	Mède d'origine,
Armeniis volentibus	aux Arméniens qui *y* consentaient
ob formam corporis	à cause d'une forme de corps
insignem	remarquable
et animum præclarum.	et d'un courage éminent.
Ariobarzane absumpto	Ariobarzane ayant été emporté
morte fortuita,	par une mort accidentelle,

toleravere; tentatoque feminæ imperio, cui nomen Erato,
eaque brevi pulsa, incerti solutique, et magis sine domino
quam in libertate, profugum Vononem in regnum accipiunt.
Sed ubi minitari Artabanus, et parum subsidii in Armeniis, vel, si nostra vi defenderetur, bellum adversus Parthos sumendum erat, rector Syriæ, Creticus Silanus, exci-
tum custodia circumdat, manente luxu et regio nomine :
quod ludibrium ut effugere agitaverit Vonones, in loco reddemus [1].

V. Ceterum Tiberio haud ingratum accidit turbari res Orientis, ut ea specie Germanicum suetis legionibus abstraheret,
novisque provinciis [2] impositum dolo simul et casibus objec-
taret. At ille, quanto acriora in eum studia militum et aversa
patrui voluntas, celerandæ victoriæ intentior, tractare prœliorum vias [3], et quæ sibi tertium jam annum [4] belligeranti sæva

---

les Arméniens rejetèrent ses enfants, et essayèrent du gouvernement
d'une femme, nommée Érato, qui fut bientôt chassée ; livrés ensuite
à leurs irrésolutions et à une indépendance qui était plutôt de l'a-
narchie que de la liberté, ils prirent enfin pour roi le fugitif Vonon.
Mais, comme Artaban ne cessait de menacer l'Arménie, incapable
de résister par elle-même, et que les Romains ne pouvaient la défendre sans renouveler la guerre avec les Parthes, Créticus Silanus,
gouverneur de Syrie, attira Vonon dans sa province, et le retint prisonnier, en lui conservant les honneurs et le titre de roi. Je dirai
plus tard comment Vonon essaya de se mettre à l'abri de ces insultes.

V. Tibère apprit sans peine les troubles de l'Orient, qui lui four-
nissaient un prétexte pour enlever Germanicus a des légions accou-
tumées à son commandement, et pour le reléguer dans de nouvelles
provinces, où il resterait exposé aux coups de la perfidie et du sort.
Cependant, plus le jeune César sentait croître pour lui l'affection des
soldats et l'inimitié de son oncle, plus il s'efforçait de hâter sa victoire. En méditant sur le plan de la guerre future et sur les événements heureux ou malheureux qui avaient signalé ses trois campa-

haud toleravere	ils ne supportèrent point
stirpem ejus ;	la race de lui ;
imperioque feminæ,	et l'empire d'une femme,
cui nomen Erato,	à qui le nom *était* Érato,
tentato,	ayant été essayé,
eaque pulsa brevi,	et celle-ci ayant été chassée bientôt,
incerti solutique,	incertains et sans-frein,
et magis sine domino	et plutôt sans maître
quam in libertate,	qu'en liberté,
accipiunt in regnum	ils acceptent pour *exercer* la royauté
Vononem profugum.	Vonon fugitif.
Sed ubi Artabanus	Mais comme Artaban
minitari,	*commençait* à menacer-sans-cesse,
et parum subsidii	et *qu'il y avait* peu de ressources
in Armeniis,	chez les Arméniens,
vel, si defenderetur	ou *que*, si *Vonon* était défendu
nostra vi,	par notre force (nos armes),
bellum erat sumendum	la guerre etait à-entreprendre
adversus Parthos,	contre les Parthes,
Creticus Silanus,	Créticus Silanus,
rector Syriæ,	gouverneur de la Syrie,
circumdat custodia	entoure d'une garde
excitum,	*Vonon* attiré *par lui*,
luxu et nomine regio	*son* luxe et *son* nom de-roi
manente :	subsistant :
quod ludibrium	à laquelle insulte
reddemus in loco	nous rapporterons en *sa* place
ut Vonones	comment Vonon
agitaverit effugere.	médita d'échapper.
V. Ceterum	V. Au reste *ce fait*
res Orientis turbari	les affaires de l'Orient être troublées
accidit haud ingratum	arriva non désagréable
Tiberio,	à Tibère,
ut, ea specie,	afin que, sous ce prétexte,
abstraheret Germanicum	il arrachât Germanicus
legionibus suetis,	à des légions accoutumées *à lui*,
objectaretque dolo	et qu'il exposât à la ruse
et simul casibus	et en-même-temps aux hasards [vinces.
impositum novis provinciis.	*ce prince* mis-à-la-tête de nouvelles pro-
At ille, intentior	Mais celui-là (Germanicus), *d'autant* plus
celerandæ victoriæ,	à hâter *sa* victoire, [appliqué
quanto studia militum	que l'affection des soldats
in eum	pour lui
acriora,	*était* plus vive, [tournée (défavorable),
et voluntas patrui aversa,	et la disposition de *son* oncle *plus* dé-
tractare vias prœliorum,	*se met à* méditer *sur* les voies des combats,
et sæva vel prospera	et sur les choses fâcheuses ou prospères

vel prospera evenissent : « Fundi Germanos acie et justis
locis , juvari silvis , paludibus , brevi æstate et præmatura
hieme ; suum militem haud perinde vulneribus quam spatiis
itinerum, damno armorum, afflici ; fessas Gallias ministrandis
equis ; longum impedimentorum agmen opportunum ad insidias , defensantibus iniquum. At , si mare intretur, promptam
ipsis possessionem et hostibus ignotam ; simul bellum maturius [1] incipi, legionesque et commeatus pariter vehi ; integrum equitem equosque, per ora et alveos fluminum , media
in Germania fore. »

VI. Igitur huc intendit : missis ad census Galliarum P. Vitellio [2] et C. Antio [3], Silius et Anteius et Cæcina fabricandæ
classi præponuntur. Mille naves sufficere visæ, properatæque :
aliæ breves, angusta puppi proraque et lato utero, quo facilius

---

gnes, il vit que les Germains, inférieurs en plaine et en bataille rangée, étaient protégés par leurs bois, leurs marais, un été court, un
hiver prématuré ; que ses soldats ne souffraient pas tant du fer
de l'ennemi que de la longueur des marches et de la perte de
leurs armes ; que les Gaules se lassaient de fournir des chevaux ; que
cette longue file de bagages, difficile à couvrir, prêtait aux embus-
cades ; au lieu que, par mer, il trouverait une route facile pour
les siens, inconnue à l'ennemi ; il ouvrirait plus tôt la campagne, il
embarquerait ses convois avec ses légions, et, en remontant par
les fleuves, sa cavalerie arriverait toute fraîche au cœur de la Germanie.

VI. Il prend donc ce parti. Tandis que P. Vitellius et C. An-
tius vont recevoir le tribut des Gaules, Silius, Antéius et Cécina
veillent à la construction de la flotte. Mille vaisseaux parurent suf-
fisants ; on les construit en diligence, les uns courts, étroits de poupe
et de proue et larges de carène , pour mieux résister aux vagues ; les

quæ evenissent sibi	qui étaient arrivées à lui
belligeranti	faisant-la-guerre
jam tertium annum :	déjà *pendant* la troisième année : [ligne
« Germanos fundi acie	*il se disait* « les Germains être battus en
et locis	et dans des lieux
justis,	convenables *pour combattre* (unis),
juvari silvis, paludibus,	être aidés par les forêts, par les marais,
æstate brevi	par un été court
et hieme præmatura ;	et par un hiver hâtif ;
suum militem	son soldat (le soldat romain)
haud affici perinde	n'être pas accablé autant
vulneribus	par les blessures
quam spatiis itinerum,	que par les distances des marches,
damno armorum ;	par la perte de *ses* armes ;
Gallias fessas	les Gaules *être* fatiguées
ministrandis equis ;	de fournir des chevaux ;
longum agmen	une longue file
impedimentorum,	de bagages,
opportunum ad insidias,	exposee aux embuscades,
iniquum	*être* désavantageuse
defensantibus.	pour ceux qui *les* défendent.
At, si intretur mare,	Mais, si l'on entrait en mer,
possessionem	ce domaine
promptam ipsis	*être* tout-ouvert pour eux-mêmes
et ignotam hostibus ;	et inconnu aux ennemis ;
simul bellum	en-même-temps la guerre
incipi maturius,	être commencée plus tôt,
legionesque et commeatus	et les légions et les convois
vehi pariter ;	être transportés pareillement ;
equitem fore integrum,	le cavalier devoir être frais,
equosque,	et les chevaux *aussi*,
in media Germania,	au milieu de la Germanie,
per ora	*amenés* par les bouches
et alveos fluminum.	et les lits des fleuves. »
VI. Igitur intendit huc :	VI. Donc il s'applique ici (arrête ce
P. Vitellio et C. Antio	P. Vitellius et C. Antius [plan) :
missis	ayant été envoyés
ad census Galliarum,	pour *régler* le cens des Gaules,
Silius et Anteius et Cæcina	Silius et Antéius et Cécina
præponuntur	sont préposés
fabricandæ classi.	à *la tâche de* construire la flotte.
Mille naves visæ sufficere,	Mille vaisseaux parurent suffire,
properatæque :	et *furent* construits-avec-hâte :
aliæ breves,	les uns courts,
puppi proraque angusta,	de pouppe et de proue étroite
et utero lato,	et de ventre large,
quo tolerarent fluctus	afin qu'ils supportassent les vagues

fluctus tolerarent; quædam planæ carinis, ut sine noxa side-
rent; plures appositis utrinque gubernaculis [1], converso ut
repente remigio hinc vel illinc appellerent; multæ pontibus
stratæ, super quas tormenta veherentur, simul aptæ ferendis
equis aut commeatui, velis habiles, citæ remis, augebantur
alacritate militum in speciem ac terrorem. Insula Batavorum [2]
in quam convenirent prædicta, ob faciles appulsus, accipien-
disque copiis et transmittendum ad bellum opportuna. Nam
Rhenus, uno alveo continuus, aut modicas insulas circum-
veniens, apud principium agri Batavi velut in duos amnes
dividitur : servatque nomen et violentiam cursus, qua Germaniam prævehitur, donec Oceano misceatur ; ad Gallicam
ripam latior et placidior affluens : verso cognomento, Vahalem [3] accolæ dicunt ; mox id quoque vocabulum mutat Mosa
flumine, ejusque immenso ore eumdem in Oceanum effunditur.

autres à fond plat, pour qu'ils pussent échouer sans risque; la plupart à double gouvernail, pour faciliter, en changeant la manœuvre,
la descente des deux côtés; un grand nombre, couverts et pontés,
pour le transport des machines, des munitions et des chevaux, également vites à la voile et à la rame, offraient, grâce à l'allégresse du
soldat, un spectacle à la fois superbe et terrible. On assigna pour
rendez-vous l'île des Bataves, qui offrait des facilités pour aborder,
pour embarquer des troupes et porter la guerre où l'on voudrait. Car
le Rhin, jusque-là retenu dans un seul canal, à peine entrecoupé
de quelques îles, semble, à l'entrée du pays des Bataves, se partager
en deux fleuves. Celui qui borde la Germanie conserve et le nom et
l'impétuosité du Rhin, jusqu'à ce qu'il tombe dans l'Océan. Plus
large et plus tranquille, l'autre, qui arrose les frontières des Gaules,
a reçu des habitants le nom de Vahal, qu'il perd bientôt pour prendre celui de Meuse, sous lequel il se décharge dans le même Océan
par une vaste embouchure.

facilius ,	plus facilement ;
quædam planæ carinis,	certains plats de carènes, [sans risque;
ut siderent sine noxa ;	afin qu'ils enfonçassent (échouassent)
plures gubernaculis	un plus-grand-nombre avec des gouver-
appositis utrinque ,	adaptés des-deux-côtés, [nails
ut, remigio	pour que, la manœuvre-des-rames
converso repente,	étant changée tout-à-coup, [là;
appellerent hinc vel illinc ;	ils abordassent de ce côté-ci ou de celui-
multæ stratæ pontibus,	plusieurs couverts de ponts,
super quas	sur lesquels *vaisseaux*
tormenta veherentur,	des machines fussent transportées,
simul aptæ ferendis equis	à la fois propres à porter des chevaux
aut commeatui,	ou des munitions, [par des rames,
habiles velis, citæ remis,	s'adaptant à (recevant) des voiles , mûs
augebantur	étaient agrandis
alacritate militum	par l'allégresse des soldats
in speciem ac terrorem.	en appareil et en terreur.
Insula Batavorum	L'île des Bataves
prædicta,.	*fut* assignée-d'avance ,
in quam convenirent,	dans laquelle ils se réuniraient,
ob appulsus faciles,	à cause de *ses* abords faciles,
opportunaque	et *parce qu'elle était* commode
accipiendis copiis [lum.	pour recevoir des troupes
et ad transmittendum bel-	et pour transporter *ailleurs* la guerre.
Nam Rhenus,	Car le Rhin ,
continuus uno alveo,	continu dans un seul lit,
aut circumveniens	ou entourant
modicas insulas , dividitur	de petites îles , se partage
velut in duos amnes	comme en deux fleuves
apud principium	au commencement
agri Batavi :	du territoire batave :
servatque nomen	et il conserve le nom
et violentiam cursus,	et la violence de *son* cours
qua prævehitur	par où il est porté (coule)-le-long-de
Germaniam,	la Germanie,
donec misceatur Oceano ;	jusqu'à ce qu'il se mêle à l'Océan ;
affluens	coulant
ad ripam Gallicam,	vers la rive gauloise,
latior et placidior :	*il est* plus large et plus tranquille :
cognomento verso,	*son* nom étant changé,
accolæ dicunt Vahalem ;	les habitants *l'*appellent Wahal ;
mox mutat	bientôt il change
id vocabulum quoque	cette appellation aussi
flumine Mosa,	pour *celle de* rivière *de la* Meuse,
oreque immenso ejus	et par l'embouchure immense d'elle
effunditur	se verse
in eumdem Oceanum.	dans le même Océan.

VII. Sed Cæsar, dum adiguntur naves, Silium legatum cum expedita manu irruptionem in Cattos [1] facere jubet : ipse, audito castellum Luppiæ flumini appositum [2] obsideri, sex legiones eo duxit. Neque Silio ob subitos imbres aliud actum, quam ut modicam prædam et Arpi, principis Cattorum, conjugem filiamque raperet; neque Cæsari copiam pugnæ obsessores fecere, ad famam adventus ejus dilapsi. Tumulum tamen nuper Varianis legionibus structum, et veterem aram Druso sitam, disjecerant : restituit aram, honorique patris princeps ipse cum legionibus decucurrit; tumulum iterare haud visum : et cuncta inter castellum Alisonem ac Rhenum novis limitibus aggeribusque permunita.

VIII. Jamque classis advenerat, quum, præmisso commeatu et distributis in legiones ac socios navibus, fossam cui Drusianæ nomen [3] ingressus, precatusque Drusum patrem [1] ut

---

VII. Germanicus, en attendant sa flotte, envoya Silius avec un camp volant ravager le pays des Cattes. Lui-même, sur la nouvelle que les ennemis assiégeaient un fort construit sur la Lippe, y mena six légions. Les pluies qui survinrent empêchèrent Silius de rien entreprendre ; il enleva seulement quelque butin, avec la femme et la fille d'Arpus, chef des Cattes. Les assiégeants, de leur côté, ne fournirent pas à Germanicus l'occasion de combattre, mais se dispersèrent au premier bruit de son approche. Cependant ils avaient détruit le tombeau récemment élevé aux légions de Varus, et un ancien autel consacré à Drusus. L'autel fut relevé; Germanicus, se mettant lui-même à la tête, fit défiler ses légions devant cet autel en l'honneur de son père : pour le tombeau, il ne crut point devoir le reconstruire. Tout le pays situé entre le fort Aliso et le Rhin fut fortifié par de nouvelles chaussées et de nouveaux remparts.

VIII. La flotte arrivée, Germanicus fait prendre les devants aux bâtiments de transport; ensuite, ayant distribué les légions et les alliés sur les vaisseaux, il entre dans le canal qui porte le nom de Drusus, après avoir imploré la protection de son père pour un fils

VII. Sed,

VII. Mais, [blés,

dum naves adiguntur,
pendant que les vaisseaux sont rassem-

Cæsar jubet legatum Silium
César ordonne le lieutenant Silius

facere irruptionem
faire irruption

in Cattos
chez les Cattes [(légère):

cum manu expedita :
avec une troupe débarrassée *de bagages*

ipse , audito
lui-même, *ceci* étant appris

castellum
un fort

appositum flumini Luppiæ
établi-près de la rivière *de* la Lippe

obsideri,
être assiégé,

duxit eo sex legiones.
conduisit là six légions.

Neque aliud actum Silio,
Et pas autre chose ne *fut* faite par Silius,

ob imbres subitos,
à cause de pluies subites,

quam ut raperet prædam
que *ceci* qu'il enleva un butin

modicam
faible,

et conjugem filiamque
et l'épouse et la fille

Arpi, principis Cattorum ;
d'Arpus, chef des Cattes ;

neque obsessores
et les assiégeants

fecere copiam pugnæ
ne fournirent pas l'occasion d'un combat

Cæsari,
à César,

dilapsi
s'étant dispersés

ad famam adventus ejus.
au bruit de l'arrivée de lui.

Tamen disjecerant
Cependant ils avaient détruit

tumulum structum nuper
le tombeau élevé naguère

legionibus Varianis,
aux légions de-Varus,

et veterem aram
et un ancien autel

sitam Druso :
établi (dressé) à Drusus :

restituit aram,
Germanicus rétablit l'autel,

ipseque princeps
et lui-même le premier

decucurrit cum legionibus
défila *devant* avec *ses* légions

honori patris ;
en l'honneur de *son* père ;

haud visum
il ne parut pas *à propos*

iterare tumulum :
de refaire le tombeau :

et cuncta
et tous les *points*

inter castellum Alisonem
entre le fort Aliso

et Rhenum
et le Rhin

permunita novis limitibus
furent fortifiés de nouvelles chaussées

aggeribusque.
et de *nouveaux* remparts.

VIII. Jamque classis
VIII. Et déjà la flotte

advenerat,
était arrivée,

quum, commeatu præmisso
lorsque, les convois ayant été envoyés-en-

et navibus distributis
et les vaisseaux distribués [avant,

in legiones ac socios,
entre les légions et les alliés,

ingressus fossam
étant entré dans le canal

cui nomen Drusianæ,
auquel le nom *est* de-Drusus,

recatusque
et ayant prié

rusum patrem
Drusus *son* père

se, eadem ausum, libens placatusque exemplo ac memoria
consiliorum atque operum juvaret, lacus inde et Oceanum,
usque ad Amisiam [1] flumen, secunda navigatione pervehitur.
Classis Amisiæ [2] relicta, lævo amne; erratumque in eo quod
non subvexit : transposuit [3] militem, dextras in terras iturum.
Ita plures dies efficiendis pontibus [4] absumpti. Et eques quidem ac legiones prima æstuaria, nondum accrescente unda,
intrepidi transiere; postremum auxiliorum agmen, Batavique
in parte ea [5], dum insultant aquis artemque nandi ostentant,
turbati, et quidam hausti sunt. Metanti castra Cæsari Angrivariorum [6] defectio a tergo nuntiatur : missus illico Stertinius
cum equite et armatura levi, igne et cædibus perfidiam ultus
est.

IX. Flumen Visurgis [7] Romanos Cheruscosque interfluebat.
Ejus in ripa cum ceteris primoribus Arminius adstitit; quæsi-
toque an Cæsar venisset, postquam adesse responsum est, ut

qui osait tenter la même entreprise en s'appuyant sur son exemple,
en s'aidant de ses plans et de ses travaux. De là il gagne l'Océan par
les lacs, et arrive heureusement à l'embouchure de l'Ems. Il laissa
la flotte à Ems, sur la gauche du fleuve, et ce fut une faute de ne
l'avoir pas fait remonter plus haut; il eût pu alors débarquer sur
la rive droite l'armée qui devait marcher de ce côté, au lieu qu'on
perdit plusieurs jours à construire des ponts. La cavalerie et les légions passèrent sans obstacle les premiers bras de la rivière, avant
que la marée montât. Il n'en fut pas de même de l'arrière-garde, où
étaient les auxiliaires, et entre autres les Bataves. Comme ils se pi-
quaient de braver les flots et de montrer leur habileté à nager, le
désordre se mit dans leurs rangs; quelques-uns même périrent. Tandis que Germanicus traçait son camp, on vint lui apprendre un soulèvement des Angrivariens, qu'il avait laissés derrière lui. Il envoy
sur-le-champ Stertinius avec de la cavalerie et des troupes légères
et bientôt le fer et la flamme nous vengèrent de cette perfidie.

IX. Le Véser coulait entre les Romains et les Chérusques. Ar
minius se présenta sur la rive avec les autres chefs, et s'informa s
Germanicus était présent. Sur une réponse affirmative, il deman

ut libens placatusque	pour que de-bon-gré et propice
juvaret se ausum eadem	il aidât lui qui avait osé les mêmes choses
exemplo ac memoria	à l'exemple et en souvenir
consiliorum atque operum,	de *ses* plans et de *ses* travaux,
pervehitur inde	il se transporte de là
navigatione secunda	par une navigation heureuse
lacus et Oceanum	par les lacs et l'Océan
usque ad flumen Amisiam.	jusqu'au fleuve *de* l'Ems.
Classis relicta Amisiæ,	La flotte *fut* laissée à Ems,
amne lævo ;	sur le fleuve à-gauche ;
erratumque	et une-faute-fut-commise
in eo quod non subvexit :	en ce qu'il ne *la* fit-pas-remonter :
transposuit militem,	il fit-passer-au-delà *du fleuve* le soldat
iturum in terras dextras.	qui devait aller sur les terres à-droite.
Ita plures dies absumpti	Ainsi plusieurs jours *furent* employés
efficiendis pontibus.	à faire des ponts.
Et quidem eques ac legiones	Et à la vérité le cavalier et les légions
transiere intrepidi	passèrent sans-tumulte
prima æstuaria,	les premiers bras,
unda nondum accrescente :	l'onde ne montant pas encore :
postremum agmen	la dernière troupe
auxiliorum,	des auxiliaires,
Batavique in ea parte	et les Bataves dans cette partie (qui en fai-
turbati sunt,	furent mis-en-désordre, [saient partie)
et quidam hausti,	et quelques-uns engloutis,
dum insultant aquis	tandis qu'ils sautent-dans les eaux
ostentantque	et affectent-de-montrer
artem nandi.	*leur* habileté à nager.
Defectio Angrivariorum	La défection des Angrivariens
a tergo	par derrière
nuntiatur Cæsari	est annoncée à César
metanti castra :	qui mesurait *son* camp :
Stertinius missus illico	Stertinius envoyé sur-le-champ
cum equite	avec le cavalier (de la cavalerie)
et armatura levi	et une troupe légère
ultus est perfidiam	punit *leur* perfidie
igne et cædibus.	par le feu et les massacres.
IX. Flumen Visurgis	IX. Le fleuve Véser
interfluebat Romanos	coulait-entre les Romains
Cheruscosque.	et les Chérusques.
Arminius adstitit	Arminius se présenta
in ripa ejus	sur la rive de lui
cum ceteris primoribus ;	avec les autres chefs ;
quæsitoque	et *ceci* ayant été demandé *par lui*
an Cæsar venisset,	si César était arrivé,
postquam responsum est	après qu'il eut été répondu
adesse,	*César* être présent,

liceret cum fratre colloqui oravit. Erat is in exercitu, cognomento Flavius [1], insignis fide, et amisso per vulnus oculo,
paucis ante annis, duce Tiberio. Tum permissum, progressus-
que salutatur ab Arminio, qui, amotis stipatoribus, ut sagittarii, nostra pro ripa dispositi, abscederent, postulat; et,
postquam digressi, unde ea deformitas oris, interrogat fratrem. Illo locum et prœlium referente, quodnam præmium
recepisset, exquirit. Flavius aucta stipendia, torquem et coronam aliaque militaria dona memorat, irridente Arminio vilia
servitii pretia.

X. Exin diversi ordiuntur : hic « magnitudinem [2] Romanam,
opes Cæsaris, et victis graves pœnas ; in deditionem venienti
paratam clementiam ; neque conjugem et filium ejus hostiliter
haberi. » Ille « fas patriæ, libertatem avitam, penetrales [1] Germaniæ deos, matrem precum sociam, ne propinquorum et
affinium, denique gentis suæ desertor et proditor quam impe-

qu'on lui permît de conférer avec son frère. Ce frère, surnommé
Flavius, servait dans notre armée, et s'y distinguait par sa fidélité;
il avait perdu un œil quelques années auparavant, sous le commandement de Tibère, à la suite d'une blessure. L'entrevue accordée,
Flavius s'avance. Arminius le salue, et renvoyant sa suite, il prie
qu'on fasse retirer aussi les archers qui bordaient la rive de notre
côté. Sitôt qu'on les eut éloignés, Arminius demande à son frère d'où
lui vient la cicatrice qui le défigure. Flavius cite le lieu et le combat. — Et quelle en a été la récompense? — Une augmentation de
paye, un collier, une couronne et d'autres dons militaires. Arminius
le raille de s'être fait esclave à si bas prix.

X. Ensuite ils engagent le débat. L'un fait valoir la grandeur romaine, les forces de César, les peines terribles réservées aux vaincus, la clémence offerte à quiconque se soumet, enfin le traitement
généreux accordé à la femme et au fils d'Arminius. L'autre invoque
les droits de la patrie, la liberté de leurs aïeux, les dieux tutélaires
de la Germanie, une mère qui s'unissait à lui pour conjurer Flavius
de ne point trahir ses proches, ses alliés, sa nation, de ne point préférer le renom d'un déserteur et d'un traître à l'honneur de com-

oravit ut liceret | il pria qu'il *lui* fût-permis
colloqui cum fratre. | de s'entretenir avec *son* frère.
Is erat in exercitu, | Celui-ci était dans l'armée *romaine*,
Flavius cognomine, | Flavius de surnom,
insignis fide, | remarquable par *sa* fidélité,
et oculo amisso per vulnus | et par un œil perdu par une blessure
paucis annis ante, | peu d'années auparavant,
Tiberio duce. | Tibère *étant* chef.
Tum permissum, | Alors *la chose fut* permise,
progressusque | et s'étant avancé
salutatur ab Arminio, | *Flavius* est salué par Arminius,
qui, stipatoribus amotis, | qui, *ses* gardes étant écartés,
postulat ut sagittarii | demande que les archers
dispositi pro nostra ripa | rangés le-long-de notre rive
abscederent; | se retirassent ;
et, postquam digressi, | et, après qu'*ils se furent* retirés,
interrogat fratrem | il interroge *son* frère
unde ea deformitas oris. | d'où *lui venait* cette difformité de visage.
Illo referente | Celui-là rapportant
locum et prœlium, | le lieu et le combat,
exquirit   [pisset. | *Arminius lui* demande
quodnam præmium rece- | quelle récompense il avait reçue.
Flavius memorat | Glavius rappelle
stipendia aucta, | *sa* paye augmentée,
torquem et coronam | un collier et une couronne
aliaque dona militaria, | et d'autres dons militaires,
Arminio irridente | Arminius se moquant
vilia pretia servitii. | de *ces* vils prix de l'esclavage.

X. Exin ordiuntur | X. Ensuite ils commencent
diversi :   [nam, | en-des-sens-différents :
hic « magnitudinem Roma- | celui-ci *parlant* « de la grandeur romaine,
opes Cæsaris, | des ressources de César,
et pœnas graves victis ; | et des châtiments lourds pour les vaincus ;
clementiam paratam | de la clémence préparée
venienti in deditionem ; | à celui qui venait à soumission ;
neque conjugem | et *ajoutant* l'épouse
et filium ejus | et le fils de lui (d'Arminius)
haberi hostiliter. » | n'être point traités en-ennemis. »
Ille « fas patriæ, | Celui-là *rappelant* « le droit de la patrie,
libertatem avitam, | la liberté des-aïeux,
deos penetrales Germaniæ, | les dieux intérieurs de la Germanie,
matrem, sociam precum, | *leur* mère, associée à *ses* prières,
ne mallet | *demandant* qu'il n'aimât-pas-mieux
esse desertor et proditor | être déserteur et traître
quam imperator | que chef
propinquorum et affinium, | de *ses* proches et de *ses* alliés,
denique suæ gentis. » | enfin de sa nation. »

rator esse mallet. » Paulatim inde ad jurgia prolapsi, quominus pugnam consererent, ne flumine quidem interjecto
cohibebantur, ni Stertinius accurrens plenum iræ armaque et
equum poscentem Flavium attinuisset. Cernebatur contra mi-
nitabundus Arminius, prœliumque denuntians; nam plerae-
que Latino sermone interjaciebat, ut qui Romanis in castris
ductor popularium meruisset.

XI. Postero die Germanorum acies trans Visurgim stetit.
Cæsar, nisi pontibus præsidiisque impositis, dare in discrimen
legiones haud imperatorium ratus, equitem vado tramittit.
Præfuere Stertinius, et, e numero primipilarium[1], Æmilius,
distantibus locis invecti, ut hostem diducerent. Qua celerrimus
amnis, Cariovalda, dux Batavorum, erupit : eum Cherusci,
fugam simulantes, in planitiem saltibus circumjectam traxere;
dein, coorti et undique effusi, trudunt adversos, instant ce-
dentibus, collectosque in orbem, pars congressi, quidam emi-

mander aux siens. Insensiblement ils en vinrent aux injures, et la
rivière qui les séparait ne les eût point empêchés de se battre, si Stertinius, accouru à la hâte, n'eût retenu Flavius, qui, transporté de
colère, demandait son cheval et ses armes. Arminius, sur l'autre bord,
ne paraissait pas moins furieux, et on le voyait nous menacer et nous
défier au combat; car il entremêlait son langage de beaucoup de
mots latins, qu'il avait appris lorsqu'il commandait dans notre armée les troupes de sa nation.

XI. Le lendemain, les Germains parurent en bataille au delà du
Véser. Germanicus, persuadé qu'un général ne devait point exposer
ses légions sans avoir des ponts et des postes établis sur le fleuve,
fit passer à gué sa cavalerie. Stertinius et Émilius, un des primipi-
laires, qui la commandaient, passèrent à quelque distance l'un de
l'autre, afin de diviser les forces de l'ennemi. Ce fut à l'endroit le
plus rapide que Cariovalde franchit la rivière à la tête de ses Bataves. Les Chérusques, par une fuite simulée, l'attirèrent dans une
petite plaine entourée de bois. Là, se levant de tous côtés, ils l'enveloppent, ils renversent tout ce qui résiste, ils poursuivent tout ce
qui recule. En vain les Bataves se resserrent en pelotons; une partie

Inde paulatim	De là peu à peu
prolapsi ad jurgia,	s'étant laissés-aller aux injures,
ne cohibebantur quidem	ils n'étaient même pas retenus
flumine interjecto,	par le fleuve placé-entre *eux*,
quominus consererent	au point qu'ils n'engageassent pas
pugnam,	le combat,
ni Stertinius accurrens	si Stertinius accourant
attinuisset Flavium	n'eût arrêté Flavius
plenum iræ	plein de colère
poscentemque arma	et demandant des armes
et equum.	et un cheval.
Arminius contra	Arminius d'autre part
cernebatur minitabundus,	était vu menaçant,
denuntiansque prœlium;	et annonçant le combat;
nam interjaciebat pleraque	car il entremêlait la plupart *de ses défis*
sermone Latino,	de langage latin, [*solde*,
ut qui meruisset,	comme *un homme* qui avait gagné *une*
ductor popularium	*étant* chef de ceux-de-sa-nation
in castris Romanis.	dans un camp romain.
XI. Die postero,	XI. Le jour suivant,
acies Germanorum	l'armée des Germains
stetit trans Visurgim.	se tint *en bataille* au delà du Véser.
Cæsar,	César,
ratus haud imperatorium	jugeant non digne-d'un-général
dare legiones in discrimen,	de livrer *ses* légions au danger,
nisi pontibus præsidiisque	sinon des ponts et des postes
impositis,	ayant été établis,
tramittit equitem vado.	fait-passer le cavalier à gué.
Stertinius et Æmilius,	Stertinius et Émilius,
e numero primipilarium,	du nombre des primipilaires,
præfuere,	furent-à-la-tête,
invecti	s'étant avancés
locis distantibus,	dans des lieux éloignés *l'un de l'autre*,
ut diducerent hostem.	pour qu'ils divisassent l'ennemi.
Cariovalda,	Cariovalde,
dux Batavorum, erupit,	chef des Bataves, s'élança,
qua amnis celerrimus:	par où le fleuve *est* le plus rapide:
Cherusci,	les Chérusques,
simulantes fugam,	simulant la fuite,
traxere eum in planitiem	entraînèrent lui dans une plaine
circumjectam saltibus;	entourée de bois;
dein, coorti	puis, s'étant levés-ensemble
et effusi undique,	et s'étant répandus de tous côtés,
trudunt adversos,	ils renversent ceux qui-sont-en-face,
instant cedentibus,	pressent ceux qui plient,
proturbantque	et mettent-en-désordre
collectos in orbem,	*les Bataves* réunis en peloton,

nus, proturbant. Cariovalda, diu sustentata hostium sævitia [1], hortatus suos ut ingruentes catervas globo frangerent, atque ipse in densissimos irrumpens, congestis telis et suffosso equo labitur, ac multi nobilium circa : ceteros vis sua, aut equites cum Stertinio Æmilioque subvenientes, periculo exemere.

XII. Cæsar, transgressus Visurgim, indicio perfugæ cognoscit delectum ab Arminio locum pugnæ ; convenisse et alias nationes in silvam Herculi sacram [2], ausurosque nocturnam castrorum oppugnationem. Habita indici fides ; et cernebantur ignes, suggressique propius speculatores audiri fremitum equorum immensique et inconditi agminis murmur attulere. Igitur, propinquo summæ rei discrimine, explorandos militum animos ratus, quonam id modo incorruptum foret, secum agitabat : « Tribunos [3] et centuriones læta sæpius quam comperta nuntiare ; libertorum servilia ingenia ; amicis inesse adulatio-

des ennemis les joignant de près, d'autres les attaquant de loin, ils sont mis en désordre. Cariovalde soutint longtemps la violence du choc ; enfin, excitant les siens à se serrer en colonne pour ouvrir les bataillons ennemis, il s'élance lui-même au fort de la mêlée, y perd son cheval sous une grêle de traits, tombe, et voit tomber autour de lui une grande partie de sa noblesse ; les autres durent leur salut ou à leur courage, ou à la cavalerie de Stertinius et d'Émilius, qui accourut les dégager.

XII. Germanicus, ayant passé le Véser, apprit par un transfuge qu'Arminius avait choisi un champ de bataille, que d'autres peuples encore étaient venus le joindre dans une forêt consacrée à Hercule, et qu'on tenterait pendant la nuit l'attaque de son camp. Les feux qu'on apercevait confirmaient le témoignage du transfuge, et ceux des éclaireurs qui s'étaient avancés plus près de l'ennemi rapportèrent qu'on entendait des hennissements de chevaux et le bruit d'une multitude immense et en désordre. Se voyant donc au moment d'une affaire décisive, et résolu d'éprouver les dispositions des soldats, Germanicus songeait aux moyens de rendre l'épreuve sûre. Il se défiait des nouvelles plus flatteuses qu'exactes débitées par les tribuns et les centurions, de l'esprit servile des affranchis, de l'adulation de

pars congressi,	une partie *les* ayant abordés,
quidam eminus.	quelques-uns de loin.
Sævitia hostium	La violence des ennemis
sustentata diu,	ayant été soutenue longtemps,
Cariovalda, hortatus suos	Cariovalde, ayant exhorté les siens
ut frangerent globo	pour qu'ils rompissent de *leur* masse
catervas ingruentes,	les bandes qui fondaient-sur *eux*,
atque ipse irrumpens	et lui-même se précipitant
in densissimos,	parmi les plus serrés,
telis congestis	les traits ayant été amoncelés *sur lui*
et equo suffosso,	et *son* cheval percé,
labitur,	tombe,
ac multi nobilium circa :	et beaucoup de *ses* nobles autour *de lui* :
sua vis,	leur *propre* force,
aut equites subvenientes	ou les cavaliers venant-à-*leur*-secours
cum Stertinio Æmilioque,	avec Stertinius et Émilius,
exemere ceteros periculo.	arrachèrent les autres au danger.
XII. Cæsar,	XII. César,
transgressus Visurgim,	ayant passé le Véser,
cognoscit indicio perfugæ	apprend par la révélation d'un transfuge
locum pugnæ	un lieu du combat
delectum ab Arminio ;	*avoir été* choisi par Arminius ;
et alias nationes convenisse	d'autres nations aussi s'être réunies
in silvam sacram Herculi,	dans une forêt consacrée à Hercule
ausurosque	et *eux* devoir entreprendre
oppugnationem nocturnam	une attaque nocturne
castrorum.	du camp.
Fides habita indici ;	Foi *fut* ajoutée au dénonciateur,
et ignes cernebantur,	et des feux étaient vus,
speculatoresque	et des éclaireurs
suggressi propius	s'étant avancés plus près
attulere fremitum equorum	rapportèrent un frémissement de chevaux
murmurque agminis	et le murmure d'une troupe-en-marche
immensi et inconditi	immense et en-désordre
audiri.	être entendus.
Igitur, discrimine	Donc, le moment-critique
rei summæ	d'une affaire capitale
propinquo,	*étant* proche,
ratus animos militum	pensant les dispositions des soldats
explorandos,	devoir être sondées,
agitabat secum	il agitait en lui-même
quonam modo	de quelle manière
id foret incorruptum :	cette *épreuve* serait non-altérée (sûre) :
« Tribunos et centuriones	« Les tribuns et les centurions
nuntiare sæpius	annoncer plus souvent
læta quam comperta ;	des *nouvelles* agréables que vérifiées ;
ingenia libertorum	les esprits des affranchis

nem ; si concio vocetur, illic quoque, quæ pauci incipiant,
reliquos adstrepere : penitus noscendas mentes, quum secreti et incustoditi, inter militares cibos, spem aut metum
proferrent. »

XIII. Nocte cœpta, egressus augurali[1], per occulta et vigili-
bus ignara, comite uno, contectus humeros ferina pelle[2], adit
castrorum vias, assistit tabernaculis, fruiturque fama sui,
quum hic nobilitatem ducis, decorem alius, plurimi patien-
tiam, comitatem, per seria, per jocos eumdem animum, laudibus ferrent, reddendamque gratiam in acie[3] faterentur ; simul perfidos et ruptores pacis ultioni et gloriæ mactandos.
Inter quæ unus hostium, Latinæ linguæ sciens, acto ad vallum
equo, voce magna, conjuges et agros et stipendii in dies, donec bellaretur, sestertios centenos[4], si quis transfugisset,
Arminii nomine pollicetur. Incendit ea contumelia legio-

ses amis, et même des assemblées générales de l'armée, où quelques
voix commencent et où toutes les autres répètent. Enfin, pour bien
connaître l'esprit de ses soldats, il voulut les voir alors que libres,
sans se tenir sur leurs gardes, dans leurs repas militaires, ils se
communiquent leurs craintes et leurs espérances.

XIII. La nuit venue, il s'échappe de l'augural par une issue secrète, ignorée des sentinelles ; et, suivi d'un seul homme, les épaules
couvertes d'une peau de bête sauvage, il traverse les rues du camp,
s'arrête à chaque tente, jouit du plaisir d'entendre sa renommée.
L'un exaltait sa haute naissance, l'autre les grâces de sa personne,
la plupart sa patience, son affabilité, son humeur toujours égale
dans les affaires comme dans les plaisirs. Tous se promettaient de lui
témoigner leur reconnaissance sur le champ de bataille, en immo-
lant les parjures et les infracteurs de la paix à sa vengeance et à sa
gloire. Dans ce moment, un des ennemis, qui savait notre langue,
pousse son cheval jusqu'aux retranchements, et promet à haute voix,
au nom d'Arminius, à quiconque déserterait, une femme, des terres
et cent sesterces par jour pendant toute la guerre. Cette insulte en-

servilia ;	*être* serviles ;
adulationem inesse amicis ;	l'adulation être-naturelle aux amis ;
si concio vocetur,	si une assemblée était convoquée,
illic quoque,	là aussi,
reliquos adstrepere	les autres applaudir,
quæ pauci incipiaut :	à ce que quelques-uns commencent *à dire*
mentes noscendas penitus	les âmes devoir être connues à-fond
quum, secreti et incustodi-	lorsque, à l'écart et non-sur-leurs-gardes,
inter cibos militares, [ti,	au-milieu-de *leurs* repas militaires,
proferrent spem	ils exprimaient *leur* espoir
aut metum. »	ou *leur* crainte. »
XIII. Nocte cœpta,	XIII. La nuit étant commencée,
egressus augurali,	sorti de l'augural,
per occulta	par des *chemins* cachés (secrets)
et ignara vigilibus,	et ignorés des gardes,
uno comite,	*avec* un seul compagnon,
contectus humeros	couvert *sur* les épaules
pelle ferina,	d'une peau de-bête-sauvage,
adit vias castrorum,	il entre dans les rues du camp,
assistit tabernaculis,	se tient-auprès des tentes,
fruiturque fama sui,	et jouit de la renommée de lui-même,
quum ferrent laudibus	tandis qu'ils élevaient par des louanges
hic nobilitatem ducis,	celui-ci la noblesse du chef,
alius decorem,	un autre *sa* grâce,
plurimi patientiam,	la plupart *sa* patience,
comitatem,	*son* affabilité,
animum eumdem	*son* humeur *toujours* la même [sirs,
per seria, per jocos,	dans les choses sérieuses, dans les plai-
faterenturque	et déclaraient [(témoignée)
gratiam reddendam	reconnaissance devoir *lui* être rendue
in acie ;	dans la bataille ;
simul perfidos	en même temps les perfides
et ruptores pacis	et les infracteurs de la paix
mactandos	devoir être immolés
ultioni et gloriæ.	à *sa* vengeance et à *sa* gloire.
nter quæ, unus hostium,	Parmi lesquels *propos*, un des ennemis,
ciens linguæ Latinæ,	connaissant la langue latine, [ment,
quo acto ad vallum,	*son* cheval étant poussé vers le retranche-
oce magna, pollicetur	d'une voix forte, promet
omine Arminii,	au nom d'Arminius,
i quis transfugisset,	si quelqu'un avait déserté,
onjuges et agros,	des épouses et des *terres*,
centenos sestertios	et cent sesterces
tipendii in dies,	de paye par jour,
onec bellaretur.	tant qu'il serait guerroyé.
a contumelia	Cet affront
cendit iras legionum :	enflamme la colère des légions :

num iras : « Veniret dies, daretur pugna : sumpturum militem
Germanorum agros, tracturum [1] conjuges ; accipere omen,
et matrimonia ac pecunias hostium prædæ destinare. »
Tertia ferme vigilia [2] assultatum est castris, sine conjectu
teli, postquam crebras pro munimentis cohortes et nihil remissum sensere.

XIV. Nox eadem lætam Germanico quietem tulit, viditque
se operatum [3], et, sanguine sacro respersa prætexta, pulchriorem aliam manibus aviæ Augustæ accepisse. Auctus omine,
addicentibus auspiciis, vocat concionem, et quæ sapientia
prævisa aptaque imminenti pugnæ disserit : « Non campos
modo militi Romano ad prœlium bonos, sed, si ratio adsit, silvas et saltus : nec enim immensa barbarorum scuta, enormes
hastas, inter truncos arborum et enata humo virgulta, perinde
haberi quam pila et gladios [1] et hærentia corpori tegmina. Den-

flamme la colère des légions : « Que le jour vienne, qu'on donne la
bataille, et ils prendront les terres des Germains, et ils emmèneront
leurs femmes. Ils acceptent l'augure ; oui, ils se réservent pour butin
les femmes et les trésors de l'ennemi. » Environ à la troisième veille,
les Barbares vinrent pour insulter le camp ; mais, trouvant les palissades bordées de soldats et tous les postes bien gardés, ils se retirèrent sans avoir lancé un seul trait.

XIV. Cette même nuit, le sommeil de Germanicus fut animé d'une
douce joie. Il se figura qu'il sacrifiait, et que, le sang de la victime
ayant rejailli sur sa robe, il en recevait une plus belle des mains de
son aïeule Augusta. Encouragé par ce présage, avec lequel s'accordaient les auspices, il convoque les soldats et leur représente tout ce
que sa prudence leur a ménagé pour le succès de la bataille : « Les
plaines n'étaient pas le seul terrain convenable au soldat romain ; les
bois leur offraient autant d'avantages, s'ils savaient s'en prévaloir ;
les Barbares, avec leurs énormes boucliers et leurs longues lances, ne
pouvaient, au milieu des troncs d'arbres et des rejetons qui couvraient la terre, agir aussi librement que les Romains avec leur
pilum, leur épée et des armures serrées contre le corps ; ils n'avaient

« Dies veniret,
pugna daretur :
militem sumpturum
agros Germanorum,
tracturum conjuges ;
accipere omen,
et destinare prædæ
matrimonia
ac pecunias hostium. »
Tertia vigilia ferme,
assultatum est castris,
sine conjectu teli,
postquam sensere
cohortes crebras
pro munimentis
et nihil remissum.
   XIV. Eadem nox
tulit Germanico
quietem lætam,
viditque se operatum,
et, prætexta respersa
sanguine sacro,
accepisse
aliam pulchriorem
manibus aviæ Augustæ.
Auctus omine,
auspiciis addicentibus,
vocat concionem,
et disserit
quæ prævisa sapientia
aptaque pugnæ imminenti.
« Non modo campos
bonos ad prœlium
militi Romano,
sed, si ratio adsit,
silvas et saltus :
nec enim immensa scuta
barbarorum,
enormes hastas,
haberi
inter truncos arborum
et virgulta enata humo,
perinde quam pila
et gladios
et tegmina
hærentia corpori.
Densarent ictus,

« Que le jour vînt,
que le combat fût donné :
le soldat *romain* devoir prendre
les terres des Germains,
devoir entraîner *leurs* épouses ;
eux accepter le présage
et réserver pour le butin
les mariages (femmes)
et les richesses des ennemis. »
A la troisième veille environ,
on insulta le camp,
sans un jet de trait,
après qu'ils eurent aperçu
nos cohortes nombreuses
devant les palissades
et rien de relâché (nulle négligence).
   XIV. La même nuit
apporta à Germanicus
un sommeil agréable,
et il vit lui-même ayant sacrifié,
et, *sa* robe ayant été arrosée
du sang sacré,
en avoir reçu
une autre plus belle
des mains de *son* aïeule Augusta.
Enhardi par *ce* présage,
les auspices *l'*approuvant,
il convoque une assemblée,
et expose *les mesures*
qui *ont été* prévues par *sa* sagesse, [çant.
et qui *sont* propres pour le combat mena-
« Non-seulement les plaines
être favorables pour le combat
au soldat romain,
mais *encore*, si le calcul s'*y* joignait,
les forêts et les bois :
et en effet les immenses boucliers
des barbares,
leurs énormes lances,
n'être pas maniés
entre les troncs d'arbres
et les broussailles sorties de terre,
de-même-façon que des javelots
et des épées
et des armures
adaptées au corps.   [coups,
Qu'ils pressassent (multipliassent) les

sarent ictus, ora mucronibus quærerent : non loricam Germano, non galeam [1]; ne scuta quidem ferro nervove firmata, sed viminum textus [2], sed tenues, fucatas colore, tabulas : primam utcumque aciem hastatam; ceteris præusta aut brevia tela. Jam corpus, ut visu torvum et ad brevem impetum validum, sic nulla vulnerum patientia [3]; sine pudore flagitii, sine cura ducum, abire, fugere; pavidos adversis, inter secunda non divini, non humani juris memores. Si tædio viarum ac maris finem cupiant, hac acie parari : propiorem jam Albim [4] quam Rhenum; neque bellum ultra, modo se, patris patruique [5] vestigia prementem, iisdem in terris victorem sisterent. » Orationem ducis secutus militum ardor; signumque pugnæ datum.

XV. Nec Arminius aut ceteri Germanorum proceres omittebant suos quisque testari : « Hos esse Romanos Variani exerci-

qu'à multiplier les coups en pointant au visage. Les Germains n'avaient ni casque, ni cuirasse; leurs boucliers même n'étaient ni revêtus de cuir ni garnis de fer ; ce n'était qu'un tissu d'osier, de minces planches déguisées par quelques couleurs ; la première ligne, tout au plus, portait des espèces de lances, et le reste, de petits dards, ou des pieux durcis au feu. Tous ces corps effrayants à la vue n'avaient qu'une vigueur momentanée, qui s'évanouissait à la première blessure ; alors, sans crainte du déshonneur, sans égard pour leurs chefs, on les voyait plier et fuir, aussi timides dans les revers qu'étrangers, dans le succès, au droit divin, au droit humain. Si l'ennui de la mer et des longues marches faisait désirer aux Romains la fin de leurs travaux, ils la trouveraient dans ce combat. L'Elbe était déjà plus près que le Rhin, et au delà, plus de guerre, si toutefois, lorsqu'il marchait, dans ces mêmes régions, sur les traces de son père et de son oncle, ils voulaient l'y rendre vainqueur comme eux. » Le soldat répondit au discours de son général par les plus vifs transports, et [1] l'on donna le signal du combat.

XV. De leur côté, Arminius et les autres chefs des Barbares n'omettaient rien pour animer leurs troupes : « Ces Romains, disaient ils, n'étaient que les fuyards de l'armée de Varus, qui, pour ne point

quærerent ora	qu'ils cherchassent les visages
mucronibus :	avec *leurs* pointes :
non loricam Germano,	point de cuirasse au Germain,
non galeam;	point de casque ;
ne scuta quidem	pas même de boucliers
firmata ferro nervove,	consolidés par le fer ou par le cuir,
sed textus viminum,	mais des tissus d'osier,
sed tenues tabulas	mais de minces planches
fucatas colore :	enduites de couleur :
primam aciem utcumque	la première ligne tellement-quellement
hastatam ;	*être* armée-de-lances ;
ceteris	aux autres
tela præusta aut brevia.	des traits brûlés-par-le-bout ou courts.
Jam corpus,	De plus, *leur* corps,
ut torvum visu,	comme *il est* effrayant à voir,
et validum	et fort
ad impetum brevem,	pour un choc court,
sic nulla patientia	ainsi *n'être* d'aucune patience (vigueur)
vulnerum ;	des (contre les) blessures ;
abire, fugere,	*eux* s'en aller, fuir,
sine pudore flagitii,	sans honte du déshonneur,
sine cura ducum ;	sans souci de *leurs* chefs,
pavidos adversis,	timides dans les revers,
inter secunda,	au milieu des succès,
non memores juris divini,	ne se-souvenant pas du droit divin,
non humani.	ni *du droit* humain.
Si, tædio	Si, par ennui
cupiant finem	ils (les Romains) désiraient une fin
viarum ac maris,	des marches et de la mer,
parari hac acie :	*cette fin* être préparée par cette bataille :
jam Albim propiorem	déjà l'Elbe *être* plus proche
quam Rhenum ;	que le Rhin ;
neque bellum ultra,	et point de guerre au delà,
modo sisterent victorem	pourvu qu'ils établissent vainqueur
in iisdem terris	sur la même terre
se prementem vestigia	lui-même foulant les traces
patris patruique. »	de *son* père et de *son* oncle. »
Ardor militum	L'ardeur des soldats
secutus orationem ducis ;	suivit le discours du général ;
signumque pugnæ datum.	et le signal du combat *fut* donné.
XV. Nec Arminius	XV. Arminius non plus
aut ceteri proceres	ou (ni) les autres chefs
Germanorum	des Germains
omittebant testari	ne négligeaient de prendre-à-témoin
quisque suos: [cissimos	chacun les siens :
« Hos Romanos esse fuga-	« Ces Romains *être* les plus fuyards
exercitus Variani,	de l'armée de-Varus,

tus fugacissimos, qui, ne bellum tolerarent, seditionem induerint; quorum pars onusta vulneribus tergum [1], pars fluctibus
et procellis fractos artus, infensis rursum hostibus, adversis diis,
objiciant, nulla boni spe. Classem quippe et avia Oceani quæsita, ne quis venientibus occurreret, ne pulsos premeret; sed,
ubi miscuerint manus, inane victis ventorum remorumve
subsidium. Meminissent modo avaritiæ, crudelitatis, superbiæ : aliud sibi reliquum quam tenere libertatem, aut mori
ante servitium? »

XVI. Sic accensos et prœlium poscentes, in campum cui
Idistaviso [2] nomen, deducunt. Is medius inter Visurgim et colles, ut ripæ fluminis cedunt, aut prominentia montium resistunt, inæqualiter sinuatur. Pone tergum insurgebat silva,
editis in altum ramis, et pura humo inter arborum truncos.
Campum et prima silvarum barbara acies tenuit : soli Cherusci

combattre, avaient recouru à la sédition; qui, couverts en partie de
blessures honteuses, en partie brisés par les flots et par les tempêtes,
venaient de nouveau, sans le moindre espoir de succès, se livrer à un
ennemi implacable, à des dieux irrités; ils avaient pris une flotte et
cherché les endroits les plus secrets de l'Océan, pour éviter à leur
arrivée la rencontre, et à leur retour la poursuite des Germains;
mais, une fois sur le champ de bataille, des voiles et des rames seraient pour des vaincus un vain secours. Les Germains auraient-ils
oublié l'orgueil, l'avarice, la cruauté des Romains? Que leur reste-
t-il donc, sinon de maintenir leur liberté, ou de prévenir l'esclavage
par la mort? »

XVI. Ainsi enflammés, et demandant le combat, ils descendent
dans la plaine qui porte le nom d'Idistavise. Cette plaine s'étend entre le Véser et des collines; sa largeur est inégale, suivant qu'elle
est plus ou moins resserrée par les sinuosités de la rivière et par les
saillies des montagnes. Derrière eux s'élevait un bois de haute futaie,
dont les arbres, portant leurs branches vers la cime, laissaient le sol
entièrement libre entre leurs troncs. La ligne de bataille des Bar
bares occupait la plaine et l'entrée de la forêt; les Chérusques seuls

qui induerint seditionem,
ne tolerarent bellum ;
quorum pars
onusta vulneribus tergum,
pars objiciant artus
fractos fluctibus et procellis
hostibus rursum infensis,
diis adversis,
nulla spe boni.
Quippe classem
et avia Oceani
quæsita,
ne quis
occurreret venientibus,
ne premeret pulsos ;
sed, ubi miscuerint manus,
subsidium ventorum
remorumve
inane victis.
Meminissent modo
avaritiæ,
crudelitatis, superbiæ :
aliud reliquum sibi
quam tenere libertatem,
aut mori ante servitium ?»
  XVI. Deducunt
sic accensos,
et poscentes prœlium,
in campum,
cui nomen Idistaviso.
Is, medius
inter Visurgim et colles,
sinuatur inæqualiter,
ut ripæ fluminis
cedunt,
aut prominentia montium
resistunt.
Pone tergum
insurgebat silva,
ramis editis in altum,
et humo pura
inter truncos arborum.
Acies barbara
tenuit campum
et prima silvarum :
Cherusci soli
insedere juga,

qui étaient entrés-dans la sédition,
pour qu'ils ne supportassent pas la guerre;
desquels une partie
chargée de blessures dans le dos,
une partie présentent des membres
brisés par les flots et par les tempêtes
à *leurs* ennemis de-nouveau irrités,
les dieux *étant* contraires,
avec aucun espoir de bonheur (succès).
Car une flotte
et les *chemins* détournés de l'Océan
avoir été cherchés *par eux*,
de peur que quelqu'un
ne vint-au-devant d'*eux* venant, [poussés :
de peur que *quelqu'un* n'écrasât *eux* re-
mais, dès qu'ils auront mêlé les mains,
le secours des vents
ou des rames
devoir être vain pour des vaincus.
Qu'ils se souvinssent seulement
de l'avarice,
de la cruauté, de l'orgueil *des Romains :*
quoi *d'autre être* de-reste à eux
que de maintenir *leur* liberté,
ou de mourir avant l'esclavage ? »
  XVI. Ils font-descendre
les leurs ainsi enflammés,
et demandant le combat,
dans une plaine,
à laquelle le nom *est* Idistavise.
Cette *plaine, qui est* au-milieu
entre le Véser et des collines,
se courbe inégalement,
selon que les rives du fleuve
se retirent (s'éloignent),   [gnes
ou que les *parties* saillantes des monta-
tiennent-bon (se portent en avant).
Derrière *leur* dos
s'élevait une forêt,
les branches étant élancées en haut,
et le sol net (libre)
entre les troncs des arbres.
L'armée barbare
occupa la plaine   [forêts :
et les premiers *abords* (les lisières) des
les Chérusques seuls
se postèrent-sur les hauteurs,

juga insedere, ut prœliantibus Romanis desuper incurrerent.
Noster exercitus sic incessit : auxiliares Galli Germanique in
fronte ; post quos, pedites sagittarii ; dein quatuor legiones,
et, cum duabus prætoriis cohortibus [1] ac delecto equite, Cæsar·
exin totidem aliæ legiones, et levis armatura cum equite sa
gittario, ceteræque sociorum cohortes. Intentus paratusque[2]
miles, ut ordo agminis in aciem assisteret.

XVII. Visis Cheruscorum catervis, quæ per ferociam proru-
perant, validissimos equitum incurrere latus, Stertinium cum
ceteris turmis circumgredi tergaque invadere jubet, ipse in
tempore adfuturus. Interea pulcherrimum augurium, octo
aquilæ, petere silvas et intrare visæ, imperatorem advertere.
Exclamat : « Irent, sequerentur Romanas aves[3], propria legionum numina. » Simul pedestris acies infertur, et præmissus
eques postremos ac latera impulit : mirumque dictu, duo ho-

se postèrent sur les hauteurs, pour tomber sur les Romains au fort
du combat. Voici dans quel ordre s'avança notre armée : en tête, les
auxiliaires Gaulois et Germains, suivis des archers à pied ; puis quatre légions ; ensuite Germanicus, avec deux cohortes prétoriennes et
l'élite de la cavalerie ; après lui quatre autres légions : enfin les troupes légères, avec les archers à cheval et le reste des cohortes alliées.
Le soldat était attentif et prêt au signal, de manière que son ordre
de marche devînt son ordre de bataille.

XVII. Germanicus ayant aperçu les bandes des Chérusques, qui
par excès d'intrépidité s'étaient jetées en avant, donne ordre à sa
meilleure cavalerie de les prendre en flanc, et à Stertinius de les
tourner et d'attaquer leurs derrières avec le reste des escadrons ; lui-
même promet de les seconder à propos. Cependant un magnifique augure, huit aigles, qu'on vit prendre leur vol et entrer dans la forêt,
frappèrent les regards du général. Il crie à ses soldats de marcher,
de suivre ces oiseaux de Rome, ces dieux tutélaires des légions.
Aussitôt l'infanterie se porte en avant, tandis que la cavalerie arrive
sur les flancs et sur l'arrière-garde des ennemis ; ceux-ci sont mis en

ut incurrerent desuper	afin qu'ils courussent de-dessus
Romanis prœliantibus.	sur les Romains combattant.
Noster exercitus	Notre armée
incessit sic :	s'avança ainsi :
Galli	les Gaulois
Germanique auxiliares	et les Germains auxiliaires
in fronte ;	sur le front ;
post quos sagittarii pedites ;	derrière lesquels les archers à-pied ;
dein quatuor legiones,	puis quatre légions,
et Cæsar,	et César,
cum duabus cohortibus	avec deux cohortes
prætoriis	prétoriennes
ac equite delecto ;	et le cavalier (la cavalerie) d'-élite ;
exin totidem aliæ legiones,	ensuite autant-d'autres légions,
et armatura levis	et la troupe légère
cum sagittario equite,	avec l'archer à-cheval,
ceteræque cohortes	et les autres cohortes
sociorum.	des alliés.
Miles intentus paratusque,	Le soldat *était* attentif et prêt, [che
ut ordo agminis	pour que *chaque* rang de troupe-en-mar-
adsisteret in aciem.	s'arrêtât *et fût* en bataille.
XVII. Catervis	XVII. Les bandes
Cheruscorum,	des Chérusques,
quæ proruperant	lesquelles s'étaient élancées-en-avant
per ferociam,	par audace,
visis,	ayant été vues,
jubet validissimos	*César* ordonne les plus solides
equitum	des cavaliers
incurrere latus,	se jeter-sur *leur* flanc,
Stertinium circumgredi	Stertinius *les* tourner
cum ceteris turmis,	avec les autres escadrons,
invadereque terga,	et attaquer *leurs* derrières,
ipse adfuturus in tempore.	lui-même devant arriver à temps.
Interea,	Cependant,
augurium pulcherrimum,	augure très-beau,
octo aquilæ	huit aigles
visæ petere silvas	vus (qu'on vit) gagner les forêts
et intrare	et y entrer
advertere imperatorem.	attirèrent l'*attention du* général.
Exclamat : « Irent,	Il s'écrie : « Qu'ils allassent,
sequerentur aves Romanas,	qu'ils suivissent *ces* oiseaux de-Rome,
numina propria	*ces* divinités particulières
legionum. »	des légions. »
Simul	En-même-temps
acies pedestris infertur,	la troupe de-pied s'avance,
et eques præmissus	et le cavalier envoyé-en-avant
impulit postremos	ébranla les derniers *des ennemis*

stium agmina, diversa fuga, qui silvam tenuerant, in aperta,
qui campis adstiterant, in silvam ruebant. Medii inter hos
Cherusci collibus detrudebantur : inter quos insignis Arminius
manu, voce, vulnere, sustentabat pugnam; incubueratque sagittariis, illa rupturus ¹, ni Rhætorum Vindelicorumque ² et Gallicæ cohortes signa objecissent. Nisu tamen corporis et impetu
equi pervasit, oblitus faciem suo cruore, ne nosceretur. Quidam agnitum a Chaucis³, inter auxilia Romana agentibus,
emissumque tradiderunt. Virtus seu fraus eadem Inguiomero
effugium dedit : ceteri passim trucidati ; et plerosque, tranare
Visurgim conantes, injecta tela aut vis fluminis, postremo
moles ruentium et incidentes ripæ operuere. Quidam turpi
fuga in summa arborum nisi, ramisque se occultantes, admotis sagittariis per ludibrium figebantur ; alios prorutæ

deroute, et, par un hasard surprenant, leurs deux ailes se croisent
dans leur fuite, celle qui occupait le bois courant vers la plaine, et
celle de la plaine se sauvant vers le bois. Les Chérusques, postés
entre ces deux corps, étaient précipités de leurs collines. Au milieu
d'eux on distinguait Arminius, qui cherchait à ranimer les siens de
la voix, du geste, et leur montrait sa blessure. Il s'était jeté sur nos
archers, et les aurait rompus s'ils n'eussent été soutenus par les
Rhetes, les Vindéliciens et les Gaulois. Toutefois, par un vigoureux
effort et grâce à l'impétuosité de son cheval, il se fit jour, après s'être
couvert la face de son sang, pour n'être point reconnu. Quelques-
uns prétendent qu'il le fut cependant par les Chauques, qui servaient
dans nos rangs comme auxiliaires, et qui le laissèrent passer. La
valeur ou la ruse sauva pareillement Inguiomer : on fit de tout le
reste un massacre horrible, surtout au passage du Véser, où les
traits que nous lancions, la violence du courant, la précipitation des
fuyards et l'éboulement des rives en firent périr un grand nombre
Quelques-uns avaient grimpé lâchement au haut des arbres, où ils
cherchaient à se cacher derrière les branches. Nos archers se firent un
amusement de les y percer à coups de flèches; d'autres furent écra-

ac latera :
et *leurs* flancs :

mirumque dictu,
et chose surprenante à dire,

duo agmins hostium
les deux troupes des ennemis

ruebant
se précipitaient

diversa fuga,
emportées en-divers-sens par la fuite,

qui tenuerant silvam,
ceux qui avaient occupé la forêt,

in aperta,
vers les *lieux* découverts (la plaine),

qui adstiterant campis,
ceux qui s'étaient tenus-dans les plaines,

in silvas.
vers les forêts.   [eux

Cherusci medii inter hos
Les Chérusques placés-au-milieu entre

detrudebantur collibus:
étaient précipités des collines :

inter quos
parmi lesquels

Arminius insignis
Arminius se-mettant-en-vue

sustentabat pugnam
cherchait-à-soutenir le combat

manu, voce, vulnere ;
de la main, de la voix, d'une blessure ;

incubueratque sagittariis,
et il s'était jeté-sur *nos* archers,

rupturus illa,
allant se-faire-jour par là,

ni cohortes Rhætorum
si les cohortes des Rhètes

Vindelicorumque
et des Vindéliciens

et Gallicæ
et les *cohortes* gauloises

objecissent signa.
n'eussent opposé *leurs* étendards.

Tamen nisu corporis
Cependant par un effort de corps

et impetu equi
et par l'impétuosité de *son* cheval

pervasit,
il s'échappa,

oblitus faciem suo cruore,
s'étant enduit la figure de son sang,

ne nosceretur.
pour qu'il ne fût pas reconnu.

Quidam tradiderunt
Quelques-uns ont rapporté

agnitum a Chaucis,
lui avoir été reconnu par les Chauques,

agentibus
qui se trouvaient

inter auxilia Romana,
parmi les auxiliaires de-Rome,

missumque.
et *avoir été* relâché.

Eadem virtus seu fraus
La même valeur ou *la même* ruse

dedit effugium Inguiomero:
donna un moyen-d'échapper à Inguiomer:

ceteri trucidati passim ;
les autres *avaient été* massacrés çà et là :

et tela injecta
et les traits lancés,

aut vis fluminis
ou la force du courant,

postremo moles ruentium,
enfin la masse de ceux qui se précipi-

et ripæ incidentes
et les rives qui s'éboulaient   [taient,

operuere plerosque
couvrirent la plupart,

conantes
qui s'efforçaient

tranare Visurgim.
de passer-à-la-nage le Véser.

Quidam fuga turpi
Quelques-uns par une fuite honteuse

nisi in summa arborum,
s'étant hissés au sommet des arbres,

seque occultantes ramis,
et cherchant-à-se-cacher dans les bran-

figebantur per ludibrium
étaient percés par jeu   [ches,

sagittariis admotis ;
par *nos* archers qui s'étaient approchés

arbores prorutæ
les arbres abattus

arbores afflixere. Magna ea victoria , neque cruenta nobis
fuit.

XVIII. Quinta ab hora diei[1] ad noctem cæsi hostes decem
millia passuum[2] cadaveribus atque armis opplevere ; repertis
inter spolia eorum catenis, quas in Romanos , ut non dubio
eventu , portaverant. Miles in loco prœlii Tiberium imperatorem salutavit , struxitque aggerem , et in modum tropæorum arma , subscriptis victarum gentium nominibus , imposuit.

XIX. Haud perinde Germanos vulnera, luctus, excidia, quam
ea species dolore et ira affecit. Qui modo abire sedibus, trans
Albim concedere parabant, pugnam volunt, arma rapiunt :
plebes, primores, juventus, senes, agmen Romanum repente
incursant, turbant. Postremo deligunt locum flumine et
silvis clausum , arcta intus planitie et humida : silvas quoque profunda palus ambibat, nisi quod latus unum Angrivarii

sés par les arbres mêmes qu'on abattit. Cette victoire fut grande, et
nous coûta peu de sang.

XVIII. Le carnage dura depuis la cinquième heure du jour jusqu'à la nuit, et un espace de dix milles fut jonché d'armes et de cadavres. On trouva parmi les dépouilles les chaînes qu'ils avaient
apportées pour nous, tant ils se croyaient sûrs de vaincre. L'armée
proclama Tibère *imperator* sur le champ de bataille, et on éleva un
monument avec un trophée d'armes où l'on grava le nom des nations vaincues.

XIX. La vue de ce monument les outra de douleur et de rage plus
que n'avaient fait leurs blessures , le massacre de leurs proches, la
ruine de leur pays. Eux qui, peu d'instants auparavant, pensaient à
quitter leur patrie , à se retirer au delà de l'Elbe, ne parlent maintenant que de combats et courent aux armes : jeunes, vieux, chefs,
peuple, tout s'ébranle; ils inquiètent la marche des Romains par
mille incursions subites; enfin ils choisissent un champ de bataille
fermé par le fleuve et par des bois : au milieu s'étendait une plaine
étroite et marécageuse; un marais profond entourait encore la forêt
de tous côtés, excepté d'un seul, où les Angrivariens avaient élevé

afflixere alios.
Ea victoria fuit magna,
neque cruenta nobis.

XVIII. Hostes cæsi
ab quinta hora diei
ad noctem
opplevere
decem millia passuum
cadaveribus atque armis;
catenis repertis,
inter spolia eorum,
quas portaverant
in Romanos,
ut eventu non dubio.
Miles, in loco prœlii,
salutavit Tiberium
imperatorem
struxitque aggerem,
et, in modum tropæorum,
imposuit arma,
nominibus
gentium victarum
subscriptis.

XIX. Vulnera,
luctus, excidia
haud Germanos
dolore et ira
perinde quam ea species
affecit.
Qui modo parabant
abire sedibus,
concedere trans Albim,
volunt pugnam,
rapiunt arma :
plebes, primores,
juventus, senes,
incursant repente
agmen Romanum,
turbant.
Postremo deligunt locum
clausum flumine et silvis,
intus planitie arcta
et humida :
palus profunda
ambibat quoque silvas,
nisi quod Angrivarii
extulerant unum latus

en écrasèrent d'autres.
Cette victoire fut grande,
et non sanglante pour nous.

XVIII. Les ennemis massacrés
depuis la cinquième heure du jour
jusqu'à la nuit
remplirent (couvrirent)
dix milliers de pas
de cadavres et d'armes ;
des chaînes ayant été trouvées
parmi les dépouilles d'eux,
lesquelles *chaînes* ils avaient apportées
pour les Romains,
comme l'issue n'*étant* pas douteuse.
Le soldat, sur le lieu du combat,
salua Tibère
impérator
et éleva un tertre,
et, à la manière des trophées,
y plaça des armes,
les noms
des nations vaincues
étant écrits-au-dessous.

XIX. Les blessures,
le deuil, les pertes
n'*accablèrent* pas les Germains
de douleur et de colère
autant que ce spectacle
les accabla.
Ceux qui tout-à-l'heure se préparaient
à s'en aller de *leurs* demeures,
à passer au delà de l'Elbe,
veulent le combat,
prennent les armes :
peuple, chefs,
jeunesse, vieillards,
fondent tout-à-coup
sur l'armée-en-marche romaine,
la mettent-en-désordre.
Enfin ils choisissent un lieu
fermé par le fleuve et par des forêts,
formé au-dedans d'une plaine étroite
et humide :
un marais profond
entourait aussi les forêts,
si ce n'est que les Angrivariens
avaient exhaussé un seul côté

lato aggere extulerant, quo a Cheruscis dirimerentur. Hic pedes adstitit : equitem propinquis lucis texere, ut ingressis silvam legionibus a tergo foret.

XX. Nihil ex his Cæsari incognitum : consilia, locos, prompta, occulta noverat, astusque hostium in perniciem ipsis vertebat. Seio Tuberoni legato tradit equitem campumque ; peditum aciem ita instruxit, ut pars æquo in silvam aditu incederet, pars objectum aggerem eniteretur : quod arduum, sibi, cetera legatis permisit. Quibus plana evenerant, facile irrupere : quis impugnandus agger, ut si murum succederent, gravibus superne ictibus conflictabantur. Sensit dux imparem cominus pugnam, remotisque paulum legionibus, funditores libratoresque [1] excutere tela et proturbare hostem jubet. Missæ e tormentis hastæ, quantoque conspicui magis propugnatores, tanto

une large chaussée, pour se faire une barrière contre les Chérusques. C'est là que se plaça l'infanterie ; la cavalerie se cacha dans les bois voisins, pour fondre sur les derrières de notre armée, sitôt qu'elle serait entrée dans la forêt.

XX. Aucune de ces dispositions n'était ignorée de Germanicus ; desseins, positions, résolutions publiques ou secrètes des ennemis, il savait tout et tournait leurs ruses contre eux-mêmes. Il laisse à son lieutenant Séius Tubéron la cavalerie et la plaine ; pour l'infanterie, il la range en bataille, de manière qu'une partie puisse entrer de plain-pied dans la forêt, et l'autre assaillir la chaussée. Il se réserve cette attaque, qui était difficile, et abandonne les autres à ses lieutenants. Ceux qui avaient à combattre dans la plaine se firent aisément jour ; mais, à la chaussée, nos soldats étaient comme au pied d'un mur, accablés d'une grêle de traits qui tombaient d'en haut avec plus de force. Germanicus sentit que, de près, les chances n'étaient point égales ; il fit retirer un peu ses légions, et avancer les frondeurs avec les machines, pour écarter l'ennemi à coups de traits. Les machines firent pleuvoir des javelines énormes, qui firent d'autant plus de mal

aggere lato,
quo dirimerentur
a Cheruscis.
Hic pedes adstitit:
texere equitem
lucis propinquis,
ut foret a tergo
legionibus
ingressis in silvam.

XX. Nihil ex his
incognitum Cæsari :
noverat consilia, locos,
prompta,
occulta.
vertebatque astus hostium
in perniciem ipsis.
Tradit equitem
campumque
legato Seio Tuberoni ;
instruxit aciem peditum
ita ut pars
incederet in silvam
aditu æquo,
pars eniteretur
aggerem objectum :
permisit sibi quod arduum,
cetera legatis.
Quibus plana evenerant,
irrupere facile :
quis agger impugnandus,
conflictabantur superne
ictibus gravibus,
ut si succederent murum.
Dux sensit
pugnam cominus
imparem,
legionibusque
remotis paulum,
jubet funditores
libratoresque
excutere tela
et proturbare hostem.
Hastæ missæ
e tormentis,
propugnatoresque dejecti
vulneribus tanto pluribus,
quanto magis conspicui.

par une chaussée large,
par laquelle ils fussent séparés
des Chérusques.
Là le fantassin se plaça :
ils cachèrent le cavalier
dans des bois proches,
afin qu'il fût par derrière
aux légions
entrées dans la forêt.

XX. Rien de ces *mesures*
ne *fut* inconnu à César :
il connaissait les plans, les lieux,
les *résolutions* mises-au-dehors (publiques),
les *résolutions* secrètes,
et tournait les ruses des ennemis
en perte à eux-mêmes.
Il remet le cavalier
et la plaine
au lieutenant Séius Tubéron ;
puis il rangea la ligne des fantassins
de manière qu'une partie
entrât dans la forêt
par un accès (chemin) uni,
*et qu'*une partie gravît
la chaussée opposée :
il confia à lui-même *ce qui était* difficile,
le reste aux lieutenants.
Ceux à qui les *terrains* plats étaient échus,
se-firent-jour facilement :
ceux à qui la chaussée *était* à-assaillir,
étaient accablés d'en-haut
de coups violents,
comme s'ils s'approchaient d'un mur.
Le général comprit
un combat de près
être inégal,
et *ses* légions
ayant été écartées un peu,
il ordonne les frondeurs
et ceux-qui-font-jouer-les-machines
lancer des traits
et troubler l'ennemi.
Des javelines *furent* envoyées
des machines,
et les défenseurs *de la chaussée* renversés
par des blessures d'autant plus nombreu-
qu'*ils étaient* plus en-vue.   [ses,

pluribus vulneribus dejecti. Primus Cæsar cum prætoriis cohortibus, capto vallo, dedit impetum in silvas : collato illic
gradu certatum. Hostem a tergo palus, Romanos flumen aut
montes claudebant : utrisque necessitas in loco, spes in virtute, salus ex victoria.

XXI. Nec minor Germanis animus; sed genere pugnæ et
armorum superabantur ; quum ingens multitudo, arctis locis,
prælongas hastas non protenderet, non colligeret, neque assultibus et velocitate corporum uteretur, coacta stabile ad
proelium : contra miles, cui scutum pectori appressum, et insidens capulo manus, latos barbarorum artus, nuda ora[1] foderet, viamque strage hostium aperiret; impromptu jam Arminio, ob continua pericula, sive illum recens acceptum
vulnus tardaverat. Quin et Inguiomerum, tota volitantem acie,
fortuna magis quam virtus deserebat; et Germanicus, quo
magis agnosceretur, detraxerat tegimen capiti[2], orabatque
« Insisterent cædibus; nil opus captivis, solam internecionem

aux Barbares qu'ils étaient à découvert. Le rempart forcé, Germanicus se jette le premier dans la forêt, à la tête des cohortes prétoriennes. Là, on se battit corps à corps. La retraite était fermée aux
Barbares par le marais, aux Romains par le fleuve et les montagnes·
les deux armées, commandées par le terrain, n'avaient d'espoir que
dans leur valeur, de salut que dans la victoire.

XXI. Les Germains ne nous le cédaient point en bravoure; mais la
nature du combat et des armes leur donnait du désavantage. Le
lieu était trop resserré pour cette immense multitude : ils ne pouvaient ni allonger librement leurs grandes lances et les ramener à
eux, ni s'élancer par bonds et déployer l'agilité de leurs membres;
ils étaient réduits à combattre de pied ferme, tandis que le soldat
romain, avec son bouclier serré contre sa poitrine, et son épée dont
sa main embrassait la garde, perçait sans peine leurs corps gigan-
tesques, leurs visages découverts, et se faisait jour en massacrant les
ennemis. Enfin Arminius, exposé sans cesse à de nouveaux dangers,
ou affaibli peut-être par sa récente blessure, se ralentit. Inguiomer, plus opiniâtre, volait de rang en rang, et la fortune lui man-
qua plutôt que la valeur. Germanicus avait ôté son casque pour être
mieux reconnu; il criait aux siens de s'acharner au carnage, de ne

Cæsar primus
cum cohortibus prætoriis,
vallo capto,
dedit impetum in silvas :
illic certatum
pede collato.
Palus hostem a tergo,
flumen aut montes
claudebant Romanos :
utrisque
necessitas in loco,
spes in virtute,
salus ex victoria.

César le premier
avec les cohortes prétoriennes,
le retranchement étant pris,
donna (fit) irruption dans les forêts :
là on combattit
le pied rapproché (pied contre pied).
Le marais enfermait l'ennemi par derrière,
le fleuve ou les montagnes
enfermaient les Romains :
aux-uns-et-aux-autres
la nécessité *était* dans le lieu,
l'espérance dans la valeur,
le salut *dépendait* de la victoire.

XXI. Nec animus minor
Germanis ;
sed superabantur
genere pugnæ et armorum ;
quum ingens multitudo,
locis arctis,
non protenderet,
non colligeret
hastas prælongas,
neque uteretur assultibus
et velocitate corporum,
coacta ad prœlium stabile :
contra miles,
cui scutum
appressum pectori,
et manus insidens capulo,
foderet latos artus,
ora nuda barbarorum,
aperiretque viam
strage hostium ;
jam Arminio imprompto,
ob pericula continua,
sive vulnus
recens acceptum
tardaverat illum.
Quin fortuna
magis quam virtus
deserebat et Inguiomerum,
volitantem tota acie ;
et Germanicus,
quo agnosceretur magis,
detraxerat tegimen capiti,
orabatque
« Insisterent cædibus ;

XXI. Et le courage n'*était* pas moindre
aux Germains ;
mais ils étaient vaincus
par le genre du combat et des armes ;
puisque *leur* grande multitude,
dans des lieux resserrés,
n'étendait pas,
ne ramenait pas
des lances très-longues,
et n'usait pas de bonds
et de l'agilité des corps,
forcée à un combat de-pied-ferme :
*et qu'*au contraire le soldat *romain,*
à qui le bouclier
était serré-à la poitrine,
et la main posée-sur la garde *de l'épée,*
perçait les larges membres,
les visages nus des barbares,
et *s'*ouvrait un chemin
par le carnage des ennemis ;
dès-lors Arminius étant peu-actif,
soit à-cause-de périls continuels,
soit que la blessure
récemment reçue
eût ralenti lui.
Cependant la fortune
plus que le courage
abandonnait aussi Inguiomer,
qui volait par toute l'armée ;
et Germanicus,
afin qu'il fût reconnu davantage,
avait ôté *son* casque de *sa* tête,
et priait *les siens*
« Qu'ils s'acharnassent au carnage ;

gentis finem bello fore. » Jamque sero diei subduxit ex acie legionem faciendis castris : ceteræ ad noctem cruore hostium satiatæ sunt. Equites ambigue certavere.

XXII. Laudatis pro concione victoribus, Cæsar congeriem armorum struxit, superbo cum titulo : Debellatis inter Rhenum Albimque nationibus, exercitum Tiberii Cæsaris ea monumenta Marti et Jovi et Augusto sacravisse. De se nihil addidit, metu invidiæ, an ratus conscientiam facti satis esse[1]. Mox bellum in Angrivarios Stertinio mandat, ni deditionem properavissent[2] : atque illi supplices, nihil abnuendo, veniam omnium accepere.

XXIII. Sed, æstate jam adulta, legionum alæ itinere terrestri in hibernacula remissæ; plures Cæsar classi impositas per flumen Amisiam Oceano invexit. Ac primo placidum æquor mille navium remis strepere aut velis impelli ; mox atro nu-

point faire de prisonniers ; que la guerre ne finirait que par la destruction entière de la nation. Le soir, il retira du combat une légion pour travailler au camp ; toutes les autres se baignèrent jusqu'à la nuit dans le sang des ennemis. La cavalerie combattit sans avantage marqué.

XXII. Germanicus, après avoir, dans une assemblée générale de l'armée, loué le courage des vainqueurs, érigea un trophée avec cette inscription magnifique : L'armée de Tibère César, victorieuse des nations entre le Rhin et l'Elbe, a consacré ce monument a Mars, a Jupiter et a Auguste. Il n'y fit pas mention de lui, soit qu'il craignît l'envie, soit qu'il pensât que les grandes actions se suffisent à elles-mêmes. Il chargea Stertinius de la guerre contre les Angrivariens ; mais ceux-ci se hâtèrent de se soumettre, et, à force de prières et de résignation, ils se firent tout pardonner.

XXIII. Cependant, comme l'été s'avançait, Germanicus renvoya une partie des légions par terre dans leurs quartiers d'hiver ; le plus grand nombre s'embarqua avec lui sur la flotte, et gagna l'Océan par l'Ems. D'abord la mer fut tranquille ; on n'y entendait que le bruit des rames, on n'y voyait que l'agitation des voiles qui faisaient

nil opus captivis,
solam internecionem gentis
fore finem bello. »
Jamque sero
diei
subduxit ex acie legionem
faciendis castris :
ceteræ satiatæ sunt
cruore hostium
ad noctem.
Equites
certavere ambigue.
    XXII. Victoribus
laudatis
pro concione,
Cæsar struxit
congeriem armorum,
cum titulo superbo :
« NATIONIBUS   [QUE
INTER RHENUM ALBIM-
DEBELLATIS,
EXERCITUM
TIBERII CÆSARIS   [TA
SACRAVISSE EA MONUMEN-
MARTI ET JOVI
ET AUGUSTO.»
Addidit nihil de se,
metu invidiæ, an ratus
conscientiam facti
esse satis.
Mox mandat Stertinio
bellum in Angrivarios,
ni properavissent
deditionem :
atque illi supplices,
abnuendo nihil,
accepere veniam omnium.
    XXIII. Sed, æstate
adulta jam,
aliæ legionum remissæ
in hibernacula
itinere terrestri ;
Cæsar invexit Oceano
per flumen Amisiam
plures, impositas classi.
Ac primo æquor placidum
strepere remis

disant n'être en rien besoin de captifs,
la seule extermination de la nation
devoir être une fin à la guerre. »
Et déjà a un moment tardif (avancé)
de la journée
il retira du combat une légion
pour faire le camp :
les autres légions se rassasièrent
du sang des ennemis
jusqu'a la nuit.
Les cavaliers
combattirent avec-un-succès-douteux.
    XXII. Les vainqueurs
ayant été loués
devant une assemblée (publiquement),
César dressa
un amas d'armes,
avec ce titre magnifique :
« LES NATIONS
ENTRE LE RHIN ET L'ELBE
AYANT ÉTÉ SOUMISES,
L'ARMÉE
DE TIBÈRE CÉSAR
AVOIR CONSACRÉ CES MONUMENTS
A MARS ET A JUPITER
ET A AUGUSTE. »
Il n'ajouta rien sur lui-même,
par crainte de l'envie, ou pensant
la conscience de la chose faite
être assez.
Bientôt il confie à Stertinius
la guerre contre les Angrivariens,
s'ils n'avaient hâté
leur soumission :
et eux suppliants,
en ne refusant rien,
reçurent la grâce de toutes leurs fautes.
    XXIII. Mais, l'été
étant avancé déjà,
les unes des légions furent renvoyées
dans leurs quartiers-d'hiver
par voie de-terre ;
César en fit entrer-dans l'Océan
par le fleuve d'Ems
de plus nombreuses, mises sur la flotte.
Et d'abord la mer calme
de bruire sous les rames

bium globo effusa grando ; simul variis undique procellis incerti fluctus prospectum adimere, regimen impedire : milesque
pavidus et casuum maris ignarus, dum turbat nautas[1] vel in-
tempestive juvat, officia prudentium corrumpebat. Omne dehinc cœlum et mare omne in austrum cessit, qui, tumidis
Germaniæ terris[2], profundis amnibus, immenso nubium tractu
validus, et rigore vicini septentrionis horridior, rapuit disje-
citque naves in aperta Oceani, aut insulas saxis abruptis vel
per occulta vada infestas. Quibus paulum ægreque vitalis,
postquam mutabat æstus, eodemque quo ventus ferebat, non
adhærere ancoris, non exhaurire irrumpentes undas poterant :
equi, jumenta, sarcinæ, etiam arma præcipitantur, quo le-
varentur alvei, manantes[3] per latera, et fluctu superur-
gente.

XXIV. Quanto violentior cetero mari Oceanus, et trucu-
lentia cœli præstat Germania, tantum illa clades novitate et

mouvoir ces mille vaisseaux. Tout à coup d'épais nuages s'amon-
celant fondent en grêle ; puis les vents, soufflant à la fois de tous
les côtés, tourmentent les flots ; on ne voit plus autour de soi,
on ne peut plus gouverner. Le soldat effrayé, sans expérience des
accidents de la mer, trouble les matelots, ou les aide à contre-
temps, et empêche la manœuvre des pilotes expérimentés. Bientôt
le vent du midi régna seul dans le ciel et sur la mer. Ce vent, dont
la violence est encore accrue par un amas de nuages immenses,
par l'élévation des terres de la Germanie, par la profondeur de ses
rivières, par la rigueur et le voisinage du nord, emporte et disperse
nos vaisseaux en pleine mer, ou les pousse sur des îles environnées
de rochers escarpés ou de bas-fonds dangereux. On les évita un peu,
quoique avec peine ; mais, lorsque la marée eut changé, et qu'elle
eut pris la même direction que le vent, il n'y eut plus d'ancres ca-
pables de retenir les vaisseaux, et les bras ne suffisaient pas à épuiser
l'eau qui entrait de toutes parts. On jette à la mer les chevaux, les
bêtes de somme, les bagages, les armes même, pour alléger les bâtiments, qui s'entr'ouvraient par les côtés et s'affaissaient sous le poids
des vagues.

XXIV. Autant l'Océan l'emporte en violence sur les autres mers,
et le climat de la Germanie en rigueur sur les autres climats, autant

mille navium	de mille vaisseaux,
aut impelli velis ;	ou d'être agitée par les voiles :
mox grando effusa	bientôt de la grêle se repandit
atro globo nubium ;	d'un noir amas de nuages ;
simul fluctus	en même temps les flots [tout sens)
incerti undique	incertains (ballottés) de-toutes-parts (en
procellis variis	par des ouragans différents
adimere prospectum,	commencent à dérober la vue,
impedire regimen :	à empêcher la direction :
milesque pavidus	et le soldat effrayé
et ignarus casuum maris,	et ignorant des hasards de la mer,
dum turbat nautas,	pendant qu'il trouble les matelots
vel juvat intempestive,	ou les aide à-contre-temps,
corrumpebat officia	gâtait (traversait) les manœuvres
prudentium.	des habiles.
Dehinc omne cœlum	Ensuite tout le ciel
et omne mare	et toute la mer
cessit in austrum ,	passa sous le vent-du-midi,
qui, validus	qui, fortifié [manie,
terris tumidis Germaniæ,	par les terres gonflées (élevées) de la Ger-
amnibus profundis,	par ses fleuves profonds,
tractu nubium immenso,	par une traînée de nuages immense,
et horridior	et rendu plus violent
rigore septentrionis vicini,	par la rigueur du septentrion voisin,
rapuit disjecitque naves	entraîna et dispersa les vaisseaux
in aperta Oceani,	dans les espaces ouverts (l'immensité) de
aut insulas	ou sur des îles [l'Océan,
infestas saxis abruptis	dangereuses par des rochers escarpés
vel per vada occulta.	ou par des bas-fonds cachés.
Quibus vitatis	Lesquelles ayant été évitées
paulum ægreque,	un peu et avec-peine,
postquam æstus mutabat,	après que (comme) la marée changeait,
ferebatque	et les portait
eodem quo ventus,	du-même-côté que le vent,
non poterant	ils ne pouvaient pas [cres,
adhærere ancoris,	rester-attachés aux (se tenir sur les) an-
non exhaurire undas	ni vider les ondes
irrumpentes:	qui faisaient-irruption :
equi, jumenta, sarcinæ,	chevaux, bêtes-de-somme, bagages,
arma etiam præcipitantur,	armes même sont précipités à la mer,
quo levarentur alvei ,	afin que fussent allégées les carènes,
manantes per latera,	qui coulaient (faisaient eau) par les flancs,
et fluctu superurgente.	le flot aussi pesant-par-dessus.
XXIV. Illa clades	XXIV. Ce désastre
excessit	l'emporta sur tous
novitate et magnitudine	en nouveauté et en grandeur
tantum quanto Oceanus	autant que l'Océan

magnitudine excessit, hostilibus circum littoribus, aut ita vasto
et profundo[1], ut credatur novissimum ac sine terris mare. Pars
navium haustæ sunt; plures apud insulas longius sitas[2] ejectæ;
milesque, nullo illic hominum cultu, fame absumptus, nisi
quos corpora equorum eodem elisa toleraverant[3]. Sola Germanici triremis Chaucorum terram appulit, quem per omnes
illos dies noctesque apud scopulos et prominentes oras, quum
se tanti exitii reum clamitaret, vix cohibuere amici quominus
eodem mari oppeteret. Tandem, relabente æstu et secundante
vento, claudæ naves[4], raro remigio aut intentis vestibus, et
quædam a validioribus tractæ, revertere : quas raptim refec-
tas misit, ut scrutarentur insulas. Collecti ea cura plerique :
multos Angrivarii, nuper in fidem accepti, redemptos ab in-
terioribus reddidere; quidam in Britanniam rapti, et remissi a

ce désastre surpassa par sa grandeur et sa nouveauté tous les désastres semblables. On n'avait autour de soi que des rivages ennemis,
ou une mer si vaste et si profonde, qu'on ne supposait point de terres
au delà. Une partie des vaisseaux fut engloutie; plusieurs furent jetés sur des îles éloignées. Sur ces bords inhabités, nos soldats périrent par la faim, excepté ceux qui se soutinrent avec la chair des
chevaux échoués sur le rivage. La seule trirème de Germanicus
aborda chez les Chauques. On le vit, pendant tout ce temps, errer
le jour et la nuit sur les rochers et sur les promontoires, s'accusant
d'être la cause d'un si grand malheur. A peine ses amis purent-ils
l'empêcher de se précipiter dans la mer. Enfin quelques vaisseaux,
favorisés par la marée et par le vent, revinrent délabrés, les uns
presque sans rames, d'autres avec des vêtements pour voiles, quelques-uns traînés par d'autres moins endommagés. Germanicus les fit
réparer à la hâte et les envoya visiter les îles. Par ce moyen on
recueillit un grand nombre de soldats. Les Angrivariens, nouvelle-
ment soumis, en rachetèrent dans l'intérieur du pays, pour nous
les rendre. Quelques-uns, qui avaient été jetés sur les côtes de la

violentior cetero mari,	*est* plus violent que toute-autre mer,
et Germania præstat	et *que* la Germanie l'emporte
truculentia cœli,	par la rigueur de *son* ciel,
littoribus circum	les rivages d'alentour
hostilibus,	*étant* hostiles,
aut ita vasto et profundo,	ou *la* mer si vaste et *si* profonde,
ut mare	que *cette* mer
credatur novissimum	est crue la dernière
ac sine terris.	et sans terres *au delà*.
Pars navium haustæ sunt;	Une partie des vaisseaux furent engloutis;
plures ejectæ	de plus nombreux *furent* jetés
apud insulas sitas longius:	sur des îles situées plus loin;
milesque,	et le soldat,
nullo cultu hominum illic,	aucune habitation d'hommes *n'étant* là,
absumptus fame,	*fut* consumé par la faim,
nisi quos toleraverant	si ce n'est *ceux* qu'avaient soutenus
corpora equorum	des corps de chevaux
elisa eodem.	échoués au-même-lieu.
Sola triremis Germanici	La seule trirème de Germanicus
appulit terram Chaucorum,	aborda sur le territoire des Chauques,
quem apud scopulos	lequel (Germanicus), *se tenant* près des
et oras prominentes	et des rivages faisant-saillie [rochers
per omnes illos dies	pendant tous ces jours
noctesque,	et *toutes ces* nuits,
vix amici cohibuere	à peine *ses* amis empêchèrent
quominus oppeteret	qu'il ne cherchât *la mort*
eodem mari,	dans la même mer,
quum clamitaret	lorsqu'il criait-sans-cesse
se reum tanti exitii.	lui *être* coupable d'une si-grande perte.
Tandem, æstu relabente,	Enfin, la marée retombant,
et vento secundante,	et le vent *les* favorisant,
naves revertere	*nos* vaisseaux revinrent
claudæ	boiteux (désemparés)
remigio raro,	avec des bancs-de-rames rares,
aut vestibus intentis,	ou des vêtements étendus *en guise de*
et quædam tractæ	et quelques-uns traînés [voiles,
a validioribus :	par de plus forts :
quas refectas raptim misit	lesquels réparés a-la-hâte il envoya
ut scrutarentur insulas.	pour qu'ils fouillassent les îles.
Ea cura plerique	Par ce soin la plupart *des naufragés*
collecti :	*furent* recueillis :
Angrivarii,	les Angrivariens,
nuper accepti in fidem,	naguère reçus dans *notre* foi,
reddidere multos	rendirent beaucoup-de *soldats*
redemptos ab interioribus;	rachetés à des *habitants* de-l'intérieur ;
quidam	quelques-uns
rapti in Britanniam,	*furent* entraînés en Bretagne,

regulis. Ut quis ex longinquo revenerat, miracula narrabant, vim turbinum, et inauditas volucres, monstra maris, ambiguas hominum et belluarum formas; visa, sive ex metu credita.

XXV. Sed fama classis amissæ, ut Germanos ad spem belli, ita Cæsarem ad coercendum erexit. C. Silio cum triginta peditum, tribus equitum millibus ire in Cattos imperat; ipse majoribus copiis Marsos[1] irrumpit : quorum dux Mallovendus, nuper in deditionem acceptus, propinquo luco defossam Varianæ legionis aquilam[2] modico præsidio servari indicat. Missa extemplo manus, quæ hostem a fronte eliceret; alii qui, terga circumgressi, recluderent humum : et utrisque adfuit fortuna. Eo promptior Cæsar pergit introrsus, populatur, exscindit non ausum congredi hostem, aut, sicubi restiterat, statim pulsum, nec unquam magis, ut ex captivis cognitum est, paventem.

Bretagne, nous furent renvoyés par les petits rois de cette île. A son retour de ces pays lointains, chacun faisait des récits merveilleux de tourbillons violents, d'oiseaux inconnus, de monstres marins, de formes bizarres, moitié hommes, moitié animaux, qu'il avait vus, ou que, dans sa frayeur, il avait cru voir.

XXV. Le bruit de la perte de notre flotte, en réveillant l'espérance des Germains, ne fit qu'exciter Germanicus à réprimer leur audace. Il envoie C. Silius contre les Cattes avec trente mille hommes de pied et trois mille chevaux, et marche lui-même avec de plus grandes forces contre les Marses. Leur chef Mallovendus venait de se soumettre. Il nous apprit que l'aigle d'une des légions de Varus, enfouie dans un bois voisin, n'était gardée que par un faible détachement. On fit partir aussitôt un petit corps de troupes, dont une partie devait attirer l'ennemi en avant, tandis que l'autre irait par derrière creuser la terre. Tout réussit. Animé par ce succès, Germanicus pénètre dans l'intérieur du pays, qu'il dévaste et qu'il ruine. L'ennemi n'osait plus en venir aux mains, ou, si parfois il résistait, il était dispersé sur-le-champ. Jamais, suivant le rapport des prison-

et remissi a regulis.
Ut quis revenerat
ex longinquo,
narrabant miracula,
vim turbinum,
et volucres inauditas,
monstra maris,
formas ambiguas
hominum et belluarum ;
visa,
sive credita ex metu.

XXV. Sed fama
classis amissæ,
ut erexit Germanos
ad spem belli,
ita Cæsarem
ad coercendum.
Imperat C. Silio
ire in Cattos
cum triginta millibus
peditum,
tribus equitum :
ipse copiis majoribus
irrumpit Marsos :
quorum dux Mallovendus,
nuper acceptus
in deditionem,
indicat aquilam
legionis Varianæ
defossam luco propinquo
servari modico præsidio.
Extemplo manus missa
quæ eliceret hostem
a fronte;
alii qui,
circumgressi terga,
recluderent humum :
et fortuna adfuit utrisque.
Promptior eo
Cæsar pergit introrsus,
populatur,
exscindit hostem,
non ausum congredi,
aut pulsum statim,
sicubi restiterat,   [gis,
nec unquam paventem ma-
ut cognitum est ex captivis.

et renvoyés par les petits-rois *du pays*.
Selon que chacun était revenu
d'un *pays* lointain,
tous racontaient des merveilles,
violence des tourbillons,
et oiseaux inouïs,
monstres de la mer,
formes indécises
d'hommes et d'animaux ;
choses vues *par eux*,
ou crues *réelles* par crainte.

XXV. Mais le bruit
de la flotte perdue,
comme il excita les Germains
à l'espoir d'une guerre,
de même *excita* César
à *les* réprimer.
Il commande à C. Silius
de marcher contre les Cattes
avec trente milliers
d'hommes-de-pied,
trois *milliers* de cavaliers :
lui-même avec des troupes plus grandes
fait-irruption chez les Marses :
desquels le chef Mallovendus,
naguère reçu
à soumission,
indique l'aigle
d'une légion de-Varus
enfouie dans un bois proche
être gardée par un faible poste.
Sur-le-champ une troupe *fut* envoyée
qui attirât l'ennemi
par le front (en avant);
d'autres qui,
ayant tourné *ses* derrières,
ouvrissent la terre :
et la fortune assista les-uns-et-les-autres.
Plus animé par cela
César s'avance à l'intérieur,
ravage,
ruine l'ennemi,
qui n'osa pas combattre,
ou qui fut repoussé aussitôt,
si-quelque-part il avait résisté,
et qui jamais ne s'effraya davantage,
comme *cela* fut appris par les prisonniers.

Quippe « Invictos et nullis casibus superabiles Romanos prædicabant, qui, perdita classe, amissis armis, post constrata
equorum virorumque corporibus littora, eadem virtute, pari
ferocia, et veluti aucti numero, irrupissent. »

XXVI. Reductus inde in hiberna miles, lætus animi, quod
adversa maris expeditione prospera pensavisset. Addidit munificentiam Cæsar, quantum quis damni professus erat, exsolvendo. Nec dubium habebatur labare hostes, petendæque pacis
consilia sumere, et, si proxima æstas adjiceretur, posse bellum
patrari, sed crebris epistolis Tiberius monebat, « Rediret ad
decretum triumphum ; satis jam eventuum, satis casuum :
prospera illi et magna prœlia ; eorum quoque meminisset, quæ
venti et fluctus, nulla ducis culpa, gravia tamen et sæva damna
intulissent. Se, novies a divo Augusto in Germaniam missum,
plura consilio quam vi perfecisse : sic Sugambros[1] in deditio-

niers, il n'y avait eu parmi les Germains une telle consternation.
Ils disaient hautement « que les Romains étaient invincibles et supérieurs aux coups de la fortune, puisque, après la perte de leur
flotte et de leurs armes, lorsque tous les rivages étaient jonchés des
cadavres de leurs hommes et de leurs chevaux, ils étaient revenus à
la charge avec la même bravoure, la même impétuosité, et semblaient encore plus nombreux qu'auparavant. »

XXVI. De là le soldat fut ramené dans ses quartiers d'hiver, satisfait d'avoir compensé par cette victoire les malheurs de la navigation. César mit le comble à la joie par sa munificence, et il tint
compte de tout ce que chacun déclara avoir perdu. Déjà le décou-
ragement des ennemis était sensible, ils songeaient même à demander la paix, et l'on ne doutait pas qu'une autre campagne ne
terminât la guerre. Mais Tibère écrivait lettres sur lettres à Germanicus et le pressait de revenir pour le triomphe qu'on lui avait décerné. « C'était assez de tant d'exploits et de hasards ; s'il avait rem-
porté de grandes et glorieuses victoires, il ne devait pas oublier non
plus les malheurs de sa navigation, qui, sans nuire à la gloire du
chef, n'en avaient pas été moins cruels pour son armée. Il ajoutait
que lui-même, envoyé neuf fois en Germanie par le divin Auguste,
avait terminé plus de choses par la politique que par la force ; que

Quippe prædicabant
« Romanos invictos
et superabiles
nullis casibus,
qui, classe perdita,
armis amissis,
post littora constrata
corporibus
equorum virorumque,
irrupississent eadem virtute,
pari ferocia,
et veluti aucti numero. »

Car ils disaient-hautement
« Les Romains *être* invincibles
et *ne* pouvant-être-domptés
par aucun accident,
eux qui, *leur* flotte ayant été détruite,
leurs armes ayant été perdues,
après des rivages jonchés
de corps
de chevaux et d'hommes,
s'étaient jetés-sur *eux* avec le même cou-
avec une égale audace,   [rage,
et comme accrus de nombre. »

XXVI. Miles reductus
inde in hiberna,
lætus animi,
quod pensavisset
adversa maris
expeditione prospera.
Cæsar
addidit munificentiam,
exsolvendo quantum quis
professus erat damni.
Nec habebatur dubium
hostes labare,
sumereque consilia
petendæ pacis,
et, si æstas proxima
adjiceretur,
bellum posse patrari;
sed Tiberius monebat
epistolis crebris,
« Rediret
ad triumphum decretum;
jam satis eventuum,
satis casuum:
prœlia illi
prospera et magna;
meminisset quoque eorum
quæ damna gravia et sæva,
nulla culpa ducis,
venti et fluctus tamen
intulissent.
Se, missum novies
in Germaniam
a divo Augusto,
perfecisse plura consilio
quam vi:

XXVI. Le soldat *fut* ramené
de là dans *ses* quartiers-d'hiver,
joyeux de cœur,
parce qu'il avait compensé
les revers de la mer
par une expédition heureuse.
César
ajouta de la munificence,
en payant *autant* que chacun
avait avoué de perte.
Et il n'était pas tenu pour douteux
les ennemis chanceler,
et prendre des résolutions
de demander la paix,
et, si l'été prochain (suivant)
était ajouté,
la guerre pouvoir être achevée;
mais Tibère avertissait *Germanicus*
par des lettres fréquentes,
« Qu'il revînt
pour le triomphe décerné;
qu'il y avait déjà assez d'événements,
assez de hasards:
les combats pour lui
avoir été heureux et grands;
qu'il se souvînt aussi de ces *pertes*
lesquelles pertes lourdes et cruelles,
sans aucune faute du chef,
les vents et les flots cependant
avaient apportées (occasionnées).
Lui (Tibère), envoyé neuf-fois
en Germanie
par le divin Auguste,
avoir achevé plus-de choses par le conseil
que par la force:

nem acceptos; sic Suevos[1]. regemque Maroboduum pace ob-
strictum. Posse et Cheruscos ceterasque rebellium gentes,
quando Romanæ ultioni consultum esset, internis discordiis
relinqui. » Precante Germanico annum efficiendis cœptis,
acrius modestiam ejus aggreditur, alterum consulatum offerendo, cujus munia præsens obiret : simul annectebat, « Si
foret adhuc bellandum, relinqueret materiem Drusi fratris
gloriæ, qui, nullo tum alio hoste, non, nisi apud Germanias,
assequi nomen imperatorium et deportare lauream posset. »
Haud cunctatus est ultra Germanicus, quanquam fingi ea,
seque per invidiam parto jam decori abstrahi, intelli-
geret.

XXVII. Sub idem tempus, e familia Scriboniorum Libo
Drusus defertur moliri res novas. Ejus negotii initium, ordinem, finem, curatius disseram, quia tum primum reperta[2]
sunt, quæ per tot annos rempublicam exedere. Firmius Catus,

---

c'était ainsi qu'il avait soumis les Sicambres, et réduit les Suèves et
le roi Maroboduus à demander la paix. Maintenant que la vengeance des Romains était satisfaite, on pouvait abandonner à leurs
dissensions les Chérusques et les autres nations rebelles. » Germanicus demandait un an pour consommer son entreprise. Tibere, toujours plus pressant, met sa modestie à une nouvelle épreuve, en lui
offrant un second consulat, dont les fonctions exigeraient sa présence. Il insinuait en même temps que, si la guerre devait être continuée, il fallait qu'il laissât à son frère Drusus cette unique occasion
de conquérir des lauriers et le titre d'*impérator*, puisqu'on n'avait alors
d'ennemis que les Germains. Germanicus n'insista plus, quoiqu'il
comprît toute la fausseté de ces prétextes, et la malignité de l'envie
qui voulait lui ravir une gloire tout acquise déjà.

XXVII. Vers le même temps, Libon Drusus, de la famille Scribonia, fut accusé d'une conspiration contre l'ordre établi. Je rapporterai en détail l'origine, la suite et le dénoûment de cette affaire,
parce qu'elle offre le premier exemple de ces manœuvres sourdes qui
ont miné l'État pendant tant d'années. Le sénateur Firmius Catus,

sic Sugambros | ainsi les Sicambres
acceptos in deditionem ; | avoir *été* reçus à soumission ;
sic Suevos, | ainsi les Suèves,
regemque Maraboduum | et le roi Maroboduus
obstrictum pace. | avoir *été* enchaînés par la paix.
Et Cheruscos | Les Chérusques aussi
ceterasque gentes | et les autres nations
rebellium, | des rebelles,
quando consultum esset | puisqu'il avait été pourvu
ultioni Romanæ, | à la vengeance romaine,
posse relinqui | pouvoir être laissés
discordiis intestinis. » | à *leurs* discordes intestines. »
Germanico | Germanicus
precante annum | sollicitant une année
efficiendis cœptis, | pour achever *ses* entreprises,
aggreditur acrius | *Tibère* attaque plus vivement
modestiam ejus, offerendo | la modestie de lui, en *lui* offrant
alterum consulatum, | un second consulat,
cujus obiret munia | dont il accomplirait les fonctions
præsens. | *étant* présent :
simul annectebat, | en-même-temps il ajoutait :
« Si bellandum foret adhuc, | « S'il fallait guerroyer encore ,
relinqueret materiem | qu'il laissât une matière
gloriæ fratris Drusi, | à la gloire de *son* frère Drusus,
qui, nullo alio hoste tum, | qui, aucun autre ennemi *n'étant* alors,
non posset, | ne pouvait,
nisi apud Germanias, | sinon dans les Germanies,
assequi | acquérir
nomen imperatorium | le titre d'-impérator
et deportare lauream. » | et remporter un laurier. »
Germanicus | Germanicus
haud cunctatus est ultra, | n'hésita pas au delà (davantage),
quanquam intelligeret | quoiqu'il comprît
ea fingi, | ces *motifs* être forgés *par Tibère,*
seque abstrahi per invidiam | et lui être arraché par jalousie
decori jam parto.   [pus, | à une gloire déjà acquise.
XXVII. Sub idem tem- | XXVII. Vers le même temps,
Libo Drusus | Libon Drusus
e familia Scriboniorum | de la famille des Scribonius
defertur | est accusé
moliri res novas. | de tramer des choses nouvelles.
Disseram curatius | J'exposerai avec-plus-de-soin
initium, ordinem, | le début, l'ordre,
finem ejus negotii, | la fin de cette affaire ,
quia tum primum | parce qu'alors pour-la-première-fois
reperta sunt | furent trouvées
quæ per tot annos | ces *intrigues* qui pendant tant-d'années

senator, ex intima Libonis amicitia, juvenem improvidum et
facilem inanibus ad Chaldæorum[1] promissa, magorum sacra,
somniorum etiam interpretes impulit: dum proavum Pompeium[2], amitam Scriboniam[3], quæ quondam Augusti conjux
fuerat, consobrinos Cæsares, plenam imaginibus domum ostentat; hortaturque ad luxum et æs alienum, socius libidinum
et necessitatum[4], quo pluribus indiciis illigaret.

XXVIII. Ut satis testium, et qui servi[5] eadem noscerent,
reperit, aditum ad principem postulat, demonstrato crimine et
reo per Flaccum Vescularium[6], equitem Romanum, cui propior cum Tiberio usus erat. Cæsar, indicium haud aspernatus,
congressus abnuit : « Posse enim, eodem Flacco internuntio,
sermones commeare. » Atque interim Libonem ornat prætura,
convictibus adhibet, non vultu alienatus, non verbis commotior (adeo iram condiderat), cunctaque ejus dicta factaque,

intime ami de Libon, avait abusé de la faiblesse de ce jeune homme
inconsidéré et qui se repaissait aisément de chimères, pour l'amener
à se fier aux promesses des Chaldéens, aux mystères de la magie, et
même aux interprètes des songes. Il lui montrait sans cesse son bisaïeul Pompée, sa tante Scribonie, autrefois épouse d'Auguste, les
Césars ses parents, enfin toutes les grandeurs de sa maison. Il le
poussait au luxe et aux emprunts, et partageait ses plaisirs et ses
liaisons, afin de l'envelopper dans les dépositions d'un plus grand
nombre de témoins.

XXVIII. Dès qu'il eut un nombre suffisant de témoins et d'esclaves
instruits des mêmes faits, il sollicita une audience de Tibère, déjà
instruit de l'accusation et du nom de l'accusé par Flaccus Vescularius, chevalier romain, qui avait un accès plus libre auprès du prince.
Tibère, sans rejeter la délation, refuse l'audience, inutile, selon lui,
puisqu'on pouvait communiquer par l'entremise de ce même Flaccus.
Et cependant il décore Libon de la préture, l'admet à sa table, sans
laisser voir (tant il avait concentré sa colère) aucun mécontentement
sur son visage, aucune émotion dans ses paroles. Il eût pu prévenir

exedere rempublicam.
Firmius Catus, senator,
ex intima amicitia Libonis,
impulit
juvenem improvidum ,
et facilem inanibus,
ad promissa Chaldæorum,
sacra magorum,
etiam interpretes
somniorum :
dum ostentat
proavum Pompeium,
amitam Scriboniam,
quæ fuerat quondam
conjux Augusti,
Cæsares consobrinos, [bus;
domum plenam imagini-
hortaturque ad luxum
et æs alienum,
socius
libidinum et necessitatum ,
quo illigaret
pluribus indiciis.

ont miné l'État.
Firmius Catus, sénateur,
de l'intime amitié de Libon,
poussa
ce jeune homme imprévoyant
et facile aux choses vaines (chimères),
vers les promesses des Chaldéens,
vers les cérémonies des magiciens,
et aussi *vers* les interprètes
des songes :
pendant qu'il *lui* montre-sans-cesse
son bisaïeul Pompée,
sa tante Scribonia,
qui avait été autrefois
l'épouse d'Auguste,
les Césars *ses* cousins,
sa maison pleine d'images ;
et *qu'il l'exhorte* au luxe
et à l'argent d'-autrui (aux dettes),
étant compagnon
de *ses* plaisirs et de *ses* liaisons,
afin qu'il *l'*enlaçât
de plus-de témoignages.

XXVIII. Ut reperit
satis testium,
et qui servi noscerent
eadem,
postulat aditum
ad principem,
crimine et reo demonstrato
per Flaccum Vescularium,
equitem Romanum,
cui usus propior
erat cum Tiberio.
Cæsar. haud aspernatus
indicium,
abnuit congressus :
«Sermones enim
posse commeare,
eodem Flacco internuntio.»
Atque interim
ornat Libonem prætura,
adhibet convictibus,
non alienatus vultu,
non commotior verbis
(adeo condiderat iram),
malebatque scire

XXVIII. Dès qu'il eut trouvé
assez de témoins.
et des esclaves qui connussent
les mêmes *faits*,
il demande accès
auprès du prince,   [cés
l'accusation et l'accusé ayant été dénon-
par Flaccus Vescularius,
chevalier romain,
à qui un commerce plus rapproché
était avec Tibère.
César, n'ayant point dédaigné
la délation,
refusa les entrevues ;
« Les entretiens en effet
pouvoir aller-et-venir,
le même Flaccus *étant* l'intermédiaire. »
Et cependant
il décore Libon de la préture,
*l'*admet à *ses* festins,
non changé de visage,
non plus ému dans *ses* paroles
(tellement il avait caché *sa* colère),
et il aimait-mieux savoir

quum prohibere posset, scire malebat; donec Junius quidam,
tentatus ut infernas umbras carminibus eliceret, ad Fulcinium
Trionem indicium detulit. Celebre inter accusatores Trionis
ingenium erat, avidumque famæ malæ. Statim corripit reum,
adit consules, senatus cognitionem poscit; et vocantur patres[1],
addito consultandum super re magna et atroci.

XXIX. Libo interim, veste mutatâ, cum primoribus feminis
circumire domos, orare affines, vocem adversum pericula po-
scere, abnuentibus cunctis, quum diversa prætenderent, eadem formidine. Die senatus, metu et ægritudine fessus, sive,
ut tradidere quidam, simulato morbo[2], lectica delatus ad fores curiæ, innisusque fratri, et manus ac supplices voces ad
Tiberium tendens, immoto ejus vultu excipitur. Mox libellos
et auctores recitat Cæsar, ita moderans, ne lenire neve aspe-
rare crimina videretur.

XXX. Accesserant, præter Trionem et Catum, accusatores

les discours et les actions du jeune homme, il préférait les épier.
Enfin, un certain Junius, sollicité par Libon d'évoquer, à l'aide d'enchantements, les ombres des morts, porta sa déposition chez Fulcinius Trion, accusateur célèbre de ce temps, et avide de cette infâme
célébrité. Celui-ci saisit aussitôt cette proie, va trouver les consuls, demande une instruction devant le sénat. On convoque les sénateurs, en
leur annonçant qu'ils auront à délibérer sur des faits graves et odieux.

XXIX. Cependant Libon, ayant pris des habits de deuil, se trans-
porte de maison en maison avec les premières femmes de Rome; il
sollicite ses proches, il les supplie de lui prêter l'appui de leur voix
dans les dangers qui le menacent; tous refusent par le même motif,
la crainte, qu'ils déguisent sous différents prétextes. Le jour de l'assemblée, soit que l'inquiétude et le chagrin l'eussent rendu malade,
soit qu'il feignît de l'être, comme on l'a dit aussi, Libon se fait
conduire en litière jusqu'à la porte du sénat, et, appuyé sur le bras
de son frère, il tend des mains suppliantes à Tibère, il implore sa
pitié. Tibère l'écoute sans changer de visage, puis il lit les pièces et
le nom des témoins, voulant éviter ainsi d'adoucir ou d'aggraver
l'accusation.

XXX. A Trion et à Catus s'étaient joints deux autres accusateurs,

cuncta dicta factaque ejus, | tous les propos et *tous* les actes de lui,
quum posset prohibere ; | lorsqu'il pouvait *les* empêcher ;
donec quidam Junius, | jusqu'à ce qu'un certain Junius,
tentatus | sollicité
ut eliceret carminibus | pour qu'il évoquât par des charmes
umbras infernas, | les ombres infernales,
detulit indicium | porta *sa* déposition
ad Fulcinium Trionem. | à Fulcinius Trion.
Inter accusatores | Parmi les accusateurs
ingenium Trionis | l'esprit de Trion
erat celebre, | était célèbre,
avidumque malæ famæ. | et avide de mauvaise renommée.
Statim corripit reum, | Aussitôt il saisit l'accusé,
adit consules, | va-trouver les consuls,
poscit | demande
cognitionem senatus ; | l'instruction du (par le) sénat ;
et patres vocantur, | et les sénateurs sont convoqués,
addito consultandum | *ceci* étant ajouté, *être* à délibérer
super re magna et atroci. | sur une chose grande et affreuse.

XXIX. Interim Libo, | XXIX. Cependant Libon,
veste mutata, | *ses* habits étant changés,
circumire domos | de parcourir les maisons
cum feminis primoribus, | avec des femmes du-premier-rang,
orare affines, | de prier *ses* proches,
poscere vocem | de demander une voix
adversum pericula, | contre *ses* dangers,
cunctis abnuentibus | tous refusant
eadem formidine, | par une même crainte,
quum prætenderent | bien qu'ils prétextassent
diversa. | divers *motifs*.
Die senatus, | Le jour *de la séance* du sénat,
fessus metu et ægritudine, | abattu par la crainte et le chagrin,
sive, ut quidam tradidere, | ou, comme quelques-uns *l'*ont rapporté,
morbo simulato, | une maladie étant simulée,
delatus lectica | porté en litière
ad fores curiæ, | aux portes de la curie,
innisusque fratri, | et appuyé-sur *son* frère,
et tendens ad Tiberium | et tendant vers Tibère
manus ac voces supplices, | des mains et des paroles suppliantes,
excipitur | il est accueilli
vultu ejus immoto. | par le visage de lui impassible.
Mox Cæsar recitat | Puis César lit
libellos et auctores, | les mémoires *accusateurs* et *leurs* auteurs,
moderans ita, | mesurant *sa conduite* ainsi,
ne videretur lenire | de manière qu'il ne parût pas adoucir
neve asperare crimina. | ni aggraver les griefs.

XXX. Præter Trionem | XXX. Outre Trion

Fonteius Agrippa et C. Vibius[1], certabantque cui jus[2] per-
orandi in reum daretur ; donec Vibius, quia nec ipsi inter se
concederent , et Libo sine patrono introisset , sigillatim se crimina objecturum professus, protulit libellos vecordes adeo, ut
consultaverit[3] Libo an habiturus foret opes quis viam Ap-
piam Brundisium usque pecunia operiret. Inerant et alia
hujuscemodi , stolida, vana , si mollius acciperes , miseranda.
Uni tamen libello , manu Libonis, nominibus Cæsarum aut
senatorum additas atroces vel occultas notas accusator arguebat. Negante reo, agnoscentes servos per tormenta interrogari
placuit. Et , quia vetere senatusconsulto[4] quæstio in caput
domini prohibebatur, callidus et novi juris repertor[5] Tiberius
mancipari singulos actori publico jubet ; scilicet ut in Libonem
ex servis, salvo senatusconsulto, quæreretur. Ob quæ poste-

Fontéius Agrippa et C. Vibius , et tous quatre se disputaient à qui
porterait la parole contre l'accusé. Comme aucun d'eux ne voulait le
céder aux autres, Vibius, observant d'ailleurs que Libon n'avait
point d'avocat, déclara qu'il se bornerait à exposer l'un après l'autre les différents chefs d'accusation. Il en produisit des plus extra·
vagants : ainsi Libon avait demandé aux devins s'il aurait un jour
assez d'argent pour en couvrir la voie Appienne depuis Rome jusqu'à Brindes. Il y en avait encore d'autres aussi absurdes , aussi frivoles , et , à le bien prendre , aussi dignes de pitié. On cita pourtant
des tablettes sur lesquelles étaient écrits les noms des Césars et des sénateurs, avec des notes, les unes insultantes, les autres mystérieuses,
toutes de la main de Libon, à ce que prétendait l'accusateur. L'accusé
le niant , on proposa d'appliquer à la question ses esclaves, qui connaissaient son écriture. Mais, comme un ancien sénatus-consulte
défendait qu'un esclave fût mis à la question pour déposer contre
son maître, Tibère, par une habile innovation dans la jurispru-
dence, fit vendre les esclaves à un agent du fisc, afin qu'on pût les

et Catum,	et Catus,
Fonteius Agrippa	Fontéius Agrippa
et C. Vibius	et C. Vibius
accesserant accusatores,	s'étaient joints *pour* accusateurs,
certabantque cui daretur	et ils rivalisaient à qui serait donné
jus perorandi in reum ;	le droit de parler contre l'accusé ;
donec Vibius,	jusqu'à ce que Vibius,
quia nec ipsi	parce que ni eux-mêmes
concederent inter se,	ne *s'*accordaient *rien* entre eux,
et Libo introisset	et *que* Libon était entré
sine patrono,	sans defenseur,
professus	ayant déclaré
se objecturum crimina	lui devoir exposer les griefs
sigillatim,	succinctement,
protulit libellos	produisit des mémoires
adeo vecordes	tellement insensés
ut Libo consultaverit	qu'*il etait dit que* Libon avait consulté
an habiturus foret opes	s'il aurait des richesses
quis operiret pecunia	avec lesquelles il couvrirait d'argent
viam Appiam	la voie Appienne
usque Brundisium.	jusqu'à Brindes.
Et alia hujuscemodi,	Aussi d'autres *griefs* de-cette-sorte,
inerant,	étaient-dans *ces mémoires,*
stolida, vana,	*griefs* stupides, vains,
si acciperes mollius,	si tu prenais *la chose* plus doucement,
miseranda.	dignes-de-pitié.
Tamen accusator arguebat	Cependant l'accusateur citait
notas atroces vel occultas	des notes horribles ou mystérieuses
additas manu Libonis	ajoutées de la main de Libon
uni libello	à une *seule* tablette
nominibus Cæsarum	aux noms des Cesars
aut senatornm.	ou des sénateurs.
Reo negante,	L'accusé niant,
placuit	il plut (on décida)
servos agnoscentes	les esclaves qui reconnaissaient *l'écriture*
interrogari per tormenta.	être interrogés au-moyen-de tortures.
Et, quia	Et. parce que
vetere senatusconsulto	par un ancien sénatus-consulte
quæstio prohibebatur	la question était défendue
in caput domini,	contre la tête du maitre,
Tiberius callidus	Tibère rusé
et repertor juris novi	et inventeur d'un droit nouveau
jubet singulos mancipari	ordonne *les esclaves* un-à-un être vendus
actori publico ;	à un agent public;
scilicet ut,	à savoir pour que,
senatusconsulto salvo,	le sénatus-consulte *étant* sauf,
quæreretur in Libonem	la question-fût-appliquée contre Libon

rum diem reus petivit; domumque digressus, **extremas preces**
P. Quirino, propinquo suo, ad principem **mandavit**: responsum est ut senatum rogaret.

XXXI. Cingebatur interim milite domus, strepebant etiam
in vestibulo, ut audiri, ut adspici possent : quum Libo, ipsis,
quas in novissimam voluptatem adhibuerat, epulis excruciatus, vocare percussorem, prensare servorum dextras, inserere
gladium; atque illis, dum trepidant, dum refugiunt, evertentibus appositum mensa lumen, feralibus jam sibi tenebris,
duos ictus in viscera direxit. Ad gemitum collabentis accurrere
liberti; et, cæde visa, miles abstitit. Accusatio tamen apud
patres asseveratione eadem peracta; juravitque Tiberius petiturum se vitam quamvis nocenti, nisi voluntariam mortem
properavisset.

XXXII. Bona inter accusatores dividuntur; et præturæ extra ordinem [1] datæ his qui senatorii ordinis erant. Tunc Cotta

entendre contre Libon sans enfreindre la loi. L'accusé demanda
un jour de délai; et, de retour chez lui, il chargea P. Quirinus, son
parent, de présenter au prince ses dernières supplications. Tibère
lui fit répondre d'adresser ses prières au sénat.

XXXI. Cependant la maison de Libon était investie de soldats;
ils faisaient même assez de bruit dans le vestibule pour qu'on pût
les entendre, pour qu'on pût les voir. Libon, qui souffrait cruellement des excès d'un grand repas qu'il s'était fait servir pour se procurer un dernier plaisir, appelle ses esclaves pour le percer; il leur
présente son épée, il veut la remettre entre leurs mains. Ceux-ci,
troublés, renversent, en se débattant, la lumière posée sur la table.
Au milieu de cette obscurité qu'il prend pour les ténèbres de la mort,
Libon se porte deux coups dans les entrailles. Aux gémissements
qu'il pousse en tombant ses affranchis accourent, et les soldats, le
voyant mort, se retirent. On n'en poursuivit pas l'accusation avec
moins de chaleur dans le sénat, et Tibère jura que, tout coupable
qu'était Libon, il aurait demandé sa grâce, s'il ne se fût donné la
mort si précipitamment.

XXXII. Ses biens furent partagés entre ses accusateurs, et des
prétures extraordinaires données pour récompense à ceux d'entre
eux qui étaient sénateurs. Alors Cotta Messalinus et Cn. Lentulus

ex servis. | à *ses* esclaves.
Ob quæ reus | A cause-de quoi l'accusé
petivit diem posterum ; | demanda le jour suivant ;
digressusque domum, | et étant retourné dans *sa* maison,
mandavit extremas preces | il confia *ses* dernières prières
ad principem | *adressées* au prince
P. Quirino suo propinquo : | à P. Quirinus son parent :
responsum est | il fut répondu
ut rogaret senatum. | qu'il priât le sénat.

XXXI. Interim domus | XXXI. Cependant *sa* maison
cingebatur milite, | était investie par le soldat,
strepebant | ils faisaient-du-bruit
etiam in vestibulo, | même dans le vestibule,
ut possent audiri, | pour qu'ils pussent être entendus,
ut adspici : | pour qu'*ils pussent* être vus :
quum Libo, | lorsque Libon,
excruciatus epulis ipsis | torturé par le repas même
quas adhibuerat | qu'il avait pris
in novissimam voluptatem, | pour dernier plaisir,
vocare percussorem, | *se met à* appeler un meurtrier,
prensare dextras servorum, | à prendre les mains de *ses* esclaves,
inserere gladium ; | à glisser-dans *leurs mains son* épée ;
atque illis | et ceux-là
evertentibus lumen | renversant la lumière
appositum mensa, | placée sur la table,
dum trepidant, | pendant qu'ils s'agitent,
dum refugiunt, | pendant qu'ils s'enfuient,
tenebris jam feralibus sibi, | les ténèbres *étant* déjà funèbres pour lui,
direxit duos ictus | il dirigea deux coups
in viscera. | dans *ses* entrailles.
Ad gemitum collabentis | Au gémissement de *lui* tombant
liberti accurrere, | *ses* affranchis d'accourir,
et, cæde visa, | et, le meurtre ayant été vu,
miles abstitit. | le soldat se retira.
Tamen accusatio peracta | Cependant l'accusation *fut* poursuivie
apud patres | auprès des sénateurs
eadem asseveratione ; | avec la même persistance ;
Tiberiusque juravit | et Tibère jura
se petiturum vitam | lui avoir dû demander la vie
quamvis nocenti, | pour *Libon* quoique coupable,
nisi properavisset | s'il n'eût hâté
mortem voluntariam. [tur | une mort volontaire.

XXXII. Bona dividun- | XXXII. *Ses* biens sont partagés
inter accusatores, | entre *ses* accusateurs,
et præturæ extra ordinem | et des prétures hors rang
datæ his qui erant | *furent* données à ceux qui étaient
ordinis senatorii. | de l'ordre sénatorial.

Messalinus[1], ne imago Libonis exsequias posterorum comitaretur, censuit ; Cn. Lentulus, ne quis Scribonius cognomentum Drusi assumeret ; supplicationum dies Pomponii Flacci sententia constituti ; ut dona Jovi, Marti, Concordiæ, utque iduum septembrium dies, quo se Libo interfecerat, dies festus haberetur, L. Publius et Gallus Asinius et Papius Mutilus et L. Apronius decrevere : quorum auctoritates adulationesque retuli, ut sciretur vetus id in republica malum. Facta et de mathematicis[2] magisque Italia pellendis senatusconsulta ; quorum e numero L. Pituanius saxo dejectus est : in P. Marcium consules extra portam Esquilinam, quum classicum canere jussissent, more prisco advertere.

XXXIII. Proximo senatus die multa in luxum civitatis dicta a Q. Haterio, consulari, Octavio Frontone, prætura functo ;

opinèrent, l'un pour que l'image de Libon ne fût jamais portée aux funérailles de ses descendants ; l'autre, pour qu'aucun Scribonius ne prît le surnom de Drusus. On ordonna plusieurs jours de supplications, d'après l'avis de Pomponius Flaccus, et, sur la proposition de L. Publius, d'Asinius Gallus et de Papius Mutilus, on résolut de consacrer des offrandes à Jupiter, à Mars, à la Concorde, et de fêter à l'avenir les ides de septembre, jour où Libon s'était donné la mort. J'ai rapporté les avis de tous ces sénateurs, afin qu'on sache que l'adulation est un mal ancien parmi nous. D'autres sénatus-consultes furent rendus pour chasser d'Italie les astrologues et les magiciens. Un d'entre eux, L. Pituanius, fut précipité de la roche Tarpéienne ; un autre, P. Marcius, fut mené, par ordre des consuls, à son de trompe, en dehors de la porte Esquiline, où l'on renouvela pour lui un ancien supplice des premiers temps de la république.

XXXIII. A la séance suivante, Q. Hatérius, consulaire, et Octavius Fronton, ancien préteur, s'élevèrent fortement contre le luxe de la ville. On défendit par un décret de servir sur les tables de la

Tunc Cotta Messallinus	Alors Cotta Messallinus
censuit	opina
ne imago Libonis	que l'image de Libon
comitaretur exsequias	n'accompagnât pas les obsèques
posterorum ;	de *ses* descendants ;
Cn. Lentulus,	Cn. Lentulus,
ne quis Scribonius	que quelque Scribonius
assumeret cognomentum	ne prît pas le surnom
Drusi ;	de Drusus ;
dies supplicationum	des jours de supplications
constituti	*furent* établis
sententia Pomponii Flacci ;	sur l'avis de Pomponius Flaccus;
L. Publius,	L. Publius,
et Gallus Asinius,	et Gallus Asinius,
et Papius Mutilus,	et Papius Mutilus,
et L. Apronius	et L. Apronius
decrevere ut dona	décrétèrent que des dons *fussent faits*
Jovi, Marti, Concordiæ,	à Jupiter, à Mars, à la Concorde,
utque dies	et que le jour
iduum septembrium,	des ides de-septembre,
quo Libo se interfecerat,	dans lequel Libon s'était tué,
haberetur dies festus :	fût tenu *pour* jour de-fête :
quorum retuli	desquels j'ai rapporté
auctoritates	les propositions
adulationesque,	et les adulations,
ut id malum	pour que ce mal
sciretur vetus in republica.	fût su *être* ancien dans l'État.
Et senatusconsulta facta	Des sénatus-consultes aussi *furent* faits
de pellendis ex Italia	pour chasser de l'Italie
mathematicis magisque;	les mathématiciens et les magiciens ;
e numero quorum	du nombre desquels
L. Pituanius	L. Pituanius
dejectus est saxo :	fut précipité de la roche *Tarpéienne* :
consules, more prisco,	les consuls, selon un usage ancien,
advertere	sévirent
in P. Marcium	contre P. Marcius
extra portam Esquilinam,	hors de la porte Esquiline,
quum jussissent	après qu'ils eurent ordonné
classicum canere.	la trompette chanter (sonner). [suivant
XXXIII. Die proximo	XXXIII. Le jour prochain (à la séan
senatus,	du sénat,
multa dicta	beaucoup-de *paroles furent* dites
in luxum civitatis	contre le luxe de la cité
a Q. Haterio consulari,	par Q. Hatérius consulaire,
Octavio Frontone	*et* par Octavius Fronton
functo prætura ;	sorti de préture ;
decretumque	et *il fut* décrété

decretumque ne vasa auro solida ministrandis cibis fierent, ne vestis serica[1] viros fœdaret. Excessit Fronto, ac postulavit modum argento, supellectili, familiæ. Erat quippe adhuc frequens senatoribus, si quid e republica crederent, loco sententiæ promere. Contra Gallus Asinius disseruit, « Auctu imperii adolevisse etiam privatas opes; idque non novum, sed e vetustissimis moribus : aliam apud Fabricios, aliam apud Scipiones pecuniam; et cuncta ad rempublicam referri, qua tenui, angustas civium domos; postquam eo magnificentiæ venerit, gliscere singulos. Neque in familia et argento, quæque ad usum parentur, nimium aliquid aut modicum, nisi ex fortuna possidentis. Distinctos senatus et equitum census[2], non quia diversi natura, sed ut locis, ordinibus, dignationibus antistent, et aliis quæ ad requiem animi aut salubritatem corporum parentur. Nisi forte clarissimo cuique plures curas, majora peri-

vaisselle d'or; on interdit aux hommes les vêtements de soie, comme déshonorants pour eux. Fronton alla plus loin; il demanda un règlement pour l'argenterie, les ameublements et les esclaves; car il était encore très-ordinaire aux sénateurs de s'écarter de l'objet précis de la délibération, et de proposer ce qu'ils croyaient utile au bien public. Asinius Gallus combattit Fronton; il représenta « que l'accroissement de l'empire avait amené celui des richesses particulières; que cette progression était naturelle; qu'on l'avait vue dans les temps les plus reculés; que la fortune des Scipions avait été autre que celle des Fabricius; que tout était en proportion avec l'État, qui, pauvre, avait eu des citoyens logés à l'étroit, et, arrivé à ce degré de splendeur, avait vu chacun s'agrandir; qu'en fait d'esclaves, d'argenterie et d'ameublement, la fortune du propriétaire décidait seule de l'excès ou de la modicité des dépenses; que la loi consacrait des distinctions dans le patrimoine des chevaliers et des sénateurs, quoiqu'ils ne fussent pas d'une autre nature que les autres hommes, afin de leur procurer, avec les prééminences du lieu, du rang, des honneurs, tout ce qui peut contribuer au délassement de l'esprit et à la santé du corps; à moins qu'on ne voulût que ces grands citoyens, que l'éclat de leur nom expose à plus de périls et d'inquiétudes,

ne vasa solida auro	que les vases massifs d'or
fierent ministrandis cibis,	ne fussent pas *employés* à servir des mets,
ne vestis serica	qu'un habit de-soie
fœdaret viros.	ne dégradât pas les hommes.
Fronto excessit,	Fronton passa *ces bornes*,
ac postulavit modum	et demanda une mesure
argento, supellectili,	pour l'argenterie, le mobilier,
familiæ.	les esclaves.
Quippe erat adhuc frequens	Car il était encore fréquent
senatoribus,	aux sénateurs,
si crederent quid	s'ils croyaient quelque chose
e republica	*être* dans-l'intérêt-de l'État
promere loco sententiæ.	de *l'*exprimer au moment de *dire leur* avis.
Contra Gallus Asinius	D'autre-part Gallus Asinius
disseruit,	exposa,
« Opes privatas	« Les richesses privées
adolevisse etiam	avoir grandi aussi
auctu imperii ;	par l'accroissement de l'empire ;
idque non novum,	et cela n'*être* pas nouveau,
sed e moribus	mais *tiré* des mœurs
vetustissimis :	les plus anciennes :
aliam pecuniam	autre *avoir été* la fortune
apud Fabricios,	chez les Fabricius,
aliam apud Scipiones ;	autre chez les Scipions ;
et cuncta referri	et tout se rapporter
ad rempublicam,	à l'État,
qua tenui,	lequel *étant* faible,
domos civium angustas ;	les maisons des citoyens *être* étroites ;
postquam venerit eo	après qu'il est venu là (à ce point)
magnificentiæ,	de magnificence.
singulos gliscere.	les particuliers s'agrandir.
Neque in familia et argento,	Et en-fait-d'esclaves et d'argenterie,
quæque parentur ad usum,	et de *tout* ce qui s'acquiert pour l'usage,
aliquid nimium	quelque chose n'*être* pas excessif
aut modicum,	ou modique, [sède.
nisi ex fortuna possidentis.	sinon d'après la fortune de celui qui pos-
Census senatus et equitum	Les revenus du sénat et des chevaliers
distinctos,	*avoir été* distingués,
non quia diversi natura,	non parce qu'*ils sont* divers de nature,
sed ut antistent locis,	mais pour qu'ils excellent par les places,
ordinibus, dignationibus,	les rangs, les dignités,
et aliis quæ parentur	et les autres choses qui s'acquièrent
ad requiem animi [rum.	pour le délassement de l'âme
aut salubritatem corpo-	ou la santé des corps.
Nisi forte	A moins que par hasard
plures curas,	*on ne dise* plus-de soucis,
majora pericula subeunda	de plus grands dangers *être* à-subir

cula subeunda, delenimentis curarum et periculorum carendum esse. » Facilem assensum Gallo, sub nominibus honestis, confessio vitiorum et similitudo audientium dedit. Adjecerat et Tiberius « Non id tempus censuræ; nec, si quid in moribus labaret, defuturum corrigendi auctorem. »

XXXIV. Inter quæ L. Piso, ambitum fori[1], corrupta judicia, sævitiam oratorum, accusationes minitantium increpans, abire se et cedere urbe, victurum in aliquo abdito et longinquo rure, testabatur : simul curiam relinquebat. Commotus est Tiberius, et, quanquam mitibus verbis Pisonem permulsisset, propinquos quoque ejus impulit ut abeuntem auctoritate vel precibus tenerent. Haud minus liberi doloris documentum idem Piso mox dedit, vocata in jus Urgulania, quam supra leges amicitia Augustæ extulerat. Nec aut Urgulania obtemperavit, in domum Cæsaris, spreto Pisone, vecta; aut ille abstitit, quanquam Augusta se violari et imminui quereretur. Tiberius, hactenus indulgere matri civile ratus, ut se

fussent privés de l'unique adoucissement de ces inquiétudes et de ces périls. » L'avis de Gallus prévalut sans peine, grâce à cette adresse avec laquelle il avait fait, sous des noms honnêtes, l'aveu des vices publics devant ceux qui les partageaient. Tibère avait ajouté que ce n'était pas le moment de censurer les mœurs, et qu'au premier signe de relâchement le réformateur ne ferait pas défaut.

XXXIV. L. Pison saisit ce moment pour se plaindre des brigues du forum, de la corruption des juges, de la cruauté des orateurs, toujours armés d'une accusation. Il déclara qu'il allait quitter Rome, et ensevelir le reste de sa vie dans quelque campagne lointaine, ignorée; et, tout en disant ces mots, il sortait du sénat. Cette résolution toucha vivement Tibère. Non content de l'adoucir par des paroles obligeantes, il invoqua les prières et l'autorité de ses parents pour le retenir. Ce même Pison montra bientôt une indignation non moins courageuse, lorsqu'il cita en justice Urgulanie, que l'amitié d'Augusta avait mise au-dessus des lois. Urgulanie, au lieu d'obéir, se rendit au palais, sans égard pour Pison, qui, de son côté, ne l'en poursuivit pas moins, quoique Augusta se plaignît qu'on l'outrageait elle-même et qu'on portait atteinte à ses droits. Tibère, convaincu que les lois ne lui permettaient pas de faire plus en faveur de sa

cuique clarissimo,   [tis
carendum esse delenimen-
curarum et periculorum. »
Confessio vitiorum
sub nominibus honestis
et similitudo audientium
dedit assensum facilem
Gallo.
Tiberius et adjecerat
« Id tempus non censuræ ;
nec auctorem corrigendi
defuturum,
si quid labaret in moribus.»
  XXXIV. Inter quæ
L. Piso,
increpans ambitum fori ,
'udicia corrupta,
ævitiam oratorum
  initantium accusationes,
estabatur se abire
t cedere urbe,
icturum in aliquo rure
bdito et longinquo :
imul relinquebat curiam.
iberius commotus est,
, quanquam
ermulsisset Pisonem
erbis mitibus,
  pulit quoque
opinquos ejus
  tenerent abeuntem
ctoritate vel precibus.
em Piso
dit mox documentum
loris haud minus liberi,
gulania vocata in jus,
am amicitia Augustæ
tulerat supra leges.
c aut Urgulania
temperavit,
cta in domum Cæsaris,
one spreto,
  ille abstitit,
nquam Augusta
reretur
iolari et imminui.
erius, ratus civile

pour chaque *personnage* très-illustre,
et devoir être-faute *à eux* des adoucisse-
des soucis et des dangers. »   [ments
L'aveu de *ces* vices
sous des noms honnêtes
et la conformité de ceux qui écoutaient
donna un assentiment facile
à Gallus.
Tibère aussi avait ajouté
« Ce temps *n'être* pas *celui* d'une censure;
et un auteur pour réformer *les mœurs*
ne devoir pas manquer,   [mœurs.»
si quelque chose chancelait dans les
  XXXIV. Parmi lesquelles *discussions*
L. Pison,
reprochant la brigue du forum,
les jugements corrompus,
la cruauté des orateurs
menaçant-sans-cesse d'accusations,
déclarait lui s'en aller
et se retirer de la ville,
devant vivre dans quelque campagne
écartée et lointaine :
en-même-temps il quittait la curie.
Tibère fut ému,
et, quoique
il eût caressé Pison
par des paroles douces,
il poussa aussi
les proches de lui
pour qu'ils retinssent *lui* partant
par *leur* autorité ou *leurs* prières.
Le même Pison
donna bientôt la preuve
d'une douleur non moins libre,
Urgulanie ayant été appelée en justice,
elle que l'amitié d'Augusta
avait élevée au-dessus des lois.
Et *il n'arriva* pas *que* ou Urgulanie
obéît,   [sar.
s'étant fait-porter dans la maison de Cé
Pison étant méprisé,
ou celui-ci se désistât,
quoique Augusta
se plaignît
elle-même être outragée et rabaissée.
Tibère, pensant *être* digne-d'un-citoyen

iturum ad prætoris tribunal, adfuturum Urgulaniæ diceret,
processit palatio [1], procul sequi jussis militibus. Spectabatur,
occursante populo, compositus ore, et sermonibus variis
tempus atque iter ducens; donec, propinquis Pisonem frustra
coercentibus, deferri Augusta pecuniam quæ petebatur jube-
ret : isque finis rei, ex qua neque Piso inglorius, et Cæsar
majore fama fuit. Ceterum Urgulaniæ potentia adeo nimia
civitati erat, ut, testis in causa quadam quæ apud senatum tractabatur, venire dedignaretur : missus est prætor [2] qui domi interrogaret, quum virgines Vestales in foro
et judicio audiri, quoties testimonium dicerent, vetus mos
fuerit.

XXXV. Res eo anno prolatas haud referrem, ni pretium
foret Cn. Pisonis et Asinii Galli super eo negotio diversas sententias noscere. Piso, quanquam abfuturum se dixerat Cæsar,
ob id magis agendas censebat, et, absente principe, senatum

mère, lui promit de se rendre au tribunal du préteur et de plaide
pour Urgulanie. Il sortit à pied de son palais. Ses soldats avaien
ordre de ne le suivre que de loin. Il s'avançait avec un visage com
posé, attirant les regards du peuple qui était accouru sur son pas
sage, et cherchant par différents entretiens à allonger le temps et l
chemin, lorsque enfin, comme Pison persistait malgré les représenta
tions de ses proches, Augusta fit apporter l'argent demandé. Ainsi s
termina cette affaire, d'où Pison ne sortit point sans gloire, et q
rehaussa Tibère dans l'opinion publique. Au reste, le pouvoir d'U
gulanie était si excessif, que, citée en témoignage dans une affai
qui s'instruisait devant le sénat, elle dédaigna de s'y rendre; il fall
qu'on envoyât un préteur l'interroger chez elle, bien que les Vestal
mêmes, appelées en témoignage, eussent été de tout temps obligé
de se rendre au forum et devant le tribunal.

XXXV. Il y eut cette année dans les affaires une interrupti
dont je ne parlerais pas, s'il n'était à propos de faire connaître à
sujet les avis différents de Cn. Pison et d'Asinius Gallus. Pison so
tenait que, Tibère ayant annoncé son départ, c'était pour les sénateu
une raison de montrer encore plus d'activité; qu'il serait honora

Indulgere matri hactenus,	d'être-complaisant pour *sa* mère jusque-
ut diceret se iturum	qu'il dît lui-même devoir aller [là,
ad tribunal prætoris,	au tribunal du préteur,
adfuturum Urgulaniæ,	devant assister Urgulanie,
processit palatio,	s'avança-hors du palais,
militibus jussis	des soldats ayant reçu-ordre
sequi procul.	de *le* suivre de loin.
Spectabatur,	Il était vu,
populo occursante,	le peuple accourant *sur son passage,*
compositus ore,	composé de visage,
et ducens tempus atque iter	et traînant le temps et la route
variis sermonibus;	par différents entretiens;
donec, propinquis	jusqu'à ce que, *ses* proches
coercentibus Pisonem	retenant Pison
frustra,	en vain,
Augusta juberet	Augusta ordonna
pecuniam quæ peteretur	l'argent qui était demandé
deferri :	être apporté :
isque finis rei,	et celle-là (telle) *fut* la fin d'une affaire,
ex qua neque Piso	par laquelle et Pison
fuit inglorius,	ne fut point sans-gloire,
et Cæsar fama majore.	et César *fut* d'un renom plus grand.
Ceterum	Au reste
potentia Urgulaniæ	la puissance d'Urgulanie
erat adeo nimia civitati,	était tellement excessive pour la cité,
ut, testis in quadam causa	que, témoin dans une certaine cause
quæ tractabatur	qui était traitée
apud senatum,	devant le sénat,
dedignaretur venire :	elle dedaigna de venir :
prætor missus est	un préteur fut envoyé
qui interrogaret domi,	qui interrogeât *elle* à la maison,
quum mos vetus fuerit	quoique la coutume ancienne fût
virgines Vestales audiri	les vierges Vestales être entendues
in foro et judicio,	dans le forum et le tribunal,
quoties	toutes les fois que
dicerent testimonium.	elles disaient (rendaient) témoignage.
XXXV. Haud referrem	XXXV. Je ne rapporterais pas
res prolatas eo anno,	les affaires remises cette année,
ni foret pretium	si *ce* n'était un prix *suffisant*
noscere diversas sententias	de connaître les divers avis
Cn. Pisonis et Asinii Galli	de Cn. Pison et d'Asinius Gallus
super eo negotio.	sur cette affaire.
Piso censebat,	Pison était-d'avis,
quanquam Cæsar dixerat	quoique César eût dit
se abfuturum,	lui devoir s'absenter,
agendas	*les affaires* devoir être faites
magis ob id,	*d'autant* plus pour cela,

et equites[1] posse sua munia sustinere, decorum reipublicæ
fore. Gallus, quia speciem libertatis Piso præceperat, nihil
satis illustre aut ex dignitate populi Romani, nisi coram et
sub oculis Cæsaris, eoque conventum Italiæ et affluentes provincias præsentiæ ejus servanda, dicebat. Audiente hæc
Tiberio ac silente magnis utrinque contentionibus acta; sed
res dilatæ.

XXXVI. Et certamen Gallo adversus Cæsarem exortum est.
Nam censuit « In quinquennium[2] magistratuum comitia habenda; utque legionum legati[3], qui ante præturam ea militia
fungebantur, jam tum prætores destinarentur; princeps duodecim candidatos[4] in annos singulos nominaret. » Haud dubium erat eam sententiam altius penetrare, et arcana imperii
tentari[5]. Tiberius tamen, quasi augeretur potestas ejus, disseruit, « Grave moderationi suæ[6] tot eligere, tot differre : vix
per singulos annos offensiones vitari, quamvis repulsam pro-

pour le gouvernement que le sénat et les chevaliers pussent remplir
leurs fonctions en l'absence du prince. Gallus, à qui Pison avait dé-
robé le mérite d'une libre franchise, prétendait au contraire qu'il
fallait les regards du prince pour donner aux actes du sénat tout
l'éclat qu'exigeait la dignité du peuple romain, et que des affaires
qui faisaient affluer dans Rome l'Italie et les provinces devaient être
réservées pour un temps où l'empereur serait présent. Les deux avis
furent débattus avec beaucoup de chaleur. Tibère écoutait et ne disait rien. Cependant les affaires furent remises.

XXXVI. Il s'éleva aussi une discussion entre Gallus et Tibère.
Gallus proposait qu'on élût les magistrats pour cinq ans; que tous les
lieutenants de légions qui n'auraient point encore obtenu la préture
fussent désignés de droit pour cette charge, et que l'empereur nommât douze candidats pour chacune des cinq années. Il était visible
que cette proposition cachait des vues profondes, et qu'elle ébranlait
les ressorts les plus secrets de l'empire. Tibère fit semblant de n'y
voir qu'un accroissement de sa puissance; il répondit « que tant de
nominations et tant d'ajournements répugnaient à la modération de
son caractère; qu'à peine dans les élections annuelles on évitait de
faire des mécontents, quoiqu'une espérance prochaine pût alors

et fore decorum reipublicæ
senatum et equites
posse sustinere sua munia,
principe absente.
Gallus, quia Piso
præceperat
speciem libertatis,
dicebat nihil satis illustre,
aut ex dignitate
populi Romani,
nisi coram
et sub oculis Cæsaris ,
eoque conventum Italiæ
et provincias affluentes
servanda præsentiæ ejus.
Tiberio audiente ac silente,
hæc acta
magnis contentionibus
utrinque;
sed res dilatæ.
XXXVI. Et certamen
exortum Gallo
adversus Cæsarem.
Nam censuit
« Comitia magistratuum
habenda in quinquennium
utque legati legionum,
qui fungebantur ea militia
ante præturam,
destinarentur jam tum
prætores ;
princeps nominaret
duodecim candidatos
in singulos annos. »
Haud erat dubium
eam sententiam
penetrare altius,
et arcana imperii tentari.
Tamen Tiberius,   [tur,
quasi potestas ejus augere-
disseruit :
« Eligere tot,
differre tot,
grave suæ moderationi :
vix per singulos annos
offensiones vitari,
quamvis spes propinqua

et devoir être (qu'il serait) honorable pour
le sénat et les chevaliers   [l'État
pouvoir soutenir leurs fonctions,
le prince *étant* absent.
Gallus, parce que Pison
avait pris-d'avance
l'apparence de la liberté,
disait rien n'*être* assez illustre,
ou selon la dignité
du peuple romain,
sinon en-présence
et sous les yeux de César,
et pour cela le concours de l'Italie
et les provinces qui affluaient
devoir être réservés à la présence de lui.
Tibère écoutant et se taisant,
ces *questions furent* traitées
avec de grands débats
de-part-et-d'autre ;
mais les affaires *furent* remises.
XXXVI. Un débat aussi
s'éleva à Gallus
contre César.
Car il fut-d'avis
« Les comices des magistrats
devoir être tenus pour l'espace-de-cinq-
et que les lieutenants des légions, [ans,
qui s'acquittaient de cette charge-mili-
avant la préture,   [taire
fussent désignés dès lors
comme préteurs ;
que le prince nommât
douze candidats
pour chaque année. »
Il n'était pas douteux
cet avis
pénétrer plus profondément,
et les secrets de l'empire être sondés.
Cependant Tibère,   [menté
comme si le pouvoir de lui *en* était aug
exposa :
« Choisir tant *de personnes,*
en ajourner tant,
être lourd (pénible) pour sa modération :
à peine pendant chaque année
les mécontentements être évités,
quoiqu'un espoir prochain

pinqua spes soletur : quantum odii fore ab iis qui ultra quinquennium projiciantur! unde prospici posse quæ cuique, tam
longo temporis spatio, mens, domus, fortuna? Superbire
homines etiam annua designatione : quid, si honorem per
quinquennium agitent? Quinqueplicari prorsus magistratus,
subverti leges, quæ sua spatia exercendæ candidatorum industriæ, quærendisque aut potiundis honoribus statuerint. »

XXXVII. Favorabili in speciem oratione vim imperii tenuit.
Censusque quorumdam senatorum juvit : quo magis mirum
fuit quod preces M. Hortali, nobilis juvenis, in paupertate
manifesta, superbius accepisset. Nepos erat oratoris Hortensii,
illectus a divo Augusto, liberalitate decies sestertii [1], ducere
uxorem, suscipere liberos, ne clarissima familia exstingueretur. Igitur, quatuor filiis ante limen curiæ adstantibus, loco
sententiæ, quum in palatio senatus haberetur, modo Hortensii
inter oratores sitam imaginem, modo Augusti intuens, ad

consoler d'un refus; quels seraient les murmures, si l'on était rejeté
à un avenir de cinq années? Et d'ailleurs, comment prévoir de si
loin les changements qui pouvaient survenir dans les caractères,
dans les familles, dans les fortunes? On connaissait la vanité des
magistrats désignés un an d'avance ; que serait-ce, si leur orgueil
avait cinq ans pour s'exalter? Enfin c'était en quintupler le nombre,
c'était renverser les lois qui avaient fixé un temps, des épreuves, un
âge pour solliciter ou pour posséder les honneurs. »

XXXVII. Par ce discours, populaire en apparence, Tibère sut retenir le pouvoir dans ses mains. Il augmenta le revenu de quelques
sénateurs ; ce qui fit qu'on s'étonna davantage qu'il eût repoussé si
durement les prières de M. Hortalus, jeune noble d'une pauvreté
avérée. Hortalus était petit-fils de l'orateur Hortensius. Auguste lui
avait donné un million de sesterces pour l'engager à se marier et
à perpétuer un nom illustre. Ses quatre fils se tenaient debout à la
porte de la salle du palais où le sénat était alors assemblé. Quand le
tour d'Hortalus fut venu d'opiner, on le vit porter ses regards, tantôt
sur la statue d'Hortensius, placée parmi celles des orateurs, tantôt

soletur repulsam : — console d'un refus :
quantum odii fore — combien de haine devoir être
ab his qui projiciantur — de-la-part-de ceux qui seraient ajournés
ultra quinquennium ! — au delà de l'espace-de-cinq-ans !
unde posse prospici — d'où pouvoir être prévu
quæ mens, domus, — quel esprit, *quelle* famille,
fortuna cuique, — *quelle* fortune *seraient* à chacun,
tam longo spatio temporis ? — dans un si long espace de temps ?
Homines superbire — Les hommes s'enorgueillir
designatione etiam annua : — d'une désignation même annuelle :
quid, si agitent honorem — que *serait-ce*, s'ils méditaient *cet* honneur
per quinquennium ? — pendant l'espace-de-cinq-ans ?
Magistratus — Les magistratures
quinqueplicari prorsus, — être quintuplées en outre
leges subverti, — les lois être renversées,
quæ statuerint sua spatia — lesquelles avaient assigné leurs limites
industriæ candidatorum — au zèle des candidats
exercendæ, — à-déployer,
honoribusque quærendis — et aux honneurs à-rechercher
aut potiundis. » — ou à-posséder. »

XXXVII. Oratione — XXXVII. Par *ce* discours
favorabili in speciem — populaire en apparence
tenuit vim imperii. — il retint la force du pouvoir.
Juvitque census — Il aida aussi les revenus
quorumdam senatorum : — de certains sénateurs :
quo fuit magis mirum — par quoi il fut plus surprenant
quod accepisset superbius — qu'il eût accueilli avec-trop-de-hauteur
preces M. Hortali, — les prières de M. Hortalus,
juvenis nobilis, — jeune-homme noble,
in paupertate manifesta. — *qui vivait* dans une pauvreté manifeste.
Erat nepos — Il était petit-fils
oratoris Hortensii, — de l'orateur Hortensius,
illectus a divo Augusto — engagé par le divin Auguste
liberalitate — par une libéralité
decies sestertii — de dix fois *cent mille* sesterces
ducere uxorem, — à prendre femme,
suscipere liberos, — à élever des enfants,
ne familia clarissima — pour que *cette* famille très-illustre
exstingueretur. — ne s'éteignît pas.
Igitur, — Donc,
quatuor filiis adstantibus — *ses* quatre fils se tenant
ante limen curiæ, — devant le seuil de la curie,
loco sententiæ, — au moment de *dire son* avis,
quum senatus — comme *la séance du* sénat
haberetur in palatio, — se tenait au palais,
intuens modo — regardant tantôt
imaginem Hortensii — l'image d'Hortensius

hunc modum cœpit : « Patres conscripti, hos, quorum numerum et pueritiam videtis, non sponte sustuli, sed quia princeps
monebat; simul majores mei meruerant ut posteros haberent.
Nam ego, qui non pecuniam, non studia populi, neque eloquentiam, gentile domus nostræ bonum, varietate temporum
accipere vel parare potuissem, satis habebam si tenues res
meæ nec mihi pudori, nec cuiquam oneri forent : jussus ab
imperatore, uxorem duxi. En stirps et progenies tot consulum,
tot dictatorum[1]. Nec ad invidiam ista, sed conciliandæ misericordiæ refero : assequentur, florente te, Cæsar, quos dederis
honores; interim Q. Hortensii pronepotes, divi Augusti alumnos, ab inopia defende. »

XXXVIII. Inclinatio senatus[2] incitamentum Tiberio fuit,
quo promptius adversaretur, his ferme verbis usus : « Si quantum pauperum est venire huc et liberis suis petere pecunias
cœperint, singuli nunquam exsatiabuntur, respublica deficiet.

sur celle d'Auguste; puis il parla ainsi : « Pères conscrits, ces enfants, dont vous voyez le nombre et l'âge si tendre, je n'ai point
désiré les avoir, mais j'y fus engagé par Auguste : mes ancêtres,
après tout, avaient mérité d'avoir des descendants. Quant à moi qui,
par l'inconstance du sort, n'avais pu recevoir ou acquérir ni les richesses, ni la faveur du peuple, ni l'éloquence, ce patrimoine héiédi-
taire de ma famille, il me suffisait que ma pauvreté ne fût ni une
honte pour moi ni une charge pour mes amis. J'ai pris une compagne pour obéir à l'empereur : voici les rejetons de tant de consuls,
de tant de dictateurs! Et ce langage n'est point celui du reproche,
c'est votre pitié seule que j'implore. César, sous ton règne glorieux,
mes fils obtiendront les honneurs qu'il te plaira de leur donner; en
attendant, défends de la misère les arrière-petits-fils d'Hortensius,
les nourrissons du divin Auguste. »

XXXVIII. La bonne volonté du sénat fut pour Tibère une raison
de combattre avec plus de chaleur la demande d'Hortalus. Voici à
peu près les termes dont il se servit : « Si tous les pauvres venaient
ici demander de l'argent pour leurs enfants, l'État s'épuiserait avant

sitam inter oratores,
modo Augusti,
cœpit ad hunc modum :
« Patres conscripti,
non sustuli sponte hos,
quorum videtis numerum
et pueritiam,
sed quia princeps monebat;
simul mei majores
meruerant
ut haberent posteros.
Nam ego,
qui varietate temporum
non potuissem accipere
vel parare pecuniam,
non studia populi,
neque eloquentiam, [mus,
bonum gentile nostræ do-
habebam satis
si meæ tenues res
forent nec mihi pudori,
nec cuiquam oneri :
jussus ab imperatore,
duxi uxorem.
En stirps et progenies
tot consulum,
tot dictatorum
Nec refero ista
ad invidiam, [diæ :
sed conciliandæ misericor-
assequentur,
te florente, Cæsar,
honores quos dederis;
interim defende ab inopia
pronepotes Q. Hortensii,
alumnos divi Augusti. »

placée parmi les orateurs,
tantôt celle d'Auguste,
il commença de cette manière:
« Pères conscrits,   [fants,
je n'ai pas élevé volontairement ces en-
dont vous voyez le nombre
et le bas-âge,
mais parce que le prince m'y engageait ;
en-même-temps mes ancêtres
avaient mérité
qu'ils eussent des descendants.
Car moi,
qui par l'inconstance des temps
n'avais pu recevoir
ou (ni) acquérir de l'argent,
ni les faveurs du peuple,
ni l'éloquence,
bien héréditaire de notre maison,
j'avais assez
si ma faible fortune
n'était ni pour moi à honte,
ni pour personne à charge :
engagé par l'empereur,
j'ai pris femme.
Voici la race et la progéniture
de tant de-consuls,
de tant de-dictateurs.
Et je ne rapporte pas ces faits
pour un reproche,
mais en vue de me concilier la pitié :
ils obtiendront,
toi étant florissant, César,
les honneurs que tu leur auras donnés ;
cependant défends de la misère
les arrière-petits-fils de Q. Hortensius,
les nourrissons du divin Auguste. »

XXXVIII. Inclinatio
senatus
fuit Tiberio incitamentum,
quo adversaretur promp-
usus ferme his verbis: [tius,
« Si quantum est pauperum
cœperint venire huc,
et petere pecunias
suis liberis, singuli
nunquam exsatiabuntur,
respublica deficiet.

XXXVIII. La bonne-volonté
du sénat
fut pour Tibère un stimulant,
pour qu'il s'opposât plus vivement,
ayant usé à-peu-près de ces mots :
« Si autant qu'il y a de pauvres
se mettent à venir ici,
et à demander de l'argent
pour leurs enfants, les particuliers
jamais ne seront rassasiés,
l'État s'épuisera.

Nec sane ideo a majoribus concessum est egredi aliquando relationem, et quod in commune conducat loco sententiæ proferre, ut privata negotia, res familiares nostras hic augeamus cum invidia senatus et principum, sive indulserint largitionem, sive abnuerint. Non enim preces sunt istuc, sed efflagitatio intempestiva quidem et improvisa, quum aliis de rebus convenerint patres, consurgere, et numero atque ætate liberum suorum urgere modestiam senatus, eamdem vim in me transmittere, ac velut perfringere ærarium; quod, si ambitione¹ exhauserimus, per scelera supplendum erit. Dedit tibi, Hortale, divus Augustus pecuniam, sed non compellatus, nec ea lege ut semper daretur. Languescet alioqui industria, intendetur socordia, si nullus ex se metus aut spes; et securi omnes aliena subsidia exspectabunt, sibi ignavi, no-

d'assouvir la cupidité des solliciteurs. Certes, si nos ancêtres ont permis de s'écarter quelquefois de l'objet de la délibération, et, au moment d'opiner, de proposer des vues utiles au bien public, ce n'a point été pour qu'on discutât les intérêts particuliers de sa famille et de sa fortune, en exposant le sénat et le prince à une haine inévitable, soit qu'ils accordent, soit qu'ils refusent. Non, ce ne sont point des prières, c'est une exaction importune et imprévue, que de se lever au milieu d'une assemblée réunie pour de tout autres intérêts, d'invoquer le nombre et l'âge de ses enfants pour contraindre la religion du sénat, d'exercer sur moi la même violence, et de forcer en quelque sorte les portes du trésor. Mais, si nous le vidons par notre complaisance, il nous faudra le remplir par des crimes. Le divin Auguste t'a fait des dons, Hortalus, mais de son propre mouvement, et il n'a pas mis pour condition que l'on t'en ferait toujours. L'activité s'éteindra et la paresse ira croissant, dès qu'on n'aura plus

Nec sane	Et certes,
concessum est ideo	il n'a pas été accordé pour cela
a majoribus	par *nos* ancêtres
egredi aliquando	de sortir quelquefois
relationem	de la question
et proferre	et de mettre-en-avant
loco sententiæ [ne,	au moment de *donner son* avis
quod conducat in commu-	ce qui est-utile au *bien* commun,
ut augeamus hic	afin que nous augmentions ici
negotia privata,	*nos* affaires privées,
nostras res familiares,	nos biens de-famille, [sénat
cum invidia senatus	avec (en excitant) la haine du (contre le)
et principum,	et des (contre les) princes,
sive indulserint	soit qu'ils aient accordé
largitionem,	une largesse,
sive abnuerint.	soit qu'ils *l'*aient refusée.
Non enim istuc sunt preces,	Car ce ne sont pas des prières,
sed efflagitatio	mais une sollicitation
intempestiva quidem	intempestive certes
et improvisa,	et imprévue,
quum patres convenerint	lorsque les sénateurs se sont réunis
de aliis rebus,	pour d'autres choses,
consurgere,	de se lever,
et urgere	et de presser
modestiam senatus	la modestie du sénat
numero atque ætate	par le nombre et l'âge
suorum liberum,	de ses enfants,
transmittere eamdem vim	de faire-passer la même violence
in me,	vers moi,
ac velut	et comme (en quelque sorte)
perfringere ærarium ;	de forcer le trésor-public;
quod, si exhauserimus	lequel, si nous *l'*avons épuisé
ambitione,	par complaisance,
supplendum erit	devra être rempli
per scelera.	par des crimes.
Divus Augustus	Le divin Auguste
dedit tibi pecuniam,	a donné à toi de l'argent,
Hortale,	Hortalus,
sed non compellatus,	mais n'*en* ayant pas été requis,
nec ea lege,	ni à cette condition,
ut semper daretur.	que toujours il *t'en* serait donné.
Alioqui	D'ailleurs
industria languescet,	l'activité languira,
socordia intendetur,	la paresse se développera,
si nullus metus aut spes	si aucune crainte ou (ni) *aucun* espoir
ex se ;	*ne vient* de soi;
et omnes exspectabunt	et tous attendront

bis graves. » Hæc atque talia, quanquam cum assensu audita ab his quibus omnia principum honesta atque inhonesta
laudare mos est, plures per silentium aut occultum murmur
excepere : sensitque Tiberius ; et, quum paulum reticuisset,
Hortalo se respondisse ait ; ceterum, si patribus videretur, da-
turum liberis ejus ducena sestertia[1] singulis, qui sexus virilis
essent. Egere alii grates ; siluit Hortalus, pavore, an avitæ
nobilitatis etiam inter angustias fortunæ retinens[2]. Neque
misertus est posthac Tiberius, quamvis domus Hortensii pu-
dendam ad inopiam delaberetur.

XXXIX. Eodem anno mancipii unius audacia, ni mature
subventum foret, discordiis armisque civilibus rempublicam
perculisset. Postumi Agrippæ[3] servus, nomine Clemens, comperto fine Augusti, pergere in insulam Planasiam, et fraude
aut vi raptum Agrippam ferre ad exercitus Germanicos, non

rien à espérer ou à craindre de soi-même ; tous attendront les secours d'autrui dans une lâche sécurité, inutiles à eux-mêmes, onéreux à l'État. » Ce discours, approuvé par cette sorte d'hommes ha-
bitués à tout louer chez les princes, le mal comme le bien, fut accueilli généralement par un profond silence ou de sourds murmures.
Tibère s'en aperçut ; aussi, après s'être tu un moment, il ajouta
« qu'il avait répondu à Hortalus, mais que, si le sénat l'agréait, il
donnerait deux cent mille sesterces à chacun de ses enfants mâles. »
Le sénat le remercia ; Hortalus ne dit rien, soit qu'il fût intimidé,
soit qu'au sein de la misère il conservât encore la noble fierté de ses ancêtres. Depuis, les descendants d'Hortensius tombèrent dans une pauvreté déplorable, sans que Tibère éprouvât pour eux la moindre pitié.

XXXIX. Cette même année, l'audace d'un seul esclave, si on ne
l'eût réprimée à temps, eût replongé l'État dans les discordes et les
guerres civiles. Un esclave de Postumus Agrippa, nommé Clémens,
apprenant la mort d'Auguste, imagina de se rendre dans l'île de
Planasie, d'y enlever Agrippa par force ou par ruse, et de le conduire aux armées de Germanie. Ce projet, qui n'était point celui

securi	en-sécurité
subsidia aliena,	les secours d'-autrui, [nons.»
ignavi sibi, graves nobis.»	lâches pour eux-mêmes, onéreux pour
Hæc atque talia,	Ces *mots* et *d'autres* tels,
quanquam audita	bien qu'entendus
cum assensu	avec assentiment
ab his quibus est mos	par ceux à qui est la coutume
laudare omnia principum	de louer toutes choses des princes
honesta atque inhonesta,	honnêtes et non-honnêtes,
plures excepere	de plus nombreux *les* accueillirent
per silentium	par le silence
aut murmur occultum :	ou *par* un murmure sourd :
Tiberiusque sensit ;	et Tibère s'*en* aperçut ;
et, quum reticuisset	et, après qu'il se fut tu
paulum,	un peu,
ait se respondisse	il dit lui avoir répondu
Hortalo ;	à Hortalus ;
ceterum,	au reste,
si videretur patribus,	s'il semblait *bon* aux sénateurs,
daturum ducena sestertia	*lui* devoir donner deux-cent *mille* sesterces
singulis liberis ejus	à chacun-des enfants de lui
qui essent sexus virilis.	qui étaient du sexe viril.
Alii egere grates ;	Les autres *lui* rendirent grâces ;
Hortalus siluit, pavore,	Hortalus se tut, par crainte,
an retinens	ou conservant *quelque chose*
nobilitatis avitæ,	de la noblesse de-*ses*-aïeux,
etiam inter angustias	même dans la détresse
fortunæ.	de *sa* fortune.
Neque posthac Tiberius	Et désormais Tibère
misertus est,	n'eut-pas-pitié *de lui*,
quamvis domus Hortensii	quoique la famille d'Hortensius
delaberetur	tombât
ad inopiam pudendam.	dans une misère humiliante.
XXXIX. Eodem anno	XXXIX. La même année
audacia unius mancipii,	l'audace d'un seul esclave, [ment
ni subventum foret mature,	si l'on n'y eût porté-remède prompte
perculisset rempublicam	aurait troublé l'État
discordiis	par des discordes
armisque civilibus.	et des armes civiles.
Servus Postumi Agrippæ,	Un esclave de Postumus Agrippa,
Clemens nomine,	Clémens de nom,
fine Augusti comperto,	la fin d'Auguste étant connue,
concepit animo non servili	conçut dans *son* âme non servile
pergere	*le projet* de se rendre
in insulam Planasiam,	dans l'île *de* Planasie,
et ferre	et de porter
ad exercitus Germanicos	aux armées de-Germanie

servili animo concepit. Ausa ejus impedivit tarditas onerariæ
navis; atque interim patrata cæde, ad majora et magis præ-
cipitia conversus, furatur cineres, vectusque Cosam¹, Etruriæ
promontorium, ignotis locis sese abdit, donec crinem bar-
bamque promitteret : nam ætate et forma haud dissimili in dominum erat. Tum, per idoneos et secreti ejus socios, cre-
brescit vivere Agrippam, occultis primum sermonibus, ut
vetita solent, mox vago rumore apud imperitissimi cujusque
promptas aures, aut rursum apud turbidos eoque nova cu-
pientes. Atque ipse adire municipia obscuro diei, neque pro-
palam adspici, neque diutius iisdem locis; sed, quia veritas
visu et mora, falsa festinatione et incertis valescunt, relinquebat famam aut præveniebat ².

XL. Vulgabatur interim per Italiam servatum munere deum
Agrippam; credebatur Romæ, jamque Ostiam invectum mul-

d'une âme servile, échoua par la lenteur du vaisseau qui portait
Clémens, et, dans l'intervalle, on se défit d'Agrippa. Clémens forme
alors un dessein plus grand et plus périlleux : il enlève les cendres
de son maître. aborde à Cosa, promontoire d'Étrurie, s'y cache
dans des lieux déserts, laisse croître sa barbe et ses cheveux : il
avait à peu près l'âge et les traits du jeune prince. Puis, par le
moyen de quelques émissaires qu'il avait mis dans sa confidence, il
sème adroitement le bruit qu'Agrippa est vivant. D'abord, c'est un
secret qui se dit à voix basse, comme tout ce qui est défendu; bientôt la nouvelle s'accrédite dans la foule ignorante, et aussi auprès
de ces esprits turbulents qui ne désirent que révolutions. Lui-même
il va dans les villes, n'y paraissant que le soir, jamais en public,
jamais longtemps aux mêmes lieux ; sûr que, si le temps et l'examen
font prévaloir le vrai, le faux s'accrédite par l'incertitude et la précipitation, il laisse derrière lui la renommée ou la devance.

XL. Cependant on publiait dans l'Italie que les dieux avaient
sauvé Agrippa. Rome le croyait; et déjà l'imposteur, débarqué à

Agrippam raptum | Agrippa enlevé
fraude aut vi. | par ruse ou par violence.
Tarditas navis onerariæ | La lenteur d'un navire de-charge
impedivit ausa ejus ; | empêcha les entreprises de lui ;
atque, cæde patrata | et, le meurtre ayant été exécuté
interim, | dans-l'intervalle,   [grands
conversus ad majora | s'étant tourné vers des *desseins* plus
et magis præcipitia, | et plus périlleux,
furatur cineres, | il dérobe les cendres *du prince*,
vectusque Cosam, | et ayant été transporté à Cosa,
promontorium Etruriæ, | promontoire d'Étrurie,
sese abdit locis ignotis, | il se cache dans des lieux inconnus,
donec promitteret | jusqu'à ce qu'il eût laissé croître
crinem barbamque : | cheveux et barbe :
nam erat ætate et forma | car il était d'âge et d'extérieur
haud dissimili | non différent
in dominum. | par-rapport-à *son* maître.
Tum, per idoneos | Alors, par des *gens* habiles
et socios secreti ejus, [re, | et associés au secret de lui,   [vivre,
crebrescit Agrippam vive- | il s'ébruite (le bruit se répand) Agrippa
primum | d'abord
sermonibus occultis, | par des propos secrets,
ut vetita | comme les choses défendues
solent, | ont-coutume *de s'ébruiter*,
mox rumore vago | puis par une rumeur qui-circule
apud aures promptas | aux oreilles toutes-prêtes
cujusque imperitissimi, | de chaque *homme* très-ignorant,
aut rursum apud turbidos, | ou encore auprès des *gens* turbulents,
eoque cupientes nova. | et pour cela désirant les nouveautés.
Atque ipse adire municipia | Et lui-même d'aller-dans les municipes
obscuro diei, | au *moment* obscur du jour,
neque adspici propalam, | et de ne pas se-faire-voir en-public,
neque diutius iisdem locis ; | ni trop longtemps aux mêmes lieux ;
sed, quia veritas | mais, comme la vérité *s'accrédite*
visu et mora, | par la vue et les délais,
falsa valescunt | *et que* les choses fausses s'accréditent
festinatione et incertis, | par la précipitation et les incertitudes,
relinquebat famam, | il laissait *derrière lui* la renommée,
aut præveniebat. | ou *la* devançait.
XL. Interim vulgabatur | XL. Cependant il se divulguait
per Italiam | dans l'Italie
Agrippam servatum | Agrippa *avoir été* sauvé
munere deum ; | par un don (bienfait) des dieux ;
credebatur Romæ, | *cela* était cru à Rome,
jamque ingens multitudo | et déjà une grande multitude
celebrabant | escortait *lui*
invectum Ostiam, | entré-dans Ostie,

titudo ingens, jam in Urbe clandestini cœtus celebrabant [1];
quum Tiberium anceps cura distrahere, vine militum servum
suum [2] coerceret, an inanem credulitatem tempore ipso vanescere sineret. Modo nihil spernendum, modo non omnia
metuenda, ambiguus pudoris ac metus, reputabat. Postremo
dat negotium Sallustio Crispo : ille e clientibus duos (quidam
milites fuisse tradunt) deligit, atque hortatur simulata conscientia adeant, offerant pecuniam, fidem atque pericula polliceantur. Exsequuntur ut jussum erat ; dein, speculati noctem
incustoditam, accepta idonea manu, vinctum clauso ore
in palatium traxere. Percontanti Tiberio quomodo Agrippa
factus esset, respondisse fertur : « Quomodo tu Cæsar. » Ut
ederet socios subigi non potuit. Nec Tiberius pœnam ejus palam ausus, in secreta palatii parte interfici jussit, corpusque
clam auferri ; et, quanquam multi e domo principis, equites-

Ostie, avait été reçu par une foule immense ; déjà, dans Rome même,
il se formait autour de lui des réunions clandestines. L'inquiétude
gagna Tibère : incertain s'il enverrait des troupes contre son esclave,
ou s'il laisserait ce vain fantôme se dissiper de lui-même; tantôt se
disant qu'il ne faut rien mépriser, et tantôt qu'il ne faut pas tout
craindre ; combattu par la honte et par la peur, il s'en remet enfin à
Sallustius Crispus. Celui-ci choisit deux de ses clients, d'autres disent des soldats, et les charge d'aller trouver le faux Agrippa, de
se donner à lui pour des auxiliaires dévoués, de lui offrir leur bourse,
leur fidélité, leur courage. Ils suivent l'instruction. Une nuit que le
fourbe n'était point sur ses gardes, appuyés d'une force suffisante, il
le lient et le traînent au palais, un bâillon dans la bouche. Tibère
lui demanda comment il était devenu Agrippa. On prétend qu'il lui
répondit : « Comme tu es devenu César. » On ne put le contraindre
à déclarer ses complices; et Tibère, n'osant hasarder en public le
supplice de cet homme, le fit mourir dans un endroit retiré du palais. On emporta le corps secrètement, et, quoiqu'il se débitât que
plusieurs personnes de la maison du prince, que des chevaliers et des

jam in Urbe — déjà dans la ville (dans Rome)
cœtus clandestini ; — des réunions clandestines *l'entouraient* ;
quum cura anceps — lorsqu'un souci double
distrahere Tiberium, — *commence à* tourmenter Tibère,
coerceretne suum servum — s'il réprimerait son esclave
vi militum, — par la force des soldats,
an sineret vanescere — ou s'il laisserait s'évanouir
tempore ipso — par le temps même
inanem credulitatem. — une vaine crédulité.
Ambiguus pudoris ac me- — Partagé-entre la honte et la crainte,
reputabat modo   [tus — il pensait tantôt
nihil spernendum , — rien n'*être* à-mépriser,
modo — tantôt
omnia non metuenda. — tout n'*être* pas à-craindre.
Postremo dat negotium — Enfin il donne commission
Sallustio Crispo: — à Sallustius Crispus:
ille deligit — celui-là choisit
duos e clientibus — deux de *ses* clients
(quidam tradunt — (quelques-uns rapportent
fuisse milites), — *eux* avoir été des soldats),
atque hortatur adeant — et *les* engage à ce qu'ils *l'*aillent-trouver
conscientia simulata, — avec une complicité simulée,
offerant pecuniam, — qu'ils *lui* offrent de l'argent,
polliceantur fidem — *lui* promettent fidélité
atque pericula.   [erat ; — et périls *à courir avec lui.*
Exsequuntur ut jussum — Ils exécutent comme il avait été ordonné ;
dein, speculati — puis, ayant épié
noctem incustoditam — une nuit non-gardée,
manu idonea accepta, — une troupe suffisante ayant eté reçue,
traxere in palatium, — ils *l'*entraînèrent au palais,
vinctum, ore clauso. — lié, la bouche fermée (bâillonnée).
Tiberio percontanti — A Tibère *lui* demandant
quomodo — comment
factus esset Agrippa, — il était devenu Agrippa,
fertur respondisse : — il est dit avoir répondu :
« Quomodo tu Cæsar. » — « Comme tu *es devenu* César. »
Non potuit subigi — Il ne put être contraint
ut ederet socios. — à ce qu'il fît-connaître *ses* complices.
Nec Tiberius — Et Tibère
ausus palam — n'ayant pas osé ouvertement
pœnam ejus, — le supplice de lui,
jussit interfici — ordonna *lui* être tué
in parte secreta palatii, — dans une partie secrète du palais,
corpusque auferri clam ; — et *son* corps être enlevé secrètement ;
et, quanquam multi — et, quoique plusieurs
e domo principis, — de la maison du prince,
equitesque ac senatores, — et des chevaliers et des sénateurs,

que ac senatores, sustentasse opibus, juvisse consiliis dicerentur, haud quæsitum.

XLI. Fine anni arcus propter ædem Saturni, ob recepta signa cum Varo amissa, ductu Germanici, auspiciis Tiberii ; et ædes Fortis Fortunæ, Tiberim juxta, in hortis quos Cæsar dictator populo Romano legaverat ; sacrarium genti Juliæ effigiesque divo Augusto, apud Bovillas ¹, dicantur. C. Cæcilio, L. Pomponio consulibus, Germanicus Cæsar, ante diem septimum calendas junias, triumphavit ² de Cheruscis Cattisque et Angrivariis, quæque aliæ nationes usque ad Albim colunt : vecta spolia, captivi, simulacra montium, fluminum, prœliorum ; bellumque, quia conficere prohibitus erat, pro confecto accipiebatur. Augebat intuentium visus eximia ipsius species, currusque quinque liberis ⁵ onustus ; sed suberat occulta formido reputantibus haud prosperum in Druso, patre ejus, favorem vulgi ; avunculum ⁴ ejusdem Marcellum flagran-

sénateurs l'avaient soutenu de leur argent ou de leurs conseils, on ne fit aucune recherche.

XLI. A la fin de l'année, on éleva un arc de triomphe près du temple de Saturne, en mémoire de ce que Germanicus, sous les auspices de Tibère, avait recouvré les aigles perdues de Varus. On dédia, près du Tibre, dans les jardins que le dictateur César avait légués au peuple romain, un temple à la déesse Fors Fortuna, et dans la cité de Bovilles une chapelle à la famille Julia, avec une statue pour le divin Auguste. Sous le consulat de C. Cécilius et de L. Pomponius, le septième jour avant les calendes de juin, Germanicus César triompha des Chérusques, des Cattes, des Angrivariens et des autres nations qui habitent entre le Rhin et l'Elbe. Les dépouilles, les captifs, les représentations des montagnes, des fleuves, des combats, précédaient le triomphateur. La guerre était regardée comme terminée par lui, parce qu'on l'avait empêché de la finir. Mais ce qui surtout fixait les regards, c'était la beauté majestueuse de Germanicus. et les cinq enfants dont son char était rempli. Toutefois on ne pouvait se défendre d'un secret sentiment de crainte en songeant que la faveur du peuple avait été fatale à son père Drusus, que son oncle

dicerentur sustentasse opibus, — fussent dits l'avoir soutenu de leur fortune,

juvisse consiliis, — l'avoir aidé de leurs conseils,

haud quæsitum. — il ne fut pas fait-d'enquête.

XLI. Fine anni — XLI. À la fin de l'année

arcus, — un arc de triomphe,

propter ædem Saturni, — près du temple de Saturne,

ob signa amissa cum Varo — à cause des étendards perdus avec Varus

recepta, ductu Germanici, — recouvrés, sous la conduite de Germani-

auspiciis Tiberii, — sous les auspices de Tibère, [cus,

et ædes Fortis Fortunæ — et un temple de Fors Fortuna

juxta Tiberim, in hortis — près du Tibre, dans les jardins

quos dictator Cæsar — que le dictateur César

legaverat populo Romano; — avait légués au peuple romain;

sacrarium — un sanctuaire (une chapelle)

genti Juliæ, — à la famille Julia,

effigiesque divo Augusto — et une statue au divin Auguste

apud Bovillas, — à Bovilles,

dicantur. — sont consacrés.

C. Cæcilio, L. Pomponio — C. Cécilius, L. Pomponius

consulibus, — étant consuls,

Germanicus Cæsar, — Germanicus César,

ante septimum diem — le septième jour avant

kalendas junias, — les calendes de-juin,

triumphavit de Cheruscis — triompha des Chérusques,

Cattisque et Angrivariis. — et des Cattes et des Angrivariens,

quæque aliæ nationes co- — et des autres nations qui habitent

usque ad Albim: [lunt — jusqu'à l'Elbe:

spolia vecta, captivi, — des dépouilles furent traînées, des captifs,

simulacra montium, — des simulacres de montagnes,

fluminum, prœliorum; — de fleuves, de combats;

bellumque accipiebatur — et la guerre était reçue

pro confecto, — pour finie,

quia prohibitus erat — parce qu'il avait été empêché

conficere. — de l'achever.

Augebat visus intuentium — Ce qui rehaussait la vue des spectateurs

eximia species — c'était le remarquable extérieur

ipsius, — de lui-même,

currusque — et son char

onustus quinque liberis; — chargé de ses cinq enfants;

sed formido occulta — mais une crainte secrète

suberat reputantibus — etait-en eux qui songeaient

favorem vulgi — la faveur du peuple

haud prosperum in Druso, — n'avoir pas été heureuse pour Drusus,

patre ejus; — père de lui;

Marcellum — Marcellus

avunculum ejusdem — oncle du même

tibus plebis studiis intra juventam ereptum ; breves et infaustos populi Romani amores [1].

XLII. Ceterum Tiberius, nomine Germanici, trecenos plebi
sestertios [2] viritim dedit, seque collegam consulatui ejus dc-
stinavit. Nec ideo sinceræ caritatis fidem assecutus , amoliri
juvenem specie honoris statuit ; struxitque causas , aut forte
oblatas arripuit. Rex Archelaus [3] quinquagesimum annum
Cappadocia [4] potiebatur , invisus Tiberio, quod eum , Rhodi
agentem, nullo officio coluisset [5]. Nec id Archelaus per superbiam omiserat, sed ab intimis Augusti monitus ; quia, florente
C. Cæsare [6] missoque ad res Orientis , intuta Tiberii amicitia
credebatur. Ut, versa Cæsarum sobole, imperium adeptus est,
elicit Archelaum matris litteris, quæ, non dissimulatis filii offensionibus , clementiam offerebat , si ad precandum veniret.
Ille, ignarus doli, vel, si intelligere crederetur, vim metuens,
in Urbem properat ; exceptusque immiti a principe , et mox

Marcellus s'était vu enlever, dans la fleur de la jeunesse , aux adorations de l'empire, que les amours du peuple romain étaient courtes
et malheureuses.

XLII. Tibère , au nom de Germanicus, fit distribuer au peuple
trois cents sesterces par tête, et voulut être son collègue dans le consulat. On n'en crut pas plus pour cela à la sincérité de sa tendresse ;
bientôt , en effet , il résolut de l'écarter sous des prétextes honorables,
bles , et il en fit naître l'occasion, ou du moins la saisit avidement.
Archélaüs , depuis cinquante ans , régnait sur la Cappadoce. Il était
haï de Tibère , à qui il n'avait rendu aucun hommage du temps
que ce prince séjournait à Rhodes. Archélaüs n'avait point agi en
cela par orgueil, mais par le conseil des amis d'Auguste ; car, dans
le temps que Caius César était tout-puissant et chargé des affaires de
l'Orient, il y avait quelque péril à marquer de l'attachement pour
Tibère. Lorsque la postérité des Césars fut détruite, Tibère , maître
de l'empire , fit écrire par sa mère une lettre dans laquelle, sans dissimuler les ressentiments de son fils, elle assurait Archélaüs du par-
don, s'il venait le solliciter en personne. Ce monarque, ne soupçon-
nant point le piége , ou craignant quelque violence s'il montrait des
soupçons, s'empressa de se rendre à Rome. Il fut reçu avec dureté
par le prince , et bientôt accusé dans le sénat. Redoutant peu une

ereptum intra juventam
studiis flagrantibus plebis;
amores populi Romani
breves et infaustos.

avoir *été* ravi dans *sa* jeunesse
à l'affection ardente du peuple;
les amours du peuple romain
être courtes et malheureuses.

XLII. Ceterum Tiberius
dedit plebi,
nomine Germanici,
trecenos sestertios viritim,
seque destinavit collegam
consulatui ejus.
Nec assecutus ideo
fidem caritatis sinceræ,
statuit amoliri juvenem
specie honoris ;
struxitque causas,
aut arripuit oblatas forte.
Rex Archelaus
potiebatur Cappadocia
quinquagesimum annum,
invisus Tiberio,
quod coluisset
nullo officio
eum, agentem Rhodi.
Nec Archelaus omiserat id
per superbiam,
sed monitus
ab intimis Augusti ;
quia amicitia Tiberii
credebatur intuta,
C. Cæsare florente
missoque
ad res Orientis.
Ut, sobole Cæsarum versa,
adeptus est imperium,
elicit Archelaum
litteris matris,
quæ, offensionibus filii
non dissimulatis,
offerebat clementiam,
si veniret ad precandum.
Ille, ignarus doli,
vel metuens vim,
si videretur intelligere,
properat in Urbem ;
exceptusque
a principe immiti,
et mox accusatus in senatu,

XLII. Au reste Tibère
donna au peuple,
au nom de Germanicus,
trois cents sesterces par-tête,
et se désigna *lui-même* pour collègue
au consulat de lui.
Et n'ayant pas obtenu pour-cela
la foi en une tendresse sincère,
il résolut d'écarter le jeune *prince*
sous prétexte d'honneur ;
et il créa des motifs,
ou *en* saisit qui s'offrirent par-hasard.
Le roi Archélaüs
était-maître de la Cappadoce   [ans),
depuis la cinquantième année (cinquante
odieux à Tibère,
parcequ'il *n'*avait honoré
d'aucun hommage
lui, vivant à Rhodes.
Et Archélaüs n'avait pas omis cela
par orgueil,
mais averti
par les *amis* intimes d'Auguste;
parce que l'amitié de Tibère
était crue peu-sûre (dangereuse).
C. César florissant
et ayant été envoyé
pour les affaires de l'Orient.   [truite,
Dès que, la race des Césars ayant été dé-
il (Tibère) eut obtenu l'empire,
il attire Archélaüs
par une lettre de *sa* mère,
qui, les ressentiments de *son* fils
n'étant pas dissimulés,
lui offrait la clémence,
s'il venait pour *le* prier.
Celui-là, ignorant la ruse,
ou craignant *quelque* violence,
s'il paraissait *la* comprendre,
se hâte *de venir* à la ville (à Rome) ;
et reçu
par un prince inclément,
et bientôt accusé dans le sénat,

accusatus in senatu , non ob crimina quæ fingebantur , sed
angore, simul fessus senio, et quia regibus æqua, nedum infi-
ma , insolita sunt, finem vitæ , sponte an fato, implevit.
Regnum in provinciam redactum est[1], fructibusque ejus levari
posse centesimæ vectigal[2] professus, Cæsar ducentesimam
in posterum statuit. Per idem tempus Antiocho Commagenorum[3], Philopatore Cilicum regibus defunctis, turbabantur
nationes, plerisque Romanum, aliis regium imperium cupientibus ; et provinciæ Syria atque Judæa, fessæ oneribus , deminutionem tributi orabant.

XLIII. Igitur hæc, et de Armenia quæ supra memoravi, apud
patres disseruit : « Nec posse motum Orientem , nisi Germanici sapientia, componi : nam suam ætatem vergere, Drusi[4]
nondum satis adolevisse. » Tunc, decreto patrum, permissæ
Germanico provinciæ quæ mari dividuntur, majusque imperium, quoquo adisset, quam his qui sorte[5] aut missu principis

accusation qui ne portait sur aucun fait réel , mais accablé par le
chagrin, la vieillesse et le dégoût d'une position subalterne, insup-
portable aux rois, que l'égalité même révolte, une mort, peut-
être volontaire, mit bientôt fin à ses jours. Son royaume fut
réduit en province romaine ; Tibère déclara qu'avec le revenu de
ce pays on pouvait diminuer l'impôt du centième, et il le réduisit en effet de moitié. Dans le même temps, la Commagène et
la Cilicie, sans rois depuis la mort d'Antiochus et celle de Philopator, étaient pleines de troubles : les uns demandaient les Romains
pour maîtres, les autres préféraient des rois ; d'un autre côté, la Syrie et la Judée, accablées sous le poids des subsides, sollicitaient un
soulagement.

XLIII. Tibère exposa donc devant le sénat toutes ces affaires et
celles de l'Arménie, dont j'ai parlé plus haut. « L'Orient, suivant
lui , ne pouvait être pacifié que par la sagesse de Germanicus. Quant
à lui, il était sur le déclin de son âge, et Drusus n'avait point encore assez de maturité. » Alors un décret du sénat déféra à Germanicus le gouvernement de toutes les provinces d'outre-mer, avec une
autorité supérieure à celle des lieutenants du prince ou du sénat,

implevit finem vitæ,	il accomplit la fin de *sa* vie,
sponte an fato,	par *sa* volonté ou par le destin,
non ob crimina	non à cause des accusations
quæ fingebantur,	qui étaient feintes,
sed angore,	mais par chagrin,
simul fessus senio,	en-même-temps épuisé de vieillesse,
et quia æqua	et parce que les *conditions* égales
sunt insolita regibus,	sont insolites pour les rois, [*soient pas.*
nedum infima.	bien-loin-que les *conditions* infimes *ne le*
Regnum redactum est	*Son* royaume fut réduit
in provinciam,	en province,
Cæsarque professus	et César ayant déclaré
vectigal centesimæ	l'impôt du centième
posse levari	pouvoir être allégé
fructibus ejus,	par les revenus de ce *royaume*,
statuit ducentesimam	établit un deux-centième
in posterum.	pour l'avenir.
Per idem tempus	Pendant le même temps
regibus defunctis	*deux* rois étant morts
Antiocho Commagenorum,	Antiochus *roi* des Commagéniens,
Philopatore Cilicum,	Philopator *roi* des Ciliciens,
nationes turbabantur,	*ces* nations étaient agitées,
plerisque cupientibus	la plupart désirant
imperium Romanum,	l'autorité romaine,
aliis regium ;	les autres, l'*autorité* royale;
et provinciæ	et les provinces
Syria atque Judææ,	*de* Syrie et *de* Judée,
fessæ oneribus,	épuisées de charges,
orabant deminutionem	sollicitaient une diminution
tributi.	de tribut.
XLIII. Igitur	XLIII. Donc
disseruit apud patres	il exposa devant les sénateurs
hæc,	ces *affaires*,
et quæ memoravi supra	et *celles* que j'ai rapportées plus-haut
de Armenia :	touchant l'Arménie :
« Nec Orientem motum	« Et l'Orient troublé
posse componi	ne pouvoir être pacifié
nisi sapientia Germanici ;	sinon par la sagesse de Germanicus ;
nam suam ætatem vergere,	car son âge décliner,
Drusi	*celui* de 'Drusus
nondum adolevisse satis. »	n'avoir pas encore crû assez. »
Tunc, decreto patrum,	Alors, par un décret des sénateurs,
provinciæ	les provinces
quæ dividuntur mari	qui sont séparées par la mer
permissæ Germanico,	*furent* confiées à Germanicus,
imperiumque majus,	et une autorité plus grande,
quoquo adisset,	partout-où il serait allé,

obtinerent. Sed Tiberius demoverat Syria Creticum Silanum,
per affinitatem connexum Germanico; quia Silani filia Neroni,
vetustissimo liberorum ejus, pacta erat : præfeceratque Cn.
Pisonem, ingenio violentum et obsequii ignarum, insita ferocia a patre Pisone, qui, civili bello, resurgentes in Africa
partes acerrimo ministerio adversus Cæsarem juvit; mox
Brutum et Cassium secutus, concesso reditu, petitione honorum abstinuit, donec ultro ambiretur delatum ab Augusto consulatum ¹ accipere. Sed, præter paternos spiritus, uxoris
quoque Plancinæ ² nobilitate et opibus accendebatur. Vix
Tiberio concedere; liberos ejus, ut multum infra, despectare;
nec dubium habebat se delectum qui Syriæ imponeretur, ad
spes Germanici coercendas. Credidere quidam data et a Tiberio occulta mandata; et Plancinam haud dubie Augusta mo-

dans tous les lieux où il se trouverait. Mais Tibère avait pris soin de
retirer de la Syrie Créticus Silanus, allié de Germanicus, car sa fille
était fiancée à Néron, l'aîné des enfants de Germanicus. Il avait mis
à sa place Cn. Pison, homme d'un caractère violent, incapable d'é-
gards, héritier de la fierté de son père Pison, qui, dans la guerre
civile, servit avec la plus grande animosité contre César, lorsque le
parti de Pompée se releva en Afrique; s'attacha depuis à Brutus et
à Cassius, et enfin, ayant obtenu la permission de revenir à Rome,
s'abstint de demander des honneurs, jusqu'au moment où l'on vint
le solliciter d'accepter le consulat qu'Auguste lui offrait. Cet orgueil,
que Pison tenait de son père, était encore exalté par la naissance et
les richesses de sa femme Plancine. Il le cédait à peine au prince
lui-même, dont il regardait les enfants comme fort au-dessous de
lui; et il ne doutait pas qu'on ne l'eût envoyé en Syrie exprès pour
traverser les espérances de Germanicus. Quelques-uns même ont cru
que Tibère lui avait donné des ordres secrets. Ce qu'il y a de cer-

quam his qui obtinerent	qu'à ceux qui obtenaient *ces provinces*
sorte aut missu principis.	par le sort ou par une mission du prince.
Sed Tiberius	Mais Tibère
demoverat Syria	avait retiré de la Syrie
Creticum Silanum,	Créticus Silanus,
connexum Germanico	uni à Germanicus
per affinitatem ;	par parenté ;
quia filia Silani	parce que la fille de Silanus
pacta erat Neroni,	avait été promise à Néron,
vetustissimo	le plus âgé
liberorum ejus :	des fils de lui :
præfeceratque	et il avait mis-à-la-tête *de la province*
Cn. Pisonem,	Cn. Pison,
violentum ingenio	violent de caractère
et ignarum obsequii,	et ignorant (incapable) d'égards,
ferocia	d'une fierté
insita a patre Pisone,	mise-en *lui* par *son* père Pison,
qui, bello civili,	qui, dans la guerre civile,
juvit ministerio acerrimo	aida d'un service très-actif
adversus Cæsarem	contre César
partes resurgentes	le parti qui se relevait
in Africa ;	en Afrique ;
mox secutus	puis ayant suivi
Brutum et Cassium,	Brutus et Cassius,
reditu concesso,	le retour *lui* ayant été accordé,
abstinuit	s'abstint
petitione honorum,	de *toute* demande d'honneurs,
donec ambiretur ultro	jusqu'à ce qu'il fut sollicité spontanément
accipere consulatum	de recevoir le consulat
delatum ab Augusto. [nos,	offert par Auguste.
Sed, præter spiritus pater-	Mais, outre l'orgueil paternel,
accendebatur quoque	il était enflammé aussi
nobilitate et opibus	par la noblesse et la fortune
uxoris Plancinæ.	de *son* épouse Plancine.
Concedere vix Tiberio ;	De le-céder à peine à Tibère ;
despectare liberos ejus	de mépriser les enfants de lui (Tibère)
ut multum infra ;	comme *étant* beaucoup au-dessous *de lui-*
nec habebat dubium	et il n'avait pas *pour* douteux [*même*;
se delectum,	lui *avoir été* choisi, [Syrie,
qui imponeretur Syriæ	*comme quelqu'un* qui était préposé à la
ad coercendas spes	pour réprimer les espérances
Germanici.	de Germanicus.
Quidam credidere	Quelques-uns crurent
et mandata occulta	aussi des instructions secrètes
data a Tiberio ;	*avoir été* données par Tibère ;
et haud dubie	et non d'une-manière-incertaine (indubi-
Augusta	Augusta [tablement)

nuit muliebri æmulatione Agrippinam insectandi[1]. Divisa namque et discors aula erat, tacitis in Drusum aut Germanicum
studiis. Tiberius, ut proprium et sui sanguinis, Drusum fovebat: Germanico alienatio patrui amorem apud ceteros auxerat,
et quia claritudine materni generis anteibat, avum M. Antonium, avunculum Augustum[2] ferens; contra Druso proavus
eques Romanus, Pomponius Atticus, dedecere Claudiorum
imagines videbatur. Et conjux Germanici, Agrippina, fecunditate ac fama Liviam, uxorem Drusi[3], præcellebat. Sed fratres egregie concordes, et proximorum certaminibus inconcussi.

XLIV. Nec multo post Drusus in Illyricum missus est, ut
suesceret militiæ, studiaque exercitus pararet; simul juvenem,
urbano luxu lascivientem, melius in castris haberi Tiberius,
seque tutiorem rebatur, utroque filio legiones obtinente. Sed
Suevi prætendebantur, auxilium adversus Cheruscos orantes.

tain, c'est qu'Augusta recommanda expressément à Plancine de fa-
tiguer Agrippine par des rivalités continuelles. Car la cour était
divisée en deux partis, dont l'un penchait secrètement pour Drusus,
l'autre pour Germanicus. Tibère soutenait en Drusus son propre
sang, et Germanicus, haï de son oncle, en était plus cher aux Romains. D'ailleurs, sa naissance était supérieure du côté maternel,
où il avait pour aïeul Marc-Antoine et pour oncle Auguste; tandis
que, dans la même ligne, Drusus trouvait pour bisaieul un simple
chevalier romain, Pomponius Atticus, dont l'image semblait déparer
celles des Claudes. Enfin, Agrippine, femme de Germanicus, éclip-
sait, par sa fécondité et sa bonne réputation, Livie, femme de Drusus. Mais les deux frères, toujours unis au milieu des débats de
leurs proches, conservaient une concorde inaltérable.

XLIV. Peu de temps après, Drusus fut envoyé en Illyrie, afin
d'apprendre l'art de la guerre et de se concilier l'affection des soldats. D'ailleurs Tibère redoutait pour sa jeunesse les plaisirs de la
ville, et pensait qu'il serait mieux dans les camps; il se croyait lui-
même plus en sûreté, lorsque ses deux fils étaient à la tête des
légions. Mais les Suèves fournirent un prétexte, en demandant des
secours contre les Chérusques. En effet, libres de toute crainte étran-

monuit Plancinam
insectandi Agrippinam
æmulatione muliebri.
Namque aula
erat divisa et discors
studiis tacitis   [cum.
in Drusum aut Germani-
Tiberius fovebat Drusum
ut proprium
et sui sanguinis :
alienatio patrui
auxerat Germanico
amorem apud ceteros,
et quia anteibat
claritudine
generis materni,
ferens avum M. Antonium,
avunculum Augustum ;
contra Pomponius Atticus,
eques Romanus,
proavus Druso,
videbatur dedecere
imagines Claudiorum.
Et Agrippina,
conjux Germanici,
præcellebat
fecunditate ac fama
Liviam, uxorem Drusi.
Sed fratres
egregie concordes,
et inconcussi certaminibus
proximorum.
   XLIV. Nec multo post
Drusus missus est
in Illyriam,
ut suesceret militiæ,
pararetque studia
exercitus ;
simul Tiberius rebatur
juvenem,
lascivientem luxu urbano,
haberi melius in castris,
seque tutiorem,
utroque filio
obtinente legiones.
Sed Suevi
prætendebantur,

avertit Plancine
de persécuter Agrippine
par une rivalité de-femme.
Car la cour
était divisée et désunie
par des passions secrètes
pour Drusus ou Germanicus.
Tibère favorisait Drusus
comme sien
et de son sang :
l'aversion de *son* oncle
avait augmenté pour Germanicus
l'affection chez les autres,
aussi parce qu'il *l*'emportait
par l'éclat
de *sa* race maternelle,
présentant *pour* aïeul M. Antoine,
pour oncle Auguste ;
au contraire Pomponius Atticus,
chevalier romain,
bisaïeul à (de) Drusus,
semblait déparer
les images des Claudes.
Et Agrippine,
épouse de Germanicus,
surpassait
par *sa* fécondité et *sa* réputation
Livie, épouse de Drusus.
Mais les *deux* frères
étaient admirablement unis,
et non-ébranlés par les rivalités
de *leurs* proches.
   XLIV. Et non beaucoup après
Drusus fut envoyé
en Illyrie,   [mes,
afin qu'il s'accoutumât au métier-des-ar-
et gagnât l'affection
de l'armée ;
en-même-temps Tibère pensait
un jeune-homme,
qui se relâche par le luxe d'une-ville,
être tenu (vivre) mieux dans un camp,
et lui-même *être* plus en-sûreté,
l'un-et-l'autre fils *de lui*
possédant des légions.
Mais les Suèves
étaient prétextés,

Nam discessu Romanorum [1], ac vacui externo metu, gentis assuetudine, et tum æmulatione gloriæ, arma in se verterant. Vis nationum, virtus ducum in æquo : sed Maroboduum regis nomen invisum apud populares, Arminium, pro libertate bellantem, favor habebat.

XLV. Igitur non modo Cherusci sociique eorum, vetus Arminii miles, sumpsere bellum ; sed, e regno etiam Marobodui Suevæ gentes, Semnones ac Langobardi [2], defecere ad eum : quibus additis præpollebat, ni Inguiomerus cum manu clientium ad Maroboduum perfugisset ; non aliam ob causam quam quia fratris filio, juveni, patruus senex parere dedignabatur. Diriguntur acies pari utrinque spe, nec, ut olim apud Germanos, vagis incursibus, aut disjectas per catervas ; quippe longa adversum nos militia insueverant sequi signa,

gère, depuis la retraite des Romains, les barbares avaient, suivant leur coutume, et par une émulation de gloire, tourné leurs armes contre eux-mêmes. Les forces des deux nations, la valeur des deux chefs étaient égales ; mais le nom de roi rendait Maroboduus odieux à son peuple, tandis qu'Arminius, combattant pour la liberté, avait la faveur des siens.

XLV. Aussi non-seulement les Chérusques et leurs alliés, tous vieux soldats d'Arminius, entrèrent dans sa querelle ; mais jusque dans les États de Maroboduus, les Semnones et les Lombards, nations suèves, se déclarèrent pour lui ; et ce renfort lui eût assuré la supériorité, si Inguiomer, suivi de ses clients, n'eût passé à l'ennemi, défection causée par la seule honte d'obéir à son neveu et de soumettre sa vieillesse aux ordres d'un jeune homme. Les deux armées se rangèrent en bataille avec une égale confiance. Ce n'était plus, comme autrefois chez les Germains, des incursions irrégulières, des bandes marchant sans ordre et désunies. Dans leur longue guerre avec les Romains, ils avaient appris à suivre des enseignes, à se mé-

orantes auxilium	sollicitant un secours
adversus Cheruscos.	contre les Chérusques.
Nam discessu	Car au départ
Romanorum,	des Romains,
ac vacui metu externo,	et exempts d'une crainte étrangère,
verterant arma in se,	ils avaient tourné *leurs* armes contre eux-
assuetudine gentis,	par l'habitude de *cette* nation, [mêmes,
et tum æmulatione gloriæ.	et puis par rivalité de gloire.
Vis nationum,	La force des *deux* nations,
virtus ducum	la valeur des *deux* chefs
in æquo :	*étaient* en égalité :
sed nomen regis	mais le nom de roi
habebat	avait (rendait)
Maroboduum invisum	Maroboduus odieux
apud populares,	auprès de ceux-de-sa-nation,
favor Arminium	la faveur *publique soutenait* Arminius
bellantem pro libertate.	qui combattait pour la liberté.
XLV. Igitur,	XLV. Donc,
non modo Cherusci	non-seulement les Chérusques
sociique eorum,	et les alliés d'eux,
vetus miles Arminii,	ancien soldat d'Arminius,
sumpsere bellum ;	entreprirent la guerre ;
sed, e regno etiam	mais, du royaume même
Marobodui,	de Maroboduus,
gentes Suevæ,	des nations suèves,
Semnones ac Langobardi,	les Semnones et les Lombards,
defecere ad eum :	firent-défection vers lui :
quibus additis præpollebat,	par lesquels joints *aux siens* il l'emportait,
ni Inguiomerus	si Inguiomer
perfugisset	ne se fût réfugié
ad Maroboduum	auprès de Maroboduus
cum manu clientium ;	avec une poignée de clients ;
ob causam non aliam	pour une cause non autre
quam quia patruus senex	que parce que l'oncle *qui était* vieux
dedignabatur parere	dédaignait d'obéir
filio fratris, juveni.	au fils de *son* frère, *qui était* jeune.
Acies diriguntur	Des lignes-de-bataille sont rangées
spe pari utrinque,	avec un espoir égal de-part-et-d'autre,
nec, ut olim	et non, comme autrefois
apud Germanos	chez les Germanius,
incursibus vagis,	par des incursions irrégulières,
aut per catervas disjectas ;	ou par bandes éparses ;
quippe longa militia	car par un long service
adversum nos	contre nous
insueverant	ils s'étaient habitués
sequi signa,	à suivre des étendards,
firmari subsidiis,	à se renforcer par des réserves,

subsidiis firmari, dicta imperatorum accipere. At tunc Arminius, equo collustrans cuncta, ut quosque advectus erat,
« recuperatam libertatem, trucidatas legiones, spolia adhuc et
tela Romanis derepta in manibus multorum, » ostentabat :
contra « fugacem Maroboduum [1] appellans, prœliorum expertem, Hercyniæ [2] latebris defensum, ac mox per dona et legationes petivisse fœdus; proditorem patriæ, satellitem Cæsaris,
haud minus infensis animis exturbandum, quam Varum
Quinctilium interfecerint. Meminissent modo tot prœliorum,
quorum eventu, et ad postremum ejectis Romanis, satis probatum penes utros summa belli fuerit. »

XLVI. Neque Maroboduus jactantia sui aut probris in hostem abstinebat; sed, Inguiomerum tenens, « Illo in corpore
decus omne Cheruscorum, illius consiliis gesta quæ prospere
ceciderint, testabatur : vecordem Arminium. et rerum nescium, alienam gloriam in se trahere, quoniam tres vacuas

nager des corps de réserve, à écouter la voix de leurs chefs. Arminius, à cheval, parcourait tous les rangs, et, à mesure qu'il passait
devant chacun, il leur montrait la liberté reconquise, les légions
massacrées, et ces dépouilles, et ces armes romaines, dont plusieurs
d'entre eux étaient encore couverts. « Qu'était-ce, au contraire, que
Maroboduus ? un fuyard, qui n'avait point osé combattre, qui s'était
tenu caché dans la forêt Hercynienne, et qui avait mendié la paix
par des députations et des présents ; un traître à la patrie, un satellite de César, qui méritait toute leur haine, et dont il fallait se déli-
vrer, comme ils avaient fait de Varus. Qu'ils se souvinssent seulement de tous ces combats, dont le succès, couronné en dernier lieu
par l'expulsion des Romains, montrait assez à qui était resté l'honneur de la guerre. »

XLVI. De son côté, Maroboduus n'était pas moins prodigue d'é-
loges pour lui-même, d'injures contre l'ennemi. Tenant Inguiomer
par la main, il le montrait comme celui en qui seul résidait la gloire
des Chérusques ; il attribuait tous leurs succès à ses seuls conseils.
« Arminius n'était qu'un furieux, sans expérience, qui usurpait une

accipere dicta
imperatorum.
À recevoir les paroles (ordres)
des chefs.

At tunc Arminius, / Mais alors Arminius,
collustrans equo cuncta, / parcourant à cheval tous *les points*,
ut advectus erat quosque, / selon qu'il s'était porté vers chacun,
ostentabat / *leur* montrait
« libertatem recuperatam, / « la liberté recouvrée,
legiones trucidatas, / les légions massacrées,
spolia et tela / les dépouilles et les traits
derepta Romanis / enlevés aux Romains
adhuc / *et qui étaient* encore
in manibus multorum : » / dans les mains de plusieurs : »
contra, appellans / d'autre part, appelant
« Maroboduum fugacem, / « Maroboduus fuyard,
expertem prœliorum, / sans-expérience des combats,
defensum latebris / défendu par les retraites
Hercyniæ, / de *la forêt* Hercynienne, [liance
ac mox petivisse fœdus / et puis *l'accusant* d'avoir demandé l'al-
per dona et legationes ; / par des dons et des ambassades ;
proditorem patriæ, / traître à la patrie,
satellitem Cæsaris, / satellite de César,
exturbandum / devant être chassé
animis haud minus infensis / avec une ardeur non moins acharnée
quam interfecerint / que *celle avec laquelle* ils avaient tué
Varum Quinctilium. / Varus Quinctilius.
Meminissent modo / Qu'ils se souvinssent seulement
tot prœliorum, / de tant-de combats,
eventu quorum, / par l'issue desquels,
et Romanis ejectis / et les Romains chassés
ad postremum, / à la fin,
satis probatum / *il avait été* assez prouvé
penes utros / au-pouvoir-de qui-des-deux
summa belli / le point-capital (l'honneur) de la guerre
fuerit. » [duus / avait été. »

XLVI. Neque Marobo- / XLVI. Maroboduus aussi
abstinebat jactantia sui, / ne s'abstenait pas de vanterie de lui-
aut probris in hostem ; / ou d'injures envers l'ennemi ; [même,
sed, tenens Inguiomerum, / mais, tenant Inguiomer,
testabatur : / il protestait :
« In illo corpore / « En ce corps-là
omne decus Cheruscorum, / *être* tout l'honneur des Chérusques,
consiliis illius gesta / par les conseils de lui *avoir été* faites
quæ ceciderint prospere : / *les choses* qui étaient tombées (avaient tour-
Arminium vecordem / Arminius furieux [né) heureusement :
et nescium rerum / et sans-expérience des affaires
trahere in se / attirer à soi
gloriam alienam, / la gloire d'-autrui,

legiones et ducem fraudis ignarum perfidia deceperit , magna
cum clade Germaniæ, et ignominia sua, quum conjux , quum
filius ejus servitium adhuc tolerent. At se , duodecim legionibus petitum , duce Tiberio , illibatam Germanorum gloriam
servavisse ; mox conditionibus æquis discessum : neque pœ-
nitere quod ipsorum in manu sit, integrum adversus Romanos
bellum, an pacem incruentam malint. » His vocibus instinctos
exercitus propriæ quoque causæ stimulabant ; quum a Cheruscis Langobardisque pro antiquo decore aut recenti libertate [1], et contra augendæ dominationi certaretur. Non alias
majore mole [2] concursum, neque ambiguo magis eventu, fusis
utrinque dextris cornibus. Sperabaturque rursum pugna, ni
Maroboduus castra in colles subduxisset. Id signum perculsi
fuit ; et, transfugiis paulatim nudatus, in Marcomanos concessit, misitque legatos ad Tiberium oraturos auxilia. Respon-

gloire étrangère, parce qu'il avait surpris trois légions incomplètes et
un général imprudent par une trahison qui avait attiré sur la Germanie de sanglants désastres, et sur lui-même une ignominie toujours
subsistante par l'esclavage de sa femme et de son fils. Pour lui, ayant
en tête douze légions commandées par Tibère , il avait su conserver
intacte la gloire des Germains ; il avait ensuite traité d'égal à égal ;
et certes il ne pouvait se repentir de ce qu'ils étaient encore maîtres
ou d'entamer la guerre contre les Romains, ou de conserver une paix
qui ne leur avait point coûté de sang. Outre la voix de leurs chefs,
des motifs particuliers aiguillonnaient encore les deux armées : les
Chérusques voulaient maintenir une ancienne gloire, les Lombards
une liberté récente , et les autres agrandir leur domination. Jamais
choc ne fut plus violent, et jamais bataille ne fut plus indécise , les
deux ailes droites ayant été mises en déroute. On s'attendait à un
nouveau combat ; mais Maroboduus se replia sur les hauteurs, ce qui
était un aveu tacite de sa défaite. Insensiblement les désertions affai-
blirent son armée, et il finit par se retirer chez les Marcomans , d'où
il envoya des députés à Tibère pour demander du secours. On lui

quoniam deceperit perfidia	parce qu'il avait trompé par perfidie
tres legiones vacuas	trois légions vides (incomplètes)
et ducem ignarum fraudis,	et un chef ignorant de la ruse,
cum magna clade	avec un grand désastre
Germaniæ	de (pour) la Germanie,
et sua ignominia,	et sa *propre* ignominie,
quum conjux,	puisque la femme,
quum filius ejus	puisque le fils de lui
tolerent adhuc servitium.	enduraient encore l'esclavage.
At se, petitum	Mais lui, attaque
duodecim legionibus,	par douze légions,
Tiberio duce,	Tibère *étant leur* chef,
servavisse illibatam	avoir maintenu non-effleurée (intacte)
gloriam Germanorum ;	la gloire des Germains ;
mox discessum	bientôt on s'était séparé
conditionibus æquis :	avec des conditions égales :
neque pœnitere	et *lui* ne pas se repentir
quod sit in manu ipsorum	de ce qu'il était dans la main d'eux-mêmes
malint bellum integrum	qu'ils aimassent-mieux une guerre *encore*
adversus Romanos,	contre les Romains, [entière
an pacem incruentam. »	ou une paix non-sanglante. »
Causæ propriæ quoque	Des causes particulières aussi
stimulabant exercitus	aiguillonnaient les *deux* armées
instinctos his vocibus ;	animées par ces paroles ;
quum certaretur	puisqu'il était combattu
a Cheruscis	par les Chérusques
Laugobardisque	et les Lombards
pro decore antiquo	pour une gloire ancienne
aut libertate recenti,	ou une liberté récente,
et contra	et de-l'autre-côté
augendæ dominationi.	pour agrandir la domination.
Non concursum alias	On ne s'entrechoqua pas une-autre-fois
mole majore,	avec une masse (violence) plus grande,
neque eventu	ni avec un succès
magis ambiguo,	plus douteux,
cornibus dextris fusis	les ailes droites ayant été défaites
atrinque.	des-deux-côtés.
Pugnaque	Et le combat
sperabatur rursum,	était attendu de-nouveau,
ni Maroboduus	si Maroboduus
subduxisset castra	n'eût replié *son* camp
in colles.	sur les collines.
Id fuit signum perculsi ;	Ce fut le signal de *lui* défait ;
et, paulatim nudatus	et, peu-à-peu dégarni
transfugiis,	par des désertions,
concessit in Marcomanos,	il se retira chez les Marcomans,
misitque ad Tiberium	et envoya à Tibère

sum est « Non jure eum adversus Cheruscos arma Romana
invocare, qui pugnantes in eumdem hostem Romanos nulla
ope juvisset. » Missus tamen Drusus, ut retulimus, pacis firmator.

XLVII. Eodem anno, duodecim celebres Asiæ urbes collapsæ
nocturno motu terræ [1], quo improvisior graviorque pestis
fuit : neque solitum in tali casu effugium subveniebat in
aperta prorumpendi, quia diductis terris hauriebantur. Sedisse immensos montes, visa in arduo quæ plana fuerint,
effulsisse inter ruinam ignes memorant. Asperrima in Sardianos [2] lues plurimum in eosdem misericordiæ traxit : nam con-
ties sestertium pollicitus Cæsar, et, quantum ærario aut fisco
pendebant, in quinquennium remisit. Magnetes a Sipylo
proximi damno ac remedio habiti. Temnios, Philadelphenos,

répondit « qu'il n'avait point droit d'invoquer contre les Chérusques
les armes romaines, puisqu'il ne les avait point aidées contre ces
mêmes ennemis. » Cependant Drusus fut envoyé, comme nous l'avons
dit, pour rétablir la paix.

XLVII. Cette même année, douze villes considérables de l'Asie
furent détruites au milieu de la nuit par un tremblement de terre
d'autant plus terrible qu'il était plus imprévu ; et l'on n'eut pas la
ressource ordinaire en pareil cas de se réfugier dans la campagne,
où les terres, s'entr'ouvrant de toutes parts, n'offraient que des abîmes. On rapporte que de hautes montagnes s'affaissèrent, qu'il s'en
éleva d'autres dans des plaines, et que des flammes jaillirent du milieu des ruines. Sardes, la plus maltraitée de ces villes, reçut aussi
le plus de soulagement. Tibère lui promit dix millions de sesterces,
et l'exempta, pour cinq ans, de tous les tributs qu'elle payait, soit
au trésor public, soit à celui du prince. Après Sardes, Magnésie de
Sipyle éprouva le plus de dommages et obtint le plus de secours.

legatos oraturos auxilia.
Responsum est
« Eum non invocare jure
arma Romana
adversus Cheruscos,
qui juvisset nulla ope
Romanos
pugnantes
in eumdem hostem. »
Tamen Drusus missus,
ut retulimus,
firmator pacis.
    XLVII. Eodem anno,
duodecim urbes celebres
Asiæ
collapsæ
motu terræ nocturno,
quo pestis
fuit improvisior
graviorque :
neque effugium solitum
in tali casu
prorumpendi
in aperta
subveniebat,
quia hauriebantur
terris diductis.
Memorant
montes immensos sedisse,
quæ fuerint plana
visa in arduo,
ignes effulsisse
inter ruinas.
Lues asperrima
in Sardianos
traxit in eosdem
plurimum misericordiæ :
nam Cæsar pollicitus
centies sestertium,
et remisit in quinquennium
quantum pendebant
ærario aut fisco.
Magnetes a Sipylo
habiti
proximi
damno ac remedio.
Placuit Temnios,

des députés devant implorer des secours.
Il fut répondu
« Lui ne pas invoquer à bon droit
les armes romaines
contre les Chérusques,
lui qui *n*'avait aidé d'aucun secours
les Romains
combattant
contre le même ennemi. »
Cependant Drusus *fut* envoyé,
comme nous *l*'avons rapporté,
comme consolidateur de la paix.
    XLVII. La même année,
douze villes célèbres
de l'Asie
s'écroulèrent
par un tremblement de terre nocturne,
par quoi *ce* malheur
fut plus imprévu
et plus terrible :
et la ressource ordinaire
en un tel accident
savoir de s'échapper
dans les *lieux* découverts (la campagne)
ne venait-en-aide *à personne*,
parce qu'ils étaient engloutis
dans les terres entr'ouvertes.
On rapporte
des montagnes immenses s'être affaissées,
des lieux qui avaient été unis
avoir été vus sur un *point* élevé,
des feux avoir brillé
parmi les ruines.
Le fléau, *qui fut* le plus terrible
contre les habitants-de-Sardes,
attira sur *ces* mêmes *habitants*
le plus de pitié :
car César *leur* promit
cent-fois *cent milliers* de sesterces,
et leur fit-remise pour l'espace-de-cinq-ans,
d'autant qu'ils payaient
au trésor-public ou au fisc.
Les Magnètes de Sipyle
furent regardés   [eux)
comme les plus proches (les premiers après
pour le dommage et le remède.
Il plut (on décida) les Temniens,

Ægeatas, Apollonidenses, quique Mosteni aut Macedones Hyrcani vocantur, et Hierocæsaream, Myrinam, Cymen, Tmolum,
levari idem in tempus tributis, mittique ex senatu placuit, qui
præsentia spectaret refoveretque. Delectus est M. Aletus e
prætoriis, ne, consulari obtinente Asiam, æmulatio inter pares
et ex eo impedimentum oriretur.

XLVIII. Magnificam in publicum largitionem auxit Cæsar
haud minus grata liberalitate, quod bona Æmiliæ Musæ, locupletis intestatæ, petita in fiscum, Æmilio Lepido, cujus e domo
videbatur, et Patulei, divitis equitis Romani, hereditatem
(quanquam ipse heres in parte legeretur) tradidit M. Servilio,
quem prioribus neque suspectis tabulis scriptum compererat ;
nobilitatem utriusque pecunia juvandam præfatus. Neque
hereditatem cujusquam adiit, nisi quum amicitia meruisset ;
ignotos et aliis infensos, eoque principem nuncupantes, procul

---

Temnos, Philadelphie, Éges, Apollonis, Mostène ou Hyrcanie la Ma-
cédonienne, Hiérocésarée, Tmole, Myrine, Cymé, furent aussi dé-
chargées de tout impôt pour le même temps, et l'on décida d'envoyer
un sénateur sur les lieux, pour voir le mal et le réparer. On choisit
un ancien préteur, M. Alétus, parce que, comme l'Asie était gouvernée par un consulaire, on craignait que l'égalité de rang n'excitât
des rivalités nuisibles à la province.

XLVIII. César rehaussa l'éclat de ces libéralités publiques par des
largesses qui ne furent pas moins bien accueillies. Émilia Musa, morte
sans testament, laissait de grands biens que le fisc réclamait. Tibère
les fit adjuger à Émilius Lépidus, à la maison duquel cette femme
paraissait avoir appartenu. Patuléius, riche chevalier romain, avait
légué au prince une partie de sa succession. Le prince l'abandonna
tout entière à M. Servilius, qu'il savait nommé seul héritier dans un
testament antérieur et non suspect. Il donna pour raison que leur
naissance avait besoin de fortune. En général, il n'accepta de legs
que ceux de l'amitié : tous ceux que lui offraient des inconnus, dans

Philadelphenos, — les Philadelphéniens,
Ægeatas, Apollonidenses, — les Égéates, les Apollonidiens,
quique vocantur Mosteni — et ceux qui sont appelés Mosténiens
aut Macedones Hyrcani, — ou Macédoniens d'-Hyrcanie,
et Hierocæsaream, — et Hiérocésarée,
Myrinam, — Myrine,
Cymen, Tmolum, — Cymé, Tmole,
levari tributis — être allégés de tributs
in idem tempus, — pour le même temps,
mittique ex senatu — et quelqu'un être envoyé du sénat
qui spectaret præsentia — qui examinât les maux présents
refoveretque. — et les réparât.
M. Aletus e prætoriis — M. Alétus d'entre les anciens-préteurs
delectus est, — fut choisi,
ne, consulari — de peur que, un consulaire
obtinente Asiam, — occupant (gouvernant) l'Asie,
æmulatio oriretur — une rivalité ne s'élevât
inter pares — entre égaux
et ex eo impedimentum. — et de là un obstacle.

XLVIII. Cæsar auxit — XLVIII. César rehaussa
largitionem magnificam — cette largesse magnifique
in publicum — faite pour un intérêt-public
liberalitate — par une libéralité
haud minus grata, — non moins agréable,
quod dedit bona — en ce qu'il donna les biens
Æmiliæ Musæ, — d'Émilia Musa,
locupletis intestatæ, — femme riche morte sans-testament,
petita in fiscum, — et réclamés pour le fisc,
Æmilio Lepido, — à Émilius Lépidus,
e domo cujus videbatur, — de la maison duquel elle paraissait être,
et tradidit hereditatem — et remit l'héritage
Patulei, — de Patuléius,
divitis equitis Romani — riche chevalier romain
(quanquam ipse legeretur — (quoique lui-même fût lu
heres in parte), — comme héritier en partie),
M. Servilio, — à M. Servilius,
quem compererat — lequel il avait appris
scriptum — avoir été inscrit
tabulis prioribus — sur des tablettes antérieures
neque suspectis; — et non suspectes,
præfatus nobilitatem — ayant dit-d'abord la noblesse
utriusque — de l'un-et-l'autre
juvandam pecunia. — devoir être aidée par de l'argent.
Neque adiit hereditatem — Et il n'accepta l'héritage
cujusquam, [citia; — de personne,
nisi quum meruisset ami- — sinon lorsqu'il l'avait mérité par amitié;
arcebat procul ignotos — il repoussait loin les inconnus

arcebat. Ceterum, ut honestam innocentium paupertatem le-
vavit, ita prodigos et ob flagitia egentes Vibidium Varronem,
Marium Nepotem, Appium Appianum, Cornelium Sullam,
Q. Vitellium [1] movit senatu, aut sponte cedere passus est.

XLIX. Iisdem temporibus deum ædes vetustate aut igni
abolitas, cœptasque ab Augusto, dedicavit; Libero Liberæque
et Cereri juxta Circum maximum, quas A. Postumius [2] dictator voverat; eodemque in loco ædem Floræ, ab Lucio et
Marco Publiciis [3] ædilibus constitutam; et Jano templum, quod
apud forum olitorium C. Duillius struxerat, qui primus rem
Romanam prospere mari gessit, triumphumque navalem de
Pœnis meruit [4]. Spei ædes a Germanico sacratur : hanc Atilius [5] voverat eodem bello.

L. Adolescebat interea lex majestatis; et Apuleiam Variliam, sororis Augusti neptem, quia probrosis sermonibus divum

la vue de frustrer leurs proches, il les rejetait. Mais, en soulageant la
pauvreté honnête et vertueuse, il était sans pitié pour celle qui pro-
venait de la débauche et de la prodigalité, comme l'éprouvèrent Vibidius Varron, Marius Népos, Appius Appianus, Cornélius Sylla,
Q. Vitellius, qu'il exclut du sénat, ou laissa se retirer volontairement.

XLIX. Dans le même temps, il fit la dédicace de plusieurs temples
que le temps ou le feu avaient détruits, et qu'Auguste avait commencé
à rebâtir : c'étaient celui de Bacchus, de Proserpine et de Cérès, près
du grand cirque, consacré à ces trois divinités par le dictateur A. Postumius; celui de Flore, élevé dans le même lieu par les édiles Lucius et
Marcus Publicius, et celui de Janus, construit dans le marché aux
herbes par C. Duillius, le premier des Romains qui eut des succès
sur mer, et qui, par sa victoire sur les Carthaginois, mérita les honneurs du triomphe naval. Germanicus consacra un temple à l'Espérance : Atilius l'avait voué dans la même guerre.

L. Cependant la loi de majesté prenait vigueur : elle fut invoquée
contre Apuléia Varilia, petite-nièce d'Auguste, qu'un délateur accu-

et infensos aliis,
eoque
nuncupantes principem.
Ceterum, ut levavit
honestam paupertatem
innocentium,
ita movit senatu, [te
aut passus est cedere spon-
prodigos
et egentes ob flagitia,
Vibidium Varronem,
Marium Nepotem,
Appium Appianum ,
Cornelium Sullam,
Q. Vitellium. [bus
XLIX. Iisdem tempori-
dedicavit ædes deum,
abolitas vetustate aut igni,
cœptasque ab Augusto;
Libero Liberæque
et Cereri
juxta Circum maximum ,
quas dictator A. Postumius
voverat;
in eodemque loco
ædem Floræ,
constitutam ab ædilibus
Lucio et Marco Publiciis;
et Jano templum
quod struxerat
apud forum olitorium
C. Duillius, qui primus
gessit prospere mari
rem Romanam,
meruitque
triumphum navalem
de Pœnis.
Ædes Spei
sacratur a Germanico :
Atilius voverat hanc
eodem bello.
L. Interea lex majestatis
adolescebat ;
et delator
arcessebat majestatis
Apuleiam Variliam,
neptem sororis Augusti,

et *ceux qui étaient* hostiles à d'autres,
et pour cela
qui nommaient le prince.
Au reste, comme il soulagea
l'honnête pauvreté
des *citoyens* non-malfaisants,
de même il exclut du sénat,
ou laissa se retirer spontanément
ceux qui étaient prodigues
et dans-le-besoin à cause de *leurs* vices,
Vibidius Varron,
Marius Népos,
Appius Appianus,
Cornélius Sylla,
Q. Vitellius.
XLIX. Dans les mêmes temps
il dédia des temples de dieux,
ruinés par le temps ou par le feu,
et commencés par Auguste ;
à Bacchus et à Proserpine
et à Cérès
près du Cirque très-grand,
lesquels *temples* le dictateur A. Postumius
avait voués ;
et dans le même lieu
un temple à Flore,
établi (élevé) par les édiles
Lucius et Marcus Publicius ;
et à Janus le temple
qu'avait bâti
près du marché aux-légumes
C. Duillius, qui le premier
gouverna heureusement sur mer
la chose romaine,
et mérita
un triomphe naval
sur les Carthaginois.
Le temple de l'Espérance
est consacré par Germanicus :
Atilius avait voué ce *temple*
dans la même guerre.
L. Cependant la loi de majesté
prenait-vigueur ;
et un délateur
accusait de *lèse*-majesté
Apuléia Varilia,
petite-nièce de la sœur d'Auguste,

Augustum ac Tiberium et matrem ejus illusisset, Cæsarique
connexa adulterio teneretur, majestatis delator arcessebat. De
adulterio satis caveri lege Julia visum : majestatis crimen di-
stingui Cæsar postulavit, damnarique, si qua de Augusto irre-
ligiose dixisset ; in se jacta nolle ad cognitionem vocari. Inter-
rogatus a consule quid de his censeret, quæ de matre ejus
locuta secus argueretur, reticuit ; dein, proximo senatus die,
illius quoque nomine oravit ne cui verba in eam quoquo
modo habita crimini forent. Liberavitque Apuleiam lege majestatis ; adulterii graviorem pœnam[1] deprecatus, ut, exemplo
majorum, propinquis suis ultra ducentesimum lapidem remo-
veretur, suasit. Adultero Manlio Italia atque Africa interdictum est.

LI. De prætore in locum Vipsanii Galli, quem mors abstulerat, subrogando certamen incessit. Germanicus atque Drusus

sait de s'être permis des plaisanteries injurieuses sur ce prince, sur
Tibère et sur Livie, et de souiller par l'adultère le sang des Cesars.
On jugea que l'adultère était assez réprimé par la loi Julia ; quant
au crime de lèse-majesté, Tibère demanda qu'on distinguât les discours irréligieux qui attaquaient Auguste et ceux qui ne blessaient
que lui, et qu'en punissant les premiers on passât sur les autres.
Le consul l'interrogeant sur les propos qui offensaient sa mère,
il ne répondit rien ; mais, à la séance suivante, il recommanda
aussi de la part de Livie qu'on n'inquiétât personne pour des discours tenus contre elle, quels qu'ils fussent. Il déchargea Apuléia du
crime de lèse-majesté, et sollicita même en sa faveur l'adoucissement de la peine d'adultère, persuadant aux parents de la coupable
de la reléguer, selon l'ancien usage, à deux cents milles de Rome.
Pour Manlius, son complice, on lui interdit toute l'Italie et toute
l'Afrique.

LI. La nomination d'un préteur à la place de Vipsanius Gallus,
qui venait de mourir, excita quelques contestations. Germanicus et

quia illusisset | parce qu'elle s'était jouée
sermonibus probrosis | par des propos injurieux
divum Augustum | du divin Auguste
ac Tiberium | et de Tibère
et matrem ejus, | et de la mère de lui.
connexaque Cæsari | et que alliée à César
teneretur adulterio. | elle était impliquée dans un adultère.
Visum caveri satis | Il parut être pourvu assez
de adulterio | relativement à l'adultère
lege Julia : | par la loi Julia :
Cæsar postulavit | César demanda
crimen majestatis | l'accusation de lèse-majesté
distingui, | être séparée,
damnarique, | et Varilia être condamnée,
si dixisset qua | si elle avait dit quelques paroles
irreligiose de Augusto, | irrespectueusement sur Auguste,
nolle | mais lui ne-pas-vouloir
jacta in se | les mots lancés contre lui
vocari ad cognitionem. | être déférés à une enquête.
Interrogatus a consule | Interrogé par le consul
quid censeret | sur ce qu'il pensait
de his quæ argueretur | de ces propos qu'elle était accusée [lui,
locuta secus de matre ejus, | ayant (d'avoir) dits mal sur la mère de
reticuit; dein, | il se tut; ensuite,
die proximo | le jour suivant (à la séance suivante)
senatus, | du sénat,
oravit nomine illius quoque | il supplia au nom d'elle aussi
ne verba | pour que les propos [contre elle
quoquo modo habita in eam | de quelque manière qu'ils eussent été tenus
forent crimini cui. | ne fussent à grief à personne.
Liberavitque Apuleiam | Et il affranchit Apuléia
lege majestatis; | de la loi de lèse-majesté;
deprecatus | ayant dissuadé
pœnam graviorem | d'une peine trop grave
adulterii, | de (pour) l'adultère,
suasit ut, | il conseilla que,
exemplo majorum, | à l'exemple des ancêtres,
removeretur | elle fût reléguée
suis propinquis | par ses proches
ultra ducentesimum lapi- | au delà de la deux-centième pierre.
Interdictum est [dem. | On interdit
adultero Manlio | à l'adultère Manlius
Italia atque Africa. | l'Italie et l'Afrique.
LI. Certamen incessit | LI. Un débat se présenta
de subrogando prætore | pour subroger un préteur
in locum Vipsanii Galli, | à la place de Vipsanius Gallus,
uem mors abstulerat. | que la mort avait enlevé.

(nam etíam tum Romæ erant) Haterium Agrippam [1], propinquum Germanici, fovebant : contra plerique nitebantur, ut
numerus liberorum in candidatis præpolleret, quod lex[2] jubebat. Lætabatur Tiberius, quum inter filios ejus et leges
senatus disceptaret : victa est sine dubio lex ; sed neque statim et paucis suffragiis : quo modo, etiam quum valerent, leges vincebantur.

LII. Eodem anno cœptum in Africa bellum, duce hostium
Tacfarinate. Is, natione Numida[3], in castris Romanis auxiliaria
stipendia meritus, mox desertor vagos primum et latrociniis
suetos ad prædam et raptus congregare ; dein, more militiæ,
per vexilla et turmas componere ; postremo non inconditæ
turbæ, sed Musulanorum [4] dux haberi. Valida ea gens et solitudinibus Africæ propinqua, nullo etiam tum urbium cultu,
cepit arma Maurosque accolas in bellum traxit. Dux et his
Mazippa ; divisusque exercitus : ut Tacfarinas lectos viros et

Drusus (car ils étaient encore à Rome) soutenaient Hatérius Agrippa, parent de Germanicus, contre un parti plus nombreux et une
loi expresse, qui ordonnait de préférer parmi les candidats celui qui
aurait le plus d'enfants. Tibère voyait avec joie le sénat partagé
entre ses fils et la loi. La loi succomba, comme cela n'était pas douteux, mais non sur-le-champ, et de quelques voix seulement, et de
la même manière que succombaient les lois, lors même qu'elles étaient
en vigueur.

LII. Cette même année, la guerre commença en Afrique. Les ennemis avaient pour chef un Numide, nommé Tacfarinas, qui avait
servi autrefois comme auxiliaire dans les troupes romaines, et avai
ensuite déserté. Il rassemble d'abord quelques troupes de brigand
et de vagabonds qu'il mène au pillage ; bientôt il parvient à le
ranger sous des drapeaux par compagnies, et à en faire des soldats ;
enfin, de chef d'aventuriers, il devient général des Musulans. C'é
tait un peuple puissant, qui vivait dans le voisinage des déserts d
l'Afrique, et n'avait point encore de villes. Ils prirent les armes e
entraînèrent à la guerre les Maures, leurs voisins : ceux-ci avaien
pour chef Mazippa. Les deux généraux se partagent l'armée : Tacfa

Germanicus atque Drusus
(nam etiam tum
erant Romae)
fovebant
Haterium Agrippam,
propinquum Germanici :
contra plerique nitebantur
ut numerus liberorum
praepolleret in candidatis,
quod lex jubebat.
Tiberius laetabatur,
quum senatus disceptaret
inter filios ejus et leges :
lex victa est sine dubio ;
sed neque statim,
et paucis suffragiis :
modo
quo leges vincebantur,
etiam quum valerent.

LII. Eodem anno
bellum cœptum in Africa,
Tacfarinate duce hostium.
Is, Numida natione,
meritus
stipendia auxiliaria
in castris Romanis,
mox desertor,
congregare primum vagos
et suetos latrociniis
ad praedam et raptus ;
dein componere,
more militiae,
per vexilla et turmas ;
postremo haberi dux
non turbae inconditae,
sed Musulanorum.
Ea gens valida
et propinqua
solitudinibus Africae,
tum etiam nullo cultu
urbium,
cepit arma
traxitque in bellum
Mauros accolas.
Et his dux Mazippa ;
exercitusque divisus :
ut Tacfarinas

Germanicus et Drusus
(car encore alors
ils étaient à Rome)
soutenaient
Hatérius Agrippa,
parent de Germanicus :
au contraire la plupart s'efforçaient
pour que le nombre des enfants
l'emportât parmi les candidats,
ce que la loi ordonnait.
Tibère se réjouissait,
tandis que le sénat balançait
entre les fils de lui et les lois :
la loi fut vaincue sans doute ;
mais ni aussitôt,
et par peu-de suffrages :
elle fut vaincue de la manière
dont les lois étaient vaincues,
même lorsqu'elles étaient-puissantes.

LII. La même année
la guerre *fut* commencée en Afrique,
Tacfarinas *étant* chef des ennemis.
Celui-ci, Numide de nation,
ayant gagné
une paye d'-auxiliaire
dans un camp romain,
puis déserteur,
de réunir d'abord des *hommes* vagabonds
et accoutumés aux brigandages
pour le butin et les rapines ;
ensuite de *les* ranger,
d'après l'usage de la guerre,
par drapeaux et escadrons ;
enfin d'être tenu *pour* chef
non d'une troupe indisciplinée,
mais des Musulans.
Cette nation puissante
et voisine
des déserts de l'Afrique,
alors encore sans aucune habitation
de villes,
prit les armes
et entraîna à la guerre
les Maures *ses* voisins.
Et à ceux-ci *était pour* chef Mazippa ;
et l'armée *fut* partagée :
de-manière-que Tacfarinas

Romanum in modum armatos castris attineret, disciplina et
imperiis suesceret '; Mazippa, levi cum copia, incendia et
cædes et terrorem circumferret. Compulerantque Cinithios²,
haud spernendam nationem, in eadem; quum Furius Camillus, proconsul Africæ, legionem et quod sub signis sociorum, in unum conductos, ad hostem duxit : modicam manum,
si multitudinem Numidarum atque Maurorum spectares; sed
nihil æque cavebatur, quam ne bellum metu eluderent : spe
victoriæ inducti sunt ut vincerentur. Igitur legio medio, leves
cohortes duæque alæ in cornibus locantur. Nec Tacfarinas
pugnam detrectavit : fusi Numidæ, multosque post annos Fu-
rio nomini partum decus militiæ. Nam, post illum recuperato-
rem urbis filiumque ejus Camillum, penes alias familias imperatoria laus fuerat ⁵. Atque hic quem memoramus bellorum

rinas garde l'élite des soldats, tous ceux qui étaient équipés à la
romaine, et les retient dans le camp pour les accoutumer à la discipline et au commandement; Mazippa, avec les troupes légères,
porte partout le fer, la flamme et la terreur. Déjà les Cinithiens, nation assez considérable, étaient venus se joindre à eux, lorsqu'enfin
Furius Camillus, proconsul d'Afrique, rassemble sa légion et ce qu'il
avait d'auxiliaires sous ses drapeaux, en fait un seul corps et marche
à l'ennemi. C'était une poignée d'hommes, en comparaison de cette
multitude de Maures et de Numides; mais ce qu'on appréhendait le
plus, c'était de voir ces Barbares éluder le combat par crainte; en
leur laissant l'espérance de la victoire, on réussit à les vaincre. Camillus place sa légion au centre; les troupes légères et deux divisions de cavalerie forment les ailes. Tacfarinas ne refusa point le
combat, et les Numides furent défaits. Ainsi, après nombre d'années,
la gloire des armes rentra dans la maison des Furius; car, depuis
le fameux restaurateur de Rome, et depuis son fils Camillus, cette
famille n'avait plus donné de généraux; encore celui dont nous par-

attineret castris	tînt dans des camps
viros lectos	les hommes d'-élite
et armatos	et armés
in modum Romanum,	à la manière romaine.
suesceret disciplina	*les* accoutumât à la discipline
et imperiis ;	et aux commandements ;
Mazippa, cum copia levi,	*et que* Mazippa, avec une troupe légère,
circumferret incendia	portât-de-tous-côtés les incendies
et cædes et terrorem.	et les carnages et la terreur.
Compulerantque in eadem	Ils avaient poussé aussi aux mêmes *actes*
Cinithios, [dam ;	les Cinithiens,
nationem haud spernen-	nation non méprisable ;
quum Furius Camillus,	lorsque Furius Camillus,
proconsul Africæ,	proconsul d'Afrique,
duxit ad hostem legionem,	mena à l'ennemi *sa* légion,
et quod sociorum	et *ce* qu'*il avait* d'alliés
sub signis,	sous les drapeaux,
conductos in unum :	réunis en un *seul corps* :
manum modicam,	troupe faible,
si spectares multitudinem	si tu avais considéré la multitude
Numidarum	des Numides
atque Maurorum ;	et des Maures ;
sed nihil cavebatur	mais rien n'était évité
æque quam	autant que *ceci*
ne eluderent bellum	qu'ils n'éludassent la guerre (bataille)
metu :	par crainte :
inducti sunt	ils furent amenés
spe victoriæ	par l'espoir de la victoire
ut vincerentur.	à ce qu'ils fussent vaincus.
Igitur legio medio,	Donc la légion *est placée* au centre,
cohortes leves	les cohortes légères
duæque alæ	et deux escadrons
locantur in cornibus.	sont placés aux ailes.
Nec Tacfarinas	Et Tacfarinas
detrectavit pugnam :	ne refusa pas le combat :
Numidæ fusi,	les Numides *furent* défaits,
postque multos annos	et après de nombreuses années
decus militiæ	l'honneur de la guerre
partum nomini Furio.	*fut* acquis au nom de-Furius.
Nam,	Car,
post illum recuperatorem	après (depuis) ce *fameux* libérateur
urbis,	de la ville,
Camillumque filium ejus,	et Camille fils de lui,
laus imperatoria	la gloire de-général [milles.
penes alias familias.	*avait été* en-la-possession d'autres fa-
Atquehic	Et celui
quem memoramus	que nous mentionnons

expers habebatur : eo pronior Tiberius res gestas apud senatum celebravit; et decrevere patres triumphalia insignia,
quod Camillo ob modestiam vitæ impune fuit.

LIII. Sequens annus Tiberium tertio, Germanicum iterum
consules habuit. Sed eum honorem Germanicus iniit apud
urbem Achaiæ Nicopolim[1], quo venerat per Illyricam oram,
viso fratre Druso, in Dalmatia agente, Adriatici ac mox Ionii
maris adversam navigationem perpessus. Igitur paucos dies
insumpsit reficiendæ classi : simul sinus Actiaca victoria inclytos, et sacratas ab Augusto manubias, castraque Antonii,
cum recordatione majorum suorum, adiit : namque ei, ut memoravi, avunculus Augustus, avus Antonius erant, magnaque
illic imago tristium lætorumque. Hinc ventum Athenas, fœde-
rique sociæ et vetustæ urbis datum ut uno lictore uteretur.

lons ne passait-il point pour un habile guerrier. Tibère n'en exalta
que plus volontiers ses exploits dans le sénat, et on lui décerna les
ornements du triomphe, honneur qui fut sans danger pour lui, à
cause de la simplicité de sa vie.

LIII. L'année suivante eut pour consuls Tibère et Germanicus: Tibère l'était pour la troisième fois; Germanicus, pour la seconde. Mais,
quand celui-ci prit possession de sa dignité, il se trouvait à Nicopolis, ville de l'Achaïe, où il s'était rendu après avoir côtoyé l'Illyrie,
et vu en Dalmatie son frère Drusus. Des tempêtes violentes qu'il essuya dans le golfe Adriatique, et ensuite sur la mer Ionienne, le for-
cèrent de rester quelques jours à Nicopolis pour réparer sa flotte. Il
profita de ce délai pour visiter le golfe que la victoire d'Actium a
rendu si célèbre, les trophées consacrés par Auguste et le camp d'Antoine, toutes choses qui lui rappelaient ses aïeux ; car il était, comme
je l'ai dit, petit-fils d'Antoine et arrière-neveu d'Auguste, et ces lieux
réveillaient en lui de grands souvenirs de deuil et de triomphe. De
là il se rendit à Athènes, et, par égard pour une ville ancienne et
alliée, il n'y parut qu'avec un seul licteur. Les Grecs le reçurent

habebatur expers
bellorum.
Tiberius pronior eo
celebravit apud senatum
res gestas ;
et patres decrevere
insignia triumphalia,
quod fuit impune Camillo
ob modestiam vitæ.
   LIII. Annus sequens
habuit consules
Tiberium tertio,
Germanicum iterum.
Sed Germanicus
iniit eum honorem
apud Nicopolim,
urbem Achaiæ,
quo venerat
per oram Illyricam,
fratre Druso,
agente in Dalmatia,
viso,
perpessus
navigationem adversam
maris Adriatici,
ac mox Ionii.
Igitur insumpsit
paucos dies
reficiendæ classi :
simul adiit sinus
inclytos victoria Actiaca,
et manubias
sacratas ab Augusto,
castraque Antonii,
cum recordatione
suorum majorum :
namque ei erant,
ut memoravi,
avunculus Augustus,
avus Antonius,
illicque magna imago
tristium lætorumque.
Hinc ventum Athenas,
datumque fœderi
urbis sociæ et vetustæ
ut uteretur uno lictore.
Græci excepere

passait-pour inhabile
aux guerres.
Tibère plus favorable pour cela
célébra devant le sénat
les faits accomplis *par lui ;*
et les sénateurs décernèrent
les insignes du-triomphe,
ce qui fut sans-danger pour Camille
à cause de la modestie de *sa* vie.
   LIII. L'année suivante
eut *pour* consuls
Tibère pour-la-troisième fois,
Germanicus pour-la-seconde fois.
Mais Germanicus
prit-possession-de cet honneur
à Nicopolis,
ville d'Achaïe,
où il était venu
par la côte d'-Illyrie,
son frère Drusus,
qui passait *le temps* (était) en Dalmatie,
ayant été visité *par lui,*
ayant souffert
la navigation contraire
de (sur) la mer Adriatique,
et puis de (sur) la *mer* Ionienne.
Donc il employa
peu- de jours
à réparer *sa* flotte :
en même temps il visita les golfes
fameux par la victoire d'-Actium,
et les trophées
consacrés par Auguste,
et le camp d'Antoine,
avec souvenir
de ses ancêtres :
car à lui étaient,
comme j'ai rapporté,
pour oncle Auguste,
pour aïeul Antoine,
et là *se présentait* une grande image
de choses tristes et joyeuses.
De là on (il) vint à Athènes,
et *il fut* accordé à l'alliance
de *cette* ville alliée et ancienne
qu'il se servît d'un seul licteur.
Les Grecs *le* reçurent

Excepere Græci quæsitissimis honoribus, vetera suorum facta præferentes, quo plus dignationis adulatio haberet.

LIV. Petita inde Eubœa, tramisit Lesbum, ubi Agrippina novissimo partu Juliam edidit. Tum extrema Asiæ, Perinthumque[1] ac Byzantium, Thracias urbes, mox Propontidis angustias[2] et os Ponticum intrat, cupidine veteres locos et fama celebratos noscendi; pariterque provincias, internis certaminibus aut magistratuum injuriis fessas, refovebat; atque illum in regressu, sacra Samothracum[3] visere nitentem, obvii aquilones depulere. Igitur adito Ilio, quæque ibi varietate fortunæ et nostri origine veneranda, relegit Asiam. appellitque Colophona, ut Clarii Apollinis oraculo[4] uteretur. Non femina illic, ut apud Delphos, sed certis e familiis, et ferme Mileto[5], accitus sacerdos numerum modo consultantium et nomina audit; tum in specum degressus, hausta fontis arcani aqua,

avec les honneurs les plus recherchés, rappelant les actions et les paroles mémorables de leurs ancêtres pour donner à leur flatterie plus de dignité.

LIV. Gagnant ensuite l'Eubée, il passa par Lesbos, où Agrippine mit au monde Julie, le dernier de ses enfants. Il longe ensuite les extrémités de la côte d'Asie, visite dans la Thrace Périnthe et Byzance, et pénètre par la Propontide jusqu'à l'embouchure de l'Euxin, curieux de connaître des lieux que l'antiquité et la renommée ont rendus célèbres. En même temps il remédiait aux maux des provinces, apaisait leurs dissensions, réprimait l'injustice des magistrats. A son retour, il voulait voir les mystères des Samothraces; mais les vents du nord l'écartèrent de cette route. Après avoir visité Ilion et ses ruines si vénérables par l'idée qu'elles rappellent des vicissitudes du sort et de l'origine de Rome, il côtoie de nouveau l'Asie et va débarquer à Colophon, pour y consulter l'oracle d'Apollon de Claros. L'interprète du dieu n'est point une femme, comme à Delphes; c'est un prêtre, pris dans certaines familles, et presque toujours à Milet. Il ne fait que demander le nombre et le nom des personnes qui se présentent, se retire dans une grotte, boit de l'eau d'une fontaine mys-

honoribus quæsitissimis,
præferentes vetera facta
dictaque suorum,
quo adulatio
haberet plus dignationis.

avec les honneurs les plus recherchés,
mettant-en-avant les anciennes actions
et les paroles de leurs *ancêtres*,
afin que l'adulation
eût plus de prix.

LIV. Eubœa petita inde,
tramisit Lesbum,
ubi Agrippina
novissimo partu
edidit Juliam.
Tum intrat
extrema Asiæ,
Perinthumque
ac Byzantium,
urbes Thracias,
mox angustias Propontidis
et os Ponticum,
cupidine noscendi locos
veteres et celebratos fama;
pariterque
refovebat provincias
fessas
certaminibus internis,
aut injuriis magistratuum;
atque aquilones obvii
depulere illum,
nitentem in regressu
visere sacra Samothracum.
Igitur Ilio adito,
quæque veneranda ibi
varietate fortunæ
et origine nostri,
relegit Asiam,
appellitque Colophona,
ut uteretur oraculo
Apollinis Clarii.
Illic non femina,
ut apud Delphos,
sed sacerdos accitus
e certis familiis,
et ferme Mileto,
audit modo
numerum et nomina
consultantium;
tum degressus in specum,
aqua fontis arcani
hausta,

LIV. L'Eubée ayant été gagnée de là,
il passa à Lesbos,
où Agrippine
par un dernier enfantement
mit-au-monde Julie.
Alors il entre
sur les extrêmes *limites* de l'Asie,
et à Périnthe
et à Byzance,
villes de-Thrace,
puis dans le détroit de la Propontide
et dans l'embouchure du-Pont,
par le désir de connaître des lieux
anciens et célébrés par la renommée ;
et pareillement
il soulageait les provinces
fatiguées
par des luttes intestines,
ou par les injustices des magistrats ;
et les vents-du-nord qu'il-rencontra
écartèrent lui,
qui cherchait au retour
à visiter les mystères des Samothraces.
Donc Ilion étant abordé,
et *toutes les choses* qui *sont* vénérables là
par les vicissitudes de la fortune
et l'origine de nous,
il côtoie-de-nouveau l'Asie,
et aborde à Colophon,
afin qu'il usât de l'oracle
d'Apollon de-Claros.
Là *ce n'est* pas une femme,
comme à Delphes,
mais un prêtre appelé (choisi)
de (dans) certaines familles,
et presque-toujours de Milet,
entend seulement
le nombre et les noms
de ceux qui consultent *l'oracle* ;
alors s'étant retiré dans une grotte,
de l'eau d'une fontaine mystérieuse
étant bue,

ignarus plerumque litterarum et carminum, edit responsa versibus compositis, super rebus quas quis mente concepit : et ferebatur Germanico per ambages, ut mos oraculis, maturum exitium cecinisse.

LV. At Cn. Piso, quo properantius destinata inciperet, civitatem Atheniensium, turbido incessu exterritam, oratione sæva increpat, oblique Germanicum præstringens, « quod, contra decus Romani nominis, non Athenienses, tot cladibus exstinctos[1], sed colluviem illam nationum[2] comitate nimia coluisset : hos enim esse Mithridatis adversus Sullam, Antonii adversus divum Augustum socios. » Etiam vetera objectabat, quæ in Macedones improspere, violenter in suos fecissent : offensus urbi propria quoque ira; quia Theophilum quemdam, Areo[3] judicio falsi damnatum, precibus suis non concederent. Exin, navigatione celeri per Cycladas et compendia maris, assequitur Germanicum apud insulam Rhodum,

térieuse, et ensuite, quoiqu'il ne soit communément ni lettré ni poëte, il donne ses réponses en vers sur ce que chacun a désiré intérieurement de savoir. On prétendait qu'en termes obscurs, suivant l'usage des oracles, celui-ci avait annoncé à Germanicus une fin prématurée.

LV. Cependant, afin de commencer plus tôt l'exécution de ses desseins, Pison, après avoir jeté l'effroi dans Athènes par le fracas de son entrée, réprimande les habitants dans un discours plein de violence, où il reprochait indirectement à Germanicus d'avoir avili le nom romain, en traitant avec des ménagements excessifs ce vil ramas de toutes les nations, qu'il fallait se garder de confondre avec l'ancien peuple athénien, détruit depuis longtemps par des désastres multipliés : c'étaient eux en effet qui avaient fait cause commune avec Mithridate contre Sylla, avec Antoine contre le divin Auguste. Il allait chercher aussi dans des temps plus reculés leurs guerres malheureuses contre les Macédoniens, leurs violences envers leurs concitoyens, animé qu'il était par des ressentiments particuliers contre une ville qui lui avait refusé la grâce d'un certain Théophile, condamné pour faux par l'Aréopage. De là, coupant à travers les Cyclades par les chemins les plus courts, Pison accélère sa navigation,

ignarus plerumque | ignorant la-plupart-du-temps
litterarum et carminum, | les lettres et les vers,
edit responsa | il rend des réponses
versibus compositis, | en vers arrangés (réguliers),
super rebus quas quis | sur les choses que chacun
concepit mente : | a conçues dans *son* esprit :
et ferebatur | et il était rapporté
cecinisse Germanico | avoir chanté (prédit) à Germanicus
per ambages, | par des ambiguités,
ut mos oraculis, | comme *c'est* la coutume aux oracles,
exitium maturum. | une fin prématurée.

LV. At Cn. Piso, | LV. Mais Cn. Pison,
quo inciperet properantius | afin qu'il commençât plus tôt
destinata, | les choses résolues,
increpat oratione sæva | gourmande par un discours violent
civitatem Atheniensium, | la cité des Athéniens,
exterritam incessu turbido, | effrayée de *son* entrée furieuse,
perstringens oblique | attaquant indirectement
Germanicum, | Germanicus,
« quod, contra decus | « de ce que, contre l'honneur
nominis Romani, | du nom romain,
coluisset nimia comitate | il avait courtisé par une excessive affabilité
non Athenienses, | non les Athéniens,
exstinctos tot cladibus, | anéantis par tant de défaites,
sed illam colluviem | mais ce ramas
nationum : | de nations :
hos enim | car ceux-là
esse socios Mithridatis | être les alliés de Mithridate
adversus Sullam, | contre Sylla,
Antonii   [tum. » | d'Antoine
adversus divum Augus- | contre le divin Auguste. »
Objectabat etiam | Il *leur* reprochait aussi
vetera | les *guerres* anciennes
quæ fecissent improspere | qu'ils avaient faites sans-succès
in Macedones, | contre les Macédoniens,
violenter in suos : | avec-cruauté contre les leurs :
offensus urbi quoque | animé-contre la ville aussi
ira propria, | d'un ressentiment personnel,
quia non concederent | parce qu'ils n'accordaient pas
suis precibus | à ses prières
quemdam Theophilum, | un certain Théophile,
damnatum falsi | condamné pour faux
judicio Areo. | par un jugement de-l'Aréopage.
Exin, navigatione celeri, | Ensuite, par une navigation rapide,
per Cycladas | à travers les Cyclades
et compendia maris, | et les routes-abrégées de la mer,
assequitur | il atteint

haud nescium quibus insectationibus petitus foret ; sed tanta
mansuetudine agebat, ut, quum orta tempestas raperet in
abrupta, possetque interitus inimici ad casum referri, miserit
triremes , quarum subsidio discrimini eximeretur. Neque tamen mitigatus Piso, et vix diei moram perpessus, linquit Germanicum prævenitque; et, postquam Syriam ac legiones
attigit , largitione , ambitu , infimos manipularium juvando ,
quum veteres centuriones, severos tribunos demoveret , loca-
que eorum clientibus suis vel deterrimo cuique attribueret ,
desidiam in castris, licentiam in urbibus, vagum ac lascivientem per agros militem sineret , eo usque corruptionis provectus est, ut sermone vulgi parens legionum haberetur. Nec
Plancina se intra decora feminis tenebat : sed exercitio equitum , decursibus cohortium interesse ; in Agrippinam , in Ger-

et atteint Germanicus à Rhodes. Celui-ci n'ignorait pas les insultes
dont il avait été l'objet ; mais telle était sa générosité, que, voyant
une tempête emporter Pison contre des rochers, il envoya ses vaisseaux pour sauver un ennemi dont la mort n'aurait pu être impu-
tée qu'au hasard. Ce procédé n'adoucit point Pison. A peine s'arrête-
t-il un jour, il quitte et devance Germanicus, et n'est pas plutôt
arrivé en Syrie, qu'il s'applique à gagner l'armée. Largesses, condes-
cendances, il emploie tout; caressant les moindres soldats, licenciant
les vieux centurions, les tribuns sévères , leur substituant ses créatures ou les hommes les plus pervers, favorisant la paresse dans le
camp, la licence dans les villes, les courses et le brigandage du soldat dans les campagnes, poussant enfin si loin la corruption , que la
multitude ne le nomme plus que le père des légions. De son côté,
Plancine, bravant les bienséances de son sexe, assistait aux exercices
de la cavalerie, aux évolutions des cohortes, invectivait contre

apud insulam Rhodum	auprès de l'île *de* Rhodes
Germanicum,	Germanicus,
haud nescium	non ignorant
quibus insectationibus	par quelles invectives
petitus foret ;	il avait été attaqué ;
sed agebat	mais il se conduisait
tanta mansuetudine	avec une si-grande douceur
ut, quum tempestas orta	que, comme une tempête s'étant élevée
raperet in abrupta,	entraînait *Pison* sur des écueils,
interitusque inimici	et *que* la mort de *son* ennemi
posset referri ad casum ,	pouvait être rapportée au hasard,
miserit triremes	il envoya des trirèmes
subsidio quarum	par le secours desquelles
eximeretur discrimini.	il fût arraché au danger.
Neque tamen Piso	Et cependant Pison
mitigatus ,	ne *fut* pas adouci,
et, perpessus vix	et, ayant supporté à peine
moram diei,	le retard d'un jour,
linquit Germanicum	il laisse Germanicus
prævenitque ;	et *le* devance ;
et, postquam attigit	et, après qu'il eut atteint
Syriam ac legiones,	la Syrie et les légions,
largitione, ambitu,	par des largesses, par de l'intrigue,
juvando	en aidant
infimos manipularium,	les derniers des légionnaires,
quum demoveret	alors qu'il écartait
veteres centuriones,	les vieux centurions,
tribunos severos,	les tribuns sévères,
attribueretque loca eorum	et donnait les places d'eux
suis clientibus	à ses clients
vel cuique deterrimo,	ou à chaque *soldat* très-mauvais,
sineret desidiam in castris,	autorisait l'oisiveté dans le camp,
licentiam in urbibus,	la licence dans les villes,
militem vagum	le sòldat vagabond
ac lascivientem per agros,	et effréné dans les campagnes,
provectus est usque eo	il en vint jusque là (à ce point)
corruptionis,	de corruption,
ut, sermone vulgi,	que, dans les propos de la multitude,
haberetur parens	il était tenu *pour* le père
legionum.	des légions.
Nec Plancina se tenebat	Plancine aussi ne se contenait pas
intra decora feminis :	dans les *limites* bienséantes aux femmes:
sed interesse	mais *elle ne cessait* d'assister
exercitio equitum,	aux exercices des cavaliers,
decursibus cohortium ,	aux évolutions des cohortes ;
jacere contumelias	de lancer des injures
in Agrippinam,	contre Agrippine,

manicum contumelias jacere ; quibusdam etiam bonorum
militum ad mala obsequia promptis, quod haud invito imperatore ea fieri occultus rumor incedebat.

LVI. Nota hæc Germanico ; sed præverti ad Armenios instantior cura fuit. Ambigua gens ea antiquitus, hominum ingeniis et situ terrarum, quo , nostris provinciis late prætenta ,
penitus ad Medos porrigitur ; maximisque imperiis interjecti
et sæpius discordes [1] sunt , adversus Romanos odio, et in
Parthum invidia. Regem illa tempestate non habebant, amoto
Vonone ; sed favor nationis inclinabat in Zenonem , Polemonis regis Pontici filium, quod is, prima ab infantia instituta et
cultum Armeniorum æmulatus , venatu, epulis , et quæ alia
barbari celebrant, proceres plebemque juxta devinxerat.
Igitur Germanicus in urbe Artaxata, approbantibus nobilibus,
circumfusa multitudine , insigne regium capiti ejus imposuit :
ceteri, venerantes regem , Artaxiam consalutavere ; quod illi

Agrippine, contre Germanicus ; et, comme un bruit sourd s'était
répandu que cette conduite était autorisée par l'empereur, quelques-
uns des soldats même les plus attachés à leurs devoirs se prêtaient
au mal par obéissance.

LVI. Germanicus était instruit de tout ; mais l'Arménie lui parut
demander ses premiers soins. De tout temps la foi de ce royaume fut
douteuse, à cause du caractère des habitants et de la situation du
pays, qui borde une grande étendue de nos provinces, et de l'autre
côté s'enfonce jusqu'à la Médie. Placés entre deux grands empires,
les Arméniens sont presque toujours agités par leur haine contre les
Romains et par leur jalousie contre les Parthes. Depuis qu'on leur
avait ôté Vonon, ils n'avaient point de roi ; mais le vœu public dési-
gnait le fils de Polémon, roi de Pont, Zénon, qui dès son enfance
avait adopté les usages, la manière de vivre des Arméniens, leurs
chasses, leurs festins, tous les goûts des Barbares, et s'était ainsi
également concilié les grands et le peuple. Germanicus se rend donc
dans la ville d'Artaxate, et du consentement des nobles, aux acclamations de la multitude, il le couronne lui-même de sa main. Le

in Germanicum ;

contre Germanicus ;

quibusdam etiam

quelques-uns même

honorum militum

des bons soldats

promptis

étant portés

ad mala obsequia,

à une mauvaise obéissance,

quod rumor occultus

parce qu'un bruit sourd

incedebat

se répandait

ea fieri

cela se faire

imperatore haud invito.

l'empereur n'*y* répugnant pas.

LVI. Hæc nota

LVI. Ces choses *étaient* connues

Germanico;

de Germanicus ;

sed cura instantior

mais *son* soin plus pressant

fuit præverti ad Armenios.

fut de courir vers les Arméniens.

Ea gens ambigua antiquitus

Cette nation *fut* équivoque de-tout temps

ingeniis hominum,

par les caractères des hommes,

et situ terrarum,

et par la situation des terres,

quo porrigitur penitus

par laquelle elle s'étend au-fond

ad Medos,

vers les Mèdes,

prætenta late

étendue-devant (bordant) au loin

nostris provinciis ;

nos provinces ;

suntque interjecti

et ils sont placés-entre

maximis imperiis,

de très-grands empires,

et sæpius discordes,

et plus souvent divisés,

odio adversus Romanos,

par haine contre les Romains,

. et invidia in Parthum.

et par jalousie contre le Parthe.

Illa tempestate

En ce temps-là

non habebant regem ,

ils n'avaient pas de roi,

Vonone amoto ;

Vonon ayant été écarté ;

sed favor nationis

mais la faveur de la nation

inclinabat in Zenonem,

penchait vers Zénon,

filium Polemonis

fils de Polémon

regis Pontici,

roi de-Pont,

quod is, ab prima infantia,

parce que celui-ci, dès *sa* première enfance,

æmulatus instituta

ayant imité les institutions

et cultum Armeniorum,

et la manière-de-vivre des Arméniens,

devinxerat juxta

avait (s'était) attaché également

proceres plebemque

les grands et le peuple

venatu, epulis,

par la chasse, les festins,

et quæ alia barbari

et les autres *goûts* que les barbares

celebrant.

exercent-fréquemment.

Igitur Germanicus,

Donc Germanicus,

in urbe Artaxata,

dans la ville *d'*Artaxate,

nobilibus approbantibus,

les nobles *l'*approuvant,

multitudine circumfusa,

la multitude étant répandue-autour *de lui*,

imposuit insigne regium

posa l'insigne royal

capiti ejus : ceteri,

sur la tête de lui : les autres,

venerantes regem,

*l'*honorant *comme* roi,

vocabulum indiderant ex nomine urbis. At Cappadoces, in formam provinciæ redacti, Q. Veranium legatum accepere ; et quædam ex regiis tributis deminuta, quo mitius Romanum imperium speraretur. Commagenis Q. Servæus præponitur, tum primum ad jus prætoris ¹ translatis.

LVII. Cunctaque socialia prospere composita non ideo lætum Germanicum habebant, ob superbiam Pisonis, qui, jussus partem legionum ipse aut per filium in Armeniam ducere. utrumque neglexerat. Cyrrhi ² demum apud hiberna decimæ legionis convenere, firmato vultu, Piso adversus metum, Germanicus ne minari crederetur. Et erat, ut retuli, clementior; sed amici, accendendis offensionibus callidi, intendere vera, aggerere falsa, ipsumque et Plancinam et filios variis modis criminari. Postremo , paucis familiarium adhibitis ,

peuple, se prosternant devant son nouveau souverain, le nomma Artaxias, du nom de la ville. La Cappadoce, qui venait d'être réduite en province romaine, reçut pour gouverneur Q. Véranius, et l'on diminua quelque chose des tributs qu'elle payait à ses rois, afin de la prévenir en faveur de ses nouveaux maîtres. La Commagène reçut aussi la même forme; Q. Servéus fut son premier préteur.

LVII. La joie qu'éprouvait Germanicus d'avoir réglé partout avec succès les affaires de nos alliés était troublée par l'orgueil de Pison, qui, ayant reçu l'ordre de mener lui-même ou de faire conduire par son fils une partie des légions en Arménie, n'avait fait ni l'un ni l'autre. Ils se rencontrèrent pourtant à Cyrre, au camp de la dixième légion, tous deux composant leur visage, Pison affectant de ne point craindre, Germanicus de ne point menacer. Celui-ci d'ailleurs, comme je l'ai dit, était bon; mais ses amis, aigrissant avec adresse ses ressentiments, exagéraient les torts réels, en supposaient d'imaginaires, inculpaient de mille manières différentes Pison, Plancine et leurs enfants. Enfin il y eut une explication en présence de quelques amis.

consalutavere Artaxiam ;
quod vocabulum
indiderant illi
ex nomine urbis.
At Cappadoces,
redacti
in formam provinciæ,
accepere legatum
Q. Veranium ;
et quædam
ex tributis regiis
deminuta,
quo imperium Romanum
speraretur mitius.
Q. Servæus
præponitur Commagenis,
tum primum translatis
ad jus prætoris.
　　LVII. Cunctaque
socialia
composita prospere
non habebant ideo
Germanicum lætum,
ob superbiam Pisonis,
qui, jussus
ducere in Armeniam
partem legionum
ipse aut per filium,
neglexerat utrumque.
Demum Cyrri convenere
apud hiberna
decumæ legionis,
vultu firmato,
Piso adversus metum,
Germanicus
ne crederetur minari.
Et erat, ut retuli,
clementior ;
sed amici, callidi
accendendis offensionibus,
intendere vera,
aggerere falsa,
criminarique variis modis
ipsum et Plancinam
et filios.
Postremo,
paucis familiarium

le saluèrent *du nom d*'Artaxias;
laquelle appellation
ils avaient appliquée à lui
du nom de la ville.
Mais les Cappadociens
réduits
en forme de province,
reçurent *pour* gouverneur
Q. Véranius ;
et certains
des tributs royaux
furent diminués,
afin que l'autorité romaine
fût espérée plus douce.
Q. Servéus
est mis-à-la-tête des Commagéniens,
alors pour-la-première-fois transportés
à l'autorité d'un préteur.
　　LVII. Et toutes les *affaires*
des-alliés
arrangées heureusement
n'avaient (ne rendaient) pas pour-cela
Germanicus joyeux,
à cause de l'orgueil de Pison,
qui, ayant reçu-l'ordre
de conduire en Arménie
une partie des légions
lui-même ou par *son* fils,
avait négligé l'un-et-l'autre.
Enfin à Cyrre ils se réunirent
aux quartiers-d'hiver
de la dixième légion,
d'un air assuré,
Pison contre la crainte,
Germanicus
pour qu'il ne fût pas cru menacer.
Et il était, comme j'ai rapporté,
trop clément ;
mais *ses* amis, habiles
à enflammer *ses* ressentiments,
de grandir les *torts* réels,
d'accumuler les *torts* supposés,
et d'accuser de différentes manières
lui-même (Pison) et Plancine
et *leurs* fils.
Enfin,
quelques-uns des amis

sermo cœptus a Cæsare, qualem ira et dissimulatio gignit;
responsum a Pisone precibus contumacibus, discesseruntque
opertis odiis : postque rarus in tribunali Cæsaris Piso ; et , si
quando assideret, atrox ac dissentire manifestus. Vox quoque
ejus audita est in convivio, quum apud regem Nabatæorum [1]
coronæ aureæ magno pondere Cæsari et Agrippinæ, leves
Pisoni et ceteris offerrentur : « Principis Romani, non Parthi
regis filio eas epulas dari. » Abjecitque simul coronam , et
multa in luxum addidit ; quæ Germanico, quanquam acerba ,
tolerabantur tamen.

LVIII. Inter quæ ab rege Parthorum Artabano legati venere.
Miserat amicitiam ac fœdus memoraturos , et « cupere renovari dextras [2], daturumque honori Germanici ut ripam Euphratis accederet ; petere interim ne Vonones in Syria haberetur,
neu proceres gentium [3] propinquis nuntiis ad discordias trahe-

Germanicus commença dans les termes que pouvaient suggérer la
colère et la dissimulation ; Pison répondit par des excuses arrogantes :
ils se quittèrent avec une haine concentrée. Depuis lors, Pison parut
rarement au tribunal de Germanicus , et , quand il siégea, ce fut
avec humeur et avec un air d'improbation qui perçait visiblement.
On l'entendit même, à un festin donné par le roi des Nabatéens, où
des couronnes d'or d'un grand poids furent offertes à Germanicus et
à Agrippine, de plus légères à Pison et aux autres, s'écrier que « ce
repas était offert au fils du prince des Romains, et non à celui du roi
des Parthes. » En même temps il jeta sa couronne et fit une sortie
contre le luxe. Ces outrages, tout cruels qu'ils étaient, étaient dé-
vorés cependant par Germanicus.

LVIII. Sur ces entrefaites arrivèrent des ambassadeurs d'Artaban,
roi des Parthes, chargés par lui de rappeler l'alliance et l'amitié qui
unissaient les deux empires, et de déclarer « qu'il désirait renouveler
le traité en personne ; que, par égard pour Germanicus, il s'avance-
rait jusqu'à la rive de l'Euphrate ; qu'en attendant il demandait qu'on
ne laissât plus en Syrie Vonon, qui abusait de la proximité pour ex
citer à la révolte les grands du royaume » Germanicus répond

adhibitis,

ayant été admis,

sermo cœptus a Cæsare,

un entretien *fut* commencé par César,

qualem ira et dissimulatio

tel que la colère et la dissimulation

gignit;

en enfantent (suggèrent) ;

responsum a Pisone

il fut répondu par Pison

precibus contumacibus,

avec des prières (excuses) insolentes,

discesseruntque

et ils se séparèrent

odiis opertis:

avec des haines couvertes :

postque Piso rarus

et depuis Pison *était* rare

in tribunali Cæsaris;

au tribunal de César;

et, si quando assideret,

et, si parfois il *y* siégeait,

atrox

il était de-mauvaise-humeur

ac manifestus

et faisant-bien-voir

dissentire.

lui être-en-opposition *avec César.*

Vox quoque ejus

Un mot aussi de lui

audita est in convivio,

fut entendu dans un festin,

quum,

lorsque,

apud regem Nabatæorum,

chez le roi des Nabatéens,

coronæ aureæ

des couronnes d'-or

magno pondere

d'un grand poids

offerrentur Cæsari

étaient offertes à César

et Agrippinæ,

et à Agrippine,

leves Pisoni et ceteris :

et de légères à Pison et aux autres :

« Eas epulas dari

« Ce repas être donné

filio principis Romani,

au fils d'un prince romain,

non regis Parthi. »

et non d'un roi Parthe. »

Simulque abjecit coronam,

Et en-même-temps il jeta *sa* couronne,

et addidit in luxum multa;

et ajouta contre le luxe bien-des *paroles*;

quæ, quanquam acerba,

lesquelles choses, quoique amères,

tolerabantur tamen

étaient supportées cependant

Germanico.

par Germanicus.

LVIII. Inter quæ

LVIII. Parmi ces *événements*

legati venere

des députés vinrent

ab Artabano

de-la-part d'Artaban

rege Parthorum.

roi des Parthes.

Miserat memoraturos

Il *les* avait envoyés devant rappeler

amicitiam et fœdus,

l'amitié et l'alliance,

et « cupere

et *dire* « *lui* désirer   [ment du traité),

dextras renovari

les mains être renouvelées (le renouvelle-

daturumque

et devoir donner

honori Germanici

à l'honneur de Germanicus

ut accederet

qu'il s'approchât

ripam Euphratis;

de la rive de l'Euphrate;

interim petere ne Vonones

cependant demander que Vonon

haberetur in Syria,

ne fût pas maintenu en Syrie,

neu traheret ad discordias

et qu'il n'entraînât pas aux discordes

proceres gentium

les grands des nations

ret. » Ad ea Germanicus de societate Romanorum Parthorumque magnifice, de adventu regis et cultu sui cum decore
ac modestia respondit. Vonones Pompeiopolim, Ciliciæ maritimam urbem, amotus est : datum id non modo precibus Artabani, sed contumeliæ Pisonis, cui gratissimus erat ob plurima officia et dona, quibus Plancinam devinxerat.

LIX. M. Silano, L. Norbano consulibus, Germanicus Ægyptum proficiscitur, cognoscendæ antiquitatis [1] ; sed cura provinciæ prætendebatur ; levavitque, apertis horreis, pretia
frugum ; multaque in vulgus grata usurpavit ; sine milite incedere, pedibus intectis [2] et pari cum Græcis amictu, P. Scipionis æmulatione [3], quem eadem factitavisse apud Siciliam,
quamvis flagrante adhuc Pœnorum bello, accepimus. Tiberius, cultu habituque ejus lenibus verbis præstricto, acerrime
increpuit quod, contra instituta Augusti, non sponte principis,

avec dignité sur l'alliance des Romains et des Parthes, avec grâce et
modestie sur la visite du roi et sur l'honneur qu'il faisait à sa personne. Vonon fut relégué à Pompéiopolis, ville maritime de Cilicie :
en satisfaisant ainsi Artaban, Germanicus mortifiait Pison, à qui
Vonon s'était rendu agréable par les soins et les présents qu'il pro-
diguait à Plancine.

LIX. Sous le consulat de M. Silanus et de L. Norbanus, Germanicus fit un voyage en Égypte pour en connaître les antiquités, mais il
prit pour prétexte les besoins de la province. Il fit baisser le prix des
grains en ouvrant les greniers publics, et se rendit cher à la multitude, marchant sans gardes, avec la chaussure et l'habit grecs, à
l'exemple de P. Scipion, qui, au plus fort de la guerre punique, avait
agi de même en Sicile. Tibère se borna à de légères critiques sur la
parure et la manière de vivre de Germanicus, mais il lui reprocha
très-durement d'être entré sans ordre à Alexandrie, au mépris du

nuntiis propinquis. »
Germanicus respondit ad ea
de societate Romanorum
Parthorumque
magnifice,
de adventu regis
et cultu sui
cum decore ac modestia.
Vonones amotus est
Pompeiopolim,
urbem maritimam Ciliciæ:
id datum
non modo precibus
Artabani,
sed contumeliæ Pisonis,
cui erat gratissimus,
ob plurima officia et dona,
quibus
devinxerat Plancinam.

LIX. M. Silano,
L. Norbano consulibus,
Germanicus
proficiscitur Ægyptum,
cognoscendæ antiquitatis;
sed cura provinciæ
prætendebatur;
horreisque apertis,
levavit pretia frugum;
usurpavitque multa
grata in vulgus;
incedere sine milite,
pedibus intectis,
et amictu pari
cum Græcis,
æmulatione P. Scipionis,
quem accepimus
factitavisse
eadem
apud Siciliam,
quamvis bello Pœnorum
flagrante adhuc.
Tiberius,
cultu habituque ejus
præstricto verbis lenibus,
increpuit acerrime
quod,
contra instituta Augusti,

par des émissaires voisins. »
Germanicus répondit à cela
touchant l'alliance des Romains
et des Parthes
magnifiquement,
touchant l'arrivée du roi
et la déférence pour lui-même
avec dignité et modestie.
Vonon fut relégué
à Pompéiopolis,
ville maritime de Cilicie:
cela fut donné (accordé)
non-seulement aux prières
d'Artaban,
mais encore à un affront de (envers) Pison,
à qui Vonon était très-agréable,
à cause de très-nombreux soins et pré-
par lesquels   [sents,
il avait (s'était) attaché Plancine.

LIX. M. Silanus
et L. Norbanus étant consuls,
Germanicus
part pour l'Égypte,
en vue d'en connaître les antiquités;
mais le soin de la province
était mis-en-avant;
et les greniers ayant été ouverts,
il abaissa les prix des grains;
et il prit beaucoup-de mesures
agréables à la multitude;
marcher sans soldat,
les pieds non-couverts,
et avec un manteau pareil
avec les (à celui des) Grecs,
par imitation de P. Scipion,
que nous avons appris
avoir eu-l'habitude-de-faire
les mêmes choses
en Sicile,
quoique la guerre des Carthaginois
étant ardente encore.
Tibère,
le costume et l'extérieur de lui
ayant été critiqués en termes doux,
le blâma très-vivement
de ce que,
contre les institutions d'Auguste,

Alexandriam introisset. Nam Augustus, inter alia dominationis arcana, vetitis, nisi permissu, ingredi senatoribus aut
equitibus Romanis illustribus [1], seposuit Ægyptum : ne fame
urgeret Italiam, quisquis eam provinciam, claustraque terræ
ac maris [2], quamvis levi præsidio adversum ingentes exerci
tus, insedisset.

LX. Sed Germanicus, nondum comperto profectionem eam
incusari, Nilo subvehebatur, orsus oppido a Canopo. Condidere id Spartani ob sepultum illic rectorem navis Canopum,
qua tempestate Menelaus, Græciam repetens, diversum ad
mare terramque Libyam dejectus. Inde proximum amnis os
dicatum Herculi, quem indigenæ ortum apud se et antiquissimum perhibent, eosque, qui postea pari virtute fuerint, in
cognomentum ejus adscitos. Mox visit veterum Thebarum
magna vestigia; et manebant structis molibus litteræ Ægyp
tiæ [3], priorem opulentiam complexæ : jussusque e senioribus

règlement d'Auguste; car ce fut un des secrets de la politique de ce
prince de séquestrer l'Égypte. Il défendit aux sénateurs ou aux chevaliers de marque d'y mettre le pied sans permission, dans la crainte
qu'on n'affamât l'Italie, en s'emparant de cette province au moyen
de quelques places qui sont la clef de la terre et de la mer, et que
peu de troupes peuvent défendre contre de grandes armées.

LX. Cependant Germanicus, qui ne savait point encore qu'on lui
faisait un crime de ce voyage, s'était embarqué sur le Nil à Canope.
Cette ville fut bâtie par les Spartiates, à l'endroit où fut enterré un
de leurs pilotes, nommé Canope, au temps où Ménélas, voulant regagner la Grèce, fut jeté dans une autre mer sur la côte de Libye.
Près de Canope est une embouchure du fleuve consacrée à Hercule;
les Égyptiens prétendent qu'il est né dans leur pays, qu'il est antérieur à tous les autres Hercules, et qu'on a donné son nom dans l
suite aux héros qui l'égalaient en valeur. Germanicus visita ce lieu,
et ensuite les magnifiques ruines de l'ancienne Thèbes. On voyai
sur des monuments d'une structure colossale des caractères égyptien
qui attestaient sa première opulence. Un vieux prêtre, qu'il pria d

non sponte principis,
iutroisset Alexandriam.
Nam Augustus,
inter alia arcana
dominationis,
seposuit Ægyptum,
senatoribus
aut equitibus Romanis
illustribus
vetitis ingredi,
nisi permissu ;
ne quisquis insedisset
eam provinciam,
claustraque terræ ac maris,
præsidio quamvis levi [tus,
adversum ingentes exerci-
urgeret Italiam fame.
LX. Sed Germanicus,
nondum comperto
eam profectionem accusari,
subvehebatur Nilo,
orsus ab oppido Canopo.
Spartani condidere id
ob rectorem navis
Canopum sepultum illic,
tempestate qua Menelaus,
repetens Græciam,
dejectus ad mare diversum
terramque Libyam.
Os amnis
proximum inde
dicatum Herculi,
quem indigenæ perhibent
ortum apud se
et antiquissimum,
eosque qui postea
fuerint virtute pari
adscitos
in cognomentum ejus.
Mox visit magna vestigia
veterum Thebarum ;
et molibus structis
manebant
litteræ Ægyptiæ,
complexæ
priorem opulentiam :
eque senioribus sacerdotum

non avec l'agrément du prince,
il était entré à Alexandrie.
Car Auguste,
entre autres secrets
de domination,
séquestra l'Egypte,
les sénateurs
ou les chevaliers romains
illustres
ayant reçu-défense d'y entrer,
sinon avec une permission ;
de peur que quiconque se serait établi
dans cette province,
et *ces* barrières de la terre et de la mer,
avec une garnison quoique faible
contre de grandes armées,
ne pressât l'Italie par la famine.
LX. Mais Germanicus,
la nouvelle n'étant pas encore sue
ce départ être accusé,
était porté-sur le Nil,
ayant commencé par la ville *de* Canope.
Les Spartiates fondèrent cette *ville*
à cause du gouverneur de vaisseau (pilote)
Canope enseveli là,
dans le temps où Ménélas,
regagnant la Grèce,
fut poussé vers la mer opposée
et *vers* la terre *de* Libye.
L'embouchure du fleuve
la plus voisine de là
est consacrée à Hercule,
que les indigènes disent
être né chez eux
et le plus ancien,
et ceux qui dans-la-suite
furent d'une valeur semblable
avoir été admis
au surnom de lui.
Puis il visite les grands vestiges
de l'antique Thèbes ;
et sur des masses élevées
subsistaient
des caractères égyptiens,
embrassant (attestant)
sa première opulence:
et *un* des plus vieux des prêtres

sacerdotum patrium sermonem interpretari, referebat a habitasse quondam septingenta millia [1] ætate militari; atque eo cum exercitu regem Rhamsen [2] Libya, Æthiopia Medisque et Persis et Bactriano ac Scytha potitum; quasque terras Syrii Armeniique et contigui Cappadoces colunt, inde Bithynum, hinc Lycium ad mare, imperio tenuisse. » Legebantur et indicta gentibus tributa, pondus argenti et auri, numerus armorum equorumque, et dona templis, ebur atque odores, quasque copias frumenti et omnium utensilium quæque natio penderet, haud minus magnifica quam nunc vi Parthorum aut potentia Romana jubentur.

LXI. Ceterum Germanicus aliis quoque miraculis intendit animum : quorum præcipua fuere Memnonis saxea effigies, ubi radiis solis icta est, vocalem sonum reddens; disjectasque inter et vix pervias arenas instar montium eductæ pyramides, certamine et opibus regum; lacusque [3], effossa humo, superfluentis Nili receptacula; atque alibi angustiæ et profunda

les lui expliquer, lui dit « que cette ville avait autrefois contenu sept cent mille habitants en âge de porter les armes; qu'avec cette armée, le roi Rhamsès avait conquis la Libye, l'Éthiopie, la Médie, la Perse, la Bactriane, la Scythie, et que tout le pays habité par les Syriens, les Arméniens et les Cappadociens, depuis la mer de Bithynie jusqu'à celle de Lycie, avait appartenu à son empire. » On lisait aussi dans ces inscriptions le détail des tributs imposés à ces nations, les sommes d'or et d'argent, le nombre d'armes et de chevaux, les quantités d'ivoire et de parfums pour les temples, le blé et les autres provisions que payait chaque peuple; tributs non moins considérables que ceux que lèvent de nos jours sur leurs sujets les Parthes et les Romains.

LXI. Germanicus observa encore d'autres merveilles, surtout la statue de pierre de Memnon, qui, lorsqu'elle est frappée des rayons du soleil, rend le son d'une voix humaine; ces pyramides, semblables à des montagnes, élevées au milieu de sables mouvants et presque inaccessibles, monument du faste et de l'émulation des rois égyptiens; ces lacs creusés pour recevoir les débordements du Nil; et,

jussus interpretari
sermonem patrium,
referebat
« septingenta millia
ætate militari
habitasse quondam ;
atque cum eo exercitu
regem Rhamsen
potitum Libya, Æthiopia,
Medisque et Persis,
et Bactriano ac Scytha;
tenuisseque imperio
terras quas colunt Syrii
Armeniique
et Cappadoces contigui,
inde ad mare Bithynum,
hinc ad Lycium. »
Et tributa indicta gentibus
legebantur,
pondus argenti et auri,
numerus armorum
equorumque,
et dona templis,
ebur atque odores,
quasque copias frumenti
et omnium utensilium
quæque natio penderet,
naud minus magnifica
quam nunc jubentur
vi Parthorum,
aut potentia Romana.
LXI. Ceterum
Germanicus
intendit animum
aliis miraculis quoque :
quorum præcipua fuere
effigies saxea Memnonis,
reddens sonum vocalem,
ubi icta est radiis solis;
pyramidesque eductæ
instar montium,
certamine et opibus regum,
inter arenas disjectas
et vix pervias ;
lacusque,
receptacula
Nili superfluentis,

engagé à interpréter
la langue du-pays,
exposait
« sept cent mille *hommes*
d'âge militaire
avoir habité *là* jadis ;
et avec cette armée
le roi Rhamsès
s'être emparé de la Libye, de l'Éthiopie,
et des Mèdes et des Perses,
et du Bactrien et du Scythe;
et avoir tenu sous *son* empire
les terres qu'habitent les Syriens
et les Arméniens
et les Cappadociens limitrophes,
d'un côté jusqu'à la mer de-Bithynie,
de l'autre jusqu'à la *mer* de Lycie. »
Aussi les tributs imposés aux nations
se lisaient (étaient inscrits là),
le poids d'argent et d'or,
le nombre d'armes
et de chevaux,
et les dons *faits* aux temples,
l'ivoire et les parfums,
et quelles quantités de blés
et de toutes les provisions
chaque nation payait,
tributs non moins magnifiques
que *ceux qui* maintenant sont ordonnés
par la force des Parthes,
ou la puissance des-Romains.
LXI. Au reste
Germanicus
appliqua *son* esprit
à d'autres merveilles aussi:
dont les principales furent
la statue de-pierre de Memnon,
qui rend le son d'une-voix, [leil
dès qu'elle a été frappée des rayons du so
et des pyramides élevées
à l'instar de montagnes,
par l'émulation et les richesses des rois,
au milieu de sables dispersés (mouvants)
et à peine praticables ;
et des lacs,
réservoirs
du Nil débordé,

altitudo·[1], nullis inquirentium spatiis penetrabilis. Exin ventum Elephantinen ac Syenen [2], claustra olim Romani imperii, quod nunc Rubrum ad mare patescit[3].

LXII. Dum ea æstas Germanico plures per provincias transigitur, haud leve decus Drusus quæsivit, illiciens Germanos ad discordias, utque fracto jam Maroboduo usque in exitium insisteretur. Erat inter Gothones [4] nobilis juvenis, nomine Catualda, profugus olim vi Marobodui, et tunc, dubiis rebus ejus, ultionem ausus. Is valida manu fines Marcomanorum ingreditur, corruptisque primoribus ad societatem, irrumpit regiam castellumque juxta situm. Veteres illic Suevorum prædæ, et nostris e provinciis lixæ ac negotiatores reperti; quos jus commercii, dein cupido augendi pecuniam, postremum oblivio patriæ, suis quemque ab sedibus hostilem in agrum transtulit.

plus loin, ce détroit où le fleuve resserré creuse un abîme dont nul homme n'a pu sonder la profondeur. De là il se rendit à Éléphantine et à Syène, alors barrières de l'empire romain, qui s'étend maintenant jusqu'à la mer Rouge.

LXII. Pendant que Germanicus employait l'été à visiter plusieurs provinces, Drusus ne se fit pas peu d'honneur par son habileté à semer la division parmi les Germains, et à profiter de l'affaiblissement de Maroboduus pour lui susciter une guerre qui consommât sa ruine. Il y avait parmi les Gothons un jeune homme d'une haute naissance, nommé Catualda, jadis obligé de fuir devant la puissance de Maroboduus, et qui maintenant, enhardi par ses malheurs, cherchait à se venger. Il entre avec un corps de troupes considérable sur les terres des Marcomans; et, soutenu des principaux chefs qu'il avait gagnés, il force la ville royale et le château qui la défendait. Cette place servait depuis longtemps de dépôt au butin des Suèves. On y trouva des vivandiers et des marchands de nos provinces, que le commerce avait attirés, que l'espoir du gain avait retenus, et qu'enfin l'oubli de la patrie avait fixés, loin de eurs foyers, sur ces terres ennemies.

humo effossa ;
atque alibi angustiæ,
et altitudo profunda,
penetrabilis
nullis spatiis
inquirentium.
Exin ventum
Elephantinen ac Syenen,
olim claustra
imperii Romani,
quod nunc patescit
ad mare Rubrum.

LXII. Dum ea æstas
transigitur Germanico
per plures provincias,
Drusus quæsivit
decus haud leve,
illiciens Germanos
ad discordias ,
utque insisteretur
Maroboduo jam fracto
usque in exitium.
Inter Gothones
erat juvenis nobilis,
Catualda nomine,
profugus olim
vi Marobodui,
et tunc, rebus ejus dubiis ,
ausus ultionem.
Is manu valida
ingreditur fines
Marcomanorum,
primoribusque corruptis
ad societatem,
irrumpit regiam
castellumque situm juxta.
Illic reperti
veteres prædæ Suevorum,
et lixæ ac negotiatores
e nostris provinciis ;
quos jus commercii,
dein cupido
augendi pecuniam,
postremum oblivio patriæ
transtulit
quemque ab suis sedibus
in agrum hostilem.

la terre étant creusée ;
et ailleurs des passages-étroits [énorme)
et une hauteur profonde (profondeur
qui-ne-peut-être-atteinte
par aucune mesure
de ceux qui la recherchent (veulent la
Ensuite on (il) vint　　　　　[sonder).
à Éléphantine et à Syène,
jadis barrières
de l'empire romain,
qui maintenant s'étend
jusqu'à la mer Rouge.

LXII. Pendant que cet été
se passe pour Germanicus
à travers plusieurs provinces,
Drusus acquit
un honneur non léger (petit),
en attirant les Germains
aux discordes,　　　　　　　[sent)
et à ce qu'on s'acharnât (ils s'acharnas-
contre Maroboduus déjà brisé (épuisé)
jusqu'à sa perte.
Parmi les Gothons
était un jeune noble,
Catualda de nom,
fugitif autrefois
par la force de Maroboduus,
et alors, les affaires de lui étant critiques ,
ayant osé sa vengeance.
Celui-ci avec une troupe forte
entre-sur les frontières
des Marcomans ,
et les principaux ayant été séduits
pour une alliance,
il force la ville royale
et le château situé auprès.
Là furent trouvés
l'ancien butin des Suèves,
et des vivandiers et des marchands
de nos provinces ;
que le droit du commerce,
puis le désir
d'augmenter leur fortune,
enfin l'oubli de leur patrie
fit-passer
chacun de ses foyers
dans une terre ennemie

LXIII. Maroboduo undique deserto non aliud subsi=lium quam misericordia Cæsaris fuit. Transgressus Danubium, qua Noricam provinciam [1] præfluit, scripsit Tiberio, non ut profugus aut supplex, sed ex memoria prioris fortunæ : « Nam multis nationibus clarissimum quondam regem ad se vocantibus, Romanam amicitiam prætulisse. » Responsum a Cæsare : « Tutam ei honoratamque sedem in Italia fore, si maneret ; sin rebus ejus aliud conduceret, abiturum fide qua venisset. » Ceterum apud senatum disseruit : « Non Philippum Atheniensibus, non Pyrrhum aut Antiochum populo Romano perinde metuendos fuisse. » Exstat oratio, qua magnitudinem viri, violentiam subjectarum ei gentium, et quam propinquus Italiæ hostis, suaque in destruendo eo consilia extulit. Et Maroboduus quidem, Ravennæ [2] habitus, si quando insolescerent

LXIII. Maroboduus, abandonné de toutes parts, n'eut de ressource que dans la pitié de Tibère. Ayant passé le Danube, à l'endroit où ce fleuve borde la Norique, il écrivit à ce prince, non comme un fugitif ou un suppliant, mais comme un roi qui se souvenait de sa première fortune : « Appelé autrefois, disait-il, à cause de sa gloire, par une foule de nations, il leur avait préféré l'amitié des Romains. » Tibère répondit que, « tant qu'il voudrait demeurer en Italie, il y trouverait une retraite honorable et sûre, avec la liberté d'en sortir, si son intérêt l'appelait ailleurs. » Cependant il dit dans le sénat « que Philippe n'avait point été si redoutable pour Athènes, ni Pyrrhus ou Antiochus pour Rome. » Nous avons encore le discours dans lequel, après avoir exalté la puissance de ce roi et la valeur des nations qui lui étaient soumises, il fait voir combien eût été dangereux un pareil voisin, et combien étaient sages les mesures qui avaient préparé sa chute. On tint Maroboduus à Ravenne, sous les regards des Suèves, afin que la vue de ce roi, tout prêt à rentrer dans ses États, servît

LXIII. Subsidium — LXIII. Une ressource
aliud quam misericordia — autre que la pitié
Cæsaris — de César
non fuit Maroboduo — ne fut pas à Maroboduus
deserto undique. — abandonné de-toutes-parts.
Transgressus Danubium, — Ayant passé le Danube,
qua præfluit — par où il coule-devant (borde)
provinciam Noricam — la province Norique,
scripsit Tiberio, — il écrivit à Tibère,
non ut profugus — non comme fugitif
aut supplex, — ou suppliant,
sed ex memoria — mais d'après le souvenir
prioris fortunæ : — de sa première fortune :
« Nam multis nationibus — « Car beaucoup-de nations
vocantibus quondam ad se — appelant autrefois à elles
regem clarissimum, — un roi très-fameux,
prætulisse — lui avoir préféré
amicitiam Romanam. » — l'amitié des-Romains. »
Responsum a Cæsare : — Il fut répondu par César :
« Sedem tutam — « Une résidence sûre
honoratamque — et honorable
fore ei in Italia, — devoir être à lui en Italie,
si maneret : — s'il y restait (s'il y voulait rester);
sin aliud conduceret — mais si autre chose était-utile
rebus ejus, — aux affaires de lui,
abiturum — lui pouvoir s'en aller
fide — avec la même foi (sauve-garde)
qua venisset. » — avec laquelle il serait venu. »
Ceterum disseruit — Au reste il exposa
apud senatum : — devant le sénat :
« Philippum non fuisse — « Philippe n'avoir pas été
Atheniensibus, — pour les Athéniens,
Pyrrhum aut Antiochum — Pyrrhus ou Antiochus
non populo Romano — n'avoir pas été pour le peuple romain
metuendos perinde. » — redoutables à l'égal de Maroboduus. »
Oratio exstat, qua extulit — Ce discours existe, dans lequel il exalta
magnitudinem viri, — la grandeur de cet homme,
violentiam gentium — la violence des nations
subjectarum ei, — soumises à lui,
t quam hostis — et combien cet ennemi
ropinquus Italiæ, — était proche de l'Italie,
uaque consilia — et ses mesures
n o destruendo. — pour le détruire.
t Maroboduus quidem, — Et Maroboduus certes,
abitus Ravennæ, — tenu à Ravenne,
stentabatur — était montré-sans-cesse
uasi rediturus — comme devant revenir

Suevi, quasi rediturus in regnum ostentabatur. Sed non excessit Italia per duodeviginti annos; consenuitque, multum
imminuta claritate ob nimiam vivendi cupidinem. Idem Catualdæ casus, neque aliud perfugium : pulsus haud multo post
Hermundurorum [1] opibus et Vibillio duce, receptusque, Forum Julium, Narbonensis Galliæ coloniam, mittitur. Barbari
utrumque comitati, ne quietas provincias immixti turbarent,
Danubium ultra, inter flumina Marum et Cusum [2], locantur,
dato rege Vannio, gentis Quadorum [3].

LXIV. Simul nuntiato regem Artaxiam Armeniis a Germanico datum, decrevere patres ut Germanicus atque Drusus
ovantes Urbem introirent. Structi et arcus circum latera templi Martis Ultoris [4], cum effigie Cæsarum; lætiore Tiberio,
quia pacem sapientia firmaverat, quam si bellum per acies

à contenir leur insolence. Mais il ne quitta point l'Italie pendant les
dix-huit années qu'il vécut encore, et il perdit, dans sa vieillesse,
beaucoup de sa réputation, par trop d'attachement à la vie. Catualda
eut le même sort et trouva les mêmes ressources. Une armée d'Hermondures, commandée par Vibillius, n'ayant pas tardé à le chasser
à son tour, il fut accueilli dans l'empire et envoyé à Fréjus, colonie
de la Gaule Narbonnaise. Mais comme les barbares qui accompagnaient ces deux rois auraient pu, par leur mélange avec les populations, troubler la paix de nos provinces, on les établit au delà du
Danube, entre le Mare et le Cuse, après leur avoir donné pour roi
Vannius, de la nation des Quades.

LXIV. Comme on apprit en même temps qu'Artaxias venait d'être
nommé roi d'Arménie par Germanicus, le sénat décerna l'ovation a
Germanicus et à Drusus; et des deux côtés du temple de Mars Vengeur on éleva des arcs de triomphe, où l'on plaça les statues des
deux Césars. Tibère s'applaudissait d'avoir assuré la paix par sa politique, plus que s'il eût terminé la guerre par des victoires. Aussi

in regnum, — dans son royaume,

si quando Suevi — si jamais les Suèves

insolescerent. — devenaient-insolents.

Sed non excessit Italia — Mais il ne sortit pas de l'Italie

per duodeviginti annos ; — pendant dix-huit ans ;

consenuitque, — et il vieillit,

claritate — son éclat

multum imminuta — étant beaucoup diminué

ob nimiam cupidinem — à-cause d'un excessif désir

vivendi. — de vivre.

Casus Catualdæ idem, — La chute de Catualda fut la même,

neque perfugium aliud : — et son refuge ne fut pas autre :

pulsus haud multo post — chassé non beaucoup après

opibus Hermundurorum, — par les forces des Hermondures,

et Vibellio duce, — et Vibellius étant chef,

receptusque, — et accueilli dans l'empire,

mittitur — il est envoyé

Forum Julium, — au Forum de-Jules (à Fréjus).

coloniam — colonie

Galliæ Narbonensis. — de la Gaule Narbonnaise.

Barbari — Les barbares

comitati utrumque — qui accompagnèrent l'un-et-l'autre roi

locantur inter flumina — sont établis entre les fleuves

Marum et Cusum, — le Mare et le Cuse,

Vannio, — Vannius,

gentis Quadorum, — de la nation des Quades,

dato rege, — leur ayant été donné pour roi.

ne immixti — de peur que mêlés aux habitants

turbarent — ils ne troublassent

provincias quietas. — des provinces paisibles.

LXIV. Simul — LXIV. En-même-temps

nuntiato — ceci ayant été annoncé,

Artaxiam datum regem — Artaxias avoir été donné pour roi

Armeniis a Germanico, — aux Arméniens par Germanicus,

patres decrevere — les sénateurs décrétèrent

ut Germanicus — que Germanicus

atque Drusus — et Drusus

introirent Urbem — entreraient-dans la ville (Rome)

ovantes. — avec-les-honneurs-de-l'ovation.

Et arcus structi — Et des arcs de triomphe furent élevés

circum latera templi — autour des (sur les) côtés du temple

Martis Ultoris, — de Mars Vengeur,

cum effigie Cæsarum ; — avec l'image (les statues) des deux Césars.

Tiberio lætiore — Tibère étant plus joyeux

quod firmaverat pacem — de ce qu'il avait assuré la paix

sapientia, — par sa sagesse,

quam si confecisset bellum — que s'il avait terminé la guerre

confecisset. Igitur Rhescuporin quoque, Thraciæ regem, astu aggreditur. Omnem eam nationem Rhœmetalces tenuerat : quo defuncto, Augustus partem Thracum Rhescuporidi, fratri ejus, partem filio Cotyi ¹ permisit. In ea divisione arva et urbes, et vicina Græcis, Cotyi ; quod incultum, ferox, adnexum hostibus, Rhescuporidi cessit : ipsorumque regum ingenia, illi mite et amœnum, huic atrox, avidum, et societatis impatiens erat. Sed primo subdola concordia egere : mox Rhescuporis egredi fines, vertere in se Cotyi data, et resistenti vim facere, cunctanter sub Augusto, quem auctorem utriusque regni, si sperneretur, vindicem metuebat. Enimvero, audita mutatione principis, immittere latronum globos, exscindere castella, causas bello.

LXV. Nihil æque Tiberium anxium habebat, quam ne composita turbarentur. Deligit centurionem qui nuntiaret regi-

---

n'employa-t-il pas d'autres armes contre Rhescuporis, roi de Thrace. Rhémétalcès avait possédé seul tout ce royaume : après sa mort, Auguste le partagea entre Rhescuporis et Cotys, l'un frère, et l'autre fils de Rhémétalces. Cotys eut les plaines, les villes et ce qui touche à la Grèce ; tout ce qui est inculte, sauvage et voisin des barbares échut à Rhescuporis. Les deux princes étaient comme leurs États : Cotys avait de la douceur et de l'aménité dans l'esprit ; l'autre était féroce, plein d'avidité, incapable de souffrir un égal. Ils vécurent néanmoins d'abord avec les apparences de la concorde ; mais Rhescuporis ne tarda point à franchir ses limites, à usurper les possessions de son neveu, employant la force quand on lui résistait. Tant que vécut Auguste, qui avait fait le partage entre les deux rois, et dont il craignait la vengeance, il garda quelques ménagements ; mais, à la nouvelle du changement de prince, il détacha des troupes de brigands, ruina des forteresses, fit tout enfin pour provoquer la guerre.

LXV. Tibère ne craignait rien tant que de voir troubler les arrangements déjà faits. Il chargea un centurion d'aller signifier aux deux

per acies.
Igitur aggreditur astu
Rhescuporin quoque,
regem Thraciæ.
Rhœmetalces tenuerat
omnem eam nationem :
quo defuncto, Augustus
permisit partem Thracum
Rhescuporidi fratri ejus,
partem Cotyi filio.
In ea divisione
arva et urbes
et vicina Græcis
Cotyi ;
quod incultum, ferox,
adnexum hostibus,
cessit Rhescuporidi :
ingeniaque
regum ipsorum ,
illi erat mite et amœnum,
huic atrox, avidum,
et impatiens societatis.
Sed primo
egere
concordia subdola :
mox Rhescuporis
egredi fines,
vertere in se
data Cotyi,
et facere vim resistenti ;
cunctanter sub Augusto ,
quem, auctorem
utriusque regni
metuebat vindicem,
si sperneretur.   [cipis
Enimvero, mutatione prin-
audita,
immittere globos
latronum,
exscindere castella,
causas bello.
  LXV. Nihil
habebat Tiberium anxium
æque quam
ne composita turbarentur.
Deligit centurionem
qui nuntiaret regibus

par des batailles.
Donc il attaque par la ruse
Rhescuporis aussi,
roi de Thrace.
Rhémétalcès avait tenu *sous lui*
toute cette nation :
lequel étant mort, Auguste
remit une partie des Thraces
à Rhescuporis frère de lui,
une *autre* partie à Cotys *son* fils.
Dans ce partage
les champs et les villes
et les *terres* voisines des Grecs
échurent à Cotys ;
ce qui était inculte, sauvage,
lié aux (voisin des) ennemis,
échut à Rhescuporis :
et les esprits
des rois eux-mêmes *étaient ainsi*,
à celui-là il était doux et agréable,
à celui-ci farouche , ambitieux,
et ne-pouvant-souffrir d'alliance.
Mais d'abord
ils passèrent *le temps* (vécurent)
dans une concorde trompeuse :
bientôt Rhescuporis
de sortir de *ses* limites,
de détourner vers lui (usurper)
les *États* donnés à Cotys,
et de faire violence à *lui* résistant ;
agissant avec-hésitation sous Auguste .
lequel, *comme* fondateur
de-l'un-et-l'autre royaume,
il redoutait *pour* vengeur,
s'il était méprisé.
Mais, le changement de prince
ayant été appris,
il se met à lancer des troupes
de brigands,
à saper les forteresses,
autant de causes pour une guerre.
  LXV. Rien
ne tenait Tibère inquiet
autant que *la crainte*
que les *pays* pacifiés ne fussent troublés.
Il choisit un centurion
qui devait annoncer aux *deux* rois

bus nɔ armis disceptarent; statimque a Cotye dimissa sunt
quæ paraverat auxilia. Rhescuporis, ficta modestia, postulat
« Eumdem in locum coiretur; posse de controversiis colloquio
transigi. » Nec diu dubitatum de tempore, loco, dein conditionibus; quum alter facilitate, alter fraude, cuncta inter se
concederent acciperentque. Rhescuporis sanciendo, ut dictitabat, fœderi convivium adjicit; tractaque in multam noctem
lætitia per epulas ac vinolentiam, incautum Cotyn, et, postquam dolum intellexerat, sacra regni[1], ejusdem familiæ deos et
hospitales mensas obtestantem, catenis onerat. Thraciaque omni potitus, scripsit ad Tiberium structas sibi insidias, prævien-
tum insidiatorem; simul, bellum adversus Bastarnas[2] Scythasque prætendens, novis peditum et equitum copiis sese firmabat.

LXVI. Molliter rescriptum, « Si fraus abesset, posse eum
innocentiæ fidere : ceterum neque se neque senatum, nisi

rois de ne point vider leur différend par les armes, et Cotys à l'instant
congédia ses troupes. Rhescuporis, feignant aussi de la soumission,
demande une entrevue : « Une seule conférence pouvait, disait-il,
lever toutes les difficultés. » On n'eut pas de peine à convenir du lieu,
du temps, et ensuite des conditions, les deux rois accordant et accep-
tant tout, l'un par facilité, l'autre par artifice. Rhescuporis, pour
sanctionner le traité, comme il le disait, donne un festin, dont la
joie, animée par le vin et la bonne chère, se prolongea fort avant
dans la nuit. Cotys, aveuglément livré aux plaisirs de la table, vit
le piége trop tard. En vain il invoqua le nom sacré de roi, les dieux
de leur famille, les priviléges de l'hospitalité : il fut chargé de fers.
Rhescuporis, maître de toute la Thrace, écrivit à Tibère qu'il n'avait
fait que prévenir les embûches qu'on lui tendait. En même temps,
sous prétexte d'une guerre contre les Bastarnes et les Scythes, il se
renforçait de nouvelles troupes d'infanterie et de cavalerie.

LXVI. On lui répondit avec ménagement que, s'il n'avait point
de torts, il pouvait se fier sur son innocence; qu'au surplus, ni le

ne disceptarent armis ; — qu'ils ne disputassent pas par les armes,
statimque — et aussitôt
auxilia quæ paraverat — les secours qu'il avait préparés
dimissa sunt a Cotye. — furent congédiés par Cotys.
Rhescuporis, — Rhescuporis,
modestia ficta, — avec une modération feinte,
postulat « Coiretur — demande « Qu'on se réunît
in eumdem locum ; — en un même lieu ; [siger)
posse transigi — pouvoir être transigé (qu'on pouvait tran-
de controversiis — sur ces différends
colloquio. » — par une conférence. »
Nec dubitatum diu — Et on n'hésita pas longtemps
de tempore, loco, — sur le temps, le lieu,
dein conditionibus ; — puis sur les conditions ;
quum concederent — puisqu'ils accordaient
acciperentque inter se — et acceptaient entre eux
cuncta, — tous les points,
alter facilitate, alter fraude. — l'un par facilité, l'autre par perfidie.
Rhescuporis — Rhescuporis
adjicit convivium — ajoute un festin
sanciendo fœderi, — pour sanctionner l'alliance,
ut dictitabat ; — comme il le répétait ;
lætitiaque tracta — et la joie ayant été prolongée
in noctem multam — jusqu'à la nuit avancée
per epulas et vinolentiam, — par la bonne-chère et l'ivresse,
onerat catenis — il charge de chaînes
Cotyn incautum, — Cotys sans-défiance,
et obtestantem — et qui invoquait
sacra regni, — les droits sacrés de la royauté,
deos ejusdem familiæ, — les dieux de la même famille,
et mensas hospitales, — et les tables hospitalières,
postquam — après que
intellexerat dolum. — il eut compris la ruse.
Potitusque omni Thracia, — Et s'étant emparé de toute la Thrace,
scripsit ad Tiberium — il (Rhescuporis) écrivit à Tibère
insidias structas sibi, — des embûches avoir été dressées à lui,
insidiatorem præventum ; — le traître avoir été prévenu ;
simul prætendens bellum — eu-même-temps alléguant une guerre
adversus Bastarnas — contre les Bastarnes
Scythasque, — et les Scythes,
sese firmabat novis copiis — il se fortifiait par de nouvelles troupes
peditum et equitum. — de fantassins et de cavaliers.

LXVI. Rescriptum — LXVI. Il fut répondu
molliter [centiæ, — doucement [innocence,
« Eum posse fidere inno- — « Lui (Rhescuporis) pouvoir se fier à son
si fraus abesset : — si la fraude était-absente :
ceterum neque se — au reste ni lui (Tibère)

cognita causa, jus et injuriam discreturos; proinde, tradito
Cotye, veniret, transferretque invidiam criminis. » Eas litteras
Latinius Pandus, propraetor Moesiae [1], cum militibus quis Cotys
traderetur, in Thraciam misit. Rhescuporis, inter metum et
iram cunctatus, maluit patrati quam incepti facinoris reus
esse : occidi Cotyn jubet, mortemque sponte sumptam emen-
titur. Nec tamen Caesar placitas semel artes mutavit; sed, defuncto Pando, quem sibi infensum Rhescuporis arguebat,
Pomponium Flaccum [2], veterem stipendiis et arcta cum rege
amicitia, eoque accommodatiorem ad fallendum, ob id maxime
Moesiae praefecit.

LXVII. Flaccus, in Thraciam transgressus, per ingentia promissa, quamvis ambiguum et scelera sua reputantem, perpulit ut praesidia Romana intraret. Circumdata hinc regi, specie
honoris, valida manus; tribunique et centuriones, monendo,

prince ni le sénat ne prononceraient qu'après un mûr examen; qu'il
n'avait qu'à livrer Cotys et à venir lui-même, pour rejeter l'odieux
du crime sur son véritable auteur. Latinius Pandus, propréteur de
Mésie, envoya cette lettre en Thrace, avec des soldats chargés d'em-
mener Cotys. Rhescuporis, flottant entre la crainte et la colère,
trouva moins de risques à consommer son crime qu'à le laisser ina-
chevé. Il fit tuer Cotys, et publia ensuite que c'était lui-même qui
s'était donné la mort. Cependant Tibère ne renonça pas pour cela à
son plan de dissimulation ; mais Latinius, que Rhescuporis regardait
comme son plus cruel ennemi, étant venu à mourir, César mit à sa
place Pomponius Flaccus, homme éprouvé par de longs services,
et que ses liaisons étroites avec le roi rendaient plus propre à le tromper : ce fut cette dernière raison surtout qui le fit choisir.

LXVII. Flaccus passe dans la Thrace, et, calmant à force de promesses la défiance qu'inspirait à Rhescuporis une conscience crimi-
nelle, il le détermine à venir au milieu des postes romains. Là, sous
prétexte de lui faire honneur, on lui donna une forte garde. Les tribuns, les centurions lui conseillent, lui persuadent d'aller plus loin.

neque senatum,
ni le sénat,
discreturos jus et injuriam,
ne devoir discerner le droit et le tort,
nisi causa cognita ;
sinon la cause connue ;
proinde, Cotye tradito,
donc, Cotys étant livré,
veniret, transferretque
qu'il vînt, et qu'il transportât *sur Cotys*
invidiam criminis. »
l'odieux du crime. »
Latinius Pandus,
Latinius Pandus,
proprætor Mœsiae,
propréteur de Mésie,
misit in Thraciam
envoya en Thrace
eas litteras,
cette lettre,
cum militibus
avec des soldats
quis Cotys traderetur.
auxquels Cotys devait être livré.
Rhescuporis, cruciatus
Rhescuporis, tourmenté
inter metum et iram,
entre la crainte et la colère,
maluit esse reus
aima-mieux être accusé
facinoris patrati
d'un crime consommé
quam incepti :
que *d'un crime* commencé :
jubet Cotyn occidi,
il ordonne Cotys être tué,
ementiturque
et dit-mensongèrement
mortem sumptam
la mort *avoir été* prise (que Cotys s'est tué)
libenter.
volontairement.
Nec tamen Cæsar
Et cependant César
mutavit artes
ne changea pas les mesures
placitas semel ;
qui *lui* avaient plu une-fois ;
sed, Pando defuncto,
mais, Pandus étant mort,
quem Rhescuporis
lequel Rhescuporis
arguebat infensum sibi,
accusait *d'être* ennemi à lui,
præfecit Mœsiæ
il mit-à-la-tête de la Mésie
Pomponium Flaccum,
Pomponius Flaccus,
veterem stipendiis,
ancien par les soldes (services).
et amicitia arcta cum rege,
et d'une amitié étroite avec le roi,
eoque accommodatiorem
et par cela plus propre
ad fallendum,
à *le* tromper.
ob id maxime.
le choisissant pour cela surtout.
    LXVII. Flaccus,
    LXVII. Flaccus,
transgressus in Thraciam,
ayant passé en Thrace,
perpulit
décida *le roi*
per ingentia promissa,
par de grandes promesses,
quamvis ambiguum
quoique incertain
et reputantem
et songeant
sua scelera,
à ses crimes,
ut intraret
a ce qu'il entrât
præsidia Romana.
dans les postes romains.
Hinc valida manus
De là une forte troupe
circumdata regi,
fut mise-autour du roi,
specie honoris ;
sous apparence (prétexte) d'honneur ;
tribunique et centuriones,
et les tribuns et les centurions,

suadendo, et, quanto longius abscedebatur, apertiore custodia,
postremo gnarum necessitatis in Urbem traxere. Accusatus
in senatu ab uxore Cotyis, damnatur ut procul regno teneretur. Thracia in Rhœmetalcen filium, quem paternis consiliis
adversatum constabat, inque liberos Cotyis dividitur; iisque
nondum adultis Trebellienus Rufus, prætura functus, datur,
qui regnum interim tractaret, exemplo quo majores Marcum
Lepidum Ptolemæi liberis tutorem[1] in Ægyptum miserant.
Rhescuporis Alexandriam devectus, atque illic fugam tentans,
an ficto crimine, interficitur.

LXVIII. Per idem tempus Vonones, quem amotum in Ciliciam memoravi[2], corruptis custodibus effugere ad Armenios,
inde in Albanos Heniochosque[3], et consanguineum sibi regem Scytharum, conatus est. Specie venandi, omissis maritimis locis, avia saltuum petiit : mox pernicitate equi ad am-

A mesure qu'il s'éloigne, on déguise moins sa captivité; comprenant
enfin qu'il ne peut plus reculer, il se laisse traîner à Rome. Il fut
accusé dans le sénat par la veuve de Cotys, et condamné à vivre loin
de son royaume. La Thrace fut partagée entre Rhémétalcès, fils de
Rhescuporis, qu'on savait avoir combattu les projets de son père, et
les enfants de Cotys. Mais, ceux-ci étant trop jeunes, Trébelliénus
Rufus, ancien préteur, fut chargé d'administrer leurs États, comme
autrefois on avait envoyé Marcus Lépidus en Égypte, pour être tuteur
des enfants de Ptolémée. Rhescuporis fut conduit à Alexandrie; il y
forma ou on lui supposa le projet de s'enfuir, et l'on s'en défit.

LXVIII. Dans le même temps, Vonon, qui avait été relégué en
Cilicie, comme je l'ai rapporté, ayant gagné ses gardes, entreprit de
se sauver par l'Arménie dans le pays des Albaniens et des Hénioques,
et de là chez le roi des Scythes, son parent. Sous prétexte d'une partie de chasse, il s'éloigna du rivage de la mer, et s'enfonça dans les
bois, d'où il gagna, de toute la vitesse de son cheval, les bords du

monendo, suadendo,
et custodia apertiore,
quanto abscedebatur
longius.
traxere postremo
in Urbem,
gnarum necessitatis.
Accusatus in senatu
ab uxore Cotyis,
damnatur ut teneretur
procul regno.
Thracia dividitur
in filium Rhœmetalcen,
quem constabat
adversatum
consiliis paternis,
inque liberos Cotyis ;
Trebellienusque Rufus,
functus prætura,
datur iis,
nondum adultis,
qui tractaret
regnum interim,
exemplo quo majores
miserant in Ægyptum
Marcum Lepidum,
tutorem liberis Ptolemæi.
Rhescuporis,
devectus Alexandriam,
atque illic teutans fugam,
an crimine ficto,
interficitur.   [pus

en l'avertissant, en le conseillant,
et par une garde d'autant plus manifeste,
que l'on s'écartait
plus loin,
l'entraînèrent enfin
jusqu'à la ville (jusqu'à Rome),
éclairé sur la nécessité ou il était.
Accusé dans le sénat
par la femme de Cotys,
il est condamné à ce qu'il fût retenu
loin de son royaume.
La Thrace est divisée
entre son fils Rhémétalcès,
lequel il était-constant
s'être opposé
aux desseins de-son-père,
et entre les enfants de Cotys ;
et Trébelliénus Rufus,
sorti de préture,
est donné à ceux-ci,
qui n'étaient pas encore grands,
qui administrât (pour qu'il administrât)
le royaume par intérim,
suivant l'exemple d'après lequel nos an-
avaient envoyé en Égypte   [cêtres
Marcus Lépidus,   [mée.
comme tuteur aux (des) enfants de Ptolé-
Rhescuporis,
déporté à Alexandrie,
et là essayant une fuite,
ou ce grief étant feint,
est mis-à-mort.

LXVIII. Per idem tem-
Vonones, quem memoravi
amotum in Ciliciam,
custodibus corruptis ,
conatus est effugere
ad Armenios,
inde in Albanos
Heniochosque,
et regem Scytharum
consanguineum sibi.
Specie venandi,
locis maritimis omissis ,
petiit avia saltuum :
mox, pernicitate equi,
contendit

LXVIII. Pendant le même temps
Vonon, que j'ai rapporté
avoir été relégué en Cilicie,
ses gardes ayant été corrompus,
s'efforça de s'enfuir
chez les Arméniens,
de là chez les Albaniens
et les Hénioques,
et chez le roi des Scythes
parent à lui.
Sous apparence (prétexte) de chasser,
les lieux maritimes étant laissés-de-côté ;
il gagna les chemins détournés des bois:
puis, par la vitesse de son cheval,
il poussa

nem Pyramum [1] contendit, cujus pontes accolæ ruperant, audita regis fuga; neque vado penetrari poterat. Igitur, in ripa fluminis, a Vibio Frontone, præfecto equitum [2], vincitur. Mox Remmius evocatus [3], priori custodiæ regis appositus, quasi per iram, gladio eum transigit : unde major fides, conscientia sceleris et metu indicii, mortem Vononi illatam.

LXIX. At Germanicus, Ægypto remeans, cuncta, quæ apud legiones aut urbes jusserat, abolita vel in contrarium versa cognoscit. Hinc graves in Pisonem contumeliæ, nec minus acerba quæ ab illo in Cæsarem tentabantur. Dein Piso abire Syria statuit; mox, adversa Germanici valetudine detentus, ubi recreatum accepit, votaque pro incolumitate solvebantur, admotas hostias, sacrificalem apparatum, festam Antiochensium plebem, per lictores proturbat. Tum Seleuciam [1] digreditur, opperiens ægritudinem quæ rursum Germanico ac-

fleuve Pyrame. Les habitants, avertis de sa fuite, avaient rompu les ponts, et le fleuve n'était pas guéable. Vonon fut donc arrête sur la rive par Vibius Fronton, préfet de cavalerie, qui le mit aux fers. Aussitôt Remmius, un *évocat*, qui gardait le roi avant son évasion, lui passa, comme par colère, son épée au travers du corps. On n'en fut que mieux persuadé qu'il était son complice, et que c'était pour n'être point décelé qu'il avait donné la mort à Vonon.

LXIX. Cependant Germanicus, à son retour d'Égypte, trouva tous les règlements qu'il avait établis dans les légions ou dans les villes abolis ou entièrement changés. De là des reproches sanglants contre Pison, qui s'en vengeait par des offenses non moins cruelles. Enfin Pison résolut de quitter la Syrie. Retenu par une maladie de Germanicus, lorsqu'il le vit rétabli, pendant qu'on acquittait à Antioche les vœux formés pour sa convalescence, il fit renverser par se licteurs l'appareil des sacrifices, enlever les victimes du pied des autels, et repousser le peuple qui était en habits de fête. Puis il se retira à Séleucie pour y attendre l'événement ; car Germanicus venait de

ad amnem Pyramum,
cujus accolæ
ruperant pontes,
fuga regis audita ;
neque poterat penetrari
vado.

vers le fleuve Pyrame.
dont les riverains
avaient rompu les ponts,
la fuite du roi etant apprise ;
et il ne pouvait être pénétré (**on ne pou-**
à gué.   [vait le passer)

Igitur vincitur,
in ripa fluminis,
a Vibio Frontone,
præfecto equitum.
Mox Remmius, evocatus,
appositus
priori custodiæ regis,
transigit eum gladio
quasi per iram :
unde fides major
mortem illatam Vononi
conscientia sceleris
et metu indicii.

Donc il est enchaîné,
sur la rive du fleuve,
par Vibius Fronton,
préfet des cavaliers.
Bientôt Remmius, évocat,
préposé
à la première garde du roi,
perce lui de *son* épée
comme par colère :
d'où la persuasion *fut* plus grande
la mort *avoir été* donnée à Vonon
par complicite de crime
et par crainte d'une révélation.

LXIX. At Germanicus,
remeans Ægypto,
cognoscit
cuncta quæ jusserat
apud legiones aut urbes
abolita
vel versa in contrarium.
Hinc graves contumeliæ
in Pisonem,
nec quæ tentabantur
ab illo in Cæsarem
minus acerba.
Dein Piso statuit
abire Syria ;
mox, detentus
valetudine adversa
Germanici,
ubi accepit recreatum ,
votaque solvebantur
pro incolumitate,
proturbat per lictores
hostias admotas,
apparatum sacrificalem,
plebem Antiochensium
festam.
Tum digreditur Seleuciam,
opperiens ægritudinem
quæ acciderat rursum

LXIX. Mais Germanicus,
revenant d'Égypte,
connaît
tout ce qu'il avait ordonné
dans les légions ou les villes
avoir été aboli
ou tourné en *sens* contraire.
De là de graves reproches
contre Pison,
et les *offenses* qui étaient tentées
par celui-ci contre César
n'*étaient* pas moins cruelles.
Ensuite Pison résolut
de s'en aller de la Syrie ;
bientôt, retenu
par la santé contraire (mauvaise)
de Germanicus,
dès qu'il eut appris *lui être* rétabli,
et *comme* des vœux étaient acquittés
pour *son* rétablissement,
il dissipe par *ses* licteurs
les victimes approchées *de l'autel,*
l'appareil du-sacrifice,
le peuple des Antiochiens
en-fête.
Puis il se retire à Séleucie,
attendant *l'issue d'*une maladie
qui était arrivée de nouveau

ciderat. Sævam vim morbi augebat persuasio veneni a
Pisone accepti; et reperiebantur solo ac parietibus erutæ
humanorum corporum reliquiæ, carmina et devotiones, et
nomen Germanici plumbeis tabulis insculptum, semiusti cineres ac tabo obliti, aliaque maleficia, quis creditur animas numinibus infernis sacrari. Simul missi a Pisone incusabantur,
ut valetudinis adversa rimantes.

LXX. Ea Germanico haud minus ira quam per metum accepta : « Si limen obsideretur, si effundendus spiritus sub
oculis inimicorum foret, quid deinde miserrimæ conjugi, quid
infantibus liberis eventurum ? Lenta videri veneficia : festinare et urgere, ut provinciam, ut legiones solus habeat. Sed
non usque eo defectum Germanicum, neque præmia cædis
apud interfectorem mansura. » Componit epistolas quis ami-

retomber. L'idée que Pison l'avait empoisonné redoublait la violence
du mal. En effet, on avait trouvé sur le sol et autour des murs du
palais des lambeaux de cadavres humains arrachés des sépultures,
des formules d'enchantements et d'imprécations, le nom de Germanicus gravé sur des tablettes de plomb, des cendres à demi brûlées et
trempées d'un sang noir, et d'autres maléfices par lesquels on croit
que les âmes sont dévouées aux divinités infernales. Enfin, les émissaires de Pison étaient accusés de venir épier les progrès de la
maladie.

LXX. Tout cela ne donnait pas moins de colère que d'alarmes à
Germanicus : « Si l'on en venait à assiéger sa porte, s'il fallait qu'il
expirât sous les yeux de ses ennemis, que deviendrait sa malheureuse
femme? que deviendraient ses enfants au berceau ? On trouvait le
poison trop lent ; on se hâtait, on était impatient de jouir seul de la
province et des légions. Mais Germanicus n'était pas encore à ce point
délaissé, et le prix du meurtre ne resterait pas à son assassin. » Il

Germanico.

Persuasio veneni
accepti a Pisone
augebat vim sævam
morbi ;
et solo ac parietibus
reliquiæ erutæ
corporum humanorum,
carmina
et devotiones,
et nomen Germanici
insculptum tabulis
plumbeis,
cineres semiusti
ac obliti tabo,
aliaque maleficia,
quis creditur animas
sacrari numinibus infernis,
reperiebantur.
Simul
missi a Pisone
incusabantur, ut rimantes
adversa
valetudinis.

LXX. Ea
accepta Germanico
haud minus ira
quam per metum :
« Si limen obsideretur,
si spiritus
effundendus foret
sub oculis inimicorum,
quid deinde eventurum
conjugi miserrimæ,
quid liberis
infantibus ?
Veneficia videri lenta :
festinare et urgere,
ut habeat solus provinciam,
ut legiones.
Sed Germanicum
non defectum usque eo
neque præmia cædis
mansura
apud interfectorem. »
Componit epistolas
quis

à Germanicus.

La persuasion d'un poison
reçu de Pison
augmentait la violence cruelle
de la maladie ;
et sur le sol et sur les murs
des restes déterrés
de corps humains ,
des formules-magiques
et des imprécations,
et le nom de Germanicus
gravé-sur des tablettes
de-plomb,
des cendres à-demi-brûlées
et souillées d'un sang-noir,
et autres maléfices,
par lesquels il est cru les âmes
être vouées aux divinités infernales,
étaient trouvés.
En-même-temps
les *gens* envoyés par Pison
étaient accusés, comme épiant
les *moments* contraires (crises)
de la maladie.

LXX. Ces *bruits*
furent accueillis par Germanicus
non moins avec colère
que par crainte :
« Si *son* seuil était assiégé,
si *son* souffle
devait être exhalé
sous les yeux de *ses* ennemis,
quoi ensuite devoir arriver
à *son* épouse très-malheureuse,
quoi à *ses* enfants
ne-parlant-pas *encore* (en bas âge)?
Les poisons paraître lents :
Pison se hâter et presser *ses desseins*,
pour qu'il ait seul la province,
pour qu'*il ait seul* les légions.
Mais Germanicus
n'*être* pas délaissé jusque là (à ce point),
et les prix du meurtre
ne devoir pas rester
au meurtrier. »
Il compose des lettres
par lesquelles

citiam ei renuntiabat. Addunt plerique jussum provincia decedere : nec Piso moratus ultra naves solvit; moderabaturque cursui, quo propius regrederetur, si mors Germanici
Syriam aperuisset.

LXXI. Cæsar. paulisper ad spem erectus, dein fesso cor
pore, ubi finis aderat. assistentes amicos in hunc modum allo
quitur : « Si fato concederem, justus mihi dolor etiam adversus deos esset, quod me parentibus [1], liberis, patriæ. intra
juventam, præmaturo exitu raperent : nunc, scelere Pisonis
et Plancinæ interceptus, ultimas preces pectoribus vestris
relinquo. Referatis patri ac fratri [2] quibus acerbitatibus
dilaceratus, quibus insidiis circumventus, miserrimam vitam
pessima morte finierim. Si quos spes meæ, si quos propinquus sanguis, etiam quos invidia erga viventem movebat,
illacrimabunt quondam florentem et tot bellorum superstitem
muliebri fraude cecidisse. Erit vobis locus querendi apud sena-

écrivit à Pison pour rompre sans retour avec lui. Plusieurs ajoutent
qu'il lui ordonna de sortir de la province. Pison, sans tarder davantage, mit à la voile, ralentissant toutefois sa course pour être plus à
portée de la Syrie, si la mort de Germanicus lui en ouvrait l'entrée.

LXXI. César eut encore un rayon d'espérance; mais, bientôt averti
par sa faiblesse de sa fin prochaine, il parla en ces termes à ses amis
rassemblés près de lui : « Quand ma mort serait naturelle, j'aurais
un juste sujet de plainte, même contre les dieux, dont la rigueur
m'enlèverait si jeune à mes parents, à mes enfants, à ma patrie;
mais, puisque je péris par le crime de Pison et de Plancine, je dépose
dans vos cœurs mes dernières prières. Racontez à mon père et à mon
frère toutes les amertumes qui ont empoisonné mes jours, tous les
piéges qui ont environné mes pas, toutes les horreurs de la mort qui
termine les malheurs de ma vie. Ni ceux que mes espérances, ni ceux
que les liens du sang intéressent à mon sort, ni ceux même que l'envie eût armés contre Germanicus vivant, ne pourront refuser des
larmes à la mort d'un homme qui, après avoir acquis quelque gloire,
après avoir survécu à tant de batailles, expire victime de la perfidie
d'une femme. Vous pourrez porter vos plaintes devant le sénat. in-

renuntiabat ei
amicitiam.

il dénonçait à lui (à Pison,
rupture d'amitié.

Plerique addunt
jussum
decedere provincia :
nec Piso moratus ultra
solvit naves :
moderabaturque cursui,
quo regrederetur propius
si mors Germanici
aperuisset Syriam.

La plupart ajoutent
Pison avoir reçu-l'ordre
de sortir de la province :
et Pison n'ayant pas tardé davantage
detacha *ses* vaisseaux *du rivage,*
et il ralentissait *sa* course,
afin qu'il revînt de plus près,
si la mort de Germanicus
lui avait ouvert la Syrie.

LXXI. Cæsar,
erectus paulisper ad spem,
dein corpore fesso,
ubi finis aderat,
alloquitur in hunc modum
amicos assistentes :
« Si concederem fato,
dolor esset justus mihi
etiam adversus deos,
quod me raperent
intra juventam,
exitu præmaturo
parentibus, liberis,
patriæ :
nunc, interceptus
scelere Pisonis
et Plancinæ,
relinquo ultimas preces
vestris pectoribus.
Referatis patri ac fratri
quibus acerbitatibus
dilaceratus,
quibus insidiis
circumventus,
finierim vitam miserrimam
pessima morte.
Si quos meæ spes,
si quos
sanguis propinquus,
etiam quos invidia
movebat erga viventem,
illacrimabunt,
florentem quondam,
et superstitem
tot bellorum,
occidisse fraude muliebri.

LXXI. César,
excité un peu à l'espérance,
puis le corps fatigué,
comme *sa* fin approchait,
parle de cette manière
à *ses* amis qui se tenaient-auprès *de lui* :
« Si je cédais au destin,
la douleur serait juste à moi
même contre les dieux,
de ce qu'ils me raviraient
au-milieu-de la jeunesse,
par une fin prématurée,
à *mes* parents, à *mes* enfants,
à *ma* patrie :   [*rière*
maintenant, enlevé-au-milieu *de ma car-*
par le crime de Pison
et de Plancine,
je laisse *mes* dernières prières
à vos cœurs.
Rapportez à *mon* père et à *mon* frère
par quelles amertumes
déchiré,
de quels piéges
environné,
j'ai fini la vie la plus malheureuse
par la pire mort.
S'il en est que mes espérances,
s'il en est que
un sang proche (les liens du sang),
ou même que l'envie
affectait à-l'égard-de *moi* vivant,
ils pleureront,
un *homme* florissant naguère,
et survivant
à tant-de guerres,
être tombé par la perfidie d'une-femme.

tum, invocandi leges. Non hoc præcipuum amicorum munus
est, prosequi defunctum ignavo questu, sed quæ voluerit meminisse, quæ mandaverit exsequi. Flebunt Germanicum etiam
ignoti; vindicabitis vos, si me potius quam fortunam meam
fovebatis. Ostendite populo Romano divi Augusti neptem,
eamdemque conjugem meam; numerate sex liberos. Misericordia cum accusantibus erit [1]; fingentibusque scelesta mandata [2] aut non credent homines, aut non ignoscent. » Juravere
amici, dextram morientis contingentes, spiritum ante quam
ultionem amissuros.

LXXII. Tum, ad uxorem versus, « per memoriam sui, per
communes liberos oravit, exueret ferociam, sævienti fortunæ
submitteret animum; neu, regressa in Urbem, æmulatione
potentiæ validiores irritaret. » Hæc palam, et alia secreto,
per quæ ostendere credebatur metum ex Tiberio. Neque

voquer les lois. Le premier devoir de l'amitié n'est pas de verser des
larmes stériles sur celui qui n'est plus; c'est de garder le souvenir
de ce qu'il a voulu, d'exécuter ce qu'il a commandé. Les inconnus
même pleureront Germanicus : vous le vengerez, vous, si c'était lui
que vous aimiez, et non sa fortune. Montrez au peuple romain la
petite-fille du divin Auguste, celle qui fut mon épouse : comptez
devant lui mes six enfants. La pitié sera pour les accusateurs; et, si
la calomnie allègue des ordres impies, ou l'on ne croira pas, ou l'on
ne pardonnera pas. » Ses amis lui jurèrent, en serrant sa main mourante, qu'ils perdraient la vie avant d'oublier le soin de le venger.

LXXII. Alors, se tournant vers sa femme, il la conjure, au nom
de leurs enfants, par le souvenir de son époux, de dépouiller sa
fierté, d'abaisser son orgueil sous les rigueurs de la fortune, et de se
garder, à son retour à Rome, de ces prétentions rivales qui aigrissent
les puissants. Voilà ce qu'il dit tout haut. Il eut ensuite avec elle
un entretien secret, où l'on croit qu'il lui fit entrevoir ses soupçons

Locus erit vobis
querendi apud senatum,
invocandi leges.
Hoc non est
munus præcipuum
amicorum
prosequi defunctum
fletu ignavo,
sed meminisse
quæ voluerit,
exsequi quæ mandaverit.
Etiam ignoti
flebunt Germanicum ;
vos vindicabitis,
si fovebatis me   [nam.
potius quam meam fortu-
Ostendite populo Romano
neptem divi Augusti,
eamdemque
meam conjugem ;
numerate sex liberos.
Misericordia erit
cum accusantibus ;
hominesque
aut non credent
aut non ignoscent
fingentibus
mandata scelesta. »
Amici juravere,
contingentes dextram
morientis,
amissuros spiritum
ante quam ultionem.
   LXXII. Tum, versus
ad uxorem,
oravit « per memoriam sui,
per liberos communes,
exueret ferociam,
submitteret animum
fortunæ sævienti ;
neu, regressa in Urbem,
irritaret validiores
æmulatione potentiæ. »
Hæc palam,
et alia secreto
per quæ credebatur
ostendere metum

Lieu sera à vous
de vous plaindre devant le sénat,
d'invoquer les lois.
Ce n'est pas
le devoir principal
des amis
d'accompagner un mort
de pleurs lâches,
mais de se souvenir
de ce qu'il a voulu,
d'exécuter ce qu'il a commandé.
Même les inconnus
pleureront Germanicus ;
vous, vous *le* vengerez,
si vous caressiez (aimiez) moi
plutôt que ma fortune.
Montrez au peuple romain
la petite-fille du divin Auguste,
et la même (qui est en même temps)
mon épouse ;
comptez-*lui mes* six enfants
La pitié sera
avec ceux qui accusent ;
et les hommes
ou ne croiront pas
ou ne pardonneront pas
à ceux feignant
des ordres criminels. »
Les amis *de César* jurèrent,
en touchant la droite
de *lui* mourant,
eux devoir perdre le souffle
avant qu'*ils abandonnassent* la vengeance.
   LXXII. Alors, s'étant tourné
vers *sa* femme,
il *la* pria « par la mémoire de lui,
par *leurs* enfants communs,
qu'elle dépouillât *sa* fierté,
qu'elle pliât *son* âme
sous la fortune qui sévissait ;
et que, revenue à la ville (Rome),
elle n'irritât pas ceux plus forts *qu'elle*
par une rivalité de puissance. »
Il dit ces mots ouvertement,
et d'autres en secret,
par lesquels il était cru
montrer de la crainte

multo post exstinguitur, ingenti luctu provinciæ [1] et circum-
jacentium populorum. Induluere exteræ nationes regesque :
tanta illi comitas in socios, mansuetudo in hostes ; visuque et
auditu juxta venerabilis, quum magnitudinem et gravitatem
summæ fortunæ retineret, invidiam et arrogantiam effu-
gerat.

LXXIII. Funus, sine imaginibus et pompa, per laudes ac
memoriam virtutum ejus celebre fuit. Et erant qui formam,
ætatem, genus mortis, ob propinquitatem etiam locorum in
quibus interiit, Magni Alexandri fatis adæquarent. « Nam
utrumque corpore decoro, genere insigni, haud multum triginta annos egressum [2], suorum insidiis externas inter gentes occidisse : sed hunc mitem erga amicos, modicum volup
tatum, uno matrimonio, certis liberis egisse; neque minus
prœliatorem, etiamsi temeritas abfuerit, præpeditusque sit
perculsas tot victoriis Germanias servitio premere. Quod si

sur Tibère. Peu de temps après il expira, laissant dans un deuil universel la province et les peuples voisins. Les nations étrangères et
les rois barbares pleurèrent ce grand homme si affable pour les alliés, si doux pour les ennemis, dont la figure et les discours impri-
maient une égale vénération, et qui, bannissant de la grandeui
suprême l'arrogance qui la fait haïr, n'en avait conservé que la dignité qui la rend imposante.

LXXIII. Nulle image de ses aïeux n'orna ses funérailles. Sa
gloire et le souvenir de ses vertus en firent toute la pompe. Piu
sieurs, frappés de quelques rapports entre la figure, l'âge des deux
héros, le genre et le théâtre de leur mort, comparaient ses destinées
à celles du grand Alexandre. « Tous deux, avec les avantages de la
beauté, d'une naissance illustre, dépassant à peine leur trentième
année, avaient succombé sous la perfidie d'ennemis domestiques,
parmi des nations étrangères : mais Germanicus avait été doux envers ses amis, modéré dans les plaisirs, asservi aux lois d'un seul
et chaste hymen; il n'avait pas été moins grand capitaine, sans
jamais être téméraire, et quoiqu'on l'eût empêché de subjuguer

ex Tiberio.	de (du côté de) Tibère.
Neque multo post	Et non beaucoup après
exstinguitur,	il s'éteint,
ingenti luctu provinciæ	avec un grand deuil de la province
et populorum	et des peuples
circumjacentium.	environnants.
Nationes exteræ regesque	Les nations étrangères et les rois
indoluere :	s'affligèrent :
tanta comitas illi	si-grande *était* l'affabilité à lui
in socios,	envers les alliés,
mansuetudo in hostes ;	*si grande sa* douceur envers les ennemis ;
venerabilisque juxta	vénérable aussi également
visu et auditu,	à voir et à entendre,
quum retineret	tandis qu'il conservait
magnitudinem	la grandeur
et gravitatem	et la dignité
summæ fortunæ,	de la plus haute fortune,
effugerat invidiam	il avait fui l'envie
et arrogantiam.	et l'arrogance.
LXXIII. Funus,	LXXII. *Ses* funerailles,
sine imaginibus et pompa,	sans images et *sans* pompe,
fuit celebre per laudes	furent célèbres par les louanges
ac memoriam	et *par* le souvenir
virtutum ejus.	des vertus de lui.
Et erant qui adæquarent	Et *plusieurs* étaient qui égalaient
fatis Alexandri Magni	aux destins d'Alexandre le Grand
famam, ætatem,	la renommée *du prince, son* âge,
genus mortis,	*son* genre de mort,
etiam ob propinquitatem	aussi à cause de la proximité
locorum in quibus interiit.	des lieux dans lesquels il mourut.
« Nam utrumque,	« Car l'un-et-l'autre,
corpore decoro,	d'un corps bien-fait.
genere insigni,	d'une naissance illustre,
haud egressum multum	n'ayant pas dépassé beaucoup
triginta annos,	trente ans,
occidisse insidiis suorum,	avoir péri par les embûches des leurs,
inter gentes externas :	parmi des nations étrangères :
sed hunc mitem	mais celui-ci doux
rga amicos,	envers ses amis,
odicum voluptatum,	modéré dans les plaisirs,
gisse uno matrimonio,	avoir passé *sa vie* avec un seul mariage,
beris certis ;	*et* des enfants légitimes ;
eque minus prœliatorem,	non moins guerrier aussi,
tiamsi temeritas abfuerit,	quoique la témérité *lui* ait manqué,
ræpeditusque sit	et qu'il ait été empêché
remere servitio	d'accabler par (de réduire à) l'esclavage
ermanias	les Germanies

solus arbiter rerum [1], si jure et nomine regio fuisset, tanto
promptius assecuturum gloriam militiæ, quantum clementia,
temperantia, ceteris bonis artibus præstitisset. » Corpus, antequam cremaretur, nudatum in foro Antiochensium, qui locus
sepulturæ [2] destinabatur, prætuleritne veneficii signa [3], parum constitit : nam, ut quis misericordia in Germanicum et
præsumpta suspicione, aut favore in Pisonem pronior, diversi
interpretabantur.

LXXIV. Consultatum inde inter legatos, quique alii senatorum aderant, quisnam Syriæ præficeretur : et, ceteris modice nisis, inter Vibium Marsum et Cn. Sentium diu quæsitum ; dein Marsus seniori et acrius tendenti Sentio concessit
Isque infamem veneficiis ea in provincia, et Plancinæ percaram, nomine Martinam, in Urbem misit, postulantibus

la Germanie accablée par tant de défaites. Que s'il eût été le maître,
s'il eût eu le titre et les droits d'un souverain, il eût égalé bientôt
par la gloire des armes le Macédonien, qu'il surpassait déjà par sa
modération, sa clémence et ses autres vertus. » Avant de brûler
son corps, on l'exposa nu dans le forum d'Antioche, lieu destiné
à la cérémonie funèbre. Y parut-il quelque trace de poison ? c'est ce
qui ne fut point constaté ; car la pitié pour Germanicus et les préventions pour ou contre Pison donnaient lieu à des interprétations
différentes.

LXXIV. Les lieutenants et les sénateurs qui se trouvaient en Syrie
tinrent conseil pour la nomination d'un gouverneur. Chacun fit valoir modestement ses prétentions, mais les suffrages se partagèrent
longtemps entre Vibius Marsus et Cn. Sentius. Enfin, l'ancienneté
de Sentius et l'ardeur de ses sollicitations l'emportèrent. Son premier soin fut de faire arrêter une femme, nommée Martine, décriée
dans la province par ses empoisonnements, et fort aimée de Plancine.
Il l'envoya à Rome, à la réquisition de Vitellius, de Véranus et des

perculsas tot victoriis.　　ébranlées par tant de victoires.
Quod si fuisset　　Que s'il eût été
solus arbiter rerum,　　seul arbitre des affaires,
si jure et nomine regio,　　s'*il eût agi* avec le droit et le nom de-roi,
assecuturum　　*lui* avoir dû acquérir
gloriam militiæ　　la gloire de la guerre
tanto promptius,　　d'autant plus promptement,
quantum præstitisset　　qu'il l'avait emporté
clementia, temperantia,　　par la clémence, la tempérance,
ceteris bonis artibus. »　　*et* les autres bonnes qualites. »
Constitit parum　　Il fut établi peu (mal constaté)
corpusne,　　si *son* corps,
nudatum,　　mis-à-nu,
antequam cremaretur,　　avant qu'il fût brûlé,
in foro Antiochensium,　　dans le forum des Antiochiens,
qui locus destinabatur　　lequel lieu était réservé
sepulturæ,　　à la cérémonie-funèbre,
prætulerit signa veneficii:　　présenta des marques de poison :
nam interpretabantur　　car on interprétait
diversi,　　en-divers-sens,
ut quis pronior　　selon que quelqu'un *était* plus porté
in Germanicum　　vers Germanicus
misericordia　　par la pitié
et suspicione præsumpta,　　et par un soupçon préconçu,
aut in Pisonem favore.　　ou vers Pison par la faveur.
　LXXIV. Inde　　　LXXIV. Ensuite
consultatum　　*il fut* délibéré
inter legatos,　　entre les lieutenants,
quique alii senatorum　　et les autres d'entre les sénateurs
aderant,　　qui étaient-présents,
quisnam præficeretur　　qui serait préposé
Syriæ:　　à la Syrie :
et, ceteris　　et, les autres
nisis modice,　　s'étant efforcés médiocrement,
quæsitum diu　　*il fut* examiné (hésité) longtemps
inter Vibium Marsum　　entre Vibius Marsus
et Cn. Sentium ;　　et Cn. Sentius ;
dein Marsus concessit　　ensuite Marsus céda
Sentio seniori　　à Sentius plus âgé *que lui*
et tendenti acrius.　　et qui luttait plus ardemment.
Isque misit in Urbem　　Et celui-ci envoya à la ville (à Rome)
Martinam nomine,　　*une femme*, Martine de nom,
infamem veneficiis　　fameuse par *ses* empoisonnements
in ea provincia,　　dans cette province,
et percaram Plancinæ,　　et très-chère à Plancine,
Vitellio ac Veranio　　Vitellius et Véranius
postulantibus,　　*la* demandant,

Vitellio ac Veranio ceterisque, qui crimina et accusationem,
tanquam adversus receptos jam reos, instruebant.

LXXV. At Agrippina, quanquam defessa luctu, et corpore
ægro, omnium tamen quæ ultionem morarentur intolerans,
ascendit classem cum cineribus Germanici et liberis; miserantibus cunctis, « Quod femina nobilitate princeps, pulcherrima
modo matrimonio, inter venerantes gratantesque adspici
solita, tunc ferales reliquias sinu ferret, incerta ultionis, anxia
sui, et infelici fecunditate fortunæ toties obnoxia. » Pisonem
interim apud Coum [1] insulam nuntius assequitur, excessisse
Germanicum. Quo intemperanter accepto, cædit victimas,
adit templa; neque ipse gaudium moderans, et magis insolescente Plancina, quæ luctum amissæ sororis tum primum
læto cultu mutavit.

LXXVI. Affluebant centuriones monebantque: « Prompta
illi legionum studia; repeteret provinciam non jure ablatam

autres accusateurs, qui préparaient déjà leurs moyens, comme si
l'accusation eût été autorisée.

LXXV. Agrippine, accablée par la douleur et la maladie, mais
ne pouvant supporter l'idée de retarder d'un instant sa vengeance,
s'embarque avec les cendres de Germanicus et avec ses enfants; spectacle bien digne de pitié que celui d'une femme de cette naissance, qui,
naguère environnée de respects et d'adorations, grâce à l'union la
plus fortunée, portait maintenant sur son sein ces lugubres restes,
incertaine de sa vengeance, alarmée pour elle-même, en butte à la
fortune dans chacun des fruits de sa malheureuse fécondité. Pison
reçut dans l'île de Cos la nouvelle de la mort de Germanicus. Aussitôt il laisse éclater ses transports, immole des victimes, visite les
temples; il ne peut contenir sa joie, et Plancine, plus indécente
encore, quitte ce jour-là même le deuil d'une sœur qu'elle venait de
perdre, et prend des habits de fête.

LXXVI. Les centurions arrivaient en foule et assuraient Pison du
zèle ardent des légions, le pressant de reprendre un gouvernement

ceterisque qui instruebant
crimina et accusationem,
tanquam adversus
jam receptos reos.

et les autres qui préparaient
les griefs et l'accusation,
comme contre des *gens*
déjà reçus *par le préteur comme* accusés.

LXXV. At Agrippina,
quanquam defessa luctu,
et corpore ægro,
tamen intolerans omnium
quæ morarentur ultionem,
ascendit classem
cum cineribus Germanici
et liberis ;
cunctis miserantibus,
« Quod femina,
princeps nobilitate,
modo
matrimonio pulcherrimo,
solita adspici
inter venerantes
gratantesque,
ferret tunc sinu
reliquias ferales,
incerta ultionis,
anxia sui,
et toties obnoxia fortunæ
infelici fecunditate. »
Interim nuntius
Germanicum excessisse
assequitur Pisonem
apud insulam Coum.
Quo accepto
intemperanter,
cædit victimas,
adit templa ;
neque moderans ipse
gaudium,
et Plancina
insolescente magis,
quæ tum primum
mutavit
cultu læto
luctum sororis amissæ.

LXXV. Mais Agrippine,
quoique fatiguée de douleur,
et d'un corps malade,   [les choses
cependant ne-pouvant-supporter toutes
qui retardaient *sa* vengeance,
monta sur une flotte
avec les cendres de Germanicus
et *ses* enfants ;
tous s'apitoyant,
« De ce que *cette* femme,
du-premier-rang par la noblesse,
naguère *parée*
du mariage le plus beau,
habituée à se voir
au-milieu-de *gens lui* rendant-hommage
et *la* félicitant,
portait alors sur *son* sein
des restes funèbres,
incertaine de *sa* vengeance,
inquiète d'elle-même,
et tant de fois exposée à la fortune
par *sa* malheureuse fécondité. »
Cependant la nouvelle
Germanicus être mort
atteint Pison
dans l'île *de* Cos.
Laquelle *nouvelle* ayant été reçue
sans-modération,
il immole des victimes,
se rend dans les temples ;
et ne modérant pas lui-même
sa joie,
et Plancine
devenant-insolente davantage,
elle qui alors pour-la-première-fois
changea (quitta)
pour une toilette de-joie (de fête)
le deuil d'une sœur perdue.

LXXVI. Centuriones
affluebant,
monebantque :
« Studia legionum
prompta illi ;

LXXVI. Les centurions
affluaient,
et avertissaient *Pison* :
« Le dévouement des légions
être prêt pour lui ;

et vacuam. » Igitur, quid agendum consultanti, **M. Piso filius** properandum in Urbem censebat : « Nihil adhuc inexpiabile admissum, neque suspiciones imbecillas aut inania famæ per-timescenda : discordiam erga Germanicum odio fortasse di-gnam, non **pœna** ; et, ademptione provinciæ, satisfactum inimicis. Quod si regrederetur, obsistente Sentio, civile bel-lum incipi ; nec duraturos in partibus centuriones militesque apud quos recens imperatoris sui memoria, et penitus infixus in Cæsares amor prævaleret. »

LXXVII. Contra Domitius Celer, ex intima ejus amicitia, disseruit : « Utendum eventu. Pisonem, non Sentium, Syriæ præpositum ; huic fasces et jus prætoris, huic legiones datas ; si quid hostile ingruat, quem justius arma oppositurum, qui [1] legati auctoritatem et propria mandata acceperit? Relinquen-dum etiam rumoribus tempus quo senescant ; plerumque iu-

qu'on n'avait pas eu le droit de lui ôter, et qui était vacant. Il mit donc en délibération ce qu'il devait faire. Son fils, M. Pison, opi-nait pour qu'il se hâtât de retourner à Rome : « Ses torts jusqu'ici n'étaient pas irréparables ; des soupçons chimériques, de vains bruits ne devaient point l'alarmer. Ses démêlés avec Germanicus, faits pour lui susciter peut-être des ennemis, n'étaient point un délit punissable ; et, en perdant son gouvernement, il avait satisfait à l'envie. Que s'il entrait en Syrie malgré l'opposition de Sentius, il allumait une guerre civile ; et il ne devait pas se flatter de conserver longtemps l'affection des centurions et des soldats, chez qui prévau-draient la mémoire récente de leur général et cet attachement pour les Césars, profondément enraciné dans leurs cœurs. »

LXXVII. Domitius Celer, un des intimes amis de Pison, soutint au contraire, « qu'il fallait profiter de l'événement ; que Pison, et non Sentius. avait été préposé au gouvernement de la Syrie ; que c'était à lui qu'on avait donné les faisceaux et l'autorité de préteur, à lui qu'on avait confié les légions. Si quelque hostilité éclatait, qui donc s'armerait plus justement pour la repousser, que celui qui avait reçu tout le pouvoir d'un lieutenant et des instructions personnelles ? D'ailleurs, il fallait donner aux rumeurs le temps de se dissiper :

repeteret provinciam	qu'il regagnât une province
ablatam non jure	enlevée non avec droit
et vacuam. »	et vacante. »
Igitur consultanti	Donc à *lui* délibérant
quid agendum,	sur ce qui *était* devant être fait,
M. Piso, filius, censebat	M. Pison, *son* fils, était-d'avis
properandum in Urbem :	de se hâter vers la ville (Rome) :
« Nihil adhuc inexpiabile	« Rien encore d'inexpiable
admissum, [las	n'*avoir été* commis,
neque suspiciones imbecil-	et des soupçons sans-force
aut inania famæ	ou les vains *bruits* de la renommée
pertimescenda :	n'*être* pas à-craindre :
discordiam	*sa* mésintelligence
erga Germanicum	avec Germanicus
dignam fortasse odio,	*avoir été* digne peut-être de haine,
non pœna ;	*mais* non de châtiment ; [nemis
et satisfactum inimicis	et satisfaction *avoir été* donnée à *ses* en-
ademptione provinciæ.	par l'enlèvement (la perte) de *sa* province.
Quod si regrederetur,	Que s'il y retournait,
Sentio obsistente,	Sentius s'y opposant,
bellum civile incipi :	la guerre civile être commencée ;
nec centuriones militesque	et les centurions et les soldats
duraturos in partibus,	ne devoir pas persister dans *son* parti,
apud quos prævaleret	*eux* chez qui prévaudrait
memoria recens	la mémoire récente
sui imperatoris,	de leur général,
et amor in Cæsares	et *leur* amour pour les Césars
infixus penitus. »	enraciné profondément. »
LXXVII. Contra	LXXVII. Au contraire
Domitius Celer,	Domitius Céler,
ex amicitia intima ejus,	de l'amitié intime de lui,
disseruit :	exposa : [ment.
« Utendum eventu.	« Falloir (qu'il fallait) user de l'événe-
Pisonem, non Sentium,	Pison, non Sentius,
præpositum Syriæ ;	*avoir été* préposé à la Syrie ;
huic fasces	à celui-ci (à Pison) les faisceaux
et jus prætoris,	et le droit de préteur,
huic legiones datas ;	à celui-ci les légions *avoir été* données ;
si quid hostile	si quelque chose d'hostile
ingruat,	fondait-sur *la province*,
quem oppositurum arma	qui devoir opposer *ses* armes
justius qui acceperit	plus justement *que celui* qui avait reçu
auctoritatem legati	l'autorité de lieutenant
et mandata propria ?	et des instructions personnelles ?
Etiam tempus	Du temps aussi
relinquendum rumoribus,	devoir être laissé aux rumeurs,
quo senescant ;	par lequel elles puissent vieillir ;

zocentes recenti invidiæ impares. At, si teneat exercitum,
augeat vires, multa, quæ provideri non possint, fortuito in
melius casura. An festinamus cum Germanici cineribus appel-
lere, ut te inauditum et indefensum planctus Agrippinæ ac
vulgus imperitum primo rumore rapiant ? Est tibi Augustæ
conscientia, est Cæsaris favor, sed in occulto; et periisse
Germanicum nulli jactantius mœrent, quam qui maxime læ-
tantur. »

LXXVIII. Haud magna mole Piso, promptus ferocibus, in
sententiam trahitur; missisque ad Tiberium epistolis, incusat
Germanicum luxus et superbiæ; « seque, pulsum ut locus
rebus novis patefieret, curam exercitus, eadem fide qua tenue-
rit, repetivisse. » Simul Domitium, impositum triremi, vitaro
littorum oram, præterque insulas, lato mari [1], pergere in
Syriam jubet. Concurrentes desertores per manipulos com-

souvent l'innocence avait succombé sous des haines récentes ; au
lieu que, si Pison gardait une armée, s'il augmentait ses forces, le
hasard seul amènerait des circonstances plus heureuses, mais impos-
sibles à prévoir. Nous hâterons-nous donc d'arriver avec les cendres
de Germanicus, afin que, sans qu'on daigne écouter ta défense, une
multitude imbécile, sur la foi des lamentations d'Agrippine, t'immole à son premier ressentiment? Augusta t'approuve, Tibère te
favorise, mais en secret; et personne ne met plus d'affectation à pleu-
rer Germanicus que ceux qui se réjouissent le plus de sa mort. »

LXXVIII. Pison, porté de lui-même aux partis violents, se laisse
entraîner sans peine à cet avis. Il écrit à Tibère une lettre où il accuse Germanicus de faste et d'arrogance, et le prévient que, n'ayant
été chassé que pour que le champ fût libre à d'ambitieux desseins, la
même fidélité qu'il avait montrée dans le commandement de l'armée
l'avait décidé à le reprendre. En même temps il fait partir Domitius
sur une trirème pour la Syrie, avec l'ordre d'éviter les côtes et de se
maintenir en pleine mer en passant devant les îles. Il forme en compagnies les déserteurs qui se présentent en foule, arme les vivandiers,

plerumque innocentes | le plus souvent les innocents
impares invidiæ recenti. | *être* impuissants contre une haine récente.
At, si teneat exercitum, | Mais, s'il tenait une armée,
augeat vires, | s'il augmentait *ses* forces,
multa | bien des choses
quæ non possint provideri | qui ne pouvaient être prévues
casura fortuito | devoir tomber (tourner) par hasard
in melius. | à mieux.
An festinamus appellere | Nous hâtons-nous d'aborder *en Italie*
cum cineribus Germanici, | avec les cendres de Germanicus,
ut planctus Agrippinæ | pour que les sanglots d'Agrippine
ac vulgus imperitum | et une multitude ignorante
rapiant primo rumore | emportent par une première rumeur
te inauditum | toi non-entendu
et indefensum ? | et non-défendu ?
Conscientia Augustæ | La complicité d'Augusta
est tibi, | est pour toi,
favor Cæsaris est, | la faveur de César est *pour toi aussi,*
sed in occulto ; | mais en secret ;
et nulli mœrent | et nuls ne pleurent
jactantius | avec-plus-d'ostentation
Germanicum periisse, | Germanicus avoir péri,
quam qui lætantur | que *ceux* qui s'*en* réjouissent
maxime. » | le plus. »

LXXVIII. Piso, | LXXVIII. Pison,
promptus ferocibus, | prompt aux *partis* violents,
trahitur mole haud magna | est entraîné par un effort non grand
in sententiam ; | à *cet* avis ;
epistolisque | et des lettres
missis ad Tiberium, | ayant été envoyées à Tibère,
incusat Germanicum | il accuse Germanicus
luxus et superbiæ ; | de luxe et d'orgueil ;
« seque, pulsum | et *dit* « lui-même, chassé
ut locus patefieret | pour que le champ fût-ouvert
rebus novis, | à des choses nouvelles,
repetivisse curam exercitus | avoir repris le soin de l'armée
eadem fide | avec la même fidélité
qua tenuerit. » | avec laquelle il *l'*avait tenu (exercé). »
Simul jubet Domitium, | En-même-temps il ordonne Domitius,
impositum triremi, | monté-sur une trirème,
vitare oram littorum, | éviter le bord des rivages,
pergereque in Syriam | et pousser jusqu'en Syrie
lato mari, | par la large (haute) mer,
præter insulas. | *en passant* devant les îles.
Componit per manipulos | Il range par compagnies
desertores concurrentes, | les déserteurs qui accouraient,
armat lixas, | arme les vivandiers,

ponit, armat lixas, trajectisque in continentem navibus, vexillum tironum in Syriam euntium intercipit. Regulis Cilicum ut se auxiliis juvarent scribit ; haud ignavo ad ministeria belli juvene Pisone , quanquam suscipiendum bellum abnuisset.

LXXIX. Igitur oram Lyciæ ac Pamphyliæ prælegentes, obviis navibus quæ Agrippinam vehebant, utrinque infensi, arma primo expediere : dein , mutua formidine, non ultra jurgium processum est; Marsusque Vibius nuntiavit Pisoni. Romam ad dicendam causam veniret. Ille eludens respondit « adfuturum, ubi prætor qui de veneficiis quæreret reo atque accusatoribus diem prædixisset. » Interim Domitius Laodiceam , urbem Syriæ, appulsus, quum hiberna sextæ legionis peteret, quod eam maxime novis consiliis idoneam rebatur, a Pacuvio legato prævenitur. Id Sentius Pisoni per litteras aperit , monetque ne castra corruptoribus , ne provinciam bello

et, à son arrivée sur le continent, intercepte un corps de nouvelles recrues qui se rendaient en Syrie. Il écrit aux petits rois de Cilicie de lui envoyer leurs auxiliaires. Le jeune Pison ne laissait pas de s'employer activement aux préparatifs de cette guerre, quoiqu'il n'eût point été d'avis de l'entreprendre.

LXXIX. A la hauteur des côtes de Lycie et de Pamphylie, les vaisseaux de Pison rencontrèrent ceux qui ramenaient Agrippine. Les deux partis, n'écoutant d'abord que leur animosite, se préparèrent au combat; puis, par une crainte mutuelle, ils se bornèrent aux injures. Vibius Marsus signifia à Pison de se trouver à Rome pour l'instruction de son procès. Pison répondit d'un ton moqueur « qu'il s'y présenterait, dès que le magistrat chargé d'informer sur les empoisonnements aurait ajourné l'accusateur et l'accusé. » Cependant Domitius avait débarqué à Laodicée, ville de Syrie; comme il se rendait au quartier d'hiver de la sixième légion, dont il croyait le esprits plus disposés à un soulèvement, il fut prévenu par le lieutenant Pacuvius. C'est ce que Sentius annonça à Pison dans une lettre où il l'avertissait de ne pas chercher à troubler le camp par ses émissaires ni la province par ses armes. Puis il rassemble tous

navibusque trajectis
in continentem,
intercipit vexillum
tironum
euntium in Syriam.
Scribit regulis Cilicum
ut juvarent se auxiliis ;
juvene Pisone haud ignavo
ad ministeria belli,
quanquam abnuisset
bellum suscipiendum.
 LXXIX. Igitur
prælegens oram
Lyciæ ac Pamphyliæ,
navibus
quæ vehebant Agrippinam
obvii,
infensi utrinque,
expediere primo arma ;
dein, formidine mutua,
non processum est
ultra jurgium ;
Marsusque Vibius
nuntiavit Pisoni
veniret Romam
ad dicendam causam.
Ille eludens respondit
« adfuturum,
ubi prætor,
qui quæreret de veneficiis,
prædixisset diem
reo atque accusatoribus. »
Interim Domitius,
appulsus Laodiceam,
urbem Syriæ,
quum peteret hiberna
sextæ legionis,
quod rebatur eam
idoneam maxime
novis consiliis,
prævenitur
a legato Pacuvio.
Sensius aperit id Pisoni
per litteras,
monetque ne tentet castra
corruptoribus,
ne tentet provinciam

et des vaisseaux ayant été envoyés
vers le continent,
il intercepte un étendard (une compagnie)
de recrues
qui allaient en Syrie.
Il écrit aux petits-rois des Ciliciens
pour qu'ils aidassent lui de secours ;
le jeune Pison n'*étant* pas inactif
pour les services de guerre,
quoiqu'il eût nié
la guerre devoir être entreprise.
 LXXIX. Donc
côtoyant le rivage
de Lycie et de Pamphylie,
les vaisseaux
qui portaient Agrippine
s'étant rencontrés,
hostiles de part-et-d'autre,   [armes,
ils dégagèrent (préparèrent) d'abord *leurs*
puis, par une crainte mutuelle,
on ne s'avança pas
au delà de l'injure ;
et Marsus Vibius
annonça à Pison
qu'il vînt à Rome
pour plaider *sa* cause.
Celui-ci usant-d'ironie répondit
« *lui* devoir se présenter,
dès que le préteur,
qui connaissait des empoisonnements,
aurait assigné un jour
à l'accusé et aux accusateurs. »
Cependant Domitius,
ayant abordé à Laodicée,
ville de Syrie,
comme il gagnait les quartiers-d'hiver
de la sixième légion,
parce qu'il croyait cette *légion*
disposée le plus
à de nouveaux desseins,
est prévenu
par le lieutenant Pacuvius.
Sentius découvre cela à Pison
par une lettre,
et *l'*avertit qu'il n'attaque pas le camp
par des suborneurs,
qu'il n'attaque pas la province

tentet : quosque Germanici memores aut inimicis ejus adversos cognoverat, contrahit, magnitudinem imperatoris identidem ingerens, et rempublicam armis peti; ducitque validam
manum et prœlio paratam.

LXXX. Nec Piso, quanquam cœpta secus cadebant, omisit
tutissima e præsentibus, sed castellum Ciliciæ munitum admodum, cui nomen Celenderis, occupat. Nam, admixtis desertoribus et tirone nuper intercepto, suisque et Plancinæ servitiis, auxilia Cilicum, quæ reguli miserant, in numerum legionis
composuerat : « Cæsarisque se legatum testabatur, provincia,
quam is dedisset, arceri, non a legionibus (earum quippe accitu venire), sed a Sentio, privatum odium falsis criminibus
tegente. Consisterent in acie, non pugnaturis militibus, ubi
Pisonem ab ipsis parentem quondam appellatum, si jure age-

ceux qui étaient attachés à la mémoire de Germanicus ou ennemis
de Pison, leur représentant que c'est à la majesté du prince, à la
république elle-même que l'on s'attaque; et bientôt il se met en
marche avec une troupe nombreuse et déterminée à combattre.

LXXX. Pison, trompé dans ses espérances, ne néglige cependant aucune de ses ressources. Il s'empare d'un château très-fort de
la Cilicie, nommé Célendéris. Mêlant les déserteurs, les recrues qu'il
venait d'intercepter, ses esclaves et ceux de Plancine aux auxiliaires
que les petits rois de la Cilicie lui avaient envoyés, il en avait formé
une légion, au moins pour le nombre. Il leur représentait « qu'il était
le lieutenant de César ; qu'il tenait du prince son gouvernement, que
lui disputaient, non les légions, puisqu'elles-mêmes l'avaient appelé,
mais Sentius, qui déguisait ses haines personnelles sous des accusations calomnieuses. Ils n'avaient qu'à se montrer en bataille, et il
n y aurait pas de combat; les légions mettraient bas les armes, en
voyant celui qu'elles avaient autrefois nommé leur père, fort de son
droit, si l'on consultait la justice, non moins fort de ses armes, s'il

bello :
contrahitque
quos cognoverat
memores Germanici.
aut adversos inimicis ejus,
ingerens identidem
magnitudinem imperatoris
et rempublicam peti armis;
ducitque manum validam
et paratam prœlio.
  LXXX. Nec Piso,
quanquam cœpta
cadebant secus,
omisit tutissima
ex præsentibus,
sed occupat castellum
Ciliciæ
admodum munitum,
cui nomen Celenderis.
Nam, desertoribus
admixtis
et tirone nuper intercepto,
suisque servitiis
et Plancinæ,
composuerat
in numerum legionis
auxilia quæ miserant
reguli Cilicum.
Testabaturque
« Se legatum Cæsaris
arceri provincia,
quam is dedisset,
non a legionibus
(quippe venire
accitu earum),
sed a Sentio,
tegente odium privatum
falsis criminibus.
Consisterent in acie,
militibus
non pugnaturis,
ubi vidissent Pisonem,
quondam
appellatum parentem
ab ipsis,
potiorem,
si ageretur jure,

par la guerre :
et il rassemble
ceux qu'il connaissait
se-souvenant de Germanicus,
ou opposés aux ennemis de lui,
leur représentant à-plusieurs-reprises
la grandeur de l'empereur [armes;
et la république être attaquée par les
et il conduit une troupe forte
et prête au combat.
  LXXX. Pison aussi,
quoique *ses* entreprises [*n'eût voulu,*
tombassent (réussissent) autrement *qu'il*
n'omit pas *les mesures* les plus sûres
d'entre les présentes,
mais il s'empare d'un château
de Cilicie
grandement fortifié,
auquel le nom *était* Célendéris.
Car, avec les déserteurs
mêlés
et le conscrit naguère intercepté,
et ses esclaves
et *ceux* de Plancine,
il avait rangé
en nombre de légion
les secours que *lui* avaient envoyés
les petits-rois des Ciliciens.
Et il attestait
« Lui-même lieutenant de César
être repoussé d'une province,
que celui-ci *lui* avait donnée,
non par les légions
(car *lui* venir
sur l'appel d'elles),
mais par Sentius,
qui couvrait *sa* haine privée
de fausses imputations.
Qu'ils se tinssent en ligne-de-bataille,
les soldats *de Sentius*
ne devant pas combattre,
dès qu'ils auraient vu Pison,
naguère
appelé père
par eux-mêmes,
préférable *à Sentius,*
si *la chose* se traitait par le droit,

retur. potiorem, si armis, non invalidum, vidissent. » Tum pro
munimentis castelli manipulos explicat, colle arduo et derupto;
nam cetera mari cinguntur. Contra veterani ordinibus ac subsidiis instructi : hinc militum, inde locorum asperitas ; sed
non animus, non spes, ne tela quidem, nisi agrestia, ad subitum usum properata. Ut venere in manus, non ultra dubitatum quam dum Romanæ cohortes in æquum [1] eniterentur :
vertunt terga Cilices, seque castello claudunt.

LXXXI. Interim Piso classem, haud procul opperientem,
appugnare frustra tentavit ; regressusque, et pro muris, modo
semet afflictando, modo singulos nomine ciens, præmiis vocans, seditionem cœptabat : adeoque commoverat, ut signifer
legionis sextæ signum ad eum transtulerit. Tum Sentius occanere cornua tubasque, et peti aggerem, erigi scalas jussit, ac
promptissimum quemque succedere ; alios tormentis hastas,
saxa et faces ingerere. Tandem, victa pertinacia, Piso oravit

fallait recourir au fer. » Il range alors sa troupe sur le sommet d'une
colline escarpée, qui bordait les fortifications du château; car le
reste était baigné par la mer. De leur côté, les vétérans s'avancent sur
plusieurs lignes, soutenus par des corps de réserve. Ici de braves
soldats, là un poste excellent, mais nul courage, nulle confiance, pas
même d'armes que des instruments rustiques saisis à la hâte. Aussi
l'affaire ne fut-elle indécise que le temps qu'il fallut aux Romains
pour gravir la hauteur : les Ciliciens prennent la fuite et s'enferment dans le château.

LXXXI. Pison tenta vainement de surprendre la flotte qui était
mouillée à peu de distance. Rentré dans la place, il monta sur le
rempart, et de là, tantôt par les démonstrations de la douleur la plus
violente, tantôt en appelant chaque soldat par son nom, et les invi-
tant par des récompenses, il cherchait à exciter parmi eux une sédition. Il avait déjà tellement ému les esprits, que le porte-enseigne de
la sixième légion passa avec son drapeau dans la place. Mais Sentius
fait sonner les clairons et les trompettes, ordonne qu'on marche au
rempart, qu'on dresse les échelles, que les plus braves y montent,
que les autres, avec les machines, lancent des traits, des pierres et
des torches. Enfin l'orgueil de Pison est contraint de fléchir. Il se

non invalidum,
si armis. »
Tum explicat manipulos
pro munimentis castelli,
colle arduo et derupto;
nam cetera
cinguntur mari.
Contra veterani instructi
ordinibus ac subsidiis :
hinc asperitas militum,
inde locorum ;
sed non animus,
non spes, ne tela quidem,
nisi agrestia,
properata
ad usum subitum
Ut venere ad manus,
non dubitatum
ultra quam dum
cohortes Romanæ
eniterentur in æquum :
Cilices vertunt terga,
seque claudunt castello.
 LXXXI. Interim Piso
tentavit frustra
appugnare classem,
opperientem haud procul;
regressusque, et pro muris,
modo semet afflictando,
modo ciens singulos
nomine,
vocans præmiis,
cœptabat seditionem;
commoveratque adeo,
ut signifer sextæ legionis
transtulerit ad eum
signum.
Tum Sentius jussit
cornua tubasque occanere,
et aggerem peti,
scalas erigi,   [mum
ac quemque promptissi-
.succedere ;
alios ingerere
tormentis
hastas, saxa et faces.
Tandem Piso,

et non sans-force,
si elle se traitait par les armes. *
Alors il déploie ses compagnies
devant les remparts du château,
sur une colline haute et escarpée ;
car les autres côtés
sont entourés par la mer.
D'autre-part les vétérans étaient rangés
en lignes et avec des réserves :
ici la rudesse des soldats,
là , celle des lieux ;
mais ni courage,
ni espérance, ni armes même,
sinon agrestes,
façonnees-à-la-hâte
pour un usage subit.
Dès qu'ils en furent venus aux mains,
le succès ne fut pas balancé
plus loin que jusqu'à ce que
les cohortes romaines
parvinssent sur un terrain uni :
les Ciliciens tournent le dos,
et s'enferment dans le château.
 LXXXI. Cependant Pison
essaya vainement
d'assaillir la flotte,
qui attendait non loin ;
et étant revenu, et sur les murs,
tantôt en se désespérant,
tantôt appelant chacun
par son nom,
les engageant par des récompenses,
il tentait-de-commencer une sédition ;
et il les avait remués tellement,
qu'un porte-enseigne de la sixième légion
transporta vers lui
son enseigne.
Alors Sentius ordonna
les clairons et les trompettes sonner,
et le rempart être attaqué,
les échelles être dressées,
et chaque soldat très-résolu
monter à l'assaut ;
les autres accumuler (lancer sans relâche)
avec les machines
traits, pierres et torches.
Enfin Pison,

uti, traditis armis, maneret in castello, dum Cæsar, cui
Syriam permitteret, consulitur. Non receptæ conditiones ;
nec aliud quam naves et tutum in Urbem iter concessum est.

LXXXII. At Romæ, postquam Germanici valetudo percrebuit, cunctaque, ut ex longinquo, aucta in deterius afferebantur, dolor, ira. Et erumpebant questus : « Ideo nimirum in
extremas terras relegatum; ideo Pisoni permissam provinciam ; hoc egisse secretos Augustæ cum Plancina sermones ;
vera prorsus de Druso [1] seniores locutos, displicere regnantibus civilia filiorum ingenia ; neque ob aliud interceptos,
quam quia populum Romanum æquo jure complecti, reddita
libertate, agitaverint. » Hos vulgi sermones audita mors adeo
incendit, ut, ante edictum magistratuum, ante senatusconsultum, sumpto justitio, desererentur fora, clauderentur domus;

soumet à rendre ses armes, demandant, pour toute grâce, à rester
dans le fort jusqu'à ce que l'empereur eût décidé à qui serait confié
le gouvernement de la Syrie. Ces conditions sont rejetées ; on ne lui
accorde que des vaisseaux et un sauf-conduit pour son retour en Italie.

LXXXII. Cependant, lorsque le bruit de la maladie de Germanicus
se fut répandu à Rome, avec les exagérations sinistres qu'apporte
la renommée des événements lointains, il s'éleva un cri de douleur et d'indignation : « Voilà donc pourquoi on l'a relégué au
bout de l'univers; voilà pourquoi on a confié la province à Pison;
voilà le but de ces conférences secrètes de Plancine et d'Augusta.
Les vieillards avaient dit vrai en parlant de Drusus : les souverains
ne pardonnent point à leurs fils d'être plus populaires qu'eux; et
Germanicus a été victime, comme son père, de ses projets pour le
rétablissement de la liberté du peuple romain. » Aussitôt, sans attendre ni édit des magistrats ni sénatus-consulte, on abandonne les
tribunaux, on ferme les maisons; partout le silence et des gémisse-

pertinacia victa,
oravit uti, armis traditis,
maneret in castello,
dum Cæsar consulitur,
cui permitteret Syriam.
Conditiones non receptæ;
nec aliud concessum est
quam naves
et iter tutum
in Urbem.
    LXXXII. At Romæ,
postquam valetudo
Germanici
percrebuit, cunctaque
aucta, ut ex longinquo,
afferebantur,
dolor, ira.
Et questus erumpebant :
« Ideo nimirum relegatum
in terras extremas ;
ideo provinciam
permissam Pisoni ;
sermones secretos
Augustæ cum Plancina
egisse hoc ;
seniores
locutos prorsus vera
de Druso,
ingenia civilia filiorum
displicere regnantibus ;
neque
interceptos
ob aliud
quam quia agitaverint
complecti
populum Romanum
jure æquo,
libertate reddita. »
Mors audita
incendit adeo
hos sermones vulgi,
ut, ante edictum
magistratuum,
ante senatusconsultum,
justitio sumpto,
fora desererentur,
domus clauderentur ;

son opiniâtreté étant vaincue,
pria que, ses armes étant livrées,
il restât dans le château,
pendant que César est (serait) consulté,
pour savoir à qui il remettait la Syrie.
Ces conditions ne furent pas acceptées ;
et nulle autre chose ne fut accordée
que des vaisseaux
et la route sauve (un sauf-conduit)
jusqu'à la ville (Rome).
    LXXXII. Mais à Rome,
après que la maladie
de Germanicus
se fut ébruitée, et que tous les détails
augmentés, comme venant de loin,
étaient apportés,
il y eut de la douleur, de la colère.
Et les plaintes éclataient :
« Pour cela sans doute lui avoir été relégué
dans des terres situées-à-l'extrémité ;
pour cela la province
avoir été livrée à Pison ;
les entretiens secrets
d'Augusta avec Plancine
avoir fait cela ;
les vieillards
avoir dit tout-à-fait vrai
sur Drusus,
les caractères populaires de leurs fils
déplaire à ceux qui régnaient :
et eux (Drusus et Germanicus)
n'avoir pas été enlevés prématurément
pour une autre chose
que parce qu'ils avaient médité
d'embrasser (de gouverner)
le peuple romain
par un droit égal,
la liberté lui étant rendue. »
La mort de Germanicus apprise
enflamma tellement
ces propos de la multitude,
que, avant un édit
des magistrats,
avant un sénatus-consulte,
des vacances étant prises,
les tribunaux étaient abandonnés,
les maisons étaient fermées ;

passim silentia et gemitus, nihil compositum in ostentatio-
nem ; et, quanquam neque insignibus lugentium [1] abstinerent,
altius animis mœrebant. Forte negotiatores, vivente adhuc
Germanico Syria egressi, lætiora de valetudine ejus attulere :
statim credita, statim vulgata sunt ; ut quisque obvius, quamvis leviter audita, in alios, atque illi in plures, cumulata
gaudio transferunt. Cursant per urbem, moliuntur templorum fores [2]. Juvit credulitatem nox, et promptior inter tenebras affirmatio. Nec obstitit falsis Tiberius, donec tempore ac
spatio [3] vanescerent. Et populus quasi rursum ereptum acrius
doluit.

LXXXIII. Honores, ut quis amore in Germanicum aut ingenio
validus [4], reperti decretique : ut nomen ejus Saliari carmine [5]
caneretur ; sedes curules [6] sacerdotum Augustalium locis, superque eas querceæ coronæ statuerentur ; ludos circenses eburna

ments ; et rien pour l'ostentation : quoique la douleur ne néglige pas
les signes extérieurs du deuil, elle est surtout au fond des cœurs.
Par hasard quelques marchands, partis de Syrie pendant que Germanicus vivait encore, annoncèrent sa convalescence. La nouvelle
est aussitôt crue, aussitôt divulguée ; on n'a fait que l'entendre, on
la transmet aux premiers qu'on rencontre, ceux-ci à d'autres ; la joie
l'exagère de bouche en bouche ; on court par toute la ville, on enfonce les portes des temples ; la nuit favorise la crédulité, et l'on af-
firme plus hardiment dans les ténèbres. Tibère ne combattit point
ces faux bruits, attendant que le temps les dissipât de lui-même.
Quant au peuple, il crut perdre une seconde fois Germanicus, et le
pleura plus amèrement encore.

LXXXIII. Chaque sénateur, suivant son amour pour ce grand
homme ou la fécondité de son imagination, inventa des honneurs
nouveaux. On arrêta que son nom serait chanté dans les hymnes
des Saliens ; qu'il aurait sa chaise curule à la place réservée pour
les prêtres d'Auguste, et qu'au-dessus de cette chaise on placerait
des couronnes de chêne ; qu'à l'ouverture des jeux du cirque, sa sta-

passim silentia et gemitus;	çà et là des silences et des gémissements;
nihil compositum	rien d'arrangé
in ostentationem;	pour l'ostentation;
et, quanquam	et, bien que
neque abstinerent	on ne s'abstînt pas non plus
insignibus lugentium,	des insignes de ceux qui sont-en-deuil,
mœrebant altius	on était-affligé plus profondément
animis.	dans les cœurs.
Forte negotiatores,	Par hasard des marchands,
egressi Syria,	sortis de la Syrie,
Germanico vivente adhuc,	Germanicus vivant encore,
attulere lætiora	apportèrent des *nouvelles* plus heureuses
de valetudine ejus :	sur la santé de lui :
statim credita sunt,	aussitôt elles furent crues,
statim vulgata;	aussitôt *elles furent* divulguées ;
ut quisque	selon que chacun
obvius,	*se trouvait* sur-le-passage,
transferunt in alios,	on communique à d'autres *ces nouvelles*;
quanquam audita leviter,	quoique apprises légèrement,
atque illi	et ceux-là *communiquent*
in plures,	à un plus grand nombre
cumulata gaudio.	*ces mêmes nouvelles*, exagérées par la joie.
Cursant per urbem,	On court par la ville,
moliuntur	on force
fores templorum.	les portes des temples.
Nox, et affirmatio	La nuit, et l'affirmation
promptior inter tenebras,	plus hardie au-milieu-des ténèbres,
juvit credulitatem.	aida la crédulité.
Nec Tiberius obstitit	Et Tibère ne s'opposa pas
falsis,	à *ces* faux *bruits*,
donec vanescerent	*attendant* qu'ils s'évanouissent
tempore ac spatio.	par le temps et l'espace (la durée).
Et populus doluit	Et le peuple pleura *Germanicus*
acrius	plus amèrement
quasi ereptum rursum.	comme étant ravi une-seconde-fois.
LXXXIII. Honores	LXXXIII. Des honneurs
reperti decretique,	*furent* trouvés et décrétés,
ut quis validus amore	selon que chacun *était* fort en affection
in Germanicum	pour Germanicus
aut ingenio :	où en imagination :
ut nomen ejus caneretur	*par exemple* que le nom de lui serait chanté
carmine Saliari ;	dans les hymnes des-Saliens ;
sedes curules statuerentur	que des chaises curules seraient mises
locis	aux places
sacerdotum Augustalium	des prêtres d'-Auguste,
superque eas	et au-dessus-de ces *chaises*
coronæ querceæ ;	des couronnes de-chêne ;

effigies præiret [1]; neve quis flamen aut augur in locum Germanici, nisi gentis Juliæ, crearetur. Arcus additi Romæ, et apud ripam Rheni, et in monte Syriæ Amano, cum inscriptione rerum
gestarum, ac mortem ob rempublicam obiisse ; sepulcrum Antiochiæ [2], ubi crematus ; tribunal Epidaphnæ [3], quo in loco vitam
finierat. Statuarum, locorumve in quis coleretur, haud facile quis numerum inierit Quum censeretur clypeus [1], auro et
magnitudine insignis, inter auctores eloquentiæ [5], asseveravit
Tiberius, « solitum paremque ceteris dicaturum : neque enim
eloquentiam fortuna discerni ; et satis illustre, si veteres inter
scriptores haberetur. » Equester ordo cuneum Germanici appellavit, qui Juniorum [6] dicebatur ; instituitque uti turmæ
idibus juliis [7] imaginem ejus sequerentur. Pleraque manent ;
quædam statim omissa sunt, aut vetustas oblitteravit.

LXXXIV. Ceterum, recenti adhuc mœstitia, soror Germa-

tue en ivoire serait portée en tête de la pompe sacrée ; que les flamines et les augures qui lui succéderaient ne seraient jamais pris
que dans la maison des Jules. On lui fit élever à Rome, sur les bords
du Rhin et sur le mont Amanus, des arcs de triomphe, avec une
inscription portant, outre le détail de ses exploits, qu'il était mort
pour la république ; un tombeau à Antioche, où son corps avait été
brûlé ; un tribunal à Épidaphne, où il avait terminé ses jours. Il
serait difficile de compter toutes les statues qu'on lui érigea, tous les
lieux où on lui rendit un culte. On voulait encore le représenter parmi les orateurs célèbres, sur un écusson en or, d'une grandeur
plus qu'ordinaire. Tibère déclara « qu'il lui en consacrerait un tout
pareil aux autres ; que l'éloquence ne se réglait pas sur le rang, et
qu'il suffisait à la gloire de Germanicus d'avoir une place parmi les
anciens écrivains. » L'ordre des chevaliers appela du nom de Germanicus l'escadron de la jeunesse, et voulut que sa statue fût portée
en tête de la cavalcade solennelle qui se fait aux ides de juillet. La
plupart de ces distinctions subsistent encore ; quelques-unes furent
négligées presque aussitôt, ou abolies avec le temps.

LXXXIV. On pleurait encore Germanicus, lorsque sa sœur Li-

effigies eburna — que *son* image en-ivoire [cirque ;
præiret ludos circenses ; — précéderait les (la pompe des) jeux du-
neve quis flamen — et que nul flamine
aut augur — ou augure
crearetur — ne serait nommé
in locum Germanici, — à la place de Germanicus,
nisi gentis Juliæ. — sinon de la famille Julia.
Arcus additi — Des arcs *de triomphe furent* ajoutés
Romæ, — dans Rome,
et apud ripam Rheni, — et sur la rive du Rhin,
et in monte Syriæ Amano, — et sur la montagne de Syrie Amanus,
cum inscriptione — avec l'inscription
rerum gestarum, — de *ses* actions accomplies,
ac obiisse mortem — et *portant lui* avoir subi la mort
ob rempublicam ; — pour la république ;
sepulcrum Antiochiæ, — un tombeau *lui fut élevé* à Antioche,
ubi crematus ; — où *il fut* brûlé ;
tribunal Epidaphnæ, — un tribunal à Épidaphne,
in quo loco finierat vitam. — dans lequel lieu il avait fini *sa* vie.
Haud facile quis — Non facilement quelqu'un
inierit numerum — entreprendrait (calculerait) le nombre
statuarum, locorumve — de *ses* statues, ou des lieux
in quis coleretur. — dans lesquels il était honoré.
Quum clypeus censeretur, — Comme un écusson était proposé *pour lui,*
insignis auro — remarquable par l'or
et magnitudine, — et par la grandeur,
inter auctores eloquentiæ, — parmi les pères de l'éloquence,
Tiberius asseveravit — Tibère déclara [(ordinaire)
« dicaturum solitum — «*lui* devoir *lui en* consacrer un accoutumé
paremque ceteris : — et pareil aux autres :
neque enim eloquentiam — et en effet l'éloquence
discerni fortuna ; — n'être point distinguée par la fortune ;
et satis illustre, — et *ceci être* assez illustre,
si haberetur — s'il était tenu (compté)
inter veteres scriptores. » — parmi les anciens écrivains. »
Ordo equester appellavit — L'ordre équestre appela
cuneum Germanici — coin (escadron) de Germanicus
qui dicebatur Juniorum ; — *celui* qui était dit *coin* des Jeunes-gens.
instituitque uti turmæ — et il établit que des cavalcades
sequerentur imaginem ejus — suivraient l'image de lui
idibus juliis. — aux ides de-juillet.
Pleraque manent ; — La plupart *de ces règlements* subsistent ;
quædam — quelques-uns
omissa sunt statim, — furent négligés aussitôt,
aut vetustas oblitteravit. — ou le temps *les* a effacés.
LXXXIV. Ceterum, — LXXXIV. Au reste,
mœstitia adhuc recenti, — la tristesse *étant* encore récente,

nici Livia, nupta Druso, duos virilis sexus simul enixa est.
Quod, rarum lætumque etiam modicis penatibus, tanto gaudio principem affecit, ut non temperaverit quin jactaret[1] apud
patres, « Nulli ante Romanorum ejusdem fastigii viro gemi-
nam stirpem editam. » Nam cuncta, etiam fortuita, ad gloriam vertebat. Sed populo, tali in tempore, id quoque dolorem tulit; tanquam auctus liberis Drusus domum Germanici
magis urgeret.

LXXXV. Eodem anno gravibus senatus decretis libido feminarum coercita[2]; cautumque ne quæstum corpore faceret, cui
avus, aut pater, aut maritus eques Romanus fuisset. Nam Vistilia, prætoria familia genita, licentiam stupri apud ædiles
vulgaverat; more inter veteres recepto, qui satis pœnarum
adversum impudicas in ipsa professione flagitii credebant.
Exactum et a Titidio Labeone, Vistiliæ marito, cur in uxore
delicti manifesta ultionem legis[3] omisisset; atque, illo præten-

---

vie, mariée à Drusus, accoucha de deux fils jumeaux. Cette fecon-
dité peu commune, et qui est un sujet de satisfaction même dans les
familles ordinaires, causa au prince une telle joie, qu'il ne put s'empêcher de se glorifier devant le sénat d'une faveur que les dieux n'a-
vaient encore, selon lui, accordée à aucun Romain de ce rang.
Car Tibère tournait tout à sa gloire, les choses même les plus
fortuites. Mais dans ce moment ce fut un chagrin nouveau pour le
peuple : plus la famille de Drusus se multipliait, plus elle semblait écraser celle de Germanicus

LXXXV. La même année, le sénat rendit plusieurs décrets sévères contre la dissolution des femmes. On interdit la profession
de courtisane à celles qui auraient un aïeul, un père ou un mari
chevalier romain ; car Vistilia, d'une famille prétorienne, venait de
se faire inscrire chez les édiles sur le rôle des prostituées, d'après
un ancien usage de nos pères, qui pensaient qu'une femme serait
assez punie par la seule déclaration de son impudicité Titidius
Labéon, mari de Vistilia, fut aussi recherché, pour n'avoir point
sollicité les rigueurs de la loi contre une femme si manifestement

Livia, soror Germanici, | Livie, sœur de Germanicus,
nupta Druso, enixa est | mariée à Drusus, accoucha
duos sexus virilis simul. | de deux *enfants* du sexe mâle à-la-fois.
Quod, rarum lætumque | Ce *fait*, rare et joyeux
etiam modicis penatibus, | même pour d'humbles pénates,
affecit principem | affecta le prince
tanto gaudio, | d'une si-grande joie,
ut non temperaverit | qu'il ne se maîtrisa pas
quin jactaret | *au point* qu'il ne se vantât pas
apud patres, | devant les sénateurs,
« Nulli Romanorum ante, | « A nul des Romains auparavant,
viro ejusdem fastigii, | *étant* homme du même faîte (haut rang),
geminam stirpem | une double progéniture
editam. » | *avoir été* mise-au-jour *à la fois.*
Nam vertebat ad gloriam | Car il tournait à *sa* gloire
cuncta, etiam fortuita. | tout, même les choses fortuites.
Sed id quoque | Mais cela aussi
tulit dolorem populo, | apporta de la douleur au peuple,
in tali tempore ; | en une telle circonstance ;
tanquam Drusus | comme si Drusus
auctus liberis | accru de *nouveaux* enfants
urgeret magis | pesait davantage
domum Germanici. | sur la famille de Germanicus.

LXXXV. Eodem anno, | LXXXV. La même année,
libido feminarum coercita | le libertinage des femmes *fut* réprimé
gravibus decretis senatus ; | par de sévères décrets du sénat ;
cautumque | et l'on pourvut,
ne cui avus, | à ce qu'*une femme* à qui l'aïeul,
aut pater, aut maritus | ou le père, ou le mari
fuisset eques Romanus | aurait été chevalier romain
faceret quæstum corpore. | ne fît pas gain de *son* corps.
Nam Vistilia, | Car Vistilia,
genita familia prætoria, | née de famille prétorienne,
vulgaverat apud ædiles | avait déclaré auprès des édiles
licentiam stupri ; | *demander* une licence de prostitution ;
more recepto inter veteres, | par une coutume reçue parmi les anciens,
qui credebant | qui croyaient
satis pœnarum | assez de châtiment
adversum impudicas | *être* contre les *femmes* impudiques
in professione ipsa flagitii. | dans l'aveu même de *leur* honte.
Exactum et | On interrogea aussi
a Titidio Laboone | Titidius Labéon,
marito Vistiliæ, | mari de Vistilia,
cur omisisset | pourquoi il avait omis
ultionem legis | la vengeance de la loi
in uxore | contre *son* épouse
manifesta delicti ; | manifestement-coupable de faute ;

dente sexaginta dies ad consultandum datos necdum præterisse,
satis visum de Vistilia statuere , eaque in insulam Seriphon [1]
abdita est. Actum et de sacris Ægyptiis Judaïcisque pellendis :
factumque patrum consultum , ut quatuor millia libertini
generis , ea superstitione infecta , quis idonea ætas , in insulam Sardiniam veherentur , coercendis illic latrociniis ; et , si
ob gravitatem cœli interissent, vile damnum ; ceteri cederent
Italia, nisi certam ante diem profanos ritus exuissent.

LXXXVI. Post quæ retulit Cæsar capiendam virginem [2] in
locum Occiæ, quæ septem et quinquaginta per annos [3], summa sanctimonia, Vestalibus sacris præsederat ; egitque grates
Fonteio Agrippæ et Domitio Pollioni, « quod, offerendo filias,
de officio in rempublicam certarent. » Prælata est Pollionis
filia, non ob aliud quam quod mater ejus in eodem conjugio

coupable. Comme il allégua que les soixante jours de délai n'étaient
point encore expirés, on se contenta de punir Vistilia, qui fut con-
finée dans l'île de Sériphe. On s'occupa aussi de purger l'Italie des
superstitions égyptiennes et judaïques. Quatre mille hommes de la
classe des affranchis, infectés de ces superstitions étrangères, et en
âge de servir, furent envoyés par un décret du sénat en Sardaigne,
pour y être employés contre les brigands de cette île ; si l'insalubrité
du climat abrégeait leurs jours , ce serait une perte légère. On fixa
aux autres un terme pour quitter l'Italie ou abjurer leurs rites profanes.

LXXXVI. Tibère proposa ensuite de remplacer Occie, qui avait
présidé pendant cinquante-sept ans le collège des Vestales avec une
pureté irréprochable ; et il remercia Fontéius Agrippa et Domitius
Pollion du zèle qu'ils montraient pour l'État en offrant leurs filles.
Celle de Pollion fut préférée, uniquement parce que sa mère n'avait
pas eu d'autre époux, au lieu qu'Agrippa avait fait quelque tort à

atque, illo prætendente
sexaginta dies
datos ad consultandum
necdum præteriisse,
visum satis statuere
de Vistilia,
eaque abdita est
in insulam Seriphon.
Actum et de pellendis
sacris Ægyptiis
Judaïcisque :
consultumque patrum
factum,
ut quatuor millia
generis libertini,
infecta ea superstitione,
quis ætas idonea,
veherentur
in insulam Sardiniam,
coercendis illic latrociniis ;
et, si interissent
ob gravitatem cœli,
damnum vile ;
ceteri cederent Italia,
nisi exuissent
ritus profanos
ante diem certam.
  LXXXVI. Post quæ
Cæsar retulit
virginem capiendam
in locum Occiæ,
quæ per quinquaginta
et septem annos
præsederat
sacris Vestalibus
summa sanctimonia ;
egitque grates
Fonteio Agrippæ
et Domitio Pollioni,
« quod, offerendo filias,
certarent de officio
in rempublicam. »
Filia Pollionis prælata est,
non ob aliud
quam quod mater ejus
manebat
in eodem conjugio ;

et, celui-là prétendant
les soixante jours
accordés pour se consulter
n'être point encore passés,
il parut assez de statuer
sur Vistilia,
et celle-ci fut reléguée
dans l'île de Sériphe.
On s'occupa aussi de bannir
les rites égyptiens
et judaïques :
et un décret des sénateurs
fut fait,
portant que quatre milliers d'homm*s
de la classe des-affranchis,
infectés de cette superstition,
auxquels l'âge était propre aux armes,
fussent déportés
dans l'île de Sardaigne,
pour réprimer là les brigandages ;
et, s'il avaient péri
à cause de la rigueur du climat,
c'était une perte de-peu-de-prix ;
que les autres se retirassent de l'Italie
s'ils n'avaient dépouillé (abjuré)
leurs rites profanes
avant un jour déterminé.
  LXXXVI. Après quoi
César proposa
une vierge à-choisir
à la place d'Occia,
qui, pendant cinquante
et sept ans
avait présidé
au culte des-Vestales
avec une extrême sainteté ;
et il rendit grâces
à Fontéius Agrippa
et à Domitius Pollion,
« de ce que, en offrant leurs filles,
ils rivalisaient de dévouement
envers la république. »
La fille de Pollion fut préférée,
non pour une autre chose
que parce que la mère d'elle
persévérait
dans le même mariage ;

manebat; nam Agrippa discidio domum imminuerat. Et Cæsar, quamvis posthabitam, decies sestertii dote solatus est.

LXXXVII. Sævitiam annonæ incusante plebe, statuit frumento pretium quod emptor penderet, binosque nummos [1] se
additurum negotiatoribus in singulos modios [2]. Neque tamen
ob ea Parentis patriæ, delatum et antea, vocabulum assumpsit; acerbeque increpuit eos qui divinas occupationes ipsumque dominum [3] dixerant : unde angusta et lubrica oratio sub
principe qui libertatem metuebat, adulationem oderat [4].

LXXXVIII. Reperio apud scriptores senatoresque eorumdem temporum, Adgandestrii, principis Cattorum, lectas in
senatu litteras, quibus mortem Arminii promittebat, si patrandæ neci venenum mitteretur; responsumque esse « Non
fraude neque occultis, sed palam et armatum populum Romanum hostes suos ulcisci ; » qua gloria æquabat se [5] Tiberius

sa maison par un divorce. Mais le prince consola par une dot d'un
million de sesterces celle qui n'avait pas été choisie.

LXXXVII. Le peuple se plaignait de la cherté des grains; Tibère en fit baisser le prix pour l'acheteur, et promit au vendeur
un dédommagement de deux sesterces par boisseau. Il n'en refusa
pas moins le titre de Père de la patrie, qui lui fut offert pour la
seconde fois, et fit de sévères réprimandes à ceux qui, en parlant ·
de ses occupations, les avaient appelées *divines*, et qui lui avaient
donné le titre de *seigneur*. Aussi le chemin était-il étroit et glissant
pour l'orateur, sous un prince qui craignait la liberté et haïssait
l'adulation.

LXXXVIII. Je trouve dans les mémoires de quelques sénateurs
et historiens de ce temps qu'on lut dans le sénat une lettre d'Adgandestrius, chef des Cattes, qui promettait la mort d'Arminius, si
l'on voulait lui fournir le poison nécessaire : à quoi il fut répondu
« que ce n'était point par la fraude et par des complots, mais
ouvertement et par les armes, que le peuple romain se vengeait
de ses ennemis; » réponse glorieuse par laquelle Tibère s'égalait a

nam Agrippa
imminuerat domum
discidio.
Et Cæsar solatus est
dote decies sestertii,
quamvis posthabitam.
LXXXVII. Plebe
incusante sævitiam
annonæ,
statuit pretium
quod emptor penderet
frumento,
seque additurum
binos nummos
negotiatoribus
in singulos modios.
Neque tamen, ob ea,
assumpsit vocabulum,
delatum et antea,
Parentis patriæ;
increpuitque acerbe
eos qui dixerant
occupationes divinas,
ipsumque dominum:
unde oratio
angusta et lubrica
sub principe
qui metuebat libertatem,
oderat adulationem.
LXXXVIII. Reperio
apud scriptores
senatoresque
eorumdem temporum
litteras Adgandestrii,
principis Cattorum,
lectas in senatu,
quibus promittebat
mortem Arminii.
si venenum mitteretur
patrandæ neci;
responsumque esse
« Populum Romanum
ulcisci suos hostes
non fraude, neque occultis,
sed palam et armatum; »
qua gloria Tiberius
se æquabat

car Agrippa
avait amoindri *sa* famille
par un divorce.
Et César *la* consola
par une dot d'un million de sesterces,
quoique placée-après (non préférée).
LXXXVII. Le peuple
accusant la rigueur (cherté)
des vivres,
il fixa le prix
que l'acheteur payerait
pour le blé,
et *dit* lui-même devoir ajouter
deux sesterces
aux marchands
pour chaque boisseau.
Et cependant, à cause de ces *mesures*,
il ne prit pas le nom,
offert aussi auparavant,
de Père de la patrie;
et il réprimanda sévèrement
ceux qui avaient dit (appelé;
ses occupations divines,
et lui-même maître:
d'où le discours
était étroit et glissant
sous un prince
qui craignait la liberté,
et haïssait l'adulation.
LXXXVIII. Je trouve
chez des écrivains
et des sénateurs
des mêmes temps
une lettre d'Adgandestrius,
chef des Cattes,
avoir été lue dans le sénat,
par laquelle il promettait
la mort d'Arminius,
si du poison était envoyé
pour exécuter *ce* meurtre,
et avoir été répondu
« Le peuple romain
se venger de ses ennemis
non par la fraude, ni par *des voies occultes*,
mais ouvertement et armé; »
par laquelle gloire Tibère
s'égalait

priscis imperatoribus, qui venenum in Pyrrhum regem vetuerant prodiderantque. Ceterum Arminius, abscedentibus Romanis et pulso Maroboduo, regnum affectans, libertatem popularium adversam habuit; petitusque armis, quum varia
fortuna certaret, dolo propinquorum cecidit : liberator haud
dubie Germaniæ, et qui non primordia populi Romani, sicut
alii reges ducesque, sed florentissimum imperium lacessierit,
prœliis ambiguus, bello non victus. Septem et triginta annos
vitæ, duodecim potentiæ explevit : caniturque adhuc barbaras
apud gentes; Græcorum annalibus ignotus, qui sua tantum
mirantur; Romanis haud perinde celebris, dum vetera extollimus, recentium incuriosi.

ces anciens généraux qui refusèrent l'empoisonnement de Pyrrhus et
dénoncèrent le traître. Au reste Arminius, après la retraite des Romains et l'expulsion de Maroboduus, voulut régner, et souleva contre
lui ses concitoyens, jaloux de leur liberté. Il les combattit avec des
succès divers, et périt enfin par la trahison de ses proches. Il avait
été, sans contredit, le libérateur de la Germanie, et il n'eut pas,
comme tant de rois et tant de généraux, à lutter contre Rome nais-
sante, mais contre un empire arrivé à l'apogée de sa puissance.
Battu quelquefois, il ne fut point vaincu. Il vécut trente-sept ans, et
garda douze ans le pouvoir. Il est encore chanté par les nations barbares, inconnu aux Grecs, qui n'admirent que leur histoire, et trop
peu célèbre chez les Romains, qui ne vantent que ce qui est ancien
et négligent ce qui est moderne.

priscis imperatoribus,
qui vetuerant
prodiderantque
venenum
in regem Pyrrhum.
Ceterum ,
Romanis abscedentibus
et Maroboduo pulso,
Arminius,
affectans regnum,
habuit adversam
libertatem popularium ;
petitusque armis,
quum certaret
fortuna varia,
cecidit dolo propinquorum:
haud dubie
liberator Germaniæ,
et qui non lacessierit
primordia populi Romani ,
sicut alii reges ducesque,
sed imperium
florentissimum ,
ambiguus
prœliis,
non victus bello.
Explevit
triginta et septem annos
vitæ,
duodecim potentiæ :
caniturque adhuc
apud gentes barbaras ;
ignotus
annalibus Græcorum,
qui mirantur tantum sua;
haud perinde celebris
Romanis,
dum extollimus vetera,
incuriosi recentium.

aux anciens généraux,
qui avaient empêché
et avaient revélé
l'empoisonnement *projeté*
contre le roi Pyrrhus.
Au reste,
les Romains se retirant
et Maroboduus ayant été chassé,
Arminius ,
aspirant-à la royauté,
eut contraire (souleva contre lui)
la liberté de *ses* concitoyens ;
et attaqué par les armes,
comme il combattait
avec des chances diverses,
il succomba par la ruse de ses proches:
non douteusement (incontestablement)
libérateur de la Germanie ,
et qui n'attaqua pas
les commencements du peuple romain.
comme d'autres rois et capitaines,
mais l'empire
le plus florissant ,
ayant-eu-des-chances-diverses
dans les combats,
non vaincu par la guerre
Il accomplit
trente et sept années
de vie,
douze de puissance:
et il est chanté encore
chez les nations barbares ;
inconnu
aux annales des Grecs,   [*exploits ;*
qui admirent seulement leurs *propres*
pas aussi célèbre *qu'il devrait l'être*
pour les Romains,   [ciennes,
pendant que nous exaltons les choses an-
indifférents pour les modernes.

NOTES

Page 4 : 1. *Initio apud Parthos orto*. Les Parthes étaient un petit peuple indépendant, enclavé dans le vaste empire des Perses. Ils tiraient leur nom de la Parthiène, province où ils étaient cantonnés. Un de leurs chefs, nommé Arsace, profitant des divisions des successeurs d'Alexandre, envahit la Perse et fonda un nouvel empire. C'est de son nom que tous les rois Parthes se sont appelés Arsacides.

— 2. *Vonones*. Vonon Ier, dix-huitième roi des Parthes.

— 3. *Phraates*. Phraate IV, quinzième roi des Parthes, monté sur le trône l'an 717 de Rome, 37 av. J. C. ; il mourut par le poison, l'an 9 ap. J. C., après avoir signalé son règne par les meurtres les plus odieux.

— 4. *Quanquam depulisset*. Allusion à la fuite d'Antoine (718 de Rome) devant les armées de Phraate, et au massacre de son lieutenant Oppius Statianus et de deux légions.

— 5. *Cuncta venerantium officia*. Phraate rendit à Auguste, en 734, les enseignes prises sur Crassus et sur Antoine, avec tous les prisonniers romains qu'il put retrouver dans ses États.

— 6. *Partem prolis*. Craignant des complots domestiques, il avait envoyé à Rome quatre de ses fils avec autant de ses petits-fils.

— 7. *Sequentium regum*. Phraataces et Orodès, ce dernier, de la famille des Arsacides ; ils furent tous deux massacrés, l'un avec sa mère, l'autre à cause de son caractère cruel, par les Parthes révoltés.

Page 6 : 1. *Opibus*. Il ne s'agit pas seulement ici d'argent, mais de tout ce qui constitue la magnificence d'un cortége royal.

— 2. *Raro venatu, segni equorum cura*. La chasse et l'équitation étaient les goûts de prédilection des anciens Perses.

— 3. *Patrias epulas*. Allusion aux repas du pays, qui étaient d'une grande simplicité, ou peut-être aux repas publics institués par Cyrus, et maintenus sous ses successeurs.

— 4. *Vilissima utensilium.* Les Romains étaient dans l'usage de sceller de leur cachet, non-seulement leurs effets les plus précieux, mais jusqu'aux choses les plus communes, telles que le pain, le vin, la viande.

— 5. *Arsacidarum e sanguine.* Par les femmes, comme on le voit au livre VI, chap. XLII.

— 6. *Dahas*, les Dahes, peuple scythe, au sud-est de la mer Caspienne, dont le nom est resté au Daghistan.

Page 8 : 1. *Ob scelus Antonii.* Pour se venger de sa déroute et du massacre de son lieutenant, qu'il attribuait à l'inaction volontaire d'Artavasde, Antoine l'attira dans son camp de Nicopolis, le fit charger de chaînes d'argent, et l'emmena à Alexandrie pour servir d'ornement à son triomphe. Après la bataille d'Actium, Cléopatre lui fit trancher la tête, qu'elle envoya au roi des Mèdes, ennemi d'Artavasde, dont elle voulait obtenir des secours.

— 2. *Artaxias.* Appelé à remplacer sur le trône d'Arménie son père prisonnier d'Antoine, il fut chassé et dépossédé par le triumvir, qui partagea son royaume entre Polémon, roi de Pont, et Artabaze, roi des Mèdes. Artaxias profita de la guerre d'Antoine et d'Octave pour reconquérir ses États.

— 3. *Datus.... Tigranes.* Suétone (*Vie de Tibère*, IX) est d'accord avec Tacite. Mais Velléius (II, XCIV nomme Artavasde, au lieu de Tigrane. Enfin Tacite lui-même donne trois lignes plus loin Artavasde pour successeur à Tigrane Ces contradictions viennent peut-être de l'inattention des copistes.

— 4. *C. Cæsar.* C'était le fils d'Agrippa : il mourut en revenant de cette province, des suites d'une blessure reçue dans une conférence avec le commandant d'une ville ennemie. Voy. *Annales*, I, III.

Page 10 : 1. *In loco reddemus.* Voy. chap. LXVIII.

— 2. *Novis provinciis.* Le pluriel est ici convenable; en effet Germanicus n'eut pas seulement le commandement d'une province, mais de tout l'Orient. Voy. ci-dessous, ch. XLIII.

— 3. *Prœliorum vias*, les moyens de faire la guerre aux Germains avec succès. D'autres entendent comme s'il y avait *prœliorum dubia, incerta;* ce qui explique la correction *vices*, admise par un commentateur.

— 4. *Tertium jam annum.* Tacite ne compte ici les années du commandement de Germanicus qu'à partir de sa dernière commission qui date de l'expiration de son consulat, à l'époque de la mort d'Auguste. Mais il avait conduit les opérations militaires en Germanie

depuis la défaite de Varus, sans autre interruption que celle de l'année où il fut consul.

Page 12 : 1. *Maturius*, plus tôt, à cause de la facilité de s'appro-
visionner par mer, sans attendre le moment de la moisson, toujours
assez tardif en Germanie, et sans avoir à subir les lenteurs d'un
transport par terre, une fois les moissons faites.

— 2. *P. Vitellio*. L'oncle de l'empereur Vitellius.

— 3. *C. Antio*. D'autres préféreraient *Sentio*, Sentius figurant au
chap. LXXIV, comme un des lieutenants de Germanicus.

Page 14 : 1. *Appositis utrinque gubernaculis*. On a quelque peine à se
représenter aujourd'hui des vaisseaux munis d'un double gouvernail.
Il est encore question de vaisseaux de cette forme dans les *Histoires*,
III, XLVII. Enfin Suidas cite ces mots d'un ancien écrivain, qui
semblent désigner des navires semblables : Τινὰ δὲ καὶ (πλοῖν) ἐκ τῆς
πρύμνης καὶ ἐκ τῆς πρώρης ἑκατέρωθεν πηδαλίοις ἤσκηντο....

— 2. *Insula Batavorum*. Tacite parle de cette île au chap. XII du
livre III des *Histoires* : *Insulam inter vada sitam occupavere* (*Batavi*,
quam mare Oceanus a fronte, Rhenus amnis tergum ac latera circumluit.
Voy. aussi César, *Guerre des Gaules*, IV, X ; Pline, V, XXIX.

— 3. *Vahalem.... Mosa*. « Autrefois, dit Grotius, le bras gauche
du Rhin ou le Vahal, s'étant jeté dans la Meuse, coulait avec elle
dans un même lit jusqu'à l'Océan. Mais aujourd'hui, avant d'y arriver, il arrose plusieurs îles formées par ses fréquentes inondations.
Alors il paraît plutôt une mer que l'embouchure d'un fleuve. »

Page 16 : 1. *Cattos*. Le pays des Cattes forme aujourd'hui la Hesse
électorale, une partie du duché de Nassau et de la Westphalie.

— 2. *Castellum Luppiæ flumini appositum*. Ce fort avait été construit
par Drusus, père de Germanicus, à l'endroit où la rivière d'Alise se
jette dans la Lippe, rivière de la Westphalie, qui se mêle au Rhin
près de Wésel.

— 3. *Fossam, cui Drusianæ nomen*. Le nouvel Yssel, qui se joint
à l'Yssel, près de Doësburg. Suétone (*Vie de Claude*, I) parle de
ce canal, construit par Drusus ; seulement il dit *fossas* au lieu de
fossam, non qu'il ait voulu parler de plusieurs canaux (il est certain
qu'il n'y avait qu'un canal de ce nom), mais ce pluriel était d'usage
en latin pour marquer l'importance de la construction. C'est ainsi
que pour désigner le *canal de Marius* en Gaule, les Latins disaient
indifféremment *fossam Marianam* ou *fossas Marianas*.

— 4. *Precatusque patrem*. Ainsi Alexandre, avant la bataille
d'Issus, invoquait Philippe son père (Quinte Curce, III, X) : *Victor*

Atheniensium Philippus pater invocabatur. Silius Italicus (XV, 203) prête une prière semblable à Scipion l'Africain en Espagne :

> Ac supplex patrios compellat nomine manes :
> Este duces bello et monstratam ducite ad urbem.

Page 18 : 1. *Amisiam.* L'Ems, fleuve du Hanovre, qui se jette dans la mer du Nord.

— 2. *Amisiæ.* Il n'est pas question ici du fleuve *Amisia* (l'Ems), mais d'une bourgade du même nom, située sur la rive gauche, *lævo amne*, vis-à-vis de la ville actuelle d'Embden.

— 3. *Subvexit.... transposuit.* La faute que reproche ici Tacite à Germanicus consiste à n'avoir pas remonté le fleuve assez haut pour débarquer ses troupes sur la rive droite; aussi fut-il obligé de les y faire passer (*transposuit*) sur des ponts.

— 4. *Pontibus.* Ce n'est point ici un pluriel emphatique, comme celui que nous avons signalé plus haut dans Suétone. L'Ems ayant plusieurs bras, il fallait plusieurs ponts pour le traverser.

— 5. *Batavique in parte ea*, les Bataves qui en faisaient partie (des auxiliaires). D'autres expliquent : *in ea parte*, « dans cette partie du fleuve. » — Les Bataves étaient une tribu des Cattes.

— 6. *Angrivariorum.* Les Angrivariens habitaient alors entre l'Ems et le Véser.

— 7. *Visurgis*, le Véser, fleuve du Hanovre. C'est sur les bords de ce fleuve, dans le monastère de Corbie, que furent trouvés les cinq premiers livres des Annales de Tacite, par un légat de Léon X, qui reçut de ce pontife cinq cents écus d'or pour cette découverte.

Page 20 : 1. *Cognomento Flavius.* Il avait reçu le droit de cité romaine, et avait dû, par conséquent, prendre un nom romain.

— 2. *Magnitudinem.* Cet accusatif, comme les suivants, est régi par *memorat* ou tout autre verbe semblable, implicitement compris dans *ordiuntur*.

— 3. *In deditionem venienti.* Nous prenons ces mots en général avec Brotier, la Bléterie et Burnouf, au lieu de les rapporter à Arminius, comme Dureau de Lamalle.

— 4. *Penetrales* a le même sens que *penates*. Les dieux pénates étaient censés habiter la partie la plus reculée et en quelque sorte la plus intime d'une maison ou d'un pays; de là leur nom.

Page 22 : 1. *E numero primipilarium.* Le primipilaire était le centurion de la première cohorte de la première légion. L'aigle de la légion lui était confiée.

Page 24 : 1. *Sævitia* équivaut à peu près à *impetu*. Salluste, *Jugurtha*. VII : *Sperans hostium sævitia facile occasurum.*

— 2. *Herculi sacram.* Sur le culte d'Hercule chez les Germains, voy. la *Germanie*, chap. II et IX.

— 3. *Tribunos.* Ils étaient au nombre de six par légion, et commandaient l'infanterie.

Page 26 : 1. *Augurali.* L'augural (*augurale, auguraculum, auguratorium*) était proprement une espèce de temple où l'on prenait les augures, et qui, dans les camps romains, se trouvait à droite du pavillon du général. Voy. *Annales*, XV, XXX.

— 2. *Contectus humeros ferina pelle.* Sous ce déguisement, Germanicus pouvait être pris pour un des Germains auxiliaires faisant partie de sa garde.

— 3. *Reddendamque gratiam in acie.* La même pensée est exprimée par Diodore à propos des soldats de Marius : Πάντες γὰρ, τῆς εὐεργεσίας χάριν ἀποδιδόντες, ἐν ταῖς κατὰ τούτου μάχαις φιλοτιμότερον ἠγωνίζοντο, συναύξοντες αὐτοῦ τὴν ἡγεμονίαν.

— 4. *Sestertios centenos.* Dix-neuf francs quarante-huit centimes.

Page 28 : 1. *Tracturum.* Expression plus forte que *rapturum*. Elle ne marque pas seulement le rapt, mais la résistance de la victime.

— 2. *Tertia vigilia.* La troisième veille commençait à minuit. Les Romains partageaient la nuit en quatre veilles, de trois heures chacune, à partir du coucher du soleil jusqu'à son lever.

— 3. *Operatum.* Ce verbe est souvent pris dans ce sens. Ainsi, dans Tibulle (II, v) : *Tunc pubes operata deo*, et dans Quinte Curce (VIII, X : *Per dies decem Libero patri operatum habuit exercitum.*

— 4. *Pila.* Arme de trait fort pesante qu'on ne lançait que de près. Suivant Polybe, le *pilum* avait quatre coudées et demie de longueur, environ 2m,20. Le fer, terminé par une pointe triangulaire, avait environ un mètre. — *Gladios.* L'épée romaine n'avait guère que vingt pouces de long, mais elle était fort pesante, tranchante des deux côtés, et assez bien trempée pour déchirer un bouclier et entamer des portes.

Page 30 : 1. *Non loricam.... non galeam.* Voy. la *Germanie*. ch. VI.

— 2. *Viminum textus.* Salluste (*Fragments*, IV) dit la même chose des Lucaniens : *Soliti nectere ex viminibus vasa agrestia, ibi tum quod inopia scutorum fuerat, ad eam artem se quisque in formam parmæ equestris armabat.* Virgile, *Énéide*, VII, 633 : *Flectuntque salignas Umborum crates.*

— 3. *Nulla vulnerum patientia.* Ce passage semble imité de Thucydide (IV, CXXVI), qui met dans la bouche de Brasidas, exhortant les siens au combat, les mêmes reproches à l'adresse des Illyriens.

— 4 *Albim.* Fleuve qui prend sa source en Bohême, et se jette dans la mer du Nord.

— 5. *Patris patruique.* Drusus et Tibère. Ce dernier était aussi, par adoption, le père de Germanicus.

Page 32 : 1. *Onusta vulneribus tergum.* On lit généralement *terga.* Nous rapportons *onusta* à *pars*, et faisons dépendre *tergum* de *onusta*, hellénisme familier à Tacite, au lieu d'en faire le régime de *objiciant.* Mais la construction de la phrase est légèrement irrégulière : on attendrait deux régimes à *objiciant*, et il n'y en a qu'un d'exprimé ; l'autre est sous-entendu, par exemple, *se.*

— 2. *Idistaviso.* On varie sur la situation de ce champ de bataille, qu'il ne faut pas du reste chercher ailleurs que sur la rive droite du Véser. Brotier le place près de Hameln, non loin du lieu où le maréchal d'Estrées remporta, en 1757, la victoire d'Hastembeck.

Page 34 : 1. *Cum duabus prætoriis cohortibus.* Il s'agit ici de ces cohortes d'élite qui servaient de garde particulière au général. **Voy.** Salluste, *Catilina*, LX ; César, *Guerre des Gaules*, I, XL.

— 2. *Intentus paratusque.* Tite Live et Salluste unissent volontiers ces deux mots. *Hortari ut semper intenti paratique essent* (Salluste, *Catilina*, XXVII).

— 3. *Romanas aves.* L'aigle était l'emblème militaire des Romains depuis Marius.

Page 36 : 1. *Illa rupturus. Rupturus* a ici le même sens que *erupturus.* — *Illa*, adverbe, synonyme de *illac.*

— 2. *Rhætorum Vindelicorumque.* Aujourd'hui le pays des Grisons, une partie de la Valteline, du Tyrol et de la Bavière.

— 3. *Chaucis.* Entre l'Ems et l'Elbe, sur les rivages de la mer du Nord.

Page 38 : 1. *Quinta ab hora diei.* C'est-à-dire depuis onze heures du matin.

— 2. *Decem millia passuum*, dix milles, plus de quatorze kilomètres.

Page 40 : 1. *Libratores.* Ce mot n'a pas d'équivalent en français. Il désigne les hommes qui lançaient des traits et des pierres à l'aide de machines.

Page 42 : 1. *Nuda ora* On lit dans la *Germanie*, chap. VI : *Vix uni atterive cassis aut galea.*

Page 42 : 2. *Detraxerat tegimen capiti.* Cyrus le jeune fit de même dans ce dernier combat qui lui coûta la vie. (Voy. Xénophon, *Anabase*, I, VIII, 4.)

Page 44 : 1. *Conscientiam facti satis esse.* Cicéron, *Philippiques*, II, XLIV : *Satis in ipsa conscientia facti pulcherrimi fructus erat.*

— 2. *Mandat, ni deditionem properavissent.* Cette phrase renferme une ellipse : Germanicus ordonne à Stertinius de faire la guerre aux Angrivariens, *et celui-ci les eût réduits par la force*, s'ils ne s'étaient hâtés de se soumettre.

Page 46 : 1. *Dum turbat nautas.* Quinte Curce, VII, IX : *Vacillantesque milites, et, ne excuterentur, solliciti, nautarum ministeria turbant.*

— 2. *Tumidis Germaniæ terris. Tumidis* est poétique pour *montosis.* On lit dans la *Vie d'Agricola*, ch. X : *Terræque montesque causa ac materia tempestatum.* S'il n'y a pas de montagnes dans la Frise, on en trouve en avançant dans l'intérieur des terres. Quelques-uns proposent de lire *humidis*, se fondant sur ce passage de la *Germanie* (chap. V) : *Humidior qua Gallias adspicit.* D'autres, sans changer le mot, l'expliquent dans le sens de *terres grasses, gonflées par l'humidité*; et c'est ainsi que Virgile dit (*Géorgiques*, II, 234) : *Vere tument terræ.*

— 3. *Manantes.* Expression hardie, mais qui n'est pas sans exemple. Tite Live, I, LIX : *Manantem cruore cultrum*; Ovide, *Métamorphoses*, VI, 312, et Sénèque, *Hercule furieux*, 391 : *Marmora manantia lacrimas*; enfin Pline, XIV, XX : *Arbores succo manantes.*

Page 48 : 1. *Vasto et profundo.* Sous-entendu *mari*, qui est implicitement compris dans *novissimum ac sine terris mare.* D'autres proposent de lire : *Ita vasto et profundo, ut credatur novissimum ac sine terris, mari*; correction ingénieuse, mais inutile.

— 2. *Insulas longius sitas.* Selon Walther, les Orcades, les îles Sethland et celles qui bordent la Norvége. Selon M. Burnouf, celles qui se trouvent au delà de l'Elbe, le long des côtes du Holstein et du Jutland.

— 3. *Toleraverant* a le même sens que *sustentaverant.* Virgile, *Énéide*, VIII, 409 : *Tolerare colo vitam tenuique Minerva.*

— 4. *Claudæ naves.* Ainsi Tite Live (XXXVII. XXIV) : *Contemplatus Eudamus hostes claudas mutilasque naves apertis navibus remulco trahentes.*

Page 50 : 1. *Marsos.* Les Marses habitaient sur les deux rives de la Lippe.

— 2. *Varianæ legionis aquilam.* C'était la dernière, si l'on en croit Florus, que les Germains eussent encore en leur possession, une autre ayant été déjà retrouvée (*Annales*, I, LX), et la troisième ayant été sauvée par le porte-enseigne, qui l'avait arrachée de sa pique au moment du désastre. Selon Dion LX, VIII), cette dernière était restée entre les mains des barbares, et fut reconquise sous Claude (794).

Page 52 : 1. *Sugambros*. Suétone (*Vie de Tibère*, ch. IX) porte à quarante mille le nombre des Sicambres établis en deçà du Rhin par Tibère. Ils habitaient auparavant la rive droite, depuis Cologne jusqu'aux sources de la Lippe.

Page 54 : 1. *Suevos*. Voy. le récit de cette expédition et du traité de paix qui la termina, dans Velleius, II, CVIII. Les Suèves ne forment un peuple en Germanie qu'à dater du IVᵉ siècle.

— 2 *Quia tum primum reperta*, etc. En effet, il ne s'agit pas ici seulement de ces délations déjà flétries par Tacite (*Annales*, I, LXXII), mais de pratiques plus infâmes encore, celles des agents provocateurs.

Page 56 : 1. *Chaldæorum*, des Chaldéens, autrement dit, des astrologues, parce que l'astrologie judiciaire prit naissance en Chaldée.

— 2. *Proavum Pompeium*. Suivant Juste-Lipse, un Scribonius Libon avait épousé la petite fille du grand Pompée, fille elle-même d'une Scribonie et de Sextus Pompée ; d'où il s'ensuivait que Drusus Libon appartenait des deux côtés à la maison Scribonia.

— 3. *Amitam Scriboniam*. Cette Scribonie était la grand'tante paternelle de Drusus Libon.

— 4. *Necessitatum*, liaisons d'amitié. Tel est le sens fréquent de *necessitates*, *necessitudines*. D'autres au contraire l'expliquent par *engagements onéreux*.

— 5. *Et qui servi* équivaut à *et servos qui*.

— 6. *Flaccum Vescularium*. Tacite le nomme ailleurs Vescularius Atticus (*Annales*, VI, X). C'était un des fidèles amis de Tibère, qu'il avait suivi à Rhodes et à Caprée.

Page 58 : 1. *Vocantur patres*. Il s'agit ici d'une convocation extraordinaire du sénat. Le nombre des sénateurs était de six cents, depuis la réforme d'Auguste : leurs noms étaient inscrits sur un tableau public.

— 2. *Simulato morbo*. Selon Dion (LVII, XV), Libon venait d'être fort dangereusement malade, et Tibère ne l'avait pas mis en jugement, tant qu'il s'était bien porté. Voy. un portrait de ce Libon dans le traité *De la Clémence* de Sénèque.

Page 60 : 1. *C. Vibius*. C'est le Vibius Sérénus qui figure au IVᵉ livre des *Annales* (ch. XIII, XXVIII et suiv.)

Page 60 : 2 *Certabant cui jus*, etc. Comme autrefois Cicéron et Cécilius dans l'affaire de Verres.

— 3. *Ut consultaverit.* Ellipse, comme s'il y avait : *Adeo vecordes, u in iis scriptum fuerit consultavisse Libonem.*

— 4. *Vetere senatusconsulto.* Il est question de ce sénatus-consulte dans Cicéron (*Plaidoyer pour Milon*, ch. XXII ; *Plaidoyer pour le roi Déjotarus*, ch. 1) ; mais on en ignore la date.

— 5. *Novi juris repertor.* Dion (LV, v) fait remonter à Auguste (746 de Rome) cette manière d'éluder la loi. Mais il est probable que sous le règne doux et paisible d'Auguste, elle était tombée en désuétude. De là ce désaccord apparent entre Tacite et Dion.

Page 62 : 1. *Præturæ extra ordinem.* Des pretures extraordinaires, c'est-à-dire en sus du nombre ordinaire, qui était de douze sous Auguste. Voy *Annales*, I, XIV.

Page 64 : 1. *Cotta Messalinus.* Fils de l'orateur M. Valerius Messala Corvinus, chanté par Horace et Tibulle.

— 2. *Mathematicis.* Ce sont les mêmes que Tacite a nommés plus haut Chaldeens.

Page 66 : 1. *Vestis serica.* Les uns veulent que ce mot *serica* désigne du coton, les autres, la laine dont on fait le cachemire. L'opinion la plus fondée est qu'il s'agit des etoffes de soie, que les Seres, peuple du nord de l'Inde, fabriquèrent les premiers.

— 2. *Distinctos senatus et equitum census.* Le cens des chevaliers etait de quatre cent mille sesterces, et celui des sénateurs, de un million deux cen. mille. Voy. Cicéron, *Plaidoyer pour A. Cluentius*, ch. LVI.

Page 68 : 1. *L. Piso.* Le même dont le procès et la mort sont racontés au livre IV des *Annales*, ch. XXI. — *Ambitum fori.* Il s'agit de brigues dans les jugements, et non sur le forum, les elections se faisant alors au sénat.

Page 70 : 1. *Palatio* désigne le palais bâti par Auguste sur le mont Palatin.

— 2. *Missus est prætor.* On faisait l'honneur d'un interrogatoire à domicile aux personnes de marque et à celles que leur etat de santé empêchait de comparaitre.

Page 72 : 1. *Senatum et equites.* Les chevaliers siégeaient comme juges dans les tribunaux.

— 2. *In quinquennium.* En faisant cette proposition, Gallus pouvait s'autoriser de César, dont Suétone dit (*Vie de César*, ch. LXXVI): *Magistratus in plures annos ordinavit*

— 3. *Legionum legati.* Il y avait deux sortes de *legati* dans l'armée romaine : *legati consulares* et *legati prætorii.* Le *lieutenant consulaire* commandait toute l'armée, le *lieutenant prétorien* ne commandait qu'une légion. Comme il y avait beaucoup plus de légions, et par suite, plus de *lieutenants prétoriens* que de préteurs, Gallus demande que quiconque a été mis à la tête d'une légion avant d'avoir été préteur, soit désigné pour être préteur par le droit même de sa lieutenance.

— 4. *Duodecim candidatos....* On nommait annuellement douze préteurs : Tibère aurait donc eu à nommer pour cinq ans soixante candidats, d'après la proposition de Gallus, et même beaucoup plus, si l'on ajoutait les lieutenants des vingt-cinq ou vingt-six légions.

— 5. *Arcana imperii tentari.* En effet, par cet arrangement, les lieutenants de légion seraient devenus moins dépendants du prince, puisque, sans sa faveur et par le droit même de leur lieutenance, ils auraient été assurés de devenir préteurs. Puis, ces magistrats, nommés si longtemps d'avance, n'auraient plus eu le même intérêt à ménager le prince, qui se serait ôté la facilité de s'attacher de nouvelles créatures.

— 6. *Moderationi suæ.* Tibère ne nommait auparavant que quatre candidats ; Gallus proposait qu'il en nommât douze.

Page 74 : 1. *Decies* (sous-entendu *centena milia*) *sestertii.* Cent quatre-vingt-dix-huit mille sept cent quatre-vingt-dix-huit francs de notre monnaie. *Sestertii* est le génitif de *sestertium.*

Page 76 : 1. *Tot consulum tot dictatorum.* On ne trouve qu'un dictateur et deux consuls dans la maison Hortensia. Mais Hortalus appartenait sans doute du côté maternel à des familles honorées de la dictature et du consulat.

— 2. *Inclinatio senatus.* Il semble au premier aperçu que ces bonnes dispositions du sénat à l'égard d'Hortalus devaient être pour Tibère un motif de se montrer bienveillant, puisqu'il se piqua toujours de témoigner au sénat une extrême déférence. Mais Hortalus avait eu le tort de ne pas s'adresser directement au prince. Tibère s'empressa de répondre, aimant mieux prévenir les votes favorables des sénateurs que de les combattre.

Page 78 : 1. *Ambitione,* par complaisance, c'est-à-dire en cédant aux sollicitations et aux instances du premier venu.

Page 80 : 1. *Ducena sestertia.* Quarante mille francs environ.

— 2. *Nobilitatis retinens* On trouve encore, livre V, ch. XIi

Modestiæ retinens, et dans Cicéron, *Lettres à son frère Quintus*, I, II : *Sui juris dignitatisque retinens. Servans, observans, amans*, etc., se trouvent employés de même dans une foule de passages.

Page 80 : 3. *Postumi Agrippæ*. Fils de Julie et de M. Vipsanius Agrippa.

Page 82 : 1 *Cosam*. Ville et promontoire d'Étrurie, aujourd'hui *Monte Argentaro*.

Page 80 : 2. *Relinquebat famam aut præveniebat*. Il quittait une ville dès que le bruit de sa présence s'y était répandu, *relinquebat famam*, et il arrivait dans une autre avant d'y être annoncé, *aut præveniebat*. Tacite emploie plus bas ch. LV) ces deux verbes dans le même sens : *relinquit Germanicum prævenitque*, Pison laisse Germanicus derrière lui et le devance en Syrie.

Page 84 : 1. *Jamque Ostiam invectum.... celebrabant*. Il n'y a aucun doute sur cette signification du verbe *celebrare*. On lit dans Cicéron, *Plaidoyer pour Sextius*, ch. LXIII : *Viæ multitudine legatorum undique missorum celebrabantur;* et *Lettres à Atticus*, IV, I : *Similis frequentia me usque ad Capitolium celebravit*. Dureau de Lamalle a donc eu tort de traduire comme il l'a fait : « Une multitude immense parlait d'un débarquement à Ostie, et à Rome on *l'annonçait tout bas* dans les cercles. » Ostie. ville du Latium, à l'embouchure du Tibre.

— 2. *Servum suum*. C'était en effet l'esclave de Tibère, puisque Tibère avait hérité d'Agrippa.

Page 86 : 1. *Apud Bovillas*. Petite ville, sur la voie Appienne, à peu de distance de Rome. Les habitants des municipes et des colonies y avaient conduit le corps d'Auguste, et les chevaliers romains étaient venus l'y prendre pour le porter à Rome sur leurs épaules. Voy. Suétone, *Vie d'Auguste*, ch. c.

— 2. *Triumphavit*. A ce triomphe se rapporte une médaille assez commune où Germanicus est représenté sur un quadrige triomphal, en habit militaire, avec ces mots : *Signis recept. devictis Germ. S. C.*

— 3. *Quinque liberis*. Ces cinq enfants étaient Néron et Drusus, qui moururent misérablement, Caïus, successeur de Tibère, Agrippine, mère de l'empereur Néron, et Drusille.

— 4. *Avunculum*. Marcellus était frère d'Antonia, mère de Germanicus.

Page 88 : 1. *Breves.... amores*. Ces mots s'appliquent à la fois à Drusus et à Marcellus.

— 2. *Trecenos sestertios*. Environ soixante francs.

—3. *Archélaüs*. Descendant d'Archélaüs, général de Mithridatc. Il ne faut pas le confondre, comme l'a fait un commentateur, avec Archélaüs, tétrarque de Judée, et fils d'Hérode.

— 4. *Quinquagesimum annum*. En effet, il reçut ce royaume des mains d'Antoine, l'an 718 de Rome. Voy. Dion, XLIX, xxxii.

— *Cappadocia*. Contrée de l'Asie mineure, entre la Cilicie, l'Arménie et le Pont-Euxin.

— 5. *Rhcdi*. Ile de la Méditerranée, au sud-ouest de l'Asie mineure. — *Nullo officio coluisset*. Tibère devait être doublement piqué de la conduite d'Archélaüs, qu'il avait défendu autrefois devant le tribunal d'Auguste, et qui se trouvait alors à Éleuse, à quinze milles de Rhodes.

— 6. *C. Cæsare*. Fils de Julie et d'Agrippa.

Page 90 : 1. *Regnum in provinciam redactum est*. Cette réduction en province romaine n'eut pas lieu tout de suite, mais quelque temps après, lorsque Germanicus fut envoyé en Orient.

— 2. *Centesimæ vectigal*. C'était un impôt sur les marchandises vendues à l'encan, établi par Auguste après la guerre civile (759 de Rome), au moment même où l'on créait le trésor militaire. V. Dion, LV, xxv.

— 3. *Commagenorum*. La Comagène se trouvait au nord de la Syrie; sa capitale était Samosate, patrie de Lucien.

— 4. *Drusi*. Fils de Tibère et de Vipsania Agrippina, fille d'Agrippa.

— 5. *Sorte*. Les gouverneurs des provinces sénatoriales étaient désignés par le sort.

Page 92 : 1. *Delatum ab Augusto consulatum*. Pison fut collègue d'Auguste dans son onzième consulat (731 de Rome).

— 2. *Plancinæ*. Fille ou petite-fille de Munatius Plancus, fonda- teur de Lyon, qui, dans la guerre civile de Modène, se joignit à Antoine avec quatre légions.

Page 94 : 1. *Monuit.... insectandi*. *Insectandi* dépend de *monuit*, construction assez rare. Tacite traite *insectandi* comme un génitif ordinaire. D'autres font dépendre *insectandi* de *æmulatione*, ce qui n'est pas admissible.

— 2. *Avum Antonium, avunculum Augustum*. Il avait pour aïeul Antoine par Antonia, sa mère, fille d'Antoine et d'Octavie, sœur d'Auguste; ce dernier était son grand-oncle maternel, comme frère 'Octavie. C'est donc par extension que Tacite emploie le mot *avun- lum*.

Page 94 : 3. *Liviam*, *uxorem Drusi*. Livie était la sœur de **Germanicus** et de Claude.

— Page 96 : 1. *Discessu Romanorum*. Il s'agit de la retraite de Germanicus et de son armée.

— 2. *Semnones ac Langobardi*. Ils habitaient entre l'Elbe et l'Oder. Voy. *Germanie*, chap. XXXIX et XL.

Page 98 : 1. *Fugacem Maroboduum*, etc. Velléius (III. CIX) rend plus de justice à Maroboduus ; et, à propos de ses négociations avec Rome, il dit : *Interdum ut pro pari loquebatur*.

— 2. *Hercyniæ*. Immense forêt qui couvrait presque toute la Germanie, du Rhin à l'Erzgebirge et au Bœhmerwald. Il n'y en a plus que des restes aujourd'hui.

Page 100 : 1. *Pro antiquo decore aut recenti libertate*. Allusion aux Chérusques, vainqueurs de Varus, et aux Lombards récemment échappés à la domination de Maroboduus.

— 2. *Majore mole*, avec plus de violence, et non avec de plus grandes forces. Voy. *Annales*, I, LXXVIII.

Page 102 : 1. *Nocturno motu terræ*. Voy. Pline l'Ancien, II, LXXXVI.

— 2. Sardes, capitale de la Lydie. — Magnésie, au pied du Sipyle, à la gauche de l'Hermus (aujourd'hui *Magnisa*). — Éges, Temnos, cités éoliques de l'Asie; Philadelphie, ville à l'orient de Sardes, auprès du Tmolus. — Apollonis, ville à moitié chemin de Sardes et de Pergame. — Mostène et Hiérocésarée, villes de Lydie. — Myrine ou Sébastopolis, ville maritime de l'Éolide. — Cymé, sur la même côte, à neuf milles de Myrine. — Tmolus, ville au pied de la montagne du même nom. d'où sort le Pactole

— Page 106 : 1. *Q. Vitellium*. Frère du lieutenant de Germanicus dont il a été question plus haut (chap. VI).

— 2. *A. Postumius*. Il avait voué ce temple l'an de Rome 257, avant la bataille du lac Régille.

— 3. *L. et M. Publiciis*. L'an de Rome 513.

— 4. *Qui primus.... meruit*. En 494, pendant la première guerre Punique.

— 5. *Atilius*. Atilius Calatinus, et non Atilius Régulus.

Page 108 : 1. *Adulterii graviorem pœnam*. Quelle était cette peine? C'est ce que l'on ignore, car elle est omise dans le Digeste, où la loi *Julia* est rapportée

Page 110 : 1. *Haterium Agrippam*. C'est celui dont il est question au Ier livre, chap. LXXVII.

— 2. *Lex*. La loi Papia, qui donnait la préférence pour les magistratures et la distribution des provinces à ceux qui avaient des enfants sur ceux qui n'en avaient pas. Voy. *Annales*, XV, xix ; et Pline le jeune, *Lettres*, VII, xvi.

— 3. *Numida*. La Numidie comprenait ce qui forme aujourd'hui l'Algérie, Tunis, et en partie Tripoli.

— 4. *Musulanorum*. Les Musulans habitaient au sud des Maures et des Numides.

Page 112 : 1. *Disciplina et imperiis suesceret*. L'ablatif est justifié par un exemple de Cicéron : *Homines labore assiduo et quotidiano assueti* (*De l'Orateur*, III, xv). — Quant au verbe, on le trouve également pris au sens actif dans Horace (*Satires*, I, iv, 105) : *Insuevit pater optimus hoc me*.

— 2. *Cinithios*. A l'est des Musulans, près de la petite Syrte.

— 3. *Penes alias familias imperatoria laus fuerat*. Ceci n'est point exact. On trouve dans l'histoire deux autres Furius qui triomphèrent des Gaulois cisalpins : Publius Furius, l'an de Rome 530, et L. Furius Purpureo, l'an 553.

Page 114 : 1. *Urbem Achaiæ Nicopolim*. Nicopolis fut fondée en Epire par Auguste, en mémoire de la victoire d'Actium. Le mot *Achaia* a donc ici plus d'extension que d'habitude.

Page 116 : 1. *Perinthum*. Ville de Thrace, sur la Propontide ou mer de Marmara, appelée plus tard *Héraclée*, et aujourd'hui *Érékli*.

—2. *Propontidis angustias*. Aujourd'hui le détroit de Constantinople.

— 3. *Sacra Samothracum*. La Samothrace, île de la mer Égée, à la hauteur de la Chersonèse de Thrace, était célèbre par ses mystères, plus anciens que ceux d'Éleusis, qui passaient pour être venus de là.

— 4. *Clarii Apollinis oraculo*. Strabon, qui était pourtant de ce temps-là, parle de cet oracle comme ayant cessé d'exister depuis longtemps : Κολοφὼν πόλις Ἰωνικὴ, καὶ πρὸ αὐτῆς ἄλσος τοῦ Κλαρίου Ἀπόλλωνος, ἐν ᾧ καὶ μαντεῖον ἦν ποτε παλαιόν.

— 5. *Mileto*. Milet était située au nord-ouest de la Carie.

Page 118 : 1. *Tot cladibus exstinctos*. Voy. Justin, liv. V, ch. vi.

— 2. *Colluviem illam nationum*. Allusion à la facilité avec laquelle les Athéniens prodiguaient le droit de cité.

— 3. *Areo*. De Ἄρης, Mars. Adjectif qui ne se trouve que dans Tacite.

Page 122 : 1. *Discordes*. M. Burnouf entend ce mot autrement, et traduit ainsi : « Les Arméniens sont presque toujours en querelle, avec les Romains par haine, par jalousie avec les Parthes. »

Page 124 : 1. *Ad jus prætoris*. *Propraetoris* serait plus exact; mais il n'est pas rare de trouver dans Tacite les mots *prætor*, *proprætor*, *legatus*, pour designer une même fonction.

Page 124 : 2. *Cyrrhi* Ville de Syrie, dans la Cyrrhestique, à deux journées d'Antioche. On l'a designée plus tard sous le nom de Cyr.

Page 126 : 1. *Nabatæorum.* Les Nabatéens habitaient au nord de l'Arabie Pétrée.

— 2. *Renovari dextras.* Expression poétique, comme on en trouve tant dans Tacite.

— 3. *Proceres gentium.* Les grands des nations soumises aux Parthes.

Page 128 : 1. *Cognoscendæ antiquitatis.* Sous-entendu *causa.*

— 2. *Pedibus intectis.* Avec de simples sandales, à la manière des Égyptiens et des Grecs.

— 3. *P. Scipionis æmulatione.* Voy. Tite Live, XXIX, xix.

Page 130 : 1. *Illustribus.* Tacite applique cette epithète à ceux des chevaliers qui avaient le cens nécessaire pour devenir sénateurs et le droit de porter le laticlave. Voy. liv. XIII, ch. xxv, et liv. XVI, ch. xvii

— 2. *Claustraque terræ ac maris.* Péluse, Parétonium et Alexandrie.

— 3. *Structis molibus litteræ Ægyptiæ.* Les hiéroglyphes gravés sur les obélisques.

Page 132 : 1. *Septingenta millia.* M. Letronne, dans ses *Éclaircissements sur l'histoire ancienne de Rollin*, n° 2, a établi d'une manière incontestable que, dans les plus anciens auteurs, Thèbes a été le nom d'abord de la Haute-Égypte, puis de l'Égypte entière, et par là tombe toute l'exagération de la fameuse Thèbes aux cent portes.

— 2. *Regem Rhamsen.* Le même que Sésostris, chef de la dix-neuvième dynastie égyptienne d'après Manéthon : il régna vers le milieu du xv⁰ siècle avant J. C.

— 3. *Lacus.* Le lac Mœris, aujourd'hui *Birket-el-Kéroun.* Voy. Hérodote, II, cxlix.

Page 134 : 1. *Angustiæ et profunda altitudo.* Nous adoptons le sens généralement admis. Selon quelques personnes, ces expressions désignent le fameux labyrinthe.

— 2. *Elephantinen.* Ile du Nil, dans la Haute-Égypte. — *Syenen* En face d'Éléphantine.

— 3. *Quod nunc.... patescit.* Louange indirecte de Trajan, sous qui Tacite écrivait, et qui porta les armes romaines plus loin que n'avait fait aucun de ses prédécesseurs.

— 4. *Gothones.* Peuple voisin de la mer Baltique et des embouchures de la Vistule. Voy. *Germanie*, ch. XLIII

Page 136 : 1. *Noricam provinciam.* La Norique comprenait une partie de la Bavière, de l'Autriche et de la Styrie.

— 2. *Ravennæ.* Près de l'Adriatique, dans la Gaule cispadane.

Page 138 : 1. *Hermundurorum.* Les Hermondures habitaient une partie de la Bavière. Voy. *Germanie*, ch. XLI, et *Annales*, XII, XXIX.

— 2. *Marum et Cusum.* La Morava ou *March*, en Moravie, et le *Waag*, en Hongrie.

— 3. *Gentis Quadorum.* Les Quades habitaient une partie de la Moravie et de l'Autriche. Voy. *Germanie*, ch. XLIII.

— 4. *Templi Martis Ultoris.* Ce temple avait été bâti par Auguste par suite d'un vœu qu'il avait formé pendant qu'il combattait contre Brutus et Cassius pour venger la mort de César. Voy. Suétone, *Vie d'Auguste*, ch. XXIX.

Page 140 : 1. *Cotyi.* Il paraît que ce prince avait du goût et un certain talent pour la poésie. C'est à lui qu'Ovide exilé adresse la neuvième élégie du livre II des *Pontiques.*

Page 142 : 1. *Sacra regni* équivaut à *sanctitatem regum*, qu'on trouve dans Suétone (*Vie de César*, ch. VI), la sainteté du nom royal.

— 2. *Adversus Bastarnas.* Les Bastarnes habitaient au nord du Danube, et s'étendaient jusqu'à l'embouchure de ce fleuve. Voy. *Germanie*, ch. XLVI.

Page 144 : 1. *Mœsiæ.* Partie de la Servie, de la Bosnie et de la Bulgarie.

— 2 *Pomponium Flaccum.* Il fut plus tard gouverneur de Syrie. Voy. *Annales*, VI, XXVII. Ovide parle de lui dans le IVe livre des *Pontiques*, IX, 75 et suiv.

Page 146 : 1. *M. Lepidum, Ptolemæi liberis tutorem.* Le pluriel *liberis* ne doit pas être pris à la lettre. Il s'agit de Ptolémée Épiphane, qui n'avait que cinq ans à la mort de son père Ptolémée Philopator. Voy. Valère-Maxime, VI, VI, et Justin, XXX, III.

— 2. *Quem amotum in Ciliciam memoravi.* Voy. ch. LVIII.

— 3. *Albanos Heniochosque.* Les Albaniens habitaient la partie orientale du Caucase, le long de la mer Caspienne. Les Hénioques 'taient plus voisins du Pont-Euxin.

Page 148 : 1. *Amnem Pyramum.* Un des principaux fleuves de la Cilicia campestris, aujourd'hui le *Geioun* ou *Djihoun.*

— 2. *Præfect equitum.* Le préfet de la cavalerie commandait une ile de cavalerie; son grade correspondait à celui de tribun dans une égion.

— 3. *Evocatus.* On appelait ainsi les vétérans qui, après avoir

achevé leur temps, rentraient au service ; ils avaient le même grade
que les centurions et portaient, comme eux, le cep de vigne.

Page 148 : 4. *Seleuciam*. Il y avait treize villes de ce nom. Celle-ci
était à quelques milles d'Antioche, près de l'embouchure de l'Oronte.

Page 152 : 1. *Parentibus*. Sa mère Antonia, et Tibère, son père
adoptif.

— 2. *Fratri*. Drusus, son frère par adoption. Claude, son frère
par la nature, ne comptait pas a cause de sa nullité.

Page 154 : 1. *Misericordia cum accusantibus erit*. C'est ordinairement le contraire qui a lieu.

— 2. *Fingentibus scelesta mandata*. *Fingentibus* se rapporte a Pison
et a Plancine ; *scelesta mandata*, a Tibere.

Page 156 : 1. *Ingenti luctu provinciæ*. Voy. Suétone, *Vie de Caligula*, ch. V.

— 2. *Haud multum triginta annos egressum*. Germanicus avait
trente-quatre ans.

Page 158 : 1. *Solus arbiter rerum*. La même pensée est développée
par Tite Live, IX, XVIII, dans un parallele des genéraux romains avec Alexandre.

— 2. *Sepulturæ*. Il n'est ici question que du bûcher funèbre ou
furent consumes les restes de Germanicus, puisque ses cendres furent transportees à Rome. Voy. *Annales*, III, I et IV.

— 3. *Prætuleritne veneficii signa*. Pline, XI, LXXI : *Cor negatur
cremari posse in iis qui cardiaco morbo obierint, aut veneno interemptis.
Certe exstat oratio Vitellii, qua reum Pisonem ejus sceleris coarguit,
hoc usus argumento, palamque testatus non potuisse ob venenum cor
Germanici Cæsaris cremari*. Voy. aussi Suetone, *Vie de Caligula*,
ch. I.

Page 160 : 1. *Coum*. Ile de la mer Égée, en face de la Carie, patrie d'Hippocrate et d'Apelle.

Page 162 : 1. *Quem justius.... qui*. Ellipse assez forte pour *quem
justius.... quam qui*, ou, *quem justius.... Pisone qui....*

Page 164 : 1. *Lato mari* a le même sens que *alto mari*. On trouve
de même *latum æquor* dans Horace, *Epitres*, I, 11, 20.

Page 170 : 1. *Æquum*. Le plateau de la colline.

Page 172 . 1. *Druso*. Père de Germanicus ; mort en 745. Voy. *Annales*, I, XXXIII, et Suétone, *Vie de Claude*, ch. I.

Page 174 : 1. *Insignibus lugentium*. Sur ces marques extérieures
d'un deuil public, voy. Lucain, II, XVIII :

        ....Nullos comitata est purpura fasces ;

et Juvénal, III, 213 :

> Pullati proceres, differt vadimonia praetor.

— 2. *Moliuntur templorum fores.* Suétone *Vie de Caligula*, ch. VI, dit la même chose plus longuement et moins bien : *Repente jam vesperi, quum incertis auctoribus convaluisse percrebuisset, passim cum luminibus et victimis in Capitolium concursum est, ac pæne revulsæ templi fores, ne quid gestientes vota reddere moraretur.*

— 3. *Tempore ac spatio* équivaut à *spatio temporis.*

— 4. *Amore aut ingenio validus.* Syllepse fréquente dans Tacite; *validus* va bien avec *ingenio*, *amore* demanderait un autre mot.

— 5. *Saliari carmine.* Les Saliens ne chantaient que les dieux Voy. Denys d'Halicarnasse *Antiquités romaines*, l. II, p. 129.

— 6. *Sedes curules.* Cet honneur insigne fut accordé pour la première fois au dictateur Valérius (voy. Tite Live, II, XXXI), puis à César pendant sa vie, et au jeune Marcellus après sa mort.

Page 176 : 1. *Eburna effigies præiret.* Les autres statues, que l'on portait en pompe dans le cortege qui se rendait au grand Cirque. étaient celles des héros et des dieux.

— 2. *Sepulcrum Antiochiæ.* Il ne s'agit ici que d'un cenotaphe; le véritable tombeau de Germanicus était à Rome.

— 3. *Epidaphnæ.* Faubourg d'Antioche, ou plutôt village célèbre, à quelque distance de cette ville, avec un bois très-vaste d'oliviers et de cyprès consacré à Apollon.

— 4. *Clypeus.* Écusson de métal, sur lequel était sculpté le buste d'un homme illustre, et que l'on suspendait dans la salle du sénat.

— 5. *Inter auctores eloquentiæ.* Germanicus n'eut pas seulement le don de l'éloquence, mais encore celui de la poésie. Il avait laissé des comédies grecques, et on trouve dans la collection des *Poetæ latini minores* quelques fragments de sa traduction des *Phénomènes* d'Aratus.

— 6. *Juniorum.* De *juniores*, et non de *Junii.* Il y avait les *centuriæ juniorum* et les *centuriæ seniorum.*

—7. *Idibus juliis.* Le 15 juillet de chaque année, il y avait une cavalcade solennelle, dans laquelle les chevaliers romains, divisés en plusieurs escadrons, se rendaient du temple de Mars ou de celui de l'Honneur au Capitole.

Page 178 : 1. *Non temperaverit quin jactaret.* Suétone a reproduit les mêmes mots (*Vie de César*, ch. XXII) : *Quo gaudio elatus, non temperavit quin jactaret...*

Page 178 : 2. *Libido feminarum coercita.* Voy. Suétone, *Vie de Tibère*, chapitre XXXV.

— 3. *Legis.* La loi Julia.

Page 180 : 1. *Insulam Seriphon.* Aujourd'hui *Serfo* ou *Serfanto*, petite île de l'Archipel, une des Cyclades.

— 2. *Capiendam virginem.* Voy. *Annales*, IV, XVI.

— 3. *Septem et quinquaginta annos.* Aux termes de la loi, les vestales étaient libres de quitter leur ministere sacré au bout de trente années.

Page 182 : 1. *Binos nummos.* Environ quarante centimes.

— 2. *Medios.* Cette mesure équivalait à peu près à un décalitre.

— 3. *Divinas occupationes.* Suétone, *Vie de Tibère*, ch. XXVII : *Alium dicentem sacras ejus occupationes, et rursum alium. auctore eo se senatum adisse. verba mutare, et pro auctore suasorem, pro sacris laboriosas dicere coegit. — Ipsumque dominum.* Ce nom de *dominus*, appliqué d'abord uniquement aux maitres par les esclaves, finit par faire partie de l'etiquette de la cour et passa jusque sur les monuments publics.

— 4. *Qui libertatem metuebat, adulationem oderat.* « Il ne paraît pourtant point que Tibère voulût avilir le sénat : il ne se plaignait de rien tant que du penchant qui entraînait ce corps à la servitude ; toute sa vie est pleine de ses degoûts la-dessus. Mais il était comme la plupart des hommes : il voulait les choses contradictoires ; sa politique générale n'était point d'accord avec ses passions particulières. Il aurait désiré un sénat libre et capable de faire respecter son gouvernement ; mais il voulait aussi un sénat qui satisfît à tous les moments ses craintes, ses jalousies, ses haines : enfin l'homme d'État cédait continuellement à l'homme. » (Montesquieu, *Grandeur et décadence des Romains*, ch. XIV.)

— 5. *Qua gloria æquabat se*, etc. Il semble que par cette tournure Tacite ait voulu taxer Tibère d'une affectation de sentiments généreux qui n'étaient pas dans son cœur ; ce qui s'accorde d'ailleurs avec la réflexion *etiam fortuita ad gloriam vertebat.*

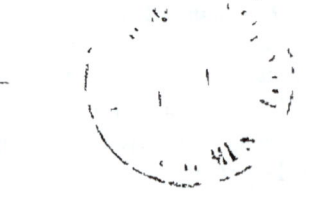

ARGUMENT ANALYTIQUE

DU TROISIÈME LIVRE DES ANNALES.

I-VI. Agrippine, portant les cendres de Germanicus, arrive à Brindes, puis à Rome. Les restes de Germanicus sont déposés dans le tombeau d'Auguste. Célébration des funérailles.

VII. Drusus part de nouveau pour l'Illyrie.

VIII-XV. A son retour à Rome, Pison est accusé du double crime d'empoisonnement et de lèse-majesté. Après avoir plaidé sa cause, voyant que tout se déclare contre lui, il se donne la mort.

XVI. Tradition d'après laquelle Pison aurait eu des instructions écrites de Tibère contre Germanicus, et aurait été tué par ordre du prince, qui craignait ses révélations. Plaintes hypocrites de Tibère sur la mort de Pison. Il lit au sénat une lettre que Pison lui avait adressée au moment de mourir.

XVII-XVIII. Plancine et Marcus Pison sont absous. Des actions de grâces sont décernées à Tibère, à Augusta, à Antonia, à Drusus, à Agrippine, comme vengeurs de Germanicus. Le nom de Claude, omis d'abord, est ajouté après coup.

XIX. Récompenses données aux accusateurs. Incertitude des opinions sur la mort de Germanicus. Drusus reçoit les honneurs de l'ovation.

XX-XXI. Tacfarinas recommence la guerre en Afrique; mais ce soulèvement est réprimé par le proconsul L. Apronius.

XXII-XXIV. Lépida Émilia est accusée d'adultère et d'empoisonnement, et condamnée.

XXV-XXVIII. La loi Papia Poppéa, exécutée jusque-là avec la dernière rigueur, reçoit de Tibère quelques adoucissements. Commencements et révolutions des lois.

XXIX. Néron, fils aîné de Germanicus, est recommandé au sénat par Tibère. Son mariage avec Julie, fille de Drusus. Un fils de Claude est promis à Séjan pour mari de sa fille.

XXX. Mort de L. Volusius et de Sallustius Crispus, personnages d'une haute considération.

XXXI. Retraite de Tibère en Campanie.

XXXII-XXXVI. Troisième invasion de Tacfarinas dans la province d'Afrique, dont la défense est confiée à Junius Blésus.

XXXVII. Condamnation de quelques chevaliers romains prévenus du crime de lèse-majesté.

XXXVIII-XXXIX. Dissensions des Thraces.

XL-XLVII. Révolte des cités des Gaules sous la conduite de Julius Sacrovir et de Julius Florus. Battus par les légions de Germanie, les rebelles retombent sous le joug.

XLVIII. Tibère fait décerner des funérailles publiques à Sulpicius Quirinus.

XLIX-LI. C. Lutorius, chevalier romain, condamné comme coupable de lèse-majesté, est exécuté en prison.

LII-LV. Répression du luxe entreprise, puis abandonnée.

LVI-LVII. Drusus reçoit la puissance tribunitienne.

LVIII-LIX. Le tirage au sort des provinces est interdit aux prêtres de Jupiter.

LX-LXIII. Affaire des asiles chez les Grecs.

LXIV. Maladie d'Augusta. Le sénat ordonne des prières solennelles et la célébration des grands jeux.

LXV. Honteuses adulations. Tibère ne se montre pas moins dégoûté de la servilité des Romains qu'ennemi de leur indépendance.

LXVI-LXIX. C. Silanus est condamné comme concussionnaire et coupable de lèse-majesté.

LXX-LXXII. Infâme adulation d'Atéius Capiton. On place à Antium une offrande vouée à la Fortune équestre pour le rétablissement d'Augusta. Statue de Séjan dans le théâtre de Pompée. Blésus, oncle de Séjan, reçoit les ornements du triomphe.

LXXIII-LXXV. Junius met en fuite Tacfarinas et fait son frere prisonnier. Mort d'Asinius Saloninus et d'Atéius Capiton.

LXXVI. Mort et funérailles de Junia, sœur de Brutus, femme de Cassius et nièce de Caton.

Ce livre contient l'espace de trois ans :

Ans de Rome.	Ans de J. C.	Consuls.
773	20	M. Valérius Messala. C. Aurélius Cotta.
774	21	Tibère pour la quatrième fois. Drusus pour la deuxième fois.
775	22	D. Hatérius Agrippa. C. Sulpicius Galba.

ANNALIUM

LIBER III.

— — —

I. Nihil intermissa navigatione hiberni maris, Agrippina Corcyram [1] insulam advertitur, littora Calabriæ [2] contra sitam. Illic paucos dies componendo animo insumit, violenta luctu et nescia tolerandi. Interim, adventu ejus audito, intimus quisque amicorum et plerique militares, ut quique sub Germanico stipendia fecerant, multique etiam ignoti vicinis e municipiis, pars officium in principem rati, plures illos secuti, ruere ad oppidum Brundusium [3], quod naviganti celerrimum fidissimumque [4] appulsu erat. Atque, ubi primum ex alto visa classis, complentur non modo portus et proxima maris [5], sed

I. L'hiver n'interrompit pas un instant la navigation d'Agrippine. Arrivée à Corcyre, île située vis-à-vis des côtes de Calabre, elle y passa quelques jours pour calmer son âme emportée par la douleur et incapable d'endurer une si grande infortune. Cependant, au premier bruit de son arrivée, tous ses amis, tous ceux qui avaient servi sous Germanicus, beaucoup d'inconnus même, habitants des villes voisines, les uns croyant flatter le prince, d'autres entraînés par l'exemple, étaient accourus à Brindes, port qui était pour elle en même temps le plus proche et le plus sûr. Du plus loin qu'on aperçoit la flotte en pleine mer, on se porte en foule non-seulement sur le port et sur le rivage, mais jusque sur les murs et sur les toits, par-

ANNALES.

LIVRE III.

I. Navigatione
maris hiberni
intermissa nihil,
Agrippina advehitur
insulam Corcyram,
sitam
contra littora Calabriæ.
Illic insumit paucos dies
componendo animo,
violenta luctu
et nescia tolerandi.
Interim,
adventu ejus audito,
quisque intimus amicorum
et plerique militares,
ut quique
fecerant stipendia
sub Germanico,
etiamque multi ignoti
e municipiis vicinis,
pars rati
officium in principem
plures secuti illos,
ruere
ad oppidum Brundusium,
quod erat celerrimum
fidissimumque appulsu
naviganti.
Atque, ubi primum classis
visa ex alto,
non modo portus
et proxima maris,
sed mœnia ac tecta,

I. La navigation
d'une mer d'-hiver
n'ayant été interrompue en rien,
Agrippine aborde
dans l'île *de* Corcyre,
située
vis-a-vis des rivages de Calabre.
Là elle emploie quelques jours
à remettre *son* cœur,
emportée par la douleur
et ne-sachant supporter *son mal.*
Cependant,
l'arrivée d'elle étant apprise,
chaque intime de *ses* amis
et la-plupart-des militaires,
selon que chacuns
avaient fait des-soldes (campagnes)
sous Germanicus,
et même beaucoup d'inconnus
des municipes voisins,
une partie (les uns) persuadés
que c'était un devoir envers le prince,
de plus nombreux ayant suivi ceux-là,
de se précipiter
vers la ville *de* Brindes,
qui était la plus prompte (proche)
et la plus sûre par l'abord
pour le navigateur.
Et, dès que d'abord la flotte
fut vue de la haute *mer,*
non-seulement le port
et les *points* les plus proches de la mer,
mais les murs et les toits,

mœnia ac tecta, quaque longissime prospectari poterat, mœrentium turba et rogitantium inter se silentione an voce aliqua egredientem exciperent. Neque satis constabat quid pro
tempore foret; quum classis paulatim successit, nec alacri, ut
assolet, remigio, sed cunctis ad tristitiam compositis. Postquam duobus cum liberis[1], feralem urnam tenens, egressa
navi, defixit oculos, idem omnium gemitus, neque discerneres
proximos, alienos, virorum feminarumve planctus; nisi quod
comitatum Agrippinæ, longo mœrore fessum, obvii et recentes
in dolore anteibant.

II. Miserat duas prætorias cohortes Cæsar, addito ut magistratus Calabriæ, Apulique et Campani, suprema erga
memoriam filii sui munera fungerentur[2]. Igitur tribunorum
centurionumque humeris cineres portabantur : præcedebant
incompta signa, versi fasces[3]; atque, ubi colonias transgre-

tout enfin d'où la vue pouvait le plus s'étendre. Ils se demandaient
les uns aux autres, d'un air consterné, s'ils recevraient Agrippine
à son débarquement par le silence ou par quelque acclamation. On
doutait encore quel accueil serait le plus convenable, lorsque la
flotte entra lentement dans le port, avec un appareil triste et lugubre,
bien différent de l'allégresse ordinaire aux rameurs après un long
voyage. A peine eut-on vu sortir du vaisseau Agrippine avec deux de
ses enfants, l'urne sépulcrale dans les mains, les regards fixés
contre terre, ce ne fut qu'un seul et même cri de douleur; et on
n'eût distingué ni hommes, ni femmes, ni étrangers, ni parents.
Seulement le cortége d'Agrippine, épuisé par une longue affliction,
montrait une désolation moins vive que les spectateurs, dont la douleur était récente.

II. Tibère avait envoyé deux cohortes prétoriennes, avec ordre
aux magistrats de la Calabre, de l'Apulie et de la Campanie, de
rendre à la mémoire de son fils les derniers devoirs. Les tribuns et
les centurions portaient les cendres sur leurs épaules; en avant marchaient les enseignes nues, les faisceaux renversés. Dans toutes les

quaque poterat
prospectari longissime,
complentur turba
mœrentium
et rogitantium inter se
exciperentne egredientem
silentio an aliqua voce.
Neque constabat satis
quid foret pro tempore ;
quum classis
successit paulatim,
nec remigio alacri,
ut assolet,
sed cunctis
compositis ad tristitiam.
Postquam egressa navi
cum duobus liberis,
tenens urnam feralem,
defixit oculos,
gemitus omnium idem,
neque discerneres
proximos, alienos,
planctus virorum
feminarumve;
nisi quod obvii
et recentes in dolore
anteibant
comitatum Agrippinæ,
fessum longo mœrore.

II. Cæsar miserat
duas cohortes prætorias,
addito
ut magistratus Calabriæ,
Apulique et Campani,
fungerentur
munera suprema
erga memoriam sui filii.
Igitur cineres
portabantur
humeris tribunorum
centurionumque :
signa incompta,
fasces versi
præcedebant;
atque,
ubi transgrederentur
colonias,

et *tous les endroits* par où il pouvait
être découvert le plus loin,
se remplissent d'une foule
de *spectateurs* affligés
et qui *se* demandaient entre eux
s'ils recevraient *elle* sortant *du navire*
par le silence ou par quelque cri.
Et il n'était-pas-sûr assez
quoi était *mieux* pour la circonstance ;
lorsque la flotte
s'avança peu-à-peu,   [joyeuse,
et la troupe—des—rameurs n'*étant* pas
comme elle a coutume d'*être*,
mais toutes choses
étant disposées pour la tristesse.
Après que sortie du navire
avec *ses* deux enfants,
tenant l'urne funéraire,
elle eut fixé *ses* yeux *vers la terre*,
le gémissement de tous *fut* le même,
et tu n'aurais pas (on n'eût pas) distingué
les proches, les étrangers,
les sanglots des hommes
ou des femmes ;   [vant
si ce n'est que ceux-qui-venaient-au-de-
et *qui étaient* nouveaux dans la douleur
surpassaient *en lamentations*
le cortége d'Agrippine,
fatigué d'un long chagrin.

II. César (Tibère) avait envoyé
deux cohortes prétoriennes ,
l'ordre ayant été ajouté
que lesmagistrats de la Calabre ,
et *ceux* d'-Apulie et de-Campanie,
s'acquittassent
des devoirs suprêmes
envers la mémoire de *son* fils.
Donc les cendres *du prince*
étaient portées
sur les épaules des tribuns
et des centurions :
les enseignes sans-ornements,
les faisceaux renversés,
allaient-devant,
et,
dès qu'ils traversaient
les colonies,

derentur, atrata plebes, trabeati[1] equites, pro opibus loci,
vestem, odores aliaque funerum solemnia cremabant. Etiam
quorum diversa oppida, tamen obvii, et victimas atque aras
diis Manibus statuentes, lacrimis et conclamationibus dolorem
testabantur. Drusus Tarracinam progressus est, cum Claudio,
fratre, liberisque Germanici qui in Urbe fuerant. Consules[2]
M. Valerius et C. Aurelius (jam enim magistratum occeperant),
et senatus ac magna pars populi viam complevere, disjecti
et, ut cuique libitum, flentes : aberat quippe adulatio[3],
gnaris omnibus lætam Tiberio Germanici mortem male dis-
simulari.

III. Tiberius atque Augusta publico abstinuere; inferius
majestate sua rati si palam lamentarentur, an ne, omnium
oculis vultum eorum scrutantibus, falsi intelligerentur. Matrem Antoniam[4] non apud auctores rerum, non diurna Actorum scriptura[5], reperio ullo insigni officio functam; quum,

---

villes où l'on passait, le peuple en deuil, les chevaliers en trabée,
brûlaient solennellement, selon la richesse du lieu, des étoffes, des
parfums et d'autres offrandes funéraires. Les habitants même des
villes écartées de la route venaient au-devant du convoi, sacrifiaient
des victimes, élevaient des autels aux dieux Mânes, et témoignaient
leur douleur par des larmes et des acclamations unanimes. Drusus
s'avança jusqu'à Terracine, avec Claude, frère de Germanicus, et les
enfants du prince qui étaient restés à Rome. Les consuls M. Valérius,
et C. Aurélius, qui avaient déjà pris possession de leur charge, les
sénateurs, une grande partie du peuple, occupaient les chemins par
troupes éparses, et chacun pleurait à son gré; car l'adulation était
loin de leur pensée, tous étant convaincus que Tibère dissimulait
mal la joie que lui causait la mort de Germanicus.

111. Tibère et Augusta s'abstinrent de paraître en public, soit
qu'ils crussent avilir leur majesté en donnant leurs larmes en spectacle, soit qu'ils craignissent que tant de regards attachés sur leurs
visages n'en démêlassent la fausseté. Pour Antonia, mère de Germanicus, je ne trouve ni dans les histoires, ni dans les Actes journa-
liers de cette époque, qu'elle se soit montrée dans aucune cérémonie

plebes atrata,	le peuple vêtu-de-noir,
equites trabeati,	les chevaliers en-trabee,
cremabant,	brûlaient,
pro opibus loci,	selon les ressources du lieu,
vestem, odores	des étoffes, des parfums [railles.
aliaque solemnia funerum.	et autres *offrandes* habituelles des funé
Etiam	Même *ceux*
quorum oppida diversa,	dont les villes *étaient* écartées *de la route*,
tamen obvii,	cependant venant-sur-le-passage,
et statuentes diis Manibus	et dressant aux dieux Mânes
victimas atque aras,	des victimes et des autels,
testabantur dolorem	attestaient *leur* douleur
lacrimis	par des larmes
et conclamationibus.	et des acclamations.
Drusus progressus est	Drusus s'avança
Tarracinam,	*jusqu'à* Terracine,
cum Claudio, fratre,	avec Claude, frère *du prince*,
liberisque Germanici	et les enfants de Germanicus [(Rome).
qui fuerant in Urbe.	qui avaient été *laissés* dans la ville
Consules	Les consuls
M. Valerius et C. Aurelius	M. Valérius et C. Aurélius
(jam enim occeperant	(car déjà ils avaient commencé
magistratum),	*leur* magistrature,,
et senatus	et le sénat
ac magna pars populi	et une grande partie du peuple
complevere viam,	remplirent la route,
disjecti et flentes,	épars et pleurant,
ut libitum cuique :	comme il avait plu à chacun :
quippe adulatio aberat,	car l'adulation etait-absente,
omnibus gnaris	tous sachant
dissimulari male	être dissimulé mal
mortem Germanici	la mort de Germanicus
lætam Tiberio.	*être* agréable à Tibère.
III. Tiberius	III. Tibère
atque Augusta	et Augusta
abstinuere publico;	s'abstinrent de *paraître en* public;
rati inferius sua majestate	jugeant au-dessous de leur majesté
si lamentarentur palam,	s'ils se lamentaient publiquement,
an ne intelligerentur falsi,	ou de peur qu'ils ne fussent compris faux,
oculis omnium	les yeux de tous
scrutantibus vultum eorum.	scrutant la physionomie d'eux.
Non reperio	Je ne trouve pas
apud auctores rerum,	chez les écrivains de faits (historiens),
non scriptura diurna	ni dans l'écriture journaliere (le journal)
Actorum,	des Actes,
Antoniam matrem [gni;	Antonia, mère *de Germanicus*, [que
functam ullo officio insi-	s'être acquittée d'aucun devoir de-mar-

super Agrippinam et Drusum et Claudium, ceteri quoque
consanguinei nominatim perscripti sint : seu valetudine præpediebatur, seu victus luctu animus magnitudinem mali perferre visu non toleravit. Facilius crediderim, Tiberio et Augusta, qui domo non excedebant, cohibitam, ut par mœror,
et, matris exemplo, avia quoque et patruus attineri viderentur.

IV. Dies quo reliquiæ tumulo Augusti inferebantur, modo
per silentium vastus [1], modo ploratibus inquies ; plena urbis
itinera, collucentes per campum Martis faces. Illic miles cum
armis, sine insignibus magistratus, populus per tribus, concidisse rempublicam, nihil spei reliquum [2], clamitabant ;
promptius apertiusque quam ut meminisse imperantium crederes. Nihil tamen Tiberium magis penetravit quam studia
hominum accensa in Agrippinam ; quum decus patriæ,
solum Augusti sanguinem [3], unicum antiquitatis specimen,

publique, quoique, indépendamment d'Agrippine, de Drusus et de
Claude, tous les autres parents soient expressément nommés. Peut-
être fut-elle empêchée par la maladie ; peut-être, accablée de sa douleur, n'eût-elle pas eu la force de contempler ce cruel spectacle. Cependant je croirais plutôt que Tibère et Augusta, s'étant renfermés
dans leur palais, l'y retinrent aussi, afin que leur douleur parût la
même, et que l'exemple de la mère justifiât l'oncle et l'aïeule.

IV. Le jour où l'on porta dans le tombeau d'Auguste les restes
de Germanicus fut marqué par un morne silence, et de bruyants
gémissements se succédèrent tour à tour. La multitude remplissait
les rues ; le champ de Mars étincelait de torches ; les soldats sous les
armes, les magistrats sans insignes, le peuple assemblé par tribus,
tous s'écriaient que la république était perdue, qu'il ne restait plus
d'espérance. Ils le disaient publiquement et sans détour, comme s'ils
eussent oublié quels étaient leurs maîtres. Mais rien n'ulcéra plus
Tibère que l'enthousiasme qu'ils firent éclater pour Agrippine : ils
l'appelaient l'honneur de la patrie, e vrai sang d'Auguste, l'unique
modèle des vertus antiques ; et tour ensemble, les yeux tournés vers

quum, super Agrippinam
et Drusum et Claudium,
ceteri consanguinei quoque
perscripti sint nominatim :
seu præpediebatur
valetudine,
seu animus victus luctu
non toleravit
perferre visu
magnitudinem mali.
Crediderim facilius
cohibitam
Tiberio et Augusta,
qui non excedebant domo,
ut mœror par,
et,
exemplo matris,
avia quoque et patruus
viderentur attineri.
 IV. Dies
quo reliquiæ
inferebantur tumulo
Augusti,
modo vastus per silentium,
modo inquies ploratibus ;
itinera urbis plena,
faces collucentes
per campum Martis.
Illic miles cum armis,
magistratus
sine insignibus,
populus per tribus
clamitabant
rempublicam concidisse,
nihil spei reliquum ;
promptius apertiusque
quam ut crederes
meminisse imperitantium.
Nihil tamen
penetravit magis Tiberium
quam studia hominum
accensa in Agrippinam ;
quum appellarent
decus patriæ,
solum sanguinem Augusti,
unicum specimen
antiquitatis,

quoique, outre Agrippine
et Drusus et Claude,
les autres parents aussi [mément :
aient été transcrits (mentionnés) nom-
soit qu'elle fût empêchée
par sa santé,
soit que son cœur vaincu par la douleur
n'ait pas supporté
de soutenir par la vue
la grandeur de son mal.
Je croirais plus facilement
elle avoir été retenue
par Tibère et Augusta,
qui ne sortaient pas de la maison,
afin que le chagrin parût égal,
et que,
à l'exemple de la mère,
l'aïeule aussi et l'oncle
parussent être retenus chez eux
 IV. Le jour
où les restes du prince
étaient portés-dans le tombeau
d'Auguste,
fut tantôt morne par le silence,
tantôt troublé par les pleurs ;
les rues de la ville étaient pleines,
des torches étaient brillant
à travers le champ de Mars.
Là le soldat avec ses armes,
le magistrat
sans insignes,
le peuple par tribus
criaient-sans-cesse
la république être tombée,
rien de (aucun) espoir n'être de-reste ;
et cela plus vivement et plus ouvertement
qu'il n'eût fallu pour que tu crusses
eux se souvenir de ceux qui gouvernaient.
Rien cependant
ne pénétra plus profondément Tibère,
que la faveur des hommes (de la foule)
enflammée pour Agrippine ;
lorsqu'ils l'appelaient
l'honneur de la patrie,
le seul sang d'Auguste,
l'unique modèle
de l'antiquité (antique vertu),

appellarent, versique ad cœlum ac deos, integram illi sobolem
ac superstitem iniquorum precarentur.

V. Fuere qui publici funeris pompam requirerent, compararentque quæ in Drusum, patrem Germanici, honora et
magnifica Augustus fecisset. « Ipsum quippe, asperrimo hiemis, Ticinum[1] usque progressum, neque abscedentem a corpore, simul Urbem intravisse; circumfusas lecto Claudiorum
Juliorumque[2] imagines; defletum in foro, laudatum pro rostris; cuncta a majoribus reperta, aut quæ posteri invenerint,
cumulata. At Germanico ne solitos quidem et cuicumque nobili
debitos, honores contigisse. Sane corpus, ob longinquitatem
itinerum, externis terris quoquo modo crematum; sed tanto
plura decora mox tribui par fuisse, quanto prima fors negavisset. Non fratrem[3], nisi unius diei via, non patruum saltem
porta tenus obvium. Ubi illa veterum instituta, propositam

le ciel, ils suppliaient les dieux de conserver sa famille et de la faire
survivre à ses ennemis.

V. Pour des funérailles publiques, quelques-uns eussent désiré
plus de pompe; on rappelait ce qu'Auguste avait deployé de magnificence et d'honneurs pour celles de Drusus, père de Germanicus.
« Il s'était avancé, au cœur de l'hiver, jusqu'à Ticinum, et n'avait
pas quitté le corps jusqu'à ce qu'on fût entré dans Rome : on avait
rangé autour du lit funéraire les images des Claudes et des Jules;
on avait pleuré sur son bûcher dans le forum, prononcé son éloge
du haut de la tribune; tous les honneurs inventés par nos pères ou
par leurs descendants avaient été prodigués. Germanicus, au contraire, n'avait pas même joui des distinctions ordinaires accordées
aux moindres maisons nobles de Rome. Il est vrai que l'éloignement
des lieux avait contraint de brûler son corps sans pompe dans une
terre étrangère; mais, plus le sort avait d'abord refusé d'honneurs à
sa cendre, plus il eût été juste de l'en dédommager. Son frère n'était
pas allé au-devant de lui à plus d'une journée, son oncle ne
s'était pas même avancé jusqu'aux portes de Rome. Qu'étaient de-

versique
ad cœlum ac deos,
precarentur
sobolem illi integram
ac superstitem iniquorum.

et lorsque tournés
vers le ciel et vers les dieux,
ils les priaient
la progéniture à elle être intacte
et survivante aux méchants.

V. Fuere
qui requirerent pompam
funeris publici,
compararentque
honora et magnifica
quæ Augustus fecisset
in Drusum,
patrem Germanici.
« Quippe ipsum,
asperrimo hiemis,
progressum
usque Ticinum,
neque abscedentem
a corpore,
intravisse simul Urbem;
imagines Claudiorum
Juliorumque
circumfusas lecto;
defletum in foro,
laudatum pro rostris;
cuncta reperta a majoribus,
aut quæ posteri invenerint,
cumulata.
At honores solitos
et debitos nobili cuicumque
ne contigisse quidem
Germanico.
Sane corpus
crematum modo quoquo
terris externis,
ob longinquitatem
itinerum;
sed fuisse par
tanto plura decora
tribui mox,
quanto prima fors
negavisset.
Fratrem non obvium,
nisi via unius diei,
patruum non saltem
tenus porta.
Ubi

V. Des gens furent   [pompe)
qui regrettaient la pompe (le peu de
des funérailles publiques,
et comparaient
les choses honorables et magnifiques
qu'Auguste avait faites
pour Drusus,
père de Germanicus.
« En effet lui-même (Auguste),
au moment le plus rude de l'hiver,
s'être avancé
jusqu'à Ticinum,
et ne se séparant pas
du corps,   [(Rome);
être entré en même temps dans la ville
les images des Claudes
et des Jules
répandues-autour du lit funèbre;
le mort avoir été pleuré sur le forum,
loué du haut des rostres;
tous les honneurs trouvés par les ancêtres,
ou que les descendants avaient inventés,
avoir été accumulés sur lui.
Mais les honneurs accoutumés
et dûs à un noble quelconque
n'être pas même échus
à Germanicus.
Sans-doute son corps
avoir été brûlé d'une façon quelconque
dans des terres étrangères,
à cause de l'éloignement
des chemins;
mais du moins avoir été convenable
d'autant plus d'honneurs
lui être accordés bientôt,
qu'un premier hasard
lui en avait refusé davantage.
Son frère n'être pas venu à-sa-rencontre,
sinon par le voyage d'un seul jour,
son oncle n'être pas venu du moins
jusqu'à la porte de Rome.
Où être allées (qu'étaient devenues)

toro effigiem, meditata ad memoriam virtutis carmina, et laudationes et lacrimas, vel doloris imitamenta? »

VI. Gnarum id Tiberio fuit; utque premeret vulgi sermones, monuit edicto, « Multos illustrium Romanorum ob rempublicam obiisse, neminem tam flagranti desiderio celebratum: idque et sibi et cunctis egregium, si modus adjiceretur; non enim eadem decora principibus viris et imperatori populo, quæ modicis domibus aut civitatibus. Convenisse recenti dolori luctum et ex mœrore solatia [1]; sed referendum jam animum ad firmitudinem, ut quondam divus Julius [2], amissa unica filia, ut divus Augustus [3], ereptis nepotibus, abstruserint tristitiam. Nil opus vetustioribus exemplis, quoties populus romanus clades exercituum, interitum ducum, funditus amissas nobiles familias constanter tulerit. Principes mortales, rempublicam æternam esse [4]: proin repeterent solemnia; et, quia ludorum

venues les coutumes anciennes, l'image du mort placée sur le lit funéraire, les vers consacrés à la mémoire de sa vertu, les louanges, les larmes, ne fût-ce que des témoignages d'une feinte douleur? »

VI. Tibère fut instruit de ces murmures : pour les étouffer, il représenta au peuple, dans un édit, « que beaucoup d'autres grands hommes étaient morts pour la patrie, sans que leur perte eût causé des regrets aussi vifs; qu'au reste, cette douleur honorait le prince et les citoyens, pourvu qu'elle eût des bornes; car ce qui était permis à de petits États et dans les conditions médiocres ne convenait point aux chefs d'un grand empire et à un peuple-roi. Une douleur récente avait autorisé ce deuil et ces consolations qu'on cherche dans l'affliction même; mais les âmes devaient enfin retrouver leur fermeté, à l'exemple du divin Jules et du divin Auguste, qui, après avoir perdu, l'un sa fille unique, l'autre ses petits-fils, avaient dévoré leur chagrin. Il n'était pas besoin d'exemples plus anciens : le peuple romain avait toujours supporté avec courage la perte de ses généraux, de ses armées, l'extinction des plus illustres maisons. Les princes mouraient, l'empire était immortel. Ils n'avaient donc qu'à

illa instituta veterum? | ces institutions des anciens?
effigiem propositam toro, | l'effigie exposée sur le lit,
carmina meditata | les vers composés
ad memoriam virtutis, | pour la mémoire de la vertu,
et laudationes et lacrimas, | et les éloges-funèbres et les larmes,
vel imitamenta | même *quand elles n'étaient que des* imita-
doloris? » | de la douleur? »   [tions

VI. Id fuit gnarum | VI. Cela fut connu
Tiberio ; | de Tibère ;
utque premeret | et pour qu'il étouffât
sermones vulgi, | les propos de la foule,
monuit edicto, | il avertit par un édit,
« Multos | « Beaucoup
Romanorum illustrium | de Romains illustres
obiisse ob rempublicam, | être morts pour la république,
neminem celebratum | personne pas un) n'*avoir été* accompagné
desiderio tam flagranti : | par un regret si ardent :
idque egregium | et cela *être* excellent
et sibi et cunctis, | et pour lui et pour tous,
si modus adjiceretur ; | si une mesure *y* était ajoutée
decora enim non eadem | car les bienséances n'*être* pas les mêmes
viris principibus | pour les hommes *qui sont* princes
et populo imperatori, | et pour le peuple souverain,
quæ domibus | que pour les maisons (familles)
aut civitatibus modicis. | ou pour les cités médiocres.
Luctum et solatia | Le deuil et les consolations
ex mœrore | *qui résultent* du chagrin
convenisse dolori recenti ; | avoir convenu à une douleur récente ;
sed jam animum | mais enfin l'âme
referendum | devoir être ramenée
ad firmitudinem, | à la fermeté,
ut quondam divus Julius, | comme autrefois le divin Jules,
filia unica amissa, | *sa* fille unique étant perdue,
ut divus Augustus, | comme le divin Auguste,
nepotibus ereptis, | *ses* petits-fils *lui* étant ravis,
abstruserint tristitiam. | avaient renfoncé *leur* tristesse.
Nil opus | *Il n'était* en rien besoin
exemplis vetustioribus, | d'exemples plus anciens,   [romain
quoties populus romanus | *pour montrer* combien-de-fois le peuple
tulerit fortiter | avait supporté courageusement
clades exercituum, | les défaites de *ses* armées,
interitum ducum, | la mort de *ses* chefs,
nobiles familias | de nobles familles
amissas funditus. | perdues de-fond-en-comble.
Principes esse mortales, | Les princes être mortels,
rempublicam æternam : | la république éternelle :   [ordinaires.
proin repeterent solemnia ; | donc qu'ils regagnassent *leurs occupations*

Megalesium [1] spectaculum suberat, etiam voluptates resume-
rent. »

VII. Tum, exuto justitio, reditum ad munia; et Drusus
Illyricos ad exercitus profectus est, erectis omnium animis petendæ e Pisone ultionis [2], et crebro questu, « Quod, vagus
interim per amœna Asiæ atque Achaiæ, arroganti et subdola
mora scelerum probationes subverteret. » Nam vulgatum erat
missam, ut dixi [3], a Cn. Sentio famosam veneficiis Martinam,
subita morte Brundusii exstinctam, venenumque nodo crinium
ejus occultatum, nec ulla in corpore signa sumpti exitii reperta.

VIII. At Piso, præmisso in urbem filio, datisque mandatis
per quæ principem molliret, ad Drusum pergit; quem haud
fratris interitu trucem, quam, remoto æmulo, æquiorem sibi
sperabat. Tiberius, quo integrum judicium ostentaret, excep-

retourner à leurs travaux, et même aux plaisirs qu'allaient ramener
les jeux de la grande déesse. »

VII. Alors le cours des affaires recommença, chacun reprit ses
fonctions, et Drusus partit pour l'armée d'Illyrie, laissant tous les
esprits attentifs à la vengeance qu'on tirerait de Pison. Déjà on
murmurait beaucoup de voir un accusé parcourir en liberté les plus
belles contrées de l'Asie et de la Grèce, et, avec ces délais insolents,
et perfidement calculés, anéantir les preuves de ses crimes. Car on
venait d'apprendre que Martine, cette empoisonneuse célèbre, envoyée, comme je l'ai dit, par Sentius, était morte subitement à
Brindes, et qu'on avait trouvé du poison caché dans un nœud de ses
cheveux, sans qu'il parût sur son corps aucun indice d'une mort
volontaire.

VIII. Cependant Pison, après avoir envoyé d'abord son fils à
Rome, avec des instructions pour apaiser le prince, se rend auprès
de Drusus, qu'il supposait moins intraitable sur une mort qui, en
lui ôtant un frère, le délivrait d'un rival. Tibère, afin de paraître

et resumerent etiam | et qu'ils reprissent même
voluptates, »

quia spectaculum
ludorum Megalesium
suberat.

VII. Tum, justitio
exuto,
reditum ad munia ;
et Drusus profectus est
ad exercitus Illyricos,
animis omnium erectis
ultionis petendæ e Pisone.
et questu crebro,
« Quod, interim
vagus per amœna
Asiæ atque Achaiæ,
subverteret
probationes scelerum
mora arroganti
et subdola. »
Nam vulgatum erat
Martinam
famosam veneficiis
missam , ut dixi ,
a Cn. Sentio,
exstinctam Brundusii
morte subita,
venenumque occultatum
nodo crinium ejus,
nec ulla signa
exitii sumpti
eperta in corpore.

VIII. At Piso,
lio præmisso in Urbem ,
andatisque
atis
er quæ
olliret principem,
ergit ad Drusum ;
uem sperabat
aud trucem
nteritu fratris,
uam æquiorem sibi ,
mulo remoto.
iberius, quo ostentaret
udicium integrum,
uget liberalitate sueta

leurs plaisirs, »

parce que le spectacle
des jeux de-Cybele
approchait.

VII. Alors , le deuil-public
étant dépouillé (quitté),
on (chacun) revint à ses fonctions ;
et Drusus partit
pour les armées d'-Illyrie ,
les âmes de tous étant-dans-l'attente
pour la vengeance à-demander de Pison,
et cette plainte fréquente s'élevant ,
« De ce que, pendant-ce-temps
errant par les lieux agréables
de l'Asie et de l'Achaïe ,
il détruisait
les preuves de ses crimes
par un retard insolent
et perfide. »
Car il avait été divulgué
Martine
fameuse par ses empoisonnements
envoyée, comme j'ai dit
par Cn. Sentius ,
être morte à Brindes
de mort subite,
et du poison avoir été trouvé caché
dans un nœud des cheveux d'elle,
et aucunes marques   [taire)
d'une mort prise par elle-même (volon-
n'avoir été trouvées sur son corps.

VIII. Mais Pison ,   [ville (Rome),
son fils ayant été envoyé-en-avant à la
et des commissions
ayant été données à lui
par lesquelles
il adoucît le prince,
se rend vers Drusus;
lequel il espérait
non plus (moins) exaspéré
de la mort de son frère ,
que favorable à lui-même,
un rival étant écarté.
Tibère, pour qu'il montrât
un jugement impartial,
rehausse par la libéralité accoutumée

tum comiter juvenem sueta erga filios familiarum nobiles
liberalitate auget. Drusus Pisoni, « Si vera forent quæ jacerentur, præcipuum in dolore suum locum respondit; sed
malle falsa et inania, nec cuiquam mortem Germanici exitiosam esse. » Hæc palam, et vitato omni secreto : neque dubitabantur præscripta ei a Tiberio, quum, incallidus alioqui et
facilis juventa, senilibus tum artibus uteretur.

IX. Piso, Dalmatico mari[1] tramisso, relictisque apud Anconam[2] navibus, per Picenum[3], ac mox Flaminiam viam, assequitur legionem quæ e Pannonia[4] in Urbem, dein præsidio
Africæ, ducebatur : eaque res agitata rumoribus, ut in agmine
atque itinere crebro se militibus ostentavisset. Ab Narnia[5],
vitandæ suspicionis, an quia pavidis consilia in incerto sunt,
Nare[6] ac mox Tiberi devectus, auxit vulgi iras, quia navem
tumulo Cæsarum appulerat; dieque et ripa frequenti, magno

exempt de prévention, accueillit avec bonté le fils de Pison, et lui
accorda les gratifications d'usage envers les jeunes patriciens. Drusus
répondit au père que, « si les bruits qu'on faisait courir étaient
fondés, il serait son plus mortel ennemi ; mais qu'il souhaitait qu'on
l'eût calomnié, et que la mort de Germanicus ne devînt funeste à
personne. » Il lui tint ce discours publiquement, évitant de le voir
en secret ; et l'on ne douta point que Tibère n'eût dicté les réponses
de son fils, qui, ayant d'ailleurs l'indiscrétion et la légèreté de la
jeunesse, montra dans cette occasion toute la circonspection d'un
vieillard.

IX. Pison, ayant traversé la mer de Dalmatie et laissé ses vaisseaux à Ancône, gagne ensuite par le Picénum, la voie Flaminienne, où il joint une légion qui, de la Pannonie, se rendait à
Rome pour passer en Afrique. On parla beaucoup dans la ville de ce
que, sur la route, et au milieu de leur marche, il avait affecté de se
montrer souvent aux soldats. Pour échapper aux soupçons, ou par
un effet de l'incertitude naturelle à la peur, il quitta la route à
Narni, descendit le Nar, puis le Tibre ; mais il aigrit encore les
esprits en débarquant auprès du tombeau des Césars. C'est de là
qu'en plein jour, au moment où la rive était couverte de peuple,

erga nobiles filios
familiarum
juvenem exceptum comiter.
Drusus respondit Pisoni,
« Si quæ jacerentur
forent vera,
suum locum in dolore
præcipuum ;
sed malle
falsa atque inania,
nec mortem Germanici
esse exitiosam cuiquam. »
Hæc palam,
et omni secreto vitato :
nec dubitabantur
præscripta ei a Tiberio,
quum, incallidus alioqui
et facilis juventa,
uteretur tum
artibus senilibus.
   IX. Piso,
mari Dalmatico tramisso,
navibusque relictis
apud Anconam,
per Picenum,
ac mox viam Flaminiam,
assequitur legionem
quæ ducebatur
e Pannonia in Urbem,
dein præsidio Africæ :
eaque res agitata
rumoribus,
ut se ostentavisset crebro
militibus
in agmine atque itinere.
Ab Narnia,
vitandæ suspicionis,
an quia consilia
sunt in incerto pavidis,
devectus Nare
ac mox Tiberi,
auxit iras vulgi,
quia appulerat navem
tumulo Cæsarum ;
dieque
et ripa frequenti,
incessere,

envers les nobles fils
de famille
ce jeune-homme reçu poliment.
Drusus répondit à Pison,
« Si les bruits qui étaient semés
étaient vrais,
sa place dans la douleur commune
devoir être la principale ;
mais lui aimer-mieux
ces bruits être faux et vains,
et la mort de Germanicus
n'être funeste à personne. »
Ces mots furent dits ouvertement
et tout entretien secret étant évité :
et ils n'étaient pas mis-en-doute
ayant été prescrits à lui par Tibère,
puisque, sans-artifice d'ailleurs
et facile (ouvert) par la jeunesse,
il usait alors
de pratiques de-vieillard.
   IX. Pison,
la mer de-Dalmatie étant traversée,
et ses vaisseaux étant laissés
à Ancône,
à travers le Picénum,
et bientôt par la voie Flaminienne,
atteint une légion
qui était conduite
de la Pannonie dans la ville (Rome),
puis pour renfort à l'Afrique :
et ce fait fut discuté
par les rumeurs,
combien il s'était montré fréquemment
aux soldats
dans la marche et sur la route.
De Narni,
en vue d'éviter tout soupçon,
ou parce que les résolutions
sont en fluctuation aux gens timides,
étant descendu par le Nar
et puis par le Tibre,
il augmenta les ressentiments de la foule,
parce qu'il avait fait-aborder son navire
au tombeau des Césars ;
et en plein jour
et la rive étant couverte-de-monde,
ils s'avancèrent,

clientium agmine ipse, feminarum comitatu Plancina, et vultu
alacres, incessere. Fuit inter irritamenta invidiæ domus foro
imminens, festa ornatu[1], conviviumque et epulæ, et, celebri-
tate loci, nihil occultum.

X. Postera die, Fulcinius Trio Pisonem apud consules postulavit. Contra Vitellius ac Veranius ceterique Germanicum
comitati tendebant, « Nullas esse partes Trioni; neque se
accusatores, sed rerum indices et testes, mandata Germanici
perlaturos. » Ille, dimissa ejus causæ delatione, ut priorem
vitam accusaret obtinuit; petitumque est a principe cognitionem exciperet. Quod ne reus quidem abnuebat, studia populi
et patrum metuens : contra, « Tiberium spernendis rumoribus
validum, et conscientiæ matris innexum[2] esse; veraque, aut
in deterius credita, judice ab uno facilius discerni; odium et
invidiam apud multos valere. » Haud fallebat Tiberium moles

Pison, accompagné de nombreux clients, et Plancine, suivie d'un
cortége de femmes, s'avancèrent fièrement et avec un air de triomphe. Tout servait d'aliment à la haine, jusqu'à leur maison dominant le forum, et parée comme pour un jour de fête; ils y donnèrent un grand repas, et rien, dans un lieu si fréquenté, ne
pouvait demeurer secret.

X. Dès le lendemain, Fulcinius Trion se porta devant les consuls
pour accusateur de Pison; mais Vitellius, Véranius et les autres
amis de Germanicus soutenaient que Trion usurpait un rôle qui ne
lui appartenait point; qu'ils venaient eux-mêmes, non comme accusateurs, mais comme témoins, pour révéler les faits et exécuter les
volontés de Germanicus. Trion, s'étant désisté quant au délit principal, obtint la recherche des faits antérieurs, et tous demandèrent
pour juge Tibère. Pison ne le récusait pas non plus, redoutant
l'animosité du peuple et du sénat : il espérait tout d'un prince
aguerri contre les rumeurs populaires, et d'un fils qui avait eu part
aux intrigues de sa mère. « Un seul homme, pensait-il encore, dis-
tingue mieux la vérité de la calomnie; les préventions de la haine
sont plus puissantes sur la multitude. » Tibère n'ignorait pas quel

ipse	lui-même
magno agmine clientium,	avec une grande troupe de clients,
Plancina	Plancine
comitatu feminarum,	avec un cortége de femmes,
et alacres vultu.	et *tous deux* joyeux de visage.
Inter irritamenta invidiæ	Parmi les excitations à la haine
fuit domus imminens foro,	fut *leur* maison dominant le forum,
festa ornatu,	de-fête (égayée) par la décoration,
conviviumque et epulæ,	et un banquet et un régal,
et nihil occultum,	et rien de caché,
celebritate loci.	à cause de la fréquentation du lieu.
X. Die postera,	X. Le jour d'-après,
Fulcinius Trio	Fulcinius Trion
postulavit Pisonem	cita (accusa) Pison
apud consules.	devant les consuls.
Contra	De-leur-côté
Vitellius ac Veranius	Vitellius et Véranius
ceterique	et les autres
comitati Germanicum	qui avaient accompagné Germanicus
tendebant « Nullas partes	prétendaient « Aucun rôle
esse Trioni;	n'être à Trion *en cette affaire;*
neque se accusatores,	et eux non *comme* accusateurs,
sed indices	mais *comme* révélateurs
et testes rerum,	et témoins des faits,
perlaturos mandata	devoir rapporter les instructions
Germanici.	de Germanicus.
Ille, delatione ejus causæ	Celui-là (Trion), le rapport de cette
dimissa,	étant abandonné, [cause
obtinuit ut accusaret	obtint qu'il accusât (d'accuser)
vitam priorem;	la vie première *de Pison;*
petitumque est a principe	et il fut demandé au prince
exciperet cognitionem.	qu'il reçût (se chargeât de) l'instruction.
Quod ne reus quidem	*Ce* que l'accusé même
abnuebat,	ne refusait pas,
metuens studia	craignant les passions
populi et patrum :	du peuple et des sénateurs :
contra,	*il pensait* au-contraire,
« Tiberium esse validum	« Tibère être *assez* fort
spernendis rumoribus,	pour mépriser les rumeurs,
et innexum	et engagé
conscientiæ matris,	dans la complicité de sa mère,
veraque,	et les choses vraies,
aut credita in deterius,	ou crues dans un *sens* pire,
discerni facilius	être discernées plus facilement
ab uno judice;	par un *seul* juge;
odium et invidiam	la haine et l'envie
valere apud multos. »	prévaloir auprès de *juges* nombreux. »

cognitionis, quaque ipse fama distraheretur[1]. Igitur, paucis
familiarium adhibitis, minas accusantium et hinc preces audit,
integramque causam ad senatum remittit.

XI. Atque interim Drusus, rediens Illyrico, quanquam patres censuissent, ob receptum Maroboduum et res priore æstate
gestas, ut ovans iniret, prolato honore Urbem intravit. Post
quæ reo, L. Arruntium[2], T. Vinicium[3], Asinium Gallum,
Æserninum Marcellum[4], Sex. Pompeium[5], patronos petenti,
iisque diversa excusantibus, M. Lepidus et L. Piso[6] et Livineius
Regulus adfuere; arrecta omni civitate, quanta fides amicis
Germanici, quæ fiducia reo : satin cohiberet ac premeret sensus suos Tiberius. Iis haud alias[7] intentior populus plus sibi
in principem occultæ vocis aut suspicacis silentii permisit.

XII. Die senatus Cæsar orationem habuit meditato temperamento : « Patris sui legatum[8] atque amicum Pisonem fuisse,

fardeau il assumait en se chargeant de cette instruction, et à quelles
imputations il était lui-même en butte. Il se contenta donc d'écouter, en présence de quelques amis, les menaces des accusateurs et les
prières de l'accusé; puis il renvoya l'affaire en son entier au
sénat.

XI. Dans cet intervalle, Drusus, revenu d'Illyrie. ajourna
l'ovation que le sénat lui avait décernée pour la soumission de
Maroboduus et pour ses succès dans la dernière campagne; il
rentra dans Rome sans éclat. Cependant Pison cherchait des défenseurs : L. Arruntius, T. Vinicius, Asinius Gallus, Éserninus
Marcellus et Sextus Pompéius, refusèrent sous différents prétextes ;
enfin M. Lépidus, L. Pison et Livinéius Régulus se chargèrent
de sa cause. Rome entière était attentive : on était curieux de voir
jusqu'où irait la fidélité des amis de Germanicus, la confiance
de l'accusé, la dissimulation de Tibère. Jamais le peuple ne se
permit sur son prince plus de murmures secrets ou un silence plus
soupçonneux.

XII. Tibère ouvrit l'assemblée du sénat par un discours plein de
ménagements étudiés. Il rappela « que Pison avait été le lieutenant

Moles cognitionis
haud fallebat Tiberium,
quaque fama
ipse distraheretur.
Igitur, paucis familiarium
adhibitis,
audit minas accusantium,
et hinc preces,
remittitque ad senatum
causam integram.

Le fardeau de l'instruction
ne trompait pas (était connu de) Tibère,
et *il savait* par quelle renommée
lui-même était déchiré.
Donc, quelques-uns de *ses* familiers
étant mandés-près *de lui*,
il écoute les menaces des accusateurs,
et d'autre-part les prières,
et renvoie au sénat
la cause entière.

XI. Atque interim
Drusus, rediens Illyrico,
quanquam patres
censuissent
ut iniret ovans,
ob Maroboduum receptum
et res gestas
æstate priore,
intravit Urbem
honore prolato.
Post quæ M. Lepidus
et L. Piso
et Livineius Regulus
adfuere reo
petenti patronos
L. Arruntium, T. Vinicium,
Asinium Gallum,
Æserninum Marcellum,
Sex. Pompeium,
iisque
excusantibus diversa;
omni civitate arrecta,
quanta fides
amicis Germanici,
quæ fiducia reo :
Tiberiusne cohiberet
ac premeret satis
suos sensus.
Populus intentior iis
haud sibi permisit alias
in principem
plus vocis occultæ
aut silentii suspicacis.

XI. Et cependant
Drusus, revenant d'Illyrie,
quoique les sénateurs
eussent opiné
pour qu'il entrât jouissant-de-l'ovation,
à cause de Maroboduus reçu *à soumis-*
et des actions accomplies   [*sion*
l'été précedent,
entra-dans la ville
cet honneur étant ajourné.
Après quoi M. Lépidus
et L. Pison
et Livinéius Régulus
assistèrent l'accusé
qui demandait pour avocats
L. Arruntius, T. Vinicius,
Asinius Gallus,
Éserninus Marcellus,
Sextus Pompéius,
et ceux-ci
alléguant-des-excuses diverses ;
toute la cité étant-en-suspens,
pour voir quelle-grande fidélité
serait aux amis de Germanicus,
quelle confiance à l'accusé :
si Tibère contiendrait
et comprimerait assez
ses sentiments.
Le peuple plus attentif à ces *pensées*
ne se permit pas une-autre-fois
à l'égard du prince
plus de propos secrets
ou de silence soupçonneux.

XII. Die senatus
Cæsar habuit orationem
temperamento meditato :
« Pisonem fuisse legatum

XII. Le jour *de la séance* du sénat
César (Tibère) tint un discours
avec des ménagements étudiés :
« Pison avoir été lieutenant

adjutoremque Germanico datum a se, auctore senatu , rebus
apud Orientem administrandis : illic contumacia et certaminibus asperasset juvenem, exituque ejus lætatus esset, an scelere
exstinxisset, integris animis dijudicandum. Nam si legatus of-
ficii terminos, obsequium erga imperatorem exuit, ejusdemque
morte et luctu meo lætatus est, odero seponamque a domo
mea, et privatas inimicitias, non principis, ulciscar. Sin facinus
in cujuscumque mortalium nece vindicandum detegitur, vos
vero et liberos Germanici, et nos parentes, justis solatiis affi-
cite. Simulque illud reputate, turbide et seditiose tractaverit
exercitus Piso, quæsita sint per ambitionem studia militum,
armis repetita provincia, an falsa hæc in majus vulgaverint
accusatores, quorum ego nimiis studiis jure succenseo. Nam
quo pertinuit nudare corpus et contrectandum vulgi oculis [1] per-

et l'ami de son père; que lui-même l'avait choisi, sur le conseil du
sénat, pour aider Germanicus dans l'administration de l'Orient.
Avait-il aigri le jeune César par des hauteurs et des rivalités?
S'était-il réjoui de sa mort, ou l'avait-il hâtée par un crime? Voilà
ce qu'il fallait rechercher sans prévention. Pères conscrits, ajouta-
t-il, si Pison a franchi les bornes de l'obéissance et du respect qu'un
lieutenant doit à son général, s'il a triomphé de la mort de mon fils
et de mon affliction , je le haïrai, je lui défendrai ma présence; je
vengerai mon injure privée, et non celle du prince. Mais s'il a osé
contre mon fils un attentat dont les lois vengeraient le dernier des
hommes, c'est à vous à consoler par une juste sévérité les enfants et
le père de Germanicus. Examinons en même temps s'il est vrai que
Pison ait semé le trouble et la division dans l'armée, brigué par des
voies illicites la faveur des soldats, employé la force pour rentrer en
Syrie, ou si ces bruits sont faux et grossis par ses accusateurs, dont
le zèle excessif mérite aussi de justes reproches. En effet, pourquoi
dépouiller le corps de Germanicus? Pourquoi le livrer nu aux re-

atque amicum sui patris ,	et ami de son père ,
datumque a se	et *avoir été* donné par lui
adjutorem Germanico,	comme aide à Germanicus,
senatu auctore,	le sénat *en étant* l'instigateur,
administrandis rebus	pour administrer les affaires
apud Orientem :	en Orient :
illic asperasset juvenem	*si* là il avait exaspéré le jeune *prince*
contumacia	par *son* arrogance
et certaminibus,	et par des rivalités,
lætatusque esset exitu ejus,	et s'il s'etait réjoui de la mort de lui ,
an exstinxisset scelere,	*ou* s'il *l*'avait fait-mourir par un crime ,
dijudicandum	*cela* devoir être jugé
animis integris.	avec des dispositions-d'esprit impartiales.
Nam si legatus	Car si le lieutenant
exuit	a dépouillé (méconnu)
terminos officii,	les bornes de *sa* charge ,
obsequium	*sa* déférence
erga imperatorem,	envers *son* général ,
lætatusque est	et *s*'il s'est réjoui
morte ejusdem	de la mort du même *général*
et meo luctu,	et de mon deuil ,
odero seponamque	je *le* haïrai et je *l*'exclurai
a mea domo,	de ma maison ,
et ulciscar	et je vengerai
inimicitias privatas,	*mes* inimitiés privées ,
non principis.	non *celles* du prince.
Sin facinus detegitur	Si-au-contraire un attentat est découvert
vindicandum in nece	qui doive être puni à-propos-de la mort
cujuscumque mortalium,	de qui-que-ce-soit des mortels,
vos vero afficite	vous certes comblez
justis solatiis	de justes consolations
et liberos Germanici ,	et les enfants de Germanicus,
et nos parentes.	et nous *ses* parents.
Simulque reputate illud ,	Et en même temps songez à cela ,
Piso tractaverit exercitus	*si* Pison a manié les armées
turbide et seditiose,	d'une-façon-désordonnée et séditieuse,
studia militum	*si* l'affection des soldats
quæsita sint	a été recherchée *par lui*
per ambitionem,	au-moyen-de brigues,
provincia repetita	*si* la province *a été* reprise *par lui*
armis,	avec les armes,
an accusatores,	ou *si* les accusateurs,
quorum ego succenseo jure	desquels moi je blâme à *bon* droit
studiis nimiis,	le zèle excessif, [*tion* plus grande
vulgaverint in majus	ont divulgué *en les élevant* à une *propor*-
hæc falsa.	ces *imputations* fausses.
Nam quo pertinuit	Car à quoi a-t-il tendu (que servait-il)

mittere, differrique etiam per externos, tanquam veneno interceptus esset, si incerta adhuc ista et scrutanda sunt? Defleo
equidem filium meum semperque deflebo ; sed neque reum
prohibeo quominus cuncta proferat, quibus innocentia ejus
sublevari, aut, si qua fuit iniquitas Germanici, coargui possit :
vosque oro ne, quia dolori meo causa connexa est, objecta
crimina pro approbatis accipiatis. Si quos propinquus sanguis
aut fides sua patronos dedit, quantum quisque eloquentia et
cura valet, juvate periclitantem. Ad eumdem laborem, eamdem constantiam accusatores hortor. Id solum Germanico
super leges præstiterimus, quod in curia potius quam in foro,
apud senatum quam apud judices, de morte ejus anquiritur :
cetera pari modestia tractentur. Nemo Drusi lacrimas, nemo

gards du peuple et répandre, chez l'étranger même, le bruit d'un
empoisonnement encore douteux et qui a besoin d'être éclairci ? Je
pleure, il est vrai, mon fils, et le pleurerai toujours ; mais je n'empêche pas l'accusé de produire tout ce qui peut appuyer son innocence et de dévoiler même les torts de Germanicus, s'il en a eu quelques-uns, et je vous demande de ne pas prendre, par condescendance
pour ma douleur, des allégations pour des preuves. Si le sang, si
l'amitié donnent à Pison des défenseurs, que ses dangers animent
leur zèle et leur éloquence. Je recommande à ses accusateurs les
mêmes efforts et le même courage. Le seul privilége que je réclame
pour Germanicus, c'est que la cause soit instruite dans le sénat plutôt que dans le forum, par vous, pères conscrits, plutôt que par les
juges ordinaires. A l'égard de tout le reste, observez les règles communes. Ne voyez point les larmes de Drusus ; ne considérez point

nudare corpus	de mettre-à-nu le corps *du prince*,
et permittere	et de *le* laisser
contrectandum	devant être touché
oculis vulgi,	par les yeux de la foule,
differrique	et *le bruit* être répandu
etiam per externos,	même parmi les étrangers,
tanquam interceptus esset	comme s'il avait été emporté
veneno,	par le poison,
si ista sunt adhuc incerta	si ces *bruits* sont encore incertains
et scrutanda?	et à-examiner?
Equidem defleo	Certes je pleure
defleboque semper	et je pleurerai toujours
meum filium;	mon fils;
sed neque prohibeo reum	mais ni je n'empêche l'accusé
quominus proferat cuncta,	qu'il ne produise tous *les moyens*,
quibus innocentia ejus	par lesquels l'innocence de lui
possit sublevari,	puisse être soutenue,
aut, si qua iniquitas	ou, si quelque injustice
Germanici	de Germanicus
fuit,	a été,
coargui:	*cette injustice puisse* être démontrée:
oroque vos	et je prie vous
ne accipiatis pro approbatis	que vous ne receviez pas pour prouvés
crimina objecta,	les griefs reprochés,
quia causa est connexa	parce que *cette* cause est liée
meo dolori.	à ma douleur.
Si sanguis propinquus	Si le sang proche (la parenté)
aut sua fides	ou leur fidélité
dedit quos patronos,	a donné *à Pison* quelques défenseurs,
juvate periclitantem,	aidez *lui* qui est-en-péril,
quantum quisque valet	autant que chacun *de vous* a-de-puissance
eloquentia et cura.	par *son* éloquence et *son* zèle.
Hortor accusatores	J'exhorte les accusateurs
ad eumdem laborem,	au même soin,
eamdem constantiam.	à la même fermeté.
Præstiterimus Germanico	Nous aurons accordé à Germanicus
id solum supra leges,	ce *privilége* seul au-dessus des loîs,
quod anquiritur	*à savoir* qu'on s'enquiert
de morte ejus	sur la mort de lui
in curia	dans la curie
potius quam in foro,	plutôt qu'au forum,
apud senatum	devant le sénat
quam apud judices:	*plutôt* que devant les juges:
cetera tractentur	que les autres choses soient traitées
modestia pari.	avec une modération *égale* (comme à l'or-
Nemo spectet	Que personne ne considère [dinaire).
lacrimas Drusi,	les larmes de Drusus,

mœstitiam meam spectet, nec si qua in nos adversa fin-
gun ar[1]. »

XII. Exin biduum criminibus objiciendis statuitur, utque,
sex dierum spatio interjecto, reus per triduum defenderetur.
Tum Fulcinius vetera et inania orditur : ambitiose avarequo
habitam Hispaniam ; quod neque convictum noxæ reo, si
recentia purgaret, neque defensum absolutioni erat, si teneretur majoribus flagitiis. Post quem Servæus[2] et Veranius et
Vitellius, consimili studio, sed multa eloquentia Vitellius,
objecere, « Odio Germanici et rerum novarum studio. Pisonem
vulgus militum, per licentiam et sociorum injurias, eo usque
corrupisse, ut parens legionum a deterrimis appellaretur : contra in optimum quemque, maxime in comites et amicos Germanici, sævisse : postremo ipsum devotionibus et veneno[3]
peremisse : sacra hinc et immolationes[4] nefandas ipsius atque
Plancinæ : petitam armis rempublicam[5] ; utque reus agi posset,
acie victum. »

mon affliction, et surtout oubliez les bruits injurieux que répand
sur nous la calomnie. »

XIII. On accorda deux jours pour exposer les chefs d'accusation,
six jours d'intervalle pour préparer la défense, et trois autres pour
l'entendre. Fulcinius parla le premier ; il rappela d'anciens griefs,
les concussions, les brigues de Pison en Espagne ; imputations frivoles qui, prouvées ou détruites, ne pouvaient ni perdre l'accusé,
s'il triomphait des autres, ni le sauver, s'il y succombait. Après
lui parlèrent Servéus, Véranius et Vitellius, tous trois avec le même
zèle, Vitellius seul avec une grande éloquence. Ils reprochèrent à
Pison d'avoir, en haine de Germanicus et par un esprit de révolte,
encouragé la licence des troupes et l'oppression des alliés ; d'avoir
acheté le nom de père des légions par ses lâches complaisances pour
des pervers, tandis qu'il sévissait contre les bons, surtout contre les
compagnons et les amis de Germanicus. Ils signalèrent enfin les enchantements et le poison employés contre ses jours, les sacrifices, les
réjouissances barbares de Pison et de Plancine, et les hostilités du
coupable contre la république, réduite à le vaincre pour le juger.

nemo meam mœstitiam	que personne *ne considère* ma tristesse.
nec si qua adversa	ni si quelques *pensées* hostiles
finguntur in nos. »	sont imaginées contre nous. »
XIII. Exin biduum	XIII. Ensuite l'espace-de-deux-jours
statuitur	est fixé
objiciendis criminibus,	pour exposer les griefs,
utque reus defenderetur	et que l'accusé se défendrait
per triduum,	pendant trois-jours,
spatio sex dierum	l'espace de six jours
interjecto.	étant interposé.
Tum Fulcinius orditur	Alors Fulcinius commence
vetera et inania :	*rappelant des griefs* anciens et vains :
Hispaniam habitam	l'Espagne tenue (gouvernée)
ambitiose avareque,	avec-des-intrigues et avec-avarice ;
quod erat reo	ce qui *n*'était pour l'accusé
neque noxæ convictum,	ni à tort étant prouvé,
si purgaret recentia,	s'il se lavait des *griefs* récents,
neque absolutioni	ni à acquittement
defensum,	étant réfuté,
si teneretur	s'il était tenu (convaincu)
majoribus flagitiis.	de plus grandes fautes.
Post quem	Après lequel *accusateur*
Servæus et Veranius	Servéus et Véranius
et Vitellius objecere,	et Vitellius reprochèrent à *Pison*,
studio consimili,	avec un zèle semblable,
sed Vitellius	mais Vitellius
multa eloquentia,	avec beaucoup d'éloquence,
« Odio Germanici	« Par haine de (pour) Germanicus,
et studio rerum novarum,	et par désir de choses nouvelles (innova-
Pisonem, per licentiam	Pison, au-moyen-de la licence [tions),
et injurias sociorum,	et des injures des (faites aux) alliés,
corrupisse vulgus militum	avoir corrompu la foule des soldats
usque eo, ut appellaretur	jusque là qu'il était appelé
a deterrimis	par les plus mauvais
parens legionum :	le père des légions :
contra sævisse	au contraire *lui* avoir sévi
in quemque optimum,	contre chaque *soldat* le meilleur,
maxime in comites	surtout contre les compagnons
et amicos Germanici :	et les amis de Germanicus :
postremo peremisse ipsum	enfin avoir fait-périr *le prince* lui-même
devotionibus et veneno :	par des enchantements et par le poison :
hinc sacra	de là les *offrandes* sacrées
et immolationes nefandas	et les sacrifices abominables
psius atque Plancinæ :	de lui-même (Pison) et de Plancine:
empublicam petitam ar-	la république attaquée par les armes ;
ctumque acie, [nis ;	et *lui* vaincu en bataille *rangée*, [cusé.»
t posset agi reus. »	pour qu'il pût être poursuivi *comme* ac-

XIV. Defensio in ceteris trepidavit : nam neque ambitio-
rem militarem, neque provinciam pessimo cuique obnoxiam,
ne contumelias quidem adversum imperatorem infitiari poterat.
Solum veneni crimen visus est diluisse ; quod ne accusatores
quidem satis firmabant, in convivio Germanici, quum super
eum Piso discumberet, infectos manibus ejus cibos arguentes.
Quippe absurdum videbatur, inter aliena servitia, et tot ad-
stantium visu, ipso Germanico coram, id ausum ; offerebatque
familiam reus, et ministros[1] in tormenta flagitabat. Sed judices
per diversa implacabiles erant : Cæsar, ob bellum provinciæ
illatum ; senatus, nunquam satis credito sine fraude Germanicum interiisse[2]. Simul populi ante curiam voces audiebantur,
« Non temperaturos manibus, si patrum sententias evasisset. »
Effigiesque Pisonis[3] traxerant in Gemonias ac divellebant, ni
jussu principis protectæ repositæque forent. Igitur inditus

XIV. Excepté sur un point, Pison se défendit mal; car il ne
pouvait nier ni ses cabales à l'armée, ni les dévastations de la province par les brigands qu'il autorisait, ni même ses insultes envers
son général. L'accusation d'empoisonnement fut la seule dont il
parut s'être lavé, d'autant plus que les allégations même étaient
faibles. On supposait qu'à un festin chez Germanicus, Pison, placé
au-dessus de lui, avait de sa propre main empoisonné les mets. Or,
il paraissait absurde que Pison, entouré de serviteurs qui n'étaient
point à lui, à la vue de tant de spectateurs, sous les yeux même de
Germanicus, eût hasardé ce coup. D'ailleurs il offrait, il demandait
même avec instance qu'on appliquât à la question ses propres esclaves et ceux qui avaient servi le repas. Mais les juges n'en étaient
pas moins implacables : Tibère, à cause de la guerre faite à la province; les sénateurs, parce qu'ils ne pouvaient se persuader que la
mort de Germanicus eût été naturelle. En même temps on entendait
le peuple crier, aux portes du sénat, qu'il saurait bien faire justice
de Pison, si les juges l'épargnaient. Déjà ils avaient traîné aux
Gémonies ses statues, et ils les eussent mises en pièces, si ce prince
n'eût donné des ordres pour les faire protéger et remettre à leur place.

XIV. Defensio trepidavit	XIV. La défense chancela
in ceteris :	sur les autres *points :*
nam poterat infitiari	car il *ne* pouvait nier
neque ambitionem	ni *sa* complaisance
militarem,	pour-le-soldat,
neque provinciam	ni la province
obnoxiam cuique pessimo,	livrée à chaque *homme* le plus mauvais,
ne contumelias quidem	pas même les insultes
adversum imperatorem.	envers *son* général.
Visus est diluisse	Il parut avoir lavé
solum crimen veneni ;	la seule accusation d'empoisonnement ;
quod ne accusatores quidem	laquelle les accusateurs même
firmabant satis, arguentes	ne fortifiaient pas assez, reprochant
cibos infectos	les mets *avoir été* empoisonnés
manibus ejus	par les mains de lui
in convivio Germanici,	dans un repas de Germanicus,
quum Piso	lorsque Pison
discumberet super eum.	était-à-table au-dessus de lui.
Quippe	En effet
videbatur absurdum	il paraissait absurde
ausum id	*lui* avoir osé cela
inter servitia aliena,	au-milieu-d'esclaves étrangers,
et visu tot adstantium,	et à la vue de tant d'assistants,
coram Germanico ipso ;	en-présence-de Germanicus lui-même ;
reusque	et l'accusé
offerebat familiam,	offrait *ses* esclaves,
et flagitabat in tormenta	et réclamait pour les tortures
ministros.	les serviteurs *du repas.*
Sed judices	Mais les juges
erant implacabiles	étaient implacables
per diversa :	par divers *motifs :*
Cæsar, ob bellum	César (Tibere), à cause de la guerre
illatum provinciæ ;	apportée dans la province ;
senatus,	le sénat,
nunquam satis credito	*ceci* n'ayant jamais été assez cru
Germanicum interiisse	Germanicus être mort
sine fraude.	sans crime.
Simul ante curiam	En même temps devant la curie
audiebantur voces populi,	étaient entendus *ces* cris du peuple,
« Non temperaturos	« *Eux* ne devoir pas retenir
manibus,	*leurs* mains,
si evasisset	s'il avait échappé (s'il échappait)
sententias patrum. »	aux sentences des sénateurs. »
Traxerantque in Gemonias	Et ils avaient traîné aux Gémonies
ac divellebant	et ils mettaient-en-pièces
effigies Pisonis,	les images de Pison,
ni protectæ forent	si elles n'avaient été protégées

lecticæ et a tribuno prætoriæ cohortis deductus est ; vario
rumore , custos salutis an mortis exactor sequeretur.

XV. Eadem Plancinæ invidia, major gratia : eoque ambi·
guum habebatur quantum Cæsari in eam liceret. Atque ipsa,
donec mediæ Pisoni spes, sociam se cujuscumque fortunæ, et,
si ita ferret[1], comitem exitii promittebat. Ut secretis Augustæ
precibus veniam obtinuit, paulatim segregari a marito, dividere
defensionem cœpit. Quod reus postquam sibi exitiabile intelligit, an adhuc experiretur dubitans, hortantibus filiis, durat
mentem, senatumque rursum ingreditur : redintegratamque
accusationem, infensas patrum voces[2], adversa et sæva cuncta
perpessus, nullo magis exterritus est quam quod Tiberium
sine miseratione, sine ira, obstinatum clausumque vidit, ne
quo affectu perrumperetur. Relatus domum , tanquam defen-

Quand Pison remonta en litière , un tribun des cohortes prétoriennes
fut chargé de le reconduire ; les uns disaient que c'était pour garan-
tir sa vie, d'autres pour présider à sa mort.

XV. Plancine, également odieuse, avait plus de crédit ; aussi ne
savait-on pas trop jusqu'a quel point le prince serait maître de son
sort. Tant que Pison eut de l'espoir, elle se disait prête a partager
sa destinée, quelle qu'elle fût, et même à mourir avec lui. Lorsque,
par les sollicitations secrètes d'Augusta , elle eut obtenu sa propre
grâce , elle se détacha insensiblement de son époux ; ses défenses
furent séparées. Pison, comprenant tout ce que cet abandon avait de
sinistre, balançait à faire une nouvelle tentative ; cependant, encouragé par ses fils, il s'arma de constance et reparut dans le sénat.
On y reprit l'accusation ; il essuya les duretés des sénateurs, tous
déchaînés contre lui ; mais ce qui l'effraya le plus, ce fut de voir
Tibère impassible, sans pitié, sans colère, fermant obstinément son
âme de peur de laisser transpirer ses impressions au dehors. De retour dans sa maison, sous prétexte de travailler à sa défense pour

repositæque
jussu principis.
Igitur inditus est lecticæ
et deductus a tribuno
cohortis prætoriæ;
rumore vario,
sequeretur
custos salutis
an exactor mortis.

XV. Invidia Plancinæ
eadem,
gratia major :
eoque
habebatur ambiguum
quantum liceret
Cæsari in eam.
Atque ipsa,
donec spes
mediæ Pisoni,
promittebat se sociam
fortunæ cujuscumque,
et, si ferret ita,
comitem exitii.
Ut obtinuit veniam
precibus secretis Augustæ,
cœpit paulatim
segregari a marito,
dividere defensionem.
Quod
ostquam reus intelligit
xitiabile sibi,   [adhuc,
ubitans an experiretur
iis hortantibus,
urat mentem,
ngrediturque rursum
enatum :
erpessusque accusationem
edintegratam,
oces infensas patrum,
uncta adversa et sæva,
territus est nullo magis
uam quod vidit Tiberium
stinatum clausumque,
e miseratione, sine ira,
perrumperetur
o affectu.
latus domum,

et replacées
par l'ordre du prince.
Donc il fut mis-dans une litière
et accompagné par un tribun
de la cohorte prétorienne ;
avec une rumeur variée,
car on se demandait si ce tribun suivait
comme gardien de salut
ou *comme* exécuteur de mort.

XV. La haine de (contre) Plancine
était la même,
son crédit plus grand :
et par là
il était tenu-pour douteux
combien serait permis
à César (Tibère) contre elle.
Et elle-même,
tant que les espérances
furent au-milieu (en suspens) à Pison,
promettait elle *devoir être* associée
à *sa* fortune quelconque,
et, si *le destin le* portait ainsi,
compagne de *sa* mort.
Dès qu'elle eut obtenu grâce
par les prières secrètes d'Augusta.
elle commença peu-à-peu
à se séparer de *son* mari,
à diviser *sa* défense.
Laquelle chose
après que l'accusé comprend
être funeste à lui,
hésitant s'il tenterait encore *la chance*,
ses fils *l'*exhortant,
il endurcit *son* âme,
et entre de-nouveau
dans le sénat :
et ayant essuyé une accusation
renouvelée,
les paroles hostiles des sénateurs,
toutes choses contraires et cruelles,
il ne fut effrayé par aucune plus
que *par celle-ci,* qu'il vit Tibere
obstiné et fermé (muet),
sans pitié, sans colère,
de peur qu'il ne fût traversé
par quelque impression.
Reporté dans *sa* maison,

sionem in posterum meditaretur, pauca conscribit obsignatque,
et liberto tradit. Tum solita curando corpori exsequitur : dein,
multam post noctem, egressa cubiculo uxore, operiri fores
jussit ; et cœpta luce, perfosso jugulo, jacente humi gladio,
repertus est.

XVI. Audire me memini ex senioribus, visum sæpius inter
manus Pisonis libellum, quem ipse non vulgaverit ; sed amicos
ejus dictitavisse, « Litteras Tiberii et mandata in Germanicum
continere : ac destinatum promere apud patres, principemque
arguere, ni elusus a Sejano per vana promissa foret ; nec illum
sponte exstinctum, verum immisso percussore. » Quoru
neutrum asseveraverim ; neque tamen occulere debui narra
tum ab iis qui nostram ad juventam duraverunt. Cæsar, flex
in mœstitiam ore, suam invidiam[1] tali morte quæsitam apu
senatum, crebrisque interrogationibus exquirit[2], qualem Pis

le lendemain, il écrit quelques lignes, qu'il remet cachetées à u
affranchi. Ensuite il donne à son corps les soins accoutumés, et bie
avant dans la nuit, sa femme étant sortie de l'appartement, il en fai
fermer la porte. Le matin, on le trouve égorgé, son épée par terre
côté de lui.

XVI. Je me souviens d'avoir entendu dire à des vieillards qu'o
avait souvent vu dans les mains de Pison des papiers qu'il ne pu
blia point, mais qui, au dire de ses amis, contenaient une lettre
des instructions de Tibère contre Germanicus. Son dessein avait é
de les montrer au sénat et d'accuser le prince, si Séjan ne l'eût poi
amusé par de vaines promesses. Enfin il ne se tua pas lui-même,
le fit assassiner. Je ne garantirai ni l'un ni l'autre, mais je n'ai p
dû cacher un fait rapporté par des contemporains qui vivaient e
core du temps de ma jeunesse. Tibère, prenant un air triste,
plaignit au sénat d'une mort qui tendait à rendre le prince odieu
puis il questionna beaucoup l'affranchi sur ce que Pison avait f

tanquam meditaretur	comme s'il méditait
defensionem in posterum,	une défense pour le lendemain,
conscribit obsignatque	il écrit et cachète
pauca,	quelques *lignes*,
et tradit liberto.	et *les* remet à un affranchi.
Tum exsequitur solita	Alors il accomplit les *devoirs* accoutumés
curando corpori :	pour soigner *son* corps :
dein, post noctem multam,	puis, après la nuit avancée,
uxore egressa cubiculo,	*sa* femme étant sortie de la chambre,
jussit fores operiri ;	il ordonna les portes être fermées ;
et luce cœpta,	et la lumière (le jour) ayant commencé,
repertus est,	il fut trouvé,
jugulo perfosso,	la gorge percée,
gladio jacente humi.	*son* épee gisant à terre.
XVI. Memini me audire	XVI. Je me souviens moi avoir appris
ex senioribus,	de *personnes* plus âgées,
libellum visum sæpius	un cahier avoir été vu souvent
inter manus Pisonis,	entre les mains de Pison,
quem ipse non vulgaverit ;	lequel *cahier* lui-même ne divulgua point ;
sed amicos ejus dictitavisse	mais les amis de lui avoir répété
« Continere litteras Tiberii	« *Ce cahier* contenir une lettre de Tibère
et mandata	et des instructions
in Germanicum :	contre Germanicus :
ac destinatum	et *Pison avoir été* résolu
promere apud patres,	à *le* produire devant les sénateurs,
arguereque principem,	et à accuser le prince,
ni elusus foret a Sejano	s'il n'avait été amusé par Séjan
per vana promissa ;	au-moyen-de vaines promesses ;
nec illum exstinctum	et lui n'être pas mort
sponte,	de *sa* volonté,
verum percussore	mais un assassin
immisso. »	ayant été envoyé. »
Quorum	Desquelles *assertions*
asseveraverim neutrum ;	je n'affirmerais ni-l'une-ni-l'autre ;
neque tamen debui	et cependant je n'ai pas dû
occulere narratum	cacher ce qui a été raconté
ab iis qui duraverunt	par ceux qui ont duré (vécu)
ad nostram juventam.	jusqu'à notre jeunesse.
Cæsar,	Cesar (Tibère),
ore flexo in mœstitiam,	le visage tourné à la tristesse,
apud senatum	*se plaint* devant le sénat [recherchée
invidiam suam quæsitam	la haine sienne (contre lui) *avoir été*
tali morte,	par une telle mort,
exquiritque	et il demande
crebris interrogationibus	par de fréquentes interrogations
qualem diem supremum	quel jour dernier
noctemque	et *quelle* nuit *dernière*

diem supremum noctemque exegisset. Atque illo pleraque
sapienter, quædam inconsultius, respondente, recitat codicillos
a Pisone in hunc ferme modum compositos : « Conspiratione
inimicorum et invidia falsi criminis oppressus, quatenus veritati et innocentiæ meæ nusquam locus est, deos immortales
testor vixisse me, Cæsar, cum fide adversum te, neque alia
in matrem tuam pietate ; vosque oro liberis meis consulatis : ex
quibus Cn. Piso qualicumque fortunæ meæ non est adjunctus,
quum omne hoc tempus in Urbe egerit ; M. Piso repetere
Syriam dehortatus est. Atque utinam ego potius filio juveni,
quam ille patri seni cessisset! eo impensius precor ne meæ
pravitatis pœnas innoxius luat. Per quinque et quadraginta
annorum obsequium, per collegium consulatus [1], quondam divo
Augusto, parenti tuo, probatus et tibi amicus, nec quidquam
post hæc rogaturus, salutem infelicis filii rogo. » De Plancina
nihil addidit.

la veille et la nuit de sa mort. Mais comme, dans ses réponses, généralement prudentes, cet homme laissait échapper quelques in-
discrétions, Tibère se hâta de lire l'ecrit de Pison, conçu à peu
près en ces termes : « Je meurs victime de la conspiration de mes
ennemis, de la haine que soulèvent contre moi de fausses accusations. N'espérant plus que la vérité et mon innocence triomphent
ae la calomnie, j'atteste, ô César, les dieux immortels, que j'ai toujours conservé ma fidélité envers toi, mon attachement pour ta mère.
Je vous recommande à tous deux mes enfants, Cnéius, qui n'a pu
partager mes torts, quels qu'ils soient, puisqu'il n'a point quitté Rome
pendant mon gouvernement, et Marcus, qui m'avait dissuadé de rentrer en Syrie. Plût aux dieux que j'eusse cédé aux conseils d'un
jeune homme et d'un fils, plutôt que lui à l'autorité d'un père et
d'un vieillard ! Je te conjure donc d'autant plus instamment de ne
pas le punir de mes fautes. Si quarante-cinq ans de respects, si
l'estime de ton père Auguste sont des droits pour un ancien collègue,
ton ami, ne refuse point à un homme qui ne te demandera plus rien
la grâce de son malheureux fils. » Pas un mot pour Plancine.

Piso exegisset. — Pison avait passés.

Atque illo respondente — Et celui-là (l'affranchi) répondant

pleraque sapienter, — la plupart des choses prudemment,

quædam inconsultius, — quelques-unes plus inconsidérément,

recitat codicillos — il (Tibère) lit le mémoire

compositos a Pisone — composé par Pison

ferme in hunc modum : — à-peu-près de cette manière :

« Oppressus — « Accablé

conspiratione inimicorum — par un complot de *mes* ennemis

et invidia — et par la haine

criminis falsi, — de (soulevée par) une accusation fausse,

quatenus locus est nusquam — puisque lieu n'est nulle-part

veritati — à la vérité

et meæ innocentiæ, — et à mon innocence,

testor deos immortales — j'atteste les dieux immortels

me vixisse, Cæsar, — moi avoir vécu, César,

cum fide adversum te, — avec fidélité envers toi,

neque pietate alia — et avec un attachement non autre

in tuam matrem ; — envers ta mère ;

oroque vos — et je prie vous

consulatis meis liberis : — que vous veilliez sur mes enfants :

ex quibus Cn. Piso — desquels Cn. Pison

non adjunctus est — n'a pas été lié

meæ fortunæ qualicumque, — à ma fortune quelle-qu'elle-soit,

quum egerit in Urbe — puisqu'il a passé dans la ville (Rome)

omne hoc tempus ; — tout ce temps ;

M. Piso dehortatus est — *et* M. Pison *m*'a détourné

repetere Syriam. — de regagner la Syrie

Atque utinam ego — Et plût-aux-dieux-que moi

filio juveni — *j'eusse cédé* à *mon* fils jeune

potius quam ille — plutôt que lui

cessisset patri seni ! — eût cédé à *son* père vieux !

Precor eo impensius — Je prie pour cela plus instamment

ne innoxius luat pœnas — qu'innocent il ne paye pas la peine

meæ pravitatis. — de mon erreur.

er obsequium — Par un dévouement

uadraginta — de quarante

t quinque annorum, — et cinq années,

r collegium consulatus, — par la communauté de *notre* consulat,

robatus quondam — moi estimé autrefois

ivo Augusto, tuo parenti, — du divin Auguste, ton père,

t amicus tibi, — et ami de toi,

ec rogaturus quidquam — et ne devant demander quoi-que-ce-soit

st hæc, — après cela,

ogo salutem — je *te* demande le salut

lii infelicis. » — d'un fils malheureux. »

ddidit nihil de Plancina. — Il n'ajouta rien sur Plancine.

XVII. Post quæ Tiberius adolescentem crimine civilis belli
purgavit : « Patris quippe jussa, nec potuisse filium detrectare ; » simul « nobilitatem domus, etiam ipsius, quoquo modo
meriti, gravem casum » miseratus. Pro Plancina cum pudore
et flagitio[1] disseruit, matris preces obtendens; in quam optimi cujusque secreti questus magis ardescebant : « Id ergo
fas aviæ, interfectricem nepotis adspicere , alloqui, eripere
senatui? Quod pro omnibus civibus leges obtineant, uni Germanico non contigisse! Vitellii et Veranii voce defletum Cæsarem; ab imperatore et Augusta defensam Plancinam! Proinde
venena et artes tam feliciter expertas verteret in Agrippinam,
in liberos ejus, egregiam aviam ac patruum sanguine miserrimæ domus exsatiaret. » Biduum super hæc[2] imagine cognitionis absumptum ; urgente Tiberio liberos Pisonis, matrem
uti tuerentur. Et, quum accusatores ac testes certatim perora-

XVII. Tibère ensuite justifia le jeune Pison sur la guerre civile,
alléguant la nécessité pour un fils d'obéir à son père, la grandeur de
leur maison, les malheurs du père même, qui, plus ou moins coupable, méritait la pitié. Il parla pour Plancine d'un air confus et
humilié, rappelant les prières de sa mère. C'était surtout contre
celle-ci que s'exhalait en secret l'indignation des honnêtes gens :
« L'aïeule de Germanicus a donc le courage de voir la femme qui a
tué son petit-fils, de lui parler, de l'arracher au sénat! Ce que la loi
accorde à tous les citoyens est refusé au seul Germanicus! Vitellius
et Véranius sont les vengeurs d'un César! L'empereur et sa mère se
font les défenseurs de Plancine! Elle n'avait donc qu'à tourner aussi
contre Agrippine et contre ses enfants cet art exécrable dont elle avait
fait un si heureux essai ; elle pouvait assouvir leur oncle et leur digne
aïeule du sang de cette malheureuse famille. » On employa pour la
forme deux jours à une sorte d'instruction. Tibère pressait les enfants
de Pison de défendre leur mère. Les accusateurs et les témoins péro-

XVII. Post quæ Tiberius
purgavit adolescentem
crimine belli civilis :
« Quippe jussa patris,
nec filium
potuisse detrectare ; »
simul miseratus
« nobilitatem domus,
etiam casum gravem
ipsius,
quoque modo meriti .»
Disseruit pro Plancina
cum pudore et flagitio,
obtendens preces matris,
in quam ardescebant magis
questus secreti
cujusque optimi :
« Id ergo fas aviæ,
adspicere interfectricem
nepotis,
alloqui, eripere senatui?
Quod leges obtineant
pro omnibus civibus,
non contigisse
Germanico uni !
æsarem defletum
oce Veranii et Vitellii ;
lancinam defensam
b imperatore et Augusta !
roinde verteret
n Agrippinam,
n liberos ejus,
enena et artes
xperta tam feliciter ;
xsatiaret
anguine domus miserrimæ
gregiam aviam
c patruum. »
iduum absumptum
uper hæc
agine cognitionis ;
iberio urgente
beros Pisonis,
ti tuerentur matrem.
t, quum accusatores
testes
rorarent certatim,

XVII Après quoi Tibère
disculpa le jeune homme
de l'accusation de guerre civile :
« Car les ordres de *son* père *avoir été tels*,
et le fils
n'*avoir* pu *les* refuser ; »
en-même-temps s'étant apitoyé
« sur la noblesse de *sa* maison,
et aussi sur le trépas terrible
de lui-même (Pison), de quelque manière
qu'*il fût* l'ayant mérité. »
Il parla pour Plancine
avec confusion et honte,
alléguant les prières de *sa* mère,
contre laquelle s'enflammaient davantage
les plaintes secrètes
de chaque *citoyen* le meilleur :
« Cela donc *était* permis à l'aïeule,
de voir la meurtrière
de *son* petit-fils,
de *l*'entretenir, de *l*'arracher au sénat?
Ce que les lois obtenaient
pour tous les citoyens,
n'être pas échu *en partage*
à Germanicus seul !
César (Germanicus) *avoir été* pleuré
par la voix de Véranius et de Vitellius ;
Plancine défendue
par l'empereur et *par* Augusta !
Donc qu'elle tournât
contre Agrippine,
contre les enfants d'elle,
ses poisons et *son* art
éprouvés si heureusement ;
qu'elle rassasiât
du sang de la famille la plus malheureuse
cette excellente aïeule
et *cet* oncle *excellent*. »
Deux-jours *furent* employés
après cela
par un semblant d'instruction ;
Tibère pressant
les fils de Pison,
pour qu'ils défendissent *leur* mère.
Et, comme les accusateurs
et les témoins
péroraient à-l'envi,

rent, respondente nullo, miseratio, quam invidia, augebatur.
Primus sententiam rogatus Aurelius Cotta, consul (nam, referente Cæsare[1], magistratus eo etiam munere fungebantur),
« Nomen Pisonis radendum fastis censuit; partem bonorum
publicandam; pars ut Cn. Pisoni filio concederetur, isque
prænomen mutaret[2]; M. Piso exuta dignitate[3], et accepto
quinquagies sestertio[4], in decem annos relegaretur[5]; concessa
Plancinæ incolumitate, ob preces Augustæ. »

XVIII. Multa ex ea sententia mitigata sunt a principe :
« Ne nomen Pisonis fastis eximeretur, quando M. Antonii, qui
bellum patriæ fecisset, Iuli Antonii[6], qui domum Augusti
violasset, manerent. » Et M. Pisonem ignominiæ exemit,
concessitque ei paterna bona; satis firmus, ut sæpe memoravi,
adversum pecuniam, et tum pudore absolutæ Plancinæ placa-
bilior. Atque idem, quum Valerius Messalinus signum aureum[7]
in æde Martis Ultoris, Cæcina Severus aram Ultioni statuen-

rèrent à l'envì, sans qu'il se présentât personne pour leur répondre;
ce qui inspira plus de compassion que d'animosité. Enfin on recueillit les avis, et d'abord celui du consul Aurelius Cotta; car, lorsque
l'empereur ouvrait la délibération, les magistrats donnaient aussi
leur voix. Aurélius proposa « de rayer des fastes le nom de Pison,
de confisquer une partie de ses biens, d'en donner une autre à son
fils Cnéius, en l'obligeant de changer de prénom; de laisser à Mar,
cus dix millions de sesterces, après l'avoir dépouillé de sa dignité,
et de l'exiler pour dix ans. La grâce de Plancine était accordée aux
prières d'Augusta »

XVIII. Tibère adoucit en plusieurs points la sentence du consul.
Il ne voulut pas qu'on rayât des fastes le nom de Pison, puisqu'on
y conservait celui de Marc Antoine, qui avait fait la guerre à sa
patrie, et celui de Jules Antonius, qui avait déshonoré la famille
d'Auguste. Il laissa au jeune Marcus, avec sa dignité, les biens de
son père. La cupidité, comme je l'ai dit plusieurs fois, n'était pas le
défaut de ce prince, et la honte d'avoir épargné Plancine l'adoucissait en ce moment. Valérius Messalinus proposait d'élever une
statue d'or dans le temple de Mars Vengeur, et Cécina Sévérus un

nullo respondente,	personne ne répondant,
miseratio augebatur,	la pitié s'augmentait
quam invidia.	*plus* que la haine.
Aurelius Cotta, consul,	Aurélius Cotta, consul,
rogatus primus sententiam	interrogé le premier sur *son avis*
(nam, Cæsare referente,	(car, César faisant-une-motion,
magistratus fungebantur	les magistrats s'acquittaient
eo munere etiam),	de cette fonction aussi),
censuit « Nomen Pisonis	opina « Le nom de Pison
radendum fastis;	devoir être rayé des fastes ;
partem bonorum	une partie de *ses* biens
publicandam ;	devoir être confisquée ;
ut pars concederetur	qu'une *autre* part fût accordée
filio Cn. Pisoni,	à *son* fils Cn. Pison,
isque mutaret prænomen ;	et que celui-ci changeât de prénom ;
M. Piso,	*que* M. Pison,
dignitate exuta,	*sa* dignité étant dépouillée (quittée),
et quinquagies sestertio	et cinquante-fois *cent mille* sesterces
accepto,	étant reçus,
relegaretur in decem annos;	fût banni pour dix ans ;
incolumitate Plancinæ	le salut de Plancine
concessa,	étant accordé,
ob preces Augustæ. »	à cause des prières d'Augusta. »
XVIII. Multa	XVIII. Plusieurs *points*
ex ea sententia	de cet avis
mitigata sunt a principe :	furent adoucis par le prince :
« Ne nomen Pisonis	« Que le nom de Pison
eximeretur fastis,	ne fût point ôté des fastes,
quando M. Antonii,	puisque *celui* de Marc Antoine,
qui fecisset bellum patriæ,	qui avait fait la guerre à *sa* patrie,
Iuli Antonii,	*celui* de Jules Antonius,
qui violasset	qui avait outragé
domum Augusti,	la famille d'Auguste,
manerent. »	subsistaient. »
Et exemit ignominiæ	Il exempta aussi de l'ignominie
M. Pisonem,	M. Pison,
concessitque ei	et il accorda à lui
bona paterna ;	les biens paternels ;
satis firmus,	assez ferme,
ut memoravi sæpe,	comme je *l'*ai dit souvent,
adversum pecuniam,	à-l'égard-de l'argent,
et tum placabilior	et alors plus facile-à-apaiser
pudore Plancinæ absolutæ.	par la honte de Plancine absoute.
Atque quum	Et comme
Valerius Messalinus,	Valérius Messalinus
Cæcina Severus	*et* Cecina Sévérus
censuissent	avaient été-d'avis

dam censuissent, prohibuit, « Ob externas ea victorias sacrari
dictitans; domestica mala tristitia operienda. » Addiderat
Messalinus, « Tiberio et Augustæ et Antoniæ et Agrippinæ
Drusoque, ob vindictam Germanici, grates agendas, » omise-
ratque Claudii mentionem : et Messalinum quidem L. Aspre-
nas senatu coram percontatus est an prudens præterisset :
ac tum demum nomen Claudii adscriptum est. Mihi, quanto
plura recentium seu veterum revolvo, tanto magis ludibria
rerum mortalium cunctis in negotiis obversantur. Quippe
fama, spe, veneratione potius omnes destinabantur imperio,
quam quem futurum principem[1] fortuna in occulto tenebat.

XIX. Paucis post diebus, Cæsar auctor senatui fuit Vitellio
atque Veranio et Servæo sacerdotia tribuendi. Fulcinio suffra-
gium ad honores pollicitus, monuit « Ne facundiam violentia
præcipitaret. » Is finis fuit ulciscenda Germanici morte, non

---

autel à la Vengeance; Tibère s'y opposa, en disant « que ces monuments étaient faits pour des victoires étrangères; que les maux domestiques devaient être couverts d'un voile de tristesse. » Le même
Messalinus avait ajouté que Tibère, Augusta, Antonia, Agrippine et
Drusus recevraient les remercîments de la nation pour avoir vengé
Germanicus, et il n'avait point fait mention de Claude; L. Asprénas demande à Messalinus, en plein sénat, si l'omission était volontaire; et alors enfin le nom de Claude fut inscrit. Pour moi, plus
je rappelle dans ma mémoire les événements anciens et modernes, et
plus il me semble voir, dans toutes les affaires, je ne sais quel pouvoir qui se joue des choses humaines. En effet, il n'y avait personne
que la renommée, les vœux, les respects publics ne portassent à
l'empire plutôt que celui que la fortune tenait obscurément en réserve pour régner un jour.

XIX. Quelques jours après, Tibère proposa au sénat de nommer
pontifes Vitellius, Véranius et Servéus. En promettant à Fulcinius
son suffrage pour l'élever aux honneurs, il l'avertit de modérer
la violence d'une éloquence trop fougueuse. Ainsi se terminèrent les
recherches sur la mort de Germanicus, qui a été l'objet de tant de

signum aureum | une statue d'-or [Vengeur,
in æde Martis Ultoris, | *devoir être élevée* dans le temple de Mars
aram statuendam Ultioni, | un autel devoir être dressé à la Vengeance,
idem prohibuit dictitans, | le même *Tibère l'*empêcha répétant,
« Ea sacrari | « Ces *monuments* être consacrés *d'ordinaire*
ob victorias externas ; | pour les victoires sur-l'étranger ;
mala domestica | les malheurs domestiques
operienda tristitia. » | devoir être couverts de tristesse. »
Messalinus addiderat, | Messalinus avait ajouté,
« Grates | « Des actions-de-grâces
agendas Tiberio | devoir être rendues à Tibère
et Augustæ et Antoniæ | et à Augusta et à Antonia
et Agrippinæ Drusoque, | et à Agrippine et à Drusus,
ob vindictam Germanici, » | à cause de la vengeance de Germanicus, »
omiseratque | et il avait omis
mentionem Claudii : | *toute* mention de Claude :
et quidem L. Asprenas | et même L. Asprénas
percontatus est Messalinum | demanda à Messalinus
coram senatu | en présence du sénat
an præterisset prudens ; | s'il avait passé *ce nom en* ayant-l'intention :
ac tum demum | et alors seulement
nomen Claudii adscriptum. | le nom de Claude *fut* ajouté.
Quanto revolvo plura | Autant je déroule de plus nombreux
recentium seu veterum, | des *faits* récents ou anciens,
tanto magis | d'autant plus
obversantur mihi | se présentent à moi
ludibria rerum mortalium | des jeux des choses humaines
in cunctis negotiis. | dans toutes les affaires.
Quippe omnes | En effet tous [pire
destinabantur imperio | étaient regardés-comme-réservés à l'em-
fama, spe, | par la renommée, l'espérance,
veneratione, | le respect,
potius quam quem fortuna | plutôt que *celui* que la fortune
tenebat in occulto | tenait en secret (gardait en réserve)
futurum principem. | devant être (pour être) prince.
   XIX. Paucis diebus post | XIX. Peu de jours après
Cæsar fuit auctor senatui | César (Tibère) fut conseiller au sénat
tribuendi sacerdotia | d'accorder des sacerdoces
Vitellio atque Veranio | à Vitellius et à Véranius
et Servæo. | et à Servéus.
Pollicitus Fulcinio | Ayant promis à Fulcinius
suffragium ad honores, | *son* suffrage pour les honneurs,
monuit, « Ne præcipitaret | il *l'*avertit, « Qu'il ne précipitât point
facundiam violentia. » | *son* éloquence par la violence. »
Is fuit finis | Celle-là (telle) fut la fin *des démarches*
ulciscenda morte | pour venger la mort
Germanici, | de Germanicus,

modo apud illos homines qui tum agebant, etiam secutis[1]
temporibus, vario rumore jactata : adeo maxima quæque[2]
ambigua sunt, dum alii quoquo modo audita pro compertis
habent, alii vera in contrarium vertunt ; et gliscit utrumque[3]
posteritate. At Drusus, Urbe egressus[4] repetendis auspiciis,
mox ovans introiit : paucosque post dies Vipsania[5] mater ejus
excessit, una omnium Agrippæ liberorum miti obitu ; nam
ceteros manifestum ferro[6], vel creditum est veneno aut fame[7]
exstinctos.

XX. Eodem anno Tacfarinas[8], quem priore æ<tate pulsum
a Camillo memoravi, bellum in Africa renovat, vagis primum
populationibus, et ob pernicitatem inultis : dein vicos exscindere ; trahere graves prædas ; postremo haud procul Pagida
flumine[9] cohortem romanam circumsedit. Præerat castello
Decrius, impiger manu , exercitus militia, et illam obsidionem

controverses, non-seulement chez les contemporains, mais encore
dans les générations suivantes ; tant les faits les plus importants
restent incertains! D'un côté, la crédulité adopte les bruits les plus
vagues ; de l'autre, la défiance rejette les faits les mieux prouvés : et
les nuages s'épaississent encore pour la postérité. Drusus, étant sorti
de Rome pour reprendre les auspices, rentra aussitôt avec les honneurs de l'ovation. Au bout de quelques jours, il perdit sa mère
Vipsanie. le seul des enfants d'Agrippa dont la mort n'ait pas été
violente ; car pour les autres, l'un périt certainement par le fer, et
le reste, si l'on en croit la renommée, par la faim ou par le poison.

XX. Tacfarinas, battu l'été précédent par Camillus, comme je l'ai
dit, recommença cette année la guerre en Afrique. Ce furent d'abord
de simples incursions, dont la promptitude assurait le succès ; il sac-
cagea ensuite des bourgades , traîna derrière lui un énorme butin ;
enfin il assiége près du fleuve Pagida une cohorte romaine. Le
fort avait pour commandant Décrius, guerrier plein de bravoure et
d'expérience, qui regardait ce siége comme un affront. Il exhorte sa

jactata rumore vario, | agitée (discutée) par des bruits divers,
non modo | non seulement
apud illos homines | parmi ces hommes
qui agebant tum. | qui vivaient alors,
etiam temporibus secutis : | *mais* encore dans les temps qui suivirent :
adeo sunt ambigua | tellement sont incertaines
quæque maxima, | toutes les choses les plus grandes,
dum alii | tandis que les uns
habent pro compertis | tiennent pour avérés   [que,
audita modo quoquo, | des *bruits* entendus d'une façon quelcon-
alii vertunt vera | *et que* d'autres tournent les *faits* vrais
in contrarium ; | en *sens* contraire ;
et utrumque | et l'une-et-l'autre chose   [temps).
gliscit posteritate. | s'accroît dans la postérité (suite des
At Drusus, | Mais Drusus,
egressus Urbe | sorti de la ville (Rome)
repetendis auspiciis, | pour reprendre les auspices,
introiit mox ovans : | *y* entra bientôt jouissant-de-l'ovation :
postque paucos dies | et après peu de jours
Vipsania mater ejus | Vipsania mère de lui
excessit, | mourut,
una omnium liberorum | la seule de tous les enfants
Agrippæ | d'Agrippa
obitu miti ; | d'une mort douce ;
nam manifestum ceteros | car *il est* manifeste les autres
exstinctos ferro, | *avoir été* anéantis par le fer,
vel creditum est | ou il a été cru *eux être morts*
veneno aut fame. | par le poison ou par la faim
    XX. Eodem anno | XX. La même année
Tacfarinas, | Tacfarinas,
quem memoravi | que j'ai rapporté
pulsum a Camillo | *avoir été* battu par Camillus
æstate priore, | l'été précédent,
renovat bellum in Africa, | renouvelle la guerre en Afrique,
primum | d'abord
populationibus vagis, | par des dévastations vagabondes,
et inultis ob pernicitatem : | et impunies à cause de *sa* vitesse :
dein exscindere vicos, | puis de ruiner des bourgades,
trahere graves prædas ; | d'entraîner de lourds butins ;
postremo haud procul | enfin non loin
flumine Pagida | du fleuve Pagida
circumsedit | il assiégea
cohortem romanam. | une cohorte romaine.
Decrius, impiger manu, | Décrius, actif de main (homme d'action)
exercitus militia, | exercé au métier-des-armes,
et ratus illam obsidionem | et pensant ce siége-là
flagitii, | *être un sujet* de déshonneur,

flagitii ratus. Is, cohortatus milites ut copiam pugnæ in aperto
facerent, aciem pro castris instruit; primoque impetu pulsa
cohorte, promptus inter tela occursat fugientibus, increpat
signiferos, « Quod inconditis aut desertoribus miles romanus
terga daret : » simul excepta vulnera, et, quanquam transfosso
oculo, adversum os in hostem intendit; neque prælium omisit,
donec desertus suis caderet.

XXI. Quæ postquam L. Apronio (nam Camillo successerat)
comperta, magis dedecore suorum quam gloria hostis anxius,
raro ea tempestate et e vetere memoria facinore, decumum
quemque ignominiosæ cohortis, sorte ductos, fusti necat[1].
Tantumque severitate profectum, ut vexillum veteranorum,
non amplius quingenti numero, easdem Tacfarinatis copias,
præsidium, cui Thala [2] nomen, aggressas, fuderint. Quo prælio
Rufus Helvius, gregarius miles, servati civis decus retulit;

troupe à présenter le combat en rase campagne, et la range en bataille devant le camp. Au premier choc la cohorte plia. Décrius,
furieux, se jette au milieu des traits et des fuyards; il arrête les
porte-enseignes, leur criant « qu'il est honteux pour le soldat romain de tourner le dos à des déserteurs, à des brigands indiscipli-
nés. » En même temps, criblé de coups, avec un œil crevé, il revient
à l'ennemi, et continue à se battre jusqu'à ce que, abandonné des
siens, il tombe mort.

XXI. A la nouvelle de cet échec, L. Apronius, successeur de Camillus, moins alarmé des succès de l'ennemi que honteux de l'opprobre des siens, renouvelle un ancien acte de rigueur, alors presque
oublié; il décime l'infâme cohorte. Tous ceux sur qui le sort tombe
expirent sous les verges. Cette sévérité produisit un si bon effet,
que cinq cents vétérans seulement défirent ces mêmes troupes de
Tacfarinas devant le fort de Thala, qu'elles avaient attaqué. Dans
ce combat, Rufus Helvius, simple soldat, eut la gloire de sauver un

præerat castello.	commandait le château.
Is, cohortatus milites	Celui-ci, ayant exhorté *ses* soldats
ut facerent copiam	pour qu'ils fournissent l'occasion
pugnæ in aperto,	d'un combat en rase *campagne*,
instruit aciem	range *sa* troupe *en bataille*
pro castris ;	devant le camp ;
cohorteque pulsa	et la cohorte ayant été repoussée
primo impetu,	au premier choc,
promptus	résolu
occursat fugientibus	il court-devant les fuyards
inter tela,	parmi les traits,
increpat signiferos,	gourmande les porte-enseignes,
« Quod miles romanus	« De ce que le soldat romain
daret terga inconditis	présentait le dos à des *gens* sans-discipline
aut desertoribus : »	ou à des déserteurs : »
simul vulnera	en même temps des blessures
excepta,	*furent* reçues *par lui*,
et, quanquam	et, quoique
oculo transfosso,	avec un œil crevé,
intendit in hostem	il présenta à l'ennemi
os adversum ;	*sa* face tournée-vers *eux;*
neque omisit prælium,	et il ne laissa pas le combat,
donec desertus suis	jusqu'à ce qu'abandonné des siens
caderet.	il tomba.
XXI. Quæ	XXI. Lesquelles choses
postquam comperta	après qu'elles *furent* connues
L. Apronio	de L. Apronius
(nam successerat Camillo),	(car il avait succédé à Camillus),
magis anxius	plus inquiet
dedecore suorum	du déshonneur des siens
quam gloria hostis,	que de la gloire de l'ennemi,
facinore raro ea tempestate	par un acte rare en ce temps-là
et e vetere memoria,	et *tiré* de l'antique mémoire (tradition),
necat fusti	il tue (fait tuer) sous le bâton
quemque decumum	chaque dixième *soldat*
cohortis ignominiosæ,	de *cette* cohorte infâme,
ductos sorte.	*tous* tirés au sort.
Profectumque tantum	Et il fut gagné tant
severitate,	par *cette* sévérité,
ut vexillum veteranorum,	qu'une enseigne (un corps) de vétérans,
non amplius quingenti	pas plus de cinq-cents *hommes*
numero,	en nombre,
fuderint easdem copias	défirent les mêmes troupes
Tacfarinatis,	de Tacfarinas,
aggressas præsidium,	qui avaient attaqué un poste,
cui nomen Thala.	auquel le nom *est* Thala.
Quo prælio Rufus Helvius,	Dans lequel combat Rufus Helvius,

donatusque est ab Apronio torquibus et hasta : Cæsar addidit
civicam coronam, quod non eam quoque Apronius, jure proconsulis[1], tribuisset, questus magis quam offensus. Sed Tacfarinas, perculsis Numidis et obsidia aspernantibus, spargit
bellum, ubi instaretur cedens, ac rursum in terga remeans.
Et, dum ea ratio barbaro fuit, irritum fessumque Romanum
impune ludificabatur : postquam deflexit ad maritimos locos,
illigatus præda, stativis castris adhærebat. Missu patris Apronius Cæsianus, cum equite et cohortibus auxiliariis, quis ve-
locissimos legionum addiderat, prosperam adversum Numidas
pugnam facit, pellitque in deserta.

XXII. At Romæ Lepida, cui, super Æmiliorum decus,
L. Sulla ac Cn. Pompeius proavi erant, defertur simulavisse
partum ex P. Quirino, divite atque orbo. Adjiciebantur adul-

---

citoyen. Apronius lui donna la pique et le collier ; Tibère y ajouta
la couronne civique ; le proconsul n'avait pas voulu la donner lui-
même, quoiqu'il en eût le droit, omission dont le prince se plaignit plus qu'il ne s'en offensa. Cependant Tacfarinas, voyant ses
Numides découragés et rebutés des siéges, disperse son armee par
pelotons, se retirant quand il était pressé, puis revenant sur ses
pas. Tant qu'il suivit ce plan, il se joua des Romains, qui se con-
sumaient en de vaines poursuites. Mais lorsqu'il se fut approché des
bords de la mer, l'embarras de son butin l'assujettit à des campe-
ments fixes. Alors le jeune Apronius, détaché par son père avec de
la cavalerie et des cohortes auxiliaires, auxquelles on avait joint les
légionnaires les plus agiles, attaqua avec succès les Numides, et les
repoussa au fond de leurs déserts.

XXII. Cependant Lépida, qui joignait à l'illustration du nom
Émilien l'honneur d'avoir L. Sylla et Cn. Pompée pour bisaïeuls,
est citée en justice à Rome par P. Quirinus, citoyen riche et sans
enfants, qui l'accusait d'avoir supposé un fruit de leur hymen ; il y
joignait des accusations d'adultères, d'empoisonnements, de consul-

gregarius miles,	simple soldat,
retulit decus	remporta l'honneur [citoyen) .
civis servati ;	d'un citoyen sauvé (d'avoir sauvé un
donatusque est ab Apronio	et il fut gratifié par Apronius
torquibus et hasta :	de colliers et d'une pique :
Cæsar addidit	César (Tibère) ajouta
coronam civicam ,	la couronne civique ,
questus	s'étant plaint
magis quam offensus	plus qu'étant offensé
quod Apronius	de ce qu'Apronius
non tribuisset eam quoque,	n'avait pas accordé elle aussi,
jure proconsulis.	de son droit de proconsul.
Sed Tacfarinas,	Mais Tacfarinas,
Numidis perculsis	les Numides étant consternés
et aspernantibus obsidia	et méprisant les (renonçant aux) siéges ,
spargit bellum,	dissémine la guerre,
cedens ubi instaretur,	se retirant dès qu'on le pressait,
ac remeans rursum	et revenant de-nouveau
in terga.	sur nos derrières.
Et, dum ea ratio	Et, tant que ce système
fuit barbaro,	fut au barbare,
ludificabatur impune	il se jouait impunément
Romanum irritum	du Romain impuissant
fessumque :	et fatigué :
postquam deflexit	après qu'il eut dévié
ad locos maritimos,	vers les lieux maritimes ,
illigatus præda,	embarrassé par son butin,
adhærebat castris stativis.	il s'attachait à des camps fixes.
Apronius Cæsianus,	Apronius Césianus,
missu patris,	sur l'envoi de (envoyé par) son père,
cum equite	avec le cavalier (de la cavalerie)
et cohortibus auxiliariis ,	et des cohortes auxiliaires,
quis addiderat	auxquelles il avait ajouté
velocissimos legionum,	les hommes les plus agiles des légions,
facit pugnam prosperam	accomplit un combat heureux
adversum Numidas ,	contre les Numides,
pellitque in deserta.	et les chasse dans les déserts.
XXII. At Romæ Lepida,	XXII. Cependant à Rome Lépida,
cui ,	à qui ,
super decus Æmiliorum,	outre l'honneur des Émilius,
L. Sulla ac Cn. Pompeius	L. Sylla et Cn. Pompée
erant proavi,	étaient bisaïeuls,
defertur	est accusée
simulavisse partum	d'avoir supposé un fruit
ex P. Quirino,	de P. Quirinus,
divite atque orbo.	riche et sans-enfants.
Adulteria, venena,	Des adultères, des empoisonnements,

teria, venena ; quæsitumque per Chaldæos[1] in domum Cæsaris ;
defendente ream Manio Lepido, fratre. Quirinus, post dictum
repudium[2] adhuc infensus, quamvis infami ac nocenti, mise·
rationem addiderat. Haud facile quis dispexerit illa in cognitione mentem principis ; adeo vertit ac miscuit iræ et clementiæ signa : deprecatus primo senatum, ne majestatis
crimina tractarentur, mox M. Servilium, e consularibus,
aliosque testes illexit ad proferenda quæ velut reticere voluerat.
Idemque servos Lepidæ, quum militari custodia[3] haberentur,
transtulit ad consules ; neque per tormenta interrogari passus
est de his quæ ad domum suam pertinerent. Exemit etiam
Drusum, consulem designatum[4], dicendæ primo loco sententiæ : quod alii civile rebantur, « Ne ceteris assentiendi
necessitas fieret ; » quidam ad sævitiam trahebant : « Neque
enim cessurum, nisi damnandi officio[5]. »

XXIII. Lepida, ludorum[6] diebus, qui cognitionem intervenerant, theatrum cum claris feminis ingressa, lamentatione

tations astrologiques sur la destinée des Césars. Son frère Manius
Lépidus prit sa défense. Quoique décriée et coupable, cet acharnement de son époux, après un divorce, lui avait rendu la pitié publique. Il ne fut pas facile, dans le cours de cette affaire, de démêler
les sentiments du prince ; tant il prit de formes différentes, et entre-
mêla les apparences du ressentiment et de la clémence! D'abord il
pria le sénat de ne point avoir égard au crime de lèse-majesté ; puis
il engagea sous main un consulaire, M. Servilius, et d'autres té--
moins à révéler ce qu'il avait paru vouloir taire. D'un autre côté,
il transféra les esclaves de Lépida de la garde des soldats à celle des
consuls, et ne voulut point permettre la question pour ce qui intéressait la famille impériale. Il exigea aussi que Drusus, consul désigné, n'opinât point le premier ; ce qui parut à plusieurs un trait de
popularité, comme s'il eût craint que l'opinion de son fils ne fît la
loi aux autres ; mais quelques-uns y virent une intention cruelle,
prétendant que Drusus n'eût pas cédé son rang s'il n'eût fallu
condamner.

XXIII. Lépida, profitant des jeux qui interrompirent l'instruction
du procès, se rendit au théâtre de Pompée, avec un cortége de

adjiciebantur ;
quæsitumque
per Chaldæos
in domum Cæsaiis ;
Manio Lepido, fratre,
defendente ream.
Quirinus, infensus adhuc
post repudium dictum,
addiderat miserationem ,
quamvis infami ac nocenti.
Haud quis dispexerit facile
in illa cognitione
mentem principis ;
adeo vertit ac miscuit
signa iræ et clementiæ :
deprecatus primo senatum
ne crimina majestatis
tractarentur,
mox illexit M. Servilium,
e consularibus,
aliosque testes
ad proferenda
quæ voluerat velut reticere.
Idemque
transtulit ad consules
servos Lepidæ,
quum haberentur
custodia militari ;
neque passus est
interrogari per tormenta
de his quæ pertinerent
ad suam domum.
Exemit etiam Drusum,
consulem designatum,
dicendæ sententiæ
primo loco :
quod alii rebantur civile,
« Ne fieret ceteris
necessitas assentiendi ; »
quidam
trahebant ad sævitiam :
« Neque enim cessurum ,
nisi officio damnandi. »
   XXIII. Diebus ludorum,
qui intervenerant
cognitionem,
Lepida, ingressa theatrum

étaient ajoutés ;
et des-questions-avoir-été-faites *par elle*
par-le-moyen des Chaldéens
contre la famille de César ;
Manius Lépidus , *son frere,*
défendant *elle* accusée.
Quirinus, acharné encore *contre elle*
après le divorce prononcé,
avait attaché (attiré) la pitié *sur elle,*
quoique infâme et coupable.   [ment
Quelqu'un n'aurait pas discerné facile-
dans cette instruction
le sentiment du prince ;
tant il changea et mêla   [mence :
les marques de la colère et de la clé-
ayant prié d'abord le sénat
que les accusations de *lèse*-majesté
ne fussent point traitées,
bientôt il engagea M. Servilius ,
un des consulaires ,
et d'autres témoins
à produire *les faits*
qu'il avait voulu comme taire.
Et le même *Tibère*
transféra aux consuls
les esclaves de Lépida ,
lorsqu'ils étaient tenus
sous la garde de-soldats ;
et il ne souffrit pas
eux être interrogés par des tortures
sur ces (les) choses qui touchaient
à sa famille.
Il exempta aussi Drusus ,
consul désigné ,
de dire *son* avis
en premier lieu :
ce que les uns pensaient libéral,   [tres
« De peur que *ce* ne devînt pour les au-
une nécessité d'être-du-même-avis ; »
quelques-uns
tiraient *cela* à cruauté :
« Et en effet *Drusus* n'avoir pas dû céder,
sinon par devoir de condamner. »
   XXIII. Pendant les jours des jeux,
qui étaient arrivés-au-milieu
de l'instruction,
Lépida, étant entrée au théâtre

flebili majores suos ciens, ipsumque Pompeium, cujus ea
monumenta[1] et adstantes imagines visebantur, tantum misericordiæ permovit, ut, effusi in lacrimas, sæva et detestanda
Quirino clamitarent, « cujus senectæ atque orbitati[2], et obscurissimæ domui, destinata quondam uxor L. Cæsari, ac
divo Augusto nurus, dederetur. » Dein tormentis servorum
patefacta sunt flagitia, itumque in sententiam Rubellii Blandi,
a quo aqua atque igni arcebatur. Huic Drusus assensit, quanquam alii mitius censuissent. Mox Scauro, qui filiam ex ea
genuerat, datum ne bona publicarentur. Tum demum aperuit
Tiberius, compertum sibi etiam ex P. Quirini servis, veneno
eum a Lepida petitum.

XXIV. Illustrium domuum adversa (etenim haud multum
distanti tempore Calpulnii Pisonem, Æmilii Lepidam amiserant) solatio affecit D. Silanus, Juniæ familiæ redditus : casum

femmes distinguées. Là, évoquant avec des cris lamentables les
mânes de ses ancêtres et ceux du grand Pompée, dont ce monument même était l'ouvrage, dont les statues frappaient les yeux de
toutes parts, elle excita un tel attendrissement que tous les Romains,
fondant en larmes, se répandirent en imprécations contre Quirinus,
outrés « qu'une femme, destinée jadis à être l'épouse de L. César et
la bru d'Auguste, fût ainsi sacrifiée à un vieillard obscur et sans
enfants. » Cependant les dépositions des esclaves mis à la torture ne
laissèrent aucun doute sur les dérèglements de Lépida, et l'on
adopta l'avis de Rubellius Blandus, qui lui interdisait l'eau et le
feu. Cet avis fut suivi par Drusus, quoique d'autres en eussent
ouvert de plus doux. Par égard pour Scaurus, qui avait une fille de
Lépida, la confiscation n'eut pas lieu. Alors enfin Tibère déclara
savoir par les esclaves mêmes de Quirinus les tentatives de Lépida
pour empoisonner leur maître.

XXIV. Les disgrâces qui venaient de fondre presque en même
temps sur deux illustres familles, en enlevant Pison aux Calpurnius et Lépida aux Émilius, eurent une compensation dans le
rappel de Décimus Silanus, qui fut rendu à la famille Junia. Je vais re-

cum feminis claris,
ciens lamentatione flebili
suos majores,
Pompeiumque ipsum,
cujus ea monumenta
et imagines adstantes
visebantur,
permovit
tantum misericordiæ,
ut, effusi in lacrimas,
clamitarent
sæva et detestanda
Quirino,
« senectæ atque orbitati,
et domui obscurissimæ cu-
dederetur,   [jus
destinata quondam
uxor L. Cæsari,
ac nurus divo Augusto. »
Dein flagitia patefacta sunt
tormentis servorum,
itumque in sententiam
Rubellii Blandi,
a quo arcebatur
aqua atque igni.
Drusus assensit huic,
quanquam alii
censuissent mitius.
Mox datum Scauro,
qui genuerat filiam ex ea,
ne bona publicarentur.
Tum demum
Tiberius aperuit,
compertum etiam sibi
ex servis P. Quirini,
eum petitum a Lepida
veneno.
   XXIV. D. Silanus,
redditus familiæ Juniæ,
affecit solatio
adversa
domuum illustrium
(etenim Calpurnii
amiserant Pisonem,
Æmilii Lepidam,
tempore
haud multum distanti) :

avec des femmes distinguées,
appelant par une plainte lamentable
ses ancêtres,
et Pompée lui-même,
de qui *étaient* ces monuments (ce théâtre)
et *dont* les images présentes
étaient vues *de tout le monde,*
remua (excita)
tant de compassion,
que, se répandant (fondant) en larmes,
tous criaient
des imprécations cruelles et affreuses
contre Quirinus,
« à la vieillesse et au manque-d'enfants,
et à la famille très-obscure duquel
était livrée *une femme,*
destinée autrefois
pour épouse à L. César,
et *pour* bru au divin Auguste. »
Ensuite *ses* désordres furent révélés
par les tortures des esclaves,
et on alla (on se rangea) à l'avis
de Rubellius Blandus.
par qui elle était privée
de l'eau et du feu.
Drusus approuva cet *avis,*
quoique d'autres
eussent opiné plus doucement.
Bientôt *il fut* accordé à Scaurus,
qui avait engendré une fille d'elle,
que *ses* biens ne fussent pas confisqués.
Alors seulement
Tibère découvrit (déclara),
ceci avoir été appris aussi par lui
des esclaves de P. Quirinus,
celui-ci *avoir été* attaqué par Lépida
par du poison.
   XXIV. D. Silanus,
rendu à la famille Junia,
combla (compensa) par *cette* consolation
les revers
de *deux* maisons illustres
(en effet les Calpurnius
avaient perdu Pison,
les Émilius *avaient perdu* Lépida,
à une époque
non beaucoup éloignée) :

ejus paucis repetam. Ut valida divo Augusto in rempublicam
fortuna, ita domi improspera fuit, ob impudicitiam filiæ ac
neptis, quas Urbe depulit, adulterosque earum[1] morte aut
fuga punivit. Nam culpam, inter viros ac feminas vulgatam,
gravi nomine læsarum religionum ac violatæ majestatis[2] ap-
pellando, clementiam majorum suasque ipse leges egredieba-
tur. Sed aliorum exitus, simul cetera illius ætatis memorabo[3],
si, effectis in quæ tetendi[4], plures ad curas vitam produxero.
D. Silanus, in nepti Augusti adulter, quanquam non ultra
foret sævitum quam ut amicitia Cæsaris prohiberetur, exsilium
sibi demonstrari intellexit[5]; nec, nisi Tiberio imperitante,
deprecari senatum ac principem ausus est, M. Silani fratris
potentia, qui per insignem nobilitatem et eloquentiam præcellebat. Sed Tiberius grates agenti Silano, patribus coram,
respondit, « Se quoque lætari quod frater ejus e peregrina-

prendre en peu de mots son histoire. La fortune, qui avait servi si
puissamment Auguste dans les affaires de l'État, sembla l'abandonner dans sa famille, où les déréglements de sa fille et de sa petite-fille empoisonnèrent sa vieillesse. Il les chassa de Rome, et punit
leurs complices par la mort ou par l'exil ; car, en qualifiant une
faute si commune entre les deux sexes d'attentat contre la religion, contre la majesté, il s'écarta de la clémence de nos
ancêtres et de ses propres lois. Mais je raconterai ces faits avec
les autres événements de ce siècle, si, cet ouvrage achevé, ma
vie suffit à d'autres travaux. Pour D. Silanus, quoique ses intrigues
avec la petite-fille d'Auguste ne lui eussent attiré d'autre châtiment
que la perte de l'amitié du prince, il comprit qu'on désirait son exil,
et ce ne fut que sous Tibère qu'il osa solliciter l'empereur et le sénat
pour son rappel. Il l'obtint par le crédit de Marcus Silanus, son
frère, à qui sa noblesse et sa rare éloquence donnaient un grand
éclat. Mais comme Marcus remerciait Tibère, celui-ci répondit, en
présence de tous les sénateurs, « qu'il partageait la joie que causait

repetam paucis	je reprendrai en peu de *mots*
casum ejus.	le malheur de celui-ci (Silanus).
Ut fortuna	Comme la fortune
fuit divo Augusto	fut au divin Auguste
valida in rempublicam,	puissante par-rapport-à la république,
ita improspera domi,	ainsi *elle fut* malheureuse dans *sa* maison,
ob impudicitiam	à cause de l'impudicité
filiæ ac neptis,	de *sa* fille et de *sa* petite-fille,
quas depulit Urbe,	lesquelles il chassa de la ville (Rome),
punivitque morte aut fuga	et il punit de la mort ou de l'exil
adulteros earum.	les amants d'elles.
Nam appellando	Car en appelant
nomine gravi	du nom grave
religionum læsarum	de religion lésée
ac majestatis violatæ	et de majesté violé
culpam vulgatam	une faute répandue (commune)
inter viros ac feminas,	entre les hommes et les femmes,
ipse egrediebatur	lui-même sortait (allait au delà)
clementiam majorum	de la clémence de *nos* ancêtres
suasque leges.	et de ses *propres* lois.
Sed memorabo	Mais je rapporterai
exitus aliorum,	la fin des autres *coupables*,
simul cetera	*et* en même temps les autres *faits*
illius ætatis,	de cette époque,
si produxero vitam	si je prolonge *ma* vie
ad plures curas,	pour de plus nombreuses occupations,
in quæ tetendi	*les ouvrages* vers lesquels j'ai tendu *mon*
effectis.	étant achevés. [*application*
D. Silanus, adulter	D. Silanus, adultère
in nepti Augusti,	avec la petite-fille d'Auguste,
quanquam	quoique
non sævitum foret	l'on n'eût pas sévi
ultra quam ut prohiberetur	au delà *de ceci*, qu'il fût exclu
amicitia Cæsaris,	de l'amitié de César,
intellexit exsilium	comprit l'exil
demonstrari sibi;	être indiqué à lui;
nec ausus est deprecari	et il n'osa pas implorer
senatum ac principem,	le sénat et le prince,
nisi Tiberio imperitante,	si ce n'est Tibère gouvernant,
potentia M. Silani fratris,	par la puissance de M. Silanus *son* frère,
qui præcellebat	qui dominait
per nobilitatem insignem	par une noblesse insigne
et eloquentiam.	et *par son* éloquence.
Sed Tiberius	Mais Tibère
respondit Silano	répondit à Silanus
agenti grates,	qui *lui* rendait grâces,
coram paribus,	en présence des sénateurs,

tione longinqua revertisset; idque jure licitum, quia non senatusconsulto, non lege pulsus foret : sibi tamen adversus
eum integras parentis sui offensiones; neque reditu Silani
dissoluta quæ Augustus voluisset. » Fuit posthac in Urbe,
neque honores adeptus est.

XXV. Relatum deinde de moderanda Papia Poppæa[1], quam
senior Augustus, post Julias rogationes, incitandis[2] cælibum
pœnis et augendo ærario sanxerat : nec ideo conjugia et educationes liberum frequentabantur, prævalida orbitate. Ceterum multitudo periclitantium gliscebat, quum omnis domus
delatorum interpretationibus[3] subverteretur; utque antehac
flagitiis[4], ita tunc legibus laborabatur. Ea res admonet ut de
principiis juris, et quibus modis ad hanc multitudinem infinitam ac varietatem legum perventum sit, altius disseram.

XXVI. Vetustissimi mortalium[5], nulla adhuc mala libidine,

à Marcus le retour d'un frère après une longue absence; que Décimus avait été libre de revenir, puisque ni loi ni sénatus-consulte
ne l'avait banni; que cependant les ressentiments de son père
subsistaient toujours pour lui, et que le retour de Décimus ne
changeait rien aux intentions qu'Auguste avait manifestées. » Decimus resta donc à Rome, mais sans parvenir aux honneurs.

XXV. On parla ensuite d'adoucir la loi Papia Poppéa, qu'Auguste dans sa vieillesse avait ajoutée aux lois Julia pour augmenter
les peines contre le célibat et les revenus du trésor public. Cette loi
ne rendit ni les mariages plus communs, ni l'infanticide plus rare :
on gagnait trop à rester sans enfants. Du reste, elle servit à grossir
le nombre des victimes, dans un temps où les délateurs, par leurs
interprétations arbitraires, bouleversaient toutes les fortunes, et où
l'on souffrait autant des lois qu'autrefois des vices. Ceci m'engage à
rechercher l'origine de notre législation, et les causes qui ont amené
cette multitude infinie de lois différentes.

XXVI. Les premiers hommes, encore exempts de passions mau-

« Se quoque lætari
quod frater ejus revertisset
e peregrinatione
longinqua;
idque licitum jure ,
quia non pulsus foret
senatusconsulto,
non lege :
tamen offensiones sui patris
integras sibi
adversus eum ,   [luisset
neque quæ Augustus vo-
dissoluta
reditu Silani. »
Fuit posthac in Urbe,
neque adeptus est honores.

XXV. Deinde relatum
de moderanda
Papia Poppæa,
quam Augustus senior,
post rogationes Julias,
sanxerat
incitandis pœnis cælibum
et augendo ærario :
nec conjugia
et educationes liberum
frequentabantur ideo,
orbitate prævalida.
Ceterum
multitudo periclitantium
gliscebat,
quum omnis domus
subverteretur
interpretationibus
delatorum ;
laborabaturque tunc
legibus
ita ut antehac flagitiis.
Ea res admonet
ut disseram altius
de principiis juris,
et quibus modis perventum
ad hanc multitudinem
infinitam
ac varietatem legum.

XXVI. Vetustissimi
mortalium

« Lui aussi se réjouir
de ce que le frère de lui était revenu
d'un voyage
lointain;
et cela *lui avoir été* permis à *bon* droit,
parce qu'il n'avait pas été banni
par un sénatus-consulte ,
ni par une loi :   [père
cependant les mécontentements de son
rester entiers à lui-même
contre celui-ci
et *les choses* qu'Auguste avait voulues
n'*être* pas annulées
par le retour de Silanus. »
Silanus fut désormais dans la ville (Rome)
et n'obtint pas les honneurs.

XXV. Ensuite on fit un-rapport
pour adoucir
la loi Papia Poppéa ,
laquelle Auguste *devenu* vieux,
après les lois Juliennes,
avait sanctionnée   [bataires
pour aggraver les châtiments des céli-
et pour augmenter le trésor-public :
et les mariages
et les éducations d'enfants
ne se multipliaient pas pour cela,
le manque-d'enfants prevalant.
Au reste   [péril
la multitude des *citoyens* qui étaient-en-
s'accroissait ,
puisque toute famille
était bouleversée
par les interprétations
des délateurs ;
et l'on souffrait alors
par les lois
ainsi comme auparavant par les désordres.
Cette chose m'engage
à ce que je parle *en remontant* plus haut
des commencements du droit,
et par quelles manières on arriva
à cette multitude
infinie
et *à cette* variété de lois.

XXVI. Les plus anciens
des mortels

sine probro, scelere, eoque sine pœna aut coercitionibus, agebant. Neque præmiis opus erat, quum honesta suopte ingenio peterentur; et, ubi nihil contra morem cuperent, nihil per metum vetabantur. At, postquam exui æqualitas, et, pro modestia ac pudore, ambitio et vis incedebat, provenere dominationes, multosque apud populos æternum mansere. Quidam statim, aut postquam regum pertæsum [1], leges maluerunt. Hæ primo, rudibus hominum animis, simplices erant; maximeque fama celebravit Cretensium, quas Minos; Spartanorum, quas Lycurgus; ac mox Atheniensibus quæsitiores jam et plures Solon perscripsit. Nobis Romulus [2] ut libitum imperitaverat; dein Numa religionibus et divino jure populum devinxit; repertaque quædam a Tullo et Anco : sed præcipuus Servius Tullius sanctor legum fuit, quis etiam reges obtemperarent.

vaises, ne connaissant ni le vice, ni le crime, n'étaient contenus ni par les châtiments ni par l'autorité; ils n'avaient pas besoin de l'aiguillon des récompenses, puisqu'ils recherchaient la vertu d'eux-mêmes, ni du frein de la crainte, puisque leurs désirs étaient toujours légitimes. Mais quand l'esprit d'égalité vint à se perdre, qu'au lieu de la modération et de l'honneur, l'ambition et la force prévalurent, le pouvoir arbitraire s'établit, et il s'est maintenu depuis chez beaucoup de nations. Quelques-unes, dès le commencement, ou après s'être dégoûtées des rois, préférèrent des lois. Des hommes grossiers n'en eurent d'abord que de simples, parmi lesquelles l'histoire a célébré surtout celles de Minos en Crète, de Lycurgue à Sparte; les lois qu'Athènes reçut de Solon étaient déjà plus compliquées et en plus grand nombre. Parmi nous, Romulus n'eut de lois que sa volonté; Numa, qui vint après, contint le peuple par la religion et le droit divin; Ancus et Tullus firent quelques règlements; mais c'est à Servius Tullius surtout que nous devons la plupart de nos lois, auxquelles il assujettit les rois eux-mêmes.

agebant,	passaient *leur vie*,
nulla mala libidine adhuc,	aucune mauvaise passion *n'étant* encore,
sine probro, scelere,	sans vice, *sans* crime,
eoque sine pœna	et pour cela sans châtiment
aut coercitionibus.	ou (et) *sans* répressions.
Neque opus erat præmiis,	Et besoin n'était pas de récompenses,
quum honesta	puisque les choses honnêtes
peterentur	étaient recherchées *de chacun*
suopte ingenio;	par son *propre* instinct;
et, ubi cuperent nihil	et, comme ils ne désiraient rien
contra morem,	contre l'ordre,
vetabantur nihil	ils n'étaient empêchés de rien
per metum.	par la crainte.
At, postquam æqualitas	Mais, après que l'égalité
exui,	*eut commencé à* être dépouillée,
et ambitio et vis incedebat	et que l'ambition et la force venaient
pro modestia ac pudore,	à-la-place-de la modestie et de l'honneur,
dominationes provenere,	des tyrannies surgirent,
mansereque æternum	et elles sont demeurées éternellement
apud multos populos.	chez beaucoup de peuples.
Quidam maluerunt leges	Quelques-uns aimèrent-mieux des lois
statim,	aussitôt,
aut postquam pertæsum	ou après qu'on se fut ennuyé
regum.	des rois.
Hæ primo erant simplices,	Celles-ci d'abord étaient simples,
animis hominum rudibus;	les âmes des hommes *étant* grossières;
famaque celebravit maxime	et la renommée a célébré surtout
Cretensium, quas Minos;	*celles* des Crétois, que Minos *rédigea*;
Spartanorum,	*celles* des Spartiates,
quas Lycurgus;	que Lycurgue *rédigea*;
ac mox Solon	et bientôt Solon
perscripsit Atheniensibus	*en* rédigea pour les Athéniens [breuses.
quæsitiores jam et plures.	de plus recherchées déjà et de plus nom-
Romulus	Romulus
imperitaverat nobis	avait commandé à nous
ut libitum;	comme il *lui* avait plu;
dein Numa	ensuite Numa
devinxit populum	enchaîna le peuple
religionibus •	par des rites-religieux
et jure divino;	et par une législation divine;
quædamque reperta	certains *principes* aussi *furent* trouvés
a Tullo et Anco;	par Tullus et Ancus;
sed Servius Tullius	mais Servius Tullius
fuit præcipuus sanctor	fut le principal auteur
legum,	de lois,
quis reges etiam	auxquelles les rois même
obtemperarent.	devaient obéir.

XXVII. Pulso Tarquinio[1], adversum patrum factiones multa populus paravit tuendæ libertatis et firmandæ concordiæ; creatique decemviri, et, accitis quæ usquam egregia, compositæ Duodecim Tabulæ, finis æqui juris[2]: nam secutæ leges, etsi aliquando in maleficos ex delicto, sæpius tamen dissensione ordinum, et apiscendi illicitos honores, aut pellendi claros viros, aliaque ob prava, per vim latæ sunt. Hinc Gracchi et Saturnini[3], turbatores plebis; nec minor largitor[4] nomine senatus Drusus; corrupti spe, aut illusi per intercessionem socii. Ac ne bello quidem Italico, mox civili, omissum quin multa et diversa sciscerentur, donec L. Sulla dictator, abolitis vel conversis prioribus, quum plura addidisset, otium ejus rei haud in longum paravit; statim turbidis Lepidi rogationibus[5], neque multo post tribunis reddita licentia[6], quoquo

XXVII. Après l'expulsion de Tarquin, le peuple se donna plusieurs garanties contre les factions des nobles, pour assurer sa liberté et resserrer les liens de la concorde. Des décemvirs furent créés, qui, empruntant aux législations étrangères ce qu'elles avaient de meilleur, en formèrent les Douze Tables, dernières lois fondées sur l'équité. Depuis, si l'on excepte quelques lois contre des coupables à l'occasion d'attentats, la plupart, nées des dissensions entre les ordres, du désir d'usurper des honneurs illicites, de chasser des hommes illustres, ou d'autres motifs également criminels, furent l'ouvrage de la violence. De là les troubles excités parmi le peuple par les Gracques et les Saturninus; de là, du côté du sénat, les largesses non moins ambitieuses de Drusus, tantôt corrompant les alliés par des promesses, tantôt les insultant par des refus. La guerre d'Italie, et la guerre civile qui lui succéda, n'en virent pas moins éclore une foule de lois nouvelles qui se combattaient, jusqu'à ce que Sylla, dictateur, les abolissant ou les changeant, et en ajoutant beaucoup d'autres, rétablit pour un moment le calme, que troublèrent bientôt les lois séditieuses de Lépidus, et, peu de temps après, le pouvoir rendu aux tribuns d'agiter le peuple au gré de

XXVII. Tarquinio	**XXVII.** Tarquin
pulso,	ayant été chassé,
populus paravit multa	le peuple prépara de nombreux *moyens*
tuendæ libertatis	de défendre *sa* liberté
et firmandæ concordiæ	et d'affermir la concorde
adversum factiones	contre les factions
patrum ;	des sénateurs ;
decemvirique creati,	et des décemvirs *furent* créés,
et, quæ egregia	et, *les lois* qui *étaient* les meilleures
usquam	quelque-part (partout)
accitis,	étant appelées (introduites),
Duodecim Tabulæ	les Douze Tables
compositæ,	*furent* composées,
finis juris æqui :	*qui sont* la fin du droit équitable :
nam leges secutæ,	car les lois qui suivirent, [chants
etsi aliquando in maleficos	bien que *portées* parfois contre les mé -
ex delicto,	par-suite-d'un crime,
sæpius tamen	*nées* plus souvent cependant
dissensione ordinum,	de la dissension des ordres,
et apiscendi	et *du désir* d'acquérir
honores illicitos,	des honneurs illicites,
aut pellendi viros claros,	ou de bannir des hommes illustres,
obque alia prava,	et pour d'autres *desseins* mauvais,
latæ sunt per vim.	furent portées par la violence.
Hinc Gracchi et Saturnini,	De là les Gracques et les Saturninus,
turbatores plebis ;	perturbateurs du peuple ;
nec Drusus largitor minor	et Drusus prodigue non moindre (non
nomine senatus ;	au nom du sénat ; [moins prodigue)
socii corrupti spe,	les alliés gâtés par l'espérance,
aut illusi	ou joués
per intercessionem.	par une opposition *tribunitienne*.
Ac ne bello quidem Italico,	Et pas même dans la guerre d'-Italie,
mox civili,	*et* bientôt *dans la guerre* civile,
omissum	on n'omit *de faire en sorte*
quin multa et diversa	que *des lois* nombreuses et diverses
sciscerentur :	fussent décrétées ;
donec L. Sulla dictator	jusqu'à ce que L. Sylla dictateur,
quum addidisset plura,	lorsqu'il eut ajouté plus *de lois*,
prioribus abolitis	les premières étant abolies
vel conversis,	ou changées,
paravit otium ejus rei	prépara la cessation de cetétat-de-choses
haud in longum ;	non pour un long *temps ;*
rogationibus turbidis	les propositions séditieuses
Lepidi	de Lépidus
statim,	*ayant éclaté* aussitôt,
neque multo post	et non beaucoup après
licentia reddita tribunis	la licence ayant été rendue aux tribuns

vellent, populum agitandi. Jamque non modo in commune, sed in singulos homines latæ quæstiones[1]; et corruptissima republica plurimæ leges.

XXVIII. Tum Cn. Pompeius, tertium consul[2], corrigendis moribus delectus, et gravior remediis quam delicta erant, suarumque legum auctor idem ac subversor, quæ armis tuebatur, armis amisit. Exin continua per viginti annos[3] discordia : non mos, non jus; deterrima quæque impune, ac multa honesta exitio fuere. Sexto demum consulatu Cæsar Augustus, potentiæ securus, quæ triumviratu jusserat abolevit, deditque jura quis pace et principe uteremur. Acriora ex eo vincla, inditi custodes, et lege Papia Poppæa præmiis inducti, ut, si a privilegiis parentum cessaretur, velut parens omnium populus vacantia teneret. Sed altius penetrabant, Urbemque et Italiam, et quod usquam civium, corripuerant : multorumque

leur ambition. Dès lors on ne fit pas seulement des lois pour tous, on en fit souvent contre un seul; et, plus la république était corrompue, plus les lois se multipliaient.

XXVIII. Pompée, chargé, dans son troisième consulat, de réformer les mœurs, employa des remèdes plus dangereux que les maux ; et, premier infracteur de ses propres lois, il perdit par les armes un pouvoir fondé sur les armes. Vinrent ensuite vingt années de discordes, le mépris des lois et des coutumes, l'impunité assurée aux plus grands crimes, et la mort devenue le plus souvent le prix de la vertu. Enfin, pendant son sixième consulat, Cesar Auguste, sûr de sa puissance, abolit les actes de son triumvirat, et fit une constitution qui nous donnait la paix sous un prince. Dès ce moment les liens de l'autorité furent plus étroits, et nous eûmes des surveillants. La loi Papia Poppéa, qui substituait le peuple romain, comme père commun, pour recueillir tous les legs échus à des citoyens qui n'avaient point le privilége des pères, intéressait par des récompenses les délateurs à l'exécution de la loi; mais ils allèrent plus loin qu'elle : ils enveloppèrent dans leurs recherches Rome, l'Italie, tout l'empire. Déjà ils avaient renversé une foule de

agitandi populum ,	d'agiter le peuple ,
quoquo vellent.	dans-quelque-sens-qu'ils voulussent.
Jamque quæstiones latæ	Et dès-lors des lois *furent* portées
non modo	non *plus* seulement
in commune ,	pour l'universalité *des citoyens*,
sed in homines singulos ;	mais pour des hommes isolés ;
et republica corruptissima	et la république *étant* le plus corrompue
leges plurimæ.	les lois *furent* le plus nombreuses.
XXVIII. Tum	XXVIII. Alors
Cn. Pompeius,	Cn. Pompée , ·
consul tertium ,	consul pour-la-troisième-fois,
delectus	*fut* choisi
corrigendis moribus,	pour corriger les mœurs ,
et gravior remediis	et plus dangereux par *ses* remèdes
quam erant delicta ,	que *n'étaient* les délits ,
idemque auctor	et le même(à la fois)auteur
ac subversor	et infracteur
suarum legum ,	de ses *propres* lois ,
amisit armis	perdit par les armes
quæ tuebatur armis.	*ce qu'il* défendait par les armes.
Exin discordia continua	Ensuite la discorde *fut* continuelle
per viginti annos :	pendant vingt années : [droit ;
non mos, non jus ;	ni coutume (respect de la coutume), ni
quæque deterrima	toutes *les actions* les plus mauvaises
impune ,	*furent* sans-punition,
ac multa honesta	et beaucoup d'*actions* honnêtes
fuere exitio.	furent à perte (perdirent leurs auteurs).
Demum sexto consulatu	Enfin dans *son* sixième consulat
Cæsar Augustus,	César Auguste ,
securus potentiæ,	sûr de *sa* puissance ,
abolevit quæ jusserat	abolit les choses qu'il avait ordonnées
triumviratu ,	dans *son* triumvirat ,
deditque jura	et donna des lois
quis uteremur	par lesquelles nous pussions jouir
pace et principe.	de la paix et d'un prince.
Ex eo vincla acriora ,	Dès ce *moment* les liens *furent* plus durs,
custodes inditi ,	des gardiens *furent* ajoutés ,
et inducti præmiis	et alléchés par des récompenses
lege Papia Poppæa,	par la loi Papia Poppéa, [gence
ut , si cessaretur	à ce que, si l'on s'éloignait-par-négli-
a privilegiis parentum ,	des priviléges des pères-de-famille ,
populus teneret vacantia	le peuple possédât les *biens* vacants
velut parens omnium.	comme *étant* le père de tous.
Sed penetrabant altius ,	Mais *ces mesures* pénétraient plus avant,
corripuerantque	et avaient saisi (envahi)
Urbem et Italiam ,	la ville (Rome) et l'Italie , [citoyens :
et quod usquam civium :	et *ce* qu'*il y a* quelque-part (partout) de

excisi status, et terror omnibus intentabatur; ni Tiberius,
statuendo remedio, quinque consularium, quinque e prætoriis, totidem e cetero senatu, sorte duxisset, apud quos ex-
soluti plerique legis nexus modicum in præsens levamentum
fuere.

XXIX. Per idem tempus Neronem [1], e liberis Germanici, jam
ingressum juventam, commendavit patribus; utque munere
capessendi vigintiviratus [2] solveretur, et, quinquennio maturius [3] quam per leges, quæsturam peteret, non sine irrisu
audientium postulavit. Prætendebat sibi atque fratri decreta
eadem, petente Augusto. Sed neque tum fuisse dubitaverim,
qui ejusmodi preces occulti illuderent : ac tamen initia fastigii
Cæsaribus erant ; magisque in oculis vetus mos, et privignis
cum vitrico levior necessitudo quam avo adversum nepotem.
Additur pontificatus, et, quo primum die forum ingressus

fortunes et les alarmaient toutes , lorsque Tibère, pour remédier au
désordre, fit tirer au sort quinze sénateurs , dont cinq ex-préteurs
et cinq consulaires. Ceux-ci , ayant levé plusieurs difficultés de la
loi , apportèrent un soulagement momentané.

XXIX. Dans le même temps, Tibère recommanda aux sénateurs
Néron, l'aîné des enfants de Germanicus, déjà sorti de l'adolescence.
Il demanda pour lui la dispense du vigintivirat et la permission de
solliciter la questure cinq ans avant l'âge prescrit par les lois. Le
sérieux de cette demande ne laissa pas d'exciter en secret quelques
plaisanteries. Il alléguait que la même grâce avait été accordée à
son frère et à lui, sur la demande d'Auguste; mais je ne doute
point que dès lors une telle prière n'ait donné lieu à plus d'une
raillerie secrète ; et cependant la grandeur des Césars était encore
au berceau. On avait moins perdu de vue les usages anciens, et des
beaux-fils ne formaient pas avec un beau-père des liaisons aussi
étroites qu'un petit-fils avec son aïeul. A la questure on joignit le
pontificat, et, le jour où Néron fit sa première entrée au forum, ou

statusque multorum	et les fortunes de beaucoup
excisi ,	*furent* sapées ,
et terror	et la terreur
intentabatur omnibus ;	était dirigée-contre tous ;
ni Tiberius ,	si Tibère ,
statuendo remedio ,	pour établir un remède ,
duxisset sorte	n'eût tiré au sort
quinque consularium ,	cinq des consulaires ,
quinque e prætoriis ,	cinq des anciens-préteurs ,
totidem e cetero senatu ,	tout-autant *de citoyens* du reste-du sénat,
apud quos	auprès desquels (par qni)
plerique nexus legis	la plupart des liens de la loi
exsoluti	ayant été defaits
fuere in præsens	furent pour le présent
modicum levamentum.	un médiocre soulagement.
XXIX. Per idem tempus	XXIX. Pendant le même temps
commendavit patribus	il recommanda aux sénateurs
Neronem,	Néron ,
e liberis Germauici ,	*un* des fils de Germanicus ,
jam ingressum juventam ;	déjà entré-dans la jeunesse ;
postulavitque,	et il demanda,
non sine irrisu	non sans dérision
audientium,	des (de la part des) auditeurs,
ut solveretur munere	qu'il fût affranchi du devoir
capessendi vigintiviratus,	de briguer le vigintivirat,
et peteret quæsturam	et *qu'*il sollicitât la questure
quinquennio maturius	cinq-ans plus tôt
quam per leges.	qu'*il n'était permis* par les lois.
Prætendebat eadem	Il alleguait les mêmes *priviléges*
decreta sibi atque fratri ,	*avoir été* décernés à lui et à *son* frère ,
Augusto petente.	Auguste *le* demandant.
Sed neque dubitaverim	Mais aussi je ne douterais pas
fuisse tum ,	*des gens* avoir été alors,
qui occulti	qui en-secret
illuderent preces	se moquaient de prières
ejusmodi :	de cette sorte :
ac tamen erant Cæsaribus	et cependant c'étaient pour les Césars
initia fastigii ;	les commencements de l'élévation;
mosque vetus	et la coutume ancienne
magis in oculis ,	*était* plus sous les yeux,
et privignis	et pour les enfants-d'un-premier-lit
necessitudo cum vitrico	la liaison avec *leur* beau-père [aïeul
levior quam avo	*était* plus légère (moindre) que pour un
adversum nepotem.	vis-à-vis de *son* petit-fils.
Pontificatus additur,	Le pontificat est ajouté, [fois
et die quo primum	et le jour dans lequel pour-la-première-
ingressus est forum ,	il (Néron) entra au forum,

est , congiarium [1] plebi , admodum lætæ quod Germanici stirpem jam puberem adspiciebat. Auctum dehinc gaudium nuptiis Neronis et Juliæ[2], Drusi filiæ. Utque hæc secundo rumore, ita adversis animis acceptum , quod filio Claudii socer
Sejanus destinaretur[3]. Polluisse nobilitatem familiæ videbatur,
suspectumque jam nimiæ spei Sejanum ultra extulisse.

XXX. Fine anni concessere vita insignes viri , L. Volusius
et Sallustius Crispus. Volusio vetus familia , neque tamen præturam egressa : ipse consulatum intulit, censoria etiam potestate legendis equitum decuriis [4] functus, opumque, quis domus
illa immensum viguit , primus accumulator. Crispum , equestri
ortum loco , C. Sallustius, rerum romanarum florentissimus
auctor, sororis nepotem in nomen adscivit. Atque ille, quanquam prompto ad capessendos honores aditu , Mæcenatem

distribua le *congiarium* au peuple , joyeux de voir déjà à cet âge un
fils de Germanicus. La satisfaction s'accrut encore par le mariage
de Néron avec Julie , fille de Drusus. Mais si cette alliance obtint
l'approbation générale, on vit avec le plus grand mécontentement
que Séjan allait devenir le beau-père du fils de Claude. On trouva
que Tibère avait souillé la noblesse de sa maison , et beaucoup trop
élevé un favori déjà suspect d'une ambition démesurée.

XXX. Sur la fin de l'année moururent deux personnages distingués, L. Volusius et Sallustius Crispus. La famille de Volusius ,
quoique ancienne, ne s'était élevée qu'à la préture. Il y porta le
consulat; il exerça même les fonctions de censeur pour l'élection
des chevaliers, et, le premier, amassa ces grands biens qui donnèrent à sa maison un immense crédit. Pour Crispus, il sortait
d'une famille équestre. Ce fut le fameux historien C. Salluste,
son grand-oncle, qui, en l'adoptant, lui donna son nom. Il eût pu
facilement parvenir aux honneurs, mais il les dédaigna comme
Mécène; et, comme lui, sans être sénateur, il surpassait en crédit

congiarium plebi,
admodum lætæ
quod adspiciebat
stirpem Germanici
jam puberem.
Dehinc gaudium auctum
nuptiis Neronis et Juliæ,
filiæ Drusi.
Utque hæc
rumore secundo,
ita acceptum
animis adversis,
quod Sejanus
destinaretur socer
filio Claudii.
Videbatur polluisse
nobilitatem familiæ,
extulisseque ultra
Sejanum jam suspectum
spei nimiæ.
   XXX. Fine anni ·
L. Volusius
et Sallustius Crispus,
viri insignes,
concessere vita.
Volusio familia vetus,
neque egressa tamen
præturam :
ipse intulit consulatum,
functus etiam
potestate censoria
legendis decuriis
equitum,   [opum
primusque accumulator
quis illa domus
viguit immensum.
C. Sallustius,
auctor florentissimus
rerum romanarum,
adscivit in nomen
nepotem sororis,
Crispum,
ortum loco equestri.
Atque ille,
quanquam aditu prompto
ad capessendos honores,
æmulatus Mæcenatem,

une largesse au peuple,
qui était très-joyeux
de ce qu'il voyait
un rejeton de Germanicus
déjà en-âge-de-puberté.
Puis la joie fut augmentée
par les noces de Néron et de Julie,
fille de Drusus.
Et de même que ces choses   [rables,
furent accueillies par des propos favo-
de même ceci fut accueilli
par des dispositions-d'esprit ennemies,
savoir que Séjan
fût destiné pour beau-père
au fils de Claude.
Il (Tibère) paraissait avoir souillé
la noblesse de sa famille,
et avoir élevé au delà des bornes
Séjan déjà suspect
d'espérance excessive.
   XXX. A la fin de l'année
L. Volusius
et Sallustius Crispus,
hommes distingués,
sortirent de la vie.
A Volusius la famille était ancienne,
et n'ayant pas dépassé pourtant
la préture :
lui-même y introduisit le consulat,
ayant exercé aussi
la puissance de-censeur
pour choisir les décuries
de chevaliers,
et le premier qui-accumula les richesses
par lesquelles cette maison
eut-du-crédit immensément.
C. Salluste,
l'auteur (l'écrivain) le plus florissant
des événements de-Rome (de l'histoire
admit à son nom (adopta)   [romaine),
le petit-fils de sa sœur,
Crispus,
né d'un rang équestre.
Et celui-là (Crispus),
quoique l'accès étant facile
pour briguer les honneurs,
ayant imité Mécène,

æmulatus, sine dignitate senatoria, multos triumphalium con-
sulariumque potentia anteiit, diversus a veterum instituto per
cultum et munditias, copiaque et affluentia luxu propior : suberat tamen vigor animi ingentibus negotiis par, eo acrior quo
somnum et inertiam magis ostentabat. Igitur, incolumi Mæce-
nate, proximus, mox præcipuus cui secreta imperatorum in-
niterentur, et interficiendi Postumi Agrippæ conscius, ætate
provecta, speciem magis in amicitia principis quam vim tenuit.
Idque et Mæcenati acciderat : fato potentiæ raro sempiternæ ;
an satias capit aut illos, quum omnia tribuerunt, aut hos,
quum jam nihil reliquum est quod cupiant.

XXXI. Sequitur Tiberii quartus, Drusi secundus consulatus [1],
patris atque filii collegio insignis. Nam, biennio ante, Germanici cum Tiberio idem honor, neque patruo lætus, neque na-

beaucoup de consulaires et de triomphateurs. Il avait un soin de sa
parure bien opposé à l'esprit de nos pères, et des recherches de luxe
et de voluptés qui lui donnaient un air efféminé : sous cet air toutefois il cachait une vigueur d'esprit capable des plus grandes affaires,
et d'autant plus d'activité qu'il affectait plus d'indolence et de mollesse. Aussi, le second dans la confiance du prince tant que vécut
Mécène, il fut, après lui, le principal dépositaire des secrets du
palais, et complice de l'assassinat de Postumus Agrippa. Mais dans
sa vieillesse il conserva plutôt l'apparence que la réalité du crédit;
ce qui était arrivé aussi à Mécène, soit par cette fatalité attachée au
pouvoir, qui est rarement durable, soit par je ne sais quel dégoût
qui vient saisir ou les princes qui ont tout donné, ou les favoris qui
ont tout obtenu.

XXXI. Le consulat suivant, qui était le quatrième de Tibère et
le second de Drusus, fut remarquable par l'association du père et
du fils. Deux ans auparavant, Germanicus avait eu aussi pour
collègue Tibère, mais qui n'était son père ni par la nature, ni par

sine dignitate senatoria,	sans dignité sénatoriale,
anteiit potentia	surpassa en puissance
multos triumphalium	beaucoup des triomphateurs
consulariumque,	et des consulaires,
diversus	s'écartant
ab instituto veterum	de la coutume des anciens
per cultum et munditias,	par *sa* manière-de-vivre et *sa* parure,
propiorque luxu	et plus près du luxe
copia et affluentia :	par la foule et l'abondance *des plaisirs* :
tamen suberat	cependant il y-avait-sous *ces dehors*
vigor animi	une vigueur d'esprit [affaires,
par ingentibus negotiis,	égale aux (suffisante pour les) grandes
eo acrior	d'autant plus active
quo ostentabat magis	qu'il affectait davantage
somnum et inertiam.	le sommeil et la nonchalance
Igitur, Mæcenate	Donc, Mécène
incolumi,	*étant* sain-et-sauf (vivant),
proximus,	le premier-après-lui,
mox præcipuus	puis le principal *confident*
cui inniterentur	sur lequel s'appuyaient
secreta imperatorum,	les secrets des empereurs,
et conscius	et complice
interficiendi	de (pour) tuer
Postumi Agrippæ,	Postumus Agrippa,
ætate provecta,	dans un âge avancé,
tenuit in amicitia principis	il conserva dans l'amitié du prince
speciem magis quam vim.	l'apparence plus que la force.
Idque acciderat	Et cela était arrivé
et Mæcenati :	aussi à Mécène :
fato potentiæ	*est-ce* par la destinée de la puissance
raro sempiternæ ;	*qui est* rarement éternelle ;
an satietas capit	ou *parce que* le dégoût prend
ut illos,	ou ceux-là (les princes),
uum tribuerunt omnia,	lorsqu'ils ont accordé tout,
ut hos,	ou ceux-ci (les favoris),
uum jam	lorsque enfin
ihil est reliquum	rien n'est de-reste
uod cupiant.	qu'ils puissent désirer.
XXXI. Sequitur	XXXI. Suit
uartus consulatus Tiberii,	le quatrième consulat de Tibère,
ecundus Drusi,	le second de Drusus, [collègues
signis collegio	remarquable par l'association -comme-
atris atque filii.	du père et du fils.
am, biennio ante,	Car, deux-ans auparavant,
em honor fuerat	le même honneur avait été
ermanici cum Tiberio,	à Germanicus avec Tibère,
eque lætus patruo,	*honneur* ni agréable à l'oncle,

tura tam connexus, fuerat. Ejus anni principio Tiberius, quasi
firmandæ valetudini, in Campaniam concessit, longam et continuam absentiam[1] paulatim meditans; sive ut, amoto patre,
Drusus munia consulatus solus impleret. Ac forte parva res,
magnum ad certamen progressa, præbuit juveni materiem
apiscendi favoris. Domitius Corbulo[2], prætura functus, de
L. Sulla, nobili juvene, questus est apud senatum, quod sibi
inter spectacula gladiatorum loco non decessisset[3]. Pro Corbulone ætas, patrius mos, studia seniorum erant . contra Mamercus Scaurus et L. Arruntius aliique Sullæ propinqui nitebantur. Certabantque orationibus, et memorabantur exempla
majorum, qui juventutis irreverentiam[4] gravibus decretis notavissent : donec Drusus apta temperandis animis disseruit;
et satisfactum Corbuloni per Mamercum, qui patruus simul ac
vitricus Sullæ[5], et oratorum ea ætate uberrimus erat. Idem

le cœur. Dès le commencement de l'année, le prince, sous prétexte
de rétablir sa santé, se retira dans la Campanie, préludant par là à
sa longue et continuelle absence, ou peut-être pour laisser à son fils
l'honneur de gérer seul et loin de lui le consulat. En effet, une
affaire peu importante, mais qui produisit de grandes contestations,
fournit à Drusus l'occasion d'acquérir la faveur publique. Un jeune
patricien, du nom de L. Sylla, dans un spectacle de gladiateurs,
avait refusé de céder sa place à Domitius Corbulon, ancien préteur; celui-ci s'en plaignit au sénat. Il avait pour lui son âge, le
anciennes coutumes, la faveur des vieillards. De leur côté, Mamer
cus Scaurus, L. Arruntius et les autres parents de Sylla le défen
daient avec chaleur. De part et d'autre les contestations furen
vives, et l'on citait d'anciens décrets qui avaient rigoureusemen
puni dans les jeunes gens ce manque de respect. Enfin Drusu
parla à son tour; il concilia les esprits avec adresse, et Corbulon s
contenta d'une satisfaction que lui fit Scaurus, l'orateur le plu
fécond de ce siècle, et qui était à la fois l'oncle et le beau-père d

neque tam connexus
natura.
Principio ejus anni
Tiberius,
quasi firmandæ valetudini,
concessit in Campaniam,
meditans paulatim
absentiam longam
et continuam ;
sive ut Drusus,
patre amoto,
impleret solus
munia consulatus.
Ac forte res parva,
progressa
ad magnum certamen,
præbuit juveni materiem
apiscendi favoris.
Domitius Corbulo,
functus prætura,
questus est apud senatum
de L. Sulla, juvene nobili,
quod non decessisset loco
sibi
inter spectacula
gladiatorum.
Ætas, mos patrius,
studia seniorum
erant pro Corbulone :
contra nitebantur
Mamercus Scaurus
et L. Arruntius
aliique propinqui Sullæ.
Certabantque orationibus,
et exempla majorum
memorabantur,
qui notavissent
decretis gravibus
irreverentiam juventutis :
donec Drusus disseruit
apta temperandis animis ;
et satisfactum Corbuloni
per Mamercum,
qui erat simul
patruus ac vitricus Sullæ,
et uberrimus oratorum
ea ætate.

ni aussi *intimement* lié
par la nature.
Au commencement de cette année
Tibère,
comme pour fortifier *sa* santé,
se retira dans la Campanie,
s'essayant peu-à-peu
à une absence longue
et continuelle ;
soit afin que Drusus,
son père étant écarté,
remplît seul
les fonctions du consulat.
Et par-hasard une affaire petite,
étant venue
à un grand débat,
fournit au jeune *prince* une occasion
d'acquérir la faveur *publique*.
Domitius Corbulon,
qui avait exercé la préture,
se plaignit devant le sénat
de L. Sylla, jeune noble,
parce qu'il ne s'était pas retiré de *sa* place
pour lui
dans des spectacles
de gladiateurs.
L'âge, la coutume des-pères,
la faveur des vieillards
étaient pour Corbulon :
contre *lui* s'efforçaient
Mamercus Scaurus
et L. Arruntius
et d'autres proches de Sylla.
Et ils rivalisaient par des discours,
et les exemples des ancêtres
étaient rapportés,
lesquels *ancêtres* avaient flétri
par des décrets sévères
l'irrévérence de la jeunesse :
jusqu'à ce que Drusus développa
des *raisons* propres à modérer les esprits .
et il fut satisfait à Corbulon
par *l'organe de* Mamercus,
qui était à la fois
oncle et beau-père de Sylla,
et le plus abondant des orateurs
dans ce temps-là.

Corbulo, plurima per Italiam itinera, fraude mancipum et incuria magistratuum, interrupta et impervia clamitando, exsecutionem ejus negotii libens suscepit : quod haud perinde publice usui habitum, quam exitiosum multis, quorum in pecuniam atque famam damnationibus et hasta sæviebat.

XXXII. Neque multo post, missis ad senatum litteris, Tiberius motam rursum Africam[1] incursu Tacfarinatis docuit, « judicioque patrum deligendum pro consule gnarum militiæ, corpore validum, et bello suffecturum. » Quod initium Sex. Pompeius agitandi adversus M'. Lepidum[2] odii nactus, « ut socordem, inopem, et majoribus suis dedecorum, eoque etiam Asiæ sorte depellendum, » incusavit; adverso senatu, qui Lepidum mitem magis quam ignavum, paternas ei angustias, et nobilitatem sine probro actam, honori quam ignominiæ

Sylla. Ce même Corbulon s'était plaint de la dégradation de la plupart des chemins de l'Italie, restés imparfaits ou devenus impraticables par l'infidélité des entrepreneurs et par la négligence des magistrats. Il se chargea d'y pourvoir lui-même, ce qui fut encore moins utile au public que funeste à beaucoup de particuliers, qu'il dépouilla de leurs biens et de leur honneur par des flétrissures et des confiscations.

XXXII. Peu de temps après, on reçut une lettre de Tibère. Le prince, en informant les sénateurs d'une nouvelle incursion de Tacfarinas en Afrique, leur faisait sentir la nécessité de choisir pour proconsul un homme qui eût la connaissance de la guerre, et la force d'en supporter les fatigues. Sextus Pompéius, saisissant cette occasion d'exercer sa haine contre Manius Lépidus, le peignit comme « un lâche, qui déshonorait ses ancêtres par sa pauvreté, et que pour cette raison il fallait exclure du gouvernement de l'Asie. » Ces inculpations déplurent au sénat, qui trouvait Lépidus plus doux que faible, et beaucoup plus honoré que flétri par une pauvreté qu'il tenait de ses pères, et qu'il avait soutenue sans bassesse. On

Idem Corbulo, clamitando | Le même Corbulon, en criant-souvent
plurima itinera per Italiam | beaucoup de routes à travers l'Italie
interrupta et impervia | *être* interceptées et impraticables
fraude mancipum | par la fraude des entrepreneurs
et incuria magistratuum, | et par l'incurie des magistrats,
suscepit libens | se chargea volontiers
exsecutionem | de l'exécution
ejus negotii : | de cette affaire (entreprise) :
quod haud habitum usui | ce qui ne fut pas à utilité
publice, | publiquement (pour le public),
perinde quam exitiosum | autant que ruineux
multis, | pour beaucoup,
in pecuniam | contre l'argent
atque famam quorum | et la réputation desquels
sæviebat damnationibus | il sévissait par des condamnations
et hasta.   [post, | et par l'encan.

XXXII. Neque multo | XXXII. Et non beaucoup après,
litteris missis ad senatum, | une lettre étant envoyée au sénat,
Tiberius docuit | Tibère *l*'instruisit
« Africam motam rursum | « l'Afrique *être* agitée de-nouveau
incursu Tacfarinatis, | par une incursion de Tacfarinas,
deligendumque | et devoir être choisi
pro consule, | au lieu de consul (comme proconsul),
judicio patrum, | par le jugement des sénateurs, [armes,
gnarum militiæ, | un *homme* connaissant le métier-des-
validum corpore, | fort de corps,
et suffecturum bello. » | et devant (pouvant) suffire à la guerre. »
Quod initium | Lequel commencement
Sex. Pompeius nactus | Sextus Pompéius ayant trouvé
agitandi odii | d'exercer *sa* haine
adversus M'. Lepidum, | contre M'. Lépidus,
incusavit | il *l*'accusa
« ut socordem, inopem, | « comme lâche, indigent,
et dedecorum | et déshonorant
suis majoribus, | pour ses ancêtres,
eoque etiam depellendum | et pour cela même devant être écarté
sorte Asiæ; » | du tirage-au-sort de l'Asie; »
senatu adverso, | le sénat *étant* opposé,
qui ducebat Lepidum | qui estimait Lépidus
roitem | *être* doux
magis quam ignavum, | plus que lâche,
angustias paternas, | *sa* détresse *venir* de-son-père,
et nobilitatem | et *sa* noblesse
actam sine probro | passée sans honte
habendam ei | devoir être tenue (comptée) à lui
honori | à honneur
quam ignominiæ | *plus* qu'à ignominie.

habendam ducebat. Igitur missus in Asiam. Et de Africa decretum, ut Cæsar legeret cui mandanda foret.

XXXIII. Inter quæ Severus Cæcina [1] censuit ne quem magistratum, cui provincia obvenisset, uxor comitaretur : multum ante repetito, « Concordem sibi conjugem et sex partus
enixam ; seque, quæ in publicum statueret, domi servavisse,
cohibita intra Italiam, quanquam ipse plures per provincias
quadraginta stipendia explevisset. Haud enim frustra placitum
olim ne feminæ in socios aut gentes externas traherentur :
inesse mulierum comitatui quæ pacem luxu, bellum formidine
morentur, et romanum agmen ad similitudinem barbari incessus convertant. Non imbecillum tantum et imparem laboribus sexum, sed, si licentia adsit, sævum, ambitiosum,
potestatis avidum ; incedere inter milites, habere ad manum
centuriones : præsedisse nuper feminam [2] exercitio cohortium,
decursu legionum. Cogitarent ipsi, quoties repetundarum aliqui arguerentur, plura uxoribus objectari : his statim adhære-

l'envoya donc en Asie ; et, quant à l'Afrique, on décida que le
prince y pourvoirait lui-même.

XXXIII. Dans cette discussion, Sévérus Cécina proposa de défendre aux magistrats de mener leurs femmes dans leurs gouvernements. Il commença par déclarer « qu'il avait une épouse d'une
humeur assortie à la sienne, mère de six enfants, et que, ce qu'il
imposait aux autres, il se l'était prescrit à lui-même, l'ayant toujours fait rester en Italie, quoiqu'il eût servi quarante ans entiers '
dans différentes provinces. Ce n'était point sans raison que les ancêtres s'étaient abstenus de traîner leurs femmes chez les alliés et au
milieu des nations étrangères. Les femmes avec tout leur cortége
embarrassaient en paix par leur luxe, en guerre par leurs frayeurs,
et donnaient aux légions romaines l'aspect d'une horde de barbares.
Non-seulement ce sexe était faible, incapable de supporter les fatigues, mais il devenait encore, dans l'occasion, cruel, ambitieux,
avide de pouvoir ; on les voyait marcher au milieu des soldats, dis-
poser des centurions : une femme dernièrement avait présidé à
l'exercice des légions et aux évolutions des cohortes. N'avaient-ils
pas vu eux-mêmes, dans toutes les accusations de péculat, les plus

Igitur missus in Asiam.
Et de Africa decretum
ut Cæsar legeret
cui mandanda foret.
XXXIII. Inter quæ
Se verus Cæcina censuit
ne uxor comitaretur
quem magistratum,
cui provincia obvenisset :
repetito multum ante,
« Sibi conjugem concordem
et enixam sex partus ;
seque servavisse domi
quæ statueret in publicum,
cohibita intra Italiam ,
quanquam ipse
explevisset
quadraginta stipendia
per plures provincias.
Placitum enim olim
haud frustra,
ne feminæ traherentur
in socios
aut gentes externas :
comitatui mulierum inesse
quæ morentur pacem luxu,
bellum formidine,
et convertant
agmen romanum
ad similitudinem
incessus barbari.
Sexum
non tantum imbecillum
et imparem laboribus,
sed, si licentia adsit,
sævum, ambitiosum,
avidum potestatis ;
incedere inter milites,
habere centuriones
ad manum ;
nuper feminam præsedisse
exercitio cohortium,
decursu legionum.
Cogitarent ipsi
plura objectari uxoribus,
quoties aliqui
arguerentur

Donc *il fut* envoyé en Asie.
Et pour l'Afrique il fut décidé
que César (Tibère) choisirait
celui à qui elle devait être confiée.
XXXIII. Au milieu desquelles choses
Sévérus Cécina opina
que l'épouse n'accompagnât
aucun magistrat,
à qui une province serait échue :
ceci étant répété beaucoup auparavant,
«A lui *être* une épouse d'humeur-assortie
et qui avait mis-au-monde six enfants :
et lui-même avoir observé dans *sa* maison
les règles qu'il établissait pour le public,
elle ayant été retenue en Italie,
quoique lui-même
eût accompli
quarante soldes (campagnes)
dans plusieurs provinces.
Car *ceci* avoir plu autrefois
non en vain,
que des femmes ne fussent pas traînées
chez les alliés
ou *chez* les nations étrangères :
à un cortége de femmes être-inhérentes
des choses qui retardent la paix par le
la guerre par la crainte, [luxe,
et *qui* tournent
une troupe romaine
à la ressemblance
d'une marche barbare.
Ce sexe
n'*être* pas seulement faible [fatigues,
et inégal aux (incapable de supporter les,
mais, si la licence s'*y* joint,
être cruel, ambitieux,
avide de pouvoir ;
s'avancer parmi les soldats,
avoir les centurions
sous la main ;
naguère une femme avoir présidé
à l'exercice des cohortes,
à l'évolution des légions.
Qu'ils pensassent eux-mêmes
plus de *griefs* être reprochés aux épouses,
toutes les fois que quelques-uns
étaient accusés

scere deterrimum quemque provincialium : ab his negotia suscipi, transigi; duorum egressus coli, duo esse prætoria, pervica-ibus magis et impotentibus mulierum jussis ; quæ, Oppiis quondam aliisque legibus ' constrictæ, nunc, vinclis exsolutis, domos, fora, jam et exercitus regerent. »

XXXIV. Paucorum hæc assensu audita ; plures obturbabant, « Neque relatum de negotio, neque Cæcinam dignum tantæ rei censorem. » Mox Valerius Messalinus, cui parens Messala, ineratque imago paternæ facundiæ, respondit : « Multa duritiæ veterum melius et lætius mutata : neque enim, ut olim, obsideri Urbem bellis, aut provincias hostiles esse ; et pauca feminarum necessitatibus concedi, quæ ne conjugum quidem penates, adeo socios non onerent; cetera promiscua cum marito, nec ullum in eo pacis impedimentum. Bella plane

fortes charges tomber sur les femmes? Autour d'elles se rassemblaient aussitôt tous les intrigants d'une province; elles évoquaient, décidaient les affaires ; elles avaient, comme leur mari, une cour, un tribunal, d'où émanaient des ordres plus absolus et plus tyranniques. Enchaînées jadis par la loi Oppia et par d'autres lois encore, elles se vengeaient d'une longue contrainte en régissant les familles, les tribunaux, et maintenant même les armées. »

XXXIV. Ce discours eut peu d'approbateurs, et excita les murmures de la plus grande partie du sénat. « L'affaire, s'écriait-on, n'était pas mise en délibération, et l'orateur lui-même était peu digne de proposer une réforme de cette importance. » Valérius Messalinus, en qui l'on retrouvait quelque ombre de l'éloquence de son père Messala, répondit : « Qu'on avait apporté beaucoup de sages adoucissements à la rudesse des anciennes mœurs. En effet on ne voyait plus, comme autrefois, la guerre aux portes de Rome, et les provinces ennemies de la capitale. On faisait aux besoins des femmes certaines concessions, qui, loin d'être à charge aux alliés, ne l'étaient pas même à leurs époux; en tout le reste, la communauté étant entière, leur présence n'avait rien de gênant pendant la paix. La guerre

repetundarum :
his statim adhærescere
quemque deterrimum
provincialium ;
ab his negotia
suscipi, transigi ;
egressus duorum coïi,
duo prætoria esse,
jussis mulicrum
magis pervicacibus
et impotentibus ;
quæ, quondam constrictæ
legibus Oppiis aliisque,
nunc vinclis exsolutis,
regerent domos, fora,
jam et exercitus. »

XXXIV. Hæc audita
assensu
paucorum ;
plures obturbabant,
« Neque relatum
de negotio,
neque Cæcinam
dignum censorem
tantæ rei. »
Mox Valerius Messalinus,
cui Messala parens,
ineratque imago
facundiæ paternæ,
respondit,
« Multa duritiæ veterum
mutata melius et lætius :
neque enim Urbem
obsideri bellis,
aut provincias esse hostiles,
ut olim ;
et pauca concedi
necessitatibus feminarum ,
quæ ne onerent quidem
penates conjugum,
adeo
non socios ;
cetera promiscua
cum maritis,
nec in eo
ullum impedimentum pacis.
Plane bella

de *sommes* à réclamer (de concussion) :
à elles aussitôt s'attacher
chaque *individu* le plus mauvais
des gens-de-la-province ;
par elles les affaires
être entreprises, être décidées ; [rées,
les sorties de deux *personnes* être hono-
deux prétoires exister,
les ordres des femmes
étant plus violents
et *plus* absolus ;
elles qui, autrefois enchaînées
par les lois Oppiennes et par d'autres,
maintenant *leurs* liens étant détachés,
gouvernaient les familles, les tribunaux,
enfin même les armées. »

XXXIV. Ces *paroles furent* entendues
avec l'assentiment
de *sénateurs* peu-nombreux ;
la plupart faisaient-du-bruit,
disant « Et un-rapport-n'avoir-pas-été-
sur *cette* affaire, [fait
et Cécina
n'*être* pas un digne censeur
pour un si-grand objet. »
Bientôt Valérius Messalinus,
à qui Messala *était* père,
et *en qui* était une image
de l'éloquence paternelle,
répondit, [anciens
« De nombreux *traits* de la dureté des
avoir été changes mieux et plus heureu-
et en effet la ville (Rome) [sement :
n'être pas assiégée par des guerres,
ou (ni) les provinces être hostiles,
comme autrefois ;
et peu de choses être accordées
aux besoins des femmes,
choses qui ne chargeaient pas même
les pénates des époux,
et à-plus-forte-raison
ne *chargeaient* pas les alliés ;
les autres choses *être* communes *à elles*
avec *leurs* maris,
et en cela
n'*être* aucun obstacle de (à) la paix.
Sans doute les guerres

accinctis obeunda; sed revertentibus post laborem quod ho-
nestius quam uxorium levamentum? At quasdam in ambitionem aut avaritiam prolapsas. Quid? ipsorum magistratuum
nonne plerosque variis libidinibus obnoxios? non tamen ideo
neminem in provinciam mitti. Corruptos sæpe pravitatibus
uxorum maritos : num ergo omnes cælibes integros? Placuisse
quondam Oppias leges, sic temporibus reipublicæ postulantibus : remissum aliquid postea et mitigatum, quia expedierit.
Frustra nostram ignaviam alia ad vocabula transferri; nam
viri in eo culpam, si femina modum excedat. Porro, ob unius
aut alterius imbecillum animum, male eripi maritis consortia
rerum secundarum adversarumque. Simul sexum natura invalidum deseri, et exponi suo luxu, cupidinibus alienis. Vix
præsenti custodia manere illæsa conjugia; quid fore, si per

sans doute demandait des hommes libres et dispos ; mais, au retour
de leurs travaux, quel délassement plus honnête que la société
d'une épouse? Que si l'ambition et l'avarice avaient séduit quelques
femmes, la plupart des hommes n'étaient point exempts de passions,
et les provinces n'en recevaient pas moins des gouverneurs. Si la
corruption des femmes amenait souvent celle des maris, tous les
célibataires n'étaient pas irréprochables. Les lois Oppiennes avaient
pu convenir autrefois, parce que les circonstances les rendaient
nécessaires; mais des temps plus heureux en avaient fait depuis
modérer la rigueur. En vain déguisait-on sous d'autres noms la
lâcheté des époux, toujours coupables des excès de leurs femmes ;
mais, pour un ou deux maris pusillanimes, il serait injuste d'enlever aux autres cette communauté si douce de peines et de plaisirs.
D'ailleurs l'éloignement de ses gardiens livrerait ce sexe, naturellement faible, et à ses passions et à celles d'autrui; à peine la présence de l'époux pouvait-elle maintenir la pureté des mariages : que

obeunda	devoir être abordées
accinctis ;	par des *hommes* dispos (dégagés de tout
sed revertentibus	mais à *eux* revenant [embarras) ;
post laborem	après la fatigue
quod levamentum	quel délassement
honestius	plus honnête
quam uxorium ?	que *celui* d'une-épouse ?
At quasdam prolapsas	Mais quelques-unes s'être laissées-aller
in ambitionem	à l'ambition
aut avaritiam.	ou à l'avarice.
Quid ? plerosque	Quoi ? la plupart
magistratuum ipsorum	des magistrats eux-mêmes
nonne obnoxios	n'*être* pas sujets *peut-être*
libidinibus variis ?	à des passions diverses ?
Tamen ideo	Cependant pour cela
neminem non mitti	*il n'arrivait pas* personne n'être envoyé
in provinciam.	dans une province.
Sæpe maritos corruptos	Souvent des maris *avoir été* corrompus
pravitatibus uxorum :	par les vices de *leurs* femmes :
num ergo	est-ce que donc
omnes cælibes integros ?	tous les célibataires *être* irréprochables ?
Leges Oppias	Les lois Oppiennes
placuisse quondam,	avoir plu autrefois,
temporibus reipublicæ	les circonstances de la république
postulantibus sic :	*le* demandant ainsi :
postea aliquid remissum	ensuite quelque chose *avoir été* relâché
et mitigatum,	et adouci,
quia expedierit.	parce que *cela* avait été-utile.
Frustra nostram ignaviam	En vain notre lâcheté
transferri	être transportée
ad alia vocabula ;	à d'autres noms :
nam culpam viri in eo,	car la faute de l'homme *être* en cela,
si femina excedat modum.	si la femme passe la mesure.
Porro,	Or,
ob animum imbecillum	pour le caractère faible [hommes),
unius aut alterius,	d'un *homme* ou d'un autre (d'un ou deux
consortia	la communauté
rerum secundarum	des événements favorables
adversarumque	et contraires
eripi male maritis.	être enlevée mal (injustement) aux époux.
Simul	En même temps
sexum invalidum natura	un sexe faible de nature
deseri,	être abandonné,
et exponi suo luxu,	et être livré à sa mollesse,
cupidinibus alienis.	*et* aux passions d'-autrui.
Vix custodia præsenti	A peine par une vigilance présents
conjugia manere illæsa ;	les mariages demeurer intacte ;

plures annos in modum discidii oblitterentur? Sic obviam irent
iis quæ alibi peccarentur, ut flagitiorum Urbis meminissent. »
Addidit pauca Drusus de matrimonio suo : « Nam principibus
adeunda sæpius longinqua imperii. Quoties divum Augustum
in Occidentem atque Orientem meavisse, comite Livia? Se
quoque in Illyricum profectum, et, si ita conducat, alias ad
gentes iturum, haud semper æquo animo, si ab uxore carissima et tot communium liberorum parente[1] divelleretur. »
Sic Cæcinæ sententia elusa.

XXXV. Et proximi senatus die[2], Tiberius, per litteras castigatis oblique patribus, quod cuncta curarum ad principem
rejicerent, M. Lepidum et Junium Blæsum[3] nominavit, ex
quis proconsul Africæ legeretur. Tum audita amborum verba,
intentius excusante se Lepido, quum valetudinem corporis,
ætatem liberum, nubilem filiam obtenderet; intelligereturque

serait-ce si une absence, si un divorce de plusieurs années en re-
lâchait les nœuds? En songeant aux abus des provinces, il ne fallait pas oublier les dérèglements de Rome. » Drusus ajouta quelques mots sur son mariage. Il dit « que souvent les princes étaient
appelés par leur devoir aux extrémités de l'empire. Combien de fois
Auguste n'avait-il pas visité l'Orient et l'Occident en compagnie de
Livie? Pour lui, il était allé en Illyrie, et, au besoin, il irait dans
d'autres contrées, mais non sans murmurer quelquefois, si l'on
voulait l'arracher à une épouse que tant de fruits de leur hymen
rendaient si chère à sa tendresse. » Ainsi fut éludée la proposition
de Cécina.

XXXV. Dans la séance suivante, on lut la réponse de Tibère,
qui, après s'être indirectement plaint de ce que le sénat rejetait tous
les soins du gouvernement sur le prince, nommait M. Lépidus et
Junius Blésus, pour qu'on choisît entre eux le proconsul d'Afrique.
Les deux concurrents parlèrent dans cette occasion; Lépidus
s'excusa plus fermement, alléguant une santé faible, des enfants en
bas âge, une fille à marier, laissant entendre aussi, sans le dire,

quid fore, si oblitterentur
in modum discidii
per plures annos?
Irent obviam iis
quæ peccarentur alibi
sic, ut meminissent
flagitiorum Urbis. »
Drusus addidit pauca
de suo matrimonio :
« Nam sæpius
longinqua imperii
adeunda principibus.
Quoties divum Augustum
meavisse, Livia comite,
in Occidentem
atque Orientem ?
Se quoque
profectum in Illyricum,
et, si conducat ita,
iturum ad alias gentes,
haud semper animo æquo,
si divelleretur
ab uxore carissima
et parente   [um. »
tot liberorum communi-
Sic elusa
sententia Cæcinæ.
    XXXV. Et die
senatus proximi,
Tiberius,
patribus castigatis
oblique per litteras,
quod rejicerent
ad principem
cuncta curarum,
nominavit M. Lepidum
et Junium Blæsum,
ex quis proconsul Africæ
legeretur.
Tum verba amborum
audita,
Lepido se excusante
intentius,
quum obtenderet
valetudinem corporis,
ætatem liberum,
filiam nubilem ;

quoi devoir être, s'ils étaient annulés
en forme de divorce
pendant plusieurs années?
Qu'ils allassent au-devant de ces *fautes*
qui étaient commises ailleurs
de telle sorte, qu'ils se souvinssent
des désordres de la ville (Rome). »
Drusus ajouta peu de *mots*
sur son mariage :
« Car plus souvent
les *parties* lointaines de l'empire
devoir être visitées par les princes.
Combien-de-fois le divin Auguste
être allé, Livie *étant sa* compagne,
en Occident
et *en* Orient?
Lui-même aussi
être parti pour l'Illyrie,
et, s'il était-nécessaire ainsi,
devoir aller chez d'autres nations,
non toujours avec une âme égale,
s'il était séparé
d'une épouse très-chère
et mère
de tant d'enfants communs. »
Ainsi *fut* éludée
la proposition de Cécina.
    XXXV. Et le jour
du sénat prochain (de la séance suivante),
Tibère,
les sénateurs étant réprimandés
indirectement par une lettre,
de ce qu'ils rejetaient
sur le prince
tous *les détails* des soucis,
nomma M. Lépidus
et Junius Blésus,
parmi lesquels le proconsul d'Afrique
fût choisi.
Alors les paroles de tous-deux
furent entendues,
Lépidus s'excusant
plus fortement,
tandis qu'il alléguait
la santé de *son* corps,
l'âge de *ses* enfants,
sa fille nubile ;

etiam quod silebat, avunculum esse Sejani Blæsum, atque
eo prævalidum. Respondit Blæsus specie recusantis, sed
neque eadem asseveratione; et consensu adulantium haud
jutus[1] est.

XXXVI. Exin promptum quod multorum intimis questibus
tegebatur. Incedebat enim deterrimo cuique licentia impune
probra et invidiam in bonos excitandi, arrepta imagine Cæsaris[2]; libertique etiam ac servi, patrono vel domino quum
voces, quum manus intentarent, ultro metuebantur. Igitur
C. Cestius, senator, disseruit, « Principes quidem instar deorum esse; sed neque a diis nisi justas supplicum preces audiii,
neque quemquam in Capitolium aliave Urbis templa perfugere,
ut eo subsidio ad flagitia utatur. Abolitas leges et funditus
versas, ubi in foro, in limine curiæ, ab Annia Rufilla, quam
fraudis sub judice damnavisset, probra sibi et minæ inten-

que Blésus, étant oncle de Séjan, ne manquerait pas d'être préféré.
La réponse de Blesus fut aussi une sorte de refus, mais bien moins
positif, et dont les flatteries unanimes du sénat eurent bientôt
triomphé.

XXXVI. On s'éleva ensuite contre un abus qui régnait alors,
et dont les citoyens gémissaient en silence. Les plus vils scélérats,
armés d'une image de l'empereur, pouvaient outrager impunément
et compromettre les gens de bien. Les affranchis et les esclaves
même, qui élevaient la voix ou la main contre leur maître ou leur
patron, faisaient, avec cette égide, respecter leur insolence. Le
sénateur C. Cestius représenta « que les princes sans doute étaient
l'image des dieux; mais que les dieux n'écoutaient que les supplications justes; que personne ne se réfugiait au Capitole ou dans les
autres temples de Rome pour s'autoriser à des crimes; que les lois
étaient renversées, anéanties, puisque Annia Rufilla, faussaire
infâme qu'il avait fait condamner, venait, au milieu du forum et

etiamque quod silebat	et aussi *lorsque ce* qu'il taisait
intelligeretur,	était compris,
Blæsum	Blésus
esse avunculum Sejani,	être l'oncle de Séjan,
atque eo prævalidum.	et par cela préférable.
Blæsus respondit	Blésus répondit
specie recusantis, [tione ;	de l'air de *quelqu'un* qui refuse,
sed neque eadem assevera-	mais non avec la même assurance ;
et haud jutus est	et il ne fut pas soutenu
consensu adulantium.	par (grâce à) l'accord des flatteurs.
XXXVI. Exin	XXXVI. Ensuite
promptum	*fut* mis-au-jour
quod tegebatur	*un abus* qui était caché
questibus intimis	par les plaintes secrètes
multorum.	de beaucoup.
Licentia enim	En effet la liberté
excitandi impune	d'exciter impunément
in bonos	contre les bons *citoyens*
probra et invidiam,	des outrages et de la haine,
imagine Cæsaris arrepta,	une image de César (Tibère) étant saisie,
incedebat	était venue
cuique deterrimo,	à chaque *citoyen* le plus mauvais,
libertique etiam ac servi	et les affranchis même et les esclaves
metuebantur ultro,	étaient redoutés spontanément,
quum intentarent voces,	lorsqu'ils dirigeaient *leurs* voix,
quum manus	lorsqu'*ils dirigeaient leurs* mains
patrono vel domino.	contre *leur* patron ou *leur* maître.
Igitur C. Cestius, senator,	Donc C. Cestius, sénateur,
disseruit,	exposa,
« Principes quidem	« Les princes à la vérité
esse instar deorum ;	être une représentation des dieux ;
sed neque preces supplicum	mais ni les prières des suppliants
audiri a diis,	n'être entendues des dieux,
nisi justas,	sinon les *prières* justes,
neque quemquam perfugere	ni personne ne se réfugier
in Capitolium	dans le Capitole [(Rome)
aliave templa Urbis,	ou *dans* d'autres temples de la vill
ut utatur eo subsidio	pour qu'il use de ce secours
ad flagitia.	à l'endroit de *ses* vices.
Leges abolitas	Les lois *être* abolies
et versas funditus,	et renversées de-fond-en-comble,
ubi in foro,	dès que sur le forum,
in limine curiæ,	sur le seuil de la curie,
probra et minæ	des outrages et des menaces
intendantur sibi	étaient dirigés contre lui-même
ab Annia Rufilla,	par Annia Rufilla,
quam damnavisset	qu'il avait condamnée (fait condamner)

dantur, neque ipse audeat jus experiri, ob effigiem imperatoris oppositam. » Haud dissimilia alii, et quidam atrociora circumstrepebant; precabanturque Drusum, daret ultionis exemplum : donec accitam convictamque attineri publica custodia jussit.

XXXVII. Et Considius Æquus et Cælius Cursor, equites romani, quod fictis majestatis criminibus Magium Cæcilianum, prætorem, petivissent, auctore principe ac decreto senatus puniti. Utrumque in laudem Drusi trahebatur : « Ab eo, in Urbe, inter cœtus et sermones hominum obversante, secreta patris mitigari. » Neque luxus in juvene adeo displicebat : « Huc potius intenderet[1], diem editionibus[2], noctem conviviis traheret, quam, solus et nullis voluptatibus avocatus, mœstam vigilantiam et malas curas exerceret. »

XXXVIII. Non enim Tiberius, non accusatores fatiscebant.

---

aux portes du sénat, l'accabler d'outrages et de menaces, sans qu'il osât la faire punir, à cause d'une image du prince qu'on lui opposait. » On raconta mille faits pareils, et de plus révoltants encore; et tous conjurèrent Drusus de faire un exemple. Enfin Rufilla comparut, fut convaincue, et jetée en prison.

XXXVII. En même temps Considius Æquus et Célius Cursor, chevaliers romains, ayant forgé une accusation de lèse-majesté pour perdre le préteur Magius Cécilianus, furent punis par un décret du sénat, sur la demande du prince. On fit honneur à Drusus de ces deux actes de justice. Les Romains, qui le voyaient se mêler à leurs assemblées et à leurs entretiens, lui savaient gré d'adoucir la sombre politique de son père, et ils pardonnaient même volontiers à sa jeunesse quelques dissipations. « Puisse-t-il, disait-on, passer avec ardeur les jours dans les spectacles, les nuits dans les festins, plutôt que d'entretenir dans une solitude austère et triste une vigilance chagrine et de farouches inquiétudes! »

XXXVIII. En effet, ni Tibère ni les accusateurs ne se lassaient.

fraudis	pour fraude
sub judice,	devant le juge,
neque ipse audeat	et que lui-même n'osait pas [naux),
experiri jus,	éprouver la justice (recourir aux tribu-
ob effigiem imperatoris	à cause de l'image de l'empereur
oppositam. »	opposée *contre lui.* »
Alii circumstrepebant	D'autres faisaient-du-bruit-tout-autour
haud dissimilia,	*énonçant* des *faits* non dissemblables,
et quidam atrociora ;	et quelques-uns, *des faits* plus violents ;
precabanturque Drusum,	et ils priaient Drusus,
daret exemplum ultionis:	qu'il donnât l'exemple de la vengeance :
donec jussit	jusqu'à ce qu'il ordonna
accitam convictamque	*cette femme* mandée et convaincue
attineri custodia publica.	être retenue dans la prison publique.
XXXVII. Et	XXXVII. De plus
Considius Æquus	Considius Æquus
et Cælius Cursor,	et Célius Cursor,
equites romani,	chevaliers romains, [teur,
puniti, principe auctore,	*furent* punis, le prince *en étant* l'instiga-
ac decreto senatus,	et par un décret du sénat,
quod petivissent	parce qu'ils avaient attaqué
criminibus fictis	par des accusations forgées
majestatis	de *lèse-*majesté
Magium Cæcilianum,	Magius Cécilianus,
prætorem.	préteur. [prétée)
Utrumque trahebatur	L'une-et-l'autre chose était tirée (inter-
in laudem Drusi :	à la louange de Drusus :
« Ab eo,	« Par lui, *disait-on ,*
obversante in Urbe,	vivant dans la ville (Rome),
inter cœtus	parmi les réunions
et sermones hominum,	et les entretiens des hommes, [cis. »
secreta patris mitigari. »	les *desseins* secrets de *son* père être adou-
Neque luxus	Et le luxe aussi
displicebat adeo	ne déplaisait pas tant *que dans un autre*
in juvene :	dans *ce jeune prince :*
« Intenderet huc,	« Qu'il dirigeât là *ses penchants,*
traheret diem editionibus,	qu'il traînât (passât) le jour en spectacles,
noctem conviviis,	la nuit en festins,
potius quam solus	plutôt que seul
et avocatus	et n'étant détourné
nullis voluptatibus	par aucun plaisir
exerceret	il entretînt
vigilantiam mœstam	une vigilance triste
et curas malas. » [berius,	et des soucis malfaisants. »
XXXVIII. Non enim Ti-	XXXVIII. En effet ni Tibère,
non accusatores	ni les accusateurs
fatiscebant.	ne se ralentissaient.

Et Ancharius Priscus Cæsium Cordum, proconsulem Cretæ,
postulaverat repetundis; addito majestatis crimine, quod tum
omnium accusationum complementum erat. Cæsar Antistium
Veterem, e primoribus Macedoniæ [1], absolutum adulterii, increpitis judicibus, ad dicendam majestatis causam retraxit,
ut turbidum et Rhescuporidis consiliis permixtum; qua tempestate, Cotye fratre [2] interfecto, bellum adversus nos volverat
Igitur aqua et igni interdictum reo, appositumque ut teneretur
tur insula neque Macedoniæ neque Thraciæ opportuna. Nam
Thracia, diviso imperio in Rhœmetalcen et liberos Cotyis,
quis ob infantiam tutor erat Trebellienus Rufus, insolentia
nostri discors agebat, neque minus Rhœmetalcen quam Trebellienum incusans popularium injurias inultas sinere. Cœletæ
Odrusæque [3] et alii, validæ nationes, arma cepere, ducibus

Ancharius Priscus avait dénoncé Césius Cordus, proconsul de
Crète, pour crime de concussion, et il y avait joint l'accusation de
lèse-majesté, qui alors était le complément de toutes les autres. De
son côté Tibère, après avoir réprimandé les juges qui venaient
d'absoudre Antistius Vétus, un des premiers de la Macédoine,
accusé d'adultère, le ramena devant de nouveaux juges comme
criminel de lèse-majesté, comme complice des projets de Rhescuporis, lorsque ce barbare, après le meurtre de son neveu Cotys,
avait tramé la guerre contre nous. On interdit l'eau et le feu à
Antistius, et l'on décida de le confiner dans une île qui ne serait
portée ni de la Macédoine ni de la Thrace; car la Thrace était rem-
plie de troubles, depuis qu'on avait partagé le royaume entre Rhémétalcès et les enfants de Cotys, qui, à cause de leur bas âge, avaient
pour tuteur Trébelliénus Rufus. Les barbares ne pouvaient s'accoutumer à voir les Romains parmi eux, et ils ne s'en prenaient pas
moins à Rhémétalcès qu'à Trébelliénus des outrages qu'ils essuyaient
et qui restaient impunis. Les Célètes, les Odryses et d'autres nations

Et Ancharius Priscus
postulaverat
repetundis
Cæsium Cordum,
proconsulem Cretæ;
crimine majestatis addito,
quod erat tum
complementum
omnium accusationum.
Antistium Veterem,
e primoribus Macedoniæ,
absolutum adulterii,
Cæsar,
judicibus increpitis,
retraxit
ad dicendam causam
majestatis,
ut turbidum
et permixtum consiliis
Rhescuporidis,
tempestate qua,
fratre Cotye interfecto,
volverat bellum
adversus nos.
Igitur interdictum reo
aqua et igni,
appositumque ut teneretur
insula opportuna
neque Macedoniæ
neque Thraciæ.
Nam Thracia,
imperio diviso
in Rhœmetalcen
et liberos Cotyis,
quis ob infantiam
Trebellienus Rufus
erat tutor,
agebat discors
insolentia nostri,
neque incusans minu-
Rhœmetalcen
quam Trebellienum
sinere inultas
injurias popularium.
Cœletæ Odrusæque
et alii, nationes validæ,
cepere arma,

Et Ancharius Priscus
avait dénoncé   [sion)
pour *sommes* à réclamer (pour concus-
Césius Cordus,
proconsul de Crète;
le grief de *lèse*-majesté étant ajouté,
ce qui était alors
le complément
de toutes les accusations.
Quant à Antistius Vétus,
un des principaux de la Macédoine,
qui avait été absous d'adultère,
César (Tibère),
les juges étant blâmés,
le ramena
à plaider la cause
de *lèse*-majesté,
comme factieux
et mêlé aux desseins
de Rhescuporis,
dans le temps dans lequel,
son neveu Cotys tué,
il avait médité la guerre
contre nous.
Donc on interdit à l'accusé
l'eau et le feu,
et il fut ajouté qu'il serait gardé
dans une île *qui ne fut* à-portée
ni de la Macédoine
ni de la Thrace.
Car la Thrace,
l'empire ayant été divisé
entre Rhémétalcès
et les enfants de Cotys,
auxquels à cause de *leur* enfance
Trébelliénus Rufus
était tuteur,
passait *le temps* en-discordes
par le manque-de-s'habituer à nous,
et n'accusant pas moins
Rhémétalcès
que Trebelliénus
de laisser sans-vengeance
les injures de *ses* nationaux.
Les Célètes et les Odryses
et d'autres, nations puissantes,
prirent les armes,

diversis et paribus inter se per ignobilitatem : quæ causa fuit
ne in bellum atrox coalescerent. Pars turbant præsentia ; alii
montem Hæmum[1] transgrediuntur, ut remotos populcs conci-
rent : plurimi ac maxime compositi regem urbemque Philippopolim[2], a Macedone Philippo sitam, circumsidunt.

XXXIX. Quæ ubi cognita P. Velleio[3] (is proximum exercitum præsidebat), alarios equites ac leves cohortium mittit in
eos qui prædabundi, aut assumendis auxiliis, vagabantur :
ipse robur peditum ad exsolvendum obsidium ducit. Simulque
cuncta prospere acta ; cæsis populatoribus, et dissensione orta
apud obsidentes, regisque opportuna eruptione, et adventu
legionis. Neque aciem aut prælium dici decuerit, in quo se-
mermes ac palantes trucidati sunt, sine nostro sanguine.

XL. Eodem anno Galliarum civitates, ob magnitudinem

puissantes, prirent les armes sous des chefs différents, mais tout
aussi obscurs les uns que les autres ; ce qui empêcha une coalition
qui eût produit une guerre sanglante. Les uns travaillent à soulever
leur propre canton ; d'autres vont, au delà du mont Hémus, exciter
à la révolte les populations éloignées ; le plus grand nombre, et
ce qu'il y avait de mieux discipliné, assiége le roi dans Philippo-
polis, ville bâtie par Philippe de Macédoine.

XXXIX. Lorsque P. Velléius, commandant de l'armée la plus
voisine, fut informé de ces mouvements, il détacha la cavalerie
des alliés, avec des troupes légères, contre les pelotons épars qui
couraient la campagne pour piller ou pour rassembler quelque renfort. Puis il marcha en personne au secours de la place, avec l'élite
de son infanterie. Tout réussit à la fois : les coureurs furent taillés
en pièces, et les assiégeants, désunis entre eux, troublés par une
sortie que le roi fit à propos, furent écrasés par la légion. Il serait
même peu convenable de donner le nom de bataille ou de combat à
ce massacre de vagabonds mal armés, qui ne nous coûta pas un
homme.

XL. Cette même année, les Gaulois, écrasés de dettes, firent

ducibus diversis	sous des chefs divers
et paribus inter se	et égaux entre eux
per ignobilitatem :	par l'obscurité ;
quæ causa fuit	laquelle cause fut (ce qui fut cause)
ne coalescerent	qu'ils ne se coalisèrent pas
in bellum atrox.	pour une guerre terrible.
Pars turbant	Une partie (les uns) troublent
præsentia ;	les *pays* qui-sont-sous-leur-main ;
alii transgrediuntur	d'autres franchissent
montem Hæmum,	le mont Hémus,
ut concirent	afin qu'ils soulevassent
populos remotos :	les peuples éloignés :
plurimi	la plupart
ac maxime compositi	et les plus disciplinés
circumsidunt regem	assiégent le roi
urbemque Philippopolim,	et la ville *de* Philippopolis,
sitam a Philippo Macedone.	établie (bâtie) par Philippe de-Macédoine.
XXXIX. Quæ	XXXIX. Lesquels *faits*
ubi cognita P. Velleio	dès qu'*ils sont* connus de P. Velléius
(is præsidebat	(celui-ci commandait
exercitum proximum),	l'armée la plus voisine),
mittit equites alarios	il envoie les cavaliers des-ailes [légères]
ac leves cohortium	et les légères des cohortes (les cohortes
in eos qui vagabantur	contre ceux qui couraient-çà-et-là
prædabundi,	en pillant,
aut assumendis auxiliis :	ou pour prendre des renforts :
ipse ducit	lui-même conduit
robur peditum	la force (le gros) des fantassins
ad exsolvendum obsidium.	pour faire-lever le siége.
Cunctaque simul	Et toutes *ces* choses à la fois
acta prospere ;	*furent* faites heureusement ;
populatoribus cæsis,	les dévastateurs ayant été massacrés,
et dissensione orta	et la discorde s'étant élevée
apud obsidentes,	parmi les assiégeants,
eruptioneque regis	et une sortie du roi
opportuna,	*ayant eu lieu* à-propos,
et adventu legionis.	ainsi-que l'arrivée de la légion.
Neque decuerit	Et il ne conviendrait pas
dici	*cette lutte* être dite (appelée)
aciem aut prælium,	bataille ou combat,
in quo trucidati sunt	dans laquelle furent massacrés
semermes ac palantes,	des *hommes* à-demi-armés et errants
sine sanguine nostro.	sans *effusion de* sang nôtre.
XL. Eodem anno	XL. La même année
civitates Galliarum,	les cités des Gaules,
ob magnitudinem	à cause de la grandeur
æris alieni,	de l'argent d'-autrui (des dettes),

æris alieni, rebellionem cœptavere : cujus exstimulator acer-
rimus, inter Treveros Julius Florus, apud Æduos[1] Julius
Sacrovir. Nobilitas ambobus, et majorum bona facta, eoque
romana civitas olim data, quum id rarum nec nisi virtuti
pretium esset. Ii secretis colloquiis, ferocissimo quoque as-
sumpto, aut quibus, ob egestatem ac metum ex flagitiis,
maxima peccandi necessitudo, componunt, Florus Belgas,
Sacrovir propiores Gallos concire. Igitur per conciliabula et
cœtus seditiosa disserebant, de continuatione tributorum,
gravitate fœnoris[2], sævitia ac superbia præsidentium ; et
« Discordare militem, audito Germanici exitio : egregium resu-
mendæ libertati tempus, si, ipsi florentes, quam inops Italia,
quam imbellis urbana plebes, nihil validum in exercitibus,
nisi quod externum, cogitarent. »

XLI. Haud ferme ulla civitas intacta seminibus ejus motus

une tentative de révolte. Les plus ardents instigateurs de ce mouvement furent Julius Florus chez les Trévires, et Julius Sacrovir chez
les Éduens. Distingués tous deux par leur naissance et les belles
actions de leurs ancêtres, ils étaient devenus citoyens romains dans
un temps où cette récompense se donnait rarement, et toujours au
mérite. Ces deux hommes, après de secrètes conferences, après
s'être associé les caractères les plus entreprenants, tous ceux à qui la
misère et la crainte des supplices ne laissaient de ressources que le
crime, conviennent entre eux de soulever, Florus les Belges, Sacrovir les Gaulois de son voisinage. Se mêlant donc dans toutes les
assemblées générales et particulières, ils se répandaient en discours
séditieux sur la perpétuité des impôts, sur l'enormité de l'usure, sur
l'orgueil et la cruauté des commandants. « Le soldat romain,
disaient-ils, était en proie aux dissensions, depuis qu'il avait
appris la mort de Germanicus ; jamais l'occasion n'avait été plus
favorable pour recouvrer leur liberté ; ne voyaient-ils pas eux-
mêmes combien les Gaules étaient florissantes, l'Italie dénuée de
ressources, le peuple de Rome efféminé, et que les etrangers faisaient seuls la force de ses armées ? »

XLI. Il n'y eut presque pas de canton où ils n'eussent semé les

cœptavere seditionem :	commencèrent une sédition :
cujus	de laquelle
exstimulator acerrimus	le promoteur le plus ardent
fuit inter Treveros	fut parmi les Trévires
Julius Florus,	Julius Florus,
apud Æduos	parmi les Éduens
Julius Sacrovir.	Julius Sacrovir.
Ambobus nobilitas,	A tous-deux *étaient* noblesse,
et bona facta majorum,	et belles actions des ancêtres,
eoque civitas romana	et pour cela *le droit de* cité romaine
data olim,	*leur avait été* donné autrefois,
quum id esset rarum	lorsque cela était rare [vertu.
nec pretium nisi virtuti	et n'*était* un prix *pour rien* sinon pour la
Ii colloquiis secretis,	Ceux-ci par des conférences secrètes,
quoque ferocissimo	chaque *homme* le plus audacieux
assumpto,	étant associé *à eux*,
aut quibus	ou *ceux* à qui *était*
maxima necessitudo	la plus grande nécessité
peccandi	de mal-faire
ob egestatem	à cause de la misère
ac metum ex flagitiis,	et de la crainte par suite des désordres,
componunt concire,	conviennent de soulever,
Florus Belgas,	Florus les Belges,
Sacrovir Gallos propiores.	Sacrovir les Gaulois plus voisins.
Igitur per conciliabula	Donc dans des réunions
et cœtus	et des assemblées [tieuses,
disserebant seditiosa,	ils développaient des *considérations* sédi-
de continuatione	sur la continuité
tributorum,	des tributs,
gravitate fœnoris,	le fardeau de l'usure,
sævitia ac superbia	la cruauté et l'orgueil
præsidentium ;	des gouverneurs ;
et « Militem discordare,	et *ils ajoutaient* « Le soldat être désuni,
exitio Germanici audito :	la mort de Germanicus étant apprise :
tempus egregium	le temps *être* excellent
resumendæ libertati,	pour reprendre *leur* liberté,
si, ipsi florentes,	si, eux-mêmes florissant,
cogitarent	ils songeaient
quam inops Italia,	combien misérable *était* l'Italia,
quam imbellis	combien timide
plebes urbana,	la populace de-la-ville,
nihil validum	*et* rien de fort
in exercitibus,	dans les armées,
nisi quod externum. »	sinon *ce* qui *était* étranger. »
XLI. Ferme	XLI. Presque
haud ulla civitas	aucune cité
fuit intacta seminibus	ne fut intacte des semences

fuit : sed erupere primi Andecavi ac Turonii[1]. Quorum Andecavos Acilius Aviola[2], legatus, excita cohorte quæ Lugduni[3]
præsidium agitabat, coercuit : Turonii legionario milite, quem
Visellius Varro, inferioris Germaniæ legatus, miserat, oppressi,
eodem Aviola duce, et quibusdam Galliarum primoribus; qui
tulere auxilium, quo dissimularent defectionem, magisque in
tempore efferrent. Spectatus et Sacrovir, intecto capite, pugnam pro Romanis ciens, ostentandæ, ut ferebat, virtutis;
sed captivi, ne incesseretur telis, agnoscendum se præbuisse
arguebant. Consultus super eo Tiberius aspernatus est indicium, aluitque dubitatione bellum.

XLII. Interim Florus insistere destinatis, pellicere alam
equitum, quæ, conscripta Treveris, militia disciplinaque nostra
habebatur, ut, cæsis negotiatoribus Romanis[1], bellum inciperet : paucique equitum corrupti; plures in officio mansere.

germes de la révolte. Les Andécaves et les Turoniens éclatèrent les
premiers. Le lieutenant Acilius Aviola, avec une cohorte qui tenait
garnison à Lyon, fit rentrer les Andécaves dans le devoir. Les
Turoniens furent défaits par un corps de légionnaires que le même
Aviola reçut de Visellius Varron, gouverneur de la Basse-Germanie,
et auquel se joignirent des nobles gaulois, qui, en attendant une
occasion plus favorable, masquaient ainsi leur défection. On vit
même Sacrovir combattre pour les Romains, la tête découverte, afin,
disait-il, de montrer son courage; mais les prisonniers lui repro-
chaient de ne s'être fait ainsi reconnaître des siens, que pour n'être
point en butte à leurs traits. On consulta Tibère, qui dédaigna l'avis,
et, par sa négligence, fomenta la rébellion.

XLII. Cependant Florus poursuivait ses projets. On avait levé à
Trèves un corps de cavaliers, qu'on disciplinait suivant la méthode
romaine. Il mit en œuvre la séduction pour les engager à massacrer
les négociants romains et à commencer la guerre. Quelques-uns se
laissèrent corrompre; la plupart restèrent fidèles. Mais la foule des

ejus motus :
sed Andecavi ac Turonii
erupere primi.
Quorum Acilius Aviola,
legatus,
coercuit Andecavos,
cohorte excita,
quæ agitabat præsidium
Lugduni :
Turonii
oppressi milite legionario,
quem miserat
Visellius Varro, legatus
Germaniæ inferioris,
eodem Aviola duce,
et quibusdam primoribus
Galliarum ;
qui tulere auxilium ,
quo dissimularent
defectionem,
efferrentque
magis in tempore.
Et Sacrovir spectatus,
capite intecto,
ciens pugnam
pro Romanis,
ostentandæ virtutis ,
ut ferebat ;
sed captivi arguebant
præbuisse se agnoscendum
ne incesseretur telis.
Tiberius consultus super eo
aspernatus est indicium ,
aluitque bellum
dubitatione.
XLII. Interim Florus
insistere destinatis ,
pellicere alam equitum ,
quæ , conscripta Treveris,
habebatur nostra militia
disciplinaque ,
ut inciperet bellum ,
negotiatoribus Romanis
cæsis :
paucique equitum
corrupti ;
plures mansere in officio.

de ce mouvement (cette révolte) :
mais les Andécaves et les Turoniens
eclatèrent les premiers.
Desquels Acilius Aviola ,
lieutenant,
réduisit les Andécaves,
une cohorte ayant été appelée,
qui tenait garnison
à Lyon :
les Turoniens
furent accablés par le soldat des-légions,
qu'avait envoyé
Visellius Varron, lieutenant
de la Germanie inférieure,
le même Aviola *étant* chef,
et par certains nobles
des Gaules ;
lesquels portèrent secours ,
afin qu'ils dissimulassent
leur défection ,
et *la* produisissent
plus à propos.
Sacrovir même *fut* vu,
la tête non-couverte,
provoquant le combat
pour les Romains ,
pour montrer *son* courage ,
comme il *le* disait ;
mais les prisonniers *l'*accusaient
d'avoir montré lui-même à reconnaître
pour qu'il ne fût pas attaqué par les traits.
Tibère consulté sur ce *fait*
dédaigna *cette* révélation,
et entretint la guerre
par *son* irrésolution.
XLII. Cependant Florus
de presser *ses* desseins,
d'exciter une aile de cavaliers,
qui, enrôlée chez les Trévires,
était tenue avec notre système-militaire
et *notre* discipline,
afin qu'elle commençât la guerre,
les commerçants romains
étant massacrés :
et peu des cavaliers
furent corrompus ;
la plupart restèrent dans le devoir.

Aliud vulgus obæratorum aut clientium[1] arma cepit; petebant-
que saltus quibus nomen Arduenna, quum legiones utroque
ab exercitu, quas Visellius et C. Silius adversis itineribus ob-
jecerant, arcuerunt. Præmissusque cum delecta manu Julius
Indus, e civitate eadem, discors Floro, et ob id navandæ
operæ avidior, inconditam multitudinem adhuc disjecit. Florus, incertis latebris victores frustratus, postremo, visis militibus qui effugia insederant, sua manu cecidit. Isque Treverici
tumultus finis.

XLIII. Apud Æduos major moles exorta, quanto civitas
opulentior, et comprimendi procul[2] præsidium. Augustodunum[3], caput gentis, armatis cohortibus Sacrovir occupaverat,
et nobilissimam Galliarum sobolem, liberalibus studiis[1] ibi
operatam, ut eo pignore parentes propinquosque eorum ad-
jungeret : simul arma occulte fabricata juventuti[1] dispertit.
Quadraginta millia fuere, quinta sui parte legionariis armis ;

débiteurs et des clients de Florus prit les armes ; et ils cherchaient à
gagner la forêt des Ardennes, lorsque des légions des deux armées
de Visellius et de C. Silius, arrivant par des chemins opposés, leur
fermèrent le passage. On avait aussi envoyé en avant, avec un
corps d'élite, Julius Indus, concitoyen de Florus, son ennemi personnel, et, par là même, plus ardent à nous servir. Celui-ci eut
bientôt dissipé cette multitude, qui n'était encore qu'un attroupe-
ment. Florus, à la faveur de retraites inconnues, trompa quelque
temps les recherches du vainqueur. Enfin, voyant toutes les issues
occupées par les soldats, il se tua de sa propre main. Ainsi finit la
révolte des Trévires.

XLIII. Celle des Éduens fut plus sérieuse, et par la puissance de
ce peuple, et par l'éloignement de nos forces. Sacrovir, avec les
auxiliaires de sa nation, s'était emparé d'Augustodunum. Cette
capitale du pays, en le rendant maître de toute la jeune noblesse
qu'y rassemble la réputation de ses écoles, lui répondait des familles. On avait fabriqué des armes secrètement ; il les fit distribuer
aux habitants. Bientôt il fut à la tête de quarante mille hommes,

Aliud vulgus	L'autre foule
obæratorum aut clientium	des débiteurs ou des clients
cepit arma;	prit les armes;
petebantque saltus	et ils gagnaient les bois
quibus nomen Arduenna,	auxquels le nom *est* Ardenne,
quum legiones	lorsque les légions
ab utroque exercitu,	de l'une-et-l'autre armée,
quas Visellius et C. Silius	que Visellius et C. Silius
objecerant	avaient jetées-devant *eux*
itineribus adversis,	par des chemins opposés,
arcuerunt.	*les* arrêtèrent.
Præmissusque	Et envoyé-en-avant
cum manu delecta,	avec une troupe choisie,
Julius Indus,	Julius Indus,
ex eadem civitate,	de la même cité,
discors Floro,	*mais* en-désaccord avec Florus,
et ob id avidior	et pour cela plus avide
navandæ operæ,	de s'acquitter d'un service,
disjecit multitudinem	dispersa *cette* multitude
adhuc inconditam.	encore désordonnée.
Florus, frustratus victores	Florus, ayant trompé les vainqueurs
latebris incertis,	par des cachettes incertaines,
postremo cecidit sua manu,	enfin tomba de sa *propre* main,
militibus	les soldats
qui insederant effugia	qui avaient occupé *ses* asiles
visis.	ayant été aperçus *par lui*.
Isque finis	Et celle-ci (telle) *fut* la fin
tumultus Treverici.	de la révolte des-Trévires.
XLIII. Apud Æduos	XLIII. Chez les Éduens
moles major exorta,	un effort *d'autant* plus grand s'éleva,
quanto civitas opulentior,	que *leur* cité *était* plus opulente,
et præsidium comprimendi	et *que* la force pour *le* comprimer
procul.	*était* loin.
Sacrovir occupaverat	Sacrovir avait occupé
cohortibus armatis	avec des cohortes armées
Augustodunum,	Augustodunum,
caput gentis,	capitale de la nation,
et sobolem nobilissimam	et les rejetons les plus nobles
Galliarum,	des Gaules,
operatam ibi	occupés là
studiis liberalibus,	aux études libérales,
ut eo pignore	afin que par ce gage
adjungeret parentes	il s'adjoignît les parents
propinquosque eorum ·	et les proches d'eux :
simul dispertit juventuti	en même temps il distribue à la jeunesse
arma fabricata occulte.	des armes fabriquées secrètement.
Fuere quadraginta millia,	Ils furent quarante mille,

ceteri cum venabulis et cultris, quæque alia venantibus tela
sunt. Adduntur e servitiis gladiaturæ destinati, quibus, more
gentico, continuum ferri tegimen (cruppellarios[1] vocant),
inferendis ictibus inhabiles, accipiendis impenetrabiles. Augebantur hæ copiæ vicinarum civitatum, ut nondum aperta
consensione, ita viritim promptis studiis, et certamine ducum
Romanorum, quos inter ambigebatur, utroque bellum sibi
poscente. Mox Varro, invalidus senecta, vigenti Silio concessit.

XLIV. At Romæ non Treveros modo et Æduos, sed quatuor
et sexaginta Galliarum civitates descivisse, assumptos in societatem Germanos, dubias Hispanias; cuncta (ut mos famæ)
in majus credita. Optimus quisque reipublicæ cura mœrebat :
multi, odio præsentium et cupidine mutationis, suis quoque

dont un cinquième était armé comme nos légionnaires ; le reste avait
des épieux, des couteaux et d'autres instruments de chasse. Il y
joignit les esclaves destinés au métier de gladiateurs, et que dans ce
pays on nomme *cruppellaires*. Une armure de fer les couvre tout entiers, et les rend impénétrables aux coups, mais incapables d'en
porter eux-mêmes. Ces forces s'augmentaient par l'ardeur d'une
foule de Gaulois voisins, qui, sans attendre un concours public de
leurs cités, venaient séparément offrir leurs services, et par la mésintelligence de nos généraux, qui se disputaient le commandement.
Enfin Varron, infirme et vieux, le céda à Silius, qui était dans la
vigueur de l'âge.

XLIV. Cependant, à Rome, ce n'étaient pas seulement, disait-on,
les Trévires et les Éduens qui se révoltaient, mais soixante-quatre
cités de la Gaule ; les Germains s'étaient ligués avec elles ; les Espagnes étaient chancelantes. On enchérissait encore, comme c'est l'ordinaire, sur les exagérations de la renommée. Les bons citoyens gémissaient par intérêt pour la patrie ; mais une foule de mécontents, dans
l'espoir d'un changement, se réjouissaient de leurs propres dangers.

quinta parte sui	la cinquième partie d'eux
armis legionariis;	*étant pourvue* d'armes de-légionnaires;
ceteri	les autres
cum venabulis et cultris,	avec des epieux et des couteaux,
quæque alia tela sunt	et les autres traits qui sont *d'usage*
venantibus.	aux chasseurs.
Adduntur e servitiis	*A eux* sont ajoutés d'entre les esclaves
destinati gladiaturæ,	ceux destinés au métier-de-gladiateur
quibus, more gentico,	auxquels, selon l'usage de-la-nation,
tegimen ferri continuum	*est* une armure de fer toute-d'une-pièce
(vocant cruppellarios),	(on *les* appelle cruppellaires),
inhabiles	inhabiles
inferendis ictibus,	pour porter des coups,
impenetrabiles accipiendis.	impénétrables pour *en* recevoir.
Hæ copiæ augebantur	Ces troupes étaient augmentées
ut nondum	comme non-encore (sinon encore)
consensione aperta	par le concours ouvert
civitatum vicinarum,	des cités voisines,
ita viritim	ainsi (du moins) individuellement
studiis promptis,	par un zèle manifeste,
et certamine	et par la rivalité
ducum romanorum,	des généraux romains,
inter quos ambigebatnr,	entre lesquels il y-avait-dispute,
utroque	l'un - et - l'autre
poscente bellum sibi.	demandant la guerre pour soi.
Mox Varro,	Bientôt Varron,
invalidus senecta,	affaibli par la vieillesse, [*l'âge.*
concessit Silio vigenti.	céda à Silius qui était-dans-la-vigueur *de*
XLIV. At Romæ	XLIV. Mais à Rome, *la nouvelle*
non modo Treveros	non seulement les Trévires
et Æduos,	et les Éduens,
sed sexaginta	mais soixante
et quatuor civitates	et quatre cités
Galliarum	des Gaules
descivisse,	avoir fait-défection,
Germanos assumptos	les Germains *avoir été* adjoints
in societatem,	en alliance,
Hispanias dubias ·	les Espagnes *être* douteuses;
cuncta	toutes ces *nouvelles*
(ut mos famæ)	(comme *c'est* l'usage de la renommée)
credita	*furent* crues
in majus.	dans *une proportion* plus grande.
Quisque optimus mœrebat	Chaque *citoyen* le meilleur s'affligeait
cura reipublicæ :	par souci de la république :
multi, odio præsentium	beaucoup, par haine des choses présentes
et cupidine mutationis,	et par désir du changement,
lætabantur	se réjouissaient

periculis lætabantur ; increpanantquo Tiberium, « Quod, in
tanto rerum motu ; libellis accusatroum insumeret oqeram. An
Julium Sacrovium majestalis crimine reum in senatu fore?
Exstitisse tandem viros qui cruentas epistolas armis cohiberent : miseram pacem vel bello bene mutari. » Tanto impensius in securitatem compositus, neque loco neque vultu mutato , sed ut solitum per illos dies egit : altitudine animi [1] ; an
compererat modica esse et vulgatis leviora.

XLV. Interim Silius , cum legionibus duabus incedens,
præmissa auxiliari manu, vastat Sequanorum [2] pagos, qui,
finium extremi et Æduis contermini sociique, in armis erant.
Mox Augustodunum petit propero agmine, certantibus inter se
signiferis, fremente etiam gregario milite, « Ne suetam requiem, ne spatia noctium opperiretur ; viderent modo adversos
et adspicerentur : id satis ad victoriam. » Duodecimum apud

Ils s'indignaient « qu'au milieu de ces grands mouvements Tibère
consumât tout son temps à lire des accusations. Irait-il aussi dénoncer Julius Sacrovir au sénat pour crime de lèse-majesté? Il s'était
enfin trouvé des hommes de cœur qui opposaient leurs armes à ces
lettres sanguinaires ; la guerre même valait mieux qu'une paix si
malheureuse. » Tibère , bravant ces rumeurs, affecta encore plus
de sécurité ; il ne changea ni de séjour ni de visage ; il continua ses
occupations ordinaires , soit dissimulation, soit qu'il sût le péril
moindre qu'on ne l'avait publié.

XLV. Cependant Silius, ayant fait prendre les devants à une
troupe auxiliaire, marche avec deux légions , et dévaste le territoire des Séquanes, qui étaient les plus proches voisins, les alliés
des Éduens, et qui avaient aussi pris les armes. De là il gagne
Augustodunum à grandes journées ; les port-enseignes signalaient
à l'envi leur impatience ; les moindres soldats s'indignaient « du
repos accoutumé, des rstardements de la nuit : qo'ils vissent seulement l'ennemi, disaient-ils, qu'ils en fussent aperçus ; c'était assez
pour vaincre. » A bouze milles d'Augustodunum, on découvrit

quoque suis periculis ;
increpabantque Tiberium,
« Quod, in tanto motu
rerum,
insumeret operam
libellis accusatorum.
An Julium Sacrovirum
fore reum in senatu
crimine majestatis ?
Tandem viros exstitisse
qui cohiberent armis
epistolas cruentas :
pacem miseram
mutari bene
vel bello. »
Egit per illos dies
compositus in securitatem
tanto impensius,
neque loco
neque vultu mutato,
sed ut solitum :
altitudine animi;
an compererat
esse modica
et leviora vulgatis.

XLV. Interim Silius,
incedens
cum duabus legionibus,
manu auxiliari præmissa,
vastat pagos Sequanorum,
qui, extremi finium
et contermini
sociique Æduis,
erant in armis.
Mox petit Augustodunum
agmine propero,
signiferis
certantibus inter se,
etiam gregario milite
fremente,

Ne opperiretur
requiem suetam,
ne spatia noctium ;
viderent modo
adversos
et adspicerentur :
id satis ad victoriam. »

même de leurs *propres* dangers ;
et ils blâmaient Tibère
« De ce que, dans un si-grand mouvemen'
d'affaires,
il employait *ses* soins
à des libelles d'accusateurs.
Sans doute Julius Sacrovir
devoir être accusé devant le sénat
de crime de *lèse*-majesté ?
Enfin des hommes s'être élevés
qui arrêtaient par les armes
ces lettres sanglantes :
une paix misérable
être échangée bien (avantageusement)
même pour la guerre. »
Il passa *le temps* pendant ces jours-là
arrangé en vue de (affectant) la sécurité
d'autant avec-plus-de-soin,
ni le lieu *où il résidait*
ni *son* visage n'étant changé,
mais comme *cela était* accoutumé *à lui* :
on ne sait si c'était par profondeur d'âme;
ou s'il avait reconnu
ces dangers être médiocres
et plus faibles que *ceux* publiés.

XLV. Cependant Silius,
s'avançant
avec deux légions, [avant,
une troupe auxiliaire étant envoyée-en-
ravage les bourgades des Séquanes,
qui, *placés* à-l'extrémité des frontières
et limitrophes,
et alliés aux Éduens,
étaient en armes.
Bientôt il gagne Augustodunum
par une marche rapide,
les porte-enseignes
rivalisant entre eux,
même le simple soldat
frémissant *et disant,*
« Qu'il n'attendît pas
le repos accoutumé,
qu'*il n'attendît* pas les espaces des nuits;
qu'ils vissent seulement
les ennemis en-face
et qu'ils fussent vus *par eux* :
cela *être* assez pour la victoire. »

lapidem, Sacrovir copiæque patentibus locis apparuere. In
fronte statuerat ferratos[1], in cornibus cohortes, a tergo se-
mermos. Ipse inter primores equo insigni adire, memorare
veteres Gallorum glorias, quæque Romanis adversa intulissent;
quam decora victoribus libertas; quanto intolerantior[2] servitus
iterum victis.

XLVI. Non diu hæc, nec apud lætos : etenim propinquabat
legionum acies; inconditique ac militiæ nescii oppidani neque
oculis neque auribus satis competebant[3]. Contra Silius, etsi
præsumpta spes hortandi causas exemerat, clamitabat tamen,
« Pudendum ipsis, quod Germaniarum victores adversum
Gallos, tanquam in hostem, ducerentur. Una nuper cohors
rebellem Turonium, una ala Treverum, paucæ hujus ipsius
exercitus turmæ profligavere Sequanos : quanto pecunia dites
et voluptatibus opulentos, tanto magis imbelles, Æduos evin-

dans une plaine l'armée de Sacrovir. Il avait placé en première
ligne ses hommes bardés de fer, ses cohortes sur les flancs, et, par
derrière, les bandes à moitié armées. Lui-même, sur un cheval
superbe, entouré des principaux chefs, parcourait tous les rangs,
rappelant à chacun les anciens exploits des Gaulois, et tout le mal
qu'ils avaient fait aux Romains ; combien la liberté serait glorieuse
après la victoire, et la servitude plus accablante après une nouvelle
défaite.

XLVI. Son discours ne fut ni long, ni d'un grand effet; car les
légions s'avançaient en bataille, et ce ramas d'habitants sans discipline, sans la moindre connaissance de la guerre, déjà ne voyait
plus, n'entendait plus rien. De son côté Silius, quoique des espé-
-ances si bien fondées rendissent toute exhortation superflue, ne
cessait de crier « qu'il serait honteux pour les vainqueurs de la
Germanie de regarder des Gaulois comme des ennemis ; qu'une
cohorte avait suffi contre les Turoniens rebelles, une seule division
de cavalerie contre les Trévires, quelques hommes de cette même
armée contre les Séquanes; que les riches et voluptueux Éduens
étaient encore moins redoutables. « Romains, dit-il, vous avez

Apud duodecimum lapidem	A la douzième pierre
Sacrovir copiæque	Sacrovir et *ses* troupes
apparuere	parurent
locis patentibus.	dans des lieux découverts.
Statuerat in fronte	Il avait placé en tête
ferratos,	les *hommes* bardés-de-fer,
in cornibus cohortes,	aux ailes les cohortes,
a tergo semermos.	par derrière les *hommes* à-demi-armés.
Ipse inter primores	Lui-même entre les principaux [perhe,
adire equo insigni,	de visiter *les rangs* sur un cheval su-
memorare veteres glorias	de rappeler les anciennes gloires
Gallorum,	des Gaulois,
quæque adversa	et quels revers [mains;
intulissent Romanis;	ils avaient apportés (causés) aux Ro-
quam libertas	*disant* combien la liberté
decora victoribus;	*serait* belle pour *eux* vainqueurs;
quanto intolerantior	combien plus intolérable
servitus	la servitude *serait*
victis iterum.	pour *eux* vaincus une-seconde-fois.
XLVI. Non diu hæc,	XLVI. *Il* ne *dit* pas longtemps cela,
nec apud lætos :	ni devant des *hommes* joyeux :
etenim acies legionum	en effet le corps-de-bataille des légions
propinquabat;	s'approchait;
oppidanique	et les habitants-de-la-ville *assiégée*
inconditi ac nescii militiæ	indisciplinés et ignorants de la guerre
satis competebant	n'étaient-en-assez-bon-état
neque oculis	ni d'yeux
neque auribus.	ni d'oreilles.
Contra Silius,	D'autre-part Silius,
etsi spes præsumpta	bien que l'espoir conçu-d'avance
exemerat causas hortandi,	*lui* eût ôté les motifs d'exhorter *les siens*,
clamitabat tamen,	criait-sans-cesse cependant,
« Pudendum ipsis,	« *Cela être* honteux pour eux-mêmes,
quod victores Germanorum	de ce que les vainqueurs des Germains
ducerentur	fussent conduits
adversum Gallos,	contre les Gaulois,
tanquam in hostem.	comme contre un ennemi.
Nuper una cohors	Naguère une *seule* cohorte
Turonium rebellem,	*a accablé* le Turonien rebelle,
una ala Treverum,	une *seule* aile *a accablé* le Trévire,
paucæ turmæ	quelques escadrons
hujus exercitus ipsius	de cette armée même
profligavere Sequanos :	ont accablé les Séquanes :
evincite Æduos,	achevez-de-vaincre les Éduens,
tanto magis imbelles,	d'autant plus impropres-à-la-guerre,
quanto dites pecunia	que *vous les voyez* riches d'argent
et opulentos voluptatibus,	et abondants en plaisirs,

cite¹, et fugientibus consulite². » Ingens ad ea clamor : et circumfudit eques, frontemque pedites invasere ; nec cunctatum
apud latera. Paulum moræ attulere ferrati, restantibus laminis adversum pila et gladios : sed miles, correptis securibus et
dolabris, ut si murum perrumperet, cædere tegmina et corpora : quidam trudibus aut furcis inertem molem prosternere
jacentesque, nullo ad resurgendum nisu, quasi exanimes linquebantur. Sacrovir primo Augustodunum. dein, metu deditionis, in villam propinquam cum fidissimis pergit. Illic sua
manu, reliqui mutuis ictibus occidere : incensa super villa
omnes cremavit.

XLVII. Tum demum Tiberius ortum patratumque bellum
senatui scripsit : neque dempsit aut addidit vero ; sed « Fide
ac virtute legatos, se consiliis superfuisse. » Simul causas, cur
non ipse, non Drusus profecti ad id bellum forent, adjunxit,
magnitudinem imperii extollens ; « Neque decorum principibus,

vaincu ; songez à poursuivre. » Un grand cri s'élève à ce discours.
La cavalerie enveloppe les flancs, l'infanterie attaque le front de
l'ennemi. Les ailes ne firent aucune résistance : on fut un peu arrêté
par les *cruppellaires*, dont l'armure résistait au javelot et à l'épée ;
mais les soldats, saisissant des coignées et des haches, enfoncent
ces murailles de fer, fendent le corps avec l'armure : d'autres, avec
des leviers et des fourches, culbutent ces masses lourdes et immobiles, qui, une fois renversées, restaient comme mortes, sans pouvoir faire le moindre effort pour se relever. Sacrovir, avec ses plus
fidèles amis, se sauva d'abord à Augustodunum, et de là, craignant
d'être livré, il se retira dans une maison de campagne voisine, où
il se poignarda lui-même ; les autres s'entre-tuèrent : le feu qu'ils
avaient mis aux bâtiments servit à tous de bûcher.

XLVII. Alors enfin Tibère fit part au sénat de ces événements,
annonçant la revolte avec la soumission ; n'ajoutant, n'ôtant rien à
la vérité. « Du reste, disait-il, le dévouement et la bravoure de ses
lieutenants, et la sagesse de ses propres mesures avaient triomphé de
tout. » En même temps il expliqua pourquoi ni lui ni Drusus
n'étaient partis pour cette guerre ; exaltant « la grandeur de l'em-

et consulite fugientibus. »
Ad ea ingens clamor :
et eques circumfudit,
peditesque
invasere frontem ;
nec cunctatum apud latera.
Ferrati
attulere paulum moræ,
laminis restantibus
adversum pila et gladios :
sed miles,
securibus et dolabris
correptis,
cædere tegmina et corpora,
ut si perrumperet murum :
quidam prosternere
molem inertem
trudibus aut furcis ;
jacentesque
linquebantur
quasi exanimes,
nullo nisu ad resurgendum.
Sacrovir cum fidissimis
pergit primo
Augustodunum,
dein, metu deditionis,
in villam propinquam.
Illic sua manu,
reliqui occidere
ictibus mutuis :
villa incensa super
cremavit omnes.
XLVII. Tum demum
Tiberius scripsit senatui
bellum ortum
patratumque :
neque dempsit aut addidit
vero ;
sed « Legatos superfuisse
fide ac virtute,
se consiliis. »
Simul adjunxit causas
cur non ipse, non Drusus
profecti forent
ad id bellum,
extollens magnitudinem
imperii ;

et veillez sur les fuyards. »
A ces mots s'élève un grand cri :
et le cavalier investit *les ailes*,
et les fantassins
attaquèrent le front ;
et l'on ne tarda pas sur les flancs.
Les *hommes* bardés-de-fer
apportèrent un peu de retard,
les lames *de leur armure* résistant
contre les javelots et les épées :
mais le soldat,
des haches et des marteaux
étant saisis,
se met à tailler armures et corps,
comme s'il brisait un mur :
quelques-uns *se mettent à* renverser
cette masse inerte
avec des leviers ou des fourches ;
et *ces hommes* gisants
étaient laissés
comme inanimés,
sans aucun effort pour se relever.
Sacrovir avec les plus dévoués
se rend d'abord
à Augustodunum,
puis, par crainte d'une reddition,
dans une villa voisine.
Là *il périt* de sa *propre* main,
ceux-qui-restaient périrent
sous des coups mutuels :
la villa incendiée par-dessus
les brûla tous.
XLVII. Alors seulement
Tibere écrivit au sénat
la guerre avoir commencé
et *être* finie :
et il n'ôta ou (ni) n'ajouta *rien*
au vrai (à la vérité) ;
mais « *Ses* lieutenants avoir triomphé
par *leur* dévouement et *leur* courage,
lui par *ses* mesures. »
En même temps il ajouta les causes
pourquoi ni lui-même, ni Drusus
n'étaient partis
pour cette guerre,
exaltant la grandeur
de l'empire ;

si una alterave civitas turbet, omissa Urbe, unde in omnia
regimen : nunc, quia non metu ducatur, iturum ut præsentia
spectaret componeretque. » Decrevere patres vota pro redite
ejus, supplicationesque et alia decora[1]. Solus Dolabella Cornelius, dum anteire ceteros parat, absurdam in adulationem
progressus, censuit ut ovans e Campania Urbem introiret.
Igitur secutæ Cæsaris litteræ, quibus « Se non tam vacuum
gloria prædicabat, ut, post ferocissimas gentes perdomitas,
tot receptos in juventa aut spretos triumphos, jam senior peregrinationis suburbanæ inane præmium peteret. »

XLVIII. Sub idem tempus, ut mors Sulpicii Quirini publicis
exsequiis frequentaretur, petivit a senatu. Nihil ad veterem et
patriciam Sulpiciorum familiam Quirinus pertinuit, ortus apud
municipium Lanuvium : sed impiger militiæ, et acribus mini

pire, qui ne permettait point à ses chefs de quitter, pour quelques
troubles dans une ou deux villes, la capitale d'où partent les ordres
qui régissent tout l'univers. Maintenant qu'on ne pouvait plus attribuer son départ à la crainte, il irait voir le désordre, et le réparer. »
Les sénateurs décrétèrent des vœux pour son retour, des supplications et autres honneurs. Le seul Cornélius Dolabella, voulant
renchérir sur les autres, proposa que Tibère rentrât de la Campanie
dans Rome avec l'ovation. Mais celui-ci répondit « qu'après avoir
dompté les nations les plus belliqueuses, obtenu ou méprisé tant de
triomphes dans sa jeunesse, il croyait n'être point assez dénué de
gloire pour ambitionner, à son âge, cette vaine récompense d'une
promenade hors des faubourgs. »

XLVIII. A peu près dans le même temps, il demanda au sénat
pour Sulpicius Quirinus, qui venait de mourir, des funérailles publiques. Quirinus n'appartenait nullement à l'ancienne famille des
Sulpicius; il était originaire de la ville municipale de Lanuvium.
Des talents militaires, quelques commissions où il montra du zèle,

« Neque decorum
principibus,
si una civitas alterave
turbet,
omissa Urbe,
unde regimen in omnia :
nunc,
quia non ducatur metu,
iturum ut spectaret
componeretque
præsentia. »
Patres decrevere
pro reditu ejus
vota supplicationesque
et alia decora.
Solus Dolabella Cornelius,
dum parat
anteire ceteros,
progressus
in adulationem absurdam,
censuit ut introiret ovans
e Campania Urbem.
Igitur litteræ Cæsaris
secutæ,
quibus prædicabat
« Se non tam vacuum
gloria, ut,
post gentes ferocissimas
perdomitas,
tot triumphos
receptos aut spretos
in juventa,
jam senior peteret
inane præmium   [næ.»
peregrinationis suburba-
    XLVIII. Sub idem tem-
petivit a senatu   [pus,
ut mors Sulpicii Quirini
frequentaretur
exsequiis publicis.
Quirinus pertinuit nihil
ad familiam veterem
et patriciam
Sulpiciorum,
ortus apud municipium
Lanuvium :
sed impiger militiæ,

« Et cela n'être pas convenable
aux princes,
si une cité ou une seconde (une ou deux
causent-du-trouble,   [cités
de partir, la ville (Rome) étant laissée,
d'où la direction s'étend vers tout :
maintenant,   [crainte,
parce qu'il n'était pas conduit par la
lui devoir aller pour qu'il vît
et qu'il arrangeât
les affaires présentes. »
Les sénateurs décrétèrent
pour le retour de lui
des vœux et des supplications
et autres honneurs convenables.
Seul Dolabella Cornélius,
tandis qu'il se prépare
à dépasser tous les autres,
s'étant avancé
jusqu'à une adulation absurde,
fut-d'-avis qu'il entrât avec-l'ovation
de la Campanie dans la ville (Rome).
Donc une lettre de César (Tibère)
suivit (vint ensuite),
par laquelle il disait-hautement
« Lui n'être pas si vide
de gloire, que,
après les nations les plus farouches
entièrement-domptées,
après tant-de triomphes
reçus ou méprisés
dans sa jeunesse,
déjà devenu vieux il demandât
la vaine récompense
d'un voyage de-faubourg. »
    XLVIII. Vers le même temps,
il demanda au sénat
que la mort de Sulpicius Quirinus
fût célébrée
par des funérailles publiques.
Quirinus n'appartint en rien
à la famille ancienne
et patricienne
des Sulpicius,
étant né dans le municipe
de Lanuvium :
mais infatigable à la guerre,

steriis, consulatum¹ sub divo Augusto , mox, expugnatis per
Ciliciam Homonadensium² castellis, insignia triumphi adeptus;
datusque rector C. Cæsari, Armeniam obtinenti. Tiberium
quoque, Rhodi agentem, coluerat. Quod tunc patefecit in senatu, laudatis in se officiis, et incusato M. Lollio³. quem auctorem C. Cæsari pravitatis et discordiarum⁴ arguebat. Sed
ceteris haud læta memoria Quirini erat, ob intenta, ut me-
moravi⁵, Lepidæ pericula. sordidamque et præpotentem senectam.

XLIX. Fine anni, C. Lutorium Priscum, equitem romanum, post celebre carmen quo Germanici suprema defleverat,
pecunia donatum a Cæsare, corripuit delator, objectans ægro
Druso composuisse, quod, si exstinctus foret, majore præmio
vulgaretur. Id C. Lutorius in domo P. Petronii, socru ejus
Vitellia coram multisque illustribus feminis, per vaniloquentiam legerat. Ut delator exstitit, ceteris ad dicendum testimonium exterritis⁶, sola Vitellia nihil se audivisse assevo-

lui valurent le consulat sous Auguste. Depuis, ayant emporté les
forteresses des Homonades en Cilicie, il obtint les ornements du
triomphe. Donné pour conseil à Caïus César, lorsque celui-ci gouvernait l'Arménie, il n'en avait pas moins cultivé Tibère, alors
confiné à Rhodes. Le prince apprit au sénat ces particularités,
louant les bons offices du défunt, et l'opposant à M. Lollius, qu'il
accusait des injustices et de l'inimitié de Caïus. Mais le public était
loin de regretter autant Quirinus, à cause de son acharnement
contre Lépida, dont j'ai parlé, et du pouvoir révoltant que lui donnait son avare vieillesse.

XLIX. Sur la fin de l'année, C. Lutorius Priscus, chevalier romain, se vit la proie d'un délateur. Il avait composé sur la mort de
Germanicus un poëme qui eut de la célébrité, et lui valut une gratification du prince. Drusus étant tombé malade, Lutorius fit de nouveaux vers dans l'espoir que, si Drusus mourait, ils seraient encore
mieux récompensés. La vanité les lui avait fait lire dans la maison
de P. Pétronius, devant Vitellia, belle-mère de ce dernier, et
d'autres femmes de distinction. Quand celles-ci virent le fait dénoncé, elles prirent peur et avouèrent tout : Vitellia seule protesta

et ministeriis acribus, — et par des services actifs,
adeptus consulatum — il obtint le consulat
sub divo Augusto, — sous le divin Auguste,
mox insignia triumphi, — puis les insignes du triomphe,
castellis Homonadensium — les forts des Homonades
per Ciliciam — en Cilicie
expugnatis ; — ayant été pris-d'assaut ;
datusque rector C. Cæsari, — et donné *pour* directeur à C. César,
obtinenti Armeniam, — qui gouvernait l'Arménie,
coluerat quoque Tiberium, — il avait cultivé aussi Tibère,
agentem Rhodi. — qui vivait à Rhodes.
Quod patefecit tunc — *Ce* que *Tibère* fit-connaître alors
in senatu, — dans le sénat,
officiis in se laudatis, — les devoirs *rendus* à lui-même étant loués,
et M. Lollio incusato, — et M. Lollius étant accusé,
quem arguebat — lequel il signalait
auctorem C. Cæsari — *comme ayant été* conseiller à C. César
pravitatis et discordiarum. — de *son* injustice et de *ses* inimitiés.
Sed memoria Quirini — Mais la mémoire de Quirinus
haud erat læta ceteris. — n'était pas agréable aux autres,
ob pericula intenta Lepidæ, — à cause des dangers suscités à Lépida,
ut memoravi, — comme je *l'ai* rapporté,
senectamque sordidam — et *à cause de sa* vieillesse sordide
et præpotentem. — et trop-puissante.
XLIX. Fine anni, — XLIX. A la fin de l'année,
delator corripuit — un délateur saisit
C. Lutorium Priscum, — C. Lutorius Priscus,
equitem romanum, — chevalier romain,
donatum pecunia a Cæsare, — gratifié d'argent par César (Tibère),
post carmen celebre — après un poëme célèbre
quo defleverat — dans lequel il avait déploré
suprema Germanici, — les derniers *moments* de Germanicus,
objectans composuisse, — *lui* reprochant d'avoir composé,
Druso ægro, — Drusus *étant* malade,
quod vulgaretur — *un autre poëme* qui devait être publié
præmio majore, — avec une récompense plus grande,
si exstinctus foret. — si *Drusus* était mort.
C. Lutorius legerat id — C. Lutorius avait lu ce *poëme*
per vaniloquentiam — par vanité
in domo P. Petronii, — dans la maison de P. Pétronius,
coram Vitellia socru ejus — en présence de Vitellia belle-mère de lui
multisque feminis — et de beaucoup de femmes
illustribus. — distinguées.
Ut delator exstitit, — Dès que le délateur eut paru, [crainte
ceteris exterritis — *tous* les autres étant poussés par-la
ad dicendum testimonium, — à rendre témoignage,
Vitellia sola asseveravit — Vitellia seule affirma

ravit. Sed arguentibus ad perniciem plus fidei fuit ; senten-
tiaque Haterii Agrippæ, consulis designati, indictum reo ulti-
mum supplicium.

L. Contra M. Lepidus in hunc modum exorsus est : « Si,
patres conscripti, unum id spectamus, quam nefaria voco
C. Lutorius Priscus mentem suam et aures hominum polluerit,
neque carcer, neque laqueus, ne serviles quidem cruciatus in
eum suffecerint. Sin flagitia et facinora sine modo sunt, sup-
pliciis ac remediis principis moderatio majorumque et vestra
exempla temperant, et vana a scelestis, dicta a maleficiis
differunt ; est locus sententiæ per quam neque huic delictum
impune sit, et nos clementiæ simul ac severitatis non pœniteat.
Sæpe audivi¹ principem nostrum conquerentem, si quis,
sumpta morte, misericordiam ejus prævenisset. Vita Lutorii in
integro est ; qui neque servatus in periculum reipublicæ, neque

n'avoir rien entendu. Mais les témoins à charge l'emportèrent, et
Hatérius Agrippa, consul désigné, opina pour le dernier supplice.

L. M. Lépidus fut d'un avis contraire. « Pères conscrits, dit-il,
si, n'envisageant que la conduite de Lutorius Priscus, vous réflé-
chissez de quelles paroles , de quelles idées répréhensibles il a souillé
son imagination et les oreilles des Romains, sans doute vous re-
garderez la prison, le gibet, les tortures même des esclaves, comme
un supplice insuffisant. Mais les châtiments ont des bornes, quand
les forfaits n'en ont point ; et la modération du prince, celle de vos
aïeux et la vôtre vous prescrivent d'adoucir les peines. Au fond, il
y a loin de l'indiscrétion au crime, des paroles aux actions. Il est
des tempéraments qui , sans laisser impunie la faute de Lutorius
peuvent ne vous faire repentir ni de votre sévérité, ni de votre in-
dulgence. J'ai entendu souvent l'empereur gémir sur ceux qui, par
une mort volontaire, prévenaient sa clémence : Lutorius est encore
vivant, et sa vie ne peut être un danger, ni sa mort une leçon pour

se audivisse nihil.	elle n'avoir entendu *lire* rien.
Sed plus fidei fuit	Mais plus de foi fut *ajoutee*
arguentibus	a ceux qui accusaient
ad perniciem;	pour la perte *de l'accusé;*
sententiaque	et par l'avis
Haterii Agrippæ,	d'Hatérius Agrippa,
consulis designati,	consul désigné,
ultimum supplicium	le dernier supplice
indictum reo.	*fut* prononcé contre l'accusé.
L. Contra M. Lepidus	L. Au contraire M. Lépidus
exorsus est	commença
in hunc modum :	de cette manière :
« Patres conscripti,	« Pères conscrits,
si spectamus id unum,	si nous considérons cela seul,
quam C. Lutorius Priscus	combien C. Lutorius Priscus
polluerit voce nefaria	a souillé par une voix criminelle
suam mentem	son esprit
et aures hominum,	et les oreilles des hommes,
neque carcer,	ni la prison,
neque laqueus,	ni le lacet,
ne cruciatus quidem	ni même les tortures
serviles	réservées-aux-esclaves
suffecerint in eum.	n'auront suffi (ne suffiront) contre lui.
Sin flagitia et facinora	Mais-si *ses* désordres et *ses* forfaits
sunt sine modo,	sont sans mesure,
moderatio principis	la modération du prince
exemplaque majorum	et les exemples de *nos* ancêtres
et vestra	et les vôtres
temperant suppliciis	tempèrent les supplices
ac remediis,	et les remedes,
et vana differunt a scelestis,	et les *actes* de-vanité diffèrent des crimi-
dicta a maleficiis;	les paroles des méfaits; [nels,
locus est sententiæ	lieu est (il y a lieu) à une sentence
per quam neque delictum	par laquelle et la faute
sit impune huic,	ne soit pas impunie à celui-ci,
et nos non pœniteat	et nous ne nous repentions pas
clementiæ simul	de *notre* clémence à la fois
ac severitatis.	et de *notre* sévérité.
Audivi sæpe	J'ai entendu souvent
nostrum principem	notre prince
conquerentem, si quis,	se plaignant, si quelqu'un, [mort),
morte sumpta,	par une mort prise (en se donnant la
prævenisset	avait prévenu
misericordiam ejus.	la pitié de lui.
Vita Lutorii	La vie de Lutorius
est in integro;	est dans une *situation* entière;
qui neque servatus	*lui* qui ni sauvé

interfectus in exemplum ibit. Studia illi, ut plena vecordiæ,
ita inania et fluxa sunt; nec quidquam grave ac serium ex eo
metuas, qui, suorum ipse flagitiorum proditor, non virorum
animis, sed muliercu.arum adrepit. Cedat tamen Urbe, et,
bonis amissis, aqua et igni ¹ arceatur. Quod perinde censeo ac
si lege majestatis teneretur. »

LI. Solus Lepido Rubellius Blandus e consularibus assensit:
ceteri sententiam Agrippæ secuti; ductusque in carcerem
Priscus, ac statim exanimatus. Id Tiberius solitis sibi amba-
gibus apud senatum incusavit, quum extolleret pietatem ²
quamvis modicas principis injurias acriter ulciscentium, de-
precaretur tam præcipites verborum pœnas, laudaret Lepidum, neque Agrippam argueret. Igitur factum senatusconsultum, ne decreta patrum ante diem decimum ad ærarium
deferrentur ⁵, idque vitæ spatium damnatis prorogaretur. Sed

l'État. Son ambition, aussi puérile qu'insensée, ne sera point con-
tagieuse. Eh! que craindre d'un homme qui, recherchant l'admi-
ration, non de ses semblables, mais de femmelettes, a été lui-même
le premier à se trahir? Mon avis est toutefois qu'on l'éloigne de
Rome, que l'on confisque ses biens, qu'on lui interdise le feu et l'eau,
comme s'il était réellement coupable de lèse-majesté. »

LI. Rubellius Blandus, consulaire, fut seul de l'avis de Lépidus. Les autres suivirent celui d'Agrippa; en conséquence, on
conduisit Lutorius en prison, où il fut mis à mort sur le-champ.
Tibère s'en plaignit au sénat, dans les termes ambigus qui lui
étaient familiers, exaltant l'attachement des sénateurs, leur zèle à
venger le prince des plus légères offenses, et déplorant la précipitation d'un supplice infligé pour des paroles; louant aussi Lépidus,
et ne blâmant point Agrippa. C'est pourquoi il fut résolu que les
décrets du sénat ne seraient, à l'avenir, enregistrés qu'après dix
jours, et qu'on différerait jusqu'à ce temps le supplice des condamnés.

ibit in periculum | n'ira à un danger (ne sera un danger)
reipublicæ, | de (pour) la république,
neque interfectus | ni mis-à-mort
in exemplum. | *n'ira* à exemple (ne servira d'exemple).
Studia illi | Les goûts à lui
sunt inania et fluxa | sont vains et frivoles
ita ut plena vecordiæ; | ainsi qu'*ils sont* pleins de démence;
nec metuas quidquam | et tu ne pourrais craindre quoi que-ce-soit
grave ac serium ex eo, | de grave et de sérieux de celui (d'un
qui ipse proditor | qui lui-même déceleur   [homme),
suorum flagitiorum, | de ses *propres* désordres,
adrepit animis | s'insinue dans les âmes
non virorum, | non d'hommes,
sed muliercularum. | mais de femmelettes.   [(Rome),
Tamen cedat Urbe, | Cependant qu'il se retire de la ville
et, bonis amissis, | et, *ses* biens étant perdus,
arceatur aqua et igni. | qu'il soit écarté de l'eau et du feu.
Quod censeo perinde | *Ce* dont je suis-d'avis aussi-bien   [loi
ac si teneretur lege | que s'il était tenu par (sous le coup de) la
majestatis. » | de *lèse*-majesté. »
LI. Rubellius Blandus | LI. Rubellius Blandus
solus e consularibus | seul des consulaires
assensit Lepido : | approuva Lépidus :
ceteri secuti | les autres suivirent
sententiam Agrippæ; | l'opinion d'Agrippa;
Priscusque | et Priscus
ductus in carcerem, | *fut* conduit en prison,
ac statim exanimatus. | et aussitôt mis à-mort.
Tiberius incusavit id | Tibère reprocha cela
apud senatum | devant le sénat
ambagibus solitis sibi, | avec les détours habituels à lui,
quum extolleret pietatem | tandis qu'il exaltait le zèle-pieux
ulciscentium acriter | de ceux qui vengeaient énergiquement
injurias principis, | les injures du prince,
quamvis modicas, | quoique légères,
deprecaretur | et *les* priait-de-renoncer
pœnas tam præcipites | à des châtiments si précipités
verborum, | de (pour des) paroles,
laudaret Lepidum, | louait Lépidus,
neque argueret Agrippam. | et ne blâmait point Agrippa.
Igitur senatusconsultum | Donc un sénatus-consulte
factum | *fut* fait (rendu)
ne decreta patrum | pour que les décrets des sénateurs
deferrentur ad ærarium | ne fussent pas portés au trésor-public
ante decimum diem, | avant le dixième jour,
idque spatium vitæ | et *pour que* cet espace de vie
prorogaretur damnatis. | fût prorogé aux condamnés.

non senatui libertas ad pœnitendum erat, neque Tiberius in-
terjectu temporis mitigabatur.

LII. C. Sulpicius, D. Haterius consules sequuntur[1] : inturbi-
dus externis rebus annus; domi suspecta severitate adversum
luxum, qui immensum proruperat ad cuncta quis pecunia
prodigitur. Sed alia sumptuum, quamvis graviora, dissimulatis
plerumque pretiis occultabantur; ventris et ganeæ paratus,
assiduis sermonibus vulgati, fecerant curam ne princeps anti-
quæ parsimoniæ durius adverteret. Nam, incipiente C. Bibulo,
ceteri quoque ædiles disseruerant, sperni sumptuariam legem[2],
vetitaque utensilium pretia augeri in dies; nec mediocribus
remediis sisti posse. Et consulti patres integrum id negotium
ad principem distulerant. Sed Tiberius, sæpe apud se pensi-
tato an coerceri tam profusæ cupidines possent, num coer-
citio plus damni in rempublicam ferret, quam indecorum

Mais ni les sénateurs n'avaient la liberté de révoquer leurs arrêts, ni
le temps n'adoucissait Tibère.

LII. Vint ensuite le consulat de C. Sulpicius et de D. Hatérius.
Rome, tranquille au dehors, eut à redouter au dedans la sévérité du
prince contre les débordements du luxe qui ne connaissaient plus de
mesure. Pour les autres objets de dépense, quoique plus ruineux,
on les cachait en déguisant une partie du prix. Mais, pour les dépenses de la table, les conversations journalières les dénonçaient au
prince, et l'on tremblait que son austère économie ne voulût ramener durement les Romains à leur antique frugalité. Tous les
édiles, C. Bibulus à leur tête, avaient représenté dans le sénat que
la loi somptuaire était méprisée, qu'on excédait de jour en jour les
sommes fixées pour les repas, que le mal demandait un remède
violent; et le sénat avait renvoyé la décision au prince. Tibère
examina longtemps en lui-même s'il était possible de réprimer des
excès aussi répandus, si la réforme n'en serait pas nuisible à l'État,
combien il serait honteux de l'entreprendre sans y réussir, ou de ne

Sed libertas	Mais la liberté
non erat senatui	n'était pas au sénat
ad pœnitendum,	pour se repentir,
neque Tiberius	et Tibère
mitigabatur	n'était point adouci
interjectu temporis.	par un intervalle de temps.
LII. C. Sulpicius,	LII. C. Sulpicius,
D. Haterius	D. Hatérius
sequuntur consules :	suivent *comme* consuls .
annus inturbidus	l'année *fut* sans-troubles
rebus externis ;	par les affaires étrangères ;
severitate suspecta domi	la sévérité étant crainte à l'intérieur
adversum luxum,	contre le luxe,
qui proruperat immensum	qui avait débordé sans-mesure
ad cuncta	vers toutes les choses
quis pecunia prodigitur.	pour lesquelles l'argent se prodigue.
Sed alia sumptuum,	Mais les autres *détails* des dépenses,
quamvis graviora,	quoique plus graves,
occultabantur plerumque	étaient cachés la-plupart-du-temps
pretiis dissimulatis,	par des prix dissimulés ;
paratus ventris et ganeæ,	les apprêts du ventre et de la débauche,
vulgati	divulgues
sermonibus assiduis	par des entretiens continuels,
fecerant curam	avaient fait *naître* l'inquiétude
ne princeps	qu'un prince
parsimoniæ antiquæ	d'une économie antique
adverteret durius.	ne sévît trop cruellement.
Nam, C. Bibulo incipiente,	Car, C. Bibulus commençant,
ceteri ædiles quoque	les autres édiles aussi
disseruerant	avaient exposé
legem sumptuariam sperni,	la loi somptuaire être méprisée,
pretiaque vetita	et les prix défendus
utensilium	des provisions-usuelles
augeri in dies ;	s'augmenter *de jour* en jour ;
nec posse sisti	et *cela* ne pouvoir être arrêté
remediis mediocribus.	par des remèdes médiocres.
Et patres consulti	Et les sénateurs consultés
distulerant ad principem	avaient renvoyé au prince
id negotium integrum.	cette affaire entière.
Sed Tiberius,	Mais Tibère, [même,
pensitato sæpe apud se,	*la question* ayant été pesée souvent en lui-
an cupidines tam profusæ	si des passions si effrénées
possent coerceri,	pouvaient être réprimées,
num coercitio	si *leur* répression
ferret in rempublicam	n'apporterait *pas* à la république
plus damni,	plus de dommage, [cher
quam indecorum attrectare	combien *il serait* messéant *à lui* de tou-

attrectare quod non obtineret, vel retentum ignominiam et
infamiam virorum illustrium posceret, postremo litteras ad
senatum composuit, quarum sententia in hunc modum fuit :

LIII « Ceteris forsitan in rebus, patres conscripti, magis
expediat me coram interrogari, et dicere quid e republica
censeam : in hac relatione, subtrahi oculos meos melius fuit,
ne, denotantibus vobis ora ac metum singulorum qui pudendi
luxus arguerentur, ipse etiam viderem eos ac velut deprenderem. Quod si mecum ante viri strenui, ædiles, consilium habuissent, nescio an suasurus fuerim omittere potius prævalida
et adulta vitia, quam hoc assequi, ut palam fieret quibus flagitiis
impares essemus. Sed illi quidem officio functi sunt, ut ceteros
quoque magistratus sua munia implere velim ; mihi autem
neque honestum silere, neque proloqui expeditum, quia non
ædilis, aut prætoris, aut consulis partes sustineo : majus ali-

réussir qu'en flétrissant les hommes les plus illustres. Enfin il écrivit
au sénat une lettre à peu près conçue en ces termes :

LIII. « Toute autre délibération, pères conscrits, demanderait
peut-être ma présence et mes avis ; mais dans celle-ci, où vos regards, où la confusion et la frayeur des coupables me révéleraient
à moi-même la honte de leur luxe, où le juge serait le témoin, mon
éloignement est un bien. Que si les courageux édiles m'avaient auparavant consulté, je ne sais si je ne leur eusse pas plutôt conseillé
de fermer les yeux sur des vices si puissants et si accrédités, que de
s'exposer, par leur poursuite, à manifester l'impuissance des lois
contre ces déréglements. Au reste, ces dignes magistrats ont rempli
leur devoir avec un zèle que je voudrais trouver dans tous les autres ;
pour moi, il me serait peu honorable de me taire, et je ne suis pas
libre de tout dire, parce que le prince n'est ni un édile, ni un pré
teur, ni un consul ; élevé plus haut, on exige plus de lui ; et,

quod non obtineret,
vel retentum
posceret ignominiam
et infamiam
virorum illustrium,
postremo composuit
litteras ad senatum,
quarum sententia
fuit in hunc modum :
   LIII. «Patres conscripti,
forsitan in ceteris rebus
expediat magis
me interrogari coram,
et dicere quid censeam
e republica :
in hac relatione,
fuit melius
meos oculos subtrahi,
ne, vobis denotantibus
ora ac metum singulorum
qui arguerentur
luxus pudendi,
ipse etiam viderem
ac velut deprenderem eos.
Quod si ante
ædiles, viri strenui
habuissent consilium
mecum,
nescio an suasurus fuerim
omittere vitia
prævalida et adulta
potius quam assequi hoc,
ut fieret palam
quibus flagitiis
essemus impares.
Sed quidem illi
functi sunt officio,
ut velim
ceteros magistratus quoque
implere sua munia ;
mihi autem
neque honestum silere,
neque expeditum proloqui,
quia non sustineo partes
ædilis, aut prætoris,
aut consulis :
aliquid majus et excelsius

à ce qu'il n'obtiendrait pas,
ou qui étant maintenu
exigerait l'ignominie
et l'infamie
d'hommes illustres,
à la fin composa
une lettre au sénat,
de laquelle le sens
fut de cette sorte :
   LIII. « Pères conscrits,
peut-être dans les autres choses
il serait-utile davantage
moi être interrogé en présence de tous,
et dire quoi je pense
être dans-l'intérêt-de la république :
mais dans cette délibération,
il a été (il eût été) mieux
mes yeux (regards) être écartés,
pour-éviter-que, vous signalant
les figures et la crainte de chacun de ceux
qui seraient accusés
d'un luxe honteux,
moi-même aussi je visse
et pour-ainsi-dire surprisse eux.
Que si auparavant
les édiles hommes actifs
avaient tenu conseil
avec-moi,
je ne sais si je n'aurais pas conseillé
de négliger des vices
fortifiés et grandis
plutôt que d'obtenir ce résultat,
savoir qu'il devint connu ouvertement
contre quels désordres
nous étions impuissants.
Mais certes ceux-là
se sont acquittés de leur devoir,
comme je voudrais
les autres magistrats aussi
remplir leurs fonctions ;
quant à moi
il n'est ni honnête de me taire,
ni facile de parler,
parce que je ne soutiens pas le rôle
d'un édile, ou d'un préteur,
ou d'un consul :   [élevé
quelque chose de plus grand et de plus

quid et excelsius a principe postulatur ; et, quum recte factorum sibi quisque gratiam trahant, unius invidia ab omnibus
peccatur. Quid enim primum prohibere et priscum ad morem
recidere aggrediar ? Villarumne infinita spatia[1], familiarum
numerum et nationes ? argenti et auri pondus ? æris tabularumque miracula ? promiscuas viris et feminis vestes[2], atque
illa feminarum propria, quis, lapidum causa[3], pecuniæ nostræ
ad externas aut hostiles gentes transferuntur ?

LIV. « Nec ignoro in conviviis et circulis incusari ista et
modum posci ; sed, si quis legem sanciat, pœnas indicat,
iidem illi civitatem verti, splendidissimo cuique exitium
parari, neminem criminis expertem clamitabunt. Atqui ne
corporis quidem morbos veteres et diu auctos, nisi per dura
et aspera, coerceas : corruptus simul et corruptor, æger et
flagrans animus, haud levioribus remediis restinguendus est

tandis que chacun s'attribue la gloire des succès , il répond seul des
fautes de tous. Par où commencer la réforme, et que faut-il ramener
d'abord à l'antique simplicité ? Seraient-ce ces immenses maisons de
campagne et ces nations d'esclaves ? Ces masses d'or et d'argent, ces
statues et ces tableaux, merveilles de l'art ? Ces vêtements qui ne
laissent plus de différence entre les deux sexes, ou ces dépenses particulières des femmes, qui, pour des pierreries, transportent chez
l'étranger, chez l'ennemi même, les tresors de l'empire ?

LIV. « Je n'ignore point que dans les festins et dans les cercles
mille voix s'élèvent contre ces abus et en demandent la répression ;
mais si l'on fait une loi, si l'on établit des peines . ces mêmes voix
crieront qu'on bouleverse l'État, qu'on prépare la ruine des grands,
que tous les citoyens sont menacés. Cependant, si les maladies
mêmes du corps, quand elles sont opiniâtres et invétérées, exigent un
traitement sévère et rigoureux, croit-on que dans celles de l'âme, à
la fois corrompue et corruptrice, débile et ardente, on puisse
dompter le mal sans des remèdes aussi actifs que les passions qui

postulatur a principe ; / est exigé du prince ;
et, quum trahant / et, quoique *les hommes* tirent
quisque sibi / chacun à soi
gratiam recte factorum, / la reconnaissance d'*actions* bien faites,
peccatur ab omnibus / il est mal-fait par tous
invidia unius.   [mum / avec la haine d'un seul.
Quid enim aggrediar pri- / Car quoi entreprendrai-je d'abord
prohibere / d'empêcher *de croître*
et recidere / et de retrancher (ramener en retranchant)
ad morem priscum ? / à l'usage ancien ?
Spatiane infinita / Est-ce les espaces infinis
villarum, / des villas,
numerum et nationes / le nombre et les nations
familiarum ? / d'esclaves ?
pondus argenti et auri ? / le poids de l'argent et de l'or ?
miracula æris / les merveilles d'airain
tabularumque ? / et de tableaux ?
vestes promiscuas / les vêtements communs
viris et feminis, / aux hommes et aux femmes,
atque illa / et ces *ornements*
propria feminarum, / propres aux femmes,
quis, causa lapidum, / par lesquelles, à cause de *quelques* pierres,
nostræ pecuniæ / notre argent
transferuntur ad gentes / est transporté chez des nations
externas aut hostiles ? / étrangères ou ennemies ?

LIV. « Nec ignoro / LIV. « Et je n'ignore pas
ista incusari / ces *abus* être accusés
in conviviis et circulis, / dans les festins et les cercles,
et modum posci ; / et une mesure être réclamée ;
sed, si quis sanciat legem, / mais, si quelqu'un sanctionne une loi,
indicat pœnas, / fixe des peines,
illi iidem clamitabunt / ces mêmes *hommes* crieront-sans-cesse
civitatem verti, / l'État être bouleversé,
exitium parari / la ruine être préparée
cuique splendidissimo, / à chaque *citoyen* le plus illustre,
neminem expertem / personne *n'être* exempt
 riminis. / d'accusation.
Atqui ne coerceas quidem / Cependant tu n'arrêterais pas même
morbos corporis veteres / les maladies du corps invétérées
et auctos diu, / et accrues depuis-longtemps,
nisi per dura et aspera : / sinon par des *remèdes* durs et violents .
animus / *ainsi* l'âme
corruptus simul / corrompue à la fois
et corruptor, / et corruptrice,
æger et flagrans, / malade et ardente,
restinguendus est / doit être éteinte
remediis haud levioribus / par des remèdes non plus faibles

quam libidinibus ardescit. Tot a majoribus repertæ leges, tot
quas divus Augustus tulit, illæ oblivione, hæ (quod flagitiosius
est) contemptu abolitæ, securiorem luxum fecere. Nam, si
velis quod nondum vetitum est, timeas ne vetere; at, si prohibita impune transcenderis, neque metus ultra neque pudor
est. Cur ergo olim parsimonia pollebat? Quia sibi quisque
moderabatur; quia unius urbis cives eramus · ne irritamenta
quidem eadem intra Italiam dominantibus. Externis victoriis
aliena, civilibus etiam nostra consumere didicimus. Quantulum istud est, de quo ædiles admonent! Quam, si cetera respicias, in levi habendum! At hercule nemo refert quod Italia
externæ opis[1] indiget, quod vita populi romani[2] per incerta
maris et tempestatum quotidie volvitur, ac, nisi provinciarum
copiæ et dominis et serviliis et agris subvenerint, nostra nos

l'enflamment? Qu'ont produit tant de lois établies par nos ancêtres,
tant de lois portées par Auguste? Les unes abolies par le temps,
les autres, ce qui est plus honteux, décreditées par le mépris, n'ont
fait qu'enhardir le luxe. Car, si l'on se livre à des excès non encore
défendus, on peut craindre la défense; mais si, après la défense, on
la transgresse impunément, il n'y a plus ni crainte ni honte. D'où
vient donc que l'économie régnait autrefois parmi nous? C'est que
chacun bornait ses désirs ; c'est que nous étions citoyens d'une seule
cité; l'Italie même, quand nous l'eûmes conquise, n'offrait pas à nos
passions les mêmes aliments. Depuis, nos victoires extérieures nous
ont appris à dévorer le bien des étrangers, et nos guerres civiles, à
consumer même le nôtre. Qu'est-ce que l'abus dont nous avertissent
les édiles, auprès des vices énormes qui affligent l'État? On se plaint
des profusions de la table, mais on ne vous dit point que, sans
l'étranger, l'Italie ne subsisterait pas; que la vie du peuple romain
est tous les jours à la merci des flots et des tempêtes. Si l'abondance des provinces cessait de subvenir à l'insuffisance de nos champs,
aux besoins des maîtres, des esclaves, seraient-ce nos maisons et

quam ardescit libidinibus.   qu'elle *n*'est consumée de passions.
Tot leges   Tant de lois
repertæ a majoribus,   trouvées par *nos* ancêtres,
tot quas tulit   tant d'*autres* que porta
divus Augustus,   le divin Auguste,
abolitæ, illæ oblivione,   abolies, celles-là par l'oubli,
hæ (quod est flagitiosius)   celles-ci (*ce* qui est plus honteux)
contemptu,   par le mépris,
fecere luxum securiorem.   ont fait (rendu) le luxe plus tranquille
Nam si velis   Car si tu veux *défendre*
quod nondum vetitum est,   *ce* qui n'a pas encore été défendu,
timeas ne vetere;   crains que tu n'*en* sois empêché;
at, si impune   mais, si impunément
transcenderis prohibita,   tu as transgressé des défenses,
neque metus neque pudor   ni crainte ni pudeur
est ultra.   n'est au delà (n'est plus).
Cur ergo parsimonia   Pourquoi donc l'économie
pollebat olim?   était-elle-puissante autrefois?
Quia quisque   Parce que chacun
moderabatur sibi;   *se* modérait soi-même;
quia eramus cives   parce que nous étions citoyens
unius urbis: d'une *seule* ville:
ne irritamenta quidem   les excitations ne *furent* même pas
eadem   les mêmes
dominantibus   à *nous* dominant
intra Italiam.   en dedans de l'Italie.
Didicimus   Nous avons appris
victoriis externis   par des victoires étrangères
consumere aliena,   à dissiper les *biens* d'-autrui,
civilibus   par les *guerres* civiles
etiam nostra.   *a dissiper* même les nôtres.
Quantulum est istud,   Combien-petit est cet *abus*,
de quo ædiles admonent!   dont les édiles *nous* avertissent!
Quam habendum   Comme il doit être tenu
in levi,   en légère *considération*,
si respicias cetera!   si tu regardes les autres!
At hercule nemo refert   Mais par-Hercule nul ne fait-de-rapport
quod Italia   sur ce que l'Italie
indiget opis externæ,   a-besoin de ressources étrangères,
quod vita populi romani   sur ce que la vie du peuple romain
volvitur quotidie   est ballottée chaque-jour
per incerta maris   à travers les incertitudes de la mer
et tempestatum,   et des tempêtes,
ac,   et,
nisi copiæ provinciarum   si les provisions des provinces
subvenerint et dominis   ne viennent-en-aide et aux maîtres
et servitiis et agris,   et aux esclaves et aux champs,

scilicet nemora nostræque villæ tuebuntur! Hanc, patres
conscripti, curam sustinet princeps : hæc omissa funditus
rempublicam trahet. Reliquis intra animum medendum est :
nos pudor, pauperes necessitas, divites satias in melius mutet.
Aut, si quis ex magistratibus tantam industriam ac severitatem
pollicetur, ut ire obviam queat, hunc et laudo, et exonerari
laborum meorum partem fateor. Sin accusare vitia volunt,
dein, quum gloriam ejus rei adepti sunt, simultates faciunt,
ac mihi relinquunt, credite, patres conscripti, me quoque
non esse offensionum avidum : quas quum graves, et plerumque iniquas, pro republica suscipiam, inanes et irritas, neque
mihi aut vobis usu futuras, jure deprecor. »

LV. Auditis Cæsaris litteris, remissa ædilibus talis cura,
luxusque mensæ, a fine Actiaci belli ad ea arma quis Ser.

nos bois qui nous feraient vivre ? Ce sont là, pères conscrits, les
soins qui méritent d'occuper le prince : s'il les néglige, c'en est fait
de l'empire. Pour le reste, il en faut laisser le remède à nous-mêmes.
Que la pudeur agisse sur nous, la nécessité sur les pauvres, la
satiété sur les riches; ou, si quelques-uns des magistrats nous promettent assez de vigilance et de sévérité pour prévenir le désordre,
je les loue, et je confesse qu'ils me déchargent d'une partie de mes
travaux; mais s'ils se bornent à dénoncer les vices, et qu'ensuite,
contents de cette gloire, il me laissent le poids des inimitiés que sus-
citera leur zèle, je vous déclare, pères conscrits, que Tibère n'est
pas plus qu'eux jaloux de la haine. J'ai bravé, pour le bien de
l'État, des ressentiments profonds, et le plus souvent injustes; mais,
quand ils ne sont point nécessaires, quand ils ne sont utiles ni à
moi ni à vous, il est juste qu'on me les épargne. »

LV. Le sénat, d'après cette lettre de Tibère, dispensa les édiles
de pareils soins. Le luxe de la table se soutint avec fureur pendant
cent ans, depuis la bataille d'Actium jusqu'à la guerre qui mit Galba

scilicet nostra nemora	sans doute nos bois
nostræque villæ	et nos villas
tuebuntur nos!	protégeront nous!
Hanc curam,	C'est ce soin (ce fardeau),
patres conscripti,	pères conscrits,
princeps sustinet :	que le prince soutient :
hæc omissa	c'est ce soin qui négligé
trahet rempublicam	entraînera l'Etat
funditus.	de-fond-en-comble.
Medendum est reliquis	Il faut remédier aux autres maux
intra animum :	dans notre cœur :
pudor mutet nos in melius,	que la pudeur change nous en mieux,
necessitas pauperes,	que la nécessité change les pauvres,
satias divites.	la satiété les riches.
Aut, si quis	Ou, si quelqu'un
ex magistratibus	des magistrats
pollicetur	promet
tantam industriam	une si-grande activité
ac severitatem,	et sévérité,
ut queat ire obviam,	qu'il puisse aller à-l'encontre,
et laudo hunc,	et je loue ce magistrat,
et fateor	et j'avoue
partem meorum laborum	une part de mes fatigues
exonerari.	être allégée.
Sin volunt accusare vitia,	Mais-s'ils veulent accuser les vices,
dein, quum adepti sunt	puis, lorsqu'ils ont obtenu
gloriam ejus rei,	la gloire de cette chose,
faciunt simultates,	s'ils créent des inimitiés,
ac relinquunt mihi,	et les laissent à moi,
credite, patres conscripti,	croyez, pères conscrits,
me quoque [num:	moi aussi
non esse avidum offensio-	n'être point avide d'inimitiés :
quas graves	desquelles graves
et plerumque iniquas	et ordinairement injustes
quum suscipiam	lorsque je me charge
pro republica,	pour l'Etat,
jure deprecor	à bon droit je vous prie-de-détourner
inanes et irritas,	celles qui sont vaines et inutiles,
neque futuras usui	et qui ne doivent pas être à utilité
mihi aut vobis. »	à moi ou (ni) à vous. »
LV. Litteris Cæsaris	LV. La lettre de César (Tibère)
auditis,	ayant été entendue,
talis cura remissa ædilibus;	un tel soin fut remis (ôté) aux édiles ;
luxusque mensæ,	et le luxe de la table,
exercitisumptibus profusis	déployé avec des dépenses infinies
per centum annos,	pendant cent ans,
a fine belli Actiaci	depuis la fin de la guerre d'-Actium

Galba rerum adeptus est[1], per annos centum profusis sumpti-
bus exerciti, paulatim exolevere. Causas ejus mutationis quærere libet. Dites olim familiæ nobilium, aut claritudine insignes,
studio magnificentiæ prolabebantur. Nam etiam tum plebem,
socios, regna colere, et coli licitum : ut quisque opibus, domo,
paratu speciosus, per nomen et clientelas[2] illustrior habebatur.
Postquam cædibus sævitum, et magnitudo famæ exitio erat,
ceteri ad sapientiora convertere. Simul novi homines e municipiis et coloniis, atque etiam provinciis, in senatum crebro
assumpti, domesticam parsimoniam intulerunt ; et, quanquam
fortuna vel industria plerique pecuniosam ad senectam pervenirent, mansit tamen prior animus. Sed præcipuus adstricti
moris auctor Vespasianus fuit, antiquo ipse cultu victuque.
Obsequium inde in principem, et æmulandi amor, validior

en possession de l'empire ; depuis, il tomba peu à peu. Je veux rechercher les causes de ce changement. Autrefois les familles pa-
triciennes ou illustres qui etaient riches s'abandonnaient sans réserve au goût de la magnificence : car il était alors permis de
cultiver le peuple, les alliés, les rois, et d'en recevoir les hommages ;
et plus chacun étalait de richesses et de faste, plus il s'attirait
de considération et de clients. Quand la tyrannie eut versé des flots
de sang, et qu'une grande renommée devint un crime, ceux qui
avaient échappé furent plus réservés. D'ailleurs, tous ces hommes
nouveaux, qui, des villes municipales, des colonies, et même des
provinces, passèrent souvent dans le sénat, y portèrent l'économie
de leur vie privée ; et, quoique la plupart d'entre eux, ou heureux
ou habiles, parvinssent sur la fin de leur vie à une grande opulence,
ils conservèrent leur premier esprit. Mais le principal auteur de la
réforme fut Vespasien, qui, à sa table et dans ses vêtements, rappelait la simplicité antique. Le désir de plaire et de ressembler au
prince fit plus que les lois, les châtiments et la crainte. Peut-être

ad ea arma
quis Ser. Galba
adeptus est rerum,
exolevere paulatim.
Libet quærere causas
ejus mutationis.
Olim familiæ nobilium
dites, aut insignes
claritudine,
prolabebantur
studio magnificentiæ.
Nam etiam tum licitum
colere plebem,
socios, regna,
et coli :
ut quisque speciosus
opibus, domo, paratu,
habebatur illustrior
per nomen et clientelas.
Postquam sævitum
cædibus,
et magnitudo famæ
erat exitio,
ceteri convertere
ad sapientiora.
Simul homines novi
e municipiis et coloniis,
atque etiam provinciis,
assumpti crebro
in senatum,
intulerunt
parsimoniam domesticam ;
et, quanquam plerique
pervenirent
ad senectam pecuniosam
fortuna vel industria,
tamen animus prior
mansit.
Sed auctor præcipuus
moris adstricti
fuit Vespasianus,
ipse cultu
victuque antiquo.
Inde obsequium
in principem,
et amor æmulandi,
validior quam pœna

jusqu'à ces armes (cette guerre,
par lesquelles Ser. Galba
obtint les affaires (l'empire),
se passa peu-à-peu.
Il me plaît de rechercher les causes
de ce changement.
Autrefois les familles de nobles
riches, ou remarquables
par leur illustration,
s'écroulaient (se ruinaient)
par le goût de la magnificence.
Car encore alors il était permis
de cultiver le peuple,
les alliés, les royaumes,
et d'être cultivé par eux :
selon que chacun était remarquable
par ses richesses, sa maison, son luxe,
il était tenu pour plus illustre
par le nom et les clientèles.
Après qu'il eut été sevi
par des meurtres,
et que la grandeur de la renommée
fut à perte,
les autres se tournèrent
vers des habitudes plus sages.
En même temps des hommes nouveaux
venus des municipes et des colonies,
et même des provinces,
admis fréquemment
dans le sénat,
importèrent
l'économie de-leur-pays ;
et, quoique la plupart
parvinssent
à une vieillesse opulente
par le hasard ou par leur activité,
cependant leur caractère premier
subsista.
Mais l'auteur principal
d'habitudes serrées (austères)
fut Vespasien,
lui-même d'habillement
et de régime antique.
De là le désir-de-plaire
au prince,
et la passion de l'imiter,
plus forte que la peine

quam pœna ex legibus et metus. Nisi forte rebus cunctis inest
quidam velut orbis, ut, quemadmodum temporum vices, ita
morum vertantur : nec omnia apud priores meliora, sed nostra quoque ætas multa laudis et artium, imitanda posteris,
tulit. Verum hæc nobis in majores certamina ex honesto
maneant.

LVI. Tiberius, fama moderationis parta, quod ingruentes
accusatores represserat, mittit litteras ad senatum, quis potestatem tribuniciam Druso petebat. Id summi fastigii vocabulum
Augustus reperit, ne regis aut dictatoris nomen assumeret, ac
tamen appellatione aliqua cetera imperia præmineret. M. deinde
Agrippam socium ejus potestatis, quo defuncto, Tiberium
Neronem delegit, ne successor in incerto foret. Sic cohiberi
pravas aliorum spes rebatur : simul modestiæ Neronis et suæ
magnitudini fidebat. Quo tunc exemplo, Tiberius Drusum

aussi que toutes les choses humaines sont assujetties à des révolutions périodiques, et que les mœurs changent comme les temps.
Tout n'a pas été mieux autrefois, et notre siècle a produit aussi
des vertus et des talents dignes d'être imités par la postérité. Ah!
puissions-nous le disputer toujours à nos ancêtres en vertu !

LVI. Tibère, s'étant fait une réputation de bonté pour avoir
arrêté les attaques incessantes des délateurs, écrivit au sénat une
lettre par laquelle il demandait pour Drusus la puissance tribunitienne. C'est le nom qu'Auguste imagina pour la suprême domination, afin d'éviter de prendre celui de roi ou de dictateur, et de
se réserver toutefois un titre supérieur aux autres dignités. Il avait
ensuite associé à ce pouvoir M. Agrippa ; et, ce dernier étant mort,
il y éleva Tibère Néron, pour ne point laisser d'incertitude sur son
successeur. Il se flattait par là de contenir l'ambition des pretendants.
D'ailleurs, il se fiait sur la modération de son collègue et sur sa
propre grandeur. Maintenant, à l'exemple d'Auguste, Tibère as

ex legibus	de-par les lois
et metus.	et *que* la crainte.
Nisi forte cunctis rebus	A moins que peut-être en toutes choses
inest velut quidam orbis,	ne soit comme un certain cercle,
ut vices morum	*tellement* que les phases des mœurs
vertantur ita,	changent ainsi,
quemadmodum temporum:	comme *celles* des saisons :
nec omnia meliora	et *que* tout n'*ait* pas *été* meilleur
apud patres,	chez *nos* pères,
sed nostra ætas quoque	mais *que* notre âge aussi
tulit multa	ait porté (produit) de nombreux *exemples*
laudis et artium	de gloire et de talents
imitanda posteris.	à imiter par les descendants.
Verum hæc certamina	Mais que ces rivalités
ex honesto	sur *ce qui est* honnête
maneant nobis	subsistent à nous
in majores.	vis-à-vis des ancêtres.
LVI. Tiberius,	LVI. Tibère,
fama moderationis parta,	la réputation de modération étant acquise,
quod represserat	parce qu'il avait réprimé
accusatores ingruentes,	les accusateurs qui fondaient-sur *tout*,
mittit ad senatum litteras,	envoie au senat une lettre,
quis petebat Druso	par laquelle il demandait pour Drusus
potestatem tribuniciam.	le pouvoir tribunitien.
Augustus	Auguste
reperit id vocabulum	trouva cette dénomination
summi fastigii,	de la suprême élévation,
ne assumeret nomen	pour qu'il ne prît pas le nom
regis aut dictatoris,	de roi ou de dictateur,
ac tamen præmineret	et *que* cependant il dominât
cetera imperia	tous-les-autres pouvoirs
aliqua appellatione.	par quelque appellation.
Deinde	Ensuite
delegit M. Agrippam	il choisit M. Agrippa
socium ejus potestatis,	*comme* associé à ce pouvoir,
quo defuncto;	lequel étant mort,
Tiberium Neronem,	*il choisit* Tibère Néron,
ne successor	pour que *son* successeur [signé d'avance).
foret in incerto.	ne fût pas dans l'incertitude (fût dé-
Sic rebatur	Ainsi il pensait
spes pravas aliorum	les espérances mauvaises des autres
cohiberi :	être réprimées :
simul fidebat	en même temps il se confiait
modestiæ Neronis	dans la modestie de Néron
et suæ magnitudini.	et dans sa *propre* grandeur.
Quo exemplo tunc	D'après lequel exemple alors
Tiberius admovet Drusum	Tibère approche Drusus

summæ rei admovet, quum, incolumi Germanico, integrum
inter duos judicium tenuisset. Sed principio litterarum vene-
ratus deos, ut consilia sua reipublicæ prosperarent, modica
de moribus adolescentis, neque in falsum aucta retulit : « Esse
illi conjugem et tres liberos, eamque ætatem ¹ quâ ipse quondam a divo Augusto ad capessendum hoc munus vocatus sit.
Neque nunc propere, sed per octo annos capto experimento,
compressis seditionibus, compositis bellis, triumphalem et bis
consulem, noti laboris participem sumi. »

LVII. Præceperant animis orationem patres ; quo quæsitior
adulatio fuit. Nec tamen repertum nisi ut effigies principum,
aras deum, templa et arcus, aliaque solita censerent : nisi
quod M. Silanus ex contumelia consulatus honorem principibus petivit ; dixitque pro sententia, ut publicis privatisve mo-
numentis², ad memoriam temporum, non consulum nomina

---

ciait Drusus au rang suprême, ayant, pendant la vie de Germanicus, laissé son choix indécis entre les deux frères. Sa lettre commençait par des supplications aux dieux, pour que ses desseins
tournassent à la prospérité de la république. Ensuite il entrait dans
quelques détails sur son fils : il rappelait, sans exagération, « que
Drusus avait une femme, trois enfants, l'âge où lui-même avait été
appelé à cet honneur par Auguste : qu'on ne pouvait accuser son
choix de précipitation ; qu'éprouvé pendant huit ans, décoré d'un
triomphe et de deux consulats, ayant réprimé des séditions, terminé
des guerres, Drusus avait l'expérience du fardeau qu'il allait
partager. »

LVII. Les sénateurs s'étaient attendus à la demande du prince,
et leurs flatteries n'en furent que plus étudiées. Toutefois ils n'ima-
ginèrent rien que des statues pour les princes, des autels pour les
dieux, des temples, des arcs de triomphe, et autres honneurs accoutumés. Seulement M. Silanus voulut dégrader le consulat pour honorer les princes. Il proposa que l'époque de la construction des monuments publics ou privés fût, à l'avenir, indiquée, non par la

summæ rei,	du souverain pouvoir ,
quum,	tandis que ,
Germanico incolumi,	Germanicus vivant,
tenuisset inter duos	il avait tenu entre *eux* deux
judicium integrum.	*son* jugement impartial.
Sed principio litterarum	Mais au début de *sa* lettre
veneratus deos,	ayant fait-hommage aux dieux ,
ut prosperarent reipublicæ	pour qu'ils fissent-réussir pour l'État
sua consilia,	*ses propres* desseins ,
retulit modica	il rapporta des *détails* modestes
neque aucta in falsum ,	et qui n'étaient pas exagérés à faux ,
de moribus adolescentis :	sur les mœurs du jeune *prince* :
« Conjugem esse illi	« Une épouse être à lui
et tres liberos ,	et trois enfants ,
eamque ætatem	et ce *même* âge
qua ipse quondam	où lui-même autrefois
vocatus sit a divo Augusto	avait été appelé par le divin Auguste
ad capessendum	à prendre
hoc munus.	cette charge. [la-hâte,
Neque nunc propere ,	Et *Drusus* n'*être* pas maintenant *choisi* à-
sed experimento capto	mais essai *de lui* ayant été pris (fait)
per octo annos ,	pendant huit années ,
seditionibus compressis ,	des séditions ayant été comprimées ,
bellis compositis,	des guerres ayant été arrangées ,
triumphalem	honoré-du-triomphe
et bis consulem	et deux-fois consul
sumi participem	être pris *pour* associé
laboris noti. »	d'une tâche connue *de lui.* »
LVII. Patres	LVII Les sénateurs
præceperant animis	avaient pressenti dans *leurs* âmes
orationem ;	*ce* discours ;
quo adulatio fuit quæsitior.	par quoi l'adulation fut plus raffinée.
Nec tamen repertum	Et cependant *rien* ne *fut* trouvé
nisi ut censerent	sinon qu'ils proposassent
effigies principum ,	des statues des princes ,
aras deum ,	des autels des dieux ,
templa et arcus,	des temples et des arcs *de triomphe,*
aliaque solita :	et autres *honneurs* accoutumés :
nisi quod M. Silanus	si ce n'est que M. Silanus
oetivit principibus	demanda pour les princes
honorem	un honneur
ex contumelia consulatus ;	*résultant* de l'avilissement du consulat ;
dixitque pro sententia,	et il dit (proposa) pour avis,
ut monumentis	que sur les monuments
publicis privatisve,	publics ou privés,
ad memoriam temporum ,	pour la mémoire des temps *futurs*,
præscriberentur nomina	fussent inscrits les noms

præscriberentur, sed eorum qui tribuniciam potestatem gererent. At Q. Haterius, quum ejus diei senatusconsulta aureis
litteris figenda in curia censuisset, derisiculo fuit senex, fœdissimæ adulationis tantum infamia usurus.

LVIII. Inter quæ, provincia Africa Junio Blæso prorogata,
Servius Maluginensis, flamen Dialis, ut Asiam sorte haberet[1]
postulavit, « Frustra vulgatum dictitans, non licere Dialibus
egredi Italia[2]; neque aliud jus suum quam Martialium Quirinaliumque flaminum[3] : porro, si hi duxissent provincias, cur
Dialibus id vetitum? Nulla de eo populi scita, non in libris
cærimoniarum reperiri. Sæpe pontifices[4] Dialia sacra fecisse,
si flamen valetudine aut munere publico impediretur : duobus
et septuaginta annis post Cornelii Merulæ cædem[5], neminem
suffectum, neque tamen cessavisse religiones. Quod si per tot

désignation des consuls, mais par celle des citoyens qui exerceraient
la puissance tribunitienne. Q. Hatérius voulut aussi que les décrets
de ce jour fussent gravés en lettres d'or dans l'intérieur du sénat ;
flatterie non moins ridicule que vile, dans un vieillard qui n'avait à
en recueillir que l'infamie.

LVIII. Cependant on avait continué Junius Blésus dans le gouvernement de l'Afrique, et il ne restait à donner que celui de l'Asie.
Servius Maluginensis, flamine de Jupiter, y prétendit. « C'était à
tort, répétait-il sans cesse, que l'on soutenait que les prêtres de Jupiter ne pouvaient sortir de l'Italie ; leurs droits n'étaient pas différents de ceux des prêtres de Mars et de Quirinus; ces derniers
pouvaient posséder des gouvernements, pourquoi les autres en se-
raient-ils exclus ? Aucun plébiscite, aucun livre sur la religion
n'ordonnait cette exclusion ; souvent les pontifes avaient remplacé
les prêtres de Jupiter, lorsque des maladies ou des fonctions publiques enlevaient ceux-ci à leurs autels. Après le meurtre de Cornélius Mérula, sa place était restée vacante pendant soixante-douze
ans, sans que la religion en eût souffert. Si on avait pu se passer

non consulum,
sed eorum qui gererent
potestatem tribuniciam.
At Q. Haterius,
quum censuisset
senatusconsulta ejus diei
figenda in curia
litteris aureis,
senex fuit deridiculo,
usurus tantum infamia
fœdissimæ adulationis.

non des consuls,
mais de ceux qui exerceraient
le pouvoir tribunitien.
Mais Q. Hatérius,
lorsqu'il eut proposé
les sénatus-consultes de ce jour
devoir être fixés (gravés) dans la curie
en lettres d'-or,
vieillard fut à risée,
comme devant jouir seulement de l'infamie
de la plus honteuse adulation.

LVIII. Inter quæ,
provincia Africa prorogata
Junio Blæso,
Servius Maluginensis,
flamen Dialis,
postulavit
ut haberet Asiam sorte,
dictitans,
« Vulgatum frustra
non licere Dialibus
egredi Italia;
neque suum jus aliud
quam flaminum
Martialium
Quirinaliumque :
porro, si hi
duxissent provincias,
cur id vetitum
Dialibus ?
Nulla scita populi
reperiri de eo,
non in libris
cærimoniarum.
Sæpe pontifices
fecisse sacra
Dialia,
si flamen impediretur
valetudine
aut munere publico :
septuaginta et duobus annis
post cædem
Cornelii Merulæ
neminem suffectum,
neque tamen religiones
cessavisse.
Quod si per tot annos

LVIII. Sur ces *entrefaites*,
la province d'Afrique ayant été prorogée
à Junius Blésus,
Servius Maluginensis,
flamine de-Jupiter,
demanda
qu'il eût (d'avoir) l'Asie par le sort,
répétant,
« *Ceci être* répandu en vain
ne pas être-permis aux *prêtres* de-Jupiter
de sortir de l'Italie;
et son droit n'*être* pas autre
que *celui* des flamines
de-Mars
et de-Quirinus :
or, si ceux-ci
avaient tiré *au sort* des provinces,
pourquoi cela *être* (serait-il) défendu
aux *prêtres* de-Jupiter ?
Aucuns décrets du peuple
n'*être* trouvés sur ce *point*,
ni *rien* dans les livres
des rites.
Souvent les pontifes
avoir fait les sacrifices
des-flamines-de-Jupiter,
si un flamine était empêché
par *sa* santé
ou par une charge publique *?*
soixante et douze années
après le meurtre
de Cornélius Mérula,
personne n'*avoir été* mis-à-sa-place,
et cependant les cérémonies-religieuses
n'*avoir* point cessé.
Que si pendant tant d'années

annos possit non creari, nullo sacrorum damno, quanto facilius
abfuturum ad unius anni proconsulare imperium! Privatis
olim simultatibus effectum ut a pontificibus maximis ire in
provincias prohiberentur; nunc, deum munere, summum
pontificum etiam summum hominum esse, non æmulationi,
non odio aut privatis affectionibus obnoxium. »

LIX. Adversus quæ quum augur Lentulus aliique varie dissererent, eo decursum est ut pontificis maximi sententiam
opperirentur. Tiberius, dilata notione de jure flaminis, decretas ob tribuniciam Drusi potestatem cærimonias temperavit;
nominatim arguens insolentiam sententiæ[1], aureasque litteras
contra patrium morem. Recitatæ et Drusi epistolæ, quanquam
ad modestiam flexæ, pro superbissimis accipiuntur : « Huc decidisse cuncta, ut ne juvenis quidem, tanto honore accepto,
adiret Urbis deos, ingrederetur senatum, auspicia saltem
gentile apud solum inciperet! Bellum scilicet[2]; aut diverso

---

aussi longtemps d'un prêtre de Jupiter sans nuire aux sacrifices,
l'absence d'une année de proconsulat serait encore moins nuisible.
C'étaient les ressentiments particuliers des souverains pontifes qui,
jadis, leur avaient interdit les gouvernements : maintenant, grâce
aux dieux, leur chef était celui de l'État, et sa place l'élevait au-
dessus des rivalités, des haines et de toutes les passions des personnes privées. »

LIX. L'augure Lentulus et d'autres s'opposèrent par différentes raisons aux prétentions de Servius; les avis se partageant, on résolut
d'attendre la décision du grand pontife lui-même. Tibère, différant cet
examen, apporta quelques restrictions aux honneurs qu'on avait décernés à Drusus en vue de la puissance tribunitienne; il blâma nommément l'innovation de Silanus, et les lettres d'or qui choquaient les
usages anciens. Drusus écrivit aussi; sa lettre, quoique modeste en
apparence, parut le comble de l'orgueil. « Voilà donc, disait-on, l'a-
vilissement où l'on était tombé! Un jeune homme, après avoir reçu
un tel honneur, ne daignait pas même venir remercier les dieux de
la cité, entrer dans le sénat, inaugurer du moins sa nouvelle dignité

possit non creari,
un *flamine* pouvait ne pas être créé,

nullo damno
avec aucun (sans) dommage

sacrorum,
des (pour les) *cérémonies* sacrées,

quanto facilius
combien plus aisément

abfuturum
lui devoir s'absenter

ad imperium proconsulare
pour le commandement proconsulaire

unius anni !
d'une *seule* année !

Effectum olim
Ceci avoir été produit autrefois

simultatibus privatis
par des differends privés,

ut prohiberentur
savoir qu'ils fussent empêchés

a maximis pontificibus
par les souverains pontifes

ire in provincias ;
d'aller dans les provinces;

nunc, munere deum,
maintenant, par un don des dieux,

summum pontificum
le plus grand des pontifes

esse etiam
être aussi

summum hominum,
le plus grand des hommes.

non obnoxium æmulationi,
non sujet à la jalousie,

non odio
non à la haine

aut affectionibus privatis.»
ou (ni) aux passions des-particuliers. »

LIX. Adversus quæ
LIX. Contre lesquelles *paroles*

quum augur Lentulus
comme l'augure Lentulus

aliique dissererent varie,
et d'autres parlaient diversement,

decursum est eo
on *en* vint là

ut opperirentur sententiam
qu'on attendît l'avis

maximi pontificis.
du souverain pontife.

Tiberius, notione dilata
Tibère, l'examen étant ajourné

de jure flaminis,
touchant le droit du flamine,

temperavit
restreignit

cærimonias decretas
les cérémonies décrétées

ob potestatem tribuniciam
à cause du pouvoir tribunitien

Drusi ;
de Drusus;

arguens nominatim
reprochant nommément

insolentiam sententiæ,
l'étrangeté de la proposition,

litterasque aureas
et les lettres d'-or

contra morem patrium.
comme étant contre l'usage des-pères.

Et epistolæ Drusi recitatæ,
Et des lettres de Drusus lues,

quanquam flexæ
quoique inclinant

ad modestiam,
vers la modestie,

accipiuntur
sont reçues

pro superbissimis :
pour très-orgueilleuses :

« Cuncta decidisse huc,
« Tout être tombé là (à ce point),

ut ne juvenis quidem,
que pas même un jeune *homme,*

tanto honore accepto,
un si-grand honneur étant reçu,

adiret deos Urbis,
ne visitât les dieux de la ville (Rome),

ingrederetur senatum,
n'entrât au sénat,

saltem acciperet auspicia
du moins ne reçût les auspices

apud solum gentile !
sur le sol national !

terrarum distineri, littora et lacus Campaniæ quum maxime
peragrantem. Sic imbui rectorem generis humani ; id primum
e paternis consiliis discere. Sane gravaretur adspectum civium
senex imperator, fessamque ætatem et actos labores prætendderet : Druso quod, nisi ex arrogantia, impedimentum? »

LX. Sed Tiberius, vim principatus sibi firmans, imaginem
antiquitatis senatui præbebat, postulata provinciarum ad disquisitionem patrum mittendo. Crebrescebat enim græcas per
urbes licentia atque impunitas asyla statuendi[1] : complebantur
templa pessimis servitiorum ; eodem subsidio obærati adversum
creditores, suspectique capitalium criminum receptabantur.
Nec ullum satis validum imperium erat coercendis seditionibus
populi, flagitia hominum, ut cærimonias deum, protegentis.
Igitur placitum ut mitterent civitates jura atque legatos. Et

sur le sol de sa patrie! Était-ce la guerre ou un voyage lointain qui
le retenaient, lui qui choisissait ce moment pour parcourir les lacs
et les rivages de la Campanie? C'était donc ainsi qu'on élevait le
souverain du monde! Le mépris des hommes était la première leçon
que lui donnait son père! On pardonnait encore à un vieil empereur
de fuir l'aspect des citoyens, d'alléguer les fatigues de l'âge et ses
travaux passés; mais Drusus, qui l'arrêtait, sinon son arrogance? »

LX. Cependant Tibère, continuant d'affermir dans ses mains les
ressorts de l'autorité, laissait au sénat une ombre de son ancien pouvoir, en lui renvoyant les requêtes des provinces. De jour en jour
en effet la licence et l'impunité des asiles se multipliaient dans les
villes grecques. Les temples se remplissaient d'esclaves pervers ; les
débiteurs s'y dérobaient à leurs créanciers, les grands coupables à
la justice ; et nulle autorité ne pouvait arrêter les mouvements du
peuple, qui croyait défendre ses dieux en protégeant des scélérats.
Les villes eurent ordre d'envoyer leurs titres d'asile et des députés.

Scilicet bellum ;
aut distineri
diverso terrarum ,
peragrantem
quum maxime
littora et lacus Campaniæ.
Sic imbui
rectorem generis humani ;
discere id primum
e consiliis paternis.
Sane imperator senex
gravaretur
adspectum civium,
prætenderetque
ætatem fessam
et labores actos :
Druso
quod impedimentum,
nisi ex arrogantia ? »
    LX. Sed Tiberius,
firmans sibi
vim principatus,
præbebat senatui
imaginem antiquitatis,
mittendo
postulata provinciarum
ad disquisitionem patrum.
Licentia enim et impunitas
statuendi asyla
crebrescebat
per urbes græcas :
templa complebantur
pessimis servitiorum ;
obærati
adversum creditores,
suspectique
criminum capitalium
receptabantur
eodem subsidio.
Nec ullum imperium
erat satis validum
coercendis seditionibus
populi, protegentis
flagitia hominum,
ut cærimonias deum.
Igitur placitum ut civitates
mitterent jura

Sans doute la guerre *en être cause* ;
ou *lui* être retenu
sur un *point* éloigné de la terre,
lui qui parcourait
alors précisément
les rivages et les lacs de la Campanie.
Ainsi être imbu (formé)
le maître du genre humain ;
lui apprendre cela d'abord
d'entre les conseils paternels.
Certes qu'un empereur vieilli
supportât-avec-peine
la vue des citoyens,
et prétextât
son âge fatigué
et *ses* travaux passés :
mais à Drusus
quel empêchement *pouvait être*.
sinon *provenant* d'arrogance ? »
    LX. Mais Tibère,
affermissant pour lui-même
la force du principat,
offrait au sénat
une image de l'antiquité ,
en envoyant
les demandes des provinces
à l'examen des sénateurs.
Car la licence et l'impunité
d'établir des asiles
se multipliait
dans les villes grecques :
les temples se remplissaient
des pires des esclaves;
les débiteurs
contre *leurs* créanciers,
et les *gens* suspects
de crimes capitaux
étaient reçus
dans le même abri.
Et nulle autorité
n'était assez forte
pour réprimer les séditions
du peuple , qui protégeait
les désordres des hommes,
comme *il eût fait* les cérémonies des dieux.
Donc *il fut* trouvé-bon que les cités
envoyassent *leurs* droits

quædam quod falso usurpaverant sponte omisere : multæ vetustis superstitionibus aut meritis in populum Romanum fidebant. Magnaque ejus diei species fuit, quo senatus majorum
beneficia, sociorum pacta, regum etiam qui ante vim Romanam valuerant decreta, ipsorumque numinum religiones introspexit, libero, ut quondam, quid firmaret mutaretve.

LXI. Primum omnium Ephesii adiere, memorantes, « Non,
ut vulgus crederet, Dianam atque Apollinem Delo[1] genitos :
esse apud se Cenchrium amnem, lucum Ortygium, ubi Latonam, partu gravidam, et oleæ[2] quæ tum etiam maneat adnisam, edidisse ea numina; deorumque monitu sacratum nemus.
Atque ipsum illic Apollinem, post interfectos Cyclopas, Jovis
iram vitavisse. Mox Liberum patrem, bello victorem, supplicibus Amazonum[3] quæ aram insederant ignovisse. Auctam hinc,

Quelques-unes renoncèrent d'elles-mêmes à des usurpations manifestes ; mais plusieurs se fondaient sur des traditions anciennes,
ou sur des services rendus au peuple romain. Ce fut un jour bien
glorieux que celui où les bienfaits de nos aïeux, les traités des alliés,
les décrets des rois qui avaient eu la puissance avant nous, et le
culte même des dieux, furent soumis à l'examen du sénat, libre,
comme autrefois, de confirmer ou d'abolir.

LXI. Les Éphésiens parurent les premiers. Ils représentèrent « que
Diane et Apollon n'étaient point nés à Délos, comme on le croyait
communément ; que c'était chez eux, sur les bords du Cenchrius,
dans le bois d'Ortygie, que Latone avait mis au monde ces deux divinités ; qu'on voyait encore l'olivier contre lequel la déesse s'était
appuyée dans son travail, et que le bois avait été consacré par
l'ordre des dieux ; qu'Apollon lui-même, après le meurtre des Cyclopes, y avait trouvé un asile contre la colère de Jupiter ; que, depuis, Bacchus, vainqueur des Amazones, avait épargné toutes celles
qui s'étaient réfugiées au pied de l'autel ; qu'Hercule, maître de la

atque legatos.
Et quædam
omisere sponte
quod usurpaverant falso :
multæ fidebant
superstitionibus vetustis
aut meritis
in populum romanum.
Speciesque ejus diei
fuit magna,
quo senatus introspexit
beneficia majorum,
pacta sociorum,
decreta etiam regum
qui valuerant
ante vim romanam,
religionesque
numinum ipsorum,
libero, ut quondam,
quid firmaret mutaretve.
   LXI. Ephesii
adiere primi omnium,
memorantes,
« Dianam atque Apollinem
non genitos Delo,
ut vulgus crederet :
apud se esse
amnem Cenchrium,
lucum Ortygium,
ubi Latonam,
gravidam partu,
et adnisam oleæ
quæ maneat etiam tum,
edidisse ea numina;
nemusque sacratum
monitu deorum.
Atque illic
Apollinem ipsum,
post Cyclopas interfectos,
vitavisse iram Jovis.
Mox patrem Liberum,
victorem bello,
ignovisse
supplicibus Amazonum,
quæ insederant aram.
Hinc cærimoniam
auctam templo,

et des députés.
Et quelques-unes
renoncèrent spontanément [(sans droit):
à ce qu'elles avaient usurpé faussement
beaucoup se fiaient
à des croyances anciennes
ou à *leurs* services
envers le peuple romain.
Et le spectacle de ce jour
fut grandiose,
où le sénat examina
les bienfaits de *nos* ancêtres,
les traités des alliés,
les décrets même des rois
qui avaient eu-le-pouvoir
avant la puissance romaine,
et le culte
des divinités elles-mêmes,   [fois,
son jugement étant libre, comme autre-
quoi il confirmerait ou changerait.
   LXI. Les Éphésiens
vinrent les premiers de tous,
rappelant,
« Diane et Apollon
n'*être* pas nés à Délos,
comme le vulgaire *le* croyait :
chez eux être
le fleuve Cenchrius,
le bois d'-Ortygie,
où Latone,
grosse d'un fruit,
et appuyée-contre un olivier
qui subsistait encore alors,
avoir mis-au-monde ces divinités;
et le bois *avoir été* consacré
par un avertissement des dieux.
Et là
Apollon lui-même,
après les Cyclopes tués,
avoir évité la colère de Jupiter.
Puis le père (auguste) Bacchus,
vainqueur à la guerre,
avoir pardonné
aux suppliantes des Amazones,
qui avaient occupé l'autel.
De là la religion
avoir été accrue pour le temple,

concessu Herculis, quum Lydia potiretur, cærimoniam templo :
neque Persarum ditione deminutum jus. Post Macedonas, dein
nos servavisse. »

LXII. Proximo Magnetes[1] L. Scipionis[2] et L. Sullæ constitutis nitebantur : quorum ille Antiocho, hic Mithridate pulsis,
fidem atque virtutem Magnetum decoravere, uti Dianæ Leucophrynæ [3] perfugium inviolabile foret. Aphrodisienses [4] posthac
et Stratonicenses [5] dictatoris Cæsaris, ob vetusta in partes
merita, et recens divi Augusti decretum attulere, laudati quod
Parthorum irruptionem[6], nihil mutata in populum Romanum
constantia, pertulissent. Sed Aphrodisiensium civitas Veneris,
Stratonicensium Jovis et Triviæ religionem tuebantur. Altius
Hierocæsarienses [7] exposuere, Persicam apud se Dianam, delubrum rege Cyro dicatum. Et memorabantur Perpennæ,
Isaurici[8], multaque alia imperatorum nomina, qui non modo
templo, sed duobus millibus passuum eamdem sanctitatem

Lydie, avait donné au temple de nouveaux priviléges, respectés par
les Perses, maintenus par les Macédoniens et par nous. »

LXII. Les Magnésiens vinrent après. Iis s'appuyaient sur des ordonnances de L. Scipion et de L. Sylla, qui, vainqueurs, l'un d'Antiochus, l'autre, de Mithridate, pour honorer le courage et la fidélité
des Magnésiens, avaient déclaré leur temple de Diane Leucophryne
un asile inviolable. Les députés d'Aphrodisias et de Stratonice rapportèrent un ancien décret du dictateur César, qui attestait les services rendus à son parti, et un plus récent d'Auguste, où ces deux
villes étaient louées d'avoir subi une irruption des Parthes sans que
leur fidélité envers le peuple romain en fût ébranlée. Les Aphrodisiens
soutenaient les droits de Vénus, les Stratoniciens, ceux de Jupiter et
d'Hécate. Hiérocésarée remontait plus haut. Elle exposa que son
temple de Diane Persique avait été fondé par Cyrus; elle cita Perpenna, Isauricus et plusieurs autres généraux, qui, non contents

concessu Herculis, — par une concession d'Hercule,
quum potiretur Lydia : — lorsqu'il était-maître de la Lydie ·
neque jus deminutum — et ce droit n'avoir pas été diminué
ditione Persarum. — par la domination des Perses.
Post Macedonas, — Après cela les Macédoniens,
nos dein servavisse. » — et nous (Rome) ensuite l'avoir maintenu. »

LXII. Proximo — LXII. Immédiatement-après
Magnetes nitebantur — les Magnésiens s'appuyaient
constitutis — sur les ordonnances
L. Scipionis et L. Sullæ : — de L. Scipion et de L. Sylla :
quorum ille, hic, — desquels celui-là et celui-ci,
Antiocho, Mithridate — Antiochus et Mithridate
pulsis, — étant chassés,
decoravere — honorèrent
fidem atque virtutem — la fidélité et le courage
Magnetum, — des Magnésiens,
uti perfugium — au point que l'asile
Dianæ Leucophrynæ — de Diane Leucophryne
foret inviolabile. — fût inviolable.
Posthac Aphrodisienses — Ensuite les Aphrodisiens
et Stratonicenses — et les Stratoniciens
attulere decretum — apportèrent un décret
dictatoris Cæsaris, — du dictateur César,
ob vetusta merita — à cause de leurs anciens services
in partes, — envers son parti,
et recens divi Augusti, — et un décret récent du divin Auguste,
laudati quod pertulissent — où ils étaient loués de ce qu'ils avaient
irruptionem Parthorum, — une irruption des Parthes, [supporté
constantia mutata nihil — leur constance n'étant changée en rien
in populum romanum. — envers le peuple romain.
Sed tuebantur — Mais ils observaient
civitas Aphrodisiensium — la cité des Aphrodisiens
religionem Veneris, — le culte de Vénus,
Stratonicensium — celle des Stratoniciens
Jovis et Triviæ. — le culte de Jupiter et d'Hécate.
Altius — Remontant plus haut
Hierocæsarienses — les Hiérocésariens
exposuere — exposèrent
Dianam Persicam apud se, — Diane Persique être chez eux,
delubrum dicatum — un temple lui avoir été dédié
rege Cyro. — sous le roi Cyrus.
Et nomina — Les noms aussi
Perpennæ, Isaurici, — de Perpenna, d'Isauricus,
multaque alia — et beaucoup d'autres noms
imperatorum, — de généraux,
qui tribuerant — qui avaient accordé
eamdem sanctitatem — la même sainteté

tribuerant. Exin Cyprii tribus delubris, quorum vetustissimum Paphiæ Veneri auctor Aerias, post filius ejus Amathus Veneri Amathusiæ, et Jovi Salaminio Teucer, Telamonis patris ira profugus, posuissent.

LXIII. Auditæ aliarum quoque civitatum legationes. Quorum copia fessi patres, et quia studiis certabatur, consulibus per· misere ut, perspecto jure, et si qua iniquitas involveretur, rem integram rursum ad senatum referrent. Consules, super eas civitates quas memoravi, « Apud Pergamum[1] Æsculapii compertum asylum retulerunt : ceteros obscuris ob vetustatem initiis niti. Nam Smyrnæos oraculum Apollinis, cujus imperio Stratonicidi Veneri templum dicaverint; Tenios[2] ejusdem carmen referre, quo sacrare Neptuni effigiem ædemque jussi sint. Propiora Sardianos : Alexandri victoris id donum ; neque

de reconnaître la sainteté de son asile, l'avaient étendue à deux mille pas. Cypre défendait trois de ses temples, ceux de Vénus à Paphos et à Amathonte, et celui de Jupiter à Salamine. Le premier, qui était le plus ancien, avait été fondé par Aérias, le second par son fils Amathus, et le troisième par Teucer, fuyant la colère de son père Télamon.

LXIII. On entendit aussi les députés de plusieurs autres villes. Enfin les sénateurs, fatigués de tant de discussions et des vifs débats qu'elles occasionnaient, chargèrent les consuls d'examiner les titres, de démêler toutes les fraudes, et de renvoyer de nouveau la décision au sénat. Outre les asiles dont je viens de parler, les consuls rapportèrent « que celui d'Esculape à Pergame ne pouvait se contester ; mais que les autres ne s'appuyaient que sur de vieilles et obscures traditions ; qu'en effet les Smyrnéens et les Téniens n'alléguaient qu'un oracle d'Apollon, qui avait autorisé les uns à bâtir un temple à Vénus Stratonicienne, et les autres à consacrer une statue et un sanctuaire à Neptune. Sardes et Milet, qui toutes deux adoraient

non modo templo, [suum,
sed duobus millibus pas-
memorabantur.
Exin Cyprii
tribus delubris,
quorum Aerias auctor
vetustissimum
Veneri Paphiæ,
post filius ejus Amathus,
et Teucer, profugus
ira Telamonis patris,
posuissent
Veneri Amathusiæ,
Jovi Salaminio.
LXIII. Legationes
aliarum civitatum
auditæ quoque.
Quorum copia
patres fessi,
et quia certabatur studiis,
permisere consulibus,
ut, jure perspecto,
et si qua iniquitas
involveretur,
referrent rursum
ad senatum
rem integram.
Consules retulerunt
super eas civitates
quas memoravi,
« Asylum Æsculapii
apud Pergamum
compertum :
ceteros niti
initiis obscuris
ob vetustatem.
Nam Smyrnæos
referre oraculum Apollinis
imperio cujus
dicaverint templum
Veneri Stratonicidi ;
Tenios carmen ejusdem,
quo jussi sint
sacrare effigiem
ædemque Neptuni.
Sardianos
propiora :

non seulement au temple,
mais à deux milliers de pas *alentour*,
étaient rappelés.
Ensuite les Cypriotes
parlèrent pour trois temples,
dont Aérias le fondateur
avait élevé le plus ancien
à Vénus de-Paphos,
puis le fils de lui Amathus,
et Teucer, fugitif
par le ressentiment de Télamon *son* père,
avaient élevé *les deux autres*
à Vénus d'-Amathonte,
à Jupiter de-Salamine.
LXIII. Les députations
d'autres cités
furent entendues aussi.
Par la quantité desquelles *requêtes*
les sénateurs fatigués,
et parce qu'on disputait avec passion,
remirent *l'affaire* aux consuls,
pour que, le droit *de chacun* examiné,
et si quelque injustice
y était mêlée,
ils rapportassent de-nouveau
au sénat
l'affaire entière.
Les consuls rapportèrent
outre ces cités
que j'ai rappelées,
« L'asile d'Esculape
à Pergame
être avéré :
mais les autres *requérants* s'appuyer
sur des commencements obscurs
à cause de l'ancienneté.
Car les Smyrnéens
rapporter un oracle d'Apollon
par l'ordre duquel
ils avaient dédié un temple
à Vénus de-Stratonice ; [*dieu*,
ceux-de-Ténos une réponse du même
par laquelle ils avaient reçu-l'ordre
de consacrer une statue
et un temple de (à) Neptune.
Ceux-de-Sardes
invoquer des *titres* plus rapprochés :

minus Milesios Dario rege niti : sed cultus numinum utrisque,
Dianám aut Apollinem venerandi. Petere et Cretenses simula-
cro divi Augusti. » Factáque senatusconsulta, quis, multo cum
honore, modus tamen præscribebatur ; jussique ipsis in templis
figere æra [1], sacrandam ad memoriam, neu specie religionis in
ambitionem delaberentur.

LXIV. Sub idem tempus, Juliæ Augustæ valetudo atrox
necessitudinem principi fecit festinati in Urbem reditus, sincera
adhuc inter matrem filiumque concordia, sive occultis odiis.
Neque enim multo ante, quum, haud procul theatro Marcelli,
effigiem divo Augusto Julia dicaret, Tiberii nomen suo post-
scripserat : idque ille credebatur, ut inferius majestate principis, gravi et dissimulata offensione abdidisse. Sed tum supplicia
diis, ludique magni [2] ab senatu decernuntur, quos pontifices

Diane et Apollon, produisaient des titres plus récents : la première,
une donation d'Alexandre, après sa victoire ; la seconde, des concessions du roi Darius. Enfin les Crétois demandaient le droit d'asile
pour une statue d'Auguste. » On rendit plusieurs sénatus-consultes
qui, en honorant ces pieux établissements, ne laissèrent pas de les
restreindre, et l'on ordonna de suspendre dans les temples même les
tables d'airain de ces nouveaux règlements, pour en consacrer la
mémoire, et prévenir les usurpations dont la religion pouvait fournir
le prétexte.

LXIV: Vers ce temps-là, Julia Augusta étant tombée dangereusement malade, Tibère ne put se dispenser de hâter son retour à
Rome, soit qu'une sincère union subsistât encore entre la mère et le
fils, soit du moins que leur haine n'eût point éclaté. Car, peu auparavant, Augusta, en faisant la dédicace d'une statue d'Auguste,
près du théâtre de Marcellus, avait fait inscrire son nom avant celui
du prince; ce que Tibère avait regardé comme une insulte à la majesté impériale, et ce qui laissa, suivant l'opinion commune, au
fond de son cœur, un vif ressentiment qu'il dissimulait. Quoi qu'il
en soit, le sénat ordonna des prières solennelles et de grands jeux,

id lonum	ceci *être* un don
Alexandri victoris;	d'Alexandre vainqueur ;
neque Milesios niti minus	et les Milésiens ne s'appuyer pas moins
rege Dario :	du roi Darius :
sed utrisque	mais aux uns-et-aux-autres
cultus numinum,	*être* le culte de *deux* divinités,
venerandi Dianam	*l'habitude* d'honorer Diane
aut Apollinem.	ou (et) Apollon.
Et Cretenses petere	Les Crétois aussi demander
simulacro divi Augusti. »	pour la statue du divin Auguste. »
Senatusconsultaque facta,	Et des sénatus-consultes *furent* faits,
quis, cum multo honore,	par lesquels, avec beaucoup d'honneur,
modus tamen	une mesure cependant
præscribebatur ;	était prescrite;
jussique	et *tous* reçurent-l'ordre
figere æra	de fixer de l'airain (une table d'airain)
in templis ipsis,	dans les temples eux-mêmes,
ad sacrandam memoriam,	pour consacrer la mémoire *de ces décrets*
neu delaberentur	et-pour qu'on ne se laissât-pas-aller
in ambitionem	à l'ambition
specie religionis.	sous prétexte de religion.
LXIV. Sub idem tempus,	LXIV. Vers le même temps,
valetudo atrox	une maladie cruelle
Juliæ Augustæ	de Julia Augusta
fecit principi	fit au prince
necessitudinem	une nécessité
reditus festinati	d'un retour hâté
in Urbem ;	à la ville (Rome);
concordia sincera adhuc	l'union *étant* sincère encore
inter matrem filiumque,	entre la mère et le fils,
sive odiis occultis.	ou *leurs* haines *étant* secrètes.
Neque enim multo ante,	Et en effet non beaucoup auparavant,
quum Julia dicaret	lorsque Julia dédiait
effigiem divo Augusto,	une statue au divin Auguste,
haud procul	non loin
theatro Marcelli,	du théâtre de Marcellus,
postscripserat suo	elle avait inscrit-après le sien
nomen Tiberii ;	le nom de Tibère ;
illeque credebatur	et celui-ci (Tibère) était cru
abdidisse id,	avoir caché cela *au fond de son cœur*,
ut inferius	comme au-dessous
majestate principis,	de la majesté du prince,
offensione	avec un mécontentement
gravi et dissimulata.	grave et dissimulé.
Sed tum supplicia diis	Mais alors des supplications aux dieux
decernuntur ab senatu,	sont décrétées par le sénat,
magnique ludi,	et de grands jeux,

et augures et quindecimviri, septemviris [1] simul et sodalibus
Augustalibus, ederent. Censuerat L. Apronius ut feciales quoque iis ludis præsiderent. Contradixit Cæsar, distincto sacer-
doiiorum jure, et repetitis exemplis : « Neque enim unquam
fecialibus hoc majestatis fuisse; ideo Augustales adjectos,
quia proprium ejus domus sacerdotium esset, pro qua vota
persolverentur. »

LXV. Exsequi sententias haud institui, nisi insignes per
honestum aut notabili dedecore : quod præcipuum munus
annalium reor, ne virtutes sileantur, utque pravis dictis factisque ex posteritate et infamia metus sit. Ceterum tempora illa
adeo infecta et adulatione sordida fuere, ut non modo primores civitatis, quibus claritudo sua obsequiis protegenda erat,
sed omnes consulares, magna pars eorum qui prætura functi,
multique etiam pedarii senatores [2], certatim exsurgerent fœda-
que et nimia censerent. Memoriæ proditur Tiberium, quo-

que devaient présider les pontifes, les augures, les quindécemvirs,
les septemvirs et les prêtres d'Auguste. L. Apronius avait proposé que
les féciaux présidassent aussi à ces jeux. Le prince fut d'un avis contraire ; il distingua les droits des différents sacerdoces, et prouva par
de nombreux exemples, « que jamais les féciaux n'avaient joui d'un
pareil honneur ; que, si l'on y appelait les prêtres d'Auguste, c'était
comme attachés spécialement à la famille pour laquelle s'acquittaient
les vœux. »

LXV. Mon dessein n'est pas de rapporter tous les avis des sénateurs ; je me borne à ceux qui offrent un caractère remarquable
d'honneur ou d'opprobre, persuadé que le principal objet de l'histoire est de préserver les vertus de l'oubli et de contenir par la
crainte de l'infamie et de la postérité les paroles et les actions perverses. Au reste, ce siècle fut tellement infecté d'une basse adulation,
que non-seulement les premiers de Rome, qui avaient besoin de
ménagement pour se faire pardonner leur célébrité, mais encore tous
les consulaires, la plupart des anciens préteurs, et même beaucoup
de simples sénateurs, se levaient à l'envi pour voter les flatteries les
plus honteuses et les plus exagérées. On rapporte que Tibère, toutes

quos ederent pontifices
et augures
et quindecimviri,
simul septemviris
et sodalibus Augustalibus.
L. Apronius censuerat
ut feciales quoque
præsiderent iis ludis.
Cæsar contradixit,
jure sacerdotiorum
distincto,
et exemplis repetitis :
« Neque enim unquam
hoc majestatis
fuisse fecialibus;
ideo Augustales
adjectos ,
quia sacerdotium
esset proprium ejus domus,
pro qua
vota persolverentur. »
LXV. Haud institui
exsequi sententias ,
nisi insignes per honestum
aut dedecore notabili :
quod reor
munus præcipunm
annalium,
ne virtutes sileantur,
utque metus sit
ex posteritate et infamia
dictis factisque pravis.
Ceterum illa tempora
fuere adeo infecta
et sordida adulatione ,
ut non modo
primores civitatis,
quibus sua claritudo
protegenda erat obsequiis,
sed omnes consulares ,
magna pars eorum
qui functi prætura,
multique etiam
senatores pedarii
exsurgerent certatim
censerentque
fœda et nimia.

que devaient donner les pontifes
et les augures
et les quindécemvirs,
avec les septemvirs
et les prêtres-de-la-confrérie d'-Auguste.
L. Apronius avait opiné
que les féciaux aussi
présidassent à ces jeux.
César (Tibère) le combattit,
le droit des sacerdoces
étant distingué,
et des exemples étant repris (rappelés) :
« Et en effet jamais
ce *degré* de majesté
n'avoir été aux féciaux ;
pour cela les prêtres-d'-Auguste
avoir été ajoutés ,
parce que *ce* sacerdoce
etait propre à cette famille ,
pour laquelle
les vœux s'acquittaient. »
LXV. Je n'ai point entrepris
de poursuivre (dire) *toutes* les opinions ,
sinon *celles* signalées par l'honnêteté
ou par un avilissement digne-d'être-
ce que je pense   [noté :
être le devoir principal
d'annales ,
pour que les vertus ne soient pas tues,
et que crainte soit
du côté de la postérité et de la honte
pour les paroles et les actions perverses.
Au reste ces temps-là
furent tellement gâtés
et salis par l'adulation ,
que non seulement
les premiers de l'État,
auxquels leur illustration   [ments,
devait être protégée par des empresse-
mais tous les consulaires ,
une grande partie de ceux
qui avaient exercé la préture ,
et beaucoup même
de sénateurs pédaires
se levaient à-l'envi
et votaient
des choses honteuses et excessives.

lies curia egrederetur, græcis verbis in hunc modum eloqui
solitum : « O homines ad servitutem paratos [1]! » Scilicet etiam
illum, qui libertatem publicam nollet, tam projectæ servien-
tium patientiæ tædebat.

LXVI. Paulatim dehinc ab indecoris ad infesta transgrediebantur. C. Silanum, proconsulem Asiæ, repetundarum a sociis
postulatum, Mamercus Scaurus e consularibus, Junius Otho
prætor, Brutidius Niger ædilis, simul corripiunt, objectantque
violatum Augusti numen, spretam Tiberii majestatem : Mamercus antiqua exempla jaciens, L. Cottam a Scipione Africano[2],
Ser. Galbam a Catone censorio[3], P. Rutilium a M. Scauro[4]
accusatos. Videlicet Scipio et Cato talia ulciscebantur, aut ille
Scaurus quem, proavum suum, opprobrium majorum Mamercus infami opera dehonestabat. Junio Othoni[5] litterarium ludum
exercere vetus ars fuit : mox Sejani potentia senator, obscura

les fois qu'il sortait du sénat, s'écriait en grec : « O lâches qui
courent au-devant de la servitude! » Tant leur servile et patiente
abjection inspirait de mépris à l'ennemi même de la liberté publique !

LXVI. Insensiblement ils passaient de la bassesse à la cruauté.
C. Silanus, proconsul d'Asie, était poursuivi par sa province pour
concussion. Mamercus Scaurus, consulaire, Junius Othon, préteur,
Brutidius Niger, édile, se disputent cette victime, et tous trois ils
l'accusent d'avoir manqué de respect à la divinité d'Auguste et à la
majesté de Tibère. Scaurus s'autorisait des anciens exemples de
Scipion l'Africain, de Caton le censeur, et de Mamercus Scaurus,
qui avaient accusé, l'un L. Cotta, l'autre Ser. Galba, celui-ci
P. Rutilius, comme si c'étaient là les crimes que poursuivaient les
Scipion, les Caton, et ce fameux Scaurus, que son arrière petit-
fils, l'opprobre de ses aïeux, déshonorait par ses infâmes manœuvres. Junius Othon avait été d'abord maître d'école. Devenu

Proditur memoriæ	Il est transmis à la mémoire
Tiberium,	Tibère,
quoties egrederetur curia,	chaque-fois-qu'il sortait de la curie,
solitum eloqui	avoir eu-coutume de s'exprimer
verbis græcis	en mots grecs
in hunc modum :	de cette manière :
« O homines	« O hommes
paratos ad servitutem ! »	prêts à la servitude ! »
Scilicet	A savoir
tædebat illum etiam,	le-dégoût-prenait ce *prince* même,
qui nollet	qui ne-voulait-pas
libertatem publicam,	la liberté publique,
patientiæ tam projectæ	de la patience si abjecte
servientium.	de *ces* esclaves.

LXVI. Dehinc [tim transgrediebantur paula-ab indecoris ad infesta. — LXVI. Puis ils passaient peu-à-peu de choses basses à des choses cruelles.

Mamercus Scaurus	Mamercus Scaurus
e consularibus,	*un* des consulaires,
Junius Otho prætor,	Junius Othon préteur,
Brutidius Niger ædilis,	Brutidius Niger édile,
corripiunt simul	saisissent ensemble
C. Silanum,	C. Silanus,
proconsulem Asiæ, ·	proconsul d'Asie, [cussion)
postulatum repetundarum	dénoncé pour *sommes* à réclamer (con-
e sociis,	par les alliés,
objectantque	et *lui* reprochent
numen Augusti violatum,	la sainteté d'Auguste violée,
majestatem Tiberii	la majesté de Tibère
spretam :	méprisée :
Mamercus jaciens	Mamercus citant
exempla antiqua,	des exemples anciens,
L. Cottam, Ser. Galbam,	L. Cotta, Ser. Galba,
P. Rutilium accusatos	P. Rutilius accusés
a Scipione Africano,	*le premier* par Scipion l'Africain,
a Catone censorio,	*le second* par Caton le censeur,
a M. Scauro.	*le troisième* par M. Scaurus.
Videlicet Scipio et Cato	Apparemment Scipion et Caton
ulciscebantur talia,	poursuivaient de tels *crimes*,
aut ille Scaurus,	ou ce Scaurus,
quem Mamercus,	que Mamercus,
opprobrium majorum,	opprobre de *ses* ancêtres,
dehonestabat opera infami.	déshonorait par une œuvre infâme.
Ars vetus fuit Junio Othoni	Le métier ancien fut à Junius Othon
exercere	de tenir
ludum litterarium :	une école de-lettres :
mox senator	bientôt *devenu* sénateur

initia impudentibus ausis propellebat. Brutidium[1], artibus
honestis copiosum, et, si rectum iter pergeret, ad clarissima
quæque iturum, festinatio exstimulabat, dum æquales, dein
superiores, postremo suasmet ipse spes anteire parat, quod
multos, etiam bonos, pessumdedit, qui, spretis quæ tarda
cum securitate, præmatura vel cum exitio properant.

LXVII. Auxere numerum accusatorum Gellius Publicola et
M. Paconius[2]: ille quæstor Silani, hic legatus. Nec dubium
habebatur sævitiæ captarumque pecuniarum teneri reum : sed
multa aggerebantur etiam insontibus periculosa, quum, super
tot senatores adversos, facundissimis totius Asiæ, eoque ad
accusandum delectis, responderet solus et orandi nescius,
proprio in metu, qui exercitam quoque eloquentiam debilitat;
non temperante Tiberio quin premeret voce, vultu, eo quod
ipse creberrime interrogabat : neque refellere[3] aut eludere

sénateur par le crédit de Séjan, il cherchait, à force d'audace et
d'impudence, à pousser son obscure fortune. Brutidius, homme
plein de mérite, et certain, en suivant le droit chemin, d'arriver
au faîte des honneurs, avait une impatience qui l'aiguillonnait sans
cesse; il voulait surpasser ses égaux, ses supérieurs, jusqu'à ses
propres espérances; et c'est ce qui souvent a perdu des hommes
même vertueux, qui, dédaignant un avancement lent, mais sûr, le
hâtent et le précipitent, au risque de se précipiter eux-mêmes.

LXVII. Gellius Publicola et M. Paconius augmentèrent le
nombre des accusateurs : l'un était questeur de Silanus, l'autre son
lieutenant. Il ne paraissait pas douteux que Silanus n'eût à se reprocher des concussions et de la dureté; mais il y avait une accu-
mulation de circonstances qui eût mis en péril l'innocence même.
Indépendamment de tant de sénateurs qui le poursuivaient, les
hommes les plus éloquents de toute l'Asie avaient été choisis pour
l'accuser; il était seul à leur répondre, n'ayant aucun talent ora-
toire, et d'ailleurs l'éloquence même expérimentée se trouble dans
un danger personnel. Tibère ne cessait encore de l'intimider par son
air, par le ton de sa voix, par une foule d'interrogations pressantes,

potentia Sejani,
propellebat initia obscura
ausis impudentibus.
Brutidium,
copiosum artibus honestis,
et iturum
ad quæque clarissima,
si pergeret rectum iter,
festinatio exstimulabat,
dum parat anteire æquales,
dein superiores,
postremo ipse
suasmet spes :
quod pessumdedit multos,
etiam bonos,
qui, spretis
quæ tarda cum securitate,
properant præmatura
vel cum exitio.   [cola
LXVII. Gellius Publi-
et M. Paconius
auxere numerum
accusatorum :
ille quæstor Silani,
hic legatus.
Nec habebatur dubium
teneri
reum sævitiæ
pecuniarumque captarum :
sed multa aggerebantur,
periculosa
etiam insontibus,
quum, super tot senatores
adversos,
solus et nescius orandi,
in metu proprio,
qui debilitat eloquentiam
quoque exercitam,
responderet facundissimis
Asiæ totius,
eoque delectis
ad accusandum ;
Tiberio non temperante
quin premeret
voce, vultu,
eo quod ipse interrogabat
creberrime :

par la puissance de Séjan,
il poussait-en-avant *ces* débuts obscurs
par des entreprises impudentes.
Quant à Brutidius,
abondant en qualités honorables,
et qui devait aller
à toutes les choses les plus brillantes,
s'il suivait le droit chemin,
son impatience *l*'aiguillonnait, [égaux,
tandis qu'il se dispose à devancer *ses*
puis *ses* supérieurs,
enfin lui-même
ses *propres* espérances :
ce qui perdit bien des *hommes*,
même honnêtes,
qui, *ces succès* étant méprisés
lesquels *sont* lents avec sécurité,
en hâtent de prématurés
même avec perte *pour eux* (en se perdant).
LXVII. Gellius Publicola
et M. Paconius
augmentèrent le nombre
des accusateurs :
celui-là questeur de Silanus,
celui-ci *son* lieutenant.
Et il n'était pas tenu-pour douteux
Silanus être tenu (convaincu)
coupable de cruauté
et d'argent pris :   [accumulées,
mais beaucoup de *circonstances* étaient
dangereuses
même pour des innocents,
vu que, outre tant de sénateurs
opposés *à lui*,
seul et ignorant *de l'art* de plaider,
dans une crainte personnelle,
qui affaiblit l'éloquence
même exercée,
il répondait aux *hommes les* plus éloquents
de l'Asie tout-entière,
et pour cela choisis
pour *l*'accuser ;
Tibère ne se contenant pas
qu'il ne *l*'accablât
de la voix, du visage,
parce que lui-même *l*'interrogeait
très-fréquemment :

dabatur; ac sæpe etiam confitendum erat, ne frustra quæsivisset. Servos quoque Silani, ut tormentis interrogarentur,
actor publicus mancipio acceperat; et, ne quis necessariorum
juvaret periclitantem, majestatis crimina subdebantur, vin-
clum et necessitas silendi. Igitur, petito paucorum dierum in-
terjectu, defensionem sui deseruit, ausis ad Cæsarem codicillis,
quibus invidiam et preces miscuerat.

LXVIII. Tiberius, quæ in Silanum parabat, quo excusatius
sub exemplo acciperentur, libellos divi Augusti de Voleso
Messala[1], ejusdem Asiæ proconsule, factumque in eum senatusconsultum recitari jubet. Tum L. Pisonem[2] sententiam
rogat. Ille, multum de clementia principis præfatus, aqua
atque igni Silano interdicendum censuit, ipsumque in insulam
Gyarum relegandum. Eadem ceteri, nisi quod Cn. Lentulus

qu'on ne pouvait ni éluder ni combattre; et souvent même Silanus
était contraint d'avouer, de peur que le prince n'eût interrogé en
vain. En outre un agent du fisc avait acheté les esclaves de Silanus,
afin qu'on pût les appliquer à la question; et, pour qu'aucun de
ses amis ne pût venir à son secours, on ajoutait l'accusation de lèse-
majesté, qui glaçait tous les cœurs et fermait toutes les bouches.
Aussi, après avoir demandé un délai de quelques jours, Silanus
renonça à se défendre. Il risqua seulement une lettre pour le prince,
où il entremêlait les plaintes et les prières.

LXVIII. Tibère, croyant, à la faveur d'un exemple, faire
excuser le traitement qu'il préparait à Silanus, fit lire un mémoire
d'Auguste et un ancien décret du sénat contre Volésus Messala, qui
avait été aussi proconsul d'Asie. Il demanda ensuite l'avis de
L. Pison. Celui-ci, après un long préambule sur la clémence du
prince, proposa d'interdire l'eau et le feu à Silanus, et de le reléguer dans l'île de Gyare. Ce fut l'avis des autres. Seulement
Cn. Lentulus ajouta que, par respect pour la mère de Silanus, la-

neque dabatur | et il ne *lui* était pas donné
refellere aut eludere; | de réfuter ou d'éluder *rien*,
ac sæpe etiam | et souvent même
confitendum, | il *lui* fallait avouer,
ne quæsivisset frustra. | pour que *Tibère* n'eût pas demandé en
Actor publicus quoque | Un agent public aussi   [vain.
acceperat mancipio | avait reçu par mancipation
servos Silani, | les esclaves de Silanus,
ut interrogarentur | pour qu'ils fussent interrogés
tormentis; | par les tortures;
et, ne quis necessariorum | et, afin que quelqu'un de *ses* amis
juvaret periclitantem, | n'aidât pas *lui* en-péril,
crimina majestatis | des accusations de *lèse*-majesté
subdebantur, | étaient ajoutées,
vinclum et necessitas | lien et nécessité
silendi. | de se taire.
Igitur, interjectu | Donc, un intervalle
paucorum dierum | de quelques jours
petito, | ayant été demandé,
deseruit defensionem sui, | il abandonna la défense de lui-même,
codicillis ad Cæsarem | un mémoire à César
ausis, | étant osé (risqué),
quibus miscuerat | dans lequel il avait mêlé
invidiam et preces. | le reproche et les prières.
LXVIII. Tiberius, | LXVIII. Tibère,
quo quæ parabat | afin que *ce* qu'il préparait
in Silanum | contre Silanus
acciperentur excusatius | fût reçu avec-plus-d'excuse
sub exemplo, | sous (à la faveur de) un exemple,
jubet libellos divi Augusti | ordonne un mémoire du divin Auguste
de Voleso Messala, | sur Volésus Messala,
proconsule ejusdem Asiæ, | proconsul de la même Asie,
senatusconsultumque | et le sénatus-consulte
factum in eum | fait (rendu) contre celui-ci
recitari. | être lus.
Tum rogat L. Pisonem | Alors il demande à L. Pison
sententiam. | *son* opinion.
Ille, præfatus multum | Celui-ci, ayant parlé-d'abord beaucoup
de clementia principis, | de la clémence du prince,
censuit interdicendum | opina falloir (qu'il fallait) interdire
Silano | à Silanus
aqua et igni, | l'eau et le feu,
relegandumque ipsum | et *le* reléguer lui-même
in insulam Gyarum. | dans l'île *de* Gyare.
Ceteri eadem, | Les autres *votèrent* les mêmes choses,
nisi quod Cn Lentulus | si ce n'est que Cn. Lentulus
dixit | dit

separanda Silani materna bona, quippe alia parente geniti,
reddendaque filio dixit, annuente Tiberio. At Cornelius Dolabella[1], dum adulationem longius sequitur, increpitis C. Silani
moribus, addidit, « Ne quis vita probrosus et opertus infamia
provinciam sortiretur, idque princeps dijudicaret. Nam a legibus delicta puniri; quanto fore mitius in ipsos, melius in
socios, provideri ne peccaretur? »

LXIX. Adversum quæ disseruit Cæsar : « Non quidem sibi
ignara quæ de Silano vulgabantur, sed non ex rumore statuendum : multos in provinciis, contra quam spes aut metus de
illis fuerit, egisse : excitari quosdam ad meliora magnitudine
rerum, hebescere alios : neque posse principem sua scientia
cuncta complecti; neque expedire ut ambitione aliena trahatur. Ideo leges in facta constitui, quia futura in incerto sint.
Sic a majoribus institutum, ut, si anteissent delicta, pœnæ

quelle était de mœurs si différentes, il était juste de soustraire à la
confiscation les biens maternels de Silanus, et de les conserver à son
fils. Tibère y consentit. Cornélius Dolabella, poussant plus loin la
flatterie, après s'être élevé contre les dérèglements de Silanus,
demanda « que l'on exclût des gouvernements quiconque aurait des
mœurs et une réputation infâmes; exclusion dont le prince serait
juge. En effet, disait-il, si les lois punissent les délits, combien ne
serait-il pas plus heureux pour les alliés et plus doux pour les
candidats eux-mêmes qu'on leur ôtât les moyens d'en commettre? »

LXIX. Tibère répondit « qu'il n'avait point ignoré ce qu'on
publiait de Silanus, mais qu'on ne devait point fonder un jugement
sur de simples bruits; que beaucoup de gouverneurs avaient dé-
menti l'espérance ou la crainte qu'on avait conçue d'eux; que les
hautes positions donnaient aux uns le ressort qu'elles ôtaient aux
autres; qu'il n'était ni possible que le prince embrassât tout par ses
propres connaissances, ni convenable qu'il se laissât entraîner par
l'impulsion d'autrui; que les lois ne devaient punir que le passé,
l'avenir étant dans l'incertitude; qu'ainsi les premiers Romains
avaient ordonné que les peines ne vinssent qu'à la suite des délits;

bona materna Silani
separanda,
quippe geniti
parente alia,
reddendaque filio,
Tiberio annuente.
At Cornelius Dolabella,
dum sequitur longius
adulationem,
moribus C. Silani
increpitis,
addidit, « Ne quis
probrosus vita
et opertus infamia
sortiretur provinciam,
princepsque dijudicaret id.
Nam delicta
puniri a legibus;
quanto fore mitius
in ipsos,
melius in socios,
provideri
ne peccaretur? »
  LXIX. Adversum quæ
Cæsar disseruit :
« Quæ quidem vulgabantur
de Silano
non ignara sibi,
sed non statuendum
ex rumore :
multos in provinciis egisse
contra quam spes aut metus
fuerit de illis :
quosdam excitari
ad meliora
magnitudine rerum,
alios hebescere :
neque principem
posse complecti cuncta
sua scientia ;
neque expedire ut trahatur
ambitione aliena.
Leges constitui in facta
ideo, quia futura
sint in incerto.
Sic institutum a majoribus,
ut pœnæ sequerentur,

les biens maternels de Silanus
devoir être séparés,
en-tant-que (car il était) né
d'une mère *tout* autre *que lui*,
et devoir être rendus à *son* fils,
Tibère *y* consentant.
Mais Cornélius Dolabella,
tandis qu'il poursuit plus loin
l'adulation,
les mœurs de C. Silanus
étant censurées,
ajouta, « Que quelqu'un
déshonoré de vie
et couvert d'infamie
n'obtînt-pas-au-sort une province,
et que le prince jugeât cela.
Car les délits
être punis par les lois ;
combien devoir être plus doux
envers *les candidats* eux-mêmes,
et meilleur pour les alliés,
être (qu'il fût) pourvu *à ceci*,
qu'il ne fût pas commis-de-faute ? »
  LXIX. Contre lesquels *avis*
César (Tibère) exposa :
« Certes *ce* qui était publié
sur Silanus
n'*être* point ignoré de lui,
mais ne pas falloir statuer
d'après la rumeur :
beaucoup dans les provinces avoir agi
autrement que l'espoir ou la crainte
avait été par rapport à eux :
quelques-uns être excités
à *de* meilleurs *actes*
par la grandeur de *leur* fortune,
d'autres s'émousser :
et le prince
ne pouvoir embrasser toutes choses
par sa connaissance *personnelle* ;
et ne pas être-bon qu'il soit entraîné
par l'ambition d'-autrui.
Les lois être établies contre les faits
pour cela, parce que les *actes* futurs
sont dans l'incertitude.
Ainsi *avoir été* institué par les ancêtres,
que les peines suivissent,

sequerentur : ne verterent sapienter reperta et semper placita;
satis onerum principibus, satis etiam potentiæ. Minui jura,
quoties gliscat potestas; nec utendum imperio, ubi legibus
agi possit. » Quanto rarior apud Tiberium popularitas, tanto
lætioribus animis accepta. Atque ille, prudens moderandi, si
propria ira non impelleretur, addidit, « Insulam Gyarum im-
mitem et sine cultu hominum esse : darent Juniæ familiæ, et
viro quondam ordinis ejusdem, ut Cythnum[1] potius concederet; id sororem quoque Silani Torquatam, priscæ sanctimo-
niæ virginem, expetere. » In hanc sententiam facta discessio[2].

LXX. Post auditi Cyrenenses[3], et, accusante Anchario
Prisco, Cæsius Cordus repetundarum damnatur. L. Ennium,
equitem romanum, majestatis postulatum, quod effigiem
principis promiscuum ad usum argenti vertisset, recipi Cæsar

qu'il fallait se garder de renverser des institutions sages et univer-
sellement approuvées ; que les princes avaient un fardeau assez lourd,
et même assez de puissance ; que la justice se discrédite quand le pouvoir s'y mêle, et qu'il ne faut point user de l'autorité quand on
peut employer les lois. » Plus ce langage populaire était rare chez
Tibère, plus il excita de satisfaction. Ce prince qui savait se
modérer lorsqu'il n'était point animé par des ressentiments personnels, ajouta « que l'île de Gyare était une île sauvage et déserte;
qu'on devait à la famille des Junius, à un homme qui avait été sénateur, de l'envoyer plutôt à Cythnos ; que la sœur de Silanus, Tor-
quata, vestale digne des premiers temps, demandait cette grâce. »
On s'en tint à ce dernier avis.

LXX. On donna ensuite audience aux Cyrénéens, et Césius Cordus, accusé de concussions par Ancharius Priscus, fut condamné.
Un chevalier romain, L. Ennius, avait été dénoncé comme coupable de lèse-majesté, pour avoir converti en argenterie de service

si delicta anteissent :	si les délits avaient précédé :
ne veiterent	qu'ils ne changeassent pas
reperta sapienter	des *règles* trouvées sagement
et placita semper ;	et agréées toujours
satis onerum principibus,	assez de fardeaux *être* aux princes,
etiam satis potentiæ.	même assez de puissance.
Jura minui,	Les droits être diminués,
quoties potestas gliscat ;	toutes-les-fois-que le pouvoir s'accroît;
nec utendum imperio,	et ne pas falloir user d'autorité,
ubi possit agi legibus. »	là où l'on peut agir avec les lois. »
Popularitas accepta	Ce langage-populaire *fut* accueilli
animis	avec des dispositions-d'esprit
tanto lætioribus,	d'autant plus favorables,
quanto rarior	qu'*il était* plus rare
apud Tiberium.	chez Tibère.
Atque ille,	Et lui,
prudens moderandi,	habile à *se* modérer,
si non impelleretur	s'il n'était pas poussé
ira propria,	par un ressentiment personnel,
addidit, « Insulam Gyarum	ajouta, « L'île *de* Gyare
esse immitem	être sauvage
et sine cultu hominum:	et sans culture d'hommes :
darent familiæ Juniæ,	qu'ils donnassent à la famille Junia,
et viro	et à un homme
quondam ejusdem ordinis,	autrefois du même ordre (du sénat),
ut concederet potius	qu'il se retirât (pût se retirer) plutôt
Cythnum ;	à Cythnos ;
Torquatam quoque,	Torquata aussi,
sororem Silani,	sœur de Silanus,
virginem	vierge
sanctimoniæ priscæ,	d'une sainteté antique,
expetere id. »	demander cela. »
Discessio facta	La séparation se fit (le vote eut lieu)
in hanc sententiam.	conformément à cet avis.
LXX. Post	LXX. Après *cela*
Cyrenenses auditi,	les Cyrénéens *furent* entendus,
et, Anchario Prisco	et, Ancharius Priscus
accusante,	*l'*accusant,
Cæsius Cordus damnatur	Césius Cordus est condamné
repetundarum.	pour *sommes* à réclamer (concussion).
Cæsar vetuit	César (Tibère) défendit
L. Ennium,	L. Ennius,
equitem romanum,	chevalier romain,
postulatum majestatis,	dénoncé pour *lèse*-majesté,
quod vertisset	parce qu'il avait converti
effigiem principis	une statue du prince
ad usum promiscuum	en un usage vulgaire

inter reos vetuit ; palam aspernante Ateio Capitone, quasi per
libertatem. « Non enim debere eripi patribus vim statuendi ;
neque tantum maleficium impune habendum. Sane lentus in
suo dolore esset ; reipublicæ injurias ne largiretur. » Intellexit
hæc Tiberius, ut erant magis quam ut dicebantur, perstititque
intercedere. Capito insignitior infamia fuit, quod, humani divinique juris sciens, egregium publicum et bonas domi artes
dehonestavisset.

LXXI. Incessit dein religio, quonam in templo locandum
foret donum quod pro valetudine Augustæ equites romani voverant Equestri Fortunæ[1]. Nam, etsi delubra ejus deæ multa
in Urbe, nullum tamen tali cognomento erat. Repertum est
ædem esse apud Antium quæ sic nuncuparetur, cunctasque
cærimonias Italicis in oppidis, templaque et numinum effigies,
juris atque imperii romani esse : ita donum apud Antium sta-

une statue de Tibère. Celui-ci défendit d'admettre l'accusation ; sur
quoi Atéius Capiton se récria hautement, en affectant un air d'indépendance, « qu'on ne devait point enlever au sénat le droit de
juger, ni laisser un tel crime impuni ; qu'indifférent, s'il le voulait,
pour ses propres injures, le prince ne devait point faire si bon
marché de celles de l'État. » Tibère, interprétant le sens plutôt que
la lettre de ces reproches, persista dans son opposition ; mais la
voix publique n'en signala que mieux la bassesse de Capiton, qui,
par une action honteuse, avait déshonoré ses vertus domestiques,
les talents d'un homme d'État, et des connaissances profondes en
droit civil et religieux.

LXXI. Un doute s'éleva sur le temple où l'on placerait l'offrande
que les chevaliers romains avaient vouée à la Fortune Équestre pour
la santé d'Augusta ; car, encore qu'il y eût à Rome plusieurs
temples de la Fortune, aucun n'était sous ce nom. Comme on
trouva que celui d'Antium avait cette dénomination, et qu'en tout

argenti, — d'argenterie,

recipi inter reos ; — être reçu parmi les accusés ;

Ateio Capitone — Ateius Capiton [*défense*,

aspernante palam, — méprisant (repoussant) ouvertement *cette*

quasi per libertatem. — comme par liberté.

« Vim enim statuendi — « En effet la puissance de statuer

non debere eripi patribus ; — ne devoir pas être ôtée aux sénateurs ;

neque tantum maleficium — et un si-grand méfait

habendum impune. — ne devoir pas être tenu impuni.

Sane esset lentus — Certes qu'il fût lent (patient)

in dolore suo ; — dans un ressentiment sien ;

ne largiretur — *mais* qu'il ne fît-pas-largesse

injurias reipublicæ. » — des injures de la république. »

Tiberius intellexit hæc, — Tibère comprit ces *mots*,

ut erant — comme ils étaient

magis quam ut dicebantur, — plus que comme ils étaient dits,

perstititque intercedere. — et persista à s'opposer.

Capito fuit insignitior — Capiton fut plus remarqué

infamia, — par *son* infamie,

quod, sciens — parce que, connaissant

juris humani divinique, — le droit humain et divin,

dehonestavisset — il avait déshonoré

egregium publicum — un remarquable talent-public

et artes bonas domi. — et des qualités estimables dans *sa* maison

LXXI. Dein — LXXI. Ensuite

religio incessit, — un doute-religieux s'éleva,

in quonam templo — dans quel temple

locandum foret donum — devait être placé un don

quod equites romani — que les chevaliers romains

voverant — avaient voué

Fortunæ Equestri — à la Fortune Équestre

pro valetudine Augustæ. — pour la santé d'Augusta.

Nam, etsi delubra ejusdeæ — Car, quoique les temples de cette déesse

multa in Urbe, — *fussent* nombreux dans la ville (Rome),

tamen nullum erat — cependant aucun n'était

tali cognomento. — avec un tel surnom.

Repertum est — Il fut trouvé

ædem esse apud Antium — un temple être à Antium

quæ nuncuparetur sic, — lequel était appelé ainsi,

cunctasque cærimonias — et toutes les cérémonies

in oppidis Italicis — dans les villes d'-Italie

templaque et effigies — et les temples et les images

numinum — des divinités

esse juris — être de la juridiction

atque imperii romani : — et de l'autorité romaines :

ita donum — ainsi *ce* don

statuitur apud Antium. — est placé à Antium.

tuitur. Et, quando de religionibus tractabatur, dilatum nuper
responsum adversus Servium Maluginensem, flaminem Dialem,
prompsit Cæsar; recitavitque decretum pontificum : « Quoties
valetudo adversa flaminem Dialem incessisset, ut, pontificis
maximi arbitrio, plus quam binoctium abesset; dum ne diebus
publici sacrificii, neu sæpius quam bis eumdem in annum »
Quæ, principe Augusto constituta, satis ostendebant annuam
absentiam et provinciarum administrationem Dialibus non
concedi : memorabaturque L. Metelli, pontificis maximi,
exemplum, qui Aulum Postumium[1] flaminem attinuisset. Ita
sors Asiæ in eum qui consularium Maluginensi proximus erat
collata.

LXXII. Iisdem diebus Lepidus ab senatu petivit ut basilicam Paulli[2], Æmilia monumenta, propria pecunia firmaret
ornaretque. Erat etiam tum in more publica munificentia : nec
Augustus arcuerat Taurum, Philippum, Balbum[3], hostiles

ce qui concernait le culte, les temples et les statues des dieux,
toutes les villes étaient dans le ressort de Rome et soumises à sa
juridiction, on porta le don à Antium. Ces discussions religieuses
ramenèrent l'affaire de Servius Maluginensis, flamine de Jupiter,
dont Tibère avait différé l'examen. Il rapporta un décret des pontifes, qui défendait aux flamines de Jupiter de s'absenter de Rome,
pour cause de maladie, plus de deux jours de suite, et plus de deux
fois chaque année, et jamais les jours de sacrifice public, ni sans la
permission du grand pontife. Ce règlement, publié sous Auguste,
montrait assez que l'administration des provinces, qui exigeait un
an d'absence, était interdite aux prêtres de Jupiter; et de plus, on
cita l'exemple du grand pontife L. Métellus, qui avait retenu à
Rome le flamine Aulus Postumius. Ainsi l'Asie fut donnée au
consulaire le plus ancien après Maluginensis.

LXXII. A la même époque, Lépidus demanda au sénat la permission de réparer et d'embellir à ses frais la basilique de Paul-
Emile, monument de sa maison. Ces libéralités publiques étaient
encore en usage; et Auguste n'avait point empêché Taurus, Philippe et Balbus de consacrer les dépouilles de l'ennemi ou le superflu

Et, quando tractabatur
de religionibus,
Cæsar prompsit responsum
dilatum nuper   [nensem,
adversus Servium Malugi-
flaminem Dialem ;
recitavitque
decretum pontificum :
« Ut,
quoties valetudo adversa
incessisset
flaminem Dialem,
abesset
plus quam binoctium,
arbitrio maximi pontificis ;
dum ne diebus
sacrificii publici,
neu sæpius quam bis
in eumdem annum. »
Quæ, constituta
Augusto principe,
ostendebant satis
absentiam annuam
et administrationem
provinciarum
non concedi Dialibus :
exemplumque L. Metelli,
maximi pontificis,
qui attinuisset   [mium,
flaminem Aulum Postu-
memorabatur.
Ita sors Asiæ
collata in eum consularium
qui erat proximus
Maluginensi.
    LXXII. Iisdem diebus
Lepidus petivit ab senatu
ut firmaret ornaretque
propria pecunia
basilicam Paulii,
monumenta Æmilia.
Munificentia publica
erat etiam tum in more :
nec Augustus arcuerat
Taurum, Philippum,
Balbum,
conferre exuvias hostiles

Et, pendant qu'il était discuté
sur des points-de-religion,
César (Tibère) donna sa réponse
différée naguère
à l'égard de Servius Maluginensis,
flamine de-Jupiter ;
et il lut
un décret des pontifes :
« Que,
chaque-fois-qu'une santé contraire
aurait atteint
un flamine de-Jupiter,
il s'absentât
plus que deux-nuits,
au gré du grand pontife ;
pourvu que ce ne fût pas aux jours
d'un sacrifice public,
ni plus souvent que deux-fois
pour une même année. »
Lesquelles règles, établies
Auguste étant prince,
montraient assez
une absence annuelle
et l'administration
des provinces   [piter :
n'être pas accordées aux prêtres de-Ju-
et l'exemple de L. Métellus,
grand pontife,
qui avait retenu
le flamine Aulus Postumius,
était rapporté.
Ainsi le lot de l'Asie
fut reporté à celui d'entre les consulaires
qui etait le plus proche (le premier)
de (après) Maluginensis.
    LXXII. Dans ces-mêmes jours
Lépidus demanda au sénat
qu'il réparât et ornât
avec son propre argent
la basilique de Paulus,
monument Émilien.
La munificence publique (envers l'État)
était encore alors en usage :
et Auguste n'avait pas empêché
Taurus, Philippe,
Balbus,
d'appliquer les dépouilles ennemies

exuvias aut exundantes opes ornatum ad Urbis et posterum gloriam conferre. Quo tum exemplo Lepidus, quanquam pecuniæ modicus, avitum decus recoluit. At Pompeii theatrum, igne fortuito haustum, Cæsar exstructurum pollicitus est, « Eo quod nemo e familia restaurando sufficeret; manente tamen nomine Pompeii. » Simul laudibus Sejanum extulit, « Tanquam labore vigilantiaque ejus tanta vis unum intra damnum stetisset. » Et censuere patres effigiem Sejano, quæ apud theatrum Pompeii locaretur : neque multo post Cæsar, quum Junium Blæsum, proconsulem Africæ, triumphi insignibus attolleret, dare id se dixit honori Sejani, cujus ille avunculus erat.

LXXIII. Ac tamen res Blæsi dignæ decore tali fuere. Nam Tacfarinas, quanquam sæpius depulsus, reparatis per intima Africæ auxiliis, huc arrogantiæ venerat ut legatos ad Tiberium mitteret, sedemque ultro sibi atque exercitui suo postularet, aut bellum inexplicabile[1] minitaretur. Non alias magis sua

d'une immense richesse à la décoration de Rome et à l'illustration de leur postérité. Lépidus, à leur exemple, quoique n'ayant qu'une fortune médiocre, voulut maintenir la gloire de sa famille. Mais le théâtre de Pompée ayant été consumé par un incendie, comme personne de cette maison n'aurait pu soutenir les dépenses de la reconstruction, Tibère promit de s'en charger, en laissant toutefois à cet édifice le nom de Pompée. Il fit aussi un grand éloge de Séjan, dont les soins et la vigilance avaient, selon lui, borné à ce seul édifice les ravages de la flamme. Le sénat décerna à Séjan une statue qui devait être placée dans le théâtre de Pompée. Quelque temps après, Tibère, accordant les ornements du triomphe à Junius Blésus, proconsul d'Afrique, déclarait que c'était en considération de Séjan, dont Blésus était l'oncle.

LXXIII. Cependant les exploits de Blésus méritaient cet honneur. Tacfarinas, quoique souvent battu, avait trouvé toujours au fond de l'Afrique des ressources pour se relever. Il en était venu à un tel degré d'insolence, qu'il osa députer vers Tibère, et lui faire signifier qu'il eût à lui céder de bonne grâce un établissement pour lui et pour son armée; autrement, il le menaçait d'une guerre inter-

aut opes exundantes
ad ornatum Urbis
et gloriam posterum.
Quo exemplo tum Lepidus,
quanquam modicus
pecuniæ,
recoluit decus avitum.
At Cæsar pollicitus est
exstructurum
theatrum Pompeii,
haustum igne fortuito,
« Eo quod nemo e familia
sufficeret restaurando ;
nomine Pompeii
manente tamen. »
Simul extulit Sejanum
laudibus,
« Tanquam tanta vis
stetisset
intra unum damnum
labore vigilantiaque ejus. »
Et patres censuere Sejano
effigiem, quæ locaretur
apud theatrum Pompeii :
neque multo post Cæsar,
quum attolleret
insignibus triumphi
Junium Blæsum,
proconsulem Africæ,
dixit se dare id
honori Sejani,
cujus ille erat avunculus.
   LXXIII. Ac tamen
res Blæsi fuere dignæ
tali decore.
Nam Tacfarinas,
quanquam depulsus
sæpius,
auxiliis reparatis
per intima Africæ,
venerat huc arrogantiæ,
ut mitteret legatos
ad Tiberium,
postularetque ultro sedem
sibi atque suo exercitui,
aut minitaretur
bellum inexplicabile.

ou des richesses surabondantes
à l'ornement de la ville (Rome)
et à la gloire des descendants.
Suivant lequel exemple alors Lépidus,
quoique modeste
d'argent,
renouvela la gloire de-*ses*-aïeux.
Mais César (Tibère) promit
lui-même devoir relever
le théâtre de Pompée,
dévoré par un feu (incendie) fortuit,
« Parce que personne de la famille
ne pouvait suffire à *le* restaurer ;
le nom de Pompée
subsistant cependant. »
· En même temps il exalta Séjan
par des louanges,
« Comme si un si-grand fléau
s'était arrêté
à un *seul* dommage
par l'effort et la vigilance de lui. »
Et les sénateurs votèrent à Séjan
une statue, qui serait placée
dans le théâtre de Pompée :
et non beaucoup après César (Tibère),
lorsqu'il rehaussait
par les insignes du triomphe
Junius Blésus,
proconsul d'Afrique,
dit lui-même donner cela
à l'honneur de (pour honorer) Séjan,
dont celui-là (Blésus) était l'oncle.
   LXXIII. Et cependant
les actions de Blésus furent dignes
d'un tel honneur.
Car Tacfarinas,
quoique chassé
souvent,
des renforts ayant été renouvelés
dans l'intérieur de l'Afrique,
en était venu à ce point d'arrogance,
qu'il envoyait des députés
à Tibère,
et demandait spontanément une résidence
pour lui-même et pour son armée,
ou (et sinon) menaçait
d'une guerre interminable.

populique romani contumelia indoluisse Cæsarem ferunt, quam
quod desertor et prædo hostium more [1] ageret. « Ne Spartaco
quidem, post tot consularium exercituum clades inultam Italiam
urenti, quanquam Sertorii atque Mithridatis ingentibus bellis
laboret respublica, datum ut pacto in fidem acciperetur : nedum, pulcherrimo populi romani fastigio, latro Tacfarinas
pace et concessione agrorum redimeretur. » Dat negotium
Blæso, ceteros quidem ad spem proliceret arma sine noxa
ponendi ; ipsius autem ducis quoquo modo potiretur.

LXXIV. Et recepti ea venia plerique : mox adversum artes
Tacfarinatis haud dissimili modo belligeratum. Nam quia ille,
robore exercitus impar, furandi melior, plures per globos
incursaret eluderetque, et insidias simul tentaret, tres inces-

minable. Jamais outrage, dit-on, ne fut plus sensible à ce prince.
Il rougit pour lui-même et pour le peuple romain qu'un déserteur,
qu'un brigand osât parler comme une puissance ennemie. « Spar-
tacus lui-même, vainqueur de tant d'armées consulaires, saccageant
impunément l'Italie, n'avait pu obtenir de composition, quoique la
république fût alors pressée à la fois et par Sertorius et par Mithridate ; et maintenant le peuple romain, dans tout l'éclat de sa
gloire, se dépouillerait de ses possessions pour acheter la paix du
brigand Tacfarinas ! » Tibère donna ordre à Blésus d'offrir leur
grâce à tous les rebelles qui mettraient bas les armes, et de s'em-
parer du chef, à quelque prix que ce fût.

LXXIV. L'amnistie enleva à Tacfarinas un grand nombre de
soldats, et, pour déjouer ses artifices, on le combattit suivant sa
propre méthode. Ses troupes, incapables de résister à notre armée,
mais excellentes pour piller, voltigeaient par bandes détachées,
évitaient le combat, et se mettaient en embuscade ; de même Blésus
forma trois corps, qui prirent trois routes différentes. D'un côté,

Ferunt Cæsarem | On rapporte César (Tibère)
non indoluisse magis alias | n'avoir pas gémi plus une-autre-fois
contumelia sua | d'un affront sien (qui lui était fait)
populique romani, | et *d'un affront* du (fait au) peuple romain,
quam quod desertor | que de ce qu'un déserteur
et prædo | et un brigand
ageret more hostium. | agît à la manière des ennemis.
« Ne datum | « *Ceci* n'avoir pas *été* accordé
Spartaco quidem, | même à Spartacus,
urenti Italiam inultam | qui incendiait l'Italie non-vengé
post clades | après les défaites
tot exercituum | de tant d'armées
consularium, | consulaires,
quanquam respublica | quoique la république
labaret | chancelât
ingentibus bellis | par les grandes guerres
Sertorii atque Mithridatis, | de Sertorius et de Mithridate
ut acciperetur pacto | qu'il fût reçu par traité
in fidem : | en amitié :
nedum, | bien loin que,
fastigio populi Romani | la grandeur du peuple romain
pulcherrimo, | *étant* le plus belle,
latro Tacfarinas | le brigand Tacfarinas
redimeretur | fût racheté (on se rachetât de Tacfarinas)
pace | par la paix
et concessione agrorum. » | et par une concession de terres. »
Dat negotium Blæso, | Il donne commission à Blésus,
proliceret quidem ceteros | qu'il alléchât à-la-vérité les autres
ad spem ponendi arma | à l'espoir de poser les armes
sine noxa; | sans dommage;
potiretur autem | mais qu'il s'emparât
ducis ipsius | du chef lui-même
modo quoquo. | d'une manière quelconque.

LXXIV. Et plerique | LXXIV. Et la plupart
recepti ea venia : | *furent* regagnés par ce pardon :
mox belligeratum | bientôt on fit-la-guerre
modo haud dissimili | d'une manière non différente
adversum artes | contre les ruses
Tacfarinatis. | de Tacfarinas.
Nam quia ille, impar | Car parce que celui-ci, incapable *de lutter*
robore exercitus, | par la force de *son* armée,
melior furandi, | meilleur pour brigander,
incursaret | courait
per plures globos | par nombreuses bandes
eluderetque, | et *nous* éludait,
et simul tentaret insidias, | et en même temps tentait des embuscades,
tres incessus, | trois marches,

sus, totidem agmina parantur. Ex quis Cornelius Scipio legatus
præfuit, qua prædatio in Leptitanos, et suffugia Garamantum[1];
alio latere, ne Cirtensium pagi impune traherentur, propriam
manum Blæsus filius duxit; medio, cum delectis, castella et
munitiones idoneis locis imponens, dux ipse arcta et infensa
hostibus cuncta fecerat; quia, quoquo inclinarent, pars alia
militis Romani in ore, in latere, et sæpe a tergo erat : multique eo modo cæsi aut circumventi. Tunc tripartitum exercitum
plures in manus dispergit, præponitque centuriones virtutis
expertæ. Nec, ut mos fuerat, acta æstate retrahit copias, aut
in hibernaculis veteris provinciæ componit : sed, ut in limine
belli dispositis castellis, per expeditos et solitudinum gnaros
mutantem mapalia Tacfarinatem proturbat; donec, fratre ejus

Cornélius Scipion, un des lieutenants, défendait la frontière de
Leptis, et coupait la retraite chez les Garamantes; d'un autre, le
fils de Blésus protégeait le pays de Cirta; le général était au milieu
avec des troupes d'élite. Il avait disposé dans tous les lieux convenables des forts qui tenaient l'ennemi en échec et le serraient de si
près, que, de quelque côté qu'il se tournât. il trouvait toujours
quelque détachement de Romains en face, sur ses flancs, souvent
même sur ses derrières. Par ce moyen, on tua ou on prit beaucoup
de monde aux barbares. Alors Blésus partagea de nouveau chaque
corps en plusieurs pelotons, mit à leur tête des centurions d'une
valeur éprouvée, et, la campagne finie, il n'eut garde, comme on
l'avait fait jusqu'alors, de retirer ses troupes et de les faire hiverner
dans les quartiers éloignés; au contraire, il les tint, pour ainsi
dire, aux portes de l'ennemi, dans des forts qu'il fit construire, et,
avec des coureurs qui connaissaient parfaitement le désert, il chassa
Tacfarinas de poste en poste. Ce ne fut qu'après avoir fait son frère

totidem agmina,	autant-de corps,
parantur.	sont préparés.
Ex quis	Desquels *corps*
Cornelius Scipio legatus	Cornélius Scipion lieutenant
præfuit,	commanda *l'un*,
qua prædatio	*là* où le brigandage
in Leptitanos,	*avait lieu* contre ceux-de-Leptis,
et suffugia	et *où se trouvaient* les refuges [mantes) ;
Garamantum ;	des Garamantes (offerts par les Gara-
alio latere,	de l'autre côté,
ne pagi Cirtensium	pour que les bourgades de ceux-de-Cirta
traherentur impune,	ne fussent pas pillées impunément,
Blæsus filius	Blésus le fils
duxit manum propriam ;	conduisit une troupe particulière ;
medio, cum delectis,	au milieu, avec des *hommes* choisis,
imponens castella	établissant des forts
et munitiones	et des retranchements
locis idoneis,	dans des lieux convenables,
dux ipse	le général lui-même
fecerat cuncta	avait rendu tous *les passages*
arcta et infensa hostibus ;	étroits et incommodes aux ennemis ;
quia,	parce que,
quoquo inclinarent,	de-quelque-côté-qu'ils se tournassent,
aliqua pars militis Romani	quelque partie du soldat romain (de l'ar-
erat in ore, in latere,	était en tête, en flanc, [mée romaine)
et sæpe a tergo :	et souvent par derrière :
multique eo modo	et beaucoup de cette façon
cæsi aut circumventi.	*furent* taillés-en-pièces ou enveloppés.
Tunc dispergit	Alors il divise
in plures manus	en plusieurs troupes
exercitum tripartitum,	*son* armée partagée-en-trois-corps,
præponitque centuriones	et met-à-la-tête des centurions
virtutis expertæ.	d'un courage éprouvé.
Nec, æstate acta,	Et, l'été étant passe,
retrahit copias,	il ne retire pas *ses* troupes,
ut fuerat mos,	comme ç'avait été la coutume,
aut componit	ou il *ne les* établit *pas*
in hibernaculis	dans les quartiers-d'hiver
veteris provinciæ :	de l'ancienne province :
sed, castellis dispositis	mais, des forts ayant été disposés
ut in limine	comme sur le seuil (les frontières)
belli,	d'une guerre (d'un pays en guerre),
per expeditos	à-l'aide-de *soldats* armés-à-la-légère
et gnaros solitudinum,	et qui-connaissaient les déserts,
proturbat Tacfarinatem	il chasse Tacfarinas
mutantem mapalia ;	qui changeait de cabanes (retraites) ;
donec,	jusqu'à ce que,

capto, regressus est, properantius tamen quam ex utilitate
sociorum, relictis per quos resurgeret bellum. Sed Tiberius,
pro confecto interpretatus, id quoque Blæso tribuit, ut imperator a legionibus salutaretur; prisco erga duces honore, qui,
bene gesta republica, gaudio et impetu victoris exercitus con-
clamabantur : erantque plures simul imperatores, nec super
ceterorum æquaiitatem. Concessit quibusdam et Augustus id
vocabulum; ac tunc Tiberius Blæso postremum.

LXXV. Obiere eo anno viri illustres, Asinius Saloninus [1],
M. Agrippa et Pollione Asinio avis, fratre Druso insignis, Cæsarique progener destinatus, et Capito Ateius [2], de quo memoravi, principem in civitate locum studiis civilibus assecutus;
sed avo centurione Sullano, patre prætorio. Consulatum ei
acceleraverat Augustus, ut Labeonem Antistium, iisdem arti-

---

prisonnier qu'il revint, trop tôt encore pour le bien de la province,
où il laissa le germe d'une nouvelle guerre. Mais Tibère, la regardant comme terminée, accorda à Blésus l'honneur d'être salué
impérator par ses légions; titre que les soldats, au milieu des transports et des acclamations de la victoire, donnaient anciennement
aux généraux qui avaient bien mérité de la patrie. Plusieurs en
étaient revêtus à la fois, et il n'emportait aucune prééminence.
Auguste l'avait accordé à quelques-uns; Blésus le reçut alors de
Tibère, et nul ne l'obtint après lui.

LXXV. La mort enleva cette année deux personnages considérables, Asinius Saloninus, et cet Atéius Capiton dont j'ai parlé.
Asinius tirait un grand éclat de M. Agrippa et d'Asinius Pollion
dont il était le petit-fils, de Drusus qu'il avait pour frère, et de
Tibère, dont il devait épouser la petite-fille. Capiton parvint au
premier rang dans Rome par ses vastes connaissances en législation;
du reste, il avait pour aïeul un centurion de Sylla, et pour père un
préteur. Auguste l'avait élevé rapidement au consulat. afin que, par

fratre ejus capto,	le frère de lui ayant été pris,
regressus est,	il revint,
properantius tamen	avec-plus-de-hâte cependant
quam ex utilitate	qu'*il n'eût fallu* pour l'interêt
sociorum,	des alliés,
relictis	*des hommes* ayant été laissés
per quos bellum resurgeret.	par lesquels la guerre pût renaître.
Sed Tiberius,	Mais Tibere,
interpretatus pro confecto,	ayant interprété *la guerre* comme finie,
tribuit Blæso id quoque,	accorda à Blésus cette *faveur* aussi,
ut salutaretur imperator	qu'il fût salué impérator
a legionibus;	par *ses* légions;
honore prisco	selon un honneur ancien
erga duces,	envers les généraux,
qui, republica	qui, la chose-publique
gesta bene,	ayant été conduite bien,
conclamabantur	étaient acclamés
gaudio et impetu	par la joie et l'élan
exercitus victoris :	de l'armée victorieuse :
pluresque simul	et plusieurs à la fois
erant imperatores,	étaient impérators,
nec super æqualitatem	et non au-dessus de l'égalité
ceterorum.	des autres *citoyens*.
Et Augustus	Auguste aussi
concessit id vocabulum	accorda ce nom
quibusdam;	à quelques-uns;
ac tunc Tiberius Blæso	et alors Tibère *l'accorda* à Blésus
postremum.	pour-la-dernière-fois.
LXXV. Eo anno	LXXV. En cette année
obiere viri illustres,	moururent *deux* hommes illustres,
Asinius Saloninus,	Asinius Saloninus,
insignis avis	remarquable par *ses deux* aïeuls
M. Agrippa	M. Agrippa
et Pollione Asinio,	et Pollion Asinius,
fratre Druso,	par *son* frère Drusus,
destinatusque progener	et destiné *pour* mari-de-la-petite-fille
Cæsari,	à (de) César (Tibère),
et Capito Ateius,	et Capiton Atéius,
de quo memoravi,	duquel j'ai parlé,
assecutus in civitate	ayant obtenu dans la cité
principem locum	la première place
studiis civilibus;	par *ses* études de-droit-civil; [Sylla,
sed avo centurione Sullano,	mais *son* aïeul *étant* un centurion de-
patre prætorio.	*son* père un ancien-préteur.
Augustus	Auguste
acceleraverat	avait hâté (donné-prématurément)
consulatum ei,	le consulat à lui,

bus præcellentem, dignatione ejus magistratus anteiret. Namque illa ætas duo pacis decora simul tulit : sed Labeo incorrupta libertate[1], et ob id fama celebratior; Capitonis obsequium dominantibus magis probabatur. Illi, quod præturam intra stetit, commendatio ex injuria ; huic, quod consulatum adeptus est, odium ex invidia oriebatur.

LXXVI. Et Junia, sexagesimo quarto post Philippensem aciem anno, supremum diem explevit, Catone avunculo genita, C. Cassii uxor, M. Bruti soror[2]. Testamentum ejus multo apud vulgum rumore fuit; quia, in magnis opibus, quum ferme cunctos proceres cum honore nominavisset, Cæsarem omisit. Quod civiliter acceptum , neque prohibuit quominus laudatione pro rostris ceterisque solemnibus funus cohonesta-

---

l'éclat de cette dignité, il éclipsât Antistius Labéon, son rival de gloire ; car le même siècle vit briller ces deux ornements de la paix. Mais Labéon, républicain incorruptible, a laissé plus de réputation ; Capiton, plus courtisan, obtint plus de faveur. L'un ne parvint qu'à la préture, et tira de l'injustice un nouveau lustre ; le consulat valut à l'autre la haine et l'envie.

LXXVI. Ce fut cette même année, soixante-quatre ans après la bataille de Philippes, que mourut Junie, nièce de Caton, veuve de C. Cassius et sœur de M. Brutus. Son testament fit beaucoup de bruit, parce qu'étant fort riche, et ayant distingué presque tous les grands par des legs, elle oublia Tibère. Le prince n'en parut pas blessé, et n'empêcha pas que l'éloge funèbre fût prononcé à la tribune, que la pompe accoutumée présidat aux funérailles. On y

ut anteiret — afin qu'il surpassât
dignatione — par la dignite
ejus magistratus — de cette magistrature
Labeonem Antistium, — Labéon Antistius,
præcellentem — qui excellait
iisdem artibus. — par les mêmes talents.
Namque illa ætas — Car cette époque-là
tulit simul — porta (produisit) à la fois
duo decora pacis : — *ces* deux ornements de la paix :
sed Labeo — mais Labéon
libertate incorrupta, — *fut* d'une liberté incorruptible,
et ob id — et pour cela
celebratior fama ; — plus célébré par la renommée ;
obsequium Capitonis — l'obséquiosité de Capiton
probabatur magis — était approuvée davantage
dominantibus. — de ceux qui commandaient.
Illi commendatio — A celui-là la considération
oriebatur ex injuria, — naissait de l'injustice,
quod stetit — parce qu'il s'arrêta
intra præturam ; — en deçà de la préture ;
huic odium ex invidia, — à celui-ci la haine *venait* de l'envie,
quod adeptus est — parce qu'il obtint
consulatum. — le consulat.

LXXVI. Et Junia, — LXXVI. Aussi Junia,
genita Catone avunculo, — issue de Caton *son* oncle,
uxor C. Cassii, — épouse de C. Cassius,
soror M. Bruti, — sœur de M. Brutus,
expievit supremum diem, — accomplit *son* dernier jour,
sexagesimo quarto anno — la soixante-quatrième année
post aciem Philippensem. — après la bataille de-Philippes.
Testamentum ejus — Le testament d'elle   [beaucoup)
fuit rumore multo — fut d'une rumeur considérable (fit parler
apud vulgum ; — parmi le peuple ;
quia, in magnis opibus, — parce que, dans une grande fortune,
quum nominavisset — lorsqu'elle avait nommé
cum honore — avec honneur
ferme cunctos proceres, — presque tous les grands,
omisit Cæsarem. — elle omit César (Tibère).
Quod acceptum — *Ce qui fut* reçu *par Tibère*
civiliter ; — comme-il-convient-à-un-citoyen ;
neque prohibuit — et il n'empêcha pas
quominus funus — que *ses* funérailles
cohonestaretur — ne fussent honorées
laudatione pro rostris — d'un éloge du haut des rostres
ceterisque solemnibus. — et des autres *distinctions* usitées.
Imagines — Les images
viginti familiarum — de vingt familles

retur. Viginti clarissimarum familiarum imagines antelatæ
sunt, Manlii, Quinctii, aliaque ejusdem nobilitatis nomina;
sed præfulgebant [1] Cassius atque Brutus, eo ipso quod effigies
eorum non visebantur.

porta les images de vingt familles illustres, des Manlius, des Quinc-
tius, et autres Romains également distingués; mais Cassius et
Brutus les effaçaient tous en éclat, par cela même qu'on n'y voyait
point leurs images.

clarissimarum | très-illustres
antelatæ sunt, | furent portées-en-tête *du cortége*,
Manlii, Quinctii, | les Manlius, les Quinctius,
aliaque nomina | et d'autres noms
ejusdem nobilitatis; | de la même noblesse;
sed Cassius atque Brutus | mais Cassius et Brutus
præfulgebant, | brillaient-surtout,
eo ipso quod effigies eorum | par cela même que les images d'eux
non visebantur. | ne se voyaient pas.

NOTES

DU TROISIÈME LIVRE DES ANNALES.

Page 4 : 1. *Corcyram*. Corcyre, île de la mer Ionienne, à l'entrée de la mer Adriatique, célèbre dans l'*Odyssée*, sous le nom de Σχερία. Homère y place les Phéaciens et les jardins d'Alcinoüs. C'est aujourd'hui l'île de *Corfou*.

— 2. *Calabriæ*. Les Romains appelaient de ce nom la pointe de l'Italie voisine de la Grèce : on appelle aujourd'hui Calabre l'autre pointe voisine de la Sicile, et qui est séparée de la première par le golfe de Tarente.

— 3. *Brundusium*, Brindes, aujourd'hui *Brindisi*. Port célèbre de l'Adriatique, dans le pays des *Calabri*.

— 4. *Fidissimum*. Poétique pour *tutissimum*. Virgile, *Énéide*, II, 28 : *Statio malefida carinis*; et 400 : *Littora cursu fida*.

— 5. *Proxima maris* équivaut à *proxima mari*. De même, *Histoires*, III, XLII : *Proxima littorum*; V, XVI : *Propiora fluminis*.

Page 6 : 1. *Duobus cum liberis*. Ces deux enfants étaient Julie, née a Lesbos l'année précédente (voy. liv. II, ch. LIV), et un fils, on ignore lequel.

— 2. *Munera fungerentur*. Le verbe *fungor* gouverne habituellement l'ablatif. Tacite emploie indifféremment l'un et l'autre cas.

— 3. *Versi fasces*. Probablement les faisceaux de Germanicus, rapportés avec ses restes. Les faisceaux renversés étaient un signe de douleur.

Page 8 : 1. *Trabeati*. La trabée était le costume militaire des chevaliers, et non un insigne de deuil. Les chevaliers s'en parent en cette occasion pour honorer la mémoire de Germanicus.

— 2. *Consules*. Marcus Valérius Messala, Caïus Aurélius Cotta.

— 3. *Aberat quippe adulatio*. Montesquieu, *Grandeur et Décadence des Romains*, ch. XIV : « Il (le peuple) s'était si fort accoutumé à obéir et à faire sa félicité de la différence de ses maîtres, qu'après la mort de Germanicus il donna des marques de deuil, de regret et de désespoir, que l'on ne trouve plus parmi nous. Il faut voir les historiens décrire la désolation publique si grande, si longue, si peu modérée; et tout cela n'était pas joué : car le corps entier du peuple n'affecte, ne flatte, ni ne dissimule. »

Page 8 : 4. *Matrem Antoniam.* Antonia, mère de Germanicus. Elle était fille du triumvir Antoine et veuve de Drusus le Germanique. L'histoire fait l'éloge de sa sagesse et de sa beauté. Caligula, son petit-fils, après l'avoir accablée d'honneurs, la fit mourir de chagrin ; peut-être même employa-t-il le poison.

— 5. *Diurna Actorum scriptura* équivaut à *diurnorum Actorum scriptura.* Ce sont les journaux du temps, où l'on racontait les événements publics, les jeux, les fêtes, etc.

Page 10 : 1. *Dies per silentium vastus.* Expression neuve et hardie pour dire que pendant une partie de cette journée Rome fut morne et silencieuse comme un désert. On dit ordinairement *vastum silentium.* Tacite pouvait dire : *In illo die vastum silentium;* ce serait la même idée, mais quelle différence dans l'effet produit !

— 2. *Nihil spei reliquum.* Montesquieu, *Grandeur et Décadence des Romains,* ch. XIV : « Le peuple romain, qui n'avait plus de part au gouvernement, composé presque d'affranchis ou de gens sans industrie, qui vivaient aux dépens du trésor public, ne sentait que son impuissance ; il s'affligeait comme les enfants et les femmes, qui se désolent par le sentiment de leur faiblessse. Il était mal : il plaça ses craintes et ses espérances sur la personne de Germanicus; et, cet objet lui étant enlevé, il tomba dans le désespoir. »

— 3. *Solum Augusti sanguinem.* C'est là une exagération de la douleur publique. Auguste avait d'autres descendants, par sa petite-fille Julie, qui avait épousé Lucius Émilius Paulus.

Page 12 : 1. *Ticinum.* Ville de la Gaule cisalpine, aujourd'hui *Pavie.*

— 2. *Claudiorum Juliorumque.* Ernesti remplace *Juliorum* par *Liviorum,* mais à tort. Si les images des Jules figurèrent aux funérailles de Drusus, ce fut une distinction accordée par Auguste à la mémoire de son beau-fils. C'est ainsi qu'aux funérailles d'Auguste on avait porté les images de ce que Rome avait eu de plus illustre depuis Romulus jusqu'au grand Pompée inclusivement. V. Dion, LVI, XXXIV.

— 3 *Fratrem.* Le pluriel serait plus exact, puisque Drusus était allé avec Claude jusqu'à Terracine, et que tous deux étaient frères de Germanicus. Mais les démarches de Claude n'avaient aucune importance, et la critique ne porte ici que sur Drusus, fils de Tibère. Germanicus lui-même, à son lit de mort, n'avait pensé qu'à Drusus : *Referatis fratri* (*Annales*, II, LXXI). Voyez aussi les reflexions qui suivent sur Claude, au chap. XVIII.

Page 12 : 4. *Doloris imitamenta.* Tacite emploie la même expression à propos des funérailles de Claude : *Ceterum peractis tristitiæ imitamentis* (*Annales*, XIII, IV).

Page 14 : 1. *Ex mœrore solatia.* C'est la pensée d'Ovide, *Tristes*, IV, III, v. 38 :

> Expletur lacrimis egeriturque dolor.

— 2. *Divus Julius.* V. Sénèque, *Consolation à Marcia*, chap. XIV.

— 3. *Divus Augustus.* Voy. *Annales*, I, III.

— 4. *Principes mortales, rempublicam æternam esse.* M. J. Chénier a traduit cette pensée dans sa tragédie de *Tibère*, acte II, sc. IV :

> Les princes, les héros, ces astres d'un moment,
> Vont s'éteindre à jamais dans la nuit éternelle;
> Mais Rome leur survit, Rome est seule immortelle.

Page 16 : 1. *Ludorum Megalesium.* Les jeux de la grande déesse (de la Mère des dieux), qui tombaient aux nones d'avril.

— 2. *Petendæ e Pisone ultionis.* Génitif elliptique, comme il s'en rencontre tant dans les auteurs, et particulièrement dans Tacite. Le mot qu'il faut sous-entendre pour expliquer ces sortes d'ellipses n'est pas toujours *causa;* ici par exemple ce pourrait être *spe* ou *exspectatione.*

— 3. *Ut dixi.* Voy. *Annales*, II, LXXIV.

Page 18 : 1. *Dalmatico mari.* Aujourd'hui *le golfe de Venise.*

— 2. *Anconam.* Colonie de Syracuse, sur la mer Adriatique; aujourd'hui, chef-lieu de la légation d'Ancône.

— 3. *Picenum.* La légation d'Ancône.

— 4. *Pannonia*, la Pannonie. Cette province répond aujourd'hui à une partie de l'Autriche, de l'Esclavonie et de la Croatie.

— 5. *Narnia.* Aujourd'hui *Narni*, ville de l'État ecclésiastique. Patrie de Nerva.

— 6. *Nare*, le Nar, aujourd'hui la *Néra*. Cette rivière sortait du mont Fiscellus, coulait entre l'Ombrie et la Sabine, passait à Narnia, et tombait dans le Tibre.

Page 20 : 1. *Festa ornatu.* C'était une habitude à Rome, quand on donnait une fête, de décorer sa maison de couronnes, de guirlandes, de branches de laurier. Juvénal, *Satires*, VI, 227 :

> Ornatas paulo ante fores, pendentia linquit
> Vela domus et adhuc virides in limine ramos.

Page 20 : 2. *Conscientiæ matris innexum.* Voy. *Annales*, II, XXVII et LXXXIII.

Page 22 : 1. *Distraheretur.* Tacite emploie plus fréquemment dans ce sens le verbe *differre*. *Annales*, I, IV : *Pars multo maxima imminentes dominos variis rumoribus differebant.*

— 2. *L. Arruntium.* C'est probablement le même dont il est question au livre I, ch. XIII, et au livre VI, ch. VII. Il fut consul en 759. Sénèque (lettre CXIV) l'appelle *raræ frugalitatis virum.*

— 3. *Vinicium.* Il y eut à Rome plusieurs orateurs du nom de Vinicius.

— 4. *Æserninum Marcellum.* Petit-fils d'Asinius Pollion. Voy. Suétone, *Vie d'Auguste*, XLIII.

— 5. *Sex. Pompeium.* Sextus Pompée était consul à l'avénement de Tibère (Voy. *Annales*, I, VII). Il est exalté pour son éloquence par Valère Maxime (II, VI, 8), et par Ovide (*Pontiques*, IV, I, 4, 5).

— 6. *M. Lepidus.* Probablement celui dont il est question au livre I, ch. XIII. — *L. Piso.* C'est l'orateur véhément et indépendant dont il a été parlé au livre II, ch. XXXIV. On croit qu'il était frère de l'accusé.

— 7. *Haud alias.* Ces deux mots ne tombent pas seulement sur *intentior*, mais sur tout l'ensemble de la phrase.

— 8. *Patris sui legatum.* En Espagne, comme on le voit au chapitre suivant : *Ambitiose avareque habitam Hispaniam.*

Page 24 : 1. *Contrectandum vulgi oculis.* Expression neuve et qui fait image. Cicéron, *Tusculanes*, III, XV : *Mente contrectare.*

Page 28 : 1. *Si quæ in nos adversa finguntur.* Allusion aux bruits odieux qui couraient sur le compte de Tibère. Voy. plus haut, ch. X.

— 2. *Servæus.* Le même dont il est question au livre II, ch. LVI, et au livre VI, ch. VII.

— 3. *Devotionibus et veneno.* Voy. *Annales*, II, LXIX.

— 4. *Sacra et immolationes.* Voy. *Annales*, II, LXXV.

— 5. *Petitam armis rempublicam.* Voy. *Annales*, II, LXXIX et suivant.

Page 30 : 1. *Ministros.* Les esclaves de Germanicus, qui avaient servi à table.

— 2. *Interiisse.* Nous supprimons ici une phrase qui est demeurée inexplicable, malgré tous les efforts des commentateurs : *Scripsissent expostulantes, quod haud minus Tiberius quam Piso abnuere.*

— 3. *Effigies Pisonis,* etc. Juvénal dit, en parlant de Séjan, X, 58 :

Descendunt statuæ restemque sequuntur.

Page 32 : 1. *Si ita ferret.* Sous-entendu *res* ou *fortuna.* Ellipse usitée.

— 2. *Infensas patrum voces.* Cela fait penser aux murmures qu'excitèrent parmi les sénateurs les invectives de Catilina contre Cicéron, après sa première harangue : *Obstrepere omnes; hostem atque parricidam vocare.*

Page 34 : 1. *Suam invidiam,* etc. Sous-entendu *queritur,* ou *refert,* ou quelque mot semblable; la phrase serait inexplicable autrement.

— 2. *Exquirit.* A qui s'adressent ces interrogations de Tibère? aux témoins, selon quelques-uns; mais plus probablement à l'affranchi qui apportait la lettre de Pison. En effet, les mots *atque illo... respondente* ne peuvent guère se rapporter qu'à cet affranchi.

Page 36 : 1. *Per collegium consulatus.* Pison avait été consul avec Auguste en 731, et avec Tibère en 747. C'est de ces deux consulats qu'il veut parler ici, du premier tout aussi bien que du second.

Page 38 : 1. *Cum pudore et flagitio,* pour *cum pudore flagitii.* Tacite a dit ailleurs (*Histoires,* IV, LXII) : *Cum rubore et infamia.*

— 2. *Super hæc.* Synonyme de *præter hæc.* De même plus bas, ch. XXII : *Super Æmiliorum decus,* et au livre XIII, ch. XVIII : *Super ingenitam avaritiam.* D'autres expliquent comme s'il y avait *in his.* Ainsi, dans Quinte-Curce, VIII, IV : *Super vinum et epulas;* et dans Stace, *Thébaïde,* I, 676 :

Non super hos divum tibi sum quærendus honores.

D'autres enfin lisent *hac* au lieu de *hæc,* et le rapportent à *imagine;* quant à *super,* ils lui donnent pour complément *biduum,* par anastrophe.

Page 40 : 1. *Nam, referente Cæsare,* etc. Du temps de l'ancienne république, jamais les magistrats n'opinaient dans le sénat. Sous le nouveau gouvernement, ils opinaient seulement quand l'empereur proposait. Voy. la dissertation de La Bléterie intitulée : *L'empe-reur romain dans le sénat.* (*Mémoires de l'Académie des Belles-Lettres,* t. XXVII.)

Page 40 : 2. *Prænomen mutaret.* Il prit depuis le prénom de Lucius. Voy. Dion , LIX, xx.

— 3. *Exuta dignitate.* Il etait sénateur.

— 4. *Quinquagies sestertio* équivaut à *quinquagies sestertium* ou *sestertii* , cinq millions de sesterces (un million de francs environ).

— 5. *Relegaretur.* La rélégation était une peine moins rigoureuse que l'exil. Elle laissait au citoyen ses droits ; l'exil les lui faisait perdre.

— 6. *Iuli Antonii.* Fils du triumvir Antoine et de Fulvie, puni de mort en 732, comme complice des débordements de Julie, pendant qu'elle était femme de Tibère.

— 7. *Signum aureum.* Sans doute une statue de Mars lui-même.

Page 42 : 1. *Futurum principem.* Quoi de plus inattendu, en effet, que l'élévation de Claude à l'empire? « Caligula ayant été tué, le sénat s'assembla pour établir une forme de gouvernement. Dans le temps qu'il délibérait, quelques soldats entrèrent dans le palais pour piller : ils trouvèrent dans un lieu obscur un homme tremblant de peur ; c'était Claude : ils le saluèrent empereur. » Montesquieu, *Grandeur et décadence des Romains* , ch. xv.

Page 44 : 1. *Etiam secutis.* L'omission de *sed* devant *etiam* est fréquente dans Tite Live et dans Salluste.

— 2. *Adeo maxima quæque*, etc. On trouve la même pensée dans Thucydide, I, xx : Οἱ γὰρ ἄνθρωποι τὰς ἀκοὰς τῶν προγεγενημένων, καὶ ἢν ἐπιχώρια σφίσιν ᾖ. ὁμοίως ἀβασανίστως παρ' ἀλλήλων δέχονται. Οὕτως ἀταλαίπωρος τοῖς πολλοῖς ἡ ζήτησις τῆς ἀληθείας, καὶ ἐπὶ τὰ ἕτοιμα μᾶλλον τρέπονται.

— 3. *Utrumque.* La crédulité et le mensonge.

— 4. *Urbe egressus.* Les généraux romains étant obligés de dé-poser le commandement en entrant dans Rome, il fallait, pour que Drusus pût jouir de l'ovation qui lui avait été décernée par le sénat, qu'il sortît de Rome, où l'avaient appelé les funérailles de son frère, et qu'il reprît le commandement et les auspices. L'empereur seul était affranchi de cette loi.

— 5. *Vipsania.* Tibère, qui aimait beaucoup Vipsania, l'avait répudiée par complaisance pour Auguste, qui lui fit épouser la trop fameuse Julie.

— 6. *Ferro.* Agrippa Postume. Voy. *Annales*, I, vi.

Page 44 : 7. *Veneno.* Caïus et Lucius. Voy. *Annales*, I, III. — *Fame.* Agrippine, et probablement aussi Julie, bien que Tacite, en racontant sa mort, ne l'attribue pas à la faim. Voy. *Annales*, IV, LXXI.

— 8. *Tacfarinas.* Voy. *Annales*, II, LII.

— 9. *Pagida flumine.* Selon Brotier, qui écrit *Pagyda*, c'est la rivière d'*Abéadh*, dans la province de Constantine.

Page 46 : 1. *Fusti necat.* Sur ce genre de supplice, voy. Polybe, VI, XXXVI.

— 2. *Thala.* Ville de Numidie, voisine du désert, et dont on ignore la vraie position. Elle fut ruinée dans la guerre de Juba contre César. Voy. Salluste, *Jugurtha*, LXXV.

Page 48 : 1. *Jure proconsulis.* Suétone, *Vie d'Auguste*, XXXII : *Corripuit consulares exercitibus præpositos, quod de tribuendis quibusdam militaribus donis ad se referrent, quasi non omnium tribuendorum ipsi jus haberent.*

Page 50 : 1. *Quæsitumque per Chaldæos.* Ces sortes de questions étaient toujours réputées criminelles. Tertullien, *Apol.*, XXXV : *Cui autem opus est perscrutari super Cæsaris salute, nisi a quo aliquid adversus illam cogitatur vel optatur, aut post illam speratur et sustinetur ? Non enim ea mente de caris consulitur, qua de dominis.*

— 2. *Post dictum repudium.* Il y avait vingt ans que Quirinus avait répudié Lépida. Voy. Suétone, *Vie de Tibère*, XLIX.

— 3. *Militari custodia.* Il y avait trois sortes de détention : les esclaves et les scélérats les plus vils étaient renfermés dans des prisons ; les citoyens de marque et les sénateurs étaient confiés à la garde des consuls et des préteurs ; quant au commun des accusés, on les mettait sous la garde d'un soldat, qui répondait de leur personne, au moyen d'une chaîne très-lâche, attachée par un bout à la main droite de l'accusé, et par l'autre au bras gauche du gardien. De là ces mots de Sénèque, lettre V : *Eadem catena et custodiam et militem copulat;* et, *De la tranquillité de l'âme*, X : *Alligatique sunt etiam qui alligaverunt, nisi tu forte leviorem in sinistra catenam putas.*

— 4. *Consulem designatum.* C'était l'usage déjà sous la république que le consul désigné opinât le premier.

— 5. *Damnandi officio.* Drusus condamne cependant, comme nous le voyons au chapitre suivant, mais il condamne après les autres, ce qui atténue singulièrement l'effet de son vote. La majorité ayant prononcé, qu'importait un avis d'absolution ?

— 6. *Ludorum.* Les grands jeux, les jeux romains, qui se célébraient des nones aux ides de septembre, c'est-à-dire du 5 au 13 de ce mois.

Page 52 : 1. *Ea monumenta.* Sur le théâtre de Pompée, voy. *Annales*, XIV, xx.

— 2. *Senectæ atque orbitati.* Suétone (*Vie de Tibère*, XLIX) nous donne l'explication de ce reproche : Tibère ne doutait pas que Quirinus, par reconnaissance, ne testât en sa faveur.

Page 54 : 1. *Adulteros earum.* Jules Antoine, amant de la première Julie, fille d'Auguste, fut puni de mort : Décimus Silanus, amant de la seconde Julie, fille de la première, fut exilé.

— 2. *Gravi nomine læsarum religionum ac violatæ majestatis.* Montesquieu, *Esprit des lois*, VII, XIII : « La loi Julia établit une peine contre l'adultère. Mais, bien loin que cette loi et celles que l'on fit depuis là-dessus fussent une marque de la bonté des mœurs, elles furent au contraire une marque de leur dépravation. Tout le système politique à l'égard des femmes changea sous la monarchie. Il ne fut plus question d'établir chez elles la pureté des mœurs, mais de punir leurs crimes. On ne faisait de nouvelles lois pour punir ces crimes, que parce qu'on ne punissait plus les violations qui n'étaient pas des crimes....

« Auguste et Tibère songèrent principalement à punir les débauches de leurs parentes. Ils ne punissaient point le déréglement des mœurs, mais un certain crime d'impiété ou de lèse-majesté qu'ils avaient inventé, utile pour le respect, utile pour leur vengeance. De là vient que les auteurs romains s'élèvent si fort contre cette tyrannie. »

— 3. *Cetera illius ætatis memorabo.* On voit par là que Tacite avait formé le projet d'écrire l'histoire du règne d'Auguste.

— 4. *Effectis in quæ tetendi.* Voici l'ordre des ouvrages historiques de Tacite : 1° la Vie d'Agricola; 2° les Mœurs des Germains; 3° les Histoires; 4° les Annales.

— 5. *Exsilium sibi demonstrari intellexit.* « Sous la monarchie, dit Montesquieu, la disgrâce est un équivalent à la peine. » (*Esprit des Lois*, VI, XXI.) — Châteaubriant, *Génie du christianisme*, quatrième partie, livre VI, ch. XIII : « Si les Romains tombèrent dans la servitude, ils ne durent s'en prendre qu'à leurs mœurs. C'est la bassesse qui produit d'abord la tyrannie, et, par une juste réaction, la tyrannie prolonge ensuite la bassesse. »

Page 56 : 1. *Papia Poppæa.* Loi ainsi nommée de M. Papius Mutilus et de Q. Poppéus Secundus, sous le consulat desquels elle fut

promulguée, en 762. — Montesquieu, *Esprit des Lois*, XXIII, xxi .
« Auguste donna la loi qu'on nomme de son nom Julia, et Papia
Poppéa du nom des consuls d'une partie de cette année-là. La
grandeur du mal paraissait dans leur élection même : Dion nous dit
qu'ils n'étaient point mariés et qu'ils n'avaient point d'enfants.
Cette loi d'Auguste était proprement un code de lois et un corps
systématique de tous les règlements qu'on pouvait faire sur ce sujet.
On y refondit les lois juliennes, et on leur donna plus de force :
elles ont tant de vues, elles influent sur tant de choses, qu'elles
forment la plus belle partie des lois civiles des Romains. »

Page 56 : 2. *Julias rogationes.* La loi Julia, portée par Auguste
vingt-cinq ans avant la loi Papia Poppéa, et depuis refondue dans celle-
ci. Les célibataires pouvaient hériter de leurs plus proches parents ;
hors ce cas, tous les legs qu'on leur faisait par testament revenaient
au fisc, a moins que, dans l'espace de cent jours, ils ne se marias-
sent ; ce qui fait dire à Plutarque qu'on ne se mariait plus pour
avoir des néritiers, mais pour l'être. Tacite emploie le pluriel *rogationes*, ou parce que cette loi fut renouvelée plusieurs fois, ou parce
qu'elle contenait un grand nombre de titres. — *Incitandis* a le même
sens que *augendis*, *intendendis*. Ainsi dans Cicéron, *De l'orateur*,
I, **xx** : *Incitare celeritatem ;* et dans Columelle, IV, **xxxiii** : *Incitare
proceritatem.*

— 3. *Delatorum interpretationibus.* Ce qui encourageait les délateurs, c'est qu'ils recevaient pour récompense une partie des biens
qu'ils signalaient comme devant faire retour à l'État.

— 4. *Utque antea flagitiis*, etc. Montesquieu, *Grandeur et décadence des Romains*, ch. **xiv** : « Il n'y a point de plus cruelle tyrannie
que celle que l'on exerce à l'ombre des lois et avec les couleurs de
la justice, lorsqu'on va pour ainsi dire noyer des malheureux sur la
planche même sur laquelle ils s'étaient sauvés. »

— 5. *Vetustissimi mortalium.* Ce siècle d'or n'est qu'une chimère,
éclose du cerveau des poëtes. Tacite y croyait apparemment. Lu-
crèce envisage les choses d'une tout autre manière, et le tableau
qu'il trace de la vie des premiers hommes, s'il n'est pas aussi sé-
luisant, est sans doute beaucoup plus vrai. Voy. le livre V de son
oème, à partir du vers 923.

Page 58 : 1. *Postquam regum pertæsum.* Voy. Montesquieu, *Esprit
des Lois*, XI, xi.

— 2. *Nobis Romulus.* Voyez encore Montesquieu, *Esprit des Lois*,
XI, xii. — Pomponius, *De origine juris*, II : *Initio civitatis nostræ*

populus sine certa lege, sine jure certo, primum agere instituit : omnia-
que manu a regibus gubernabantur.

Page 60 : 1. *Pulso Tarquinio.* Voy. Montesquieu, *Esprit des Lois,*
XI, XIII et suivant.

— 2. *Finis æqui juris.* Dernier contrat fondé sur l'équité, et non
pas chef-d'œuvre de l'équité humaine. En effet, *secutæ* de la phrase
suivante est certainement opposé à *finis*, et *per vim latæ sunt* à *æqui
juris.*

— 3. *Hinc Gracchi et Saturnini.* Voy. Florus, III, XIV-XVI.

— 4. *Nec minor largitor.* Le tribun Drusus voulait rendre au
sénat les jugements qui lui avaient été enlevés par C. Gracchus.
Il alla, après maintes largesses au peuple, jusqu'à promettre au
nom du sénat, aux peuples d'Italie, le droit de cité romaine. De là
la guerre sociale ou d'Italie.

— 5. *Turbidis Lepidi rogationibus.* Ce Lépidus était le père du
triumvir. Partisan de Marius, il voulut, après la mort de Sylla,
abolir les lois de ce dictateur. Le sénat lui opposa Catulus, qui le
battit.

— 6. *Tribunis reddita licentia.* Il s'agit des priviléges dont les tri-
buns avaient été dépouillés par Sylla, et que Pompée, consul avec
Crassus, leur rendit en 683. Voy. Salluste, *Catilina*, XXXVIII;
Cicéron, *des Lois*, III, IX.

Page 62 : 1. *In singulos homines latæ quæstiones.* Lois spécialement
rendues contre les personnes, en opposition avec les Douze Tables,
qui constituaient le droit commun.

— 2. *Cn. Pompeius, tertium consul.* Nommé consul en 702, pour
réformer l'État, Pompée remit en vigueur, entre autres lois, celle
qui obligeait les candidats à solliciter en personne les suffrages
aux comices. Il fit, de plus, confirmer par le peuple le sénatus-
consulte qui ne donnait les provinces aux consuls et aux préteurs
que cinq ans après leur sortie de charge. Enfin il fit une loi sur la
brigue qui s'étendait aux délits commis depuis vingt ans. Or il viola
la première en autorisant César à demander le consulat, quoique
absent; la seconde, en se faisant proroger pour cinq ans le gouvernement de l'Espagne; la troisième, en arrachant à la justice son
beau-père Scipion Métellus, contre lequel s'élevaient les charges
les plus manifestes. C'est à ces infractions que Tacite fait allusion
dans ces mots de la même phrase : *suarum legum auctor idem ac sub-
verser.*

Page 62 : 3. *Per viginti annos.* Du troisième consulat de Pompée à la bataille d'Actium, en 723, c'est-à-dire, en tout, vingt-quatre ans.

Page 64 : 1. *Neronem.* Voy. *Annales*, IV, VIII ; Suetone, *Vie de Tibère*, LIV.

— **2.** *Vigintiviratus.* Le vigintivirat comprenait quatre sortes de magistrats : les *triumviri capitales*, les *triumviri monetales*, les *quatuorviri viales*, et les *decemviri litibus judicandis.* Il y en avait vingt-six avant Auguste : ce prince les réduisit à vingt. C'était le premier degré pour arriver aux honneurs.

— **3.** *Quinquennio maturius.* Il fallait avoir vingt-sept ans pour être questeur.

Page 66 : 1. *Quo primum die forum ingressus est.* C'est-à-dire le jour où il prit la robe virile.—*Congiarium.* Largesse ainsi appelée du *conge*, mesure romaine qui contenait de trois à cinq pintes, selon les diverses évaluations. On donna le *congiarium* d'abord en huile et en vin, ensuite en argent.

— **2.** *Nuptiis Neronis et Juliæ.* Tacite avait dit plus haut (*Annales*, II, XLIII) que la fille de Silanus était fiancée à Néron. Le mariage avait sans doute été rompu.

— **3.** *Quod filio Claudii socer Sejanus destinaretur.* Ce mariage n'eut pas lieu. Le jeune prince, nommé Drusus, s'amusant à jeter en l'air une poire et à la recevoir avec la bouche, la poire lui entra si avant dans le gosier, qu'elle l'étouffa. Voy. *Annales*, IV, VII.

— **4.** *Equitum decuriis.* Il s'agit ici de la formation des listes des juges, lesquels étaient pris parmi les chevaliers.

Page 68 : 1. *Tiberii quartus consulatus.* An de Rome 774 ; de Jésus-Christ, 21.

Page 70 : 1. *Longam et continuam absentiam.* Tibère quitta Rome, cinq ans après cette époque, pour n'y plus revenir. Voy. *Annales*, IV, LVII.

— **2.** *Domitius Corbulo.* Celui qui acquit tant de gloire à la guerre sous Claude et sous Néron.

— **3.** *Loco non decessisset.* Les places des différents ordres, d'abord marquées au théâtre, ne le furent au cirque que sous Claude, pour les sénateurs, et sous Néron, pour les chevaliers.

— **4.** *Juventutis irreverentiam.* Montesquieu, *Esprit des Lois*, V, VII : « Rien ne maintient plus les mœurs que l'extrême subordination des jeunes gens envers les vieillards. Les uns et les autres seront contenus, ceux-là par le respect qu'ils auront pour les vieillards, et ceux-ci par le respect qu'ils auront pour eux-mêmes. »

Page 70 : 5. *Patruus simul ac vitricus Sullæ*. Il avait épousé la mère de Sylia.

Page 72 : 1. *Motam rursum Africam*. Voy. *Annales*, II, LII ; III, XX.

— 2. *M'. Lepidum*. Manius Lépidus, dont il a été question plus haut, au chapitre XXII, et non pas Marcus Lépidus, dont il va être parlé au chapitre XXXV.

Page 74 : 1. *Severus Cæcina*. Le même dont Tacite a dit (*Annales*, I, LXIV) : *Quadragesimum id stipendium Cæcina parendi aut imperitandi habebat*.

— 2. *Feminam*. Plancine, femme de Pison. Voy. *Annales*, II, LV.

Page 76 : 1. *Oppiis legibus*. La loi Oppia fut portée, en 541, par le tribun C. Oppius, et révoquée en 559, malgré l'opposition énergique de Caton, alors consul. Voy. Tite Live, XXXIV, 1.

Page 80 : 1. *Tot communium liberorum parente*. Drusus avait trois enfants. Voy. plus loin, chap. LVI : *Esse illi conjugem, et tres liberos*.

— 2. *Proximi senatus die* équivaut à *proximo senatus die*.

— 3. *Junium Blæsum*. Celui qui commandait les légions de Pannonie, lorsqu'elles se révoltèrent. Voy. *Annales*, I, XVI.

Page 82 : 1. *Jutus*. Tacite préfère le plus souvent les simples aux composés. Ainsi *paratus* pour *apparatus*, *vincire* pour *devincire*, *firmare* pour *affirmare*, *noscere* pour *cognoscere*, *premere* pour *opprimere*.

— 2. *Arrepta imagine Cæsaris*. Au rapport de Philostrate, *Vie d'Apollonius*, I, XV, un maître fut condamné comme impie pour avoir frappé son esclave, qui portait sur lui une drachme d'argent à l'effigie de Tibère.

Page 84 : 1. *Huc potius intenderet*. Juvénal dit en parlant de Domitien, *Satires*, IV, v. 150 :

> Atque utinam his potius nugis tota ille dedisset
> Tempora sævitiæ, claras quibus abstulit urbi
> Illustresque animas, impune et vindice nullo.

— 2. *Editionibus*. Sous-ent. *spectaculorum munerumque*. Sur cette passion de Drusus pour les spectacles, voyez *Annales*, I, LXXVI, et Dion, LVII, XIV.

Page 86 : 1. *E primoribus Macedoniæ*. C'était sans doute un Macédonien qui avait reçu le droit de cité romaine.

— 2. *Fratre*. Cotys était neveu de Rhescuporis. (Voy. *Annales*, II, LXIV). Le mot *fratre* est donc pris ici dans un sens un peu large.

— 3. *Cœletæ*. Ces peuples habitaient au pied de l'Hémus et du

Rhodope. — *Odrusæ*. Les Odryses étaient plus près des sources de l'Hèbre, aujourd'hui la *Maritza*.

Page 88 : 1. *Hæmum*, l'Hémus, aujourd'hui le *Balkan*

— 2. *Philippopolim*. D'abord nommée *Eumolpias*, elle fut rebâtie et agrandie par Philippe, qui lui donna son nom. C'est aujourd'hui *Philippopoli*.

— 3. *P. Velleio*. Il est possible qu'il s'agisse ici, comme le pensent quelques-uns, de l'historien Velléius. Cependant il n'a rien dit de cette expédition dans son histoire, et d'ailleurs son prénom était Caïus, et non Publius.

Page 90 : 1. *Æduos*. Leur pays répondait à une partie du Nivernais et de la Bourgogne.

— 2. *Gravitate fenoris*. Dès le temps de la république, M. Brutus faisait ou laissait tourmenter par ses agents la ville de Salamine, qui refusait de payer l'usure d'une somme qu'il lui avait prêtée. Voy. la dernière lettre du VI⁰ livre des Lettres de Cicéron à Atticus. — Plus tard, sous Néron, Sénèque causa la révolte des peuples de la Grande-Bretagne, en voulant retirer tout à coup une somme de quatre millions environ de notre monnaie, qu'ils lui avaient empruntée à gros intérêt. Voy. Dion, LXII, II.

Page 92 : 1. *Andecavi ac Turonii*. L'Anjou et la Touraine.

— 2. *Acilius Aviola*. Il finit ses jours d'une façon bien tragique. On le crut mort : le feu du bûcher le fit sortir de sa léthargie. Il demanda du secours, mais on ne put le sauver. Voy. Pline, VII, LIII.

— 3. *Lugduni*. Capitale de la Gaule lyonnaise, qui comprenait la Touraine, l'Anjou, l'Armorique, etc.

— 4. *Negotiatoribus Romanis*. Les Romains ou Italiens établis dans les Gaules pour le commerce et les affaires d'argent.

Page 94 : 1. *Obæratorum*. Les débiteurs de Florus, et non pas, d'une manière absolue, des hommes perdus de dettes. — *Clientium*. Voy. César, *Guerre des Gaules*, VII, XL.

— 2. *Procul*. Un comparatif rendrait la phrase plus régulière. Mais Tacite se plaît à ces irrégularités.

— 3. *Augustodunum*, Augustodonum ou Bibracte, aujourd'hui *Autun*.

— 4. *Liberalibus studiis*. L'école de cette ville était pour la littérature latine ce que l'école de Marseille était pour les lettres grecques. Elle fut florissante surtout sous Constantin et sous ses fils.

— 5. *Juventuti*. Ce mot s'applique aux hommes de toute la contrée en état de porter les armes, et non pas aux enfants dont il vient d'être parlé. Voy. la note de Burnouf, t. I, p. 525.

Page 96 : 1. *Cruppellarios.* Mot qui ne se rencontre pas ailleurs, et dont l'origine est incertaine.

Page 98 : 1. *Altitudine animi.* Ce n'est pas ici fermeté d'âme, comme on traduit généralement, mais profondeur de dissimulation. Ainsi Salluste dit en parlant de Sylla (*Jugurtha*, XCV) : *Ad simulanda negotia altitudo ingenii incredibilis.*

— 2. *Sequanorum.* Aujourd'hui les *Francs-Comtois.* Leur pays était borné à l'ouest par la rive droite de la Saône, au nord par les Vosges, à l'est par le Jura, au sud par les Allobroges. Il avait pour capitale *Vesontio* (aujourd'hui *Besançon*).

Page 100 : 1. *Ferratos.* Voy. plus haut XLIII.

— 2. *Intolerantior* est ici synonyme de *intolerabilior. Annales*, XI, CI : *Subjectis intolerantior.* De même *gnarus* pour *notus*, et quantité d'exemples analogues. Voy. Burnouf, t. V, p. 400.

— 3. *Neque oculis... competebant.* Salluste (cité par Nonius, IV, 110): *Formidine attonitus, neque animo, neque auribus, aut lingua competere.*

Page 102 : 1. *Evincite*, achevez de vaincre. De même Cicéron, *de la République*, III, XXI : *Nobis evigilatum fere est*, nous avons presque achevé notre veille. On dit ainsi *expugnare urbem*, achever le siége d'une ville, la prendre ; *debellare*, achever une guerre.

— 2. *Fugientibus consulite.* Phrase ironique, qui correspond à peu près à celle-ci : *Je vous recommande les fuyards.* La Bléterie s'est mépris en traduisant : *Épargnez les fuyards.*

Page 104 : 1. *Decora.* Par opposition à l'absurde flatterie de Cornélius Dolabella (*absurdam in adulationem progressus*).

Page 106 : 1. *Consulatum.* Il fut consul avec M. Valérius Messala, en 742.

— 2. *Homonadensium.* Peuple de la Cilicie Trachée, sur les confins de l'Isaurie ; capitale *Homonada*, aujourd'hui *Ermeneck.* Voy. Strabon, XII, p. 569.

— 3. *M. Lollio.* Le même qui éprouva en Germanie la défaite dont il est parlé au Ier livre des *Annales*, ch. X.

— 4. *Pravitatis et discordiarum.* Tite Live, IV, XXVI : *Pravitas consulum discordiaque inter ipsos.*

— 5. *Ut memoravi.* Voy. plus haut, XXII et XXIII.

— 6. *Ad dicendum... exterritis.* Forme concise empruntée aux Grecs, et qui se reproduit souvent dans Tacite. *Annales*, II. LXII : *Corruptis primoribus ad societatem;* IV, X : *corrupta ad scelus Livia.*

De même Tite Live, VII, XLII : *Multitudinem ad arma consternatam esse.*

Page 108 : 1. *Sæpe audivi.* Voy. *Annales*, II, XXXI.

Page 110 : 1. *Aqua et igni.* Formule de l'exil. Cette interdiction ne s'étendait qu'à une certaine distance de Rome ou de l'Italie, au delà de laquelle le condamné était libre de fixer sa résidence.

— 2. *Pietatem.* Ce zèle pieux dont Tibère loue ses flatteurs n'était en réalité qu'une basse et cruelle flatterie. Suétone dit aussi, en parlant d'Auguste (*Vie d'Auguste*, LXVI) : *Laudavit quidem pietatem tantopere pro se indignantium.* Et ailleurs il met le même mot dans la bouche de Domitien (*Vie de Domitien*, XI) : *Permittite, patres conscripti, a pietate vestra impetrari.*

— 3. *Ante diem decimum.* Suétone, *Vie de Tibère*, LXXI, et Dion, LVII, XX, disent la même chose. Dans la suite, ce délai fut prolongé de vingt jours, on ne sait pas précisément par quel empereur. Cependant on disait toujours que c'était en vertu du sénatus-consulte de Tibère. — *Ad ærarium deferrentur.* Ce n'était qu'après cette formalité que les sénatus-consultes étaient obligatoires.

Page 112 : 1. *Consules sequuntur.* L'an de Rome 775.

— 2. *Sumptuariam legem.* Allusion à la loi somptuaire portée par César, et remise en vigueur par Auguste. Voy. Aulu-Gelle, II, XXIV.

Page 116 : 1. *Villarum infinita spatia*, etc. Voy. Sénèque, *des Bienfaits*, VII, X.

— 2. *Promiscuas... vestes.* Sénèque, *Lettres*, CXXIII : *Non videntur tibi contra naturam vivere, qui commutant cum feminis vestem?* — Pline, XI, XXVII : *Nec puduit has vestes usurpare etiam viros, levitatem propter æstivam. In tantum a lorica gerenda discessere mores, ut oneri sit etiam vestis.*

— 3. *Lapidum causa.* Pline, XII, XLII : *Arabiæ etiamnum felicius mare est; ex illo namque margaritas mittit : minimaque computatione millies centena millia sestertium annis omnibus India et Seres peninsulaque illa imperio nostro adimunt.*

Page 118 : 1. *Externæ opis.* Voy. *Annales*, IV, XXVII.

— 2. *Vita populi Romani.* Rome s'approvisionnait de blé en Sicile, en Afrique, en Égypte ; il suffisait donc d'une tempête pour l'affamer. Voy. *Annales*, XII, XLIII.

Page 122 : 1. *Rerum adeptus est.* Archaïsme. On trouve encore (*Annales*, VI, XLI) : *Nihil abnuentem, dum dominationis apisceretur.* On disait aussi *rerum potiri*.

Page 122 : 2. *Clientelas.* Ce mot s'applique à *plebem, socius, regna.* Cicéron, *Lettres*, XV, IV, range dans la clientèle de Caton toute la Cappadoce.

Page 126 : 1. *Eamque ætatem.* Drusus avait donc trente-six ans ; car Tibère était né en 712, et il fut associé au pouvoir par Auguste en 748, sous les consuls Munatius Plancus et M. Lépidus.

— 2. *Monumentis.* Il s'agit ici également des actes écrits et des monuments de l'architecture.

Page 128 : 1. *Sorte haberet.* Expression consacrée pour les provinces du sénat, par opposition aux provinces impériales, que l'on obtenait *missu principis.* Dans la réalité, il n'y avait pas ici à tirer au sort. Voy. plus haut, XXXII.

— 2. *Non licere Dialibus egredi Italia.* Tite Live, V, LII : *Flamini Diali noctem unam manere extra urbem nefas est.*

— 3. *Martialium Quirinaliumque flaminum.* Servius Maluginensis se trompe. Les prêtres de Mars et de Quirinus étaient autrefois soumis à la même obligation que les flamines de Jupiter. Voy. Tite Live, XXXVII, V; Cicéron, *Philippiques*, II, VIII.

— 4. *Pontifices.* Les pontifes avaient dans leurs attributions le culte de tous les dieux, à la différence des flamines qui étaient attachés à tel ou tel Dieu.

— 5. *Post Cornelii Merulæ cædem.* Après le retour de Marius, en 667, Cornélius Mérula, flamine de Jupiter, se tua au pied de l'autel de ce dieu, en le priant de faire retomber son sang sur Cinna et tout son parti.

Page 130 : 1. *Insolentiam sententiæ.* Cela s'applique seulement à l'avis de Silanus.

— 2. *Bellum scilicet.* Ellipse très-naturelle ; c'est comme s'il y avait : *Bellum scilicet esse quod moretur Drusum.*

Page 132 : 1. *Asyla statuendi.* Montesquieu, *Esprit des lois*, XXV, III : « Comme la divinité est le refuge des malheureux, et qu'il n'y a pas de gens plus malheureux que les criminels, on a été naturellement porté à penser que les temples étaient un asile pour eux ; et cette idée parut encore plus naturelle chez les Grecs, où les meurtriers, chassés de leur ville et de la présence des hommes, semblaient n'avoir plus de maison que les temples, ni d'autres protecteurs que les dieux. Ceci ne regarda d'abord que les homicides involontaires ; mais, lorsqu'on y comprit les grands criminels, on tomba dans une contradiction grossière : s'ils avaient offensé les hommes, ils avaient à plus forte raison offensé les dieux. Ces asiles se multiplièrent dans

la Grèce. Les temples, dit Tacite, étaient remplis de débiteurs in-
solvables et d'esclaves méchants ; les magistrats avaient de la peine
à exercer la police ; le peuple protégeait les crimes des hommes
comme les cérémonies des dieux ; le sénat fut obligé d'en retrancher
un grand nombre. »

Page 134 : 1. *Delo*. Une des Cyclades, au nord de Naxos ; aujour-
d'hui *Sdilo* ou *Dili*.

— 2. *Oleæ*. La même chose est rapportée par Strabon : Καὶ τὴν
πλησίον ἐλαίαν, ἥ πρῶτον ἐπαναπαύσασθαί φασι τὴν θεὸν ὑπολυθεῖσαν
τῶν ὠδίνων.

— 3. *Supplicibus Amazonum*. Voy. Pausanias, IV, XXXI. et VII, 11

Page 136 : 1. *Magnetes*. La ville de Magnésie etait sur le Méandre,
en Lydie ; c'est aujourd'hui *Ghuzel-Hissar* ou *Ienibazar*.

— 2. *L. Scipionis*. Scipion l'Asiatique, le vainqueur d'Antiochus.

— 3. *Dianæ Leucophrynæ*. L'étymologie de ce mot est incertaine ;
les uns la tirent d'une femme nommée Leucophryne, qui fut enterree
dans ce temple ; d'autres, de l'île de Tenédos, qui se nommait autrefois Leucophryne, et où Diane avait aussi un temple magnifique.

— 4. *Aphrodisienses*. Aphrodisias, ville de Carie, nommée aussi
autrefois *Ninæ* et *Megale-polis*.

— 5. *Stratonicenses*. Stratonice, autre ville de Carie, qui tirait
son nom de Stratonice, femme d'Antiochus Soter.

— 6. *Parthorum irruptionem*. Il s'agit de l'expédition que firent les
Parthes, sous la conduite de Labiénus, dans les possessions romaines
d'Asie, à l'époque où Antoine y commandait.

— 7. *Hierocæsarienses*. Hiérocésarée, ville de Lydie. La Diane
Persique, à qui elle était consacrée, est la même dont il est parlé
dans les livres des Machabées sous le nom de *Nanæa*, et dans les auteurs profanes, sous celui d'*Anaïtis*.

— 8. *Perpennæ, Isaurici*. Perpenna ou Perperna, vainqueur
d'Aristonicus, qui se donnait pour héritier d'Attale, et qu'il fit prisonnier à Stratonice, en 624. — Isauricus (P. Servilius), ainsi surnommé pour avoir subjugué les Isauriens, en 676.

Page 138 : 1. *Pergamum*. Ville de l'Asie-Mineure, fameuse par
l'invention du parchemin, appelé de son nom *charta Pergamena*.

— 2. *Tenios*. Ténos, île de la mer Egée, l'une des Cyclades, appelée aussi Ophiussa et Hydrussa ; aujourd'hui, *Tina* ou *Teno*.

Page 140 : 1. *Figere æra*. Les sénatus-consultes étaient gravés sur
des tables d'airain.

— 2. *Ludi magni*. On nommait ainsi les jeux du cirque.

Page 142 : 1. *Quindecimviri*, les quindécemvirs, prêtres chargés de la garde des livres sibyllins. — *Septemviris*, les septemvirs, autre collége de prêtres, qui présidait aux repas religieux.

— 2. *Pedarii senatores*. Nom donné aux sénateurs sans illustration personnelle ; il venait probablement de ce que les sénateurs qui n'avaient exercé aucune magistrature curule ne pouvaient parler qu'à la fin d'une discussion et le plus souvent ne votaient guère qu'en passant, *pedibus eundo*, du côté de celui dont ils approuvaient l'avis.

Page 144 : 1 *O homines ad servitutem paratos.* Voy. Châteaubriant, *Génie du Christianisme*, IVᵉ partie, l. VI, chap. 13.—Racine, *Britannicus*, act. IV, sc. IV :

      Leur prompte servitude a fatigué Tibère.

— 2. *L. Cottam a Scipione Africano.* On ne sait pas quel fut l'objet de ce proces. Cotta fut absous, quoique manifestement coupable, les juges ayant craint de paraître céder à l'ascendant de l'accusateur.

— 3. *Ser. Galbam a Catone censorio.* Ser Sulpicius Galba avait fait un terrible massacre des Lusitaniens dans un guet-apens. Accusé pour ce fait par Scribonius Libon, tribun du peuple, et par Caton le Censeur, il fut absous, bien que son crime fût avéré.

— 4. *P. Rutilium a M. Scauro.* Tous deux étaient candidats pour le consulat. Scaurus l'ayant emporté fut accusé de brigue par Rutilius, que peu après il accusa à son tour.

— 5. *Junio Othoni.* Déclamateur de quelque mérite, selon Sénèque.

Page 146 : 1. *Brutidium.* Brutidius Niger, rhéteur dont Sénèque cite quelques phrases fort médiocres sur la mort de Cicéron.

— 2. *M. Paconius.* Il fut accusé à son tour de lèse-majesté et condamné à mort Voy. *Annales*, XVI, XXVIII.

— 3. *Neque refellere*, etc. De crainte sans doute d'augmenter la colère de Tibère.

Page 148 : 1. *Volesu Messala.* Il était coupable des plus atroces barbaries. Voy. l'anecdote racontée par Sénèque, *de la Colère*, II, V.

— 2. *L. Pisonem.* Probablement le même dont il est question plus loin (*Annales*, VI, X).

Page 150 : 1. *Cornelius Dolabella.* Le même qui avait proposé de décerner l'ovation à Tibère pour la pacification de la Gaule.

Page 152 : 1. *Cythnum.* Ile voisine de l'Attique, au sud de l'Eubée.

— 2. *Discessio.* Expression tirée du mode de votation. C'est ainsi que l'on disait *pedibus ire in sententiam*, se ranger à un avis.

— 3. *Cyrenenses.* Ils accusaient de concussion Césius Cordus, proconsul de Crète. La Crète et la Cyrénaïque étaient réunies dans un même gouvernement.

Page 154 : 1. *Equestri Fortunæ*. Ce surnom de la Fortune venait probablement de ce que le temple avait été voué par l'ordre des chevaliers.

Page 156 : 1. *Aulum Postumium*. En 512, pendant la première guerre punique. au moment où il se préparait à partir pour la Sicile.

— 2. *Basilicam Paulli*. Commencée en 704 par le consul L. Émilius Paulus, elle fut achevée par le consul Paulus Émilius Lépidus, et relevée, après un incendie, par un autre Émilius : de là *Æmilia monumenta*.

— 3. *Taurum*. Statilius Taurus, préfet de Rome sous Auguste, construisit à ses frais un amphithéâtre dans le champ de Mars. — *Philippum*. Marcius Philippus éleva un temple à Hercule Musagète. — *Balbum*. Il bâtit un théâtre et le dédia en 741.

Page 158 : 1. *Inexplicabile*, sans fin. On trouve de même dans Tite Live, XXXIX, LI : *Inexplicabile odium*.

Page 160 : 1. *Hostium more*. En appelant guerre ce qui n'était qu'un brigandage.

Page 162 : 1. *Leptitanos*. La petite Leptis, à l'ouest du pays de Tripoli. — *Garamantum*. Peuple de l'intérieur de l'Afrique.

Page 164 : 1. *Asinius Saloninus*. Fils d'Asinius Gallus et de Vipsania Agrippina, première femme de Tibère et mère de Drusus. Voy. *Annales*, I, XII.

— 2. *Capito Ateius*. Voy. plus haut, chap. LXX.

Page 166 : 1. *Incorrupta libertate*. Suétone cite un trait remarquable de l'indépendance de Labéon (*Vie d'Auguste*, LIV).

— 2. *M. Bruti soror*. Servilie, mère de Junie, et sœur de Caton, avait épousé en secondes noces M. Brutus, et de ce second mariage naquit Brutus, meurtrier de César. Junie était donc sœur de Brutus et nièce de Caton.

Page 168 : 1. *Præfulgebant*. En effet, comme le dit Tacite, *Annales*, IV, XXVI : *Negatus honor gloriam intendit*.

BOURLOTON. — Imprimeries réunies B, rue Mignon, 2.

LIBRAIRIE DE L. HACHETTE ET Cⁱᵉ,

RUE PIERRE-SARRAZIN, Nº 14, A PARIS,
(Quartier de l'École de Medecine).

NOUVEAU MANUEL

DU

AGGALAURÉAT ÈS LETTRES

redigé conformément au Programme du 26 novembre 1849,

ET CONTENANT

**le développement des questions de littérature,
de philosophie, d'histoire, de géographie, de mathématiques,
de cosmographie, de physique et de chimie;**

AVEC

1º un resume des règlements universitaires relatifs au Baccalaureat ès lettres ;
2º des conseils pour faire une version ;
3º des notices historiques et litteraires sur les auteurs et les ouvrages
grecs, latins et français indiqués pour l'epreuve de l'explication ;

PAR MM.

LESIEUR, ancien professeur de rhetorique ;
JOURDAIN, agrégé de philosophie près les Facultés des lettres ;
DURUY et **BARBERET**, professeurs d'histoire ;
CORTAMBERT, professeur de géographie ;
SAIGEY, auteur de plusieurs ouvrages scientifiques.

ort volume in-12. Prix, broché, 6 fr. —Relié en percaline, 6 fr. 50 c.

Les six parties de ce Manuel se vendent aussi séparément :

tices historiques et littéraires sur es auteurs et les ouvrages grecs, alins et français indiqués pour 'épreuve de l'explication ; précédées d'un résumé des règlements niversitaires relatifs au baccalauréat ès lettres, et de conseils our faire une version, par M. Lesieur. Prix, broché...... 75 c.
stions littéraires, développées ar M. Lesieur........ 75 c.
stions de philosophie, développées par M. Jourdain...... 1 fr.
estions d'histoire ancienne, d'hisoireromaine, d histoiredumoyen

âge et d'histoire moderne, développées par MM. Duruy et Barberet. Prix.............. 2 fr.
Les Questions d'histoire ancienne et d'histoire romaine seules, par M. Duruy. Prix...... 1 fr. 25 c.
Les Questions d'histoire du moyen âge et d'histoire moderne seules, par M. Barberet. Prix. 1 fr. 25 c.
Questions de géographie, développées par M. Cortambert..... 1 fr.
Questions de mathématiques, de cosmographie, de physique et de chimie, développées par M. Saigey. Prix... 1 fr. 50 c.

LES AUTEURS GRECS

DU BACCALAURÉAT ÈS LETTRES

expliqués d'après une méthode nouvelle

Par deux traductions françaises, l'une littérale et juxtalinéaire, présentant le mot à mot français en regard des mots grecs correspondants, l'autre correcte et précédée du texte grec, avec des sommaires et des notes en français, par une Société de Professeurs et d'Hellénistes; format in-12.

HOMÈRE : *Le premier chant de l'Iliade*; par M. C. Leprévost, professeur au Lycée Bonaparte. Prix............ 1 fr. 25 c.

— *Le premier chant de l'Odyssée*; par M. Sommer, agrégé des classes supérieures, docteur ès lettres. Prix......... 90 c.

SOPHOCLE : *OEdipe roi*; par M. Sommer, et M. Bellaguet, ancien professeur de rhétorique, chef d'institution à Paris Prix.................................... 2 fr. 50 c.

PLATON : *Le Criton*; par M. Waddington-Kastus, agrégé d philosophie, professeur au Lycée Napoléon. Prix.. 1 fr. 25 c

DÉMOSTHÈNE : *Discours sur la Couronne*; par M. Somme agrégé des classes supérieures, docteur ès lettres. Prix.. 5 f

PLUTARQUE : *Vie d'Alexandre*; par M. Bétolaud, professe au Lycée Charlemagne. Prix.................. 4 fr. 25

— *Vie de César*; par M. Materne, professeur au Lycée Dijon. Prix.............................. 3 fr. 50

On trouve à la Librairie de MM. L. HAC prescrits

LES AUTEURS LATINS

DU BACCALAURÉAT ÈS LETTRES

expliqués d'après une méthode nouvelle

Par deux traductions françaises, l'une littérale et juxtalinéaire, présentant le mot à mot français en regard des mots latins correspondants, l'autre correcte et précédée du texte latin, avec des sommaires et des notes en français, par une Société de Professeurs et de Latinistes ; format in-12.

———

VIRGILE : *La première Églogue* ; par MM. Sommer et Aug. Desportes. Prix...................................... 30 c.

— *Les quatre livres des Géorgiques* ; par les mêmes.. 3 fr.

— *L'Énéide* ; par les mêmes auteurs :

    Livres I, II, III réunis. 1 volume. Prix............ 4 fr.

    Livres IV, V, VI réunis. 1 volume. Prix........... 4 fr.

    Chaque livre séparément. Prix............ 1 fr. 50 c.

HORACE : *Le Ier et le IIe livre des Odes* ; par les mêmes. 3 fr.

— *Les Satires* ; par les mêmes auteurs. Prix.......... 3 fr.

— *Les Épîtres* ; par M. E. Taillefert, censeur du Lycée de Reims. Prix................................... 3 fr.

— *L'Art poétique* ; par le même auteur. Prix......... 90 c.

CICÉRON : *La première Catilinaire* ; par M. Thibault. 75 c.

— *Plaidoyer pour Milon*, par M. Sommer. Prix... 2 fr. 50 c.

— *De la Vieillesse* ; par MM. Paret et Legouëz....... 2 fr.

— *De l'Amitié* ; par M. Legouëz, licencié ès lettres..... 2 fr.

TACITE : *Vie d'Agricola* ; par M. H. Nepveu. Prix. 1 fr. 75 c.

les textes grecs, latins et français des auteurs amme officiel.

AUTRES OUVRAGES
RELATIFS AU BACCALAURÉAT ÈS LETTRES.

PROGRAMMES OFFICIELS DU BACCALAURÉAT, DE LA LICENCE E
DU DOCTORAT ES LETTRES ; avec un extrait des réglements universi
taires relatifs à ces examens. 1 vol. in-12. Prix, br............ 20 c

MÉMENTO DU BACCALAURÉAT ÈS LETTRES, destiné à aider la mémoir
des candidats pendant la préparation et au moment de l'examen
ouvrage extrait du *Nouveau Manuel* de MM. LESIEUR, JOURDAIN
DURUY, BARBERET, CORTAMBERT et SAIGEY: *Nouvelle édition con
forme au Programme du 26 novembre* 1849. 1 vol. in-18. Pri
broché .... 2 fr

RECUEIL DE VERSIONS LATINES dictées à la Sorbonne pour les examen
du baccalauréat ès lettres, et publiées par M DELESTRÉE, ancie
chef d'institution a Paris. 2e édition contenant 150 versions. 2 vo
in-12, textes et traductions. Prix, brochés .... 2 fr
> Chaque volume se vend séparément.

ÉPISODES CHOISIS DES GÉORGIQUES DE VIRGILE, d'après le dernie
programme du baccalauréat ès lettres. Texte latin publié avec des ar
guments et des notes en français, par M. Sommer, agrégé des classe
supérieures, docteur ès lettres. In 12, broché............. 30 c

LES ENTRETIENS MÉMORABLES DE SOCRATE, par Xénophon, traduit
en français avec le texte en regard, une notice, des arguments e
des notes; par M. SOMMER, agrégé des classes supérieures, docteu
ès lettres. 1 vol. in-12. Prix, broché .... 5 fr

DISCOURS DE LA MÉTHODE DE DESCARTES ; traduction abrégée d
Novum Organum de Bacon; fragments de la *Theodicée* de Leibnitz
Recueil publié avec des notes par M. LORQUET, professeur de philo
sophie au Lycée Saint-Louis. Un vol. in-12. Prix, broché... 3 fr. 50 c
> Cet ouvrage contient, outre le *Discours de la méthode* de Descartes, les partie
de la philosophie de Bacon qui se rapportent à la methode, à l'experience et à l'i
duction, et dont l'etude est prescrite par le Programme officiel.

Le *Discours de la méthode de Descartes,* séparément. In-12. 90 c

LOGIQUE DE PORT-ROYAL ; objections contre les *Méditations* d
Descartes; *Traité des vraies et des fausses idées,* par Arnauld
Édition publiée avec une introduction et des notes, par M. JOURDAIN
agrégé de philosophie près les Facultés des lettres. Un volume in-12
Prix, broché................................... 3 fr. 50 c

TRAITÉ DE LA CONNAISSANCE DE DIEU ET DE SOI-MÊME ; traité su
le libre arbitre; logique et divers fragments, par Bossuet. Éditio
publiée avec une introduction et des notes, par M. DE LENS, agrég
de philosophie, proviseur du Lycée de Grenoble. Un volume in-12
Prix, broché.................................'............ 3 fr. 50 c

DE L'IMPRIMERIE DE CRAPELET, RUE DE VAUGIRARD, 9.